Thomas Finn

A.R.G.O.S. – Niemand lebt für immer

W0245658

**Über den Autor:**

Thomas Finn, geboren 1967 in Chicago, war als Journalist und Autor für diverse deutsche Verlage und Magazine tätig sowie als Chefredakteur für das Phantastik-Magazin Nautilus. Seit 2001 arbeitet er als Roman-, Spiele-, Theater- und Drehbuchautor. Er ist mit zahlreichen Preisen ausgezeichnet worden, u.a. mit der Segeberger Feder. Thomas Finn lebt und arbeitet in Hamburg.

# THOMAS FINN

# A·R·G·O·S

## NIEMAND LEBT FÜR IMMER

### DIE GEHEIMSTEN GEHEIMAGENTEN EUROPAS IM EINSATZ

lübbe

Dieser Titel ist auch als Hörbuch und E-Book erschienen

Die Bastei Lübbe AG verfolgt eine nachhaltige Buchproduktion. Wir verwenden Papiere aus nachhaltiger Forstwirtschaft und verzichten darauf, Bücher einzeln in Folie zu verpacken. Wir stellen unsere Bücher in Deutschland und Europa (EU) her und arbeiten mit den Druckereien kontinuierlich an einer positiven Ökobilanz.

Originalausgabe

Dieses Werk wurde vermittelt durch die
Michael Meller Literary Agency GmbH, München.

Copyright © 2021 by Thomas Finn
Copyright © 2021 by Bastei Lübbe AG, Köln
Titelillustration: © Ensuper/shutterstock.com | © Colin Thomas, London
Umschlaggestaltung: Johannes Wiebel | punchdesign, München
Satz: Dörlemann Satz, Lemförde
Gesetzt aus der Minion Pro und Francise
Druck und Verarbeitung: GGP Media GmbH, Pößneck
Printed in Germany
ISBN 978-3-404-18488-0

2   4   5   3   1

Sie finden uns im Internet unter luebbe.de
Bitte beachten Sie auch: lesejury.de

*Für meine Mutter.*

*Sowie für Tanja, Dagmar, Wiebke, Flow und Loki alias
Agentin Penelope, Agentin Kassandra, Agentin Atropos,
Agent Iason sowie Agent Achilles.
Tut mir leid, dass eure Tarnungen jetzt aufgeflogen sind …*

# INHALT

# Prolog

### Geheimes Versteck in den Alpen, sechs Monate zuvor

Europa stand vor dem Zusammenbruch.

Grund dafür waren nicht mangelnder Mut, Disziplin oder Entschlossenheit. Auch nicht die Vielzahl an Feinden, die sich längst in Stellung gebracht hatten. Verantwortlich war eine halluzinogene Substanz, die in ihren Adern wütete.

Die Geheimagentin blinzelte benommen und zog sich mühsam an einer Korridorwand empor, die sich im Schein der summenden Neonröhren mal klarer, mal trüber abzeichnete. Selbst der Boden schien zu schwanken, so als stünde sie auf einem Schiff, das hohem Wellengang ausgesetzt war. Nur war das hier kein Schiff. Sie befand sich tief im Innern eines Bergmassivs, aus dem es kein Entrinnen zu geben schien. Längst hatte sie es aufgegeben, nach der Halle mit den Bergwerksmaschinen zu suchen, durch die sie vorgestern in die geheime Anlage eingedrungen war.

Oder vor vier Tagen?

Oder vor einer Woche?

Sie hatte ihr Zeitempfinden verloren. Es war auch egal. In ihrem Zustand wäre es ihr vermutlich eh nicht gelungen zu entkommen. Ihre Ausrüstung war fort, sie stolperte barfuß durch das unterirdische Tunnellabyrinth, und alles, was sie trug, war ein armseliges Krankenhaushemd, das ihr ihre Feinde zugestanden hatten. Und doch musste sie die Welt vor dem warnen, was hier vor sich ging.

Irgendwo in dieser Anlage musste es doch eine Kommunikationseinrichtung geben?

9

Europa stolperte den Korridor weiter entlang, einer sich verschwommen abzeichnenden Treppe entgegen, als hinter ihr eine dumpfe Detonation die Stille zerriss, die selbst die Grubenlampen zum Flackern brachte. Sie wusste, was das bedeutete. Ihre Häscher hatten die Stahltür, die sie so mühsam verriegelt hatte, aufgesprengt. Kommandos ertönten, denen aufgeregte Rufe und hallende Stiefelschritte folgten.

Benommen drehte sie sich um und versuchte, Schwindel und aufkommende Übelkeit abzuschütteln. Mangels Deckung, vornehmlich aber aus Erschöpfung, ließ sie sich flach zu Boden fallen, versuchte, ihren Herzschlag mittels einer tibetischen Atemübung unter Kontrolle zu bekommen, und brachte die erbeutete Waffe in Anschlag. Bei der Pistole handelte es sich um eine Glock 17. Ein Selbstlader aus leichtem Kunststoff mit Safe-Action-Abzugssystem. Bestehend aus bloß dreiunddreißig Teilen, was sie bei Sicherheitsdiensten und Armeeangehörigen in aller Welt beliebt machte. Wobei diese Waffe ganz sicher aus den Beständen des österreichischen Bundesheers stammte. Europa betete die technischen Details der Waffe wie ein Mantra herunter, um die bleierne Schwere in ihrem Schädel zurückzudrängen. Leider steckten in dem Stangenmagazin nur noch zwölf Patronen. Verzweifelt versuchte sie, die Waffe ruhig zu halten.

Es dauerte nicht lange, und hinter einer Gangbiegung tauchten die Umrisse zweier Männer auf, die bei ihrem Anblick lauthals brüllten und ihre Gewehre auf sie anlegten. Ein Schuss donnerte durch den Gang, und irgendwo schräg hinter ihr schlug die Kugel mit peitschendem Knall in die Korridorwand ein.

Europa feuerte ihrerseits dreimal und vernahm undeutliche Schmerzenslaute. Eine der Gestalten ging zu Boden, die andere wirbelte getroffen herum und wurde von Helfern in Sicherheit gezogen. Genaueres konnte sie nicht erkennen, da wieder Schlieren vor ihre Augen zogen.

»Nicht schießen, ihr Idioten!« Die Stimme des Anführers klang zornig.

Mit einer schier übermenschlichen Kraftanstrengung rollte sich

Europa zur gegenüberliegenden Gangwand. Abermals ließ sich ein vorwitziger Schatten blicken, den sie mittels eines Schusses zu Boden streckte.

Noch acht Patronen. Wenn sie richtig gezählt hatte.

Eine bedrohliche Ruhe kehrte ein, und Europas Blick klarte sich allmählich wieder.

Verärgerte Rufe waren zu hören, und zwei weitere Bewaffnete rückten geduckt und im Schutz eines verstärkten Schutzschildes in den Korridor vor. Europa biss die Zähne zusammen, senkte den Lauf der Waffe, um so Beine und Füße ihrer Häscher anzuvisieren. Doch ihre Hände zitterten und waren kaum fähig, die Waffe still zu halten. Sie nahm daher die schräg gegenüberliegende Wand ins Visier, wartete, bis die Männer nahe genug herangekommen waren, und feuerte ihr halbes Magazin ab. Eine der an der Wand abprallenden Kugeln hämmerte gegen den Stahlschild, zwei der Querschläger fanden wie erhofft ihren Weg schräg an dem Schutz vorbei. Schmerzensschreie gellten auf, der Schild kippte, und mit zwei weiteren Schüssen streckte sie die Entblößten nieder. Sie hörte das Stöhnen von Verletzten.

»Beeindruckend. Aber wenn ich richtig gezählt habe, verfügen Sie jetzt nur noch über eine einzige Patrone?«, erklang hinten aus dem Gang eine kalte, irgendwie nasal klingende Stimme.

Europa blinzelte angestrengt, denn hinter den Toten und Verletzten kam eine Gestalt in tiefschwarzem Ledermantel hervor. Ein Kleidungsstück, das an die Mäntel einstiger Wehrmachtsoffiziere erinnerte. Der restliche Aufzug des Fremden ähnelte hingegen dem Wichs, also der traditionellen Kleidung von Burschenschaftlern. Angefangen bei einem schräg getragenen schwarzen Cerevis, wie die Verbindungsstudenten ihre eigentümlichen, runden Kopfbedeckungen nannten. Hin zu einer ebenfalls tiefschwarzen Uniformjacke samt schwarzen Handschuhen mit weißen Gamaschen. Der Kerl trug sogar eine Art Schärpe über der Jacke, die sich bei näherem Hinsehen als Patronengurt entpuppte. Am befremdlichsten jedoch war die schwarze Brille, mit der er sein Antlitz verhüllte. Das seltsame Ding erinnerte an die Paukbrillen schlagender Verbindungen, mit denen die Studenten bei der Mensur ihre Augen schützten. Ähnlich einer Halbmaske bedeckte sie Nase und komplette obere Kopfpartie und vermochte es doch nicht, die grässliche rote Narbe zu verbergen, die sich quer über das Gesicht des Mannes zog. Da die Sichtflächen für die Augen vergittert waren, ähnelte sein Blick mehr dem eines lauernden Insekts denn dem eines Menschen.

Europa wusste, wem sie gegenüberstand. Ihr Gegner wurde innerhalb der Organisation unter dem schlichten Aktenvermerk »UKSC-13« geführt. UK für Unknown, SC für Super Criminal. Da das Erscheinungsbild des bislang unidentifizierten Superverbrechers an eine irre Mischung aus Batman, Burschenschaftler und Wehrmachtsoffizier erinnerte, hatten Eingeweihte ihm einen markanten Namen verpasst: der Paukant.

Der Begriff war in Anlehnung an die Kontrahenten all jener schlagenden Verbindungen entstanden, die sich auf den Paukböden ihrer Verbindungshäuser Narben als Erkennungszeichen beizubringen versuchten. Wenn das tatsächlich der Grund für sein verunstaltetes Gesicht war, musste es den Paukanten einst ziemlich schlimm erwischt haben. Leider war es müßig, sich darüber Gedanken zu machen. Relevant war ausschließlich, dass der geheimnisvolle Killer als Meister seines Faches galt und auch auf den Fahndungslisten anderer europäischer Geheimdienste stand. Interpol jagte ihn, ebenso die CIA sowie der russische Geheimdienst FSB. Dass ausgerechnet er hier vor ihr stand, ließ ihre Zuversicht schwinden.

»Eine … Kugel reicht völlig!«, sprach Europa mit schwerer Zunge. Zunehmend bereitete es ihr Mühe, die Waffe auszurichten. Unmöglich hatte sie eine Chance gegen den Kerl. Insbesondere nicht in ihrem jetzigen Zustand. Eine Erkenntnis, die umso demütigender war, als es ihr Gegner nicht einmal für nötig gehalten hatte, eine Waffe zu ziehen.

»Vielleicht.« Der Paukant schürzte spöttisch die Lippen unter der vergitterten Brille und winkte mit einer Kopfbewegung zwei weitere Bewaffnete heran, die sich neben ihm mit Maschinenpistolen aufbauten. »Bedauerlicherweise können Sie nur einen von uns erwischen. Ihre Flucht ist somit gescheitert.«

Europa stöhnte resigniert. Keinesfalls würde sie sich noch einmal in die Gewalt ihrer Peiniger begeben. Wenn das hier schon das Ende sein sollte, dann würde sie dafür sorgen, dass man sich an sie erinnerte. Vor allem würde sie stehend sterben.

Zittrig richtete sie sich wieder auf, kaum fähig, ihr Gleichgewicht zu halten. Noch immer zielte sie auf den Paukanten, richtete die Pistole dann aber unvermittelt gegen ihre Schläfe. Bunte Schleier wallten vor ihren Augen. »Lebend werdet ihr mich nicht …«

Etwas Dunkles schwirrte über den Korridor auf sie zu. Eine Minidrohne?

Europa versuchte noch, den Abzug ihrer Waffe zu betätigen, als das heransausende Etwas mit einem greller Lichtblitz explodierte und sie von einem erschütternden Knall nach hinten gerissen wurde. Sie stürzte, ihr Kopf schlug schmerzhaft gegen Gestein, die Glock wurde ihr aus der Hand geschlagen, dann wurde es schwarz um sie.

Als sie wieder erwachte, fühlte sie sich fast schwerelos.

Nein, die Bastarde trugen sie, und angesichts ihres dröhnenden Schädels wurde ihr erst allmählich bewusst, dass ihre Handgelenke auf dem Rücken zusammengebunden waren. Auf ihrer Zunge schmeckte sie Blut, durch das beständige Fiepen in ihren Ohren waren aufgeregte Stimmen zu vernehmen, und noch immer rang sie mit der Bewusstlosigkeit. Ohne Zweifel war sie Opfer einer Miniaturblendgranate geworden. Mühsam gelang es ihr, die Lider zu öffnen. Man schleppte sie durch eine Halle im Berg. Dicke Stromkabel lagen im Weg, außerdem glaubte sie, im Hintergrund Arbeiter zu erkennen, die respektvoll Platz machten. Nur berührten sie die Entdeckungen kaum. Ihr war so elend zumute, dass sie schlicht eines bereute: nicht die Gelegenheit gefunden zu haben, dem allen ein Ende zu bereiten.

Erneut fiel sie in die Finsternis.

Als sich das nächste Mal Licht in ihr Bewusstsein stahl, vernahm sie statt Männerstimmen … schwungvolle Marschmusik.

Europa blinzelte verwirrt.

Das war der »Radetzky-Marsch« von Johann Strauss.

War das bereits der Beginn der Folter?

Stöhnend richtete sie sich auf und spürte sofort die Fesselung. Man hatte sie auf einem Stuhl fixiert. Und dieser stand inmitten eines großen Raums, der angesichts der vielen Monitore an den Wänden wie eine Kommandozentrale wirkte. Auf den meisten Bildschirmen waren Gänge und Hallen mit Arbeitern und Bewaffneten zu erkennen. Auf anderen jedoch flimmerten Dokumentationen über Trachten- und Tanzgruppen, Sendungen über Schlösser und Barockbauten und ein TV-Bericht über einen Jagdverein. Sogar ein britischer Royalty-Streamingdienst war zugeschaltet, der irgendeinen belanglosen Beitrag über Meghan und Harry brachte.

Über allem lag weiterhin die Klangdecke des »Radetzky-Marsches«, zu der ein leicht korpulenter Mann mit gegelten, dunklen Haaren, lederner Kniebundhose und grauem Lodenjanker im Takt wippte. Er stand wenige Meter von ihr entfernt und hielt die Arme hinter sich verschränkt, während er durch ein großes Panoramafenster das Treiben in einer großen Berghalle verfolgte. Die dortigen Felswände waren mit Gerüsten bedeckt, auf denen Arbeiter Kabel verlegten, und es gab sogar einen Kran, der eigentümliche technische Gerätschaften zu einem Befestigungspunkt unter der Gewölbedecke beförderte.

Was genau ging da drüben vor sich?

Erst jetzt bemerkte Europa die zwei Bewaffneten in dunkler Kakiuniform samt ihren Maschinenpistolen. Die Männer hatten sich rechts und links vom Fenster aufgebaut und behielten sie misstrauisch im Auge – als ihr Kinn grob von einer weiteren Gestalt angehoben wurde, die nur auf eine Regung von ihr gewartet zu haben schien.

Der Paukant.

Der Killer fixierte sie durch seine vergitterte Brille, lächelte spöttisch und marschierte hinüber zu dem Mann vor dem Fenster, der ihm leicht den Kopf zuneigte, während er zu ihm sprach. Der Unbekannte drehte sich schließlich um, und Europa blickte auf eine grinsende Guy-Fawkes-Maske, mit der ihr Gegenüber sein Antlitz verbarg.

»Unsere kleine Ausreißerin ist also erwacht?« Überlegen sah der Dicke auf sie herab. Allerdings war seine Stimme angesichts der tönenden Marschmusik im Raum kaum zu verstehen. Er wandte sich daher kurz von ihr ab.

»Alexa, mach das aus!«

»Du möchtest ein anderes Lied von Strauss?«, fragte die freundliche Stimme des Voice-Services. Jäh erfüllten die heiteren Klänge der »Tritsch-Tratsch-Polka« den Raum. Die Bewaffneten warfen sich knappe Blicke zu, und selbst der Paukant sah kurz auf.

»Nein, das wollte ich nicht«, versuchte der Maskierte seine Contenance zu wahren. »Ich versuche hier ein Gespräch zu führen. Also Ruhe! Silence!«

»Enjoy the silence«, antwortete die freundliche Computerstimme. Die »Tritsch-Trasch-Polka« brach ab, stattdessen setzten die dumpfen Bässe von Depeche Mode ein.

Wütend zog der Unbekannte eine Pistole unter der Trachtenjacke hervor, richtete sie auf den Sprachassistenten und schoss so lange auf das Gerät, bis es vom Tisch kippte und die Musik im Raum verstummte. Eine unangenehme Ruhe kehrte ein.

Der Mann steckte die Waffe weg, rückte sichtlich beherrscht die Guy-Fawkes-Maske zurecht, verschränkte die Arme wieder hinter dem Rücken und nahm erneut mit leicht gegrätschten Beinen Haltung an. »Also, wo waren wir?«

»Ich glaube bei Ihrem seltsamen Musikgeschmack«, ächzte die Agentin. »Würde auch erklären, warum Sie sich nicht offen zeigen.«

Der Paukant trat mit zwei schnellen Schritten vor und verpasste ihr eine harte Ohrfeige. Europa stöhnte.

Der Maskierte beugte sich vor. »Normalerweise behandelt man Damen in meinem Reich wie Prinzessinnen. Nur befürchte ich, dass Sie dieses Recht durch Ihre Verstocktheit verwirkt haben.«

Europa beugte sich, soweit es ihre Fesselung zuließ, vor und spuckte vor ihm auf den Boden.

»Ihre mangelnde Kooperationsbereitschaft macht all das nicht besser.« Ihr Gegenüber blickte zu jemandem in ihrem Rücken auf. »Was wissen wir über sie?«

Ein unterwürfiger, in Weiß gekleideter, hagerer Mann mit Brille trat in Europas Gesichtsfeld, in dem sie sofort den Arzt wiedererkannte, der sich ihrer bereits während der zurückliegenden Gefangenschaft angenommen hatte. Jetzt war seine Oberlippe aufgeplatzt, und er trug einen Kopfverband, was den Umständen ihrer Flucht zuzuschreiben war.

»Sie, äh, hat sich allen Befragungen widersetzt, bis ich es mit einem Drogencocktail versucht habe, der sie etwas gefügiger machte.« Der Arzt sah sie giftig an und reichte seinem Boss eine Mappe. »Hier finden Sie alles, was ich aus ihr herausholen konnte. Also … bis sie mich überlistet hat.« Er räusperte sich. »Offenbar ist sie Geheimagentin.«

Europa sah wütend zu dem Arzt auf und fragte sich, was sie unter dem Einfluss der Drogen alles preisgegeben hatte.

»BND? MI5? DGSE?« Ungehalten schlug der Maskierte die Mappe auf und studierte die darin befindlichen Papiere. »Sagen Sie schon – welcher dieser Vereine ist uns auf die Schliche gekommen?«

»Keiner von denen. Vielmehr handelt es sich um eine Organisation, von der ich noch nie gehört habe.« Der Mediziner nickte knapp in ihre Richtung. »Deren Agenten scheinen alle unter Codenamen zu operieren. Sie hier nennt sich Europa. Sie hat aber auch noch andere Namen erwähnt. Und doch bin ich mir sicher, dass sie allein gehandelt hat. Insbesondere aber scheint sie für jemanden zu arbeiten, der sich Poseidon nennt.«

Sein Boss studierte eine der Seiten genauer. »Und diese Organisation nennt sich AROS? Wie kann es sein, dass wir von der nichts wissen?«

»Könnte auch EROS gelautet haben«, korrigierte ihn der Arzt kleinlaut. »Das war etwas unverständlich …«

»Ich hasse diese Geheimdienste mit ihrer Heimlichtuerei.« Der Maskierte schüttelte unwillig den Kopf. »Diese ganzen Codenamen –

das ist doch völlig lächerlich. Haben Piccolo-Nelli, Porsche-Kalle oder der Professor schon mal etwas von denen gehört?«

»Nicht, dass ich w …«

»Nicht AROS«, meldete sich plötzlich der Paukant zu Wort. Lauernd trat der Killer näher. »Sie dürfte A.R.G.O.S. gemeint haben.«

Europa sah zornig auf.

»A.R.G.O.S.?« Der Dicke ließ die Unterlagen sinken.

Der Paukant nickte unmerklich. »Ich hatte bereits vor zwei Jahren eine Begegnung mit einem ihrer Agenten. Diese Organisation operiert europaweit und ist sehr erpicht darauf, dass niemand von ihr Kenntnis erlangt. Inzwischen habe ich aber dennoch das eine oder andere in Erfahrung bringen können. Kleinigkeiten, trotzdem …«

Er nahm seinen Boss zur Seite, und Europa sah misstrauisch dabei zu, wie sich die beiden leise unterhielten. Irgendwann schnaubte der Maskierte und trat wieder vor sie.

»Sieht so aus, als wäre uns mit Ihnen ein interessanterer Fang gelungen, als ich ahnen konnte.« Er kam ihr samt der Guy-Fawkes-Maske so nah, dass sie den markanten Duft seines Haargels riechen konnte.

»Sehen Sie das?« Er machte etwas Platz, damit sie durch das Panoramafenster erneut einen Blick auf die benachbarte Berghalle samt den dortigen Bauaktivitäten erhaschen konnte. »Dort drüben nimmt die Zukunft dieses Kontinents Gestalt an. Wenn wir fertig sind, wird das ein Beben wie zuletzt in Nagasaki auslösen.«

»Was auch immer es damit auf sich hat, wir werden Sie stoppen!«, zischte Europa.

»Ach ja?« Ihr Gegenüber lachte unter der Maske. »Wenn Sie glauben, Ihre lächerliche Organisation könne uns aufhalten, muss ich Sie enttäuschen. Wir werden alles ausradieren, was uns im Weg ist. Und *Sie* werden uns dabei helfen.«

Er wandte sich dem Arzt zu. »Sie haben mich gehört. Quetschen Sie alles aus ihr raus, was machbar ist. Verpassen Sie ihr meinetwegen die dreifache Dosis. Völlig egal.« Er richtete das Wort nun an den Paukanten. »Und während ich dafür sorge, dass der Zeitplan weiter eingehalten wird, bereiten Sie alles wie abgesprochen vor. Geld spielt keine Rolle.« Die Augen unter der Maske blitzten. »Starten Sie Operation Götterdämmerung!«

# GÖTTERDÄMMERUNG

»I got the eye of the tiger, a fighter!
Dancing through the fire
'Cause I am a champion, and you're gonna hear me roaaaar!«

Lena stand mit der Zahnbürste im Mund vor dem Spiegel ihres Ho-
telbadezimmers, wiegte sich im Rhythmus der Musik, die aus ihrem
Smartphone tönte, und schmetterte ihrem Spiegelbild den Refrain
von Katy Perrys »Roar« entgegen:

»Louder, louder than a lion
'Cause I am a champion, and you're gonna hear me roaaaar
Oh-oh-oh-oh-oh
Oh-oh-oh-oh-oh«

Sicher, die schlanke Gestalt da im Spiegel mit ihren vom Schlaf zer-
zausten halblangen Haaren und dem schaumverschmierten Mund
glich in Wahrheit allem anderen als einer Kämpferin. In ihrem
schlabberigen Frottee-Schlafanzug sah sie auch nicht annähernd so
aus wie die wandlungsfähige Katy Perry. Vor allem nicht annähernd
so gut. Dabei war sie nicht einmal unsportlich. Leider besaß Lena
für ihren Geschmack einen viel zu knochigen Körperbau und viel
zu wenig Oberweite. Und dass sich ihre hellen, bei näherer Betrach-
tung wohl doch eher straßenköterblonden Haare immer wieder ihrer
Bürste widersetzten, ärgerte sie ebenfalls. Nur war all das im Augenblick egal.

Denn Katy Perrys Song war eine Offenbarung.

Ein Versprechen, dass irgendwann ihre Zeit kommen würde, alle

Grenzen zu sprengen. Niemand würde sie dann mehr aufhalten können. Dann würde die Welt allein ihr gehören.

»Oh-oh-oh-oh-oh
You're gonna hear me roaaaaar!«

Die Zahnbürste noch immer im Mund, tanzte sie mit dem plärrenden Handy in der Hand zurück in den Schlafraum. Dort schlüpfte sie rasch aus ihrem Schlafanzug, beförderte ihn mit dem Fuß neben den offenen Koffer auf dem Bett und sah, dass aus Letzterem ihre Reiseliteratur herausgerutscht war – ein zerlesener Miss-Marple-Sammelband, der dritte Teil der »Outlander«-Saga und ein neuer Ratgeber mit dem Titel »Office-Managerinnen: Die heimliche Macht im Vorzimmer«, den sie bislang noch nicht hatte anfangen können. Die Bücher lagen allesamt auf der großen Stoffmaus, die sie seit ihrer Kindheit überall mit hinschleppte.

»Oh, Minnie!«, nuschelte sie bekümmert. »Das tut mir leid.«

Hastig zog sie die Stoffmaus unter den Büchern hervor, streichelte sie liebevoll hinter den Ohren und drapierte sie zärtlich auf dem Kissen. Üblicherweise schlief sie in Hotelbetten nicht so gut, weswegen sie ihren Talisman aus Kindertagen überall mit hinnahm. Dass manche das für eine Achtundzwanzigjährige für etwas skurril hielten, war ihr egal. Wusste ja niemand. Umso mehr wunderte sie sich darüber, dass sie heute sogar fast verschlafen hatte. Schon aus diesem Grund musste sie sich sputen, denn ihr Chef verließ sich auf sie.

Während Katy Perrys Song allmählich leiser wurde, legte sie die Zahnbürste weg und ging zu den Vorhängen ihres Hotelzimmerfensters, durch das warm und gelb das Licht der aufgehenden Augustsonne fiel. Unbekleidet, wie sie war, zog sie die Vorhänge auf und kam sich dabei äußerst verrucht vor. Natürlich konnte sie hier oben niemand sehen. Umso mehr genoss sie splitterfasernackt die frühmorgendliche Aussicht auf Rotterdam.

Wie schon bei ihren letzten Aufenthalten in der niederländischen Hafenmetropole stach ihr als Erstes die elegante Erasmusbrücke in einiger Entfernung ins Auge. Die Schrägseilbrücke spannte sich über die Nieuwe Maas, einen Hauptstrom im Rhein-Maas-Delta. Auf dem Wasser waren Kreuzfahrtschiffe und Lastkähne auszumachen, vor allem jedoch faszinierte sie die spektakuläre Skyline der Stadt. Denn unweit der Brücke ragten einige aufsehenerregende Hochhäuser in den blauen Himmel. Etwa die beeindruckende Kastenburg *De Rotterdam*, die aus der Entfernung wie eine Ansammlung aufeinandergestapelter Container anmutete, aber auch der schlanke KPN Tower und das New Orleans, das höchste Wohnhochhaus der Niederlande. Rotterdam verteidigte schon seit geraumer Zeit seinen Ruf als Architektur-Mekka. Und diesmal, so nahm sie sich vor, würde sie sich vor ihrer Abreise auch einige andere Sehenswürdigkeiten ansehen. Etwa die Blaakse Bos, ein Ensemble spielerisch anmutender Kubushäuser nahe am Wasser, die wie übergroße gelbe Würfel auf Stelzen wirkten. Oder das Chabot Museum, ein Museum für internationalen Expressionismus, das in einer der schönsten Villen der Stadt untergebracht war, die selbst als Kulturdenkmal im Stile der internationalen Moderne galt.

Lena reckte sich im Sonnenlicht, schaltete die Musik ihres Handys aus und entsperrte stattdessen den Bildschirm ihres Tablets, das auf dem Tisch der Sitzecke lag. Sofort öffnete sich die Spiele-App »Puzzle Champion« mit einer Kaskade fallender Puzzlestücke. Sie liebte das Spiel. Es hatte inzwischen sogar die Quizsendungen, mit denen sie sich sonst ihre Zeit vertrieb, verdrängt. Das Spielprinzip war recht einfach: Man konnte entweder aus unzähligen Puzzles mit bis zu fünfhundert Teilen wählen – mehr war auf einem Tablet auch nicht sinnvoll – oder spaßeshalber eigene Bilder einstellen, die die App dann in Puzzlestücke zerlegte. Die meisten Nutzer puzzelten vermutlich bloß für sich. Der eigentliche Spaß begann jedoch, wenn man sich mit anderen Spielern in Kombinationsvermögen und Schnelligkeit maß. Und das war genau ihr Ding.

Für diesen Zweck gab es eigene Spielräume, in die man sich gegenseitig einladen konnte. Die App startete dann mitleidlos eine Stoppuhr, sobald einer der Kontrahenten das gewählte Puzzle aufrief und loslegte. Aber man konnte eine Partie auch in kleinere Happen einteilen und zwischendurch spielen, was ihr beruflich sehr entgegenkam. Die Puzzleintervalle wurden am Ende einfach zu einer Gesamtzeit aufaddiert.

Wie erhofft begrüßte sie eine Nachricht von Radbot1045: *Mal sehen, wie lange du brauchst?* ☺

Hatte ihr Online-Freund die Herausforderung etwa schon angenommen?

Er hatte ihr gestern vier hübsche Städtepanoramen als Puzzlemotive zugeschickt und es ihr überlassen, eines für das anstehende Match auszuwählen. Lena warf einen Blick zum Fenster. Natürlich hatte sie nicht lange nachdenken müssen. Rotterdam war einfach zu schön.

Doch während sie noch gar nicht angefangen hatte, war er in der Nacht bereits fertiggeworden. Und er hatte für die fünfhundert Teile bloß eine Stunde und sechzehn Minuten benötigt, was angesichts der perspektivischen Möglichkeiten eines Tablets verdammt gut war. Andererseits war Radbot1045 hier auf der App auch der beste Spieler – neben ihr natürlich.

Allmählich fragte sie sich, wie es wohl wäre, ihn im realen Leben kennenzulernen. Sie wusste zwar nicht, wie er aussah, aber seit zwei Monaten chatteten sie zwischen den Spielen gelegentlich miteinander. Sie wusste daher, dass er dreißig Jahre alt war, als Fotograf seine Brötchen verdiente, früher mal als Model gearbeitet hatte und nach einer gescheiterten Beziehung allein einen süßen sechsjährigen Jungen großzog. Und ebenso wie sie besaß auch er ein verdammt gutes Auge. Außerdem war er intelligent und irgendwie auch witzig. Ein Gedanke, der ihr ein schwärmerisches Lächeln auf die Lippen zauberte.

Lena hatte sich schon mehrfach überlegt, ihn zu fragen, ob sie vielleicht mal Bilder von sich austauschen sollten. Nur traute sie sich das angesichts all der hübschen Frauen nicht, die er vermutlich Tag für Tag zu Gesicht bekam.

*Challenge accepted!*, gab sie stattdessen als Antwort ein und überlegte bereits, ob sie das Puzzle starten sollte, um ihn zu unterbieten – als ihr Handy klingelte.

»Hi, Sweety, ich bin es.« Die Stimme ihrer Schwester Sophia ließ Lena das Tablet weglegen.

»Na, Kleine, was gibt es?« Nackt, wie sie war, setzte sich Lena auf das Bett. »Ich muss mich für eine Konferenz fertig machen.«

»Na toll«, schmollte ihre jüngere Schwester, »da rufe ich dich schon zu einer so unchristlichen Uhrzeit an, und dann ist das die Begrüßung?«

Lena grinste. Sie und Sophia waren so unterschiedlich wie Tag und Nacht. Und für eine Nachtschwärmerin wie ihre Schwester war 6.45 Uhr vermutlich tatsächlich mitten in der Nacht.

»Sorry, aber ich bin wirklich …«

»War ein Spaß«, unterbrach Sophia sie und lachte. »Wo treibst du dich gerade rum?«

»Du weißt doch, dass ich das selbst dir nicht verraten darf. Die Viktualia Consulting Group ist eine Lobbyorganisation. Mein Chef besteht daher auf absoluter Diskretion. Aber ich sollte in spätestens zwei Tagen wieder zurück in Bremen sein.«

»Okay, ich wollte nur noch mal sichergehen, dass du an die Party am Samstag denkst. Du bist fest eingeplant. Da will ich dir übrigens einen Bekannten vorstellen.«

»War ja klar, dass es darum geht.« Lena seufzte. »Ganz ehrlich: Du weißt doch, ich bin noch nicht so weit.«

»Mann, Lena«, tönte es aus dem Lautsprecher. »Das mit diesem Andy ist jetzt eineinhalb Jahre her. Der Typ war eh hässlich wie die Nacht. Mit seiner Halbglatze und dem Bauch sah er aus wie Papa – und das ist für einen Mittdreißiger eine erstaunliche Leistung.«

»Andy war neunundzwanzig«, widersprach Lena lahm. »Überhaupt, als ob es bloß auf die Optik ankäme. Er war ziemlich intelligent. Der konnte fünf Fremdsprachen und …«

»Sind wir jetzt bei ›Ein Fisch namens Wanda‹?«, unterbrach sie Sophia brüsk. »Du kannst selbst sieben Fremdsprachen. Im Übrigen hast *du* damals mit ihm Schluss gemacht. Zum Glück. Darf ich daran erinnern, dass der langweilig wie eine Schlaftablette war? Mal ganz davon ab, dass der dich eh bloß rumkommandiert hat. Dass ausgerechnet du das vergisst, ist für so einen Nerd wie dich echt erstaunlich. Echt, verkauf dich nicht immer unter Wert. Wenn du ein bisschen mehr auf mich hören würdest, dann würden die Typen bei dir Schlange stehen.« Sophia lachte schelmisch. »Dann müsstest du dir auch nicht mehr heimlich so Streifen wie ›Freibeuter aus Leidenschaft‹ reinziehen, um mal einen knackigen Kerl nackt zu sehen.«

»Woher weißt du …?«

»Schon vergessen, dass du meinen Streaming-Account benutzt?«

Lena schoss das Blut ins Gesicht.

»Ehrlich«, fuhr ihre Schwester fort. »Du bist zwar Sekretärin, aber du musst dich nicht unbedingt wie eine aufführen.«

»Ich bin keine Sekretärin«, empörte sich Lena. »Ich bin Assistentin der Geschäftsführung.«

»Dann eben Chefsekretärin. Sei einfach froh, dass jemand deine skurrilen Talente zu würdigen weiß.«

»Ob du es glaubst oder nicht, ich *habe* bereits jemanden kennengelernt.«

»Und wo?«

»Im Internet.«

»Ach.« Sophia klang wirklich überrascht. »Hast du dich endlich bei Tinder angemeldet?«

»Nein, äh, bei ›Puzzle Champion‹.«

Sophia gab einen undefinierbaren Laut von sich, der sich bestürzend nach unterdrücktem Gelächter anhörte.

»Am Samstag geht es jedenfalls auf die Piste«, legte ihre Schwester wieder los. »Und dann machst du es wie deine Katy Perry und schnappst dir auch einen Orlando Bloom, alles klar?«

»Meinetwegen«, antwortete Lena wenig überzeugt.

»Hast du wenigstens das schicke neue Business-Kleid mitgenommen, das wir für dich gekauft haben?«

»Natürlich«, log Lena und schielte zu dem praktischen Hosenanzug, der über dem Stuhl hing.

»Perfekt! Also melde dich, wenn du wieder zurück bist. Tschüssi.«

Sophia legte auf, und Lena fragte sich, warum sie nicht etwas mehr von ihrer temperamentvollen Schwester hatte. Ihre gute Laune war jedenfalls dahin.

Einen Moment lang überlegte sie, noch einmal »Roar« anzuwerfen. Stattdessen schlüpfte sie ernüchtert in ihren Hosenanzug, kämpfte vor dem Badezimmerspiegel mit ihren Haaren und legte etwas Schminke auf, die mit ihren blassgrünen Augen harmonierte. Jedenfalls wenn sie Sophia traute, denn sie selbst besaß für so etwas kein so gutes Händchen. Sie setzte sich wieder auf das Bett und entschied sich gerade – die Stimme ihrer Schwester noch immer im Ohr – für die eleganteren hochhackigen Pumps statt den bequemeren Wildleder-Mokassins, als das Handy abermals bimmelte. Ohne hinzusehen, nahm sie das Gespräch an.

»Ich sagte doch, dass ich komme«, erklärte sie leicht ungehalten.

»Oh, darauf verlasse ich mich auch, Frau Kaufmann.«

Lena ließ vor Schreck die Pumps fallen. Am anderen Ende der Leitung war nicht etwa Sophia, sondern ihr Chef.

»Oh, Doktor Fink«, aufgeregt stand sie auf und trat dabei auf einen am Boden liegenden Ohrring mit spitzem Haken, woraufhin sie einen schmerzhaften Laut unterdrückte. »Entschuldigen Sie bitte, ich dachte meine Schwester ...«

»Alles gut, Frau Kaufmann«, kam es etwas angespannt zurück. »Ich wollte Sie lediglich informieren, dass mein Chauffeur Sie leider nicht abholen kann. Stattdessen habe ich ein Taxi bestellt, das in fünfzehn Minuten eintreffen wird. Ich ... möchte Sie bitten, auf dem Weg zur Konferenz noch etwas für mich abzuholen. Der Fahrer ist informiert. Und bitte, das muss in jedem Fall unauffällig geschehen.«

Lena hüpfte ungelenk durch das Zimmer und bekam endlich den Ohrring zu fassen, dessen Haken sich in ihren Fuß gebohrt hatte. »Natürlich, kein Problem. Ganz wie Sie wünschen.«

»Sehr gut. Ich erkläre Ihnen alles Weitere später. Ich erwarte Sie dann am Empfang.«

Ihr Chef legte auf, und Lena, die noch immer leicht humpelte, starrte irritiert ihr Smartphone an. Finks übliche Heimlichtuerei kannte sie ja schon, aber das würde knapp werden. Für ein Frühstück blieb keine Zeit mehr.

Sie warf den Ohrring verärgert aufs Bett, und so schnell es ging, machte sie sich fertig. Rasch legte sie noch etwas *Lacoste Pour Femme* auf, überprüfte unnötigerweise noch einmal, ob sie alle Unterlagen in ihrer Tasche hatte, packte Tablet und Handy ein und machte sich eilig auf den Weg in die Hotellobby.

Viel hatte sich hier seit ihrem letzten Aufenthalt nicht verändert. Auf dem Hotelflur zum Lift war eines der Rotterdam-Bilder an den Wänden entfernt worden, linker Hand befand sich ein neuer Aushang der Zimmerordnung, und sie war sich sicher, dass in den letzten Monaten einer der Feuermelder unter der Decke ausgetauscht worden war. Unten angelangt, warf sie dem benachbarten Frühstücksraum einen sehnsüchtigen Blick zu, marschierte aber zum Hotelausgang mit der Pförtnerloge. Sie hielt die Sicherheitsbestimmungen des Hotels, in dem die Viktualia Consulting Group sie stets unterbrachte, zwar für etwas übertrieben, aber hier gehörte es zum guten Ton, dass niemand ohne Abmeldung das Hotel verließ und vor allem auch nicht ohne Anmeldung betrat.

Lena klopfte gegen die Scheibe und schreckte so zwei Pförtner in brauner Hoteluniform auf, die gespannt einem Fernsehbericht über die Umweltgruppe Gaia's Warriors folgten. Die Ökoextremisten suchten Europa bereits seit einem guten Jahr mit immer brutaleren Terroranschlägen heim, und noch immer hatte die Polizei keine Spur. Den älteren der beiden Portiers erkannte sie sofort wieder. Und auch der Mittfünfziger lächelte bei ihrem Anblick erfreut.

»Frau Kaufmann!«, begrüßte er sie in der charmanten Mundart der Niederländer. »Sie weilen wieder bei uns? Was für eine schöne Überraschung.«

»Danke, Herr de Groot. Ich müsste raus.«

»Natürlich, aber da Sie schon mal da sind … Sie haben doch sicher einen Moment, oder?« Er zwinkerte.

Lena ahnte, was folgte, und blickte auf die Uhr. Noch war draußen kein Taxi zu sehen. Außerdem spielten sie das Spiel immer, wenn sie hier einquartiert war.

Der Portier wandte sich seinem Kollegen zu. »Bastiaan, jetzt wirst du was erleben. Pass gut auf.« Er trat vor die Sprechscheibe und grinste. »Sagen Sie mir, auf was ich mich diese Woche am meisten freue.«

Sein Kollege wollte etwas einwenden, doch der Pförtner bedeutete ihm rasch, still zu sein, und blickte sie gespannt an.

Lena seufzte, musterte ihn von oben bis unten, sah sich in dem Kabuff um und wog nachdenklich ihr Haupt. »Hm, ich möchte Ihnen ja nur ungern zu nahe treten, aber wenn Sie mich schon so fragen, dann würde ich darauf wetten, dass Sie sich diese Woche scheiden lassen.«

Ungläubig starrte der Mann sie an, dann lachte er und schlug seinem perplex dreinschauenden jüngeren Kollegen begeistert auf die Schulter. »Das macht sie jetzt schon zum vierten Mal. Zum vierten Mal, kannst du dir das vorstellen? Bei unserer ersten Begegnung konnte sie mir sagen, dass ich Vorbereitungen für den Geburtstag meiner Tochter treffe, beim zweiten Mal, dass ich gerade eine Blinddarm-Operation hinter mir hatte, und bei unserer letzten Begegnung, dass ich eine Kreuzfahrt zu den Malediven planen würde.« Fasziniert sah er sie an. »Bitte, verraten Sie mir, wie Sie das diesmal angestellt haben.«

»Ach, das ist keine Zauberei«, wiegelte Lena geschmeichelt ab. »Das fängt schon mal damit an, dass Sie Ihren Ehering nicht mehr tragen.«

Ertappt nestelte der Mann an seinen Fingern. »Ich bin mir sicher, dass ich den schon bei unserer letzten Begegnung nicht mehr getragen habe. Und das liegt schon eine Weile zurück.«

»Ich weiß. Aber bei den Malen davor. Hinten an der Wand«, sie deutete auf ein großes, mit Zetteln und Fotografien übersätes Pinnbrett, »hängt zwar noch das alte Foto Ihrer Tochter, aber das von Ihrer Frau haben Sie abgenommen. Es war ja schon bei den letzten Malen kaum mehr unter den vielen Zetteln auszumachen.«

»Meine Güte, das ist Ihnen aufgefallen?« Geschäftig wandte er sich seinem Kollegen zu. »Du musst wissen, dass Frau Kaufmann ein fotografisches Gedächtnis besitzt.«

»Ehrlich gesagt spricht man da eher von einem eidetischen Gedächtnis«, korrigierte ihn Lena behutsam. »Und das ist manchmal eher Fluch als Segen. Glauben Sie mir. Hinzu kommt, dass Sie – den Urlaubsbildern da hinten zufolge – Ihre Reise auf die Malediven nur mit Ihrer Tochter angetreten haben. Und der schicke Kugelschreiber hier vorn«, sie deutete auf den Tisch hinter der Glasscheibe, »den haben Sie von einer Anwaltskanzlei hier, die sich vornehmlich mit Scheidungsfällen befasst. Ich bin da vor zwei Jahren mal fälschlicherweise durchgestellt worden, weil es hier in Rotterdam noch eine andere Kanzlei mit ähnlichem Namen gibt. Allerdings für Seerechte. Und wenn ich raten darf, dann haben Sie auch schon jemand Neues kennengelernt. Sie haben nämlich seit unserer letzten Begegnung mindestens zehn Pfund abgenommen.«

»Okaaaay …« Der Pförtner grinste verlegen.

»Echt, du hast schon eine Neue?«, fragte sein Kollege neugierig. »Deine Scheidung ist doch noch gar nicht durch. Wen denn?«

»Ich tippe auf eine Krankenschwester«, antwortete Lena. »Ich vermute, die haben Sie bereits während Ihres Krankenhausaufenthalts kennengelernt. Etwa zehn Jahre jünger als Sie und aus Indonesien, richtig?«

Der Portier starrte sie verdattert an. »Wie zum Teufel …?«

»Das verrate ich Ihnen nachher.« Sie zwinkerte. »Mein Taxi ist nämlich gerade eingetroffen.«

»Ja, sicher. Natürlich.« Die Männer starrten sie an, ein Summer ertönte, und Lena trat lächelnd auf den Hotelvorplatz, auf dem soeben ein weiß-blaues Elektrotaxi vorgefahren war.

Sie hatte eben tatsächlich das Auge des Tigers.

Am Horizont zogen dunkle Wolken über der Stadt herauf. Sie stieg im Heck des Wagens zu, und der Fahrer, ein Mann marokkanischer Abstammung, drehte sich zu ihr um. »Goedemorgen, Frau Kaufmann. Bevor ich Sie zum Millennium Tower bringe, soll ich Sie beim Hauptbahnhof absetzen.«

»Ja, ich weiß Bescheid«, erklärte sie geschäftig. »Ich soll dort etwas ziemlich Wichtiges abholen.«

»Na ja, Ihr Boss wünscht, dass Sie ihm von *Gijs Burger* ein Frühstücksmenü besorgen. Und zwar das ›Capt. Gijs Bacon & Egg‹, allerdings ohne Bacon, dafür mit Käse. Außerdem ein Schoko-Croissant und einen Master's Mate Diät-O-Saft extra.«

Ungläubig starrte Lena den Fahrer an. »Sind Sie sich sicher?«

»Aber ja.« Er lächelte unverschämt gut gelaunt. »Ich musste das dreimal wiederholen.«

Lena dachte unwillkürlich an die Vorhaltungen ihrer Schwester zurück. Offenbar taugte sie doch bloß zum Kaffeeholen. Nach dem kleinen Hoch eben war ihr Laune nun endgültig dahin.

»Na los, fahren Sie schon.«

Resigniert ließ sie sich in die Sitzpolster sinken, zückte ihr Tablet und startete »Puzzle Champion«.

*

»Einmal das Capt. Gijs Bacon & Egg, allerdings ohne Bacon, dafür mit Käse. Außerdem ein Schoko-Croissant und einen Master's Mate Diät-O-Saft extra«, leierte Lena die Bestellung ihres Chefs herunter.

Sie stand am Tresen der kleinen Burgerkette *Gijs Burger,* die sich zwischen Blumenläden, Bäckereien und Presse-Shops in der Empfangshalle des *Rotterdam Centraal* befand. Normalerweise wusste sie die elegante neue Bahnhofshalle, die in ihrer Großzügigkeit und Ästhetik den Eindruck einer überdachten Piazza erweckte, durchaus zu schätzen – nur heute nicht. Denn in ihrem Hosenanzug war sie in diesem Laden völlig overdressed. Weiter hinten lümmelten Schüler an einem der Tische herum, ein dicker Kerl stopfte trotz der Uhrzeit bereits ein Vice-Admiral-Double-Cheeseburger-Menü in sich rein, und es roch unangenehm nach Fett und Pommes. Die Frage, ob sie sich vielleicht auch ein Frühstück besorgen sollte, stellte sich daher nicht. Der Appetit war ihr inzwischen vergangen.

Die junge Angestellte in der blau-weißen Seemannskluft gab die Bestellung lustlos in die Kasse ein und seufzte.

»Tut mir leid«, meinte sie Kaugummi kauend. »Der Master's Mate Diät-O-Saft ist ausverkauft. Wie wäre es stattdessen mit einem Sailmaker-Peppermint-Shake?«

»Ganz sicher nicht«, antwortete Lena angewidert. »Und das Ganze zum Mitnehmen bitte.«

»Wie Sie wünschen.«

Lena zahlte, und die junge Frau machte sich gerade daran, das Gewünschte zusammenzutragen, als sie neben sich eine gedämpfte Stimme vernahm: »Ohne Bacon, dafür mit Käse!«

Einen halben Schritt entfernt vor einer unbesetzten Kasse stand ein leicht abgehetzt wirkender Mittdreißiger in der Kluft eines Fahrradkuriers, der zu der großen Menükarte über dem Tresen aufsah.

»Ohne Bacon, dafür mit Käse!«, wiederholte er eindringlich und musterte sie knapp.

»Ja, das habe ich bestellt«, antwortete Lena befremdet. »Aber ich wüsste nicht, was Sie das angeht.«

»Sie sind Frau Kaufmann?« Nervös blickte sich der Mann um.

»Ja?«

»Hier! Nehmen Sie das.« Aufgeregt zog er einen braunen Umschlag aus der Tasche und steckte ihn ihr zu. »Bitte, wenden Sie Ihren Blick ab. Ich glaube, ich werde verfolgt.«

Lena starrte überrumpelt den Umschlag an. Der seltsame Fahrradkurier hingegen wandte sich eilig von ihr ab, verließ den Burgerladen und mischte sich in der großen Eingangshalle rasch unter die Reisenden.

»So, hier ihr Capt. Gijs Bacon & Egg«, machte die Bedienung wieder auf sich aufmerksam. Eine Bubblegum-Blase zerplatzte vor ihrem Mund, während sie ihr eine gefüllte Papiertüte zuschob. »Ohne Bacon, dafür mit Käse. Außerdem ...«

»Jaja, ich weiß. Danke.« Lena, die den Umschlag noch immer verwirrt in der Hand hielt, nahm die Tüte gereizt an sich, fasste die Glasfront des Ladens wieder ins Auge, konnte den seltsamen Kerl aber nicht mehr entdecken.

Der Umschlag selbst war weder beschriftet noch verschlossen, fast so, als habe jemand in großer Eile etwas hineingestopft. Irgendwelche Dokumente, ihren tastenden Fingern zufolge. Hatte ihr Chef sie deswegen hierhin bestellt?

Sie unterdrückte den Impuls, in den Umschlag zu schauen, klemmte ihn sich stattdessen unter die Achsel, verließ den Burgerladen, stiefelte auf ihren Pumps an zahllosen Reisenden vorbei zu einer der Außentüren an der gewaltigen Glaswand der Bahnhofshalle und betrat den riesigen gepflasterten Vorplatz des Hauptbahnhofs.

Obwohl sich der Himmel über Rotterdam weiter zugezogen hatte, fand sie sich unter zahllosen Menschen wieder. Darunter Reisende aus aller Welt, lachende Pärchen und eine Touristengruppe, die sich erläutern ließ, dass sich der neue Hauptbahnhof samt der steil aufragenden Eingangshalle inzwischen zu einem Wahrzeichen der Stadt gemausert hatte.

Ihr eigentliches Ziel, den hohen Millennium Tower Rotterdams, der nur einen Steinwurf vom Hauptbahnhof entfernt zu liegen schien, konnte sie bereits gut erkennen. Der markante Wolkenkratzer wirkte samt der blauen Glasfassade so, als wäre er aus der Stadtkulisse New Yorks direkt hierher versetzt wurden. Theoretisch hätte sie ihn auch zu Fuß erreichen können, nur war sie über die befremdlichen Umstände, die sie an diesen Ort verschlagen hatten, noch immer so verärgert, dass sie sich den Rest der Strecke jetzt erst recht fahren lassen würde. Sollte das Essen in der Tüte doch kalt werden, geschah Doktor Fink recht.

Es sei denn natürlich …

Sie musterte wieder den Umschlag.

Lena hielt nach dem Taxi Ausschau, das noch immer zwischen anderen Taxis auf sie wartete, und beschleunigte ihre Schritte. Sie konnte bereits die marokkanische Popmusik im Wagen hören, als sie mit ihren Absätzen über einen leicht vorspringenden Pflasterstein stolperte. Mit einem Fluch auf den Lippen schaffte sie es zwar, die

Tüte festzuhalten, verlor jedoch den Umschlag, der durch die Luft bis zu dem Taxi segelte, wobei mehrere weiße Papiere zum Vorschein kamen.

»Shit!« Lena öffnete hektisch die Beifahrertür des Taxis, stellte die Burger-Tüte auf dem Sitz ab und begann die Dokumente einzusammeln, von denen gleich mehrere mit einem roten Stempel versehen waren:

»Confidential – TOP SECRET – Classified!«

Verblüfft betrachtete sie die Unterlagen, als hinter ihr eine dunkle Männerstimme ertönte. »Kann ich Ihnen helfen?«

Überrumpelt sah sie auf und entdeckte hinter sich einen blonden Mann in anthrazitfarbenem Sakko und dunkler Sonnenbrille, dessen Lächeln aufgesetzt wirkte.

»Danke, geht schon.«

»Aber nicht doch, ich helfe gern.« Der Kerl bückte sich und griff nach einem der Papiere, das Lena ihm rasch entzog, als sich unvermittelt ihr Fahrer einmischte.

»Sie haben die Dame gehört? Sie benötigt keine Hilfe.«

Lena erhob sich ebenso wie der Fremde, während ihr lächelnder Fahrer an ihre Seite trat.

Der Sonnenbrillenträger musterte den Marokkaner knapp, blickte sich zu einem Begleiter in einiger Entfernung um, der ebenfalls Sonnenbrille trug, und schürzte überheblich die Lippen.

»Ich denke, das kläre ich mit Ihrer Kundin selbst.«

»Achmed, irgendein Problem?« Aus gleich zwei benachbarten Taxis stiegen Männer, die sich argwöhnisch zu ihrem Kollegen gesellten. Auch die Inhaberin eines vierten Taxis sah sich stirnrunzelnd zu dem Geschehen um.

Das Grinsen des Kerls mit der Sonnenbrille zerfaserte. »Ich wollte bloß freundlich sein.«

Er entfernte sich zögernd, nicht ohne sich mehrfach zu ihnen umzusehen.

»Alles in Ordnung?«, erkundigte sich Achmed.

»Ja, alles gut. Danke.« Lena, die den Umschlag instinktiv umklammerte, runzelte die Stirn. »Ich denke, er wollte tatsächlich bloß helfen.«

»Weiß man nie«, meinte ihr marokkanischer Fahrer. »Viel zu viele Ausländer hier.« Er deutete freundlich zum Wagen. »Kommen Sie, der Millennium Tower ist gleich dahinten.«

Während Achmed die Haltebucht verließ und mittels eines Schlenkers den überbauten Weena-Tunnel in Richtung Tower querte, sah sich Lena noch einmal misstrauisch um, entdeckte den Fremden mit der Sonnenbrille aber nicht mehr. Irgendetwas war hier im Gange, was sie noch nicht so recht durchschaute. Und das ärgerte sie. Ihr Chef würde ihr jedenfalls einige Fragen zu beantworten haben.

Kurz kämpfte sie mit ihrer Neugier, die Unterlagen noch einmal zu begutachten. Doch in dem Moment stoppte das Taxi auch schon wieder.

»So, da sind wir.« Sie standen jetzt in einer Seitenstraße unmittelbar neben dem Tower, und ihr schwarzhaariger Fahrer nickte ihr zu. »Goede werkdag!«

»Danke.« Lena griff zu ihrer Tasche sowie der Papiertüte mit dem Fast Food, stieg aus und sah zu dem imposanten Gebäude mit den blauen Fensterfronten auf, das sich dem wolkenverhangenen Himmel entgegenreckte. Dann marschierte sie über einen begrünten Vorplatz auf den halbrunden Haupteingang zu. Sie passierte eine Drehtür und gelangte so in die elegante Eingangshalle des *Marriott Hotels*, das sich über die ersten vierzehn Etagen des Wolkenkratzers erstreckte. Der Boden des vornehm eingerichteten Empfangsbereichs war mit Marmor ausgekleidet, die hohe Decke wurden von Säulen gestützt, und vor der Rezeption im hinteren Bereich befanden sich hohe Grünpflanzen und gepolsterte Sitzgruppen.

Sie hatte die Halle kaum betreten, als sich einer der dort sitzenden Männer erhob, seine Hornbrille zurechtrückte und ihr lächelnd entgegenkam: Doktor Fink.

Trotz, vielleicht aber auch gerade wegen seiner grau melierten

Haare war ihr Chef eine stattliche Erscheinung. Wie immer trug der Dreiundsechzigjährige einen hanseatisch blauen Zweireiher mit goldenen Knöpfen, dem ein weißes Hemd mit violetter Krawatte den notwendigen Akzent verlieh. Obwohl sie ihn noch nie in anderer Kleidung gesehen hatte, wusste sie von Rechnungen, die über ihren Schreibtisch gewandert waren, dass er mehrere identische Anzüge besaß, die allesamt von einem sündhaft teuren Schneider in Hamburg maßgefertigt wurden. Allein bei den schwarzen Lackschuhen verließ er sich auf einen Herrenausstatter aus Bremen.

»Frau Kaufmann, schön, dass Sie da sind. Ich wusste, dass ich mich auf Sie verlassen kann.« Der ausdrucksstarke Blick seiner blauen Augen lag längst auf dem Umschlag, den sie aus ihrer Tasche kramte.

»Bitte sehr, ich schätze, das hier war es, warum Sie mich zum Hauptbahnhof geschickt haben?« Sie händigte ihm den Umschlag aus. »Der war übrigens schon offen«, entschuldigte sie sich. »Und, äh … falls die Papiere etwas schmutzig sind, liegt das daran, dass ich vorhin gestürzt bin.«

»Gestürzt?« Argwöhnisch musterte er sie.

»Meine Schuhe.« Unglücklich lächelnd deutete sie auf ihre Pumps. »Sie hätten mir übrigens ruhig sagen können, dass es Ihnen gar nicht um das Frühstück ging.«

»Sie haben recht. Ich entschuldige mich für die Umstände, aber es ging nicht anders. Die Besprechung wird in einem der Konferenzräume über der Executive Lounge in der zehnten Etage stattfinden.«

Er zog die Unterlagen aus dem Umschlag, während er geistesabwesend fortfuhr. »Das Frühstück ist übrigens für Sie, da ich annahm, dass Sie angesichts meines außerplanmäßigen Anrufs kaum dazu kommen würden. Kein Bacon, dafür Käse. Ich hoffe, ich hatte das richtig in Erinnerung?«

»Äh, ja«, antwortete Lena überrumpelt.

Sie begleitete ihn zu der Sitzgruppe, und hinter einer der Säulen trat nun sein Chauffeur Ralf hervor. Der Enddreißiger mit dem kantigen Gesicht und den kurzgeschnittenen, dunklen Haaren trug wie immer einen schwarzen Anzug mit der dazu passenden Chauffeurs-mütze und fiel schon deswegen auf, weil er für einen Mann seines Berufsstandes ungewöhnlich breit gebaut war. Abgesehen von ihr gab es vermutlich sonst niemanden, der Fink so häufig auf seinen Geschäftsreisen begleitete wie er.

Ralf nickte ihr freundlich zu, schien aber vor allem die Glasfassade des Eingangs hinter ihr im Auge zu behalten.

»Gab es irgendwelche Probleme, als Sie das hier in Empfang nahmen?«, wollte Fink beiläufig wissen. Er studierte die Dokumente zunehmend besorgt.

»Na ja ...« Lena berichtete ihm von den Vorfällen seit der merkwürdigen Übergabe bei *Gijs Burger.*

»Und?« Fink nestelte an seiner Brille. »Wurden Sie auf dem Weg hierher verfolgt?«

»Nein, ich denke nicht.« Verblüfft starrte sie ihn an. »Wieso?«

»Unwichtig«, wiegelte er ab, warf seinem Chauffeur jedoch einen eindringlichen Blick zu. »Sie wissen ja, als Lobbyist hat man vielerlei Feinde. Da kann man nicht vorsichtig genug sein.«

»Gibt es irgendetwas, das ich wissen sollte?«, fragte Lena beunruhigt nach.

Ihr Chef blätterte die Unterlagen weiter durch, und Lena war sich inzwischen sicher, ihn noch nie so aufgewühlt erlebt zu haben.

»Nein«, murmelte er. »Nur befürchte ich, dass ich mich heute dringend einer weiteren Angelegenheit zuwenden muss. Und das heißt, dass ich nicht lange oben bleiben kann. Sie werden mich also vertreten müssen.«

»Ich?«

»Sie haben die Zahlen doch drauf, oder?« Er sah sie an.

»Ja, sicher.« Lena nickte verunsichert. »Aber da oben erwarten uns heute die Vertreter der bedeutendsten europäischen Transport- und Logistikunternehmen. Und Sie wissen doch, wie viel Mühe es uns gekostet hat, auch die Briten zum Kommen zu bewegen. Gerade bei der Frage zu den Zollkontrollen in der Irischen See warten alle auf Ihr ...«

Ihr Chef schüttelte den Kopf und verstaute den Umschlag in seiner Aktentasche. »Sie überschätzen meine Rolle. Jeder da oben weiß, dass diese ständigen neuen Ansprüche des Vereinigten Königreichs völlig unrealistisch sind. Die Briten können ihren Wählern ja gern weiter etwas vormachen, aber wenn die Regale erst mal leer sind, dann erwartet sie eine harte Bauchlandung.« Er schloss die Tasche. »Heute geht es vornehmlich darum, diesen windigen britischen Zahlenjongleuren Paroli zu bieten. Louis le Blanc von der Cosmo Shipping Co Ltd und Clarista Esteves von der MIL wissen, was zu tun ist. Aber wenn es hitzig wird, dann benötigen die jemanden, der die Details so präsent hat wie Sie. Zuvor müssen Sie mir lediglich noch dabei helfen, mich frühzeitig zu verabschieden.«

Er blickte aufmerksam auf seine Armbanduhr, eine ebenso teure wie verspielte Piguet, deren Ziffernblatt von dem vergoldeten Schiffsmodell einer mittelalterlichen Kogge geziert wurde. »In exakt vierzig Minuten werden Sie mich da rausholen. Tun Sie so, als hätten Sie einen Anruf für mich. Machen Sie es dringlich, das gibt mir die Gelegenheit, mich aus der Affäre zu ziehen.«

»Wie Sie wünschen.« Lena checkte ihrerseits die Uhr.

Doktor Fink zog seinen Chauffeur beiseite, Lena setzte sich und beobachtete die beiden skeptisch. Längst fragte sie sich, was hier in Wahrheit vor sich ging. Widerwillig griff sie in die Tüte. Leider war der Kaffee inzwischen lauwarm. Allerdings merkte sie nun doch, dass sie Hunger hatte. Während sie das pappige Schoko-Croissant verspeiste, hörte sie leise Gesprächsfetzen der beiden Männer.

»... auf gar keinen Fall! Wenn das stimmt, dann ...«

»Über das Netzwerk?«

»Zu unsicher! ... ausschließlich Perseus! Niemand anderen. Und dann ...«

Mehr konnte sie nicht verstehen, aber Ralf marschierte nun hinüber zu einem Münzfernsprecher nahe der Rezeption, während ihr Chef zu ihr zurückkam und sich räusperte. »Gut. Ich befürchte, wir müssen dann mal.«

Lena warf die Papiertüte mit den Essensresten in einen Abfalleimer, schnappte sich ihre Tasche und begleitete ihren Chef zu den Aufzügen, während ihr unzählige Fragen durch den Kopf schossen. Nur kam sie leider nicht dazu, diese zu stellen, da sich ausgerechnet jetzt der Vertreter der Italia Logistic Group in den Lift schob, der Doktor Fink überschwänglich begrüßte.

Als der Lift das dreizehnte Stockwerk des Wolkenkratzers endlich erreichte, eröffnete sich ihnen ein ebenso geräumiger wie geschmackvoll eingerichteter Empfangsbereich mit Designermöbeln, farbenfrohen Tulpenbouquets und abzweigenden Fluren. Überall standen und saßen Anzugträger aus allen Gegenden der EU, und Lena vernahm Gesprächsfetzen auf Deutsch, Englisch, Spanisch und Französisch. Wie erwartet waren neben den britischen Emissären auch Vertreter der EU-Kommission zugegen, die allesamt umlagert wurden. Bedienstete des Hotels reichten den Anwesenden Kaffee, Sekt und Goudahäppchen, und Doktor Fink wurde sofort von der Geschäftsführerin eines belgischen Transportunternehmens in Beschlag genommen. Lena selbst begrüßte zwar die eine oder andere Assistentin sowie einen Dolmetscher, den sie aus Brüssel kannte. Davon abgesehen blieb sie jedoch unbeachtet. Immerhin gelang es ihr, endlich einen heißen Kaffee zu ergattern. Wenig später öffneten Hotelangestellte eine große Doppeltür, und umgehend strömten die Anwesenden in einen großen Konferenzsaal mit hohen Fenstern, die einen herrlichen Ausblick auf den Hafen Rotterdams gestatteten.

Fink warf Lena einen bedeutungsvollen Blick zu, und so folgte sie ihm in den Saal, in dem die Tische zu einem großen Rund aufgebaut waren. Für jeden Delegierten standen gepolsterte Stühle bereit. Lena hingegen nahm wie die anderen Angehörigen der Entourage hinter den Geladenen an der Saalwand Platz. Die Gespräche im Saal verstummten allmählich, die Türen wurden wieder geschlossen, und ihr Gastgeber, CEO der niederländischen A.N.T.J.E. Group, richtete warme Willkommensworte an die Anwesenden, bevor er zu einem Monolog über die Schwierigkeiten des Brexits für die gemeinsame Zukunft ausholte. Eine Belgierin löste ihn ab, die die Ergebnisse der letzten einundvierzig Verhandlungsrunden und die Änderungen, auf die die Briten diesmal bestanden hatten, noch einmal zusammenfasste.

Lena unterdrückte ein Gähnen. Längst hatte sie sich heimlich ihr Tablet gegriffen und sich, die Uhr im Blick, bei »Puzzle Champion« eingeloggt – als ein dumpfer Donnerschlag zu hören war.

Alle Blicke richteten sich auf die Fenster, und Lena sah erschrocken mit an, wie irgendwo über dem Industriehafen eine dunkle Wolke zum Himmel stob. Sofort war der Saal von erregtem Gemurmel erfüllt.

Lena tat es den vielen Neugierigen gleich und drängte zu den hohen Saalfenstern, um einen besseren Blick auf das Geschehen zu erhaschen. Vom Millennium Tower aus hatte man zwar einen hervorragenden Ausblick auf den Hafen, und doch war außer Rauch nicht viel mehr zu erkennen.

Was mochte dort vorgefallen sein?

Der eine oder andere Delegierte checkte bereits die Newssender, andere versuchten, Kollegen an die Strippe zu bekommen, die im Rotterdamer Hafen arbeiteten, und hinter ihnen meinte jemand, dass es an der Zeit wäre, die Konferenz fortzusetzen, als unvermittelt zwei weitere schwere Detonationen den Hafen erschütterten. Lena sah erschrocken mit an, wie gewaltige Druckwellen über das Hafenareal hinwegfegten. Sogar die Scheiben des Konferenzsaals vibrierten leicht.

Spätestens jetzt glich die Versammlung einem aufgeregten Bienenstock. Tische wurden verschoben, und mehr Menschen drängten nach vorn.

Lena hingegen schreckte aus ihrer Starre hoch und kämpfte sich zu Doktor Fink durch, der wie ein Fels in der Brandung inmitten des Raums stand, als sich eine laute Frauenstimme auf Englisch Gehör verschaffte. »Die von NTBN haben bereits etwas!«

Viele Köpfe flogen herum, und es wurde eine Sondersendung des Netherland Broadcasting Networks auf einem großen Bildschirm an der Stirnseite des Saals eingeblendet. Eine blonde Nachrichtenmoderatorin war vor der rauchgeschwängerten Live-Aufnahme einer

Überwachungskamera irgendwo im Hafen zu sehen. Sie hielt die Hand an einen In-Ear-Lautsprecher, während ein Textlaufband am unteren Rand auf die Dringlichkeit der Sendungsunterbrechung verwies. Endlich war auch ihre Stimme zu hören.

»… nicht exakt sagen, was genau vor wenigen Minuten im Hafen Rotterdams vorgefallen ist, doch alles deutet darauf hin, dass die Explosionen im Bereich der petrochemischen Anlagen stattgefunden haben.« Ihr aufgewühlter Blick wanderte nach links. »Und gerade kommt die Nachricht rein, dass der Katastrophenschutz die Bewohner der Stadt auffordert, Fenster und Türen geschlossen und die Straßen der Stadt für die Rettungskräfte frei zu halten. Schon jetzt gehen offenbar zahllose Notrufe bei Polizeidienststellen und Feuerwehren ein, die das Schlimmste vermuten lassen. Insbesondere müssen wir uns wohl auch die Frage stellen, ob es sich bei dieser Katastrophe um einen Unfall oder nicht vielleicht doch um einen …« Die Moderatorin verstummte, lauschte einer Stimme in ihrem Ohr, und ihr Gesichtsausdruck verdüsterte sich. »Die Frage scheint offenbar geklärt, denn soeben erfahre ich, dass dem Sender ein Bekennervideo von den Gaia's Warriors zugespielt wurde. Da sich NTBN jedoch seiner hohen journalistischen Standards bewusst ist, werden wir darauf verzichten, dieses terroristische Propaganda-Video ungeprüft …«

Irgendjemand im Sender schien dies anders zu sehen, denn die Aufnahme der Moderatorin brach jäh ab, und stattdessen wurde der Bildschirm von einer grünen, computerbewegten Fahne ausgefüllt, auf der eine Weltkugel samt Delphin prangte, der eine Bombe in seinem lächelnden Maul trug. Lena schluckte, als sie das Emblem der Ökoterroristen erkannte. In Bern hatten die Warriors vor einigen Monaten die Produktionsanlagen eines Schweizer Lebensmittelkonzerns in die Luft gesprengt, der durch den rücksichtslosen Aufkauf von Wasserrechten in die Kritik geraten war. In Sevilla hatten sie tausende Schweine aus einer industriellen Mastanlage befreit – und zahllose Mitarbeiter mit Bolzenschüssen hingerichtet. In Turin hatten sie das Werk eines bekannten italienischen Autoherstellers in Flammen aufgehen lassen, nachdem dieser sich geweigert hatte, die komplette

Produktion auf Saatgutmaschinen umzustellen. Und in Aberdeen hatten sie eine im Bau befindliche Ölbohrplattform versenkt.

Unmittelbar vor der Fahne bezogen nun drei Ökoterroristen mit Sturmgewehren Aufstellung. Die beiden hinteren, ein Mann und eine Frau, waren mit schwarzen Sturmhauben maskiert. Vor ihnen jedoch hatte sich offen die berüchtigte Anführerin der Umwelt-Terrorgruppe aufgebaut: One-Eye-Dawn.

Die aus Großbritannien stammende Halbpakistanerin trug wie ihre Mitstreiter eine kakifarbene Militärkluft, und ihr dunkles Haar wurde streng von einem schwarzen Barett zusammengefasst. Ihr Markenzeichen jedoch war die schwarze Augenklappe, die ihr rechtes Auge verhüllte.

Lena hatte die brutalen Terroranschläge der Warriors in den letzten Monaten natürlich verfolgt, und so wusste sie, dass die Terroristin mit wahrem Namen Shabana Dawn hieß und die komplette Laufbahn von einer engagierten Umweltaktivistin hin zur menschenverachtenden Ökoextremistin absolviert hatte. Seit ihr bei einer Demo vor fünf Jahren durch ein Gummigeschoss ein Auge ausgeschossen worden war, hatte sich ihr Hass gegen das Establishment ins Maßlose gesteigert. Seitdem war sie in der Szene als One-Eye-Dawn bekannt, und ihr Konterfei schmückte T-Shirts und andere Devotionalien wie einst jenes von Che Guevara.

»Europa! Welt!«, rief One-Eye-Dawn mit hörbarem Triumph in der Stimme. »Richtet euren Blick auf Rotterdam! Wenn ihr die heutigen Bilder seht, sind wir ein weiteres Mal Gaias Ruf gefolgt. Denn sie ist die alles umspannende ewige Weltenmutter, und wir sind ihre Töchter.«

Der Kerl hinter ihr zuckte kurz.

»Ein weiteres Mal haben die Warriors ihr Recht auf Selbstverteidigung wahrgenommen«, proklamierte sie weiter, »um unseren geliebten Planeten vor der Ausbeutung selbst ernannter Eliten und der Tyrannei des Kapitals zu bewahren. Ein weiteres Mal haben wir den Vergewaltigern unserer aller Heimat Erde gezeigt, dass die Zeit um ist, da sie straflos Verbrechen an unserer Mutter begehen können.

Erhebt euch, denn jetzt ist die Zeit der Abrechnung gekommen. Die Zeit des Zurückschlagens. Auge um Auge. Und wir sind noch lange nicht fertig.« In ihrem intakten Auge lag ein fanatisches Glitzern. »Denn mit Rotterdam wird es nicht enden. Auch künftig werden wir keine Gnade mit all den Schmarotzern walten lassen, die sich dem System der Ausbeutung blind unterwerfen. Niemand ist vor uns sicher. Weder Politiker und Wirtschaftsbosse noch Arbeiter und Angestellte.«

»Und Rechtsanwälte«, wandte die Kämpferin im Hintergrund ein.

»Und BWL-Studenten«, ergänzte ihr Kamerad.

»Ja, auch Rechtsanwälte, BWL-Studenten und jeder andere sonst«, ergänzte One-Eye-Dawn ungehalten, bevor sie pathetisch mit der bekannten Weissagung der Cree endete. »Denn erst wenn der letzte Baum gerodet, der letzte Fluss vergiftet, der letzte Fisch gefangen ist, werdet ihr merken, dass man Geld nicht essen kann.«

Alle drei hoben die Fäuste. »Gaia's Warriors!«

Das Video brach ab, und die Moderatorin war wieder zu sehen.

Inzwischen hatte Doktor Fink Lena erreicht.

»Was machen wir jetzt?«, fragte sie.

Fink wollte gerade etwas antworten, als sein Smartphone klingelte. Er nahm an, und die Augen hinter seiner Hornbrille verengten sich. »Alles klar, wir treffen uns unten.«

Rasch steckte er das Gerät ein und deutete zu Lenas Tasche, die noch immer neben ihrem Stuhl lag. »Schnappen Sie sich Ihre Sachen«, zischte er, »wir müssen hier weg. Scheint so, als sei der Anschlag noch nicht zu Ende.«

»Wie meinen Sie das?«

»Ralf berichtete gerade, dass unten in der Lobby ein Trupp Feuerwehrleute eingetroffen sei, der auf dem Weg zu uns rauf ist.«

»Aber hier ist doch gar nichts passiert.«

»Eben. Beeilung!«

Lena warf sich verstört ihre Tasche über, und gerade als Fink seine nehmen wollte, setzte hinter den Scheiben des Konferenzsaals ein immer lauter werdendes Wummern ein. Dem seltsamen Geräusch folgte ein großer Schatten, der sich vor dem Wolkenkratzer allmählich zu ihrer Etage absenkte: ein Helikopter der NTBN. Was wollten die Reporter hier?

Der Hubschrauber drehte sich, kaum dass er auf ihrer Höhe war, wurde eine Seitentür geöffnet, und Lena glaubte zunächst einen Kameramann samt seinem Filmgerät zu sehen – bis sie begriff, dass der Fremde im Hubschrauber hinter einem schweren Maschinengewehr saß.

»Runter!«

Lena wurde keine Sekunde zu spät von Fink zu Boden gerissen, denn schon hämmerte die Waffe im Hubschrauber los. Das Stakkato an Kugeln verwandelte die riesigen Fensterscheiben in einen berstenden Scherbenregen und mähte die Reihen der noch immer perplex dastehenden Wirtschaftsvertreter gnadenlos nieder. Gellende Schreie ertönten, Lena sah entsetzt mit an, wie gleich mehrere der Delegierten brutal von Kugeln durchsiebt wurden, während der ihr bekannte Dolmetscher weiter hinten schwer gegen die Wand gefegt wurde und in einer breiten Blutspur zu Boden rutschte. Auch Lena schrie vor lauter Angst, bis eine harte Ohrfeige Finks sie aus ihrer Erstarrung riss.

»Reißen Sie sich zusammen, wenn Sie überleben wollen!«, herrschte er sie an.

Noch immer beherrschten das laute Dröhnen des Hubschraubers und das beständige Rattern des Maschinengewehrs die unwirkliche Szenerie. Der von den Rotoren verursachte Wind fegte wie ein Sturm durch den Saal, überall flogen Glassplitter und Papiere herum, Tische stürzten um, und mehr Menschen fielen im Kugelhagel. Zwar hatten viele ebenfalls Deckung gesucht, dennoch lagen überall Verletzte und Sterbende, deren Schreie an Lenas Nerven zerrten. Fink hingegen versuchte, an seine Aktentasche zu gelangen, doch diese rutschte im Wind über den Boden und blieb unerreichbar zwischen einer Leiche und einem umgekippten Tisch liegen. Nur am Rande nahm Lena wahr, wie Fink an seiner Armbanduhr nestelte, und plötzlich ging die Aktentasche in Flammen auf.

Er rief ihr etwas zu und robbte an einem umgekippten Stuhl und einer weiteren Leiche vorbei in Richtung Saaltür. Eine der Servierkräfte hatte sie zwar noch öffnen, aber nicht mehr hindurchgehen können. Die junge Frau lag in einer immer größer werdenden Blutlache am Boden, und Lena erkannte an ihrem starren Blick, dass auch sie längst tot war. Doch angesichts des Grauens um sie herum siegte ihr Überlebensinstinkt.

Verzweifelt robbte sie hinter Fink her, während schräg über ihr eine weitere Kugelsalve Wände und Türen perforierte. Sie hatte das Gefühl, dass der Schütze inzwischen vor allem den Ausgang unter Beschuss nahm. Dennoch schafften sie es, in den Eingangsbereich zu gelangen, wo sich einige verängstigte Hotelmitarbeiter hinter Möbeln und Tresen verschanzt hatten. Der Rest war bereits rüber zur Treppe neben den Fahrstühlen gestürmt.

Ihr Chef zog sie hoch, und ein Querschläger zischte an ihrem Kopf vorbei, bevor das Rattern des Maschinengewehrs endete, und sie hörten, wie sich der Hubschrauber vom Wolkenkratzer entfernte. Lena wollte zurück in den Saal stürzen, um den Verletzten zu helfen, als Fink sie brüsk aufhielt.

»Nicht! Hier entlang.«

Geduckt zog er sie in Richtung eines abzweigenden Flurs, als sich weiter hinten die Lifttüren öffneten. Ein halbes Dutzend Männer in schwerer Feuerwehrmontur und Rauchmasken stürmte heraus und schlug brutal einen Verletzten nieder, der aus dem Konferenzsaal wankte. Fink hatte recht behalten, denn auch diese Männer waren mit Maschinenpistolen bewaffnet. Vier von ihnen stürmten in den Saal, während die beiden übrigen einen der verbliebenen Hotelbediensteten packten und ihm ein Handy vor das Gesicht hielten. Der Mann glotzte drauf und deutete verstört in ihre Richtung.

Fink und Lena hatten gerade die gläserne Etagentür zu einem künstlich beleuchteten Gang passiert, als Lena einen verärgerten Ruf hörte, die Männer ihre Maschinenpistolen hoben und feuerten.

Die Glastür hinter ihnen zerplatzte, und abermals war es Fink, der Lena schützte, indem er sie rasch hinter eine Kommode in Sicherheit zog.

Schon rannten die beiden falschen Feuerwehrleute auf sie zu.

»Zeit, uns etwas Luft zu verschaffen!«, zischte ihr Chef.

Ungestüm riss er sich zwei goldene Knöpfe vom Maßanzug, an deren Unterseite es plötzlich blau blinkte, und schleuderte sie in den Flur. Die Knöpfe richteten sich unvermittelt auf und rollten unter schwirrenden Lauten auf ihre Verfolger zu.

»Runter und Augen und Ohren zu!« Fink schirmte sie ab, und Augenblicke später flammten nahe der zerschossenen Tür grelle Lichtblitze auf, die vom lauten Knall zweier Explosionen begleitet wurden. Dichter Rauch füllte jetzt den vorderen Teil des Korridors, und sie konnten die gepeinigten Rufe ihrer Verfolger hören. Schemenhaft war zu sehen, dass aus dem Empfangsbereich weitere Männer auf sie zuliefen.

»Was haben Sie …?«

»Später! Erst müssen wir das Treppenhaus dahinten erreichen.« Er deutete mit dem Kinn auf eine Metalltür, die schräg gegenüberlag und auf der ein rotes Schild mit den Wörtern »Emergency Exit« prangte. »Schaffen Sie das?«

Lena nickte aufgewühlt.

Hastig nestelte ihr Begleiter an seiner teuren Armbanduhr, deren Glas zu ihrer Verwunderung aufklappte, und drückte auf die vergoldete Kogge inmitten des Ziffernblatts. Fast schlagartig gingen im Flur die Lichter aus, und sie hockten in der Düsternis.

Ihre Verfolger brüllten neue Kommandos, denen weitere Maschinenpistolen-Salven folgten. Kugeln zersiebten den Flurboden und schlugen in der Kommode ein. Lena riss verängstigt die Arme über den Kopf, sah jedoch, wie sich Fink zwei weitere Knöpfe von der Jacke riss und in den Flur schleuderte. Abermals knallte es außerhalb ihres Sichtfeldes, und grelles Licht flammte auf. Das Knattern der Maschinenpistolen verstummte.

»Hoch jetzt!« Fink zerrte sie wieder auf die Beine, und sie rannten auf den Notausgang zu. Dort stemmte er die Tür auf, und sie stolperten in ein Treppenhaus, als der Beschuss aufs Neue losging. Fink schrie auf, zwängte sich an ihr vorbei in die Treppenflucht, und Lena sah, dass er an der Schulter blutete.

»Sie sind ...«

»Unwichtig! Weiter!«, fuhr er sie an. »Wir müssen runter in die Tiefgarage.«

Trotz seiner Verletzung stürzten sie die Treppe nach unten, über ihnen wurde die Tür aufgerissen, und laute Kommandos erschallten. Das Rattern einer weiteren Maschinenpistolen-Salve war zu hören, Kugeln schlugen schräg hinter ihnen im Geländer ein, und Lena hörte, wie ihre Verfolger ihnen unerbittlich nachsetzten.

Sie hatten gerade den Zugang zur fünften Etage erreicht, und Lena wollte bereits weiter nach unten hetzen, als sie bemerkte, dass auch von dort Unbekannte nahten.

»Stehen bleiben!« Fink nahm seine Hornbrille ab, verdrehte einen Bügel und warf die Brille über das Geländer. Augenblicke später explodierte unter ihnen etwas, und sie hörten laute Schreie. Ungläubig starrte Lena ihren Chef an, der nun die Etagentür aufriss und sie trotz seiner Schmerzen in den dahinterliegenden Hotelflur zog. Gerade noch rechtzeitig, denn ihre Verfolger von oben hatten aufgeholt. Eine neuerliche Maschinenpistolen-Salve schlug ratternd in die Tür ein.

Gemeinsam rannten sie den Hotelflur entlang, während sich Fink mit schmerzverzogener Miene das Handy ans Ohr hielt.

»Wir sind in der Fünften. Ich befürchte, dass sie uns gleich einholen werden ... Verstehe. Wir kommen.«

Sie rannten auf eine Flurkreuzung zu, an der sich Lifttüren abzeichneten. Hinter ihnen wurde die Tür des Notausgangs aufgerissen, und abermals peitschen Schüsse um sie herum. In letzter Sekunde sprangen Lena und Fink nach rechts und links in zwei gegenüberliegende Gangfluchten, während im Hauptkorridor Kugeln in die Wände einschlugen.

Lärmende Stiefelschritte nahten, als sich unvermittelt eine der Lifttüren öffnete. Gleichzeitig erschallte das laute Hämmern einer Pistole. Im Flur hinter ihnen waren Schmerzensschreie zu hören, und Körper stürzten schwer zu Boden. Ängstlich starrte Lena zu der Fahrstuhlkabine und sah erstaunt, dass dort Ralf mit einer großkalibrigen Waffe stand, mit der er ihre Verfolger gnadenlos unter Beschuss nahm.

Rasch tauchte Ralf in die gegenüberliegende Gangflucht ein, dort, wo sich Fink an eine Wand presste, dann wurde das Feuer auch schon erwidert. Fink griff sich einen herrenlosen Zimmerservicewagen und verpasste ihm einen raschen Tritt, so dass dieser die Lifttüren verklemmte, bevor sie sich wieder schließen konnten.

Ralf erwiderte derweil das Feuer ihrer Gegner, nur waren sie angesichts ihrer Position festgenagelt. Wann immer einer von ihnen zum Fahrstuhl laufen würde, würden er oder sie allzu leicht zum Ziel werden.

Drüben, auf der anderen Seite des Hauptkorridors, debattierten Fink und Ralf miteinander, als Lena einen Feuerlöscher erblickte, den sie rasch von der Wand löste.

»Doktor Fink!«, rief sie halblaut.

Sie wusste nicht, woher sie den Mut nahm, aber vielleicht schafften sie es ja doch, von hier wegzukommen.

Die Männer sahen zu ihr hinüber, und sie deutete auf die letzten verbliebenen Knöpfe an Finks Anzugsjacke. Sie hatte zwar immer noch nicht den leisesten Schimmer, warum ihr Chef einen solch explosiven Anzug trug, aber sie würden nicht überleben, wenn es ihnen nicht gelang, den Lift zu erreichen.

Fink sah den Feuerlöscher in ihrer Hand, nickte und riss sich die letzten Knöpfe von der Jacke. Auch Ralf hob die Waffe und nickte ihr entschlossen zu. Lena entriegelte den Feuerlöscher, schob den Schlauch um die Gangecke und hüllte den Flur mit einem fauchenden Geräusch in dichten Pulvernebel.

Sofort ging weiter hinten wieder das Rattern der Maschinenpistolen los, das Pfeifen von Querschlägern war zu hören, bis der Beschuss vom satten Knall zweier lauter Explosionen samt grellen Lichtblitzen unterbrochen wurde.

Ralf feuerte seinerseits in den eingenebelten Korridor, und gemeinsam mit ihm und Fink stürmte Lena tief geduckt zum Fahrstuhl. Verzweifelt räumte sie mit dem Feuerlöscher den Servierwagen aus dem Weg, dann hatte sie den Lift erreicht, wo sie sich ebenso wie die beiden Männer gegen eine der seitlichen Fahrstuhlwände presste. Keinen Augenblick zu spät, denn Kugeln schlugen jetzt in der hinteren Fahrstuhlwand ein. Ralf schlug auf einen der Knöpfe, und die Türen schlossen sich. Endlich setzte sich der Lift nach unten in Bewegung.

»Gut gemacht, Frau Kaufmann«, stöhnte Fink, während Ralf routiniert das Magazin wechselte.

»Wer zum Teufel sind Sie beide?«, fuhr Lena die Männer an. »Haben die das Massaker da oben etwa Ihretwegen veranstaltet? Die *sind* doch hinter Ihnen her, oder?«

»Es tut mir leid«, presste Fink hervor, während er eine Hand gegen seine Schulterwunde drückte. »Ich hatte nicht vor, Sie da mit reinzuziehen. Ich erkläre Ihnen alles später. Jetzt müssen wir jedoch erst einmal weg von hier.« Schwer atmend wandte er sich an Ralf. »Steht der Wagen unten?«

»Nicht die Limousine«, antwortete sein Leibwächter kühl. »Aber dem Protokoll entsprechend habe ich gestern einen Zweitwagen in der unteren Garagenebene bereitgestellt. Einen Peugeot 5008. Er verfügt über das gewohnte Equipment. Da ich Kampen nicht über Ihr Kommen informieren durfte, ist der Wagen leider nicht gepanzert. Aber ich kriege Sie hier schon raus.«

Sie hatten die untere Tiefebene erreicht, und die Fahrstuhltüren öffneten sich. Sofort schob sich Ralf nach draußen, um die nähere Umgebung zu sichern, dann folgten Lena und ihr Chef. Der Leibwächter winkte ihnen knapp zu, und sie eilten an einer Reihe Autos entlang – als sich eine weitere Lifttür öffnete.

Ralf fuhr mit der Waffe im Anschlag zu ihr herum. Doch der Fahrstuhl war leer. Stattdessen wurde eine schräg gegenüberliegende Treppenhaustür aufgerissen, und zwei bewaffnete Männer in Feuerwehrmontur stürmten heraus. Beide Seiten eröffneten sofort das Feuer.

Fink zog Lena rasch hinter einem Fahrzeug in Sicherheit, und schreiend vor Entsetzen sah diese mit an, wie Ralf von mehreren Einschüssen erschüttert wurde und neben ihnen auf den Boden stürzte. Einer ihrer Gegner brach ebenfalls getroffen zusammen, der andere jedoch sprang auf sie zu, fegte Ralf mit einem brutalen Tritt die Waffe aus der Hand und wirbelte mit der Maschinenpistole im Anschlag zu Fink herum, als ihm Lena mit aller Kraft den Feuerlöscher gegen den Waffenarm rammte.

Der Unbekannte fuhr zornig herum und wurde durch ein elektrisches Knistern gestoppt. Er zuckte spastisch, glotzte sie ungläubig an und brach über Ralf zusammen.

Lena sah zu Fink herüber, der mit seinem Handy in der Hand dastand, aus dem Kabel heraushingen, deren Spitzen sich in den Hals des Mannes gebohrt hatten. Ihr Chef riss die Drähte des eigentümlichen Smartphones ab, rollte den Fremden mühsam von Ralf herunter und kniete sich neben seinen Leibwächter. Kraftvoll riss er dessen Anzugjacke auf.

Darunter kam eine schusssichere Weste zum Vorschein, in der mehrere Kugeln steckten. Und doch hatten einige von ihnen ihren Weg an der Weste vorbei gefunden. Ralfs weißes Hemd war blutdurchtränkt.

»Herkules. Verdammt …«

Ralf sah mit glasigem Blick zu ihm auf. »Tut mir leid, Boss. Ich befürchte, Sie sind jetzt …«

Sein Blick brach, und sein Kopf kippte zur Seite.

Lena konnte die Tränen kaum zurückhalten.

»Danke, mein Freund. Für alles.«

Mit einem schweren Seufzer schloss ihr Chef Ralfs Lider, nahm ihm die Pistole aus der Hand und zog aus dessen Hosentasche einen Autoschlüssel. Anschließend griff er nach der Maschinenpistole des paralysierten Angreifers und erhob sich unter Schmerzen.

»Uns bleibt nicht viel Zeit, um hier wegzukommen. Gleich dürfte deren Verstärkung hier sein.« Fink drückte Lena den Schlüssel in die Hand. »Finden Sie den Wagen, während ich uns Deckung gebe.«

Er beäugte mit erhobenen Waffen Tür und nähere Umgebung. Lena hingegen ließ endlich den Feuerlöscher fallen, spähte zu den vielen Parkbuchten der Tiefgarage und drückte hektisch auf den Knopf des Funkschlüssels. Etwas weiter vor ihnen war ein Piepen zu hören, dem ein kurzes Aufflammen von Scheinwerfern folgte. Sie stützte ihren Chef, dem es wegen der Schulterwunde sichtlich schwerfiel, die Waffen schussbereit zu halten, und eilte mit ihm auf den Kompaktvan zu. Der Peugeot war unauffällig grau und mit einem niederländischen Kennzeichen ausgestattet.

Lena wollte Fink zur Beifahrertür führen, doch der schüttelte energisch den Kopf und nahm ihr den Autoschlüssel wieder ab. »Nein, lassen Sie mich ans Steuer. Das ist besser.«

»Aber Ihre Verletzung?«

»Glauben Sie mir, die ist im Moment das geringste unserer Probleme.«

Er ließ sich schwer hinter das Steuer fallen, während Lena ängstlich neben ihm Platz nahm und mit ansah, wie er von seinem violetten Schlips eine goldene Krawattennadel mit blauem Schmuckstein löste und sich diese mit aller Kraft in den Oberarm stach.

»Gott, was machen Sie da?«, keuchte Lena.

»Ambrosia!« Fink ließ sich kurz zurückfallen, atmete tief ein und wandte sich ihr wieder zu. Sein Blick wirkte klarer. »Ein Aufputschmittel.«

»Wer sind Sie?«, fragte Lena verstört.

Fink antwortete nicht, sondern startete den Wagen.

»Sind Sie in illegale Geschäfte verwickelt?«

Ihr Chef fuhr den Wagen mit Schwung aus der Parklücke und schlug den Weg zum Ausgang ein. »Nicht das, was Sie darunter verstehen.«

Er jagte eine Rampe zur ersten Tiefgaragenebene hinauf, und der Wagen schrammte kurz an der weißen Betonwand entlang.

»Die Frage müsste auch eher lauten«, ächzte er mehr zu sich selbst, »woher die wissen, wo ich mich aufhalte.«

Lena starrte ihn verwirrt an.

Fink legte ihr die Maschinenpistole in den Schoß, während er an einigen parkenden Fahrzeugen vorbeiraste. »Könnte sein, dass Sie schießen müssen. Sie müssen nur den Abzug betätigen. Aber lassen Sie die nicht fallen. Das ist eine Uzi. Die sind dafür bekannt, loszugehen, wenn so was passiert.«

»Ich kann das nicht!«, protestierte Lena.

»Doch, können Sie«, widersprach ihr Chef energisch. »Sie haben bereits bewiesen, dass mehr in Ihnen steckt, als Sie selbst ahnen. Und jetzt Kopf runter, da sind sie!«

Zwei Pistolenschützen in der Kluft von Parkhauswächtern sprangen hinter einer Kurve zwischen den Autos hervor. Lena tauchte mit einem Aufschrei ab und zuckte zusammen, als im Kühler des Wagens die Projektile einschlugen. Fink, der sich ebenfalls weggeduckt hatte, trat aufs Gas. Der Wagen heulte auf, Lena spürte eine dumpfe Kollision, ein Körper wurde über das Fahrzeugdach hinweggeschleudert, dann raste ihr Chef über eine Rampe zur Straße neben dem Hotel hinauf.

Lena lugte ängstlich über die Konsole. Der Peugeot zertrümmerte rücksichtslos eine Schranke, bevor Fink scharf nach links ausscherte und sie mit aufheulendem Motor und über einige Nebenstraßen weg von dem Millennium Tower brachte.

»Visby, Statusbericht!«

»Stimmenauthentifikation erfolgreich«, erklang eine weibliche Computerstimme. »Willkommen an Bord, Poseidon. Die Sensoren melden den Ausfall des vorderen rechten Scheinwerfers, ein Leck an der Kühlleitung und die Beschädigung des Haftminenauswurfs.«

Fink blickte verärgert in den Seitenspiegel, während er eine rote Ampel ignorierte, empört hupenden Fahrzeugen auf der querenden Hauptstraße auswich, mit quietschenden Reifen nach rechts ausscherte und hinter einem Feuerwehrwagen herfuhr, der in Richtung Hafen unterwegs war.

»Sirene aktivieren!«

Am Rand der durchlöcherten Kühlerhaube öffnete sich eine Klappe, und zu Lenas Erstaunen fuhr dort eine Sirene mit blauer

Rundumleuchte aus, die augenblicklich losschrillte. Die meisten Fahrzeuge machten sofort Platz. Fink gab Vollgas, überholte einen Feuerwehrwagen und raste auf die von dunklem Rauch und imposanten Hochhäusern erfüllten Stadtteile Maritiem District und Nieuwe Werk zu.

Lena saß eingeschüchtert auf dem Beifahrersitz, spähte kurz nach hinten und sah zu ihrem Schrecken, dass zwei schwarze BMW mit abgedunkelten Scheiben die Verfolgung aufgenommen hatten. Einer der Wagen drängte rücksichtslos einen kleinen Smart von der Fahrbahn, der krachend mit einem Laternenpfahl kollidierte. Auch die Verfolger erhöhten ihre Geschwindigkeit.

»Wir werden verfolgt!«, rief sie alarmiert.

»Ich weiß.«

»Und was machen wir jetzt?« Lena umklammerte verzweifelt die Maschinenpistole auf ihrem Schoß, während sie am Rotterdamer World Trade Center vorbeirasten. Fink überholte mit hoher Geschwindigkeit einige Fahrzeuge, und rechts von ihnen blitzte eine Radarfalle.

»Wir versuchen, sie abzuhängen«, knirschte ihr Chef. »Visby, wo ist Perseus?«

»Er befindet sich in Chinatown«, antwortete die Computerstimme. »Position wird laufend übermittelt.«

Linker Hand kam das Maritiem Museum samt dem roten Leuchtturm vor der Gebäudefront in Sicht. Fink erhöhte weiter das Tempo, als Lena hektisch vorausdeutete. »Nicht da lang. Weiter hinten ist die Straße wegen Sielbauarbeiten gesperrt. Davon haben sie gestern Abend bei »Echt of nep?« gesprochen.«

»Echt oder falsch?«

»Ja, diese niederländische Rateshow um kosmetische Operation ...«

Fink riss kurzerhand das Steuer herum und bog in eine schmale Nebenstraße mit Altbauten, Coffeeshops und zahllosen parkenden Autos ein. Leute sprangen aufgeschreckt beiseite, er streifte zwei abgestellte Fahrräder und raste den Straßenzug weiter hinunter. Einer der BMW schaffte es, ihnen zu folgen, und Lena entdeckte im Außenspiegel, wie sich ein Mann samt Waffe aus dem Beifahrerfenster lehnte. Schon war vom Kofferraum her das Hämmern einschlagender Kugeln zu hören, und die Heckscheibe zerbarst mit einem Knall. Lena schrie auf vor Furcht und zog wieder den Kopf ein.

»Visby, Nebelwerfer!«

Ein lautes Zischen ertönte im Heck des Wagens.

Lena stierte in den Seitenspiegel und beobachtete sprachlos, wie der Peugeot plötzlich eine schwarze Rauchfahne hinter sich herzog, die die Straße rasch einnebelte. Eine Abzweigung kam in Sicht, Fink bog mit quietschenden Reifen nach links ab und beschleunigte. Lena riss den Kopf herum, und hinter ihnen kam im Nebel der orientierungslose BMW in Sicht. Er versuchte ebenfalls abzubiegen, krachte stattdessen jedoch frontal in eine Reihe parkender Fahrzeuge.

Sie hingegen rasten auf eine Hauptstraße samt Zebrastreifen zu, den ausgerechnet jetzt und trotz schriller Sirene ein altes Mütterchen samt vollgepacktem Einkaufswagen querte. Fink vollführte eine Vollbremsung, die Lena in die Gurte warf. Stöhnend langte sie nach der Maschinenpistole, die in den Fußraum gerutscht war, während die wütende Alte ihnen den Stinkefinger zeigte.

Kaum war das Hindernis aus dem Weg, gab Fink wieder Gas, und sie schossen quer über die breite Hauptstraße hinweg. Links und rechts kamen Fahrzeuge quietschend zum Stehen, und nur mit Mühe schafften sie es, einer Kollision zu entgehen, während es hinter ihnen laut schepperte. Sie tauchten in die Ausläufer des Hafenviertels mit seinen hohen Bürobauten, Quartieren und Speichern ein, über dessen Straßenzüge vom Anschlag hinten im Industriehafen leichter Qualm wehte. Weiter voraus waren Krankenwagen sowie mehrere Feuerwehrfahrzeuge zu erkennen, als linker Hand auf einmal der zweite BMW aus einem Straßenzug heranraste.

Fink versuchte fluchend auszuweichen und konnte doch nicht verhindern, dass der Wagen sie am Heck rammte. Brutal wurden sie durchgeschüttelt, der Peugeot drehte sich einmal um die Achse, sie schrammten an einem Hydranten entlang, doch irgendwie gelang es

Fink, ihn wieder in die Spur zu bringen. Ihm standen die Schweiß-
tropfen auf der Stirn. Außerdem war der Blutfleck auf seinem Hemd
deutlich größer geworden. Leider machte sich der BMW sogleich
wieder an die Verfolgung. Abermals schlugen Projektile im Kofferraum ein, und der Wagen senkte sich hinten plötzlich ab. Ihre Angreifer hatten einen der Reifen erwischt! Kurz geriet der Peugeot ins
Schlingern, dann hatte ihn Fink wieder im Griff.

»Visby, das Öl!«, ächzte er.

Lena spähte durch die zerschossene Heckscheibe und sah ungläubig mit an, wie der Peugeot jetzt einen aufgefächerten Sprühnebel
hinter sich herzog, der den Asphalt zum Glitzern brachte. Wild kup-
pelnd brach Fink nach rechts aus und raste trotz des zerschossenen
Reifens an hohen Lagerhallen vorbei. Der BMW raste hinter ihnen
her, geriet auf dem schlüpfrigen Untergrund ins Rutschen, touchierte
eine Plakattafel vor einem der hohen Gebäude, startete dann aber
wieder durch und nahm mit aufheulendem Motor wieder die Verfolgung auf. Und es kam noch schlimmer. Denn angesichts ihres platten
Reifens holten ihre Verfolger so rasch auf, dass Lena sogar das Hämmern der feindlichen Maschinenpistolen hören konnte. Peitschend
jagten einige Kugeln an ihrem Kopf vorbei, die Frontscheibe barst
ebenfalls, und Fink schrie schmerzerfüllt auf. Sein blauer Anzug
färbte sich dunkel. Sie hatten ihn abermals erwischt.

Bevor sie wusste, was sie tat, richtete Lena die Maschinenpistole
auf das zerschossene Heckfenster, visierte den BMW zornig an und
drückte schreiend den Abzug. Die Waffe ratterte und spuckte seitlich Hülsen aus. Ihr Augenmerk jedoch galt allein dem Wagen hinter
ihnen, auf dessen Kühler Funken stoben, die rasch zur Frontscheibe
tanzten, bis die Projektile das Glas erreichten, dieses mit einem Spin-
nennetz aus Rissen übersäten und zum Platzen brachten. Kurz hatte
sie Sicht auf mehrere Männer mit Sonnenbrillen, die sich angesichts
der unerwarteten Gegenwehr duckten – darunter der Blonde, der
ihr am Hauptbahnhof seine Hilfe angeboten hatte. Dann scherte der
BMW nach links aus und brachte sich in einer abzweigenden Straße
zwischen hohen Lagerhallen in Sicherheit. Lena hielt den Abzug der

Maschinenpistole noch immer gedrückt, doch inzwischen tat sich nichts mehr. Wie viele Patronen auch immer in dem Magazin gesteckt hatten, sie hatte es leer geschossen.

Als sie sich wieder umwandte, bemerkte sie zu ihrem Schrecken, dass der Peugeot eine gepflasterte Fläche nahe dem Wasser erreicht hatte, an deren hinterem Ende gebaut wurde. Und der Wagen hielt jetzt schräg und mit hoher Geschwindigkeit auf eine Flutmauer aus Beton zu.

»Doktor Fink, passen Sie …!«

Die Betonwand wuchs rasend schnell vor ihr in die Höhe, dann krachte es. Die Airbags wurden ausgelöst, und Lena wurde hart in die Gurte geworfen.

Stöhnend richtete sie sich wieder auf, während die Kissen erschlafften. Der Kühler war völlig zerdrückt und qualmte. Fink hingegen klemmte zwischen Sitz, Airbag und Steuerrad. Er war totenbleich und stöhnte schwach. Blut rann seitlich an seinem Sitz hinunter.

»Oh mein Gott! Doktor Fink!« Lena versuchte entsetzt, seinen Gurt zu lösen. »Wir müssen …«

»Lassen Sie, Frau Kaufmann«, stöhnte er. Ein Blutfaden rann nun auch aus seinem Mund. »Es ist zu spät. Die Unterlagen heute … Sie haben einen Blick drauf geworfen, richtig?«

Lena sah ihn überrumpelt an, während Tränen ihren Blick trübten. »Das ist doch jetzt völlig unwichtig. Wir …«

»Ganz im Gegenteil«, unterbrach er sie schwach. Er sah zum Rückspiegel auf. »Visby, AUGIAS-Protokoll 22.6 einleiten.«

Lena folgte instinktiv seinem Blick, als unter dem Rückspiegel ein greller, roter Lichtstrahl aufflammte, der rasend schnell und wie ein Schleier über ihr Gesicht huschte.

»Was soll …?«

»Übertragung durchgeführt und AUGIAS-Protokoll eingeleitet«, antwortete die freundliche Computerstimme. »Der Wagen wird in dreißig Sekunden zerstört.«

»Raus mit Ihnen«, befahl Fink. »Laufen Sie. Und vertrauen Sie ausschließlich Perseus! Hören Sie? Ausschließlich!«

»Ich kann doch nicht …«

Finks Blick trübte sich, und sein Kopf kippte vornüber, während sich im Rückspiegel rote Zahlen abzeichneten und die Computerstimme einen Countdown runterzählte: »fünfundzwanzig … vierundzwanzig … dreiundzwanzig …«

Lena überwand endlich ihre Lähmung. Sie packte ihre Tasche, warf sich panisch gegen die verklemmte Beifahrertür und schaffte es, den Wagen zu verlassen. Sie war kaum draußen, als sie vor der Kulisse des Industriehafens mit den lichterloh brennenden petrochemischen Anlagen wieder Motorenlärm hörte. In diesem Augenblick schoss der BMW mit der zerschossenen Windschutzscheibe hinter einer Lagerhalle hervor und raste abermals auf sie zu.

Lena entledigte sich endlich ihrer hinderlichen Pumps und rannte die Hafenmole entlang auf die Baustelle am hinteren Ende zu, wo eine schmale Treppe nach oben zur angrenzenden Straße führte.

Der BMW blieb mit quietschenden Bremsen neben dem Peugeot stehen, Türen wurden aufgerissen, und vier bewaffnete Männer verließen den Wagen. Zwei von ihnen stürzten zu dem Unfallwagen, die beiden anderen liefen hinter ihr her, als eine fürchterliche Detonation erfolgte und der Peugeot explodierte.

Leider hatte die Explosion nur zwei ihrer Verfolger erwischt, darunter den Blonden, der weit zurückgeschleudert wurde. Die anderen beiden kamen unaufhaltsam näher. Lena versuchte barfuß und so schnell es ging voranzukommen und hatte doch keine Chance gegen sie.

Sie hörte ihre Stiefel bereits dicht hinter sich und warf sich kämpferisch herum, als abermals Motorenlärm zu hören war.

Schräg über ihr, jenseits der Flutmauer.

Was zum …?

Dort raste plötzlich ein Schatten heran, und ein Motorrad samt Fremdem mit schwarzem Helm und dunkler Lederkombi jagte in der Luft über sie hinweg ihren Verfolgern entgegen. Einen von ihnen erwischte er frontal mit dem Vorderrad. Dann wendete er mit quietschenden Reifen und erschoss den Zweiten mit einer schallgedämpften Pistole. Der Erste versuchte stöhnend wieder auf die Beine zu kommen, doch auch er fing sich zwei Kugeln ein.

Ihr Retter blickte zu dem brennenden Peugeot hinüber, denn zwischen den Lagerhallen rasten jetzt zwei weitere BMW mit abgedunkelten Scheiben heran. Sofort fuhr er dicht neben sie und deutete auf den Sitzplatz hinter sich. »Sitzen Sie auf, wenn Sie leben wollen.«

Lena starrte erschöpft auf das schwarze Visier, nickte und nahm hinter dem Unbekannten Platz.

»Festhalten!«

Das Motorrad heulte auf, und der Fremde beschrieb einen weiten Bogen auf der Hafenmole, während Lena ängstlich verfolgte, wie sich die beiden BMW näherten. Auch der Blonde richtete sich mühsam wieder auf, und Lena konnte sehen, dass er die Explosion nicht ganz unbeschadet überstanden hatte.

Im nächsten Moment gab der Unbekannte Vollgas. Lenas Augen weiteten sich, denn sie hielten direkt auf die Baustelle zu. Nein … auf einen gekippt liegenden Balken, der schräg zur Flutmauer emporführte. Das Motorrad richtete sich auf, der Balken unter ihnen bog sich leicht, und rasant ging es nach oben. Dann hatten sie die Straße erreicht.

Hinter ihnen blieben ihre Verfolger mit quietschenden Reifen stehen. Bewaffnete sprangen aus den Fahrzeugen und zielten auf sie. Doch es war zu spät. Längst war ihr Retter in den Rotterdamer Straßenverkehr eingeschert und raste mit ihr davon.

»Sind Sie dieser Perseus?«, brüllte Lena gegen den Fahrtwind.

»Ja«, kam es gedämpft unter dem Helm zurück.

»Ich bin die Assistentin von Herrn Fink. Lena Kaufmann.«

»Ich weiß«, antwortete Perseus mit französisch klingendem Spracheinschlag. »Ich war bereits heute morgen zu Ihrer Bewachung abgestellt.«

»Heute morgen?«

»Vor Ihrem Hotel. Hätten Sie von Ihrem Fenster aus auch nach unten zum Parkplatz geblickt, hätten Sie mich dort sehen können.«

Lena, der schlagartig klar wurde, was das bedeutete, versuchte einfach an nichts zu denken.

# DAS KONTOR

Lena fühlte sich wie erschlagen, als sie zusammen mit ihrem ominösen Begleiter das gelbe Ortsschild der niederländischen Hansestadt Kampen passierte. Gute drei Stunden Fahrt lagen hinter ihnen, und nur einmal hatte dieser Perseus bei einem einsamen Bauernhof haltgemacht, damit sie sich für die Weiterfahrt umziehen konnte. Er hatte ihr ohne ein weiteres Wort der Erklärung aus einem Versteck Stiefel, Helm und eine Motorradkombi gereicht, bevor er draußen mehrere Telefonate führte. Das alles auf Französisch, aber sie hatte auf die Entfernung leider nichts verstehen können.

Anschließend waren sie über Umwege und vorbei an verschwiegen gelegenen Dörfern mit grünen Häusern und roten Dächern, ausgedehnten Wiesen und Feldern, alten Windmühlen sowie kleinen Wäldern weiter nach Osten in Richtung deutscher Grenze gebraust.

Inzwischen war sie ebenso hungrig wie müde, außerdem suchten sie noch immer die schrecklichen Bilder all des Mordens heim. Das viele Blut. Und natürlich die ständige Angst, dass ihnen unterwegs wieder einer dieser Killer auflauern könnte.

Zumindest Letzteres war nicht geschehen, was an den Schleichwegen liegen mochte, die sie einschlugen. Und doch fragte sich Lena verzweifelt, in was sie da bloß hineingeraten war.

Immer wieder ließ sie die drei Jahre an der Seite von Doktor Fink Revue passieren. Drei Jahre, in denen ihr nichts Ungewöhnliches an ihrem Chef aufgefallen war. Ganz im Gegenteil. Finks Auftreten erschien ihr selbst im Nachhinein als ein Musterbeispiel für Anstand und Integrität. Sie hatte ihn auf zahlreichen Reisen in ganz Europa begleitet, und allein sein ausgeprägter Hang zu Diskretion und Verschwiegenheit in nahezu allen Lebensbereichen gaben ihr inzwischen zu denken. Und doch war er einer der wenigen gewesen, die ihr nie das Gefühl gegeben hatten, sie zu unterschätzen. Im Gegenteil, er hatte sie gefördert, wo er konnte. Und dafür war sie ihm sehr dankbar. Da war es auch egal, dass er am Ende so etwas wie ein Mafioso gewesen zu sein schien. Denn eine andere Erklärung, als dass er irgendwie in krumme Machenschaften verwickelt gewesen war, konnte sie nicht finden.

Was ihr mehr Kopfzerbrechen bereitete, war, dass sie keine Ahnung hatte, in wessen Händen ihr Schicksal jetzt lag. Wenn sie in Mafiakreise geraten war, dann würde sie ihr Zuhause vielleicht nie wiedersehen. Mehr noch, stattdessen – wenn sie Pech hatte – vielleicht mit einem Betonfuß in irgendeinem Gewässer enden. Im Augenblick war es daher vermutlich am cleversten, zu kooperieren und sich unauffällig zu verhalten. Alles Weitere würde sie sehen.

Entmutigt ließ sie die Häuser der beschaulichen kleinen Stadt an sich vorüberziehen, bis ihr auffiel, dass sie den Ort kannte. Nicht persönlich, doch unmittelbar nach ihrer Anstellung bei der Viktualia Consulting Group hatte sie für Fink eine Reise in dieses Kampen organisieren müssen. Zufall?

Was ein Kosmopolit wie er hier gewollt hatte, wusste sie nicht. Kampen besaß zwar gleich zwei theologische Fakultäten und sogar eine Kunstakademie, was sie damals selbstverständlich recherchiert hatte, nur war der Ort weit von einer Wirtschaftsmetropole entfernt. Zumindest heutzutage. Denn die beschauliche Kleinstadt blickte auf eine gut tausend Jahre alte erfolgreiche Geschichte zurück. Früher hatte Kampen wegen seiner Lage an einer Flussmündung den Ruf einer bedeutenden niederländischen Hafen- und Handelsmetropole genossen. Von hier aus waren Heringe nach England, Deutschland, Frankreich und sogar in die Ostseestaaten verschifft worden. Kampen war daher im Mittelalter zur führenden Stadt im niederländischen Hansebund aufgestiegen und auch später lange Zeit wohlhabend geblieben. Natürlich war die goldene Ära lange vorbei. Geblieben waren zahlreiche Baudenkmäler und Monumente in der historischen Innenstadt, an denen sich Touristen erfreuten. Und doch sagte ihr eine innere Stimme, dass sie mit Kampen das Ende ihrer Fahrt erreicht hatten.

Ihr Begleiter drosselte tatsächlich die Geschwindigkeit des Motorrads und steuerte über eine grüne Allee in Richtung Stadtkern. Sie kamen an einem Park samt Schwimmbad vorbei und fuhren schließlich über eine Steinbrücke, die eine malerische Gracht überspannte, an deren Uferzonen hohe Bäume und alte Häuser mit beeindruckenden Backsteinfassaden aufragten. Über ihnen am Himmel kreisten einige Möwen, sie sah Fahrradfahrern hinterher und blickte sehnsüchtig hinüber zu einer Zweigstelle von *Gijs Burger*. Inzwischen bereute sie es, den verdammten »Capt. Gijs Bacon & Egg ohne Bacon, dafür mit Käse« nicht verdrückt zu haben. Denn nicht einmal die Erinnerung an das fürchterliche Gemetzel oben im Millennium Tower konnte ihren Magen davon abhalten, sein Recht zu verlangen.

Perseus lenkte das Motorrad in einen ruhigen Straßenzug, der rechts und links von gepflegt wirkenden historischen Häusern gesäumt wurde. Davor standen vereinzelt eiserne Poller, die mit Ketten verbunden waren. Sie kamen an Blumen- und Kleidungsgeschäften vorbei, und kurz konnte Lena einen Blick auf eine längliche und mit Touristen gefüllte Gasse erhaschen, die runter bis zur IJssel führte, an der die Stadt lag. Am Ufer war ein beeindruckender Nachbau einer dickbäuchigen Kogge auszumachen, wie die Handelsschiffe des Mittelalters genannt wurden, die einst überall in Nord- und Ostsee prägend gewesen waren. Unwillkürlich musste Lena an das vergoldete Ziffernblatt von Finks teurer Armbanduhr denken, auf dem stilisiert das gleiche Schiff zu sehen gewesen war.

Über den Hausdächern kam nun ein Kirchturm mit vielen Glocken in Sicht, und sie querten einen kopfsteingepflasterten Platz samt altem Brunnen, als Perseus rechter Hand auf die verschlossene Toreinfahrt eines altehrwürdigen Stadthauses samt gediegen wirkendem Ladengeschäft im Untergeschoss zuhielt. Über der Toreinfahrt prangten goldene Lettern:

# Van de Berg broers
## Sigarenfabriek uit 1871

Eine Zigarrenmanufaktur? Kampen war lange Zeit ein Zentrum der europäischen Zigarrenherstellung gewesen, und auch ihr Chef hatte hin und wieder eine teure Zigarre zu schätzen gewusst. Aber was suchten sie hier?

Ihr Begleiter stoppte die Maschine und hieß sie absteigen. Lena kam der Aufforderung nach und sah sich verstohlen zu den benachbarten Straßenzügen um. Wenn sie jetzt rannte, dann würde sie vielleicht …

Resigniert gab sie ihre Pläne wieder auf. Sie war hier völlig verloren. Egal, was sie tat, die zwielichtigen Kreise, in die sie geraten war, waren ihr überlegen. Sie konnte ja nicht einmal zur Polizei gehen, weil immer noch die Möglichkeit im Raum stand, dass sich auf der Maschinenpistole im ausgebrannten Wagen ihres Chefs ihre Fingerabdrücke befanden. Ganz zu schweigen davon, dass sie sich auch viel zu schwach fühlte, um sich an einer erfolgreichen Flucht zu versuchen.

»Überlassen Sie das Reden mir«, forderte Perseus sie kurz angebunden auf. Ohne das Visier zu öffnen, betrat er das Zigarrengeschäft.

Über der Tür klingelte eine kleine Glocke, und aromatischer Tabakduft schlug ihnen entgegen. Lena hielt ihre Tasche wie einen Schutzschild vor sich, sah sich um, und ihr Blick fiel zunächst auf einen alten, vierflügeligen Deckenventilator, der besser in die Karibik gepasst hätte. An den getäfelten Wänden erhoben sich farblich passende Nussbaumregale, in denen unzählige Zigarren und Schachteln unterschiedlicher Größen auslagen. Außerdem gab es Vitrinen, in denen hochpreisige Zigarren mit aufwändig gestalteten Banderolen präsentiert wurden. Weiter hinten bediente ein junger Angestellter einen solventen Kunden und dessen etwas zu grell geschminkte Frau, während sich vor ihnen ein Vorhang öffnete, durch den ein vornehm mit Anzug und Schlips gekleideter Endvierziger mit eingesunkenen Augen, dunklem Haar und strengem Seitenscheitel trat.

Etwas distinguiert betrachtete er sie und Perseus, der erstmals das Visier hochklappte. Leider so, dass Lena noch immer keinen Blick auf ihn erhaschen konnte.

»Goede dag«, begrüßte sie der Anzugträger steif. »Ist es möglich, dass Sie schon einmal Kunde unserer Niederlassung waren?«

»Ja«, antwortete Perseus knapp. »Ist nur schon einige Jahre her.«

»Ihre Begleiterin weiß eine gute Zigarre ebenfalls zu schätzen?«

»Nein, sie ist Nichtraucherin. Und das, obwohl sie mehrere Jahre als Assistentin der Geschäftsleitung gearbeitet hat.«

»Der Geschäftsleitung?« Der Anzugträger musterte sie mit neu erwachtem Interesse. »Sie sind sich sicher, dass Sie Nichtraucherin ist?«

»Also, es ist nicht so, dass ich noch nie geraucht hätte«, wandte Lena nervös ein. »Also ... eher gepafft. Da war ich sechzehn. Danach habe ich mir derart die Lunge ausgehu...«

»Verstehe.« Der Verkäufer räusperte sich. »Sie wünschen einen Besuch unserer Manufaktur?«

»Die Umstände verlangen es«, erklärte Perseus.

»Gut, dann werde ich den Manufakturleiter informieren. Allerdings sind Nichtraucher dort eher selten anzutreffen.«

Lenas Begleiter schwieg.

»Sie sind mit unseren üblichen Gepflogenheiten vertraut?«, wollte der Mann nun wissen.

»Ja.«

»Sehr schön. Bevorzugen Sie Panetelas, Torpedos oder Belososos?« Er führte sie zu einer Vitrine mit sündhaft teuren Zigarren, die er mit einem Schlüssel öffnete. »Da ich nicht weiß, wie viel Sie investieren möchten, könnte ich Ihnen natürlich auch zwei aromatische Shortfiller des holländischen Typs empfehlen. Um- und Deckblatt wurden aus homogenisiertem Tabak gefertigt, und wir ...«

»Keine davon«, unterbrach ihn Perseus ungeduldig. »Für uns kommt ausschließlich eine Longfiller in Frage. Und zwar eine hausgefertigte Double Corona, Ringmaß 49.«

»Ich sehe, Sie sind ein Kenner.« Der Mann schürzte anerkennend die Lippen. »Wenn Sie mir bitte zu diesem Humidor folgen würden.«

Der Niederländer führte sie zu einem edel aussehenden Zedernholzbehälter, auf dessen Deckel die mittelalterliche Stadtansicht Kampens eingeschnitzt war, und öffnete ihn mit einem weiteren Schlüssel. Der Kasten enthielt einen metallischen Befeuchter auf der Deckelinnenseite sowie eine einzelne Zigarre, die er nun Perseus aushändigte.

»Wir zahlen später«, erklärte der. Er steckte die Zigarre kurzerhand weg und ging wieder nach draußen. Lena sah ihm unsicher nach und wandte sich noch einmal an den Verkäufer.

»Kratzt die? Also im Hals?«

»Ich möchte es so ausdrücken«, erwiderte der Mann reserviert. »Seine erste Zigarre vergisst man nicht.«

Lena folgte Perseus nachdenklich nach draußen und saß unter den Blicken des Verkäufers wieder auf dem Motorrad auf. Die Torflügel der Durchfahrt öffneten sich elektrisch, und sie erreichten einen aufgeräumten Hinterhof mit geschlossenen Fensterfronten an den umliegenden Hausfassaden. Mit einem leicht mulmigen Gefühl sah Lena dabei zu, wie sich das stahlverstärkte Hoftor wieder schloss.

Ihr Begleiter stellte den Motor ihres Untersatzes ab, sie saßen wieder ab, und er bockte die Maschine auf. Kurz musterte er sie durch das verdunkelte Visier hindurch. Dann löste Perseus erstmals den Helm.

Lena wusste nicht, wen sie erwartet hatte, aber ihr Gegenüber besaß definitiv einen südländischen Einschlag. Er mochte vielleicht Anfang bis Mitte dreißig sein, trug kurze dunkle Haare über einer hohen Stirn, außerdem ein markantes Kinn samt Dreitagebart. Sein Gesicht wirkte etwas angespannt, aber sein Blick war hellwach.

Seiner bevorzugten Sprache nach war er Algerienfranzose. Oder Tunesier. Vielleicht aber auch Marokkaner. Lena tippte dennoch auf Algerien, da ihr Gegenüber dem ziemlich gut aussehenden letzten Gewinner dieser »Prince Charming«-Datingshow ähnelte, dessen Eltern aus diesem Land stammten.

Da in der Show nur schwule Männer waren, fragte sie sich …

»Sie können Ihren Helm jetzt übrigens ebenfalls abnehmen«, unterbrach Perseus ihre Gedankengänge. »Wir sind da.«

»Äh, ja, sicher.«

Lena nestelte unbeholfen an dem Kinngurt und schaffte es vor Aufregung nicht, ihn zu lösen. Sie versteifte sich leicht, als sich Perseus vorbeugte und ihr half.

»Sie tun mir doch nichts, oder?« Lena spähte ängstlich zu der verriegelten Hofeinfahrt. »Ich verspreche, ich werde niemandem etwas davon erzählen, was in Rotterdam passiert ist.«

Perseus musterte sie irritiert. »Ich habe Sie gerettet, schon vergessen? Wenn ich Sie hätte umbringen wollen, dann hätte ich das problemlos auf der Fahrt machen können.«

»Also *haben* Sie daran gedacht?«

»Nein, natürlich nicht. Wirke ich auf Sie wie ein abgehalfterter Mafioso?« Ungehalten zog er die Zigarre unter der Motorradkombi hervor, entfernte die Spitze und steckte sie sich zwischen die Zähne. Dann entzündete er sie mit einem Feuerzeug.

Lena schwieg.

Perseus paffte einige Rauchkringel, nahm die Zigarre wieder in die Hand, deren Hülle plötzlich Feuer fing und rasch zu Asche zerbröselte. Unter der Asche kam ein schlanker Schlüssel zum Vorschein, den ihr Begleiter nun in eine unscheinbare Mauerfuge schob. Plötzlich vibrierte der Untergrund. Zu Lenas maßlosem Erstaunen senkte sich der komplette Innenhof in die Tiefe ab. »Gott, was passiert hier? Wir ...«

»Entspannen Sie sich«, antwortete Perseus ruhig. »Ach so, noch etwas«, ergänzte er eindringlich. »Zu niemandem ein Wort über Finks Schicksal. Davon wissen bislang nur wenige, und das muss auch so bleiben.«

Lena nickte und starrte verwirrt die immer höher aufragenden Wände ringsum an, während es weiter in die Tiefe ging, bis sich die Plattform etwa fünf Meter abgesenkt und einem schweren Rolltor auf der gegenüberliegenden Seite Platz gemacht hatte. Über diesem prangte ein kopfgroßes metallisches Emblem, das einem großen

Auge in einem auf dem Kopf stehenden Dreieck ähnelte. Das Auge flammte in der Mitte jäh rot auf, und beide wurden sie von einem Gitter aus Laserlicht umhüllt.

»Identifikation abgeschlossen!«, ertönte eine weibliche Computerstimme, die jener aus dem Peugeot ähnelte.

Der Laser erlosch, und das Rolltor öffnete sich.

»Ungewöhnlich …« Perseus betrachtete Lena stirnrunzelnd.

»Was ist ungewöhnlich?« Unsicher sah sie zu ihm auf.

Sie erhielt keine Antwort, da aus dem Tor ein Endzwanziger mit Vollbart und Schulterhalfter stiefelte, in dem eine Pistole steckte.

»Willkommen im Kampener Kontor«, begrüßte er ihren Begleiter. »Perseus, richtig? Ich fühle mich geehrt, Sie kennenzulernen. Ich bin Leander.«

Perseus nickte lediglich.

»Ich soll Ihr Motorrad gleich zur Inspektion in die Werkstatt bringen«, fuhr ihr Gegenüber fort. »Prinzipal Jason ist bereits über Ihr Eintreffen informiert, befindet sich jedoch noch in einer Besprechung. Der Anschlag in Rotterdam hat ein mittleres Beben ausgelöst.« Er betrachtete interessiert Lena. »Und Sie sind?«

»Ich bin …«

»… eine Zeugin«, unterbrach Perseus sie.

»Verstehe.« Der Mann nahm die Motorradschlüssel entgegen und begleitete sie in eine angrenzende Halle, in der ein roter Porsche, ein Polizeiwagen, ein grauer VW Käfer sowie zwei Hollandräder standen. An den Wänden hingen Waffen unterschiedlichen Kalibers.

»Waren Sie schon einmal hier?«, wollte Leander wissen.

»Vor einigen Jahren.«

»Gut, dann kennen Sie sich ja aus. Man dürfte Sie drinnen schon erwarten.«

Perseus berührte Lena am Arm und führte sie auf eine von drei Metalltüren am hinteren Ende der Halle zu, über der sie abermals ein metallisches Augenemblem inmitten eines auf dem Kopf stehenden Dreiecks erwartete. Nur dass es sich bei diesem Auge um eine Kameralinse handelte, die sie in den Fokus nahm.

»Prinzipal ... ist damit der Chef dieser Einrichtung gemeint?«, fragte Lena kleinlaut.

»Ja«, antwortete Perseus knapp.

Die Tür summte, noch bevor sie diese erreichten, und Perseus ging mit Lena in einen lang gestreckten Korridor mit mehreren Fenstern links und rechts, über die man auf tiefer liegende Hallen blicken konnte. Aus einer von ihnen schlugen ihnen gedämpfte Schüsse entgegen, und Lena erblickte schräg unter ihnen Schießbahnen, an denen eine Frau mit Lärmschutz und Pistole ihre Zielkünste trainierte. Daneben lag eine Sporthalle, in der sich zwei Männer wüst mit Karatetritten traktierten. Die Fenster auf der anderen Gangseite ermöglichten den Blick auf große Räume, die offenbar Schulungszwecken dienten. Im ersten standen eine Reihe Tische mit Knöpfen und eingelassenen Bildschirmen, an denen ein halbes Dutzend konzentriert dreinblickender junger Männer und Frauen mit Kopfhörern saßen. Im benachbarten Raum hockten die Anwesenden vor großen Bildschirmen, auf denen Flugsimulatoren liefen.

»Was ist das alles hier?«, fragte Lena.

Perseus blieb stehen und zögerte.

»Hören Sie«, fuhr sie ihn verärgert an. »Erst hat ein Hubschrauber auf mich geschossen, dann wurde ich von Killern durch ein Hotel gejagt. Ich habe eine wilde Verfolgungsjagd quer durch Rotterdam hinter mir, musste miterleben, wie mein Chef direkt neben mir erschossen wurde, und dann stundenlang mit Ihnen auf einem Motorrad durch die Niederlande rasen. Ich wette, ich bin inzwischen erkältet. Außerdem habe ich Hunger – und ich müsste auch mal aufs Klo. Ich finde, ich habe eine Antwort verdient.«

Perseus musterte sie eine Weile.

»Also gut. Wir befinden uns hier im niederländischen Kontor von A.R.G.O.S. Wir sind ein privater, europaweit operierender Geheimdienst. Hier in Kampen werden vor allem neue Rekruten ausgebildet. Da drüben lernen sie Kampftechniken«, er nickte in Richtung Schießbahn und Turnhalle, »hier vorn befinden sich ein Sprachlabor und der Schulungsort für unsere Piloten und Drohnenexperten.«

»Also der dahinten spielt ein Ballerspiel«, meinte Lena mit Blick durch das Fenster.

»Nein, das sind spezielle Programme zur … Moment, das kann ja wohl nicht wahr sein!« Perseus hämmerte mit der Faust gegen die Scheibe und deutete wütend auf den Rekruten, den Lena erwischt hatte. Sofort schaltete der Ertappte das Spiel aus und wandte sich verlegen seinem Simulator zu.

»Sie haben ein gutes Auge«, brummte Perseus anerkennend.

Lena lächelte unsicher. »A.R.G.O.S. also … Wenn ich an Ihre Vorliebe für griechische Namen denke, dann erinnert der Name vermutlich nicht ganz zufällig an dieses vieläugige Monster mit den hundert Augen?«

»A.R.G.O.S. ist ein Akronym für ›Agency for Research, Guarding, Offensive and Security‹«, erklärte Perseus ernst. »Und ja, wir haben unsere Augen überall. Meinten Sie nicht, dass Sie Hunger hätten?«

»Und wie.«

»Gut, kommen Sie mit. Es gibt hier zwar eine Kantine, aber so wie ich die Erbsenzähler kenne, hat die garantiert noch geschlossen. Aber es gibt noch einen anderen Ort, wo wir uns verpflegen können. Dort sollte ein alter Bekannter arbeiten.«

Lena folgte Perseus zu einer Tür am Ende des Korridors, über der abermals eine Überwachungskamera in Gestalt des Auges in dem auf dem Kopf stehenden Dreieck zu sehen war. Sie deutete nach oben. »Was hat es mit diesem Symbol auf sich?«

Ihr Begleiter sah auf, während er die Tür öffnete. »Für was das Auge steht, wissen Sie inzwischen. Die drei Spitzen des Dreiecks stehen für Treue, Tapferkeit und Tod. Die drei Eide, die ein Agent schwört, sobald er oder sie sich in den Dienst von A.R.G.O.S. stellt. Treu zu den Zielen unserer Organisation zu stehen, tapfer für sie einzustehen und bis zum Tod für sie zu kämpfen.«

»Ja, solche Alliterationen sind recht beliebt.« Lena lächelte unsicher. »Zuletzt bei meinem Online-Yoga-Kurs. Da standen die drei Ts jedoch für Training, Tiefenentspannung und Träume.«

Perseus warf ihr einen ungläubigen Blick zu.

»Ich weiß, mir war das am Ende auch zu esoterisch«, fuhr sie rasch fort. »Und welche Ziele genau verfolgt Ihre Organisation? Ich verstehe das nämlich immer noch nicht so ganz. Dieses ... Kontor ist so etwas wie eine Zentrale?«

»Ja.«

»Und es gibt noch andere solcher ... Kontore?«

Sie gelangten durch die Tür in einen deutlich wohnlicher ausgestatteten Querkorridor mit mehreren Türen, der von nostalgisch anmutenden Messingwandleuchten mit gelben Schirmen erleuchtet wurde. Dazwischen hingen Ölgemälde, die altertümlich gekleidete Männer mit Halskrausen, Marinemalereien und historische Stadtansichten Kampens zeigten.

»In jedem Land Europas mindestens einen«, antwortete der Agent. »In manchen auch mehrere.«

»So viele?« Lena sah Perseus erstaunt an. »Wieso habe ich dann noch nie von A.R.G.O.S. gehört? Wenn ich mich hier so umschaue – das erfordert doch einen unglaublichen Aufwand.«

»Tut es. Und ich sagte es ja schon: Wir operieren geheim.«

»Das behaupten andere Geheimdienste von sich auch«, meinte Lena skeptisch. »Trotzdem kennt man die alle. Und mal ehrlich, wozu soll ein privater Geheimdienst gut sein? So ein Aufwand für ein bisschen Firmenspionage rechnet sich doch nicht mal für einen großen Konzern. Als Privatprojekt eines Einzelnen vermutlich erst recht nicht. Wozu auch? Wenn ich Millionärin wäre und wüsste nicht, wohin mit meinem Geld, und ich wollte, sagen wir mal, irgendeinen Ex stalken, dann könnte ich auch einen Privatdetektiv engagieren. Allerdings reicht da meist auch ein einfacher Blick auf Facebook. Oder Insta. Oder ...«

»Ich sehe schon, Sie besitzen Erfahrung«, unterbrach Perseus sie.

»Sie wissen schon, was ich meine.«

»Sie denken zu klein.« Perseus blieb stehen und deutete auf die Ölgemälde. »Sehen Sie die?«

Lena betrachtete ein historisches Bild des Stadttores von Kampen. »Könnte mal wieder abgestaubt werden.«

»Diese Gemälde gestatten Ihnen einen Blick auf die historischen Ursprünge unserer Organisation: die Hanse.«

»Sie meinen diesen Städtebund im Mittelalter?«

»Exakt.« Er sah sie ernst an. »Schon damals gab es Männer, und natürlich auch Frauen, die unsere Arbeit vorweggenommen haben. Die Hansestädte fühlten sich zwar vornehmlich dem Handel und der Mehrung des gemeinsamen Wohlstandes verpflichtet, allerdings hatte der Bund auch Feinde und Rivalen. Allen voran Könige, Monarchen und andere adlige Machthaber, die sich um die Quellen ihres Reichtums betrogen sahen. Außerdem Piraten, Wegelagerer, Raubritter und Strauchdiebe, die keine Gelegenheit ausließen, um die Koggen und Wagenzüge der Kaufleute auszurauben. Kurz: mächtige Gegner, vor denen die Hansestädte auf der Hut bleiben mussten. Es dauerte daher nicht lange, bis die Hanse einen geheimen Bund wehrhafter Männer finanzierte, der sich auf Spionage, Infiltration und Gefahrenabwehr spezialisierte.«

»Davon habe ich nie etwas gehört.«

»Natürlich nicht. Damals wie heute laufen solche Operationen streng geheim ab.«

Lena legte die Stirn in Falten. »Mal davon abgesehen, dass die Hanse schon lange Geschichte ist, verstehe ich nicht so ganz, wie das heute …«

»Die Hanse hat nie aufgehört zu existieren«, meinte Perseus mit verschwörerischem Unterton. »Sie verlor zwar im Laufe der Jahrhunderte an Bedeutung, aber die Idee, sich politisch und wirtschaftlich zusammenzuschließen, um so den Frieden zu sichern, den Wissenstransfer zu beschleunigen und natürlich den Wohlstand für alle Beteiligten zu mehren, blieb – einmal geboren – bestehen.« Er berührte sein Ohrläppchen. »Und auch das mag jetzt vielleicht etwas überraschend kommen, doch es waren weniger die Künstler und Politiker, die diese Idee bewahrten, als vielmehr die Kaufleute.«

»Kaufleute?«

»Wohlhabende Familien, die über all die Zeit im Handel verbunden blieben und sowohl die Traditionen als auch das Pflichtgefühl der Hanseaten über Generationen bewahrten. All das erlebte zur Zeit der Renaissance eine kräftige Wiederbelebung. Kunst, Philosophie und Bildung erfuhren eine neue Blütezeit. Man begann sich an die griechischen Wurzeln Europas zu erinnern, an das Mutterland von Demokratie und Philosophie. Mit ihnen verschmolz das hanseatische Ideal nach und nach zu einer Vision einer Zukunft, die unsere Gemeinsamkeiten in den Fokus rückt, nicht unsere Unterschiede.«

»Sie sprechen jetzt aber nicht mehr von einem Zusammenschluss von Städten, sondern ... von Staaten? Europa!«

»So ist es.« Perseus nickte. »Die Zeit war damals natürlich noch nicht reif für so kühne Ideen. Um unseren Kontinent auf den richtigen Weg zu bringen, mussten erst zwei gewaltige Katastrophen passieren.«

»Sie meinen die beiden Weltkriege?« Lena ahnte allmählich, worauf sein Vortrag hinauslief.

»Genau. In den Jahren nach 1945 war es schließlich so weit. Die Welt lag in Trümmern. Doch nach den Monarchien waren nun auch die Nationalisten weitgehend gescheitert. Der europäische Einigungsprozess, der damals zustande kam und Europa bis heute einen siebzigjährigen Frieden beschert hat, wurde nicht zuletzt durch den Einfluss jener vorangetrieben, die die Errungenschaften der Hanse nie vergessen hatten: die Krämer und Kaufleute, Buchhalter und Prokuristen. Sie waren die Ersten, die die Bedeutung eines Staatenbundes mit offenen Grenzen erkannten.«

»Weniger Zölle und eine Erhöhung der Profite?«

»Na gut, das natürlich auch«, gab Perseus zu. »Sie vergessen jedoch, dass sie alle Menschen mit Familien sind, die auch privat von Frieden und Wohlstand profitieren. Aus diesem Grund stützten sie das europäische Einigungsprojekt schließlich durch die Gründung von A.R.G.O.S. Einem ultrageheimen, supranationalen Geheimdienst, der als Schutzorganisation Europas und als visionärer Gegenentwurf zu allen nationalen Egoismen dient.« Perseus' Gesichtsausdruck nahm einen feierlichen Ausdruck an. »A.R.G.O.S. ist gewissermaßen das letzte Bollwerk gegen die Feinde Europas. Denn wir sind ausschließlich dem europäischen Ideal verpflichtet. Wir greifen überall dort ein, wo nationale Polizei- und Geheimdienste versagen, und bekämpfen unerbittlich alle Feinde, die Europa bedrohen. Von innen wie von außen.«

Beeindruckt lief Lena hinter dem Agenten her, der nun wieder auf eine Tür ganz am Ende des Ganges zuhielt. »Und wer finanziert A.R.G.O.S.? Etwa die EU?«

»Nein, ich sagte es doch schon: Buchhalter, Prokuristen und so weiter.«

»Ernsthaft?«

»Was glauben Sie, in wessen Händen die Vermögen der kleinen oder größeren Unternehmen Europas liegen? Eine Abschreibung hier, eine zu viel ausbezahlte Versicherungssumme dort. Und Sie glauben doch wohl nicht, dass ein Satz neuer Firmenkugelschreiber wirklich fünfhundert Euro kostet? Auf diese Weise kommt europaweit ein gewisses Vermögen zusammen.« Er seufzte. »Ehrlich gesagt arbeiten für A.R.G.O.S. deutlich mehr Buchhalter als Agenten. Aber natürlich sind wir Agenten wichtiger, weil wir jeden Tag im Feldeinsatz unser Leben riskieren. Wir lassen uns von diesen Rechenschiebern schon lange nichts mehr sagen.«

Eine der Türen öffnete sich, und man hörte eine Tastatur klappern. Den Gang betrat eine bieder wirkende Endfünfzigerin mit angegrautem Kurzhaarschnitt und Halbbrille, die mittels einer dünnen Kette an ihrem Hals gesichert war. Ihr grauer Hosenanzug erinnerte Lena an das Modell, das sie selbst unter der Motorradkombi trug. Kaum dass die Dame Perseus erblickte, wurde ihr Gesichtsausdruck merklich kühler.

»Lassen Sie mich raten, Sie dürften dieser Perseus sein?«

»Und?«, meinte Lenas Begleiter argwöhnisch.

»Es wurde entschieden, dass Sie bis auf Weiteres diesem Kontor unterstellt sind.«

»Ich habe zuletzt direkt für den Olymp gearbeitet.«

»Oh, glauben Sie mir, ich würde die Kosten nur zu gern nach

oben weiterreichen.« Sie schürzte verächtlich die Lippen. »Aber auch Sie sollten eigentlich das Memo im Januar erhalten haben, in dem noch einmal klargestellt wurde, dass Passus 3.5 unserer Budgetierungsregeln explizit vorsieht, dass bei nationalen Großeinsatzlagen das nächstgelegene Kontor für alle Aufwendungen im Einsatzbereich einspringt. Künftig läuft also alles über meinen Schreibtisch. Ich erwarte daher morgen Ihre Einsatzabrechnung: verschossene Patronen, Hotelrechnungen, abhandengekommene Ausrüstungsteile – am besten mit Originalrechnung natürlich. Sie wissen schon. Aber da bin ich gern bereit, ein Auge zuzudrücken. Und vergessen Sie bitte Ihre Tankquittungen nicht, sonst sehe ich mich gezwungen, das von Ihrem Spesensatz abzuziehen. Alles mit Durchschlag bitte.«

»Ernsthaft?« Lena blickte sie erstaunt an. »Mit Durchschlag? Was ist das denn für ein antiquierter Nonsens? So eine teure Anlage, und dann scheitert es bei Ihnen an einem modernen Office-Management-System?«

Die Unbekannte verengte die Augen. »Ist das diese Zivilistin?«

»Kaufmann. Lena Kaufmann«, erklärte Lena möglichst lässig.

»Ja, ist sie«, bestätigte Perseus.

»Sie wissen, dass wir solche Besuche hier nicht schätzen.« Die Frau überging Lena einfach. »Ich werde dann schon mal das Spital informieren. Eine Ausgabe, die Sie künftig gern anderen Kontoren zumuten dürfen.«

Mit einem missbilligenden Schnauben verschwand sie durch eine andere Tür.

»Spital?«, fragte Lena nun doch etwas verunsichert. »Ich bin nicht verletzt. Oder geht es hier etwa um kosmetische Operationen, um mich …?«

»Wir beide werden uns jetzt erst einmal einen kleinen Imbiss auf Kosten des Kontors genehmigen«, wich Perseus der Frage aus.

Mit einer Chipkarte öffnete er eine Sicherheitstür am Ende des Ganges, und Lena begleitete ihn über eine Stahltreppe in eine tiefere Ebene, wo sie eine große Halle mit hohen Betonwänden, Werkbänken und Schreibtischen samt teuren Computern, Fräsmaschinen,

Bohrern und anderem Equipment erwartete. Neonröhren summten unter der Decke, die Luft roch leicht nach statischer Elektrizität. Staunend sah sie sich um. Denn allerorten standen eigentümliche Gerätschaften, an denen Männer und Frauen in weißen Laborkitteln arbeiteten. Zum Beispiel an einem aufgebockten kniehohen Raupenpanzer, der mit Teleskopgreifarmen ausgestattet war, einem auseinandergebauten Motorradhelm, auf dessen Innenvisier sich transparente Anzeigen und sogar ein Bildschirm abzeichneten, sowie einem komplett metallicfarbenen Ferrari, unter dessen Motorhaube die Techniker soeben ein schweres MG einbauten.

»Das gibt es doch nicht: Perseus!«, ertönte weiter hinten ein begeisterter Ruf.

Aus einem verglasten Kabuff mit hohen Aktenregalen stiefelte ein untersetzter Mann mit Halbglatze, Nickelbrille und ebenfalls weißem Kittel auf sie zu, auf dem das bekannte dreieckige A.R.G.O.S.-Emblem eingenäht war.

»Theodoros!« Zum ersten Mal lächelte Perseus.

Der Unbekannte ergriff gut gelaunt dessen ausgestreckte Rechte. »Gott, wie lange ist das mit Warschau jetzt her? Zwei Jahre?«

»Zwei Jahre und vier Monate«, korrigierte ihn der Agent.

»Richtig. Mein bislang einziger Feldeinsatz – und hoffentlich auch der letzte. Ich bin für so etwas wirklich nicht gemacht.« Der Mann wandte sich freundlich Lena zu. »Darf ich mich vorstellen, ich bin hier der wissenschaftliche Projektleiter. Waffen- und Ausrüstungsentwicklung. Sie dürfen ruhig T zu mir sagen, das machen die meisten hier. Und Sie sind?«

»Sie ist eine Zeugin«, ging Perseus dazwischen, als hinter ihnen, nahe der Treppe, zwei Mitarbeiter eine Kreissäge in Betrieb nahmen, um Bohlen für eine Rampe zurechtzusägen.

»Moment, du meinst Zeugin wie … Zivilistin?«, rief Theodoros gegen den Lärm an. Verblüfft rückte er von ihr ab. »Und du hast sie in alles eingeweiht?«

»Ja, wurde ich«, erklärte Lena selbstbewusst, der es allmählich gegen den Strich ging, dass die Agenten hier alle so taten, als sei sie aus

Luft. »Ich fühle mich übrigens sehr geehrt über das mir entgegengebrachte Vertrauen. Gerade jetzt, da ich weiß, wie streng geheim hier alles ist. Aber ich bin es ja durch meine jahrelange Arbeit für Doktor Fink gewohnt, Geheimnisse zu wahren.«

»Wer ist dieser Doktor Fink?«, wollte Theodoros wissen.

»Poseidon«, antwortete Perseus ruhig.

»Wie bitte?« Der Erfinder riss ungläubig die Augen auf. »Sie kennen Poseidon durch jahrelange Zusammenarbeit? Als Zivilistin? Selbst ich kenne bloß ein Mitglied des Olymps persönlich, Hephaistos! Und zu der Begegnung kam es auch nur einmal, und das ganze vier Jahre nach meiner Rekrutierung.«

»Langsam verstehe ich, wie das bei Ihnen funktioniert.« Lena sah die beiden Männer interessiert an. »Mit dem Olymp ist Ihre Führungsebene gemeint, richtig? Besteht die wie in der griechischen Mythologie aus zwölf Leuten? Haben die alle Götternamen? Ich meine, Sie und alle anderen hier müssen sich ja mit den Codenamen von Halbgöttern und Heroen zufriedengeben: Herkules, Perseus, Theodoros … Und wie hieß ihr Kollege am Eingang noch mal? Ach ja: Leander. Weiß der eigentlich, dass sein Namensvetter damals im Hellespont ertrunken ist?«

Theodorus warf Perseus einen besorgten Blick zu.

»Keine Sorge, meine Lippen bleiben versiegelt!« Lena beschrieb eine Geste, als würde sie einen Reißverschluss an ihrem Mund schließen. »Das alles hier würde man mir vermutlich eh nicht glauben. Sie wissen schon.« Sie formte mit ihrer Rechten eine Pistole. »Sogar meine Schwester würde mich für verrückt halten.«

»Dann weiß sie es nicht?« Theodoros sah entrüstet zu Perseus auf.

Der räusperte sich. »Ich besorge uns erst mal etwas zu essen. Die Automaten stehen noch immer dahinten?«

Perseus ging kurzerhand an dem Raupenpanzer vorbei zu einem weiteren Kabuff samt Glasscheibe, das wie ein Pausenraum eingerichtet war. Jedoch wirkte das ein wenig wie eine Flucht.

»Was weiß ich nicht?«, fragte Lena Theodoros beunruhigt.

Der seufzte schwer. »Keine Ahnung, warum Perseus Sie in diese

Lage gebracht hat. Aber Ihre Zusicherung, Stillschweigen über die Organisation zu wahren, wird vermutlich nicht reichen. Man wird Sie dem Thanatos-Programm unterziehen.«

»Was soll das sein?«

»Gedächtnislöschung!«, erklärte ihr Gegenüber.

»Sind Sie irre?«

»Keine Bange, nicht mehr wie früher mittels Lobotomie. Heute bedient sich A.R.G.O.S. dafür chemischer Präparate, die auch als einigermaßen sicher gelten. Danach haben Sie alles vergessen, was Sie in den letzten zwei bis drei Tagen erlebt haben. Ich gebe zu, die Behandlung ist ein kleines bisschen schmerzhaft, aber auch daran werden Sie sich nicht mehr erinnern können. Alles, was bleibt, sind leichte Kopfschmerzen, die Sie locker mit ein paar Aspirin aussitzen.« Er grübelte kurz. »Na gut, Auto fahren würde ich Ihnen in der Zeit auch nicht empfehlen. Und vermutlich haben Sie danach auch alle Geburtstage, Passwörter und Telefonnummern vergessen. Aber wofür gibt es Internet und soziale Medien?« Er lachte aufbauend. »Seien wir ehrlich: Ohne die erinnert sich doch heutzutage auch keiner mehr daran.«

Lena starrte ihn konsterniert an, sodass sich Theodoros dazu verpflichtet zu fühlen schien, sie aufzuheitern.

»Na, kommen Sie. Kopf hoch. Ich führe Sie ein bisschen herum. Für mich ist das ebenfalls eine Premiere. Bislang konnte ich noch nie jemandem von außerhalb unsere Entwicklungen präsentieren. Wie schon gesagt: In zwei oder drei Tagen haben Sie eh alles wieder vergessen.«

Widerwillig folgte sie ihm zu einer mit Metallplatten ausgekleideten Kammer, in der ein Crashtest-Dummy stand, der mit nichts anderem als schwarzen Kampfstiefeln samt dicken Gummisohlen bekleidet war.

»Darf ich vorstellen?«, meinte Theodoros. »Unsere brandneuen talarischen Schuhe!«

Neugierig trat Lena näher.

»Ikaros«, rief der Erfinder einem jüngeren Labormitarbeiter hinter einem technischen Pult zu. »Wären Sie mal so freundlich? Aber bitte nur für zwei Sekunden.«

»Wie Sie wünschen, T.«

Der junge Agent fuhr eine gepanzerte Scheibe herunter, dann drückte er einige Knöpfe. Plötzlich schlugen Stichflammen aus den Kampfstiefeln, und wie eine Rakete schoss der Dummy nach oben gegen die Decke der Kammer, wo sich die Puppe überschlug, dann gegen die Scheibe krachte und wieder nach unten stürzte. Eine unbehagliche Stille machte sich in der Halle breit.

»Nicht schlecht, oder?«, fragte Theodoros zufrieden. »Klar, da fehlen noch ein oder zwei Entwicklungsschritte, aber damit sind wir sogar den Chinesen voraus. Die Treibstoffmischung in den Sohlen langt für etwa fünfzehn Sekunden. Das reicht, um höhere Geschosse anzufliegen – oder heil von einer hohen Brücke zu springen.«

»Talaria …« Lena starrte auf die von Rauch umhüllte Puppe und begriff. »Damit spielen Sie auf die Flügelschuhe des Perseus an?«

»Genau. Nur verraten Sie unserem einstweilen nichts davon. Das wird eine Überraschung.« Theodoros blickte zu Perseus hinüber, der soeben mit zwei eingepackten Brötchen und Pappbechern in den Händen zu ihnen zurückkam.

»Leider übertreibt man es hier etwas mit der Traditionspflege.« Der Agent reichte Lena einen der beiden mitgebrachten Kaffees sowie ein Brötchen, das nach Fisch und Zwiebeln roch. »Im Automaten gab es leider bloß Heringsbrötchen.«

Lena biss herzhaft in das pappige Fischbrötchen, und so ausgehungert, wie sie war, erschien es ihr wie die köstlichste Mahlzeit der Welt.

Perseus setzte den Kaffee an und schüttelte sich sogleich angewidert. »Meine Güte, was ist denn das für eine lauwarme Plörre? Ihr habt hier unten Ausrüstung für hunderttausende Euro stehen – und könnt euch keinen vernünftigen Kaffeespender leisten?«

»Na ja, die Erbsenzähler da oben haben eine neue Sparrunde eingeläutet«, meinte Theodoros entschuldigend.

Lena kostete vorsichtig den Kaffee, konnte jedoch nichts Befremdliches feststellen. Er schmeckte wie der, den sie zu Hause zubereitete.

»Ich zeig dir lieber mal unser neues Goldenes Vlies«, lenkte Theodoros von dem Automatenimbiss ab. »Eine antimagnetische Schutzweste, die Kugeln ablenkt.«

Die beiden Agenten gingen zu einer zweiten Puppe mit goldener Schutzweste hinüber. Lena hatte endlich eine Toilette entdeckt und verspeiste rasch die Reste ihres Brötchens. Sie setzte sich unter den wachsamen Blicken von Perseus ab, um sich dort frisch zu machen.

Nach einem kurzen Kampf mit der seltsamen Spülung, die die Techniker eher im Design einer Absaugeinrichtung wie auf der ISS konstruiert hatten, nutzte sie die verbleibenden Minuten, um etwas zur Ruhe zu kommen. Es gelang ihr kaum. Insbesondere da sie wieder an die letzten traumatischen Momente mit Doktor Fink denken musste – oder wie auch immer ihr Chef wirklich geheißen hatte.

Fink war ein versierter Taktiker gewesen. Und er hatte immer einen Plan verfolgt. Wenn er tatsächlich einer der Chefs dieses Geheimdienstes gewesen war, dann galt das sicher auch für all das, was jetzt passierte.

Auch mit ihr?

Lena zog nachdenklich die Stirn in Falten. Und während drüben in der Halle wieder gedämpfter Sägelärm ertönte, fügten sich die Fragmente ihrer Erinnerungen wie ein Puzzle zusammen. Es fehlten lediglich einige Stücke.

Als sie wieder in die Halle zurückkehrte, roch die Luft leicht nach Holzstaub. Theodoros setzte soeben einen kleinen Miniatur-Polizeiwagen auf dem Boden ab.

»Das hier muss ich dir noch zeigen.« Er nahm eine Fernbedienung zur Hand, und der Wagen sauste mit heulendem Blaulicht und gelegentlichem Knattern einer imaginären Maschinenpistole unter den Tischen hin und her. Plötzlich sprühte Nebel aus dem Heck, der Wagen feuerte vorn zwei kleine Plastikgeschosse ab, und zum Schluss klappte das Dach auf, und der Fahrersitz samt einem kleinen Polizisten wurde herausgeschleudert. Ein Fallschirm öffnete sich, und er segelte zu Boden.

»Ich wüsste jetzt nicht, wie uns das bei unseren Einsätzen helfen soll«, merkte Perseus skeptisch an.

»Nein, Unsinn. Der ist für meinen Sohn.«

Bevor Perseus etwas erwidern konnte, tauchte an der Treppe ein Mann in einem ähnlichen blauen Zweireiher auf, wie ihn Fink getragen hatte. Allerdings war er gut zwanzig Jahre jünger. Sein Haar war zu einem kurzen Pompadour mit ausrasierten Seiten geschnitten, zu dem er sich einen gepflegten Bart stehen ließ. Er war in Begleitung einer kurzhaarigen, durchtrainiert wirkenden Frau. Eindringlich nahm er die Halle in Augenschein, während seine Begleiterin kurz die Nase rümpfte und sich etwas hinter ihm platzierte. Die meisten Agenten in der Halle nahmen kurz Haltung an.

»Agent Perseus«, erhob er jovial die Stimme und kam ihnen einige Schritte auf der Treppe entgegen. Lena konnte eindeutig einen vornehmen britischen Akzent aus seiner Stimme heraushören.

»Prinzipal Jason!« Perseus nickte ihm lässig zu. »Das wurde auch Zeit.«

»Nun, abgesehen davon, was die Medien zeigen, hatte Rotterdam niemand hier vorausgesehen – wenn Sie verstehen, was ich meine«, erklärte Jason vieldeutig und mit Blick auf die übrigen Agenten in der Halle. »Was natürlich auch daran liegen mag, dass die Hälfte unseres Abschirmungsdienstes an die Standorte in Bergen, Lübeck und La Rochelle verlegt wurde.« Er fasste Lena ins Auge. »Ist das die Kronzeugin, von der Sie sprachen?«

Perseus wandte sich Lena zu und nickte. »Sie herzubringen geschah auf Geheiß von ganz oben.«

»Gut.« Jason fixierte Lena skeptisch. »Dann folgen Sie mir bitte.«

Perseus und Lena verabschiedeten sich von Theodoros, der noch immer mit seiner Fernsteuerung in der Hand dastand, und folgten dem Kontorleiter und seiner Begleiterin zurück in den Gang mit den Ölgemälden.

»Ach so, wenn ich bekannt machen darf«, Jason deutete auf seine

Begleiterin. »Agentin Penthesilea. Gewissermaßen meine rechte Hand hier in Kampen.«

Die Frau betrachtete Lena herablassend.

»War das wirklich eine so gute Idee, sie mit herzuschleppen?«, meinte sie mit schwäbischem Akzent. »Ich habe ihren Lebenslauf überprüft. Sie ist gerade mal eine bessere Tippse. Ausbildung zur Fremdsprachenkorrespondentin, danach abgebrochene Ausbildung zur Archivarin in Marburg. Ich wüsste nicht, wie sie uns weiterhelfen soll.«

Tippse? Lena erwiderte ihren Blick verärgert.

»Besser, Sie bilden sich auf Ihren tollen Amazonennamen nichts ein«, platzte es aus ihr heraus. »Ich kann schließlich nichts dafür, dass Sie in Ihrem alten Job gescheitert sind und heute einen auf bessere Türsteherin machen müssen.«

»Wie bitte?«

»Dass Sie ursprünglich mal Schreinerin werden wollten«, unterbrach Lena sie, »verrät mir Ihr Ring mit dem Zunftwappen, den Sie noch immer tragen. Die Fingerkuppe haben Sie sich vermutlich selbst abgesägt. Und den Rest hat dann Ihre Holzstauballergie erledigt. Geben Sie es zu: Das war doch der Grund, warum Sie auf der Treppe lieber oben geblieben sind?«

Die Agentin ließ drohend ihre Knöchel knacken. »Was bildest du Miststück dir ...«

»Nur damit Sie es wissen«, Lena trat Penthesilea kühn entgegen, »wenn Sie meinen Lebenslauf schon recherchieren, dann machen Sie Ihren Job gefälligst richtig. Ich habe meine Ausbildung als Jahrgangsbeste abgeschlossen. Und das Studium in Marburg habe ich nur deswegen abgebrochen, weil ich damals Doktor Fink begegnet bin, der mir die Arbeit bei ihm angeboten hat. Und zwar zu Konditionen, die ich unmöglich ablehnen konnte. Wer er in Wahrheit war, dürften Sie ja viel besser wissen als ich. Ich habe in den letzten Jahren vermutlich mehr Länder gesehen, als Sie es in ihrem ganzen Leben tun werden. Und in all der Zeit habe ich enger mit einem Ihrer ›Götter‹ zusammengearbeitet, als Sie es sich wohl je erhoffen dürfen. Und ich war eine gute Assistentin. Bis zuletzt!«

Im Korridor herrschte eine angespannte Stille, die nur von dem Tippen hinter den Türen durchbrochen wurde.

Perseus, der etwas hinter Jason stand, versuchte mit wenig Erfolg ein schadenfrohes Grinsen zu unterdrücken. Der Kontorleiter hingegen blickte Lena mit neu erwachtem Interesse an. Mit einem kurzen Kopfnicken gebot er seiner Assistentin, still zu sein. Wütend folgte sie der Order.

»Sie haben vollkommen recht«, erklärte er mit britischer Höflichkeit. »Ich entschuldige mich für die Entgleisung meiner Kollegin.« Er maß Penthesilea mit strengem Blick. »Allerdings muss sich noch zeigen, inwiefern Sie zur Aufklärung der zurückliegenden Geschehnisse beitragen können. Heute ist ein Mitglied des Olymps zu Tode gekommen. Das hätte angesichts unserer strengen Sicherheitsvorkehrungen niemals passieren dürfen.«

»Ich werde Ihnen so gut es geht helfen«, meinte Lena. »Auch wenn ich ehrlich gesagt keine Ahnung habe, wie. Und nur dass Sie es wissen: Ich werde mir von Ihnen anschließend nicht den Kopf grillen lassen!«

»Wir werden sehen«, antwortete Jason ausweichend. »Denn das habe nicht ich zu entscheiden. Wir sind hier nicht auf dem Weg zu einer gewöhnlichen Besprechung. Der Olymp tritt gleich zusammen und will Sie kennenlernen.«

Überrumpelt sah Lena Perseus an, der lediglich eine Augenbraue hob.

Sie folgten Jason eine Etage höher und ließen sich von ihm in einen Saal führen, dessen Anblick Lena einen anerkennenden Laut entlockte.

Der Raum glich einem historischen Ratssaal, dessen Wände über eine gediegene Täfelung verfügten. Es roch nach Holz und Leder, von der Decke hingen prunkvolle Kronleuchter, allerorten befanden sich beeindruckende, mittelalterlich anmutende Holzdekorationen, und die Fenster waren mit hanseatischen Glasmalereien versehen. Allein das Licht, das durch sie fiel, konnte hier unter der Erde keinesfalls natürlichen Ursprungs sein.

Penthesilea, die Lena weiterhin giftige Blicke zuwarf, wurde zur Wache vor der Eingangstür eingeteilt. Jason hingegen schloss die Saaltür hinter ihnen und forderte sie ohne viel Federlesens auf, an der Stirnseite einer langen Tafel mit altertümlichen ledernen Stühlen Platz zu nehmen. Lenas Blick fiel auf prunkvolle Gemälde rechts und links an den Wänden des Saals, auf denen alte Männer mit weißen Halskrausen porträtiert waren. Sechs von ihnen auf jeder Seite.

Jason räusperte sich, kaum dass sie Platz genommen hatten, und blickte zu dem zentralen Kronleuchter auf.

»Visby, Konferenz starten!«

»Stimmenauthentifikation erfolgreich«, war im Raum die weibliche Computerstimme zu hören. »Willkommen, Prinzipal Jason. Olymp wird zugeschaltet.«

Unvermittelt wurde es im Saal dunkel, und neun der zwölf Gemälde rückten von den Wänden ab, um sich vor ihnen in einem Halbrund zu positionieren. Lena begriff erst jetzt, dass es sich bei den Bildern um große Bildschirme handelte. Jäh wechselten die Porträts, und an ihrer statt erschienen die bewegten Abbilder antiker olympischer Götter samt ihren Attributen: Hera, erkennbar an Getreideähren und Granatapfel, Demeter samt goldenem Ährenkranz und Fackel, Apollon mit seiner Kithara, Artemis inklusive Pfeil und silbernem Bogen, Athene mit Eule, Speer und Schild, Ares, der an der Seite von Hund und Geier auftrat, Hermes mit Stab und Flügelkappe, Hephaistos samt seinem Schmiedehammer und alle etwas überragend Zeus, unverkennbar dank Rauschebart, Zepter und dem Blitzbündel.

»Ich fühle mich sehr geehrt, den Olymp in unserem Kontor begrüßen zu dürfen«, begrüßte Jason die Zugeschalteten. »Auch wenn die Umstände alles andere als glücklich sind.«

»Wir sollten gleich zur Sache kommen«, begann Athene ernst. »Poseidon wurde ermordet. Nach allem, was wir inzwischen wissen, war das ein gezielter Anschlag, der mit großem logistischem Aufwand durchgeführt wurde.«

»Wir möchten daher Perseus hören«, mischte sich Hermes ein.

»Perseus, Sie und Herakles unterstanden Poseidon direkt. Wieso waren Sie nicht rechtzeitig da, als es zu dem Anschlag kam?«

Perseus atmete tief ein. »Ich bin erst letzte Nacht von Brüssel nach Rotterdam beordert worden, wo ich für Poseidon den Kusnezow-Fall abgeschlossen habe. Mit seinem Personenschutz war Herakles betraut. Poseidon bat mich, die Nacht über das Hotel im Auge zu behalten, in dem seine Assistentin untergebracht war.« Er blickte zu Lena. »Welchen Anlass es dafür gab, weiß ich nicht. Ich sollte mich aber zur Verfügung halten. Am frühen Vormittag bat er mich dann, für ihn eine Adresse zu untersuchen. Woher er den Tipp hatte, weiß ich nicht. Ich habe gewartet, bis Frau Kaufmann vom Hotel abgeholt wurde, dann bin ich dort hingefahren. Ein altes Fabrikgelände am Rande von Rotterdam. In einer der Hallen befanden sich Schlafsäcke und Reste von Sprengstoff. Inzwischen vermute ich, dass das mit dem Anschlag dieser Ökoterroristen zu tun hatte. Tja«, er seufzte, »unmittelbar darauf kam es im Industriehafen zu den Explosionen. Herakles beorderte mich zurück in die Innenstadt, doch kurz bevor ich beim Millennium Tower ankam, löste Visby Alarm aus. Als ich Poseidon schließlich erreichte, war es bereits zu spät. Alles, was ich tun konnte, war, Frau Kaufmann in Sicherheit zu bringen.«

»Warum hierher?«, mischte sich Jason ein.

»Weil das das nächste Kontor war.« Perseus warf Lena erneut einen kurzen Seitenblick zu. »Und weil Poseidon Herakles und mir eingebläut hatte, genau so zu verfahren, falls ihm mal etwas passieren sollte. Ich vermute, er hat Frau Kaufmann sehr geschätzt. Und vermutlich hat er Qualitäten in ihr gesehen, die sich einem auf dem ersten Blick nicht sofort erschließen …«

Lena lächelte traurig.

»Wir würden jetzt gern Sie hören, Frau Kaufmann«, meldete sich Hera zu Wort.

Lena räusperte sich. »Wo soll ich anfangen? Bis vor Kurzem habe ich ja gar nicht gewusst, wer Doktor Fink in Wahrheit ist.«

Sie begann mit dem Anruf ihres Chefs am Morgen, berichtete von dem Zusammentreffen mit dem Fahrradkurier und schilderte schließlich die dramatischen Ereignisse auf der Konferenz samt ihrer Flucht, bis Perseus sie im Hafen aufgegabelt hatte.

»Ehrlich gesagt war das alles«, endete sie erschöpft, als ihr plötzlich ein unangenehmer Gedanke kam. Alarmiert sah sie auf. »Sagen Sie mal, wenn diese Killer wissen, wer ich bin, was ist dann mit meiner Familie? Ist die jetzt in Gefahr?«

»Machen Sie sich keine Sorgen«, beruhigte sie Apollon. »Unsere Organisation hat bereits dafür gesorgt, dass Ihre Eltern kurzfristig als Nachrücker eines Preisausschreibens ihre verdiente Butterfahrt nach Cuxhaven antreten können. Dass Ihre Mutter Butterfahrten liebt, war Ihrer Akte zu entnehmen.«

»Es existiert eine Akte über mich?«

»Selbstverständlich. Und Ihre Schwester wurde heute Nachmittag sehr überraschend von einem unserer Außendienstmitarbeiter als Model entdeckt. Sie packt gerade für London.«

»Ernsthaft? Ich kenne Sophia, die lässt sich doch nicht von irgendeinem Gigolo mit so einer Masche aufreißen. Obwohl …« Kurz dachte sie noch einmal über ihre Einschätzung nach.

»Sie war in der Tat nicht leicht zu überzeugen«, gestand Apollon ein. »Zumindest so lange nicht, bis sie ein persönlicher Video-Call von Stella McCartney erreichte.«

»Stella McCartney arbeitet für A.R.G.O.S.?«

Apollon betrachtete sie mitleidig.

»Dieser Schutz«, grollte nun Zeus mit leichtem Donnerhall, »währt ausschließlich so lange, wie wir Ihre Dienste benötigen.« Sein Bildnis rückte in den Vordergrund, während jene der anderen Götter Platz machten. »Sie erhielten heute Morgen von einem Fahrradkurier einen Umschlag mit Dokumenten?«

»Ja. Ihr Inhalt schien Doktor Fink zu beunruhigen«, antwortete Lena nachdenklich. »Sie sind mit Doktor Finks Aktentasche während des Hubschrauberangriffs verbrannt. Ich glaube inzwischen … er hat selbst dafür gesorgt.«

»Da heute Nachmittag ein Kurier, der zu Ihrer Beschreibung passt, mit einer Überdosis Heroin auf einer der Toiletten des Rotterdamer

Hauptbahnhofs gefunden wurde«, fuhr Zeus mit tönender Stimme fort, »müssen wir davon ausgehen, dass diese von zentraler Bedeutung sind. Haben Sie einen Blick darauf werfen können?«

Lena blickte das Zeus-Bildnis unsicher an. »Wie schon gesagt, nur kurz. Bei dem Vorfall beim Taxi.«

»In Ihrer Akte ist vermerkt, dass Sie über ein fotografisches Gedächtnis verfügen«, erklärte Athene mit leichter Ungeduld.

Gespannt musterten die Götter sie. Auch Perseus und Jason beäugten sie interessiert.

Lena rief sich die Dokumente noch einmal vor ihr inneres Auge und dachte nach. Schließlich zuckte sie mit den Schultern.

»Ich kann das auf Druck nicht«, log sie. »Die Papiere waren jedenfalls allesamt als geheim klassifiziert. Wenn Sie mich aber so fragen … da wurde diese Terrororganisation erwähnt. Gaia's Warriors.«

Sie sah, dass die Götterbildnisse ihre Lippen bewegten, konnte jedoch nichts verstehen. Offenbar unterhielten sie sich auf einem anderen Kanal.

»Aber da ist noch etwas anderes«, zog sie die Aufmerksamkeit des Olymps wieder auf sich. »Der Hubschrauber. Der Schütze … der war seltsam. Der war mit so einem langen Wehrmachtsledermantel bekleidet. Am befremdlichsten war die Maske, die er trug. So ein seltsames Ding mit insektenartigen Augen.«

»Scheiße, der Paukant!«, entfuhr es Perseus.

Die Götter sahen einander ernst an und debattierten abermals stumm miteinander. Schließlich meldete sich Zeus zurück.

»Gut, Frau Kaufmann. Vielleicht fällt Ihnen noch mehr ein, wenn wir Ihnen etwas Zeit zum Nachdenken einräumen. Poseidon hat seine Personalentscheidungen nie leichtfertig getroffen.« Irgendwie kam es Lena so vor, als würde ihr Zeus unmerklich zunicken. »Perseus, wir vertrauen Ihnen bis auf Weiteres Poseidons Assistentin an. Versuchen Sie Licht ins Dunkel zu bringen, wenn das möglich ist. Bis zum Ende dieser Mission unterstehen Sie wieder dem Olymp. Jason, begeben Sie sich in Ihr Büro, ich möchte noch unter vier Augen mit Ihnen sprechen.«

»Selbstverständlich, Zeus!« Der Kontorleiter nickte, die Götterbildnisse in den Gemälderahmen verschwammen und machten wieder den altertümlichen Porträts Platz. Dann fuhren die Bilder an die Wände zurück, und das Licht ging wieder an.

»Wenn ich Ihnen helfen kann, lassen Sie es mich bitte wissen.« Jason nickte Perseus zu, musterte Lena noch einmal knapp und verließ den Saal.

Lena und Perseus waren nun wieder allein.

»Tut mir leid.« Der Agent fuhr sich müde durch das Haar. »Ich hatte gehofft, dass Sie schon bald wieder in Ihr normales Leben zurückkehren können. Und ich will Sie ehrlich gesagt auch nicht weiter in Gefahr bringen. Immerhin war nicht die Rede davon, dass wir Ihnen Ihre Erinnerungen nehmen müssen. Leider habe ich im Augenblick keine Ahnung, wo ich anfangen soll.«

Lena betrachtete ihn von der Seite. »Kannten Sie und Doktor Fink sich schon länger?«

»Einige Jahre. Wieso?«

Lena sah sich zur Saaltür um und senkte die Stimme. »Ich hab die belogen!«

»Wie bitte?« Perseus verengte die Augen. »Inwiefern?«

»Doktor Fink trug mir kurz vor seinem Tod auf, niemandem zu vertrauen, außer Ihnen.«

Sie und Perseus sahen sich nachdenklich an.

»Ich glaube«, fuhr sie fort, »um Ihre Organisation steht es schlimmer, als Ihre Führungsebene es Sie glauben lässt. Ist Ihnen nichts aufgefallen?«

Perseus zog die dunklen Augenbrauen zusammen. »Sollte es?«

»Haben Sie Ihre Götter nicht durchgezählt? Das waren bloß neun. Neben Poseidon fehlten noch zwei weitere. Meiner Einschätzung nach Aphrodite und Hestia.«

Ihr Begleiter atmete tief ein. »Moment, Sie glauben …?«

»Wer weiß?« Lena zuckte unsicher mit den Achseln. »Was, wenn inzwischen noch mehr Ihrer Götter umgekommen sind? Das würde bedeuten, dass es jemand auf Ihre Organisation abgesehen hat.«

Perseus musterte sie befremdet.

»Nein«, erwiderte er nach kurzem Nachdenken. »Das halte ich für unvorstellbar. Wäre dem so, hätte man uns sicher darüber informiert. Die Sicherheitsstruktur bei A.R.G.O.S. ist derart ausgeklügelt, dass es nur wenige gibt, die überhaupt von uns wissen.«

»Okay, war auch nur so ein Gedanke.« Lena biss sich nachdenklich auf die Lippen. »Das vorhin war übrigens auch nicht alles, was ich diesen Papieren entnehmen konnte. Da war mehrfach von Europa die Rede. Ich bin selbst nicht sofort daraufgekommen, weil ich dachte, dass damit, nun ja, der Kontinent gemeint sei. Aber jetzt glaube ich, dass sich die Einträge auf eine Ihrer Agentinnen bezogen haben könnten. Wäre das möglich?«

Perseus richtete sich auf.

»Ja, wäre es«, bestätigte er unheilvoll. »Es gibt bei uns eine Europa. Ich hatte zwar nur einmal das Vergnügen, mit ihr arbeiten zu dürfen, aber auch sie unterstand damals Poseidon. Es heißt, dass sie vor gut einem halben Jahr während eines Einsatzes verschwunden ist. Leider weiß ich nicht, bei welchem.« Perseus kratzte sich nachdenklich am Kopf. »Poseidon hat uns nur so viel mitgeteilt, wie wir gerade wissen mussten. Allerdings kenne ich jemanden, den ihr Schicksal ebenfalls sehr interessieren dürfte ...«

»Wen?«

»Später«, wiegelte er ab. »Die Frage ist, wo wir mehr über ihren letzten Einsatz herausfinden. Den Olymp können wir nach Poseidons Warnung ja schlecht fragen.«

Perseus fuhr sich nachdenklich über seinen Dreitagebart. »Zumindest so lange, bis wir herausfinden, woher unsere Gegner eigentlich wussten, wer Poseidon war – und wo er sich aufhielt. Sonst hätten die nicht so gezielt diesen Killer auf ihn ansetzen können.«

»Sie meinen diesen ... Paukanten?«

Perseus nickte. »Zumindest ist es einstweilen sicherer, davon auszugehen, dass A.R.G.O.S. infiltriert wurde.«

»Durch diese Europa vielleicht? Vielleicht ist das der Grund, warum sie verschwunden ist?«

»Sie? Kaum denkbar.« Zweifelnd wog Perseus sein Haupt. »An mehr können Sie sich nicht erinnern?«

»Tut mir leid.« Resigniert ließ Lena die Schultern hängen. »Normalerweise bin ich besser darin. Sie wissen schon: ›Eye of the tiger‹ und so …«

»Nein.«

»Egal.« Verlegen nestelte sie an ihrer Tasche neben dem Sitz. »Ich habe die Papiere wirklich nur ganz kurz gesehen. Vielleicht fällt mir ja später noch etwas ein.«

»Diesen Kurier kannten Sie nicht?«

»Nein.«

»Zumindest können wir davon ausgehen«, überlegte Perseus laut, »dass der Olymp längst veranlasst hat, Poseidons Privatwohnung in Bremen sowie sein Büro bei der Viktualia Consulting Group auseinanderzunehmen. Hätten die da irgendetwas Relevantes gefunden, hätte man uns das mitgeteilt. Bleibt die Frage, wo er noch Informationen versteckt haben könnte.«

»Na ja, auch Doktor Fink hat Telefon und Internet benutzt. Wenn man seine Spuren zurückverfolgt, dann …«

»Sicher nicht«, widersprach ihr Begleiter. »Alles, was die Organisation betrifft, läuft bei uns über das Arachne-Netzwerk. Ein streng verschlüsseltes und bestens abgeschirmtes Intranet. A.R.G.O.S. unterhält mit den Perseiden sogar ein eigenes Satellitensystem zur Kommunikation und Spionage.«

»Echt? Wie haben Sie das denn unbemerkt in die Umlaufbahn bekommen?«

»Ganz einfach: Es wurden alle als Wettersatelliten in den Orbit geschossen. Von denen tun eh nicht alle das, was sie tun sollten. Groben Schätzungen zufolge nur die Hälfte …« Er winkte ab. »Wenn A.R.G.O.S. etwas Substanzielles herausfindet, dann erfahren wir das.«

»Und wenn er irgendwann mal etwas seiner Tochter anvertraut hat? Vielleicht unbeabsichtigt?«

»Seiner Tochter?« Perseus blickte sie fragend an. »Wenn ich eines weiß, dann, dass Poseidon keine Familie hatte. Der lebte für seinen Job.«

»Doch, eine Stieftochter aus einer früheren Ehe.«

»Weder war er früher verheiratet, noch hatte er eine Stieftochter. Wie kommen Sie darauf?«

Lena runzelte die Stirn. »Na ja, über meinen Schreibtisch lief vor einem guten Jahr ein Mietvertrag für eine Wohnung in Budapest. Als ich Doktor Fink fragte, für wen die bestimmt sei, hat er mir von ihr erzählt. Eine gewisse Caecilia Kraus.«

Perseus riss ungläubig die Augen auf. »Bei dem Namen sind Sie sich sicher?«

»Ja.«

»Das war Europas Deckname bei unserem letzten gemeinsamen Einsatz.« Perseus dachte nach. »Und das bedeutet, dass wir nach Budapest müssen. Allerdings befürchte ich, dass die Sache zu groß ist, als dass ich das allein stemmen kann. Das geht bloß im Team.«

Lena lächelte geschmeichelt. »Ich war schon immer Teamplayer. Zu zweit sind wir sicher unschlagbar.«

»Äh, nein, das meinte ich nicht. Sie bleiben zwar weiter in meiner Nähe, halten sich aber schön zurück.« Er zückte ein Smartphone. »Ich wollte damit sagen, dass ich für die Operation ein Team von Profis zusammenstellen werde. Jeder von ihnen auf seinem Fachgebiet eine echte Koryphäe.«

# DONAUWALZER

Das Taxi bremste leicht ab, als es vom östlichen Donauufer auf die nächtlich beleuchtete Széchenyi-Brücke einscherte. Wie erwartet floss der Verkehr auf der berühmten Kettenbrücke selbst zu dieser Tageszeit quälend langsam dahin. Sie war die erste Brücke gewesen, die die damals noch eigenständigen Städte Buda und Pest im 19. Jahrhundert miteinander verbunden hatte. Dementsprechend handelte es sich bei ihr um eine der beliebtesten kostenlosen Sehenswürdigkeiten der Stadt. Und auch jetzt war sie gefüllt mit Taxis, die über den mächtigen Strom rollten.

Lena, die nach ihrer Ankunft am Budapester Liszt-Ferenc-Flughafen auf dem Rücksitz des gelben Audis Platz genommen hatte, um sich dort mit einer Partie »Puzzle Champion« abzulenken, legte das Tablet weg und beugte sich zwischen den Vordersitzen vor, kaum dass sie den ersten der beiden mächtigen Brückenbögen passiert hatten. Fasziniert genoss sie die prächtige Aussicht. Denn unmittelbar vor ihnen, auf der gegenüberliegenden Donauseite, erhob sich die kolossale Budapester Burg. Die gewaltige Residenz mit ihrer im klassizistischen Stil errichteten Palastkuppel wurde gelblich von Scheinwerfern angestrahlt und thronte erhaben über dem Altstadtviertel mit seinen schmalen Gassen. Als sie rechter Hand über das Brückengeländer hinwegblickte, entdeckte sie nicht allzu weit entfernt am zurückliegenden Ufer mit seinen herrschaftlichen Jugendstilhäusern auch das beeindruckende ungarische Parlamentsgebäude, als dessen Vorbild der Palace of Westminster in London gedient hatte. Ebenso wie der riesige Palast vor ihnen galt auch das Parlamentsgebäude als eines der Wahrzeichen der Donaumetropole.

Es war wie immer. Sie konnte sich an den vielen historischen

Sehenswürdigkeiten kaum sattsehen. Über den Sommer lockten in der Stadt Freilichtkonzerte sowie Straßen- und Brückenfeste. Und die gemütlichen und prachtvollen Kaffeehäuser waren durchs ganze Jahr einen Besuch wert. Jedoch befürchtete sie, auch dieses Mal kaum dazu zu kommen, die Stadt näher in Augenschein zu nehmen.

Perseus schien von dem barocken Flair der Stadt wenig beeindruckt zu sein. Er saß auf dem Beifahrersitz, hielt im Seitenspiegel immer mal wieder nach möglichen Verfolgern Ausschau und studierte ansonsten einen Stadtplan, den er auf seinem Smartphone aufgerufen hatte.

Den Flug hierher hatte sie gebucht, was bislang alles war, was sie zu ihrer Mission hatte beisteuern dürfen. Denn nach einer ziemlich ereignislosen Nacht im Gästequartier des Kampener Kontors, die damit endete, dass man ihr morgens ihr Gepäck aus Rotterdam überreicht hatte, waren sie zunächst recht konspirativ nach Bremen überführt worden. Und zwar in einem unbequemen Blumenlaster, um nicht zu riskieren, hinter der deutschen Grenze von übereifrigen Drogenfahndern herausgefischt zu werden. Perseus hatte A.R.G.O.S. glauben lassen, der in Bremen ansässigen Viktualia Consulting Group noch einmal selbst auf den Zahn fühlen zu wollen. Tatsächlich hatte er sich entschlossen, die Warnung Poseidons wörtlich zu nehmen und niemandem mehr zu vertrauen. Die Fahrt nach Bremen diente dazu, ihre wirklichen Aktivitäten zu verschleiern. Statt also Finks Büro oder Lenas kleiner Mansardenwohnung einen Besuch abzustatten, hatte Perseus einen Bekannten aufgesucht, den er noch in Kampen kontaktiert hatte. Und der hatte ihnen für sehr viel Geld neue Pässe verschafft, mit denen sie unmittelbar darauf und unter neuer Identität weitergereist waren.

Noch immer verspürte Lena angesichts des illegalen Dokuments, das sie jetzt bei sich trug, eine gewisse Aufregung. Sie war jetzt Engländerin, ihr Name lautete Mara Harris, und sie war nun offiziell … immer noch Assistentin. Jetzt allerdings für Perseus, der sich als Banker ausgab. Nicht dass auch nur irgendjemand nach alledem gefragt hätte, allerdings hätte sie lieber eine weniger langweilige Tarnidentität gehabt. So etwas wie Head of Marketing einer Eventagentur, Mystery Shopper einer Parfümeriekette oder wenigstens Location Scout einer internationalen Filmgesellschaft. Leider hatte sich Perseus ihren Vorschlägen gegenüber wenig offen gezeigt. Umso mehr feierte sie sich für ihren Namen, den er anstandslos akzeptiert hatte.

Überhaupt schien das alles hier für ihn nicht sonderlich ungewöhnlich zu sein. Er sah nicht einmal auf, als sie die Brücke endlich überquert hatten. Lena betrachtete ihren Begleiter fasziniert.

»Müssten wir nicht bald da sein?«

Sie tat so, als würde sie einen Blick auf den Stadtplan seines Handys werfen, und schnupperte unmerklich an ihm. Eigentlich hatte sie erwartet, dass ein Mann wie er Floris No. 89 auflegen würde: eine Ikone unter den englischen Düften, die Ian Fleming zufolge auch der berühmteste Agent Ihrer Majestät verwendete. Sie und Sophia hatten der alteingesessenen Floris-Parfümerie nahe dem Hyde Park vor einigen Jahren einen Besuch abgestattet. Perseus benutzte jedoch nicht mal ein einfaches Rasierwasser. Er roch trotzdem ziemlich gut.

»Brauchen Sie ein Taschentuch? Sie schniefen.« Er drehte sich zu ihr um, und Lena ließ sich schnell wieder ins Sitzpolster fallen. »Nicht dass Sie sich vorhin im Flugzeug verkühlt haben.«

»Ein bisschen Allergie vielleicht«, erklärte sie verlegen.

»Es dürfte jetzt aber nicht mehr lange dauern.« Er steckte das Handy wieder weg. »Wir befinden uns schon im ersten Distrikt.«

Perseus sprach den Taxifahrer fließend auf Ungarisch an. Dieser schätzte die verbliebene Fahrzeit auf unter zehn Minuten. Lena ließ weiter die Eindrücke der nächtlichen Donaumetropole auf sich wirken. Schließlich bog ihr Taxi links an einer Hauptstraße ab, und ein beeindruckendes Hotel mit dekorativem Gusseisenbaldachin vor dem Eingang samt Pförtner in rot-schwarzer Hoteluniform kam in Sicht: das *Buda Grand Residence Palace*.

Es erstreckte sich über alle Etagen eines hohen und äußerst gepflegt wirkenden Jugendstilbaus. Sie waren am Ziel ihrer Reise angekommen.

Perseus zahlte in Forint, sie stiegen aus und nahmen ihr Gepäck an sich. Lena ließ sich von dem geschäftigen Treiben auf der Straße vor dem Luxushotel einfangen. Beständig fuhren Autos vorbei, Nachtschwärmer und Touristen flanierten vor Bars und Restaurants, und ihr Blick blieb an einem hölzernen Kiosk hängen, der neben Zeitschriften auch Blumen und Souvenirs anbot.

»Okay«, meinte Perseus ernst. »Wir werden Kirke drinnen treffen.«

»Muss ich irgendwas beachten? Ein Geheimzeichen oder so?«

»Gut, dass Sie fragen.« Perseus deutete verschwörerisch zu dem Kiosk. »Es wäre hilfreich, wenn Sie uns zwei Nelken besorgen könnten, die wir uns ans Revers heften.«

Lena wollte schon losgehen, doch Perseus hielt sie grinsend zurück. »Nein, ich hab Sie veräppelt. So läuft das nicht. Bleiben Sie einfach unauffällig und lassen Sie mich machen.«

Der Portier öffnete ihnen zuvorkommend die Tür, und sie gelangten in eine vornehme Empfangshalle mit einem Boden aus dunklem Marmor. Ein riesiger Kristalllüster schwebte unter der Decke, Jugendstilwandleuchter an den Wänden taten das Ihre, um ein angenehmes Licht zu verbreiten, und nostalgische Polstersitzgelegenheiten zwischen Bucidabäumen luden vornehm gekleidete Gäste zum Verweilen ein.

Lena sah sich neugierig um und fragte sich, wer die drei Kollegen waren, die Perseus verständigt hatte. Mehr hatte er ihr nicht erzählt, immerhin wusste sie, dass es sich um zwei Frauen und einen Mann handelte.

Perseus stellte seine Tasche vor der geschwungenen Hotelrezeption ab, wo einer der Rezeptionisten gerade telefonierte. Der Agent signalisierte ihm, dass sie keine Eile hätten, und so bekam Lena ein vertrauliches und auf Russisch geführtes Gespräch zwischen einer Concierge und einem neureich gekleideten Gast mit, das ganz in der Nähe geführt wurde:

»… ich Ihnen versichern, dass die Imperior Suite keine Wünsche offenlässt.«

Kurz ruhten die braungrünen Augen der Hotelangestellten auch auf ihr und Perseus.

Lena konnte sich nicht helfen, aber die Frau strahlte die unnahbare Schönheit einer antiken griechischen Statue aus. Ihre Haut war leicht gebräunt, sie war dezent geschminkt und trug einen geschmackvollen blauen Business-Kurzblazer mit dazu passender Hose. Ihr stolzes Profil mit den hohen Wangenknochen und der markanten Nase wurde von einem stylischen Bob mit Mikrobangs unterstrichen. Eine Frisur, die einfach perfekt zu ihrem dunkelbraunen Haar passte.

Der Russe hingegen war deutlich weniger ansehnlich. Er war einen halben Kopf kleiner, etwas korpulent und mit weichen, rosigen Gesichtszügen. Betreten blickte er immer wieder zu einer Sitzecke, in der eine ebenfalls neureich gekleidete Enddreißigerin mit säuerlichem Gesichtsausdruck saß.

»Auf Kanal 3 ist bereits der Bollywood-Streamingkanal voreingestellt, den Ihre Frau so schätzt«, fuhr die Hotelangestellte auf Russisch fort. »Außerdem erwartet Sie beide oben ein Früchtekorb. Ich hatte es richtig in Erinnerung, dass sich Ihre Frau während ihrer Hochzeitsreise in Indonesien in die exotischen Salakfrüchte verliebt hat?«

»Gott, das ist schon so lange her«, antwortete der Russe. »Ja, doch, ich glaube schon …«

»Ich habe jedenfalls einige davon einfliegen lassen. Für heute Abend ist ein Candlelight-Dinner im *Borkonyha* reserviert. Ich habe arrangiert, dass Sie dort zufällig einem Journalisten über den Weg laufen werden, der Sie anspricht, um Ihnen für Ihren selbstlosen finanziellen Einsatz für ein Kinderheim hier in Budapest zu danken.«

»Aber ich habe doch gar kei…«

»Die Einrichtung wird sich freuen, wenn Sie dies nachholen. Vorrangig geht es darum, Ihren letzten Aufenthalt bei uns zu erklären.«

Der Akzent. Lena war sich inzwischen sicher, dass die Frau in Griechenland aufgewachsen war.

»Verstehe …«, murmelte der Russe eingeschüchtert.

»Morgen Vormittag darf sich Ihre Frau dann über eine Ayurveda-Massage freuen. Das sollte sie für den Besuch des Széchenyi-Thermalbades übermorgen einstimmen. Und natürlich steht ganztägig ein Chauffeur bereit, um Sie beide zu den schönsten Stellen unserer Stadt zu bringen.«

»Hat das mit der Besichtigung der Filmsets von ›Black Widow‹ geklappt?«, wollte ihr Gegenüber hoffnungsvoll wissen.

»Ich war so frei, diesen Vorschlag zu streichen.« Die Concierge warf der Frau des Russen einen bedeutungsvollen Blick zu. »Im Augenblick sollten Sie vermutlich alles vermeiden, was Ihre Gattin an Filmschaffende und speziell an etwaige Schauspielerinnen erinnert … Stattdessen werden Sie den morgigen Abend in der ungarischen Staatsoper verbringen. Ich habe Ihnen zwei Karten für die seit Monaten ausverkaufte Vorstellung des Schwanensee-Balletts zurückgelegt. Einen passenden Smoking finden Sie bereits in Ihrer Suit.«

»Sie retten meine Ehe«, raunte der Mann erleichtert.

»Nein, das wird hoffentlich das Präsent bewirken, das ich mir erlaubt habe, für Sie bei einem hiesigen Juwelier anfertigen zu lassen: zwei Rotgoldohrringe mit weißen Saphiren in Gestalt des Sternzeichens Ihrer Frau, kleine Schützen. Sie wird erwarten, dass Sie zu Ihrem Jahrestag morgen neben dem Opernbesuch etwas ganz Spezielles für sie vorbereitet haben. Die werden wir natürlich extra berechnen müssen.«

»Der ist, äh, schon morgen?« Der Russe nickte eilig. »Ja, natürlich.«

Die Concierge nickte. »Sie finden das Präsent in Ihrem Smoking. Ich schlage vor, Sie überreichen ihr die Ohrringe vor dem Opernbesuch, sodass Ihre Gattin die Schmuckstücke dort zum ersten Mal anlegen kann.«

Der Mann nickte dankbar und eilte zu seiner Frau zurück, die ihn mit steinernem Gesichtsausdruck zu einem der Fahrstühle begleitete.

Der Rezeptionist beendete sein Telefonat nun ebenfalls und hieß Perseus willkommen, als ihm seine Kollegin die Hand auf die Schulter legte.

»Darf ich übernehmen?«, wechselte sie fließend ins Französische und wandte sich mit unverbindlichem Lächeln Perseus zu. »Ich habe Herrn Le Blanc bereits erwartet. Schön, dass Sie bei uns zu Gast sind.«

»Budapest ist eine aufregende Stadt«, antwortete Lenas Begleiter locker. »Meine Freundin und ich sind schon gespannt darauf, unser Zimmer zu sehen.«

Er hatte sie als seine Freundin bezeichnet. Lena spürte, wie ihr Gesicht Farbe gewann.

»Lassen Sie mich kurz Ihre Reservierung überprüfen.« Die Concierge gab etwas in den Computer ein. »Ah, ich sehe, hier wurde irrtümlich ein Einzelzimmer gebucht.« Sie musterte Lena ausdruckslos. »Zum Glück haben wir noch ein Superior-Doppelzimmer frei, zu dem ich Sie beide gern hinaufbegleiten werde.«

»Sehr zuvorkommend.« Perseus griff seine Tasche, während sich die Unbekannte kurz an ihren Kollegen wandte.

»Ich muss danach noch in die Stadt, um für die 103 den Lamborghini aus der Werkstatt zu holen. Sonst gibt es morgen Ärger.«

»Alles klar«, antwortete der Angesprochene.

Perseus und Lena folgten ihrer eleganten Begleiterin zu den Aufzügen, und sie bewunderte die geschmackvollen Pumps der Unbekannten. Als sich die Türen geschlossen hatten und es hinauf in den vierten Stock ging, wandte sich die Hotelangestellte ungehalten an Perseus. »Wieso hast du nicht gesagt, dass du nicht allein kommst?«

»Sorry, reine Vorsichtsmaßnahme.«

»Reine Vorsichtsmaßnahme ... schon klar.« Ihr Blick richtete sich prüfend auf Lena, die sie noch immer beeindruckt anblickte.

»*Sie* sind Kirke?«, fragte Lena erstaunt.

Die Griechin verengte misstrauisch die Augen. »Und Sie dann offenbar unsere Spur zu Europa? Aber vielleicht unterhalten wir uns besser oben weiter.«

Die Fahrstuhltür öffnete sich, und Kirke geleitete sie über einen großzügig mit Wandbegrünungen gestalteten Flur zu einer Zimmertür am hinteren Ende.

»Hat sich Daedalos schon gemeldet?«, wollte Perseus mit einem Blick zu den Fahrstühlen wissen. »Er hat versprochen, pünktlich zu kommen.«

»Nein, dieser irische Müßiggänger strapaziert mal wieder meine

Geduld.« Kirke zog eine Schlüsselkarte unter ihrem Blazer hervor und fuhr leise fort. »Lass uns drinnen weiterreden. Das Zimmer ist dreifach gesichert und wurde mit Spezialtapeten und -glas gegen Abhörversuche abgeschirmt. Die Hotelleitung hat es im Auftrag der ungarischen Regierung umgebaut. Allerdings werden heute wir es nutzen.«

Sie zog die Karte einmal durch das Lesegerät an der Wand, gab zusätzlich einen fünfstelligen Nummerncode ein, die Tür öffnete sich mit einem Schnappen – und sie sahen, dass das Zimmer beleuchtet war.

Bevor Lena begreifen konnte, was geschah, hatte Perseus sie schon zur Seite gezogen, und er und Kirke hielten Pistolen in Händen.

»Entspannt euch!«, ertönte eine amüsierte Stimme auf Englisch mit starkem irischem Einschlag aus dem Zimmer. »Ich war so frei, es mir hier gemütlich zu machen.«

In der Sitzecke des geschmackvoll eingerichteten Hotelzimmers entdeckte Lena einen von Kopf bis Fuß in Schwarz gekleideten Mann Ende dreißig mit roten Haaren, Sommersprossen, Fransenbart und runder John-Lennon-Sonnenbrille, die er nach vorn auf die Nasenspitze zog, um ihnen zuzublinzeln. Lässig und mit überschlagenem Bein lümmelte er weiter in seinem Sessel und prostete ihnen mit einem Whiskeyglas zu. Den kleinen Fläschchen auf dem Tisch neben ihm zufolge hatte er die Hausbar schon weitgehend geplündert. Und die Verpackungsreste im Abfalleimer verrieten, dass das Gleiche auch mit den bereitstehenden Zimmersnacks geschehen war.

»σκατά!«, fluchte Kirke. »Wie bist du hier reingekommen?«

»Ach komm, nun hab dich nicht so. Ich wollte dich überraschen.« Der Rothaarige grinste unverschämt.

Aufgebracht marschierte Kirke an ihm vorbei, zog einen der Vorhänge beiseite und inspizierte die dicken Fensterscheiben. Lena und Perseus folgten ihr, und Lena bemerkte, dass der Unbekannte auch eine Seite des Doppelbetts für ein Nickerchen benutzt hatte.

Perseus sah sich ebenfalls im Raum um, als suche er nach Lüftungsgittern oder ähnlichen Möglichkeiten, um unentdeckt in das Zimmer zu gelangen. Doch die existierten nicht.

»Darf ich vorstellen«, meinte er mit Blick auf den Sitzenden. »Daedalos. Unser Experte für Ein- und Aufbrüche aller Art. Daedalos, das hier ist Lena Kaufmann. Poseidons Sekretärin.«

»Assistentin!«, korrigierte Lena ihn und betrachtete den Iren neugierig. Interessiert nahm sie zur Kenntnis, dass er als Einziger der Anwesenden einen Ehering trug. »Das heißt, Sie knacken auch Safes und so?«

»Zu denen habe ich sogar eine ganz besondere Beziehung!« Der Mann zwirbelte amüsiert seinen Fransenbart und prostete ihr mit dem Whiskeyglas zu.

»Noch mal, wie bist du hier reingekommen?«, blaffte ihn Kirke an. »Über die Hotelfassade reingeklettert bist du nicht. Und die Zimmertür ist nicht bloß kartengesichert, sondern auch mit einem täglich wechselnden Nummerncode gesperrt.«

»Berufsgeheimnis.« Der Einbruchsspezialist zog zufrieden drei Gläser aus einem Regal und stellte sie auf den Tisch. »Wie wäre es, wenn ihr euch setzt, ebenfalls einen Schluck nehmt und mich in die Details unseres Treffens einweiht? Wo ist eigentlich Elektra?«

Perseus blickte auf seine Armbanduhr. »Ich befürchte, sie wird sich verspäten. Sie reist aus Moskau an und ist noch nicht in Budapest eingetroffen.«

»Warten Sie, das ist wirklich aufregend«, meinte Lena und sah sich um. »Wenn Sie weder über die Fenster reingekommen sind noch das Schloss manipuliert haben, dann ...« Sie lachte triumphierend. »Ich glaube, ich weiß, wie! Mit einem ganz einfachen Trick.«

Daedalos, Perseus und Kirke musterten sie verwundert.

»Dass Sie sich hier schon länger aufhalten, sieht man ja.« Sie deutete auf das Bett und dann zu den Abfallresten im Papierkorb. »Wetten, dass Sie schon seit heute morgen im Zimmer sind? Kein Wunder, dass Sie der kleine Hunger geplagt hat. Sie kennen die deutsche Werbung? Der kleine Hung...« Lena räusperte sich, da die drei sie ausdruckslos ansahen. »Sie haben vermutlich draußen auf dem Flur einen von diesen Zimmeranhängern am Türgriff angebracht«, fuhr sie rasch fort, »mit dem Sie den Reinigungskräften signalisiert haben, dass das Zimmer aufgeräumt werden müsse.« Sie wies zu einer Praline, die noch immer auf dem unberührten Kopfkissen des Doppelbetts lag. »Die da zeigt, dass auch Teile des Personals Zutritt haben. Ich schätze, Sie haben die Reinigungskraft dann mit einem Trick dazu gebracht, den Raum kurz mal zu verlassen, und die Gelegenheit genutzt, hier heimlich einzudringen. Wahrscheinlich haben Sie sich im Badezimmer versteckt gehalten, während das Zimmer anschließend von außen wieder verschlossen wurde.«

»Sagtest du nicht, sie sei Sekretärin?«, schnaubte der Ire.

»Nein, Assistentin«, berichtigte Lena ihn reflexhaft. »Ich kam drauf, weil Sie einen klitzekleinen Fehler gemacht haben. Und zwar den Türanhänger dort.« Sie deutete auf einen ovalen, rot-grünen Türanhänger, der unbeachtet auf einem der Nachttische lag. Dann drehte sie sich zur verschlossenen Eingangstür um. »Hier auf der Türinnenseite hängt nämlich noch einer. Ich wette, Sie haben den, den Sie draußen verwendet haben, mit reingenommen. Damit das Personal am Ende nicht noch stutzig wird, dass es hier zwei davon gibt. Macht ja auch Sinn. Denn wer auch immer für den Raum verantwortlich ist, dürfte wissen, dass sich dieses Zimmer von den anderen des Hotels unterscheidet.« Aufgeregt sah sie Daedalos an. »Kommen Sie, sagen Sie schon: Liege ich richtig?«

»Nicht schlecht«, grinste der Ire. »Etwas altklug, aber ich mag das.«

»Ich wusste es!« Lena hob triumphierend die Faust.

Daedalos warf Perseus einen nachdenklichen Seitenblick zu. »Allerdings frage ich mich, ob es so eine kluge Idee war, sie mit herzubringen? Dir sollte klar sein, dass du unseren weiblichen Hercule Poirot bloß in Gefahr bringst. Sie ist weder ausgebildet noch trainiert.«

»Ich weiß.« Perseus senkte betroffen den Blick. »Aber solange nicht klar ist, ob Frau Kaufmann sich nicht noch an mehr erinnert, müssen wir sie in unserer Nähe behalten.«

»Also gut.« Kirke zückte eine Schachtel Zigaretten, zündete sich eine an und fixierte Perseus. »Da wir nicht hier sind, um eine Partie

Bridge zu spielen, erzähl uns endlich, warum du uns zusammenge-trommelt hast.«

»Ganz einfach.« Perseus betrachtete seine Kollegen ernst. »Weil ich niemandem mehr vertraue außer euch. Und weil wir offenbar ein echtes Problem haben.«

Unter den zunehmend angespannten Blicken seiner Kollegen be-richtete er ihnen, was in Rotterdam vorgefallen war.

»Was für eine Scheiße!«, zischte Daedalos, als Perseus geendet hatte. »Und deine reizende Begleitung glaubt, dass jemand gerade der Reihe nach den Olymp ausknipst?«

»Ja, aber das ist eine sehr gewagte Theorie«, antwortete Perseus. »Ich habe das nur der Vollständigkeit halber aufgeführt, damit ihr wisst, worauf ihr euch im Zweifel einlasst. Im Augenblick halte ich es für wahrscheinlicher, dass Poseidon durch einen Fehler in die Schussbahn geraten ist.«

»Ist das der Grund, warum du niemanden im Budapester Kontor informiert hast?« Kirke blies Rauch aus, und selbst diese Geste wirkte an ihr grazil und anmutig.

Perseus zuckte mit den Schultern. »So oder so fahren wir im Au-genblick besser, wenn wir erst einmal undercover arbeiten. Zumin-dest so lange, bis wir wissen, wie es unseren Gegnern gelungen ist, Poseidon auf die Spur zu kommen. Ein Informant bei A.R.G.O.S. ist zumindest eine Option.«

»Wie habt ihr es überhaupt unbemerkt nach Budapest geschafft?«, fragte Kirke.

»Mit gefälschten Ausweisen, von denen auch A.R.G.O.S. nichts weiß.«

»Welche Qualität?« Sie streckte die Hand aus, und Perseus und Lena zeigten ihr die Dokumente, die die Griechin mit einer kleinen Lupe in Augenschein nahm, die sie unter ihrem Blazer hervorzau-berte.

»Ich bin kein Idiot«, murrte Perseus, »mit so was beauftrage ich keine Laien.«

Daedalos, der Lenas fragenden Blick bemerkte, zwinkerte ihr zu.

»Kirke ist unsere Logistikexpertin. Sie vermag fast alles zu besorgen. Diskret und zuverlässig. Außerdem ist sie eine verdammt gute Pilotin.«

»Okay, die Papiere sind in Ordnung.« Ohne auf die Bemerkung einzugehen, gab Kirke ihnen die Ausweise zurück und betrachtete Lena argwöhnisch. »Mara Harris also ... die Ähnlichkeit zu Mata Hari war sicher unbeabsichtigt?«

Lena wurde rot und mied Perseus' irritierten Blick.

»Und du glaubst, der Paukant hat mit alledem zu tun?« Daedalos beugte sich beunruhigt vor. »Hat der nicht noch vor zwei Jahren für diesen georgischen Waffenschieber gearbeitet? Berdan Bughadse? Ich dachte, den hast du damals unschädlich gemacht?«

»Ihn schon. Der Paukant konnte mir entkommen.« Perseus nickte Lena zu. »Und dass er in diesem Hubschrauber saß, bezweifle ich nicht.«

»Und Europa war in all das involviert?«, hakte Kirke ungewöhnlich scharf nach. »Um das klarzustellen: Sie hat keinesfalls die Seiten gewechselt.«

»Das hat auch keiner behauptet«, beschwichtigte Perseus sie.

»Na gut, was genau hat unser weiblicher Hercule Poirot sonst noch herausgefunden?« Daedalos wandte sich direkt an Lena.

»Na ja«, antwortete sie etwas befangen. »Doktor Fink hat in Budapest vor einiger Zeit unter einem Decknamen Ihrer Kollegin ein Appartement gemietet.«

»Warum ausgerechnet hier?«, fragte Kirke verwundert.

»Das wissen wir nicht«, erwiderte Perseus. »Aber das ist die einzige Spur, die wir im Augenblick haben. Selbst du weißt bislang nicht mehr über ihr Verschwinden, oder doch?«

Lena betrachtete die beiden aufmerksam.

»Nein.« Aufgewühlt drückte die Griechin ihre Zigarette aus. »Du weißt genau, dass jeder von uns über seine Einsätze Stillschweigen bewahren muss. Das galt ... das gilt auch für sie. Also.« Sie sah Lena an. »Was ist das für eine Wohnung?«

»Ein vornehmes Loft in einem alten Fabrikgelände ganz in der

Nähe des Flusses«, erklärte Lena und zog ihr Tablet aus der Tasche. Rasch drückte sie »Puzzle Champion« weg und öffnete die Bildgalerie. »Hier, der Grundriss der Wohnung. Der war damals auf der Seite des Immobilienmaklers, den Doktor Fink dafür in Anspruch nahm. Ich habe ihn mittels Internetarchiv wieder zum Vorschein gebracht und abgespeichert.«

Neugierig nahm ihr Daedalos das Tablet aus der Hand und zog den Plan größer. Anschließend überreichte er das Gerät Kirke, die den Plan ebenfalls inspizierte.

»Und das ist alles?«, fragte er.

»Ich konnte wirklich bloß einen kurzen Blick auf die Dokumente in Rotterdam werfen.« Lena fühlte sich schuldig. »Aber Ihre Kollegin wurde dort definitiv erwähnt. Ich glaube, ihr Einsatz muss mit diesen Ökoterroristen zu tun gehabt haben. Diesen Warriors. Die wurden in den Papieren nämlich auch erwähnt.«

»Wie passt das alles zusammen?« Kirke zog die Stirn in Falten.

»Wissen wir nicht.« Perseus fuhr sich nachdenklich über seinen Dreitagebart. »Aber wenn Europa hier aktiv war, wird das Gründe gehabt haben. Es war ja nicht das erste Mal, dass Poseidon sie angefordert hat.«

»Ist das Ihre Schwester?« Kirke wischte weiter durch die Bildergalerie und präsentierte der Gruppe ein Bild von Lena an der Seite Sophias, auf dem sie beide lachend die Köpfe zusammensteckten.

»Ja.« Lena lächelte, doch Kirke wirkte wehmütig.

»Hübsch. Sie sehen sich ähnlich.« Die Griechin räusperte sich. »Und er hier? Ihr Vater?«

Auf dem Tablet erschien ein älteres Foto von ihr und Andy, ihrem Ex, der sie im Arm hielt. Auch Perseus und Daedalos betrachteten die Aufnahme interessiert.

»Äh, das ist …« Hastig nahm Lena Kirke das Tablet aus der Hand. »Was machen wir jetzt?«

»Tja«, meinte Daedalos. »Elektra fehlt. Und solange wir nicht kompl…«

»Nein«, widersprach Kirke energisch. »Ich bin nicht gewillt, länger zu warten. Wir überprüfen die Spur sofort.«

Sie marschierte zum Bett, rückte es mit einem Ruck ein Stück zur Seite und machte sich an dem darunterliegenden Zimmerboden zu schaffen. Unvermittelt klappte ein Teilstück des Teppichs hoch und gab den Blick auf eine Bodenvertiefung frei, in der ein großer Kunststoffkoffer lag.

Perseus und Daedalos halfen ihr dabei, das schwere Gepäckstück auf das Bett zu wuchten, Kirke öffnete den Koffer und ermöglichte ihnen so den Blick auf zahllose Waffen wie Pistolen und Maschinenpistolen samt Munition, aber auch harmlos erscheinende Gegenstände wie einen Lady-Shave-Elektrorasierer, Kugelschreiber und sogar ein Tütchen Lakritz.

Perseus stieß einen anerkennenden Pfiff aus. »Auf dich ist Verlass. Leider habe ich nur wenig durch den Zoll bringen können.«

»Bedankt euch beim Budapester Kontor. Deckt euch ein, wir ziehen uns kurz um.« Kirke nahm zwei in Plastik eingeschweißte Pakete mit dunklen Kleidungsstücken aus dem Koffer und warf eines davon Lena zu.

»Komm mit!«, ging sie ansatzlos zum Du über.

Lena folgte ihr ins Badezimmer und schlüpfte dort wie Kirke in ein figurbetonendes Trikot mit mehreren Taschen aus einem elastischen schwarzen Stoff, das hinten mit einem Reißverschluss geschlossen wurde.

»Das ist ein Schutzanzug aus neuartigen Aramidfasern«, erklärte Kirke knapp. »Atmungsaktiv, außerdem weitgehend kugel- und stoßsicher. Du solltest es jedoch nicht darauf ankommen lassen. Außerdem tut es trotzdem höllisch weh, wenn du getroffen wirst.«

Lena nickte beeindruckt.

»Perseus scheint dich für ziemlich wichtig zu halten«, meinte Kirke, als sie Lenas Reißverschluss hochzog.

»Tatsächlich?« Sie sah die Agentin zweifelnd an. »Ich glaube eher, dass er mich mitgenommen hat, weil ihm nichts anderes einfiel.«

»Glaube ich nicht. Vor einigen Jahren hat er mal eine Zeugin auf ziemlich schreckliche Weise verloren, weswegen er solchen Situationen heute nach Möglichkeit aus dem Weg geht. Trotzdem hat er bei dir eine Ausnahme gemacht.«

»Was ist denn passiert?«

»Na ja. Sie war die sechzehnjährige Tochter eines italienischen Mafioso, die gegen ihren Vater aussagen wollte. Perseus hatte sie erfolgreich gegen mehrere Attentate verteidigt, bis es endlich zur Gerichtsverhandlung kam. Kurz vor der Fahrt zum Gericht kaufte er ihr einen Smoothie. Da war irgendetwas drin, das bei ihr einen anaphylaktischen Schock ausgelöst hat. Sie erstickte ziemlich qualvoll, bevor er mit ihr das nächste Krankenhaus erreichen konnte.«

»Oh Gott, das ist ja schrecklich! Ich habe zum Glück nur ein bisschen Heuschnupfen. Ich passe schon auf mich auf.«

»Weiser Entschluss.« Kirke hob ihr Haar hinten an. »Und bei Gelegenheit machen wir auch mal was mit deinen Haaren.«

Sie zwinkerte ihr zu, bevor sie wieder zu den Männern zurückkehrte.

Lena starrte in den Badezimmerspiegel. Sie konnte sich nicht helfen, irgendwie erinnerte sie ihr Spiegelbild an eine moderne Ausgabe von Emma Peel, der coolen Geheimagentin, die in den Sechzigern in »Mit Schirm, Charme und Melone« Aufsehen erregt hatte. Abgesehen von den Haaren natürlich.

Auch sie kehrte nun wieder zu den anderen zurück, die gerade Waffen checkten, durchluden und nach und nach den Koffer leerten.

Die Männer sahen auf, und Daedalos nickte ihr anerkennend zu. »Wer hätte das gedacht? Wenn Ihr Freund Sie so sehen würde, würde er Sie nicht wiedererkennen.«

»Das war mein Ex«, widersprach ihm Lena rasch. Und irgendwie ärgerte es sie, dass Perseus ihr neues Outfit nicht kommentierte.

»Kriege ich auch eine Waffe?«, fragte sie ernüchtert.

»Ernsthaft?« Perseus sah sie zu ihrer Enttäuschung erstaunt an. »Das alles hier ist bloß für den Notfall. Wir sehen uns lediglich in einer leer stehenden Wohnung um. Wenn es nach mir ginge, dann würden Sie hier auf uns warten. Zu Ihrer eigenen Sicherheit.«

»Nein, wir nehmen sie mit«, ging Kirke dazwischen, während sie ein weiteres Magazin in einer ihrer Taschen verstaute. »Lena hat ihre Auffassungsgabe hinreichend unter Beweis gestellt. Vielleicht fällt ihr etwas auf, das uns entgeht.«

»Sag doch auch mal was«, wandte Perseus sich an Daedalos.

Der wog nachdenklich das Haupt. »Ich sehe das so wie Kirke. Vier Augenpaare sind besser als drei. Es ist ja auch nicht so, dass wir hier wie damals vor Triest in ein feindliches U-Boot eindringen müssen.«

»Hier!« Kirke verteilte an alle In-Ear-Kopfhörer mit Headset-Funktion. Anschließend präsentierte sie Lena ein schwarzes Smartphone.

»Ist das das gleiche Modell wie von Doktor Fink?«, fragte Lena fasziniert.

»Schätze schon.« Die Agentin führte an ihr eine Gesichtserkennung durch und zeigte ihr dann die verborgenen Funktionen. »Es ist jetzt betriebsbereit. UV-Licht zur Bluterkennung, Richtmikrofon, hochauflösende Kamera und natürlich ein Elektroschocksystem zur Selbstverteidigung. Reichweite drei Meter. Wenn du das auslöst, hast du danach nur leider kaum noch Akku.«

»Wow! Und telefonieren kann man damit wohl auch?«

»Ja, das auch. Außerdem findest du auf der Playlist meine zehn Lieblingstracks. Hilft gut gegen allzu große Aufregung und ist auch mit deinen Kopfhörern synchronisiert.« Sie zwinkerte ihr zu, und Lena lächelte dankbar.

Kirke überreichte ihr nun den Lady-Shaver. »Der hier ist ideal für alle Bikinizonen – wenn du allerdings diesen Schalter drückst«, sie drehte das Gerät um und deutete auf einen unscheinbaren Knopf, »löst du die Taserfunktion aus. Besser, du verwechselst das nicht, wie ich es mal bei einer Rekrutin vor einigen Jahren miterleben musste …«

Beklommen steckte Lena auch den Rasierer weg.

»Und die hier gebe ich dir als besonderen Vertrauensbeweis auch noch mit.« Die Agentin reichte ihr das Tütchen mit Lakritz.

»Was ist das? Gift? Sprengstoff?«

»Nein, meine Lieblingssorte.« Sie wandte sich den Männern zu. »Seid ihr fertig?«

Die Männer nickten. Sie verstauten die abgelegte Kleidung im Koffer, den sie zusammen mit ihren eigenen Taschen im Geheimfach unter dem Bett deponierten, Daedalos griff zu einem Rucksack hinter dem Sessel, anschließend verließen sie das Zimmer in Richtung eines abseits liegenden Personalfahrstuhls, der sie in die Tiefgarage des Hotels brachte. Dort warteten bereits vier Motorräder auf sie, die mit Schutzhüllen abgedeckt waren.

»Ich hab leider keinen Motorradführerschein«, merkte Lena unglücklich an.

»Die Maschine war eh für Elektra bestimmt.« Perseus reichte ihr einen Helm. »Wir machen es wie in Rotterdam: Sie fahren bei mir mit.«

Lena saß hinter ihm auf. Kirke sorgte dafür, dass weiter hinten in der Garage ein Rolltor hochfuhr, dann starteten die Agenten die Maschinen und verließen das Hotel auf der Rückseite. Lena hielt sich an Perseus fest, und unter den elegischen Klängen des bekannten Donauwalzers, dem ersten Track von Kirkes Playlist, tauchten sie in das nächtliche Verkehrstreiben der Stadt ein.

*

»Wenn die Adresse stimmt, sollte sich das Loft dort oben befinden«, flüsterte Daedalus und deutete auf das verlassene alte Fabrikgebäude mit einem turmartigen Anbau vor ihnen. An der hohen Backsteinfassade gähnten Sprossenfenster mit schwarzen Scheiben, dazwischen verliefen im Zickzack rostige Feuerleitern und -treppen, und auf den Dachschrägen wölbten sich blinde Lichtkuppeln.

Der Bau grenzte zur Straße hin an eine hohe Mauer, die einen großen Innenhof umschloss. Ein geziegelter Schornstein ragte weiter hinten in den Nachthimmel, und Lena glaubte, die schemenhaften Umrisse einstiger Silos ausmachen zu können. Welchem Zweck die Fabrik einst gedient hatte, war nicht zu erkennen. Allerdings waren die Mauern rußverschmutzt. Heute lag der Hopfengeruch einer nahen Brauerei in der Luft, außerdem war es wegen der unmittelbaren Nähe zum Fluss feucht.

Laternen gab es in dem Straßenzug vor dem Tor wenige. Und doch hatten sie bereits auf der Herfahrt erkennen können, dass in dem ehemaligen Industriegebiet Fertigungsstätten in unmittelbarer Nachbarschaft zu trostlosen Arbeiterwohnungen errichtet worden waren. An einem der Häuser hing ein bunt beschriftetes Banner, das auf eine Besetzung durch Studenten aufmerksam machte. Andere Gebäude in der Straße beherbergten Büros aufstrebender Start-ups. Dennoch strahlte das komplette Viertel noch immer die Atmosphäre der sozialistischen Vergangenheit aus.

»Gut, lasst uns keine Zeit verlieren«, kommandierte Perseus, der wie sie alle seine Motorradmaske aufbehalten hatte.

Er klopfte kurz auf den Sitz ihrer BMW, die sie gemeinsam mit den anderen Maschinen an einem dunklen Hauseingang abgestellt hatten. Dann huschten sie zu viert über die gepflasterte Straße auf das Tor der alten Fabrik zu.

Kirke versuchte vergebens, es zu öffnen, während Lena nach einer Türklingel mit dem Namen »Caecilia Kraus« Ausschau hielt. Leider fand sich kein Hinweis, dass sich hier Privatwohnungen befanden.

»Daedalos.« Perseus nickte dem Iren zu, der nun ein Kletterseil mit Edelstahlkralle aus seinem Rucksack kramte, dieses mit leichtem Schwung oben an der Mauerkrone verankerte und geschwind an dem Seil emporkletterte. Auf der Mauerkrone angelangt, sah er sich misstrauisch zum Innenhof um, nickte ihnen stumm zu und verschwand in der Dunkelheit. Kirke folgte ihm auf dem gleichen Weg, und auch Lena griff beherzt nach der Kletterhilfe.

Sie schaffte es bis zur Hälfte, dann verließen sie ihre Kräfte, und sie rutschte zurück auf die Straße. Sofort versuchte sie es noch einmal. Dann ein drittes Mal.

»Warte!«, schallte Perseus leise Stimme in ihren Kopfhörern.

»Ich schaff das schon!«, zischte sie verärgert. Abermals stemmte sie sich unter angestrengten Lauten gegen die Mauer, ignorierte standhaft den Schmerz, den das Seil inzwischen an ihren Händen verursachte – und rutschte wieder zu Boden.

Hinter ihr räusperte sich Kirke.

Schwer atmend sah sich Lena um und entdeckte die Agentin mit Perseus an dem längst geöffneten Fabriktor, von wo aus die beiden ihr Treiben interessiert beäugten.

Peinlich berührt folgte sie ihnen auf das alte Fabrikgelände, das einen ungewöhnlich aufgeräumten Eindruck erweckte. Vor dem hohen Fabrikschornstein zeichneten sich weiß markierte, jedoch leer stehende Parkplätze ab. Und hinter zwei kleineren Hallen an der Uferseite war sogar die glitzernde Wasserfläche der Donau vor der Stadtsilhouette auszumachen. Bis auf gelegentliche Geräusche von der Flussseite her blieb es um sie herum ruhig, dennoch nahm Perseus das Gelände mit einem Nachtsichtgerät in Augenschein. Er deutete schräg nach oben zu einem der Silos, und auch Lena entdeckte dort jetzt ein unauffälliges rotes Licht, das offenbar zu einer Überwachungskamera gehörte. Sie war auf den Eingang des Hauptgebäudes gerichtet. Rasch zogen sie sich weiter in die Dunkelheit zurück.

»Ich hoffe, das hat nichts zu bedeuten«, wisperte Kirke.

»Zumindest deutet die Kamera darauf hin, dass die Fabrik nicht verwaist ist«, antwortete Perseus leise.

»Besser wir meiden den Haupteingang und versuchen es über die Feuertreppe«, schlug Daedalos vor, der aus dem Dunkeln auftauchte.

Er huschte in einen Spalt zwischen Mauer und Fabrikgebäude und schaltete eine kleine Taschenlampe ein. Kurz darauf war ein metallisches Quietschen zu hören, dann blinkte er dreimal.

Lena eilte hinter Perseus und Kirke zu einer Schiebeleiter der Feuertreppe, die Daedalos nach unten gezogen hatte. Über sie huschten sie geduckt und an der Außenfassade entlang hinauf zu den oberen Stockwerken des Fabrikgebäudes. Lena folgte ihren Gefährten weiter auf Leitern und an großen Sprossenfenstern vorbei, bis Daedalos vor einer Außentür im dritten Stock haltmachte, die mit einer rostigen Kette gesichert war. Er setzte einen Bolzenschneider an, sprengte die

Glieder auf und zog die Kette leise aus ihrer Verankerung, um die Tür so zu öffnen.

Lena sah sich ein letztes Mal zu der dunklen Straße um, dann schlüpfte auch sie ins Gebäude, hinein in einen dunklen Korridor, von dem Türen und Treppen abzweigten. Lautlos folgten sie Daedalos, der offenbar genau wusste, wo er hinwollte. Im Licht ihrer Taschenlampen passierten sie den Zugang zu einer eisernen Galerie mit Blick auf eine große Halle mit verwaisten alten Fertigungsbändern und folgten ihm zu einem Treppenhaus zum turmartigen Anbau. Der Zugang war zwar mit einer Tür und Sicherheitsschloss versperrt, doch Daedalos rückte dem Schließzylinder mit einem in einem Füllfederhalter versteckten Elektropick routiniert zu Leibe.

So gelangten sie in einen Teil des alten Gebäudes, der renoviert wirkte. Und nicht nur das: Eine Tür auf ihrer Etage war mit einem Messingschild versehen, das auf die Firmenräume eines IT-Unternehmens verwies. Die Agenten ignorierten den Fund, huschten weiter nach oben und erreichten schließlich eine Metalltür, neben der sich ein weiteres Messingschild befand. Lena übersetzte die Aufschrift im Stillen:

C. Kraus.
Im- und Export.

Die Agenten warfen sich zufriedene Blicke zu, allerdings gab es an der Tür keinen Griff. Stattdessen war in der Wand daneben ein Tastenfeld angebracht. Daedalos betrachtete es eingehend.

»Mist, das wirkt auf mich nach höchstem Sicherheitsstandard«, meinte er leise. »Vor allem ist das A.R.G.O.S.-Technologie. Ich tippe auf einen sechsstelligen Code.«

»Du schaffst das schon«, flüsterte Perseus, der die Hand an seinen In-Ear-Kopfhörer hielt. »Elektra ist übrigens gerade eingetroffen.«

»Gib ihr durch, wo sie uns findet«, brummte sein Kollege abgelenkt. Noch immer musterte er das Tastenfeld skeptisch. »Vorschläge? Überbrücken kann ich es leider nicht.«

»Versuche es mit 0–9–0–5–5–0«, schlug Kirke vor.

»Der Europatag? Sehr patriotisch.« Daedalos gab den Nummerncode ein, das Tastenfeld leuchtete bei der Eingabe grünlich auf und wechselte dann zu Rot.

»Falscher Code«, ertönte die weibliche Computerstimme, die Lena bereits kannte. »Sie haben noch zwei Versuche.«

»Dann probiere es mit 0–3–1–1–8–8«, meinte Kirke.

»Ist das ihr Geburtstag?«, wollte Daedalos wissen.

Kirke nickte stumm. Lena, die sich an die Reaktion der Agentin auf das Bild von ihr und Sophia erinnerte, betrachtete sie mitfühlend.

»Kann es sein, dass Europa deine Schwester ist?«

Die Griechin sah sie überrumpelt an, und der Ausdruck ihrer Augen verriet Lena, dass sie richtiglag. Daedalos gab die neue Zahlenfolge ein, doch abermals wurde der Code verweigert.

»Falscher Code«, tönte die weibliche Computerstimme erneut. »Sie haben noch einen Versuch.«

Verärgert warfen sich die Agenten Blicke zu.

»Eine dritte Eingabe riskiere ich besser nicht«, murrte der Ire. »Und das Code-Panel ist garantiert gegen Öffnungsversuche gesichert. Dann eben anders. Beiseite!«

Er präsentierte eine kleine Akku-Flex, um die Metalltür auf diese Weise zu öffnen.

»Diese A.R.G.O.S.-KI sperrt ihre eigenen Agenten aus?«, schimpfte Lena. »Vielleicht müsst ihr euch Visby einfach mal vorst...«

Sie hatte den Namen »Visby« kaum erwähnt, als das Tastenfeld grün aufleuchtete.

»Stimmenauthentifikation erfolgreich«, ertönte die freundliche Computerstimme. »Willkommen in Budapest, Poseidon.«

Die Tür öffnete sich mit einem sanften Klicken. Daedalos, Perseus und Kirke starrten sie mit offenem Mund an.

»Wie ist das möglich?«, hauchte die Griechin.

Lena glotzte Tür und Tastenfeld ihrerseits überrascht an. »Hat die mich eben mit Doktor Fink verwechselt?«

»Nein, von Verwechslung kann hier keine Rede sein«, meinte Perseus fasziniert. »Ich habe mich schon in Kampen gewundert, warum dich die KI bei unserem Eintreffen so anstandslos akzeptiert hat.«

Dass er sie nun ebenfalls duzte, schien ihm nicht einmal aufzufallen.

»Was genau hat Poseidon vor seinem Tod getan?«, fragte Daedalos misstrauisch. »Er muss irgendetwas gemacht haben. Sonst wäre das hier nicht möglich.«

Lena dachte an die letzten Momente im Leben ihres Chefs zurück. »Ich glaube, er nannte es das AUGIAS-Protokoll. Die KI im Wagen hat mich dann gescannt.«

»Ich fasse es nicht!« Kirke spähte vorsichtshalber die Treppe hinab, bevor sie sich ihr wieder zuwandte. »Frag Visby nach deinem Steckbrief.«

Irritiert kam Lena der Aufforderung nach. »Visby, meinen Steckbrief, bitte.«

»Gemäß Mitikas-Verzeichnis, Datei 1-1-1, lautet dein Geburtsname Volker Armin Robert Fink«, antwortete die Computerstimme. »Geburtsdatum: 12. Mai 1961 in Lübeck. Derzeitiger Hauptwohnsitz in Bremen. Diplom in Volkswirtschaft 1987 in Hamburg, zum Doktor graduiert 1990 in Marburg. Anwerbung durch A.R.G.O.S. im Jahre 1989. Militärische Auszeichnungen als Feldagent mit dem Ölzweig-Orden in Silber für die Operation ›Beduine‹ 1991 sowie zweimal der goldene Sparta-Orden für die Operationen ›Herzenskönigin‹ 1997 und ›Kursk‹ 2000. Aufstieg in den Olymp 2001 als Poseidon 3.0.«

»Es war Poseidon, der damals die wahren Hintergründe von Prinzessin Dianas Tod aufgeklärt hat?« Daedalos hob die Hand, zwischen Daumen und Zeigefinger passte keine Münze. »Euch ist klar, dass wir damals so dicht an einem dritten Weltkrieg vorbeigeschrammt sind?«

»Das ist im Augenblick irrelevant«, wischte Kirke die Bemerkung beiseite. »Lena hat Zugriff auf das Mitikas-Verzeichnis. Darin sind alle aktiven Agenten der Organisation aufgeführt. Ist euch nicht klar, dass das allein der Olymp-Ebene vorbehalten ist?«

»Das heißt, Poseidon hat Lena seine Olymp-Rechte übertragen.« Perseus trat vor Lena und blickte sie ernst an. »Von so etwas Ungeheuerlichem habe ich noch nie gehört. Poseidon muss verzweifelt gewesen sein – oder um A.R.G.O.S. ist es tatsächlich sehr schlecht bestellt.«

»Oder er hat einen Plan verfolgt, den wir noch herausfinden müssen«, ergänzte Kirke nachdenklich.

»Wollen wir das weiter hier draußen diskutieren?« Daedalos verstaute die Flex und schob die Tür auf. »Lasst uns reingehen und uns umsehen.«

Lena, deren Gedanken Kapriolen schlugen, folgte ihren Gefährten ins Innere, wo sich ihnen im Licht ihrer Taschenlampen ein beeindruckendes Loft mit einer Deckenhöhe von über fünf Metern im Industrial-Design eröffnete. In der ehemaligen Lagerhalle waren hohe Stützpfeiler eingezogen, unter der Decke schwebten frei hängende Vintage-Glühbirnen, Regale mit hübschen Keramiken fungierten als Raumtrenner, und die Wände waren mit Bildschirmen und zwei alten Fahrrädern dekoriert. Es gab hier gleich zwei Inseln mit bequemen Polstersitzgelegenheiten in Braun- und Cognactönen sowie eine moderne Arbeits- und Küchenzeile mit Barhockern. Eine wuchtige Kaminecke sowie moderne Kunstwerke an den Backsteinwänden sorgten für eine warme, wohnliche Atmosphäre. Und als Lena aufsah, konnte sie über ihnen das Geländer einer Galerie ausmachen, die vermutlich zu den Schlaf- und Sanitärbereichen führte.

»Jungs, seht euch schon mal um«, forderte Kirke die anderen auf. »Ich werde mit Lena Visby noch etwas auf den Zahn fühlen.«

Die Männer schwärmten aus, und Kirke zog Lena zur Treppe.

»Lena, wir müssen unbedingt herausfinden, ob wir von der KI noch mehr erfahren können. Quetsch sie aus. Frag sie nach Aufzeichnungen von Poseidon.«

Lena nickte.

»Visby«, rief sie in den Raum, »gib mir Zugriff auf alle geheimen Aufzeichnungen von … mir.«

»Alle geheimen Einsatzdateien und Tonprotokolle wurden gemäß des AUGIAS-Protokolls 22.6 gelöscht«, erscholl die weibliche Computerstimme im Raum, und auch die Männer blickten interessiert auf.

Perseus sah sich beim Kamin um, Daedalos rückte einige der Kunstwerke von den Wänden ab.

»Was ist der Zweck dieses Lofts?«, fragte Lena selbstbewusster. »Und wer hat hier gelebt?«

»Du hast diese Wohnung als verdeckten Zweitwohnsitz und Operationsbasis eingerichtet, Poseidon«, erklärte die KI geduldig. »Neben dir verfügt ausschließlich Caecilia Kraus über eingeschränkte Zutrittsrechte.«

»Wie häufig war ich hier, und wann habe ich mich hier zuletzt aufgehalten?«

»Du hast dieser Wohnung insgesamt viermal einen Besuch abgestattet. Zuletzt vor drei Wochen für ein Wochenende. Wünschst du die genauen Daten?«

»Und ich dachte, er wäre in Italien gewesen«, meinte Lena leise zu Kirke. »Nein, im Augenblick nicht«, antwortete sie etwas lauter der KI. »Wann und wie häufig war Caecilia Kraus hier?«

»Caecilia Kraus nutzte diese Wohnung vor knapp sieben Monaten als Basis für ihre Operationen. Ihr Einsatz währte fünf Tage, ihr Einsatzziel wurde gelöscht. Wünschst du die genauen Daten?«

Lena sah Kirke an, doch die schüttelte den Kopf.

»Es reicht im Augenblick, zu wissen, dass sie kurz vor ihrem Verschwinden noch hier war«, meinte Kirke und wandte sich nun einer Arbeitsecke samt Computer zu. »Frag sie, ob sie den Computer hochfahren kann. Üblicherweise steuert die KI alle technischen Einrichtungen.«

»Visby, Computer starten!«

Der Computer fuhr hoch, Kirke setzte sich sofort davor, und Lena sah ihr kurz dabei zu, wie sie einige Programme startete, als Daedalos einen triumphierenden Pfiff ausstieß. Er hatte einen unscheinbaren Bereich der Backsteinmauer abgeklopft und war auf eine täuschend echt aussehende Steinverkleidung gestoßen, hinter der er jetzt eine Tresortür freilegte. Perseus eilte zu ihm, während der Ire dem Panzerschrank mit einer Art Stethoskop zu Leibe rückte.

Lena eilte die Treppe zur Galerie hinauf, von der aus man einen prächtigen Ausblick auf das Loft hatte, und wandte sich dann den drei Türen zu, die hier oben auf sie warteten. Über eine von ihnen gelangte sie in ein geräumiges Badezimmer mit reichlich Chromelementen. Die zweite Tür bot Zutritt zu einem kleineren Gästezimmer, die dritte hingegen war verschlossen. Lena öffnete sie schließlich mit Visbys Hilfe und betrat so ein stilvolles Schlafzimmer mit Doppelbett und Vintage-Möbeln, das eindeutig dem einstigen Wohnungsbesitzer zugeordnet werden konnte. Denn an einem Bügel am Kleiderschrank hing noch immer einer von Finks hanseatisch blauen Anzügen.

»Ich habe das Schlafzimmer von Doktor Fink gefunden«, gab Lena über ihr Headset durch.

»Schau, ob du dort etwas Interessantes findest«, antwortete Perseus' Stimme in ihrem Ohr. »Sieht so aus, als bekäme Daedalos den Tresor gleich auf.«

Lena sah sich etwas befangen im Raum um und entdeckte gerahmte Fotografien auf einem alten Nussbaum-Sekretär. Eine Schwarz-Weiß-Aufnahme präsentierte ein älteres Ehepaar – Finks Eltern? –, andere Fotos zeigten Fink in jüngeren Jahren, mutmaßlich zusammen mit Kommilitonen und Freunden. Es gab lediglich eine Aufnahme aus jüngerer Zeit. Und die zeigte ihn zusammen mit ihr.

Lena hob das Bild verwundert an und wusste sofort, wann die Aufnahme entstanden war: anlässlich ihrer bestandenen Prüfung zur Managerin für interkulturelle Kommunikation. Fink hatte sie damals zur Feier des Tages zum Essen eingeladen. In seinem Blick lag eine väterlich anmutende Anerkennung.

Ihr kamen vor Rührung fast die Tränen, als sie begriff, dass sie für Fink offenbar viel wichtiger gewesen war, als sie es für möglich gehalten hätte. Denn abgesehen von dieser Aufnahme gab es hier oben keine zweite, die Einblick in sein Privatleben gestattet hätte. Zugleich fragte sie sich, wie einsam sein Leben im Dienste von A.R.G.O.S. gewesen sein musste.

Lena nahm das Foto aus dem Rahmen und verstaute es in einer Tasche, als schräg gegenüber an der Wand plötzlich ein großer Bildschirm ansprang.

»Poseidon«, erklang Visbys freundliche Stimme im Raum, »erwartest du weitere Gäste?«

»Äh … nein.«

»Dann bitte ich um Identifikation der Neuankömmlinge.«

Lena starrte auf den Bildschirm, auf dem vier Liveübertragungen von Überwachungskameras zu sehen waren. Eine davon stammte von der Kamera, die sie am Silo entdeckt hatten. Und deren Perspektive zeigte ein halbes Dutzend militärisch gedrillter Bewaffneter, die soeben die Eingangstür aufbrachen und ins Treppenhaus stürmten.

Auf einer weiteren Bildkachel waren zeitgleich zwei schwarze Vans in einer Straße auszumachen, aus denen weitere Bewaffnete sprangen. Am meisten bestürzte sie jedoch das Auftreten eines Mannes in wadenlangem Ledermantel samt seltsamer schwarzer Kappe und eigentümlicher Schärpe über der Uniformjacke, der sein Antlitz unter einer verstörenden Halbmaske mit tiefschwarzer Brilleneinlage verbarg. Gleich einem Feldherrn stieg er aus dem Fahrzeug, schickte seine Untergebenen los und sah auf, als spüre er die Kamera, die auf ihn gerichtet war. Es war der Irre aus dem Hubschrauber, der für das Gemetzel in Rotterdam verantwortlich war.

Alarmiert stürmte Lena hinaus auf die Galerie.

»Leute«, rief sie mit überschlagender Stimme, »wir bekommen Besuch! Der Paukant!«

Perseus, Kirke und Daedalos, die mit einigen Papieren vor dem offenen Tresor standen, sahen auf. In dem Moment klirrten neben ihnen Fensterscheiben, und dunkle Objekte polterten in den Raum, die zwischen den Möbeln liegen blieben.

»Runter!«, brüllte Perseus.

Die drei warfen sich reflexartig zu Boden. Keinen Augenblick zu spät, denn schon explodierten die Schockgranaten unter grellem Licht.

Lena taumelte leicht geblendet und mit klingenden Ohren an die Wand zurück, als zwei weitere der hohen Sprossenfenster des Lofts in einem Scherbenregen explodierten. Entgeistert sah sie mit an, wie sich dort dunkel gekleidete Gestalten mit schwarzen Helmen in das

Loft schwangen. Schon ging unter ihr das Knattern von Waffen los. Irgendwo ging eine Vase zu Bruch, nahe der Treppe wurde Finks Computer von Kugeln zerstört, und schräg über ihr schlug ein Querschläger in die Decke.

Mit den Händen über dem Kopf flüchtete Lena zurück in das Schlafzimmer, wo sie via Überwachungskamera mit ansah, wie der Trupp im Treppenhaus die Wohnungstür mit Sprengstoff präparierte. Einer der Maskierten entdeckte die Kamera und deaktivierte sie mit einem Pistolenschuss. Kurz darauf detonierte an der Lofttür der Sprengsatz, und sie konnte zwischen den Schüssen unten die lauten Stimmen noch mehr eindringender Männer hören.

»Visby!«, rief sie gegen den Kampfeslärm an, »gibt es hier irgendwelche Sicherheitsvorkehrungen?«

»Selbstverständlich, Poseidon«, antwortete die freundliche Computerstimme gegen das harte Rattern einer Maschinenpistole. »In diesem Zimmer befindet sich der Zugang zu einem Fluchtweg. Ferner kann ich das Abwehrprogramm empfehlen.«

»Dann los! Worauf wartest du? Fluchtweg öffnen und Abwehrprogramm aktivieren!«

Neben dem Bett öffnete sich mit einem zischenden Laut ein Stück Wandverkleidung, hinter der Treppenstufen nach oben zum Vorschein kamen.

Der Bildschirm wechselte zeitgleich zur Loft-Ansicht, und Lena konnte live mitverfolgen, wie kostbare Möbelstücke von Kugelgarben zerfetzt wurden, dunkle Gestalten hinter Sesseln, Kommoden und Säulen Schutz suchten und sich mit ihren überrumpelten Kameraden einen erbitterten Schusswechsel lieferten.

»Es gibt ein System-Update. Soll ich es laden?«

»Ja!«, schrie Lena aufgeregt. »Ich meine … Nein. NEIN! Kein System…«

»System-Update wird geladen.«

Lena heulte vor Wut, während die KI das System-Update durchführte. Von unten lärmte derweil wüster Kampfeslärm zu ihr nach oben, als ihr bei einem flüchtigen Blick zum Zimmerschrank eine

Idee kam. Bevor sie diese umsetzen konnte, meldete sich Visby wieder zu Wort.

»System-Update geladen. Neustart erforderlich.«

»Nein, nein, nein, auf gar keinen Fall einen …!« Sie wagte nicht einmal, das Wort auszusprechen. »Aktiviere einfach das verdammte Abwehrprogramm!«

»Aktiviert«, antwortete die weibliche Computerstimme höflich, während jenseits der Tür weiter erboste Schreie, Schusssalven und anderer Kampflärm nach oben hallten. »Wünschst du eine Freund-Feind-Erkennung?«

»Ja, verdammt. Natürlich!«, rief Lena panisch, während sie zu Finks Anzugjacke rannte. Wie erhofft verfügte auch diese über die eigentümlichen goldenen Knöpfe, mit denen er ihren Verfolgern in Rotterdam zugesetzt hatte. In diesem Augenblick sah sie auf dem Bildschirm, dass die Silhouetten aller Kämpfenden mit gelben, unentschlossen scheinenden Zielmarkierungen umgeben waren.

»Was ist los, Visby? Passiert da noch was?«

»Leider kann die Gesichtserkennung nicht aktiviert werden, da einige der Kombattanten Masken tragen«, erklärte die weibliche Computerstimme mit leisem Bedauern. »Das Update würde dies ermöglichen. Neustart?«

Schmerzerfüllte Schreie waren zu hören, die zwischen den vielen Schusssalven fast untergingen.

»Nein, auf gar keinen Fall!«, rief Lena alarmiert. »Alle, die du identifizieren kannst, Freund. Alle anderen Feind!«

»Auswahl angenommen, Poseidon«, erklärte Visby. »Wähle nun die Waffenkategorie: A. Explosivgeschosse. B. Bleimantelgeschosse. C. Gummigeschosse.«

»Gott, das ist mir doch im Augenblick scheißegal«, brüllte Lena zunehmend panischer, da auf dem Bildschirm zu sehen war, dass ihre Begleiter immer mehr in die Defensive gerieten. »Tu einfach was und mach sie fertig!«

»Explosivgeschosse könnten deine Freunde gefährden«, belehrte sie Visby. »Bleimantelgeschosse werden zugeführt.«

»Sehr gut! Zeig es ihnen!«

»Fehlermeldung 7 … Gurtzuführung klemmt … Darf ich alternativ Hartgummigeschosse zuführen?«

»Ja, verdammt. JAAAAA!«, schrie Lena verzweifelt, da Daedalos soeben getroffen zu Boden stürzte. Sie riss die Knöpfe von der Anzugjacke.

»Lade alternativ Hartgummigeschosse«, tönte es unter der Decke.

Lena lief zur Zimmertür zurück, als sie bemerkte, wie sich unter der hohen Hallendecke ein Maschinengewehr mit dickem Lauf absenkte und sofort loshämmerte. Aus dem Loft schallten die Schmerzensschreie der Angreifer zu ihr empor.

Lena fummelte hektisch an einem der goldenen Knöpfe herum, bis auf der Rückseite endlich jenes bläuliche Licht blinkte, wie sie es aus Rotterdam kannte. Während das Maschinengewehr weiter auf ihre Gegner feuerte, schleuderte sie den Knopf über die Brüstung in Richtung Wohnungstür. Augenblicke später erfolgte eine Explosion mit viel Rauch, der sich weitere Schreie anschlossen.

»Kommt rauf! Schnell!«, brüllte sie zu den drei Agenten.

Die hatten sich längst hinter einem zerfetzten Sofa und einer der Säulen verschanzt. Unweit von ihnen lagen drei reglose Angreifer zwischen demolierten Möbelstücken, und doch war offensichtlich, dass sie allein das feuernde Maschinengewehr davor bewahrte, von der Übermacht überrannt zu werden. Und von draußen würden noch deutlich mehr Gegner kommen.

Lena warf zwei weitere Knöpfe von der Galerie, die unter viel Rauch explodierten. Kirke sprang auf und schoss ihren Kameraden den Weg frei. Perseus stützte Daedalos, und die beiden Männer stürzten schießend auf die Treppe zu. Lena unterstützte ihren Rückzug mit einem weiteren ihrer Sprengknöpfe, dann hatten die drei die Galerie erreicht. Eine Kugelsalve traf das Maschinengewehr, das funkensprühend seinen Geist aufgab.

Hastig zogen sich die vier ins Schlafzimmer zurück. Weitere Kugeln schlugen schräg über ihnen ein, als unten neuerliche Kommandos zu hören waren. Die Verstärkung hatte das Loft erreicht.

»Der Paukant? Du bist dir sicher?«, keuchte Perseus.

»Ja, verdammt.« Hastig wies Lena den Agenten den Weg zur geheimen Tür neben dem Bett.

»Wie viele Angreifer sind es?«, fragte Kirke mit Blick auf den Monitor.

»Sieben oder acht«, antwortete Lena, ohne lange nachzudenken. »Und es kommen noch mehr.«

»Okay«, zürnte Perseus. »So schnell wie möglich raus hier!«

Angespannt wandte sich Lena wieder an die KI. »Visby, hast du noch was drauf?«

»Ich könnte das Loft mit Tränengas füllen«, antwortete die Computerstimme. »Die Freund-Feind-Erkennung kann so aber leider nicht ...«

»Aktivieren!«, fauchte Lena.

Schon ging im Loft die Sprinkleranlage los, und in die wütenden Rufe der Angreifer mischten sich Flüche und lautstarkes Husten.

So schnell es ging, setzten sie sich nun über die verborgene Treppe nach oben ab. Daedalos schaffte es sogar, ihnen vorauszueilen. Der Ire öffnete eine Tür am Ende der Stufen, und frische Nachtluft wehte ihnen entgegen. Sie hatten das Dach der Fabrik erreicht.

»Elektra ist gleich da!«, informierte sie Perseus.

»Sag ihr, dass wir dringend Hilfe benötigen«, meinte Kirke, während sie ihr Magazin wechselte.

Lena stützte nun Daedalos, der weiter gequält seine Schulter hielt. »Geht es?«

»Mach dir keine Sorgen«, stöhnte er, während sie über die Dachschräge auf den Zugang einer Feuertreppe zueilten. »Ich trage eine Schutzweste. Nur war das eben ziemlich schweres Kaliber!«

»Elektra will, dass wir zum Fluss kommen«, rief Perseus, der nun mit Handschellen die Tür versperrte, durch die sie aufs Dach gelangt waren.

»Keine Chance!« Kirke deutete wütend runter zum Innenhof, in dem zwei, drei dunkle Gestalten herumliefen. Ein Schuss peitschte auf und erwischte die Dachkante. Hastig wichen sie wieder zurück.

»Lasst es uns dahinten versuchen«, schlug Perseus vor.

Er lief auf eine Feuerleiter zu, die zu einem tiefer liegenden Dachabschnitt der Fabrik führte. Sie eilten ihm hinterher, kletterten die Leiter hinunter und rannten an Schornsteinen und verschmutzten Lichtkuppeln vorbei auf eine dritte Feuerleiter zu, deren Sprossen am hinteren Ende des Dachfirstes aufragten, als hinter ihnen eine dumpfe Explosion zu hören war, der zornige Männerstimmen folgten. Ihre Verfolger hatten die Tür zum Dach aufgesprengt.

»Deckung!«

Perseus zog Lena rasch mit sich hinter einen Schornstein, und auch Kirke und Daedalos suchten Schutz hinter einem Schlot, als auf dem erhöht liegenden Dachabschnitt ein halbes Dutzend Gestalten auftauchten, die sie sofort mit Maschinenpistolen unter Feuer nahmen. Lena schrie ängstlich auf, als mehrere Kugeln an ihnen vorbeipfiffen und zahllose Dachschindeln pulverisierten.

Perseus und Kirke erwiderten den Beschuss mit ihren Waffen, und einer der Verfolger stürzte schreiend in den Innenhof. Doch die rettende Feuertreppe war noch immer drei oder vier Meter entfernt, und es war klar, sie hier oben festgenagelt waren. Einer der Bewaffneten sprang kurzerhand auf ihre Dachebene hinab und rollte sich hinter eine Lichtkuppel.

»War es das?«, rief Lena ängstlich.

»Abwarten!« Perseus berührte sein Headset und wandte sich an ihre Gefährten. »Kirke, Daedalos! Bereithalten. Elektra kommt!«

Verzweifelt sah sich Lena nach der unbekannten Agentin um, als sie inmitten der Schusssalven ein leises Schwirren vernahm.

Jäh schoss ein großer, schwarzer Quadrocopter über die Dachkante, der sich leicht drehte und mit einer unter der Drohne angebrachten Maschinenpistole das Feuer auf ihre Verfolger eröffnete.

Zwei der Bewaffneten hinter ihnen fielen im Kugelhagel, der Rest suchte eilig Deckung. Perseus erwischte mit zwei Schüssen den Kerl hinter der Lichtkuppel und verschaffte Kirke und Daedalos so die Gelegenheit, auszubrechen. Die beiden stürmten zur Feuerleiter und kletterten im Schutz des Gegenfeuers in die Tiefe. Die Drohne über ihnen verlagerte ihre Position am Nachthimmel, und die Maschinenpistole knatterte weiter. Perseus gab Lena einen Schubs, und sie hetzten ebenfalls zur Feuerleiter.

Lena stürzte panisch die rostige Stiege hinunter, sah aus den Augenwinkeln, dass ihr Perseus folgte, und erreichte gerade eine der Zwischenebenen, als sie auf der Straße jenseits der Fabrikmauer den Paukanten entdeckte, der mit einer Art Panzerfaust auf sie zielte.

»Perseus, Achtung!«

Lena sprang beiseite, ein grell leuchtendes Geschoss raste auf sie zu und explodierte zwischen ihnen an der Fabrikwand. Schreiend riss sie die Hände über den Kopf, Steine und Schutt prasselten auf sie nieder, und ein Loch, groß wie ein Kanaldeckel, klaffte über ihr in der Mauer. Im gleichen Moment platzten die Nieten der Feuerleiter. Das Metall um sie herum quietschte hässlich, und der Untergrund schwankte. Instinktiv hielt sich Lena am Geländer fest. Keine Sekunde zu spät, denn gleich darauf brach die komplette Konstruktion mit einem grässlichen Laut aus der Mauerverankerung, kippte und donnerte mit ihr über einen drei Meter breiten Abgrund auf das Flachdach einer etwas tiefer liegenden benachbarten Lagerhalle.

Lena spürte den Aufschlag, wurde herumgewirbelt und stöhnte.

»Sag was! Bist du in Ordnung?«, erklang Perseus' alarmierte Stimme in ihrem Ohr, während im Hintergrund weiter Schüsse zu hören waren.

Lena blinzelte benommen und begriff erst allmählich, dass sie unverletzt geblieben war. Ein Umstand, den sie sicher auch ihrem Catsuit aus Aramidfasern zu verdanken hatte. Allein ihr Kopf schmerzte.

»Ich lebe noch!«, ächzte sie.

Aus der Entfernung sah sie, dass Perseus die Explosion ebenfalls unbeschadet überstanden hatte, allerdings keine Möglichkeit hatte, zu ihr zu kommen. Er hangelte sich geschwind an den Resten des Gestänges zu einem Regenrohr hinüber, nahm von dort aus den Paukanten unter Beschuss und rutschte dann an dem Rohr in die Tiefe.

»Finde einen Weg runter und komm zum Fluss!«, funkte er sie an. »Dort gabeln wir dich auf!«

»Ich versuch's!«, ächzte Lena.

Sie kraxelte zwischen den verbogenen Metallstreben hindurch auf das Flachdach des Anbaus und sah, dass der Quadrocopter am Nachthimmel ins Schlingern geriet. Einer der Rotoren rauchte von den Treffern ihrer Gegner. Immerhin war es ihren Verfolgern dank des Zusammenbruchs der Feuertreppe unmöglich, Perseus zu folgen. Und auch sie selbst schien in der Dunkelheit noch niemand entdeckt zu haben.

Lena schlich geduckt voran und spähte vorsichtig über die Dachkante. Der Erdboden lag knappe drei Meter unter ihr.

Aber dort lauerte auch ein Unbekannter mit einer Maschinenpistole, der die Waffe mit ausgezogener Schulterstütze auf einer Tonne abgelegt hatte und das benachbarte Fabrikgelände anvisierte. Er wartete nur darauf, dass sich einer der Flüchtenden aus der Deckung wagte, um ihn oder sie aus dem Hinterhalt niederzuschießen. Er hielt die Hand an einem Headset.

»Macht Team Bravo Urlaub?«, fragte er verärgert jemanden auf Ungarisch. »Treibt die Bastarde auf das Gelände, damit ich sie abknallen kann.«

Lena schlich mit rasendem Herzschlag an der Dachkante entlang, bis sie direkt über dem Mann stand. Sie kramte ihr neues Smartphone mit dem Elektroschocksystem hervor, zielte und zögerte kurz. Was, wenn das in Wahrheit mehr als drei Meter waren? Das waren sogar sicher mehr als drei Meter. Oder nicht? Mit Entfernungen hatte sie schon immer so ihre Probleme gehabt. Hin und wieder verwechselte sie sogar rechts und links, auch wenn das hier gerade nicht das Problem war. Und ... musste sie nicht eine unbekleidete Stelle treffen?

Der Kerl unter ihr lag wieder auf der Lauer, als ein schwaches Licht in seiner rechten Beintasche aufleuchtete. Fluchend kramte er ein Handy hervor.

»Sir, wir befinden uns mitten im Einsatz«, sagte er etwas ungehalten auf Englisch. »Gedulden Sie sich, wir haben sie gleich.«

Er wollte das Handy wieder wegstecken, als auf der freien Fläche Perseus auftauchte, der Richtung Fluss rannte. Schon zielte der Mann auf ihn, und Lena handelte.

Rücksichtslos sprang sie über die Dachkante, ihm direkt ins Kreuz, und ihr Gegner schrammte gurgelnd mit dem Gesicht an der Tonne entlang. Unglücklicherweise verlor sie bei dem Sprung das Gleichgewicht, stürzte ebenfalls gegen die Tonne und dann aufs Pflaster und verlor das Smartphone, nach dem sie sofort wieder fischte. Ihr Gegner richtete sich japsend auf und starrte sie fassungslos an, als ihre tastenden Finger endlich das Handy fanden.

»Mistkerl!« Sie richtete das Smartphone auf ihn, drückte alle Knöpfe, die sie fand, und es passierte … nichts.

Sie hielt das falsche Handy in der Hand.

Schon war der Mann über ihr, schlug ihren Arm beiseite und drückte sie mit seinem Gewicht auf den Untergrund.

»Bitte tun Sie mir nichts!« Lena wimmerte vor Angst, als sich seine Hände um ihren Hals schlossen und ihr die Luft abdrückten.

»Verdammte Schlampe, ich hätte dich schon in Rotterdam erledigen sollen!«

Das von Abschürfungen und Brandnarben entstellte Gesicht, die blonden Haare … Lena begriff schlagartig, dass sie es mit dem Kerl mit der Sonnenbrille zu tun hatte, der ihr am Rotterdamer Hauptbahnhof die Papiere hatte stehlen wollen und der auch bei der Verfolgung im Hafen mit dabei gewesen war. Nur, dass sein rechtes Auge jetzt blutete und leicht geschwollen war.

Allerdings brachte ihr diese Erkenntnis nichts, da er immer fester zudrückte und ihr vor Sauerstoffmangel allmählich schwindelig wurde. Verzweifelt versuchte sie den Blonden abzuschütteln, doch er war viel zu stark. Sie kam gegen ihn einfach nicht an.

Er grinste dreckig, und in ihren Ohren rauschte das Blut, als er auf einmal spastisch zuckte. Seine Augäpfel wölbten sich hervor, dann, endlich, schaffte sie es, ihn von sich runterzustoßen.

Keuchend schnappte sie nach Luft, tastete nach ihrer schmerzenden Kehle und krabbelte auf den Stöhnenden zu.

»Das hättest du nicht gedacht, wie?«, krächzte sie zornig. »All dein Training umsonst. Erledigt allein von den Waffen einer Frau. Arschloch!«

Sie setzte den Lady-Shaver noch einmal an und gab ihm mit einem weiteren Stromstoß den Rest.

Schwer atmend erhob sie sich, wartete, bis sich ihr Herzschlag beruhigt hatte, und nahm die Waffe ihres Gegners. Dann rannte sie jede Deckung ausnutzend an den hinteren Silos vorbei zum Fluss.

Irgendjemand hinter ihr brüllte etwas, und Schüsse wurden auf sie abgegeben, doch es war ihr egal. Sie drehte sich kurz um, feuerte wie in Rotterdam mit der Maschinenpistole in die Dunkelheit und lief weiter. Vor ihr tauchte nun ein Betonsteg auf, der ein Stück weit auf den breiten Strom hinausführte. Lena fragte sich, ob die anderen erwarteten, dass sie schwimmen sollte, als sie das abgedunkelte Schnellboot bemerkte.

Perseus rannte in der Düsternis auf sie zu, stützte sie und hielt ihre Verfolger zusammen mit Kirke, die sich in der Nähe verschanzt hatte, mit kurzen Feuerstößen in Schach. Dann erreichten sie das Boot. Daedalos half ihnen über die Reling und platzierte Lena neben dem verschmort riechenden Quadrocopter, der im Bug des Bootes lag. Erst jetzt entdeckte sie die leicht gedrungene Frau im Heck, deren Silhouette in der Dunkelheit vage erkennbar war. Elektra?

Die Unbekannte startete den Anlasser, kaum dass auch Kirke über den Steg zu ihnen gesprungen war.

Der Motor heulte auf, und rasch gewannen sie an Fahrt. Ihre Retterin steuerte das Schnellboot hinaus auf den breiten Strom, der Budapest teilte. Hinter ihnen erklangen neue Schüsse, doch rasch waren sie außer Reichweite.

Kirke, die längst Lenas Beute-Maschinenpistole in Händen hielt, trat wütend gegen die Bordwand.

»Verfluchter Dreck, wie konnte das passieren? Wer waren diese Mistkerle? Und wieso tauchten die hier so plötzlich auf?«

»Hast du die Sachen aus dem Tresor retten können?«, wollte Perseus von Daedalos wissen. Der schüttelte niedergeschlagen den Kopf. »Tut mir leid. Keine Chance bei dem Schusswechsel da oben.«

»Seid froh, dass ihr noch lebt!«, rief Elektra. Ihre Stimme klang vergleichsweise jung und wies einen baltischen Spracheinschlag auf. »Wenn ich nicht rechtzeitig da gewesen wäre, dann wärt ihr jetzt tot.«

»Das nützt Europa gar nichts«, brauste Kirke verärgert auf. »Nada. Rien. Denn das bedeutet nichts anderes, als dass alles umsonst war. Wir stehen mit leeren Händen da.«

»Das ist so nicht ganz korrekt«, wandte Lena scheu ein.

Die Agenten drehten irritiert die Köpfe zu ihr, während das Schnellboot weiter mit hoher Geschwindigkeit über die Wellen sprang.

»Das hier konnte ich einem von ihnen abnehmen.« Sie präsentierte das Smartphone ihres blonden Gegners. »Könnt ihr damit vielleicht etwas anfangen?«

# SECRET SOCIETY

»Du musst dich erinnern!«, forderte Kirke Perseus mit Nachdruck auf. »Jedes Detail kann wichtig sein.«

»Ich weiß, verdammt.« Perseus saß auf einem alten Hocker am Rand des Bootsschuppens, raufte sich die Haare und warf Lena einen knappen Seitenblick zu. »Ärgerlicherweise verfüge ich leider über *kein* fotografisches Gedächtnis. Ich habe die Unterlagen aus dem Tresor auch nur ein paar Sekunden lang überfliegen können, bevor dieser Angriff losging. Aber ich weiß, dass anfangs die Rede davon war, dass in Budapest angeblich der osteuropäische Hauptsitz der Warriors liegt. Und da waren ein paar ungarische Namen aufgelistet. Irgendein Kristóf. Und ich glaube auch eine Réka. Vielleicht Kontaktleute?« Er seufzte. »Europa scheint tatsächlich damit beauftragt gewesen zu sein, diese Ökoterroristen aufzuspüren. Allerdings begreife ich nicht, welche Rolle der Paukant bei alledem spielt. Was zum Teufel war das vorhin?«

»Na, was wohl: ein Killerkommando.« Kirke, die mit einer Zigarette in der Hand vor einem der Tische lehnte, sah ihn spöttisch an.

»Ja, das ist mir auch klar«, antwortete Perseus gereizt. »Aber das ist einer der bestbezahlten Profis dieses Kontinents. Und ich weiß, wovon ich spreche, denn ich hatte schon vor zwei Jahren mit ihm zu tun. Dann taucht er ab, man hört nichts mehr von ihm, und plötzlich tritt er an wenigen Tagen nacheinander in Erscheinung, schaltet zuerst Poseidon aus, und nun versucht er es bei uns. Der arbeitet unmöglich für diese Ökoterroristen. Wir übersehen da irgendwas.«

Lena rieb sich die Wangen. Wie die anderen kam auch sie sich vorgeführt vor. Sogar doppelt vorgeführt, wenn man die Ereignisse in Rotterdam mit dazurechnete. Ihre Gegner schienen ihnen ständig einen Schritt voraus zu sein. Und doch war etwas seltsam. Denn obwohl sie sich keine Stunde zuvor in Lebensgefahr befunden hatte, fühlte sie sich so lebendig wie nie zuvor in ihrem Leben. Jede Zelle in ihrem Körper schien zu vibrieren.

Sie konnte es kaum glauben, dass sie einen Kampf ausgetragen hatte. Diesen völlig unbeschadet überstanden zu haben verschaffte ihr ein unglaubliches Hochgefühl.

Allerdings machte ihr das auch ein klein wenig Angst, denn sie erkannte sich kaum wieder. Dabei hatte sie Ähnliches schon nach dem Anschlag in Rotterdam gefühlt. Nur hatte sie sich das nach dem Tod von Doktor Fink nicht eingestehen können. Irgendwas machte dieses Leben mir ihr, und sie wusste noch nicht, wohin das führen würde.

Immerhin hatten sie in dem alten Bootshaus ein Versteck gefunden, in dem sie erst einmal zur Ruhe kommen und ihre nächsten Schritte besprechen konnten. Leider war der Schuppen alles andere als luxuriös. Er war zur Wasserseite hin mit einem doppelflügeligen Tor ausgestattet, vor ihnen dümpelte das angebundene Schnellboot in einem Becken, auf dem umlaufenden Steg standen Benzinkanister sowie Regale mit Werkzeugen und Plastikboxen, außerdem roch es brackig.

»Nun«, grübelte Kirke laut. »Der Auftritt des Paukanten und seines Killerkommandos hat zumindest klargestellt, dass Europa einer größeren Sache auf der Spur gewesen sein muss. Wenn vielleicht auch unwissentlich.« Unruhig ging sie hin und her, nahm wieder einen Zug von ihrer Zigarette und blickte zum Boot. »Ganz offensichtlich befürchtet jemand, dass auch wir dem auf die Spur kommen könnten.«

»Die Unterlagen, die ihr im Safe gefunden habt«, mischte sich Lena ein, »können doch aber eigentlich nichts mit heute zu tun haben, oder? Europa ist ja schon etwas länger verschwunden. Es muss darin also um etwas gehen, dem eure Kollegin vor einem halben Jahr nachging.«

Kirke musterte sie, nickte dann aber. »Prinzipiell richtig. Kann aber dennoch miteinander zu tun haben.«

»Na gut«, ging auch Perseus auf Lenas Gedankengang ein, »trennen wir das erst einmal. In den Unterlagen im Tresor war jedenfalls auch von Waffen und Sprengstoff die Rede. Hinten war sogar eine ganze Liste angehängt.«

»Und genau das führt doch zu einigen interessanten Fragen«, mischte sich erstmals Elektra in die Unterhaltung ein.

Ihr Neuzugang war die Computer- und Technikexpertin. Seit ihrer Ankunft saß Elektra mit einem Laptop an einem kleinen Tisch, wo sie das Smartphone ihres Gegners zu knacken versuchte. Dabei bediente sie sich elektronischer Geräte, die sie einem von drei Alukoffern entnahm, die neben ihr standen. Bislang war es ihr nur noch nicht gelungen.

Das Erstaunlichste an Elektra war jedoch, dass sie überhaupt nicht wirkte wie eine Geheimagentin. Sie war etwa in Lenas Alter, hatte ihre kurzen Haare violett gefärbt und trug eine markante Panto-Brille, ähnlich jener von Woody Allen. Allerdings kam ihre in poppigen Grün- und Lilatönen daher. Sie war zudem einen halben Kopf kleiner als Lena und wirkte alles andere als durchtrainiert und sportlich. Elektra war vielmehr recht mollig. Ihre überschüssigen Pfunde verbarg sie unter einer schwarzen Unisex-Jeansjacke, und ihre violett-schwarze Camouflage-Hose saß um die Hüften etwas stramm.

»One-Eye-Dawn und ihre durchgeknallten Mitstreiter«, Elektra schob sich auf einem Rollhocker an der demolierten Drohne am Nachbartisch vorbei, »üben ihre Anschläge jedes Mal mit fast militärischer Präzision aus. Aber woher haben die eigentlich all ihre Ausrüstung?«

»Genau das ist der Punkt!«, pflichtete ihr Kirke bei. »Wie heißt die erste A.R.G.O.S.-Regel?« Gespannt musterte sie ihre Kollegen. »Richtig: Folge den Lieferketten! Die meisten dieser Ökoterroristen sind fehlgeleitete jüngere Aktivisten. Aber keine erfahrenen Kämpfer. Sprengstoff in der Menge, wie ihn die Warriors zuletzt in Rotterdam verwendet haben, bekommt man nicht mal eben auf einem Flohmarkt.« Tief inhalierte sie den Rauch. »Und da ist noch etwas.

Denn wenn diese One-Eye-Dawn nicht zufällig extrem reich geerbt hat, dann würde ich gern wissen, woher diese Spinner das ganze Geld dafür nehmen?«

»Müssten sich das nicht auch die europäischen Polizeibehörden fragen?«, meinte Lena.

»Oh, das tun sie.« Kirke nickte ihr zu. »Da wir A.R.G.O.S. einstweilen außen vor lassen, habe ich zwei alte Freunde bemüht. Einer arbeitet in Den Haag bei Europol, der andere beim italienischen Inlandsgeheimdienst AISI, der Agenzia Informazioni e Sicurezza Interna, die seit dem Anschlag in Turin nach den Terroristen fahnden.« Kirke nahm einen weiteren Zug. »Angeblich finanzieren sich die Warriors durch Mikrospenden ihrer Anhänger aus ganz Europa. Und tatsächlich sind bereits zwei europaweite Umweltpaten-Netzwerke aufgeflogen, die denen zugearbeitet haben. Seit der Aktion in der Mastanlage in Sevilla sind auch bei dem deutschen Tierschutzverband ›Rinder statt Kinder e.V.‹ verdächtige Geldbewegungen festgestellt worden. Nur reichen all diese Zuwendungen nicht aus, um die Schlagkraft der Truppe zu erklären.«

»Du meinst also«, überlegte Lena, »dass Europa nicht bloß in Sachen der Warriors ermittelt hat, sondern vor allem nach deren Unterstützer-Netzwerk Ausschau gehalten hat?«

»Vermutlich beides.« Kirke sah sie an. »Einmal darauf aufmerksam geworden, dürfte sie versucht haben, beides auffliegen zu lassen. So jedenfalls würde ich es halten.«

Perseus fuhr sich unglücklich über den Nacken. »Dann glaubst du, dass uns heute Waffenhändler dieses Killerkommando auf den Hals gehetzt haben?«

»Möglich wäre es.« Kirke lehnte sich mit verschränkten Armen gegen die Schuppenwand, rauchte und dachte nach. »Würde auch erklären, warum die sich einen Profi wie den Paukanten leisten können.«

Perseus verengte die Augen. »Und das wären dann auch jene, die es auf A.R.G.O.S. abgesehen haben? Ich verstehe den Zusammenhang noch nicht.«

»Ich auch nicht.« Kirke ließ ihre Zigarette fallen und trat sie aus. »Und damit kommen wir zu Frage drei: Woher wussten diese Mistkerle, was wir vorhaben?«

Elektra seufzte schwer. »Diese Frage beunruhigt mich am meisten. Abgesehen vielleicht davon, woher ich neue Ersatzteile für Bob herbekomme, wenn wir auf kein Kontor Zugriff haben.«

»Bob?« Lena sah sie fragend an.

»Mein Quadro hier.« Elektra legte fast zärtlich ihre Hand auf die beschädigte Drohne.

»Du hast deiner Drohne einen Namen gegeben?« Lena trat begeistert neben sie. »Der passt super! Meine Schwester und ich hatten als Kinder mal einen Hund namens Bob. Mit dem waren wir dann auf der Kirmes, und da ist er uns vom Riesenrand gefallen.«

»Was?« Elektra sah sie bestürzt an.

»Keine Bange, nur so auf einem Drittel Höhe. Hat er mit einem Beinbruch überlebt.«

Elektras Laptop piepste plötzlich, und ein rotes Licht blinkte. Perseus und Kirke zogen alarmiert ihre Waffen und wandten sich dem Eingang des Bootsschuppens zu, während Elektra zurück zu ihrem Computer rollte und eine Kameraansicht aufrief.

»Beruhigt euch, Daedalos ist zurück.«

Es dauerte nicht lange, und an der Tür zum Bootshaus klopfte es dreimal leise. Perseus öffnete, und der rothaarige Ire kam mit ihren Taschen aus dem Hotel herein. Missmutig betrachtete er die Waffen in den Händen seiner Kollegen.

»Ich habe ja nicht gerade Schampus bei meiner Rückkehr erwartet, aber einen etwas herzlicheren Empfang schon.«

»Komm einfach rein, verdammt.« Kirke zog ihn ins Bootshaus, spähte kurz in die Nacht und verriegelte die Tür wieder. »Hat dich jemand gesehen?«

»Machst du dich über mich lustig?« Daedalos stellte die Taschen auf dem Steg ab und rieb sich die Schulter, die offenbar noch immer schmerzte. »Die Hotellobby war kein Problem. Türkarte und -code für das Zimmer waren ebenfalls auf fast langweilige Weise gültig. Leider vermag ich nicht zu sagen, ob du aufgeflogen bist. Im Hotel war jedenfalls nichts Auffälliges zu bemerken.«

»Und dir ist auch niemand gefolgt?«, wollte Perseus wissen.

»Natürlich nicht.« Der Ire sah ihn empört an. »Sagt mir lieber, ob ihr mit dem Smartphone weitergekommen seid.«

Elektra betrachtete das Gerät des Blonden eingehend durch ihre Brille. »Noch nicht. Aber es dürfte nicht mehr lange dauern, bis ich die Verriegelung geknackt habe. Ich habe jüngst einen neuen Entschlüsselungsalgorithmus programmiert, und der ist gleich durch.«

Lena trat an ihre Seite und warf einen Blick auf den Laptop, auf dem ein Programm samt Balken angezeigt wurde, der auf einundneunzig Prozent stand. Das Hintergrundbild des Bildschirms war jedoch ebenfalls interessant. Es zeigte eine ihr gut bekannte südkoreanische K-Pop-Band.

»Das sind doch die Gwangyang Dragons?«

»Echt? Du kennst die GD-Boys?«, fragte Elektra erstaunt,

»Na klar.« Lena zwinkerte. »Wäre ich etwas jünger, hätte ich mich sicher in Minho verknallt. Der ist wirklich süß. Ich bin damals über ›Triangle‹ auf sie aufmerksam geworden. Der Titel hat es in den deutschen Charts auf Platz drei geschafft.«

»Und in Lettland auf Platz vier«, meinte Elektra begeistert. »Ich war sogar auf ihrem Konzert in …«

»Quatscht ihr ernsthaft gerade über eine Boyband?«, fragte Daedalos ungehalten.

Lena und Elektra räusperten sich verlegen.

»Auf jeden Fall ist das hier ein Hightech-Gerät.« Elektra hob das Smartphone kurz an, als wäre nichts vorgefallen. »Da hat sich jemand große Mühe gegeben, dass Dritte keinen Zugriff darauf bekommen. Kombinierte Gesichts- und Fingerabdruckerkennung, außerdem passwortgeschützt. Aber wie gesagt: Das wird denen auch nicht helfen.«

»Na gut.« Kirke brachte Daedalos kurz auf den neuesten Stand. »Die Frage, die wir uns zuletzt gestellt haben, ist, wie diese Kerle auf uns aufmerksam geworden sind.«

»Dein Equipment stammt aus dem Kontor hier in Budapest?«, fragte Perseus Kirke argwöhnisch.

»Ja, tut es«, antwortete Kirke. »Allerdings schon vor Monaten für kurzfristige Einsätze wie diesen beiseitegeschafft, damit ich mich nicht ständig mit der Buchhaltung herumärgern muss. Jedes einzelne Teil wurde streng von mir auf Peilsender und andere Detektionsmöglichkeiten überprüft. Nichts davon lässt sich zu mir oder dem Einsatz heute zurückverfolgen. Und natürlich weiß auch niemand, was ich derzeit wirklich treibe. Und wie steht es bei dir und eurer Anreise nach Budapest?«

»Ich habe Poseidons Warnung sehr ernst genommen«, erklärte Perseus. »Die neuen Ausweise stammen von einem Privatkontakt, und ich habe unser Gepäck in Kampen ebenfalls auf Wanzen und Peilsender überprüft. Ich versichere dir, ich habe alle Sicherheitsprotokolle eingehalten. Niemand konnte wissen, dass wir jetzt in Budapest sind.«

»Ein Eingeweihter könnte dennoch geahnt haben, dass du uns zusammentrommeln würdest«, knurrte Daedalos. »Wir arbeiten ja nicht das erste Mal zusammen.«

»Es muss auf eine Art von Beschattung hinausgelaufen sein«, warf Lena ein.

»Wie kommst du darauf?«, wollte Daedalos wissen.

»Na ja.« Lena blickte die Agenten unsicher an. »Hätten unsere Gegner von dem Loft gewusst, dann hätten sie es doch in der Zwischenzeit längst durchsucht, oder?«

Kirke nickte zögernd.

»Stattdessen war das Loft bis zu unserem Eintreffen unberührt«, fuhr Lena fort. »Folglich müssen wir sie dorthin geführt haben.«

»Wie steht es eigentlich mit Lenas Sachen?«, erkundigte sich Elektra.

Lena sah sie überrumpelt an, doch Perseus wiegelte ab. »Die habe ich natürlich ebenfalls gecheckt. Ich sagte doch: nichts.«

»Darf ich mal sehen?« Elektra öffnete einen der Alukoffer, nahm einen Tracker zur Hand und rollte hinüber zu Lenas Reisetasche.

»Denkst du, ich weiß nicht, was ich tue?« Perseus sah ihr verärgert dabei zu.

»Komm runter, mein Bester«, erklärte die Computerexpertin versöhnlich. »Der Typ, von dem wir das Handy haben, war nachweislich ebenfalls in Rotterdam. Genau wie der Paukant. Ich zähle da bloß eins und eins zusammen. Und deine Sachen kommen auch noch dran. Wäre ja möglich, dass euch jemand was im Flughafen untergeschoben hat.«

Lena öffnete verunsichert ihr Gepäck. »Glaubst du etwa, dass ich so etwas wie eine Doppelagentin bin?«

»Du? Nein ... eher nicht.« Elektra fischte amüsiert Lenas Stoffmaus heraus, dann wühlte sie sich durch den Rest ihrer Habseligkeiten: Bücher, Kleidung, Hygieneartikel.

Lena nahm ihr Minnie rasch ab und spürte, wie ihr das Blut ins Gesicht schoss. »Ist das wirklich nötig?«

Elektra prüfte alles mit dem Tracker, dann machte sie sich über ihre Geschäftshandtasche her, die sie kurzerhand auskippte.

»Och, bitte«, wandte Lena lahm ein.

Mehrere Lippenstifte, ein Handspiegel, ihr Portemonnaie, ein Notizbüchlein sowie Hygieneartikel, Ersatzsocken, Schmuck, Sonnenbrille und ihr Haustürschlüssel kullerten auf den Steg.

»Oh, den habe ich schon die ganze Zeit gesucht!« Lena las einen herrenlosen Ohrring von Boden auf und steckte ihn rasch ein. Elektra interessierte sich jedoch mehr für ihr Smartphone und ihr Tablet.

»Die habe ich von Doktor Fink geschenkt bekommen«, versicherte Lena. »Er hat mir eingeschärft, dass ich beruflich ausschließlich diese Geräte benutzen darf.«

»Die stammen von A.R.G.O.S.«, erklärte Perseus, der ebenfalls näher getreten war. »Beide sind mit einer ausgefeilten Sicherheitssoftware ausgestattet, die verhindert, dass sich jemand so ohne Weiteres einhackt.«

»Und?« Elektra sah zu Lena auf. »Hast du dich auf deinen Reisen auch an das Gebot gehalten?«

»Natürlich!«, bekräftigte Lena. »Doktor Fink konnte sich immer hundertprozentig auf mich verlassen. Okay, ich habe hin und wieder mal mit meiner Schwester auf Firmenkosten telefoniert und das Handy als mobilen Hotspot für Filme und so genutzt, aber das war's auch schon. Und natürlich habe ich nie, nie, nie erzählt, wo Doktor Fink und ich hinreisen. Das war ihm immer sehr wichtig.«

»Inzwischen weißt du ja, warum.« Elektra ließ sie das Handy entsperren, während Kirke dasselbe von ihr beim Tablet verlangte.

»Ich darf doch mal, oder?«, fragte die Griechin.

»Ja, sicher.« Lena sah sie befangen an. »Ich wäre dir bloß dankbar, wenn du nicht gleich wieder meine Fotos durchsuchst. Da sind ein paar Selfies drauf, die ich eigentlich nicht …«

»Was ist das hier?« Kirke hielt ihr die Startseite von »Puzzle Champion« hin. Wie gewohnt öffnete sich die App mit einer Kaskade fallender Puzzlestücke.

»Ach das.« Lena winkte ab. »Bloß ein Spiel.«

Sie erklärte Kirke, worum es bei »Puzzle Champion« ging, und Kirke checkte ihre Spielverläufe.

»Sieht so aus, als ob du verdammt gut darin bist.«

»Ja, bin ich«, meinte Lena stolz. »Eine der Besten auf der Plattform.«

»Und was ist das hier?« Kirke hielt ihr die zusammengepuzzelte Aufnahme von Rotterdam hin.

»Mein letztes Puzzle.«

»Wer ist dieser Ratbot1045?«

»Mein Spielpartner«, erklärte Lena verlegen. »Absolut harmlos. Dreißig Jahre alt und sehr nett. Er ist Fotograf und war früher mal selbst Model. Er ist ebenfalls ziemlich gut im Puzzeln.«

»Kennst du ihn?«, wollte Elektra wissen.

»Nur online.«

»Verstehe ich das richtig«, meinte Kirke nach einem misstrauischen Blick aufs Tablet, »dass dir der Kerl am Abend vor der Konferenz vier Städtemotive als Puzzle zugeschickt hat?«

»Äh … ja.«

»Und du hast ausgerechnet Rotterdam gewählt?«

Lena wurde blass.

»Und mobil eingewählt hast du dich auch immer, wenn du das Spiel aufgerufen hast?« Kirke blickte zu ihren Kollegen, und die Männer hinter Lena stöhnten leise. »Auch hier in Budapest?«

»Was wollt ihr damit sagen?« Lena sah ihre Begleiter aufgeschreckt an. »Dass ich …« Ihr dämmerte allmählich, was geschehen war, und ihr kamen die Tränen. »Dass *ich* für den Tod von Doktor Fink verantwortlich bin?«

Einen kurzen Moment lang herrschte betretene Stille im Bootshaus, die lediglich von dem Plätschern des Wassers am Boot durchbrochen wurde.

»Romeo-Falle, Süße. Die haben nicht Poseidon, sondern dir nachgespürt. Du warst das weichere Ziel.« Elektra legte ihr mitfühlend die Hand auf den Arm. »Mal ehrlich: Gut aussehender intelligenter Fotograf, der früher Model war. Und so einer puzzelt gern? Schon klar.« Sie nahm Kirke das Tablet aus der Hand und checkte den Chatverlauf. »Ach. Und alleinerziehender Vater eines süßen sechsjährigen Bengels ist er auch noch. Wird ja immer besser …«

Lena starrte sie bleich an.

»Hey, du konntest das nicht wissen«, versuchte Elektra sie aufzubauen. »Okay, hier haben wir es eher mit der virtuellen Variante einer Romeo-Falle zu tun. Außer einem Mindfuck hast du also nicht mal richtig was davon gehabt … Aber solche Typen werden ständig auf Sekretärinnen in Sicherheitsbehörden und Ministerien losgelassen.«

»Ich bin Assistentin!«

»Auf die auch.« Die Lettin seufzte resigniert. »Das passiert selbst den Besten unter uns.«

Lena schnaubte dennoch wütend. »Ich will, dass du herausfindest, wer dieser Ratbot1045 ist. Und dann will ich meine Maschinenpistole zurück, damit ich dieses Arschloch …«

»Hey, beruhige dich!« Perseus hielt sie kurz fest. »Niemand gibt dir die Schuld. Wenn der Kerl Spuren im Netz hinterlassen hat, dann wird Elektra sie finden.«

Elektra nickte grimmig.

»Spielst du dieses Puzzle-Desaster regelmäßig?«, hakte Daedalos nach.

Lena blickte ihn gequält an. »Regelmäßig wäre zu viel gesagt«, brach es stockend aus ihr heraus. »Immer mal wieder, wenn ich Zeit habe.«

»Gut.« Perseus nickte Daedalos entschlossen zu. »Dann können wir das vielleicht irgendwann gegen unsere Gegner einsetzen. Bis dahin bleiben Smartphone und Tablet weiter abgeschaltet. Jetzt kümmern wir uns erst einmal um das dringendste Problem: Wir müssen unbedingt aus der Defensive raus.«

Das Entschlüsselungsprogramm auf dem Laptop meldete sich mit der elektronischen Melodie von »Triangle«, und Elektra schnalzte zufrieden. »Fertig. Schauen wir uns das Gerät mal an.«

Sie löste das Smartphone des Blonden vom Kabel, entriegelte es, und gemeinsam mit Perseus und Kirke nahmen sie sich Apps und Chatverlauf des Geräts vor.

Lena ließ sie machen und setzte sich niedergeschlagen auf eine Kiste.

»Hey, aller Anfang ist schwer.« Daedalos setzte sich zu ihr, während er seine schmerzende Schulter rieb. »Niemand hat dich auf so etwas vorbereitet.«

»Trotzdem.« Lena starrte verbittert ins Wasser. »Doktor ... Poseidon war ein wesentlicher Bestandteil meines Lebens. Zu wissen, dass ich es war, die unsere Gegner zu ihm geführt hat, wird mich bis zu meinem Tod verfolgen.«

»Wir haben alle schon mal Fehler gemacht«, tröstete sie der Ire. »Und dass er dich als Zivilistin bei sich behalten hat, heißt, dass er deine Arbeit sehr geschätzt haben muss. Im Übrigen hast du dich heute für eine Sekretärin verdammt gut geschlagen.«

»Assistentin«, korrigierte Lena ihn, sah jedoch dankbar auf.

»Assistentin.« Er zwinkerte. »Ohne dich wären wir da heute jedenfalls nicht lebend rausgekommen. Das Erstaunlichste ist aber, dass Poseidon dir seine Götterrechte übertragen hat. Außer uns weiß davon vermutlich niemand. Innerhalb der Organisation stehen uns damit Möglichkeiten offen, die du dir nicht mal annähernd vorstellen kannst.«

»Wir sind hier aber nicht bei A.R.G.O.S.«

»Ja, das ist das Problem.« Er seufzte. »Aber das kann sich noch ändern. Und bis dahin ...« Unter Schmerzen zog er sich seinen schwarzen Pulli aus, »könntest du mir vielleicht meine Schulter mit Sportsalbe eincremen. Es fühlt sich an, als wäre ich von einem Presslufthammer erwischt worden. Bei meinem Astralkörper kommst du auch gleich auf andere Gedanken.«

Lena musste wider Willen grinsen, denn Daedalos war zwar kräftig, konnte sich aber nicht mit Perseus messen.

Kurz warf sie dem sportlichen Franzosen, der noch immer über das fremde Handy gebeugt stand, einen Blick zu und betrachtete das Spiel seiner Muskeln unter der eng anliegenden Kleidung. Dann, endlich, nahm sie die Tube, die ihr Daedalos hinhielt, und baute sich hinter dem Iren auf. Die riesige, fast purpurne Hautverfärbung auf seinem linken Schulterblatt brachte sie schnell wieder auf andere Gedanken.

»Sicher, dass das bloß eine Prellung ist?«

»Schätze schon.«

Dick rieb sie die Stelle mit Salbe ein, und ihr Blick wanderte zu seiner linken Hand. »Du bist verheiratet?«

»Ach, verflixt. Mein Ehering.« Er zog ihn hastig vom Finger. »Ich vergesse ständig, ihn abzunehmen, wenn ich unterwegs bin. Nichts darf auf unsere Identität verweisen. Allerdings sind die Konsequenzen schlimmer, wenn ich vergesse, ihn wieder aufzusetzen, bevor es nach Hause geht ...« Er steckte den Ring seufzend weg. »Aber da du schon fragst, ja. Frau und zwei Kinder. Sie wohnen in einem Häuschen auf dem Land in der Nähe von Cork – auch wenn ich dir das eigentlich nicht verraten dürfte. Ich weiß, ein kleinbürgerlicher Traum. Meine Familie glaubt, ich sei Handelsvertreter für eine Whiskey-Destille bei uns in der Nähe. Womit ich in Wahrheit meine Brötchen verdiene, weiß sie natürlich nicht. Was sich aber ehrlich gesagt auch nicht viel von der Zeit vor A.R.G.O.S. unterscheidet.«

»Wie läuft das bei euch überhaupt?« Lena drückte einen weiteren Salbenstrang aus der Tube. »In Kampen dachte ich, ihr würdet alle von Jugend an als Agenten trainiert.«

Daedalos schüttelte den Kopf. »Einige von uns schon, aber die meisten von uns sind Quereinsteiger. Mich hat Perseus bei einem Bruch erwischt. Danach hätten einige Jahre Knast auf mich gewartet. Die Alternative erschien mir deutlich reizvoller.«

»Eine Rekrutierung durch A.R.G.O.S.?«

»Genau. Seitdem habe ich das Gefühl, auf der richtigen Seite zu stehen.« Er wies mit dem Kinn in Richtung Elektra. »Bei Elektra ist es ähnlich. Sie war wohl mal eine ziemlich erfolgreiche Gamerin. Und nebenbei gehörte sie einer aufgeflogenen lettischen Hackergruppe an, die sich auf Banken und russische Einrichtungen spezialisiert hatte. Letzteres war wohl ihr Glück, denn solche Kenntnisse kann A.R.G.O.S. immer gut gebrauchen. Die meisten ihrer Kollegen sitzen jedenfalls im Knast, und der Boss ihrer alten Gruppe ist untergetaucht. Elektra spricht nur ungern über ihn, denn er scheint sie und die anderen verraten zu haben.« Daedalos streifte sich seinen Pulli umständlich wieder über.

»Kirke hat bei A.R.G.O.S. auch so etwas wie eine zweite Heimat gefunden«, fuhr er leise fort. »Ihre Familie gehört angeblich zu den oberen Zehntausend in Griechenland. Allerdings ist die wohl stockkonservativ.« Er senkte seine Stimme noch mehr. »Es heißt, dass sie und ihre Schwester als Teenagerinnen abgehauen und dann auf die schiefe Bahn geraten sind. Irgendeine große Gangsterorganisation auf Kreta. Die waren angeblich tief im Drogen- und Waffenschmuggel verwickelt. A.R.G.O.S. hat die beiden dann rausgepaukt.« Er schnaubte amüsiert. »Echte Rebellinnen. Was mich an meine Teenagerzeit erinnert. Einbrüche. Schlägereien. Das ganze Programm. Kennst du vermutlich.«

»Klar.« Lena räusperte sich. »Ich habe mit fünfzehn fast mal einen Kajalstift geklaut. War 'ne Mutprobe mit meiner damaligen Freundin, die ich nicht … Und mit neunzehn bin ich betrunken Fahrrad gefahren. Ich weiß ja nicht, wie das bei euch in Irland ist, aber in

Deutschland kann man dafür sogar seinen Führerschein verlieren.«
Rasch wechselte sie das Thema. »Ehrlich gesagt finde ich das alles
hier fürchterlich aufregend. Der Name eurer Organisation. Eure
Codenamen. Und diese Schurken, mit denen ihr euch rumschlagen
müsst. Diese One-Eye-Dawn ist ja schon 'ne Nummer. Aber dieser
Paukant erst. Ich hätte mir früher nie vorstellen können, dass es solche Typen wirklich gibt.«

»Tja, was erwartest du von einer Welt, in der Putins Koch die russische Propaganda-Maschinerie am Laufen hält, Gaddafi nie ohne
seine ›Krankenschwester‹ reiste und ...« Daedalos winkte ab. »Egal,
dafür gibt es ja Typen wie uns.«

»Und Perseus?« Lena blickte neugierig zu dem Franzosen hinüber.

»Ehemals DGSE, französischer Auslandsnachrichtendienst.«
Daedalos schürzte anerkennend die Lippen. »Er ist Algerienfranzose.
Sein Vater war bereits bei der Fremdenlegion.«

»Wusste ich es doch.«

»Was wusstest du?«

»Egal. Erzähl weiter.«

»Er war angeblich schon überall«, fuhr Daedalos gedämpft fort.
»Von Russland bis zum Pazifik. Wo genau, verrät er natürlich nicht.
Ich vermute, A.R.G.O.S. hat ihn abgeworben. Ganz sicher hatte Posei-
don da seine Finger im Spiel.«

»Und privat? Also, ich meine Familie, Freunde ... Freundin?«

Daedalos zuckte mit den Schultern, woraufhin ihm sofort ein ge-
quälter Laut entfuhr. »Er lässt sich da ehrlich gesagt nur wenig in
die Karten schauen. Perseus lebt diesen Job. Er ist wie ein Schatten.
Er taucht auf und verschwindet anschließend wieder. Ich bin mir
nicht sicher, ob er überhaupt ein Privatleben hat. Er ist der typische
einsame Wolf. Arbeitet am liebsten allein. Was auch verständlich ist,
wenn man sich überlegt, mit was er sich quält.«

»Der Tod dieser Mafioso-Tochter?«

»Wer?« Daedalos schüttelte den Kopf. »Nein, ich spreche von seinem damaligen Partner. Brother in Arms, wie es so schön heißt. Er
wurde in Syrien Opfer einer Hellfire-Luft-Boden-Rakete, mit der Per-

seus aus dem Weg geräumt werden sollte. Perseus hatte ihm an dem Tag seinen Wagen geliehen, was er sich bis heute nicht verzeiht. Das dürfte auch der Grund sein, warum er niemanden an sich heranlässt«

»Oh …«

»Kommt mal rüber«, rief ihnen Perseus wie aufs Stichwort zu. »Wir haben nicht viel, aber was wir haben, solltet ihr euch ansehen.«

Er nahm Elektra das Gerät aus der Hand und wischte über die Schaltfläche. Lena und Daedalos gingen zu den anderen.

»Der Kerl war leider ziemlich diszipliniert«, knurrte der Algerienfranzose. »Wirkt so, als ob er das Gerät erst seit Kurzem benutzt hat. Vermutlich seit Rotterdam. Darauf deuten die wenigen eingegangenen SMS hin. Allerdings wurden die Rufnummern alle unterdrückt. Und er hat auch keine Telefonnummer abgespeichert. Allerdings benutzte er den russischen Messaging-Dienst TelkoGramma – und zwar, um mit diesen Terroristen Kontakt zu halten.«

»Der Messenger der Spinner, Verschwörungstheoretiker und Kriminellen.« Daedalos verdrehte die Augen. »War ja klar.«

»Die haben hübsche GIFs«, wandte Lena ein, erntete jedoch verständnislose Blicke.

»Es ist sogar möglich«, fuhr Perseus fort, »dass er mit One-Eye-Dawn persönlich Kontakt hatte. Wenn sie es ist, die hier unter ›Gaias Queen‹ firmiert.«

»Es ging wohl um eine Waffenübergabe.« Kirke trat einen Schritt vor. »Und zwar morgen, hier in Budapest. Zeig ihnen die Bilder.«

Perseus scrollte auf dem Chatverlauf etwas nach oben und präsentierte ihnen zwei Aufnahmen eines Militär-Lkw aus unterschiedlichen Perspektiven, auf dessen Ladefläche aufeinandergestapelt runde, dunkle Metallobjekte lagen.

»Was ist das?«, fragte Lena.

»Haftminen aus russischer Fertigung«, erklärte Perseus. »Leider sind das die einzigen Fotos auf dem Gerät. Offenbar wollten die den Ökoterroristen zeigen, was sie zu bieten haben.«

Lena beäugte die Bilder, fand jedoch nichts, was ihnen hätte weiterhelfen können. Personen waren schon gar nicht abgelichtet.

»Und wo läuft die Übergabe?«, wollte Daedalos wissen.

»Tja«, murrte Kirke. »Als Antwort kamen lediglich einige Zahlenkolonnen.«

Perseus zeigte sie ihnen:

47.496701 19.085669 11 1926010215

»Scheiße, was soll das denn bedeuten?«, entfuhr es dem Iren.

»Stell dich nicht dümmer an, als du bist«, antwortete Elektra, die noch immer an ihrem Rechner saß. »Die ersten beiden Zahlenfolgen sind Angaben für Breiten- und Längengrad. Wir haben sie bereits eingegeben. Heraus kommt ein interessanter Ort.«

Sie drehte ihnen den Bildschirm zu, auf dem auf einem Stadtplan von Budapest ein Ort markiert war.

»Der Kerepesi temető?« Der Ire runzelte die Stirn. »Das ist doch ein Friedhof.«

»Und was für einer«, meinte Lena begeistert. »Der Kerepescher Friedhof ist einer der ältesten und bedeutendsten von Budapest. Er wurde Mitte des 19. Jahrhunderts eröffnet. Da liegen prominente ungarische Staatsmänner, Künstler und Wissenschaftler. Außerdem findet man dort tolle Grabmäler und Mausoleen. Den wollte ich mir schon immer mal ansehen.«

»Sieht so aus, als bekämst du die Gelegenheit«, erklärte Kirke kühl. »Der ist nur leider auch sehr groß. Wenn wir nicht herausfinden, was die anderen Zahlen zu bedeuten haben, dann brauchen wir eine Armee, um ihn zu durchkämmen.«

»Sind mit den übrigen Zahlen vielleicht Parzellen oder Grabnummern gemeint?«, schlug Daedalos vor.

»Wollte Elektra gerade überprüfen«, antwortete Perseus. »Sie muss sich dazu bloß noch bei der städtischen Friedhofsverwaltung einhacken.«

Elektra nickte etwas gelangweilt und wollte sich gerade an die Arbeit machen, als Lena sie stoppte.

»Warte. Ich glaube, das müsst ihr nicht.« Sie trat dichter an den

Rechner heran, überprüfte ihre Idee noch einmal und nickte entschlossen. »Das ist ein schlichter Zahlencode. Die Zahlenfolge ganz hinten ... setzt man statt der Zahlen die entsprechenden Buchstaben des Alphabets ein, dann kommt ein Name dabei heraus. Neunzehn wäre ein S, die Sechsundzwanzig ein Z und so weiter. 1926010215 würde also Szabó bedeuten. Schneider. Das ist hierzulande ein verbreiteter Nachname.«

»Nicht schlecht.« Kirke überprüfte die Buchstabenfolge. »Nur will ich nicht wissen, wie viele Szabós da bestattet sind.«

»Die Elf stünde dann für ein K?« Perseus sah fragend in die Runde. »Was soll das bedeuten?«

Die vier Agenten diskutierten eine Weile, bis Lena aufgeregt schnippte.

»Das ist eine Uhrzeit!«, platzte es aus ihr heraus. »Überlegt doch: Was macht man auf Friedhöfen für gewöhnlich? Außer schönen Spaziergängen oder vielleicht einem lauschigen Picknick? Man beerdigt dort Leute. Wenn ihr mich fragt, dann findet diese Waffenübergabe während einer Beerdigung statt. Und zwar um elf Uhr! Vormittags natürlich. Und ich wette mit euch, dass da ein gewisser Szabó zu Grabe getragen wird.«

*

»Ist es nicht seltsam, dass der Vorname des Toten nicht zu ermitteln war?«, fragte Daedalos, der missmutig die Sonnenblende der Windschutzscheibe hochklappte, um einen besseren Blick auf die von Bäumen gesäumte Allee entlang der Friedhofsmauer werfen zu können. Sie standen auf einem kleinen Rasenstück zwischen Bäumen, rechts von ihnen verliefen Bahngleise, und an der Friedhofsmauer links vor ihnen parkte ein vergoldeter Bentley Mulsanne Speed, aus dem ein dunkelhaariger Mann mit schwarzem Anzug, Goldkettchen und Sonnenbrille nebst auffallend blondierter Begleiterin ausstieg. Auch die Frau trug eine getönte Sonnenbrille, allerdings fand Lena, dass ihr Rock für einen Trauerfall etwas zu kurz war.

»Ich bin mir ehrlich gesagt nicht mal sicher«, fuhr der Ire fort, »ob wir hier überhaupt richtig sind. Der Friedhof ist verdammt groß.«

»Wir sind richtig«, gab sich Elektra überzeugt, die ruhig hinter dem Lenkrad saß und einen Keksriegel aufriss. »Die Kapelle liegt nicht weit entfernt. Und ja, mir ist selbst klar, dass es etwas seltsam ist, dass bei der Friedhofsverwaltung bloß der Nachname des Toten eingetragen ist. Aber dieser Szabó muss recht einflussreich gewesen sein. Denn auf dem Kerepescher Friedhof wird nicht jeder bestattet. Ausschließlich die Crème de la Crème der Stadt.«

Der Ire rückte umständlich seine Beine im Fußraum des Wagens zurecht und ließ sich wieder zurücksinken. Dabei hatte er noch Glück. Er hatte den Platz auf dem Beifahrersitz ergattert.

Lena, Perseus und Kirke hingegen saßen eingezwängt wie Ölsardinen auf der Rückbank des alten Ladas, mit dem Elektra aus Moskau angereist war. Lena hatte sich eine konspirative Observation bislang immer etwas bequemer vorgestellt.

Immerhin hatte sie sich den mittleren Platz auf der Rückbank gesichert, und der aufgezwungene Körperkontakt zu Perseus, der sich hinter den Fahrersitz gequetscht hatte, war nicht unbedingt unangenehm.

»Ich schätze, es wird Zeit, dass wir der Kapelle einen Besuch abstatten«, murrte Perseus an Elektra gewandt. »Im Übrigen schmatzt du.«

»Ich achte lediglich auf meinen Blutzuckerspiegel.« Elektra warf einen Keksriegel nach hinten. »Iss auch was. Aber nerv nicht, wenn Profis bei der Arbeit sind.«

Da Perseus nicht reagierte, nahm Lena den Riegel. Auch sie versuchte, einen besseren Blick auf den vergitterten Hauptzugang des Friedhofs zu erhaschen. Sie waren hier sicherheitshalber schon vor eineinhalb Stunden aufgeschlagen, um die Ankömmlinge besser im Auge behalten zu können. Bis zum Bestattungstermin waren es noch gut dreißig Minuten. Und allmählich war auffällig, dass durch den Friedhofseingang immer mehr Luxuskarossen rollten. Darunter protzige Sportwagen wie Ferraris, Porsches und sogar ein giftgrüner Lamborghini. Eben entschied sich der Fahrer eines silbergrauen Maseratis, ebenfalls auf der Straße vor dem Tor zu parken. Ihm entstieg ein kräftiger Glatzkopf mit Sonnenbrille samt zwei großen Pitbull-Terriern, der von einer vollbusigen Rothaarigen auf Stöckelschuhen begleitet wurde. Ihm schlossen sich drei weitere Sonnenbrillenträger an, die auf ihn gewartet hatten.

»Sagt mal«, meinte Lena misstrauisch, »wenn das da vorn Trauergäste sind, dann wirken die auf mich aber nicht unbedingt wie Freunde oder Verwandte von Künstlern, Politikern oder gewöhnlichen Reichen.«

»Nein, in der Tat nicht.« Kirke, die das Treiben am Tor ebenfalls schon eine Weile argwöhnisch beobachtete, wollte noch mehr anmerken, als sie sahen, dass weiter hinten auf der Allee ein Leichenwagen auf sie zukam.

Obwohl …

Lena kniff erstaunt die Augen zusammen. Es waren nicht ein, sondern sogar gleich drei Leichenwagen, die auf den Friedhofseingang zurollten.

»Was wird das denn?«, entfuhr es Daedalos.

»Warte mal.« Perseus kramte mühsam ein kleines Fernglas hervor und schob die Frauen beiseite, damit er die Toreinfahrt in den Fokus rücken konnte. Unbemerkt vermochte Lena so seinen ausrasierten Nacken in Augenschein zu nehmen, auf dem, unmittelbar unter dem Haaransatz, ein centgroßes Muttermal prangte. Er war also doch nicht gänzlich perfekt.

»Der Glatzkopf mit den Hunden dahinten, das ist Balázs Almássy!«, fauchte Perseus.

»Wie bitte?« Kirke nahm ihm den Feldstecher ab und spähte hindurch. »Das ist doch der Chefeintreiber der … Das gibt es doch nicht! Wie konnte mir das entgehen?« Verärgert schlug sie gegen Daedalos' Kopfstütze. »Leute, ich befürchte, wir haben es hier nicht mit irgendeinem Toten zu tun. Heute werden hier die Szabó-Brüder Milán, Milo und Matteo beerdigt. Das Trio stammt schließlich aus Budapest.«

»Diese Waffen- und Mädchenhändler?« Daedalos drehte sich erstaunt zu ihnen um, während Elektra sichtlich irritiert zum Fernglas griff.

»Genau die«, meinte Perseus angespannt »Alle drei sind Anfang letzter Woche in Graz Opfer einer Autobombe geworden. Die Kerle haben ja beste Connections in Österreich.«

»Es wird vermutet«, erklärte Kirke, »dass die Täter Rumänen waren, die deren Geschäfte übernehmen wollen. Dass die nicht gerade zimperlich sind, wisst ihr ja.«

»Nein, Freunde, das kann so nicht stimmen«, widersprach Elektra entschieden. Sie ließ das Glas sinken. »Ich bin mir ziemlich sicher, dass ich Milán Szabó erst vor drei Tagen in Moskau gesehen habe.«

»Unmöglich.«

»Doch«, versicherte die Lettin. »Ich war dort, um Jurij Gussew zu beschatten.« Sie warf Lena einen knappen Blick zu. »Ein Oligarch, der auch als ›Die Gans‹ bekannt ist, weil er Gegner gern wie Gänse zu Tode stopfen lässt.«

»Verstehe ...« Lena schluckte.

»Und bei der Gelegenheit«, fuhr Elektra fort, »tauchte überraschend Milán Szabó auf. Die beiden haben sich zusammen in einem Moskauer Promi-Nachtclub amüsiert. Ich schwöre euch, er war es.«

»Das sind trotzdem drei Leichenwagen.« Lena deutete zu den schwarzen Stretchlimousinen, die durch die Toreinfahrt fuhren.

»Nur bedeutet das nicht unbedingt, dass die auch alle Leichen transportieren«, meinte Kirke. »Es gibt schon seit Längerem Gerüchte, dass die Szabó-Brüder zerstritten sind. Wenn also nicht die Rumänen für die Autobombe verantwortlich waren, dann wäre es auch möglich, dass sich Milán Szabó selbst auf diese Weise seiner Verwandtschaft entledigt hat. In diesem Fall wäre das hier eine geschickte Inszenierung. Ihm könnte durchaus daran gelegen sein, alle anderen weiter glauben zu lassen, dass er ebenfalls tot ist: Polizeidienste, Konkurrenten, vielleicht sogar die eigene Familie.«

»A.R.G.O.S. können wir deswegen im Moment ja wohl leider nicht kontaktieren«, murrte Daedalos. »Aber ich habe noch eine Bekannte beim österreichischen BVT, beim Bundesamt für Verfassungsschutz und Terrorismusbekämpfung. Vielleicht weiß die mehr.«

»Auf gar keinen Fall!«, fuhr Perseus dazwischen. »Da kannst du auch gleich in Nordkorea anrufen. Österreichs Geheimdienst ist der größte Sauhaufen Europas. Die anderen europäischen Geheimdienste informieren die bei sensiblen Themen schon lange nicht mehr, weil sie ständig Angst haben, dass deren Mitarbeiter was durchstechen oder vergurken. Nicht umsonst tragen vertrauliche Geheimdienstpapiere in Europa gern mal den Vermerk ›Except BVT Vienna‹!« Er seufzte. »Die Österreicher können froh sein, dass sie wenigstens uns noch haben.«

»Okay, nehmen wir mal an, Milán Szabó lebt noch.« Kirke blickte ernst in die Runde. »Und gehen wir auch mal davon aus, dass die Warriors nicht umsonst herbestellt wurden. Wo befinden sich die Waffen?«

»In einem der drei Särge«, antwortete Daedalos wie aus der Pistole geschossen.

Kirke nickte grimmig. »Ich gehe jede Wette ein, dass der von Milán Szabó nicht leer ist.«

»Okay.« Daedalos fuhr über seinen Fransenbart. »Eines muss man dem Kerl lassen: Geschäftstüchtig ist er. Seine eigene Beerdigung für einen solchen Deal zu nutzen, zeugt schon von einer gewissen Chuzpe.«

»Ihr glaubt allen Ernstes, dass sich diese Minen im Sarg befinden?« Lena sah ihre Begleiter entgeistert an. »Und wie soll die Übergabe laufen? Buddeln die Warriors den wieder aus? Das ist doch völlig …«

»Na ja«, unterbrach Kirke sie. »Szabó kann im Augenblick nicht offen Geschäfte abwickeln. Und One-Eye-Dawn läuft auch nicht ohne Grund noch immer frei herum. Die ist extrem kreativ. Wisst ihr, wie ihre Leute trotz Aufstockung des Werkschutzes die Fahrzeugfabrik in Turin sprengen konnten? Das hundertjährige Jubiläum des Unternehmens stand an. Die Warriors haben in der Nacht zuvor ein riesiges Modell des Oldtimers Aurea Lux nachgebaut und ihn beim

Werktor abgestellt. Und den haben die Arbeiter begeistert aufs Firmengelände gerollt. Ein modernes trojanisches Pferd, aus dem die Ökoterroristen nachts ausgeschwärmt sind. Zuzutrauen wäre es also beiden.«

»Nein, Lena hat recht.« Perseus wog zweifelnd das Haupt. »Der Sarg ist garantiert nicht leer. Aber ich befürchte ebenfalls, dass das anders als durch Ausbuddeln ablaufen wird. Die Frage ist bloß: Wie? Leider werden wir das nicht herausfinden, wenn wir hier weiter herumsitzen.«

Elektra und Daedalos öffneten die Wagentüren, stiegen aus und klappten die Sitze nach vorn, sodass Lena, Perseus und Kirke hinausklettern konnten. Passenderweise waren sie alle in Schwarz gekleidet, und Kirke zauberte eine rote sowie eine wasserstoffblonde Langhaarperücke hervor, mit denen sie sich und Lena präparierte.

»Wenn ich mir die anderen Grazien dahinten ansehe, fallen wir so weniger auf«, erklärte sie augenzwinkernd.

Im Schutz des Wagens schminkte sie Lena noch einen roten Kirschmund, während Elektra den Kofferraum des Wagens checkte, der mit technischem Equipment vollgestopft war. Darunter die Drohne, die sie in der Nacht repariert hatte.

»Ich bleibe hier«, erklärte die Lettin, »und gebe euch mit Bob Rückendeckung.«

»Natürlich, wie immer.« Perseus nestelte am Ohr. »Kurzer Funkcheck.«

Auch in Lenas Ohr piepste es.

»Seid ihr so weit?«

Lena und die anderen nickten, dann setzten sie sich dunkle Sonnenbrillen auf und marschierten schräg über die Straße zum Haupteingang des Friedhofs. Elektra hingegen tauchte wieder im Lada ab.

In der Zwischenzeit waren drei weitere Fahrzeuge durch das Tor gefahren, in denen ebenfalls sonnenbebrillte Gestalten mit schwarzen Anzügen saßen. Lena und ihre Begleiter marschierten zwischen einem Blumengeschäft und einem kleinen Bungalow mit Erfrischungen hindurch und erreichten einen großen gepflasterten Vorplatz, von dem von Laubbäumen gesäumte Straßen links und rechts abzweigten, die tiefer in das parkartig gestaltete Friedhofsareal hineinführten.

Überall in der näheren Umgebung parkten an den Straßenrändern luxuriöse Karossen, und sowohl vor dem weißen Hauptgebäude gegenüber dem Friedhofseingang als auch vor einer schmucken Kapelle rechts von ihnen warteten zahllose Trauergäste. Lena schätzte ihre Zahl auf gut einhundert. Männer und Frauen standen in Grüppchen getrennt, rauchten, unterhielten sich leise oder beäugten sich misstrauisch durch ihre Sonnenbrillen hindurch.

Bei ihrem Anblick kam sich Lena vor, als wäre sie an das Set von »Der Pate« versetzt worden, das in einer irrwitzigen Laune nach Ungarn verlegt worden war. Überall blitzte Goldschmuck, die Hälfte aller anwesenden Frauen hatte die eine oder andere Schönheits-OP hinter sich, und sie entdeckte mindestens drei weitere stiernackige Kerle, die es sich nicht nehmen ließen, mit ihren Kampfhunden zu protzen. Dazwischen liefen einige wenige Kinder herum.

Der Geruch von Zigaretten und süßem Parfum wehte ihnen entgegen, und Lena tat die verschüchterte japanische Touristengruppe leid, die es zwischen die Trauergäste verschlagen hatte und von denen es angesichts der drohenden Blicke ringsum keiner wagte, auch nur einmal eine Kamera oder ein Smartphone zu heben.

Perseus, Kirke und Daedalos ließen sich nicht aus der Ruhe bringen und taten wie selbstverständlich so, als gehörten sie dazu. Also folgte Lena ihrem Beispiel.

Trotzdem wurden sie hin und wieder mit skeptischen Blicken bedacht. Auch kam es Lena so vor, als würden einige der Männer nicht etwa Kirke, sondern sie abchecken.

Verblüfft griff sie sich an die blonde Perücke, als sie eine Brünette mit langem Haar bemerkte, die sie ebenfalls ins Auge fasste. Die Unbekannte stand mit drei Begleiterinnen bei der Kapelle und trug auffällig vergoldete Schmuckreifen an den Unterarmen. Ihr Blick wirkte recht finster. Irgendwann verschwand sie wieder in der Menge.

Lena richtete ihr Augenmerk auf das Hauptgebäude, vor dem

die Leichenwagen standen. Sargträger trugen dort soeben drei leicht unterschiedlich gestaltete, edel wirkende Truhensärge aus rustikaler Eiche ins Innere. Die zweigeteilten Oberteile und deren vergoldete Stangenbeschläge verrieten, dass sie sündhaft teuer gewesen waren.

»Geht es schon los?« Lena blickte auf ihre Armbanduhr, die inzwischen auf zwanzig vor elf Uhr stand.

»Nein, drinnen werden sie vermutlich noch etwas vorbereiten müssen«, erklärte Kirke mit Blick auf die Umstehenden, die sich nicht rührten. »Hier in Ungarn ist ein Abschied am offenen Sarg nicht ungewöhnlich.«

»Die Typen wurden in die Luft gesprengt«, widersprach Perseus kalt. »Wer will schon noch sehen, was von denen übrig ist.«

Er wollte sich schon auf dem Weg zum Gebäude machen, als vier schwarze Limousinen mit getönten Scheiben durch das Friedhofstor rollten. Unter den übrigen Trauergästen brach leichte Unruhe aus. Ein Dutzend Männer in schwarzen Anzügen und Sonnenbrillen entstiegen den Fahrzeugen und öffneten eine Tür im Heck der zweiten Limousine. Ein korpulenter Sechzigjähriger mit Schnauzbart, schwarzem Hut und auffälligem Leopardenmantel stieg aus, wobei er sich auf einen versilberten Gehstock mit schwerem Knauf stützte. Das Ding erinnerte Lena an einen dicken Prügel. Zwischen den Zähnen des Neuankömmlings klemmte eine brennende Zigarre, die er auf die Straße warf und austrat.

Eine weißhaarige, alte Frau in Schwarz, die Lena für die Mutter der Toten hielt, trat in Begleitung einiger Männer auf ihn zu, und mit gefälligem Lächeln kondolierte der Unbekannte.

»Das wird ja immer besser«, wisperte Kirke. »Das ist Zoltán Babashkoff, auch bekannt unter dem Namen ›Der Pfannkuchen‹.«

»Wieso das denn?«, fragte Lena verwirrt.

»Weil er Gegner mit seinem Prügel für gewöhnlich genau dazu verarbeitet.« Perseus blickte sich beunruhigt zu den übrigen Trauergästen um, die angespannt wirkten. »Mutter Ungarin, Vater Belarusse. Und der größte hiesige Konkurrent der Szabó-Brüder. Dass der dem Trio das letzte Geleit gibt, wird damit zu tun haben, dass er sicherstellen will, dass die auch wirklich weg vom Fenster sind.«

Die Doppeltür am Eingang des Hauptgebäudes öffnete sich nach einer Weile wieder, und ein Kirchenangestellter bat die Trauergemeinde einzutreten. Sofort setzte sich die Menschenmasse in Bewegung.

»Vergesst nicht, auch nach Warriors Ausschau zu halten«, forderte Daedalos sie leise auf. »Würde mich nicht wundern, wenn hier irgendwo sogar One-Eye-Dawn ist.«

Lena und ihre Begleiter hielten sich etwas zurück, während die Trauergäste durch die Tür traten. Und doch war zu sehen, dass jeder der Männer offen von bereitstehenden Securityleuten nach Waffen abgeklopft wurde. Gegen Ende waren auch sie an der Reihe, und der Kirchenangestellte stellte sich ihnen erwartungsvoll in den Weg.

»Gott möge die traurigen Hinterbliebenen trösten und die Verstorbenen in sein Himmelreich aufnehmen«, sagte Kirke mit untröstlicher Miene.

»Gott erhöre den Wunsch!«, antwortete der Mann formelhaft.

Auch Perseus und Daedalos wurden abgeklopft.

Als wäre es das Selbstverständlichste auf der Welt, nahmen die Männer ihnen die Waffen aus ihren Schulterhalftern ab, markierten sie mit Bändchen, an denen Plaketten hingen, und drückten ihnen entsprechende Gegenstücke zur Abholung in die Hand. Die Pistolen legten sie in bereitstehende Kisten, in denen bereits Dutzende weiterer Waffen lagen.

»Witzig«, flüsterte Lena. »Das ist wie früher bei der Jackenabgabe in der Disco. Nur mit Knarren.«

Kirke bedeutete ihr, still zu sein, dann betraten sie einen großen Andachtsraum, an dessen Stirnseite die drei Särge unter einem Meer an Blumenkränzen aufgebahrt waren. Unter einem riesigen Kreuz brannten unzählige Kerzen, außerdem waren vorne mit Trauerflor behängte Bilder dreier überaus unsympathisch wirkender Männer mit zernarbten Gesichtern und Stoppelbärten aufgestellt, die alle um die vierzig gewesen sein mochten.

Rasch nahmen Lena, Kirke, Perseus und Daedalos zwischen anderen Gästen auf einer der hinteren Bänke Platz, dann setzte über ihnen Orgelmusik ein. Ein katholischer Priester trat vor und segnete die Särge mit Weihwasser. Anschließend begrüßte er die Anwesenden mit salbungsvollen Worten, gefolgt von den drei traditionellen Kyrie-Rufen, die von der anwesenden Trauergemeinde wiederholt wurde. Während er das Eingangsgebet sprach und zur Schriftlesung aus der Bibel überging, meldete sich Elektra über Headset.

»Freunde, ich habe mal eben etwas recherchiert. Die Szabós unterhalten seit vier Generationen eine Grabstätte auf dem Friedhof. Fragt mich nicht, wie sie dieses Privileg ergattert haben. Die liegt gut einen halben Kilometer von eurem Standpunkt entfernt.«

»Verstanden«, gab Perseus leise durch.

Lena musterte derweil die seltsame Schar an Trauergästen. Zoltán Babashkoff und seine Begleiter hatten Plätze weiter vorn erhalten. Unmittelbar hinter ihnen saßen Männer der Szabós, die ihre Rivalen im Auge behielten. Auf den Gängen hechelten Bulldoggen und Deutsche Schäferhunde, und einzig bei den anwesenden Frauen war zuweilen ein leises Schluchzen zu hören.

Abermals irritierte Lena die stark geschminkte Brünette, auf die sie vorhin schon aufmerksam geworden war. Sie saß ziemlich weit vorn und drehte sich immer mal wieder zu ihr um. Lena stupste Kirke an und deutete unauffällig auf die Frau.

»Ich weiß, ist mir schon aufgefallen«, wisperte die Griechin. »Das ist Boglárka Németh, die Geliebte von Matteo Szabó. Tänzerin und Gelegenheitsprostituierte. Behalte sie im Auge, denn ich kann nicht erkennen, wer von den Brüdern in welchem Sarg liegt. Sie dürfte es wissen.«

Lena ließ die folgende Dreiviertelstunde tapfer Lieder und Erlösungsbitten über sich ergehen und war fast eingenickt, als sie bemerkte, dass sich alle um sie herum erhoben. Die Särge wurden an ihnen vorbeigetragen, und Lena hätte sie gern näher in Augenschein genommen. Doch unglücklicherweise saß sie neben einem breitschultrigen Kerl, der sich ihr nun mit breitem Lächeln zuwandte.

»Ich bin Gáspár«, sprach er sie auf Ungarisch an. Er drückte ihr eine Karte mit seiner Nummer in die Hand. »Wenn du jemanden zum Trösten brauchst, dann ruf mich an. Ich bin besser zu meinen Frauen als Matteo.«

Auch er löste sich mit seinen Begleitern aus der Sitzreihe und schloss sich dem Trauerzug an. Sprachlos blickte Lena ihm hinterher.

»Das gibt es doch wohl nicht«, wandte sie sich empört an Kirke. »Hast du das mitgekriegt?«

»Ja«, antwortete die Agentin leidenschaftslos. »Jetzt ist auch klar, warum dich diese Boglárka im Auge behält. Du ähnelst offenbar jemandem, mit dem dieser Matteo noch nebenher was laufen hatte.«

Lena und die Agenten verließen das Gebäude ebenfalls und betraten den Vorplatz gerade noch rechtzeitig, um zu sehen, wie sich die Heckklappen der Stretchlimousinen schlossen. Langsam setzten sich die Fahrzeuge in Richtung Friedhofsmitte in Bewegung, und die ungewöhnliche Trauergemeinde folgte ihnen.

»Habt ihr etwas Verdächtiges bemerkt?«, wollte Daedalos wissen.

»Nein«, knirschte Perseus. »Und das macht das alles hier umso verdächtiger. Von den Ökoterroristen hat sich bislang ebenfalls keiner blicken lassen. Langsam zweifle ich, ob hier tatsächlich eine Waffenlieferung über die Bühne geht.«

Sie schlossen sich dem Leichenzug an, der eine Allee hinuntermarschierte, und sie passierten dabei Wiesen mit alten Gräberfeldern.

»Statt hier wie die Lämmer hinter all diesen Kriminellen herzulaufen«, fuhr Perseus verärgert fort, »sollten wir allmählich herausfinden, ob der Sarg von Milán Szabó wirklich als Waffendepot verwendet wird.«

»Und wie?«, fragte Kirke, die unverbindlich einem der Trauergäste zunickte. »Ich weiß nämlich immer noch nicht, welcher von denen seiner ist. Die tragen leider keine Namensplaketten.«

»Das ist seltsam«, brummte Daedalos. »Ich habe vorhin meinen Banknachbarn gefragt. Der wusste es auch nicht.«

»Gut, dann finden wir es eben auf andere Weise heraus.« Perseus ließ sich etwas zurückfallen und kontaktierte Elektra. Lena lauschte dem Gespräch ebenso wie Kirke und Daedalos mittels des Knopfs in ihrem Ohr und atmete unbehaglich ein.

»Das ... könnte ganz schön ins Auge gehen«, meinte sie zu Daedalos.

»Du bist da ja fein raus«, stöhnte der Ire. »Es sind Perseus und ich, die an vorderster Front stehen. Aber eine andere Idee habe ich im Augenblick auch nicht.«

»Abwarten.« Kirke nahm Lena ein Stück beiseite. »Wir beide werden zunächst hübsch weiter auf Weibchen machen – und zuschlagen, sobald sich eine Gelegenheit ergibt. Wenn wir etwas Glück haben, locken wir damit auch diese Gaia-Schwachköpfe aus der Reserve.«

»Zuschlagen? Ernsthaft?« Unglücklich sah Lena die Agentin an, folgte ihr aber mit schnellen Schritten, um sich unter die übrigen Gäste zu mischen.

Vor ihnen kam nun ein imposantes Mausoleum in Sicht, vor dem die Fahrzeuge anhielten. Träger holten die Särge aus den Wagen, und angeführt von dem Geistlichen schwenkte die Trauergemeinde rechter Hand auf eine begrünte Fläche mit Bäumen ein, auf der alte Grabsteine und marmorne Frauenstatuen in leidenden Posen standen. Der Zug bewegte sich in Richtung eines protzigen marmornen Familiengrabs, über dem ein großer Turul seine Schwingen ausbreitete. Das mythische Wappentier Ungarns besaß Ähnlichkeit mit einem Adler und einem Falken. Dass die Szabós ihn ausgerechnet für ihre Familie beanspruchten, war ähnlich geschmacklos wie vieles andere hier.

Lena suchte nach Perseus und Daedalos, konnte sie aber nicht entdecken. Vermutlich hatten sie sich unter die Männer gemischt.

»Seid ihr so weit?«, war unvermittelt Elektras Stimme in ihrem Ohr zu hören. »Es geht los!«

Schräg über ihnen, zwischen den Kronen der Bäume, hatte Elektra inzwischen Bob platziert. Aus Richtung des Quadrocopters erklang plötzlich ein unangenehmes schrilles Fiepen, das rasch die Frequenz änderte. Mehrere der Trauergäste sahen sich misstrauisch um, und aus der Menge tönte jetzt aggressives Hundegebell. Wie erhofft, drehten die Tiere bei der gewählten Frequenz durch.

Lena stellte sich auf die Zehenspitzen und entdeckte in der Menge den Glatzkopf von vorhin. Der versuchte überrumpelt, seine beiden Pittbull-Terrier unter Kontrolle zu bekommen, als eine der Leinen riss. Ein Umstand, für den vermutlich Perseus oder Daedalos Sorge getragen hatte. Knurrend und wild um sich beißend fuhr der gepeinigte Kampfhund zwischen die übrigen Trauergäste, die vor dem Tier hastig Reißaus nahmen. Nicht weit entfernt sprang ein Schäferhund einen der Gäste an.

»Krieg deinen Scheißköter unter Kontrolle!«, war in der Menge Perseus' lautstarkes Gebrüll zu hören. »Ansonsten stech ich die Misttöle ab!«

Auch bei den Männern von Zoltán Babashkoff kam es zum Tumult, da diese sich mit einem Rottweiler herumschlagen mussten. Irgendwo kreischten verängstigte Frauen, Männer blafften sich zunehmend aggressiver an – und schon brach eine Prügelei zwischen den Leuten Babashkoffs und anderen Trauergästen aus. Immer mehr Gäste beteiligten sich, und Lena gewann rasch den Eindruck, dass manche die Gelegenheit nutzten, alte Rechnungen mit persönlichen Rivalen zu begleichen.

Mitten im Getümmel entdeckte sie Perseus, der links und rechts kräftig austeilte, aber auch selbst harte Schläge einsteckte, während im Hintergrund Babashkoff in seinem Leopardenmantel stand, der einem Sonnenbrillenträger seinen Silberprügel über den Schädel zog. Plötzlich brach Daedalos zwischen den Schlägern hervor, trieb einen der Kerle mit harten Fausthieben vor sich her und stieß ihn mit Anlauf gegen die hinterste Sargträgergruppe.

Die geriet ins Wanken, und Daedalos nahm einen Hieb seines Gegners in Kauf, um nun einem der Träger die Beine wegzutreten. Die Träger verloren endgültig das Gleichgewicht, und dröhnend polterte der Sarg zu Boden. Der obere Teil des Sargdeckels klappte auf, und unter dem Aufschrei der Umstehenden rutschte der verkohlte Oberkörper der Leiche heraus.

Lena wurde bei dem Anblick des Toten flau zumute. Nicht so Kirke, die das Spektakel ungerührt betrachtete.

»Nummer eins!«, zischte die Griechin mitleidlos. »Leider ist das hier wie bei einem Hütchenspiel: falsches Ergebnis.«

Lena sah, wie die übrigen Sargträger versuchten, rasch Abstand zwischen sich und den Tumult zu bringen.

»Du nimmst dir den linken Sarg vor, ich den ... oh verdammt!«, entfuhr es Kirke, und auch Lena sah zu ihrem Entsetzen, dass Perseus nun von einem der Mafiosi im Würgegriff gehalten wurde, während ein zweiter brutal auf ihn einschlug.

»Du musst das mit den Särgen allein hinkriegen.«

»Wie bitte?!« Lena starrte Kirke konsterniert nach, die zu ihrem bedrängten Kollegen stürmte und den Ungarn, der Perseus malträtierte, von hinten mit einem kraftvollen Roundhouse-Kick fällte.

Lena wandte sich wieder den Särgen zu, als sie das Knurren hörte. Nur drei oder vier Schritte von ihr entfernt hatte sich ein Mastiff mit seinen gedrungenen Beinen aufgebaut, der sie zähnefletschend anstarrte. Verängstigt wich sie vor dem Kampfhund zurück. Dann kam ihr Elektras Keksriegel in den Sinn.

»Guter Hund! Braver Hund!« Mit spitzen Fingern riss sie die Papierhülle ab und hielt dem Hund die Leckerei hin. Der schmatzte bei dem Anblick, wurde friedlich und schlang den Riegel rasch herunter. Er ließ es nun sogar zu, dass Lena ihn am Nacken kraulte. Lena blickte sich erleichtert um und bemerkte am Rande der Massenschlägerei einen Ungarn, der Daedalos ein Springmesser in den Rücken rammen wollte.

»Da, Hundchen! Beiß den!«, rief Lena wütend und deutete auf den heimtückischen Angreifer.

Sofort jagte der Kampfhund auf den Messerstecher zu und sprang ihn an, bevor dieser seinen Plan in die Tat umsetzen konnte. Lena hingegen stolperte zu den übrigen Sargträgern, nur hatte sie keine Ahnung, wie sie bewerkstelligen sollte, was Kirke von ihr verlangt hatte.

Plötzlich fiel ihr etwas auf, und sie blieb abrupt stehen. Sie führte sich die Szene vor Augen, als die drei Särge ins Hauptgebäude getragen wurden, glich sie mit jenen ab, die sie vor sich erblickte, und ahnte, wie der Waffendeal in Wahrheit ablief. Hektisch griff sie zu ihrem Headset.

»Leute, wir müssen zurück! Einer der Särge ist nicht der, der vorhin in den Andachtsraum getragen wurde. Ich glaube, der wurde ausgetauscht, als dieser Babashkoff gekommen ist.«

»Bist du dir sicher?«, vernahm sie die angestrengte Stimme von Perseus.

»Ja, ganz sicher.«

»Gut. Rückzug!«

Lena drehte auf dem Absatz um und stand unvermittelt Boglárka Németh gegenüber, der brünetten Geliebten dieses Matteo Szabó.

»Schlampe!« Ansatzlos schlug ihr die Ungarin ihre schwarze Handtasche ins Gesicht.

Lena taumelte getroffen zu Boden, spürte noch, wie ihr die Perücke vom Kopf rutschte, dann war ihre Gegnerin über ihr. Zornig schlug die Ungarin auf sie ein.

»Dass du Flittchen es wagst, hier aufzukreuzen!«, geiferte sie. »Ich wusste immer, dass du was mit Matteo hattest.«

Mühsam wehrte Lena ihre Schläge ab und versuchte erfolglos, an ihren Lady-Shaver zu kommen, als ihre Gegnerin auf einmal eine Nagelschere in der Hand hielt. »Ich sorge dafür, dass dich nie wieder ein Mann ansieht!«

Lena versuchte ihren Kopf wegzudrehen, als die Ungarin von einem knurrenden Schatten angesprungen und von ihr fortgerissen wurde.

Schmerzerfüllt kreischte ihre Gegnerin auf. Der Mastiff war zurück und verbiss sich nun zähnefletschend im rechten Unterarm der Frau.

Unter Schmerzen kam Lena wieder auf die Beine. Der Hund sprang zurück und hechelte sie erwartungsvoll an. Ihre Gegnerin hingegen umklammerte wimmernd ihren blutigen Arm und versuchte vor dem Kampfhund wegzukriechen.

»Jetzt der da!«, ächzte Lena und deutete auf Zoltán Babashkoff, der der Massenschlägerei zu entkommen versuchte.

Begeistert stürzte sich der Hund nun auf ihn.

Lena hielt sich ihr brennendes Gesicht, spürte, wie Blut aus ihrer Nase lief, und stolperte zurück zur Friedhofsallee. Dort standen noch immer die Leichenwagen.

Perseus, Daedalos und Kirke kamen ebenfalls, und die Männer sahen reichlich ramponiert aus. Perseus' Lippe blutete, sein Gesicht war auf der linken Seite geschwollen und die Lederjacke auf Höhe einer der Außentaschen aufgerissen. Daedalos hatte es noch übler erwischt. Sein rechtes Auge begann zuzuschwellen, er humpelte leicht, und er dehnte grimmig den Arm mit seiner eh lädierten Schulter. Allein Kirke wirkte auf bewundernswerte Weise unversehrt.

Während zwischen den Gräbern die Schlägerei weiterging, musterte die Griechin Lena kurz und reichte ihr mit Blick auf ihre blutende Nase ein Taschentuch. »Willkommen im Team.«

»Elektra!«, rief Perseus derweil ins Mikro. »Hast du das mitbekommen?«

»Ja, natürlich«, kam es gereizt zurück. »Kurz nachdem der Leichenzug losmarschiert ist, kreuzte hier der Transporter eines Blumengeschäfts auf. Ein blauer Mercedes Citan. Das war das einzige Fahrzeug, das sich zum Transport schwerer Lasten anbot. Der ist vor zwei oder drei Minuten raus und nach Norden, in Richtung des VII. Bezirks gefahren.«

»Kirke, wir brauchen ein Fahrzeug. Sofort!«, zischte der Algerienfranzose, bevor er sich wieder seiner Kollegin widmete. »Kriegst du den Wagen noch mit der Drohne erfasst?«

»Nein«, schallte es aus dem In-Ear-Kopfhörer, »aber ich habe mich gerade in die städtische Verkehrsüberwachung gehackt.«

Unter Lenas ungläubigen Blicken trat Kirke an einen der Fahrer der Leichenwagen heran, hebelte ihm kurzerhand den Arm auf den Rücken und nahm ihm die Wagenschlüssel ab, bevor sie ihn aufs Pflaster stieß. »Los, rein mit euch!«

Sie setzte sich ans Steuer, während Lena und die Männer rasch im nach Blumen riechenden Stauraum Platz nahmen. Dann wendete sie rücksichtslos und brauste mit aufheulendem Motor zurück zum Friedhofseingang.

Dort wartete Elektra mit dem Lada auf sie. Kirke trat auf die Bremse, Perseus und Daedalos öffneten die Hecktüren, nahmen von der Lettin neue Waffen in Empfang, schließlich stieg auch die mollige Agentin zu.

»Wir müssen nachher noch Bob abholen«, knurrte sie, ohne von ihrem Laptop aufzusehen. »Und jetzt beeilt euch. Ich war so frei, schon mal alle Ampeln in der Innenstadt auf Rot zu schalten.«

Perseus kletterte auf den Beifahrersitz. Sofort gab Kirke Gas und scherte hinter dem Friedhofstor nach rechts aus.

Während Daedalos die Waffen überprüfte, berührte Lena ihr schmerzendes Gesicht, wo sie die Prügel der Furie kassiert hatte. Dann starrte sie auf das blutige Taschentuch in ihrer Hand.

Nur war das nicht irgendjemandes Blut.

Es war ihres.

Stöhnend lehnte sie sich gegen die Wand des Innenraums und fragte sich nicht zum ersten Mal in den letzten Tagen, wann genau sie die Kontrolle über ihr Leben verloren hatte.

# ONE HUNDRED THIRTY FEET UNDER

Das Verkehrschaos, das Elektra mit ihrem Eingriff in das Budapester Verkehrsleitsystem ausgelöst hatte, wurde bereits am Verkehrsknotenpunkt westlich des Budapester Ostbahnhofs spürbar. Auch Lena konnte durch die Trennscheibe zwischen Fahrerstand und Laderaum hindurch erkennen, dass sich auf der großen Kreuzung mit ihren Abzweigungen und Straßenüberführungen Autos, Busse und Lkws stauten.

»Elektra, ich brauche eine Richtung«, fluchte die Griechin vorn, während sie den Leichenwagen abbremste, um rechts – halb über einen Bordstein schrammend – eine Kolonne von Pkw zu überholen.

»Ich weiß!« Elektra schob sich konzentriert die Brille zurecht. »Ärgerlicherweise können die von hier aus überall hingefahren sein.«

Inzwischen hatte sich auch Lena neben die Lettin gehockt und starrte ebenso wie Daedalos auf den Bildschirm ihres Computers, der von einem guten Dutzend Kachelansichten verschiedener Verkehrskameras ausgefüllt war.

»Die sind mit ihren Waffen sicher auf dem Weg raus aus der Stadt.« Daedalos rieb sich unglücklich über seinen Fransenbart. »Wenn du also mich fragst, dann …«

»Da!«, unterbrach ihn Lena und deutete auf eines der Live-Bilder. »Ein blauer Mercedes Citan, richtig? Der mit den Blumen drauf?«

»Fuck! Ja. Das ist die Karre.« Hektisch vergrößerte Elektra die Einstellung und berührte das Mikro ihres Headsets. »Kirke, wir müssen bei der großen Kreuzung da vorn nach links auf die Hauptstraße Richtung Innenstadt.«

»Hier kann man nicht nach links fahren!« Fluchend scherte die Griechin stattdessen nach rechts auf eine Ausfallstraße aus, bevor sie unwiederbringlich auf eine brückenartige Straßenüberführung weiter nach Norden gerieten. Mit aufheulendem Motor raste sie an einer weiteren Wagenkolonne vorbei, dann prügelte sie die Stretch-limousine wieder nach links, um rücksichtslos über einen gepflasterten Vorplatz mit Blick auf den stolzen Bahnhof hinwegzusetzen.

Autos hupten, Passanten sprangen erschrocken beiseite, doch Kirke schien all das egal. Alle Wege waren verstopft, und auch Lena sah ein, dass sie die offizielle Straßenführung selbst bei normalen Verkehrsbedingungen Zeit gekostet hätte, die sie nicht hatten.

Laut hupend jagte Kirke auf einen Zebrastreifen zu, an dem eine Schulklasse schreiend Platz machte, und sie spürten unangenehm die Stoßdämpfer des Wagens, als sie mit einem Satz wieder auf der Straße landeten. Kirke schoss trotz der Länge des Wagens zwischen zwei Pkw hindurch und riss das Fahrzeug dann abermals brutal nach links in Richtung Stadtmitte. Ein Manöver, das sie mit nur leichter Verzögerung auf die West-Ost-Achse des Verkehrsknotenpunktes brachte. Das Hupkonzert um sie herum war inzwischen orchester-reif.

Natürlich standen die Ampeln auch hier auf Rot. Und so zwängte sich die Griechin mit dem Fahrzeug an einem Pick-up vorbei, unmittelbar auf den Gehweg, der vor den Fassaden schmucker Jugendstil-bauten verlief. Unter lautem Dauerhupen gab sie abermals Gas.

Fußgänger und Radfahrer brachten sich auch hier unter empörten Rufen in Sicherheit und starrten dem Leichenwagen irritiert nach. Selbst Perseus hielt sich nun an der Konsole fest, als sie so dicht an den Laternenmasten vorbeifuhren, dass einer der Außenspiegel ab-brach.

»Na ja, ist ja nicht unser Wagen«, entschuldigte Lena Kirkes Malheur.

Immerhin war die große Kreuzung, an der sie nach links hatten abbiegen müssen, wegen der vielen stehenden Fahrzeuge nahezu leer. Kirke kurvte an den stehenden Autos vorbei zurück auf die Straße und jagte unter Verletzung aller Verkehrsregeln unter der brücken-förmigen Straßenüberführung hindurch Richtung Innenstadt. Leider standen ihnen dort rasch abermals Kolonnen ungeduldig hupender Fahrzeuge im Weg.

»Soll ich die Ampeln wieder auf Grün stellen?«, fragte Elektra angespannt.

»Nein! Sag mir lieber, wo diese Mistkerle sind«, kam es von Kirke zurück.

»An einer Ampel zwischen den Metro-Stationen Blaha Lujza tér und Astoria«, antwortete die Lettin. »Etwa einen Kilometer voraus. Bislang haben sie sich noch nicht bewegt.«

Abermals beschrieb Kirke mit dem Wagen einen Schlenker und nutzte den Umstand, dass die Ausfallstraße als einer der wichtigsten Budapester Verkehrswege so breit gebaut war, dass sie sich weiter laut hupend zwischen die Reihen stockender Fahrzeuge vor ihnen drängen konnte. Leider kamen sie auf diese Weise bei Weitem nicht so schnell voran, wie sie es vermutlich beabsichtigt hatte.

In diesem Moment kam ihnen eine Tram aus der Innenstadt entgegen und zuckelte auf den Bahnschienen an ihnen vorbei. Perseus blickte der gelben Straßenbahn kurz hinterher.

»Was hältst du davon, wenn wir ebenfalls die Tram nehmen?«, meinte er vieldeutig.

»Gute Idee!« Kirke nutzte eine Lücke zwischen den Fahrzeugen links von ihnen, um sich in die Straßenmitte zu drängen, bis sie die in der Fahrbahn eingelassenen Gleise der Tram erreicht hatte. Unerbittlich gab sie wieder Gas, und die Reifen begannen auf den Schienen zu singen, während sie die Kolonne rechts überholte.

»Da vorn ist wieder Rot!«, warnte Lena verzagt.

Tatsächlich kam eine weitere Kreuzung mit dem Metro-Zugang Blaha Lujza tér in Sicht. Doch anders als die erste war diese nicht leer. Einige ungeduldige Fahrer hatten offenbar beschlossen, das Ampelchaos zu ignorieren und einfach weiterzufahren.

»Festhalten!« Kirke schoss über die Kreuzung auf das Heck eines BMW mit zwei überheblich grinsenden, jedoch zunehmend erschrockener dreinblickenden Jugendlichen zu. Es schepperte, als sie das Fahrzeug beiseiterammte.

Kirke verhinderte durch ein rasches Manöver, dass sie die Kontrolle über den Leichenwagen verlor, und Augenblicke später befanden sie sich wieder auf dem Tramgleis und gewannen weiter Strecke.

Lena, die hinter den Vorderplätzen hockte und von dort die Fahrzeugkolonne vor ihnen überblickte, klopfte aufgeregt gegen die Trennscheibe, als in einiger Entfernung der gesuchte Mercedes Citan in Sicht kam. »Da hinten ist er!«

»Ja, aber die haben uns bemerkt«, zürnte Daedalos hinter ihr, der ebenso wie Elektra weiter den Bildschirm im Auge behielt.

Sie waren inzwischen so nah an den blauen Hochdachkombi herangekommen, dass nun auch Lena sehen konnte, wie der Lieferwagen unvermittelt Gas gab, einen arglosen kleinen Fiat vor sich über die rote Ampel schob, nach rechts ausbrach und auf den Bürgersteig fuhr.

Kirke beschleunigte ihrerseits, da ihnen eine weitere gelbe Tram entgegenkam, die alarmiert bimmelte. Sie erreichte die Ampelkreuzung, brach nach rechts aus und schaffte es so im letzten Moment, der auf sie zufahrenden Straßenbahn auszuweichen. Auch Kirke jagte nun mit quietschenden Reifen auf den Bürgersteig zu und nahm die Verfolgung des blauen Transporters auf, der etwa fünfzehn Meter entfernt weiter Richtung Innenstadt raste. Brutal rammte der Wagen die Stehtische eines kleinen Straßencafés zur Seite, als sich hinten die Heckklappe öffnete und ein Kerl mit Cargohose, schwarzem Hemd, Skimaske und Sturmgewehr ansatzlos das Feuer auf sie eröffnete.

Die Kugeln schlugen unter hässlichem Tackern in die Kühlerhaube des Leichenwagens ein und stanzten auch zwei Löcher in die Windschutzscheibe.

Kirke schrie getroffen auf und wich, ohne zu bremsen, nach rechts zur angrenzenden Gebäudefront aus. Dort raste sie frontal durch einen Gemüsestand. Vor ihnen flogen Kisten mit Obst und Gemüse in die Luft, jemand sprang beiseite, und mit einem neuerlichen Aufschrei, der mehr Wut als Schmerz erkennen ließ, trat die Agentin abermals aufs Gas.

Perseus beugte sich aus dem Beifahrerfenster und erwiderte das Feuer mit einer Pistole.

»Kirke, alles in Ordnung?«, wollte Lena erschrocken wissen.

»Ja, verdammt! Denkst du, wir tragen unsere Schutzanzüge umsonst?«

Mit aufheulendem Motor raste die Griechin an einem Laternenpfahl vorbei und touchierte das Straßenschild eines Restaurants, das der blaue Kombi vor ihnen seltsamerweise verschont hatte. Perseus sorgte derweil mit seinen Schüssen dafür, dass der Kerl mit dem Sturmgewehr den Kopf einziehen musste.

»Näher ran, Kirke!«, rief Elektra, die sich von Daedalos stützen ließ, um nicht mit ihrem Laptop hin und her geschleudert zu werden. »Ich bin gleich in der Bordelektronik dieser Mistkerle drin.«

Kirke drückte weiter aufs Gas, als der Typ im Wagen vor ihnen abermals das Sturmgewehr in Anschlag nahm. Perseus eröffnete sofort wieder das Feuer, der Unbekannte wurde zurückgeschleudert und gab dennoch einen ratternden Feuerstoß ab. Statt im Leichenwagen schlugen die Kugeln im Baldachin vor einem Hoteleingang ein. Funken stoben an den Stützen des markanten Eingangs auf, und schon brach das Gerüst zusammen.

»Festhalten!« Kirke wich mit quietschenden Reifen aus, passierte knapp eine Kastanie am Straßenrand und krachte mit dem Wagen schräg in ein Fahrzeug der Wagenkolonne auf der Straße.

Lena wurde durch die abrupte Bremsung hart nach vorn geworfen, schlug mit dem Gesicht gegen die Trennscheibe, und ihre Nase begann erneut zu bluten.

»Scheiße!« Perseus, den es ebenfalls in die Gurte geworfen hatte, schüttelte kurz den Kopf. »Wir verlieren sie.«

»Abwarten!«, rief Elektra, die ihren Laptop immer noch sicher in Händen hielt. Sie drückte eine Taste, der blaue Lieferwagen verlor plötzlich die Spur und kollidierte mit einer Straßenlaterne.

»Was hast du getan?«, näselte Lena in ihr Taschentuch.

»Die Airbags ausgelöst!« Elektra funkelte sie triumphierend durch ihre Brille an.

Auch Daedalos mühte sich wieder auf die Beine. »Alles in Ordnung vorn?«

»Ja.« Perseus wandte sich ihnen kurz zu, während er die Wagentür öffnete. »Und jetzt raus hier. Lasst nichts zurück.«

Sie verbargen ihre Gesichter erneut hinter Sonnenbrillen, Elektra packte ihre Umhängetasche, Lena zog die Nase hoch und schluckte Blut, dann stieß Daedalos die Hecktüren auf, und sie sprangen ins Freie. Draußen erwarteten sie bereits einige Gaffer, die irritiert den verunglückten Leichenwagen anstarrten.

»Machen Sie sich keine Sorgen!«, rief Lena ihnen zu, »wir sind nicht tot.«

Dann nahm auch sie die Beine in die Hand und lief den anderen hinterher, die auf dem Weg zu dem demolierten blauen Mercedes Citan waren. Als auch sie den Wagen erreichte, hatte Kirke schon die Heckklappe aufgerissen, und sie starrten auf drei halb offene Transporttaschen, die mit klobigen Haftminen wie von den Fotos schwer beladen waren. Von dem Unbekannten mit der Sturmhaube, geschweige denn von den Fahrern des Wagens war nichts zu sehen. Immerhin, sie hatten die Ladung offenbar als zu schwer empfunden, um sie mitzunehmen.

»Meine Güte«, Perseus schüttelte fassungslos den Kopf. »Wofür brauchen die diese Minen?«

»Frag dich lieber, wo die Typen hin sind.«

Kirke sah sich aufgebracht um und rieb sich die Schulter, wo sie von der Kugel getroffen worden war.

»Dorthin!« Perseus deutete auf den Zugang der Metro-Station Astoria, der vor einem hohen Jugendstil-Eckgebäude mit riesiger Plakatwand lag, die für die österreichische Biersorte Monarchen-Pils warb. Touristen halfen soeben einer umgerannten Frau auf die Beine, die empört die Stufen hinabblickte.

»Wir müssen eh weg von hier.« Daedalos wies auf drei ungarische Polizisten mit ihren unverkennbaren blauen Uniformen und roten Baretts auf der gegenüberliegenden Straßenseite, die wild gestikulierend auf sie zuliefen. »Wenn die die Minen hier finden, sind sie hoffentlich eine Weile beschäftigt.«

»Für Letzteres kann ich ebenfalls sorgen.« Elektra gab etwas auf ihrem Laptop ein, und schlagartig sprangen die Ampeln auf Grün um. Bevor die Beamten die Straße überqueren konnten, wurden sie von zahllosen anfahrenden Fahrzeugen zurückgedrängt.

Perseus und Kirke fackelten nicht lange und eilten die Stufen des Metro-Eingangs hinab. Lena, Elektra und Daedalos, der noch immer leicht humpelte, rannten ihnen hinterher und erreichten eine große Zugangshalle mit Läden, deren Decke von futuristisch anmutenden, dunkelbraunen Säulen mit Lichterkränzen am oberen Ende getragen wurde.

»Wo könnten sie hin sein?«, meinte Elektra schwer atmend. »An dieser Station kreuzen sich alle drei Metro-Linien.«

»Schaut euch nach Blut um«, schlug Perseus vor. »Ich habe den Kerl hinten im Wagen mindestens einmal erwischt.«

Die vier Agenten eilten sofort los, doch Lena blickte ihnen zweifelnd hinterher. Statt nach Blutspuren Ausschau zu halten, lief sie zu einem Kiosk.

»Entschuldigen Sie, sind hier eben einige Leute vorbeigelaufen?«, fragte sie den Besitzer. »Mir wurde mein Portemonnaie gestohlen.«

»Ja, drei ziemlich komische Gestalten. Kam mir gleich auffällig vor.« Der Mann deutete zur Rolltreppe, die zur Metro Linie 2 führte. »Rannten vorbei, als hätten sie eine Bank überfallen. Soll ich die Polizei verständigen?«

»Nein, danke. Die mache ich schon selbst fertig!« Lena deutete einige Karateschläge an, stürmte unter den zweifelnden Blicken des Mannes zur Rolltreppe und informierte die anderen via Headset.

Gemeinsam stolperten sie nun über eine irrwitzig lange Kette hinabgleitender Treppenstufen sowjetischer Bauart in die Tiefe. Leider war die Rolltreppe so steil, dass Lena befürchtete, ihr Gleichgewicht zu verlieren. Zudem war ihr Ende unten nicht einmal zu erkennen.

»Zwei Männer, eine Frau«, informierte Kirke sie, die offenbar ebenfalls jemanden gefunden hatte, der die Flüchtenden bemerkt hatte.

Perseus nickte und bahnte ihnen rücksichtslos einen Weg in die

Tiefe, indem er unsanft arglose Touristen und Budapester Bürger aus dem Weg stieß.

Lena, die als Letzte hinter allen hereilte, hörte irgendwann damit auf, sich für die Gruppe zu entschuldigen, sondern konzentrierte sich darauf, die vierzig Meter unter der Erde liegende Metro-Station zu erreichen, ohne sich die Knöchel zu verstauchen.

Und doch dauerte es etwas, bis sie die lang gezogenen und von rot-weiß gestrichenen Säulen gestützten Bahnsteige der Metro-Station erreicht hatten. Auf den Bahnsteigen beiderseits warteten gut vierzig oder fünfzig Reisewillige darauf, dass die U-Bahnen einfuhren.

Perseus stieß leise einen Fluch aus, während er sich umsah. »Vermutlich sind die längst weg.«

»Nein, sieh doch«, widersprach Elektra, deren Wangen von der körperlichen Anstrengung rot leuchteten. Sie deutete zu einer Anzeigetafel auf dem linken Bahnsteig. »Die Bahn da hat schon seit über fünfzehn Minuten Verspätung. Aber gleich fährt hier die U-Bahn Richtung Südbahnhof ein. Und das heißt, dass es auch dort etwas her ist, dass eine Bahn abfuhr. Ich gehe also jede Wette ein, dass die noch hier sind.«

»Okay.« Kirke wandte sich Lena, Elektra und Daedalos zu. »Der Typ aus dem Transporter wird Perseus und mich vermutlich sofort erkennen. Wer von euch weiß noch, wie er aussah?«

Lena hob die Hand und stellte unbehaglich fest, dass sie die Einzige war.

»Also gut, zeig, was du draufhast.« Sie zückte ein weiteres Taschentuch, spuckte drauf und säuberte Lenas Nase. »Sobald du sie siehst, gib Bescheid, und wir kommen.«

Lena nickte beklommen und setzte sich in Bewegung. Mit langen Schritten marschierte sie den Bahnsteig ab, beäugte die vielen Menschen um sich herum und hatte fast das hintere Ende erreicht, als sie schräg voraus, verborgen in einem Durchgang zwischen den Plattformen, den inzwischen unmaskierten Schützen dank seiner Cargohose identifizierte. Zu ihrer Überraschung handelte es sich bei ihm um einen gut aussehenden Schwarzen Ende zwanzig, der mit etwas weniger Umweltfanatismus vermutlich auch als Kosmetik-Model hätte arbeiten können. Er trug jetzt eine Lederjacke, unter die er eine Hand geschoben hatte, und sein angestrengtes Gesicht verriet, dass er Schmerzen unterdrückte. Perseus hatte ihn offenbar wirklich erwischt. Allerdings konnte das nicht mehr als ein Streifschuss gewesen sein.

Neben ihm stand eine junge Frau, die mit ihren braunen Rastalocken Shakira ähnelte. Zumindest, wenn man davon absah, dass sie so viel Metall an Ohren und Lippen trug, dass vermutlich ein starker Magnet gereicht hätte, um ihr Gesicht nachhaltig zu entstellen. Sie besaß sogar die Unverfrorenheit, einen grünen Button mit dem Emblem der Warriors zu tragen: den lächelnden Delphin mit der Bombe im Maul.

Etwas hinter ihr stand ein unangenehm wirkender Rothaariger mit gefährlichem Blick, kräftigem Kiefer und breiter, schiefer Sattelnase, die so wirkte, als sei sie schon mehrfach durch Schläge gebrochen worden. Beide trugen ebenfalls Lederjacken, und die waren verdächtig ausgebeult.

Die drei unterhielten sich leise miteinander, und immer wieder beugte sich die junge Frau mit den Rastas vor, um in die Richtung zu spähen, aus der Lena kam.

Nur sie beachtete keiner, was Lena nicht unbedingt fremd war, ihr aber dennoch einen kleinen Stich versetzte.

Mit klopfendem Herzen stiefelte sie an den dreien vorbei und spürte bereits den warmen Luftzug der nahenden U-Bahn, als sie es endlich wagte, ihr Headset zu aktivieren.

»Ich hab sie!«, wisperte sie aufgeregt. »Sie sind hier bei dem ...«

Skeptisch blickte sie zu der Plakatwand jenseits der Gleise auf, auf der ein Unterwäschemodel dem Betrachter auf ganzer Breite ihr knackiges Gesäß entgegenstreckte.

»Äh, bei dem ... Hintern.«

»Wo hinten?«, kam es zurück.

»Nicht hinten. Bei dem ... Gott, bei dem Plakat mit dem Arsch!«

In diesem Augenblick fuhr die Metro ein. Bremsen quietschten. Die Türen öffneten sich, und eine große Zahl an Fahrgästen entstieg den Waggons, während die am Gleis Wartenden ins Innere drängten. Die drei Warriors warteten kurz und stiefelten dann in das Abteil direkt hinter dem Fahrerstand.

Lena sah, wie die Agenten weiter hinten über den Bahnsteig angerannt kamen, und so stieg sie nun ebenfalls vorne zu. Das modern designte Abteil hatte grüne Griffstangen und Sitze mit farblich passenden Sitzbezügen, und mit ihr warteten etwa fünfzehn Fahrgäste auf die Weiterfahrt. Die Warriors setzten sich wenige Schritte von ihr entfernt an ein Fenster und spähten misstrauisch auf den Bahnsteig. Ein elektronisches Piepen kündigte das Schließen der Türen an, als Perseus, Kirke und Daedalos gerade noch rechtzeitig am gegenüberliegenden Ende des Wagens zustiegen. Nur Elektra hatten sie unterwegs verloren.

Die Türen schlossen sich, und der angeschossene Warrior reagierte auf den Anblick von Perseus und Kirke mit einem leisen Fluch. Noch während die Metro anfuhr, erhoben sich die Ökoterroristen drohend und bauten sich mit den Händen unter den Jacken lauernd im Gang auf. Ebenso hielten es Perseus, Kirke und Daedalos auf der gegenüberliegenden Seite, die arglos taten, aber ebenfalls wie auf dem Sprung wirkten. Und doch wagte es keine Seite, die Situation angesichts der übrigen Passagiere eskalieren zu lassen.

Von denen schien keiner etwas zu bemerken. Sie lasen weiter Zeitung, telefonierten oder unterhielten sich. Lena hingegen, die nicht weit entfernt im Rücken der Ökoterroristen stand, konnte die Spannung zwischen den beiden Gruppen fast körperlich spüren. Nur ein Funke, und hier käme es zu einer blutigen Schießerei, die zahllose Opfer fordern würde.

Und die Lage *würde* eskalieren. So viel war sicher.

»Du musst da weg, wenn du dir keine Kugel fangen willst«, vernahm Lena die warnende Stimme Kirkes in ihrem Ohr. »Die Typen schlagen vermutlich bei der nächsten Haltestelle los. Und die ist gleich erreicht.«

Tatsächlich bremste die Bahn bereits allmählich wieder ab. Ein Zeichen dafür, dass sie die Metro-Station Deák Ferenc tér erreicht hatten, von wo aus es hinauf zu einem beliebten öffentlichen Platz Budapests mit Restaurants, Cafés und Museen ging.

Lena begann unwillkürlich zu schwitzen. Denn sie beobachtete besorgt, wie die gepiercte Kriegerin dem Schwarzen etwas zuflüsterte, während der brutal aussehende Rothaarige mit der linken Hand und in Deckung eines Sitzes zu einer ausgebeulten Außentasche an seiner Hose griff. Die drei würden rücksichtslos über Leichen gehen.

Sie musste etwas tun.

Und zwar sofort!

»Guten Tag, die Herrschaften«, platzte es laut aus ihr heraus. »Die Fahrscheine oder Monatskarten vorzeigen, bitte!«

Manch erschrockenes Gesicht blickte zu ihr auf, doch sie trat unmittelbar an den Rothaarigen heran, da er ihr am gefährlichsten erschien. Sichtlich überrumpelt drehte sich der Terrorist zu ihr um und starrte auf Lenas neues A.R.G.O.S.-Smartphone, das sie ihm wie das Lesegerät eines Fahrkartenkontrolleurs hinhielt. Und anders als gestern auf dem Fabrikgelände löste der eingebaute Taser diesmal auch aus.

Mit einem Schnapplaut schnellten die Drähte hervor und erwischten den Kerl am Hals. Ein elektrisches Knattern ertönte, der Rothaarige zuckte spastisch, und noch während er gurgelnd zu Boden ging, rammte Lena den Shakira-Verschnitt mit einem spitzen Aufschrei zur Seite. Doch damit endete ihr Glück auch schon.

Denn statt zu Boden zu gehen, krachte die Terroristin gegen einen der Nothalteknöpfe. Unvermittelt kreischten draußen die Bremsen, ein Ruck ging durch den Wagen, und gemeinsam mit der Unbekannten stürzte Lena in Richtung Fahrerkabine. Doch im Gegensatz zu ihr schaffte es ihre Gegnerin reaktionsschnell, sich an einer der grünen Haltestangen festzuklammern.

Lena sah noch, wie ihre Gefährten durch das Abteil auf sie zustürmten, dann lag sie am Boden. Im nächsten Moment traf sie ein wütender Tritt in den Magen, und plötzlich hielt die Gaia-Kriegerin eine Uzi in Händen. Blindwütig begann sie mit der Waffe das Feuer auf Perseus, Kirke und Daedalos zu eröffnen.

Ob jemand getroffen wurde, konnte Lena nicht erkennen, denn auch der Schwarze war nicht untätig geblieben. Während sich die Passagiere verängstigt wegduckten, hatte er ein zischendes Objekt in die Abteilmitte geschleudert. Unvermittelt wurde der Waggon von dichtem, undurchdringlichem Rauch ausgefüllt, der es unmöglich machte, Details zu erkennen.

Menschen kreischten, und noch immer ratterte die Uzi, als der Zug quietschend und mit einem Ruck zum Stehen kam, der Lena, die sich gerade wieder erheben wollte, abermals umwarf.

Die Bahn war offenbar noch mit den vorderen Waggons in die Station eingefahren, denn gegen den trägen Rauch sah sie, wie der Schwarze die Wagentür aufstemmte und hinaus auf einen Bahnsteig sprang. Die Rastalockenträgerin stürmte ihrem Kompagnon sofort hinterher.

Auch Lena mühte sich wieder hoch, als sie ein weiteres Mal unsanft zu Boden gerissen wurde. Entgeistert starrte sie den Rothaarigen an, der sich schwankend aus dem Qualm schälte. Wie auch immer er es geschafft hatte, wieder auf die Beine zu kommen, er hielt jetzt eine Handfeuerwaffe in der Hand, die er zornentbrannt auf sie richtete.

»Dreckstück!«

Lena schrie auf, als der Kerl von zwei ploppenden Einschüssen durchgeschüttelt wurde. Perseus tauchte im Rauch auf, gab ihm mit einem dritten Schuss den Rest, und der Warrior brach zusammen.

Besorgt beugte sich der Algerienfranzose über sie. »Alles in Ordnung?«

»Ja«, stöhnte Lena. »Tut mir leid, ich wollte …«

»Nein, alles gut! Besser ging es nicht. Zwei Fahrgäste sind zwar leicht verletzt, aber keiner ist umgekommen. Bleib in Deckung.«

Schon war auch er durch die Waggontür zum Bahnsteig raus, wo gerade Kirke und Daedalos vorbeieilten und ein neuerlicher Schusswechsel zu hören war.

Lena hustete krampfhaft, warf dem toten Rothaarigen einen letzten Blick zu und mühte sich wie der Großteil der verängstigten Passagiere ebenfalls ins Freie. Wenig überraschend ähnelte auch der Bahnsteig einem Kriegsgebiet.

Die Terroristen hatten auf der Plattform weitere Rauchgranaten gezündet, am Boden und hinter den Säulen lagen und hockten Menschen, die sich verängstigt vor Kugeln zu schützen versuchten, und in ihrem Kopfohrhörer schallten abwechselnd die Stimmen von Perseus, Kirke und Daedalos, die sich bei der Suche nach den Flüchtigen gegenseitig Deckung gaben und sich in der rauchgeschwängerten Halle zur Rolltreppe nach oben vorarbeiteten.

In diesem Moment fasste eine Hand nach ihr.

Lena wirbelte erschrocken herum und erblickte hinter sich Elektra mit ihren auffälligen, gefärbten Haaren, die mit ihrer Laptop-Tasche eine Pistole vor den Umstehenden abschirmte.

»Du bist ja doch da!«, ächzte Lena erleichtert. »Ich dachte …«

»Na klar bin ich da«, grollte die Agentin. »Ich habe es bei dem Sprint vorhin bloß nicht bis ganz nach vorn geschafft. Bin halt nicht der Typ für die Frontarbeit.«

Sie warf einen Blick in den Waggon, in dem sich der Kampf zugetragen hatte, und bevor Lena es verhindern konnte, war sie bei dem Toten, um ihn zu durchsuchen.

Lena folgte ihr zögernd.

»War ja klar!«, entfuhr es der Lettin. »Der trägt natürlich nichts bei sich, was auf seine Identität schließen lässt. Lass uns wieder rausgehen.«

Sie kehrten auf den Bahnsteig zurück, wo schon eine Weile keine Schüsse mehr zu hören waren, und gemeinsam kämpften sie sich nach vorn durch.

Immer wieder stießen sie auf panische Menschen, die im Rauch das Weite suchten, und Elektra wollte den Weg zum Ausgang einschlagen, als Lena eher zufällig etwas auffiel. Rasch hielt sie Elektra auf.

»Warte. Sieh doch!«

Sie deutete zum Ende des weitgehend geräumten Bahnsteigs. Da der Rauch inzwischen abzog, konnte sie die Plattform einigermaßen gut überblicken. Und ganz hinten, kurz vor der Durchfahrt in den Tunnel, lag ein grüner Button, der ihr bekannt vorkam.

Sofort aktivierte Lena den Sprechfunk. »Leute, kommt sofort zurück. Die sind nicht oben, die sind in den U-Bahn-Tunnel geflohen.«

*

»Verdammter Mist«, zürnte Perseus, als er den Button in Lenas Hand erblickte. Dann wandte er sich an seine Kollegen. »Wie weit ist die nächste Station entfernt?«

»Das ist die letzte Station vor der Donau«, meinte Kirke. »Das sind höchstens eineinhalb Kilometer.«

»Okay, dann könnten wir sie noch einholen. Einer ist schließlich verletzt.« Perseus wechselte rasch sein Magazin. »Wir müssen eh weg, denn gleich dürfte die Polizei hier sein.«

Er sprang kurzerhand aufs Gleis und stürmte los. Kirke folgte ihm flink, während Daedalos zunächst auf Elektra wartete und dann auch Lena aufs Gleisbett half.

Die sah sich unbehaglich zu der Bahn um, die noch immer weiter hinten stand, und betete, dass sie nicht unerwartet losfuhr.

»Nicht gegen die Stromschiene kommen!«, warnte Daedalos, während er ihnen zwischen den Gleisen vorauslief.

Lena starrte die Stromschiene beklommen an und tauchte ebenfalls in den Tunnel ein, in dem es warm war und nach Eisen und Elektrizität roch. Und sie war froh, als ihre Begleiter irgendwann Taschenlampen zückten, um den Weg vor ihnen auszuleuchten.

Perseus und Kirke waren bereits weit vorausgeeilt und setzen sich mit hohem Tempo immer weiter von ihnen ab, während Lena bereits nach wenigen hundert Metern außer Atem geriet und Seitenstiche bekam. Elektra schien es nicht viel besser zu ergehen.

»Lass sie rennen«, japste die Lettin irgendwann. »Perseus ist vermutlich froh, wenn er uns los ist.«

»Wie kommst du denn darauf?«, keuchte Lena. »Der hat doch nicht umsonst dieses Team zusammengestellt.«

»Weil ihm bei dieser Mission nichts anderes übrig blieb.« Elektra blieb schwer atmend stehen, drückte gequält ihren Rücken durch und marschierte dann weiter. »Nur trägt er auch die Verantwortung für uns. Und seit der Sache in Tschechien ist er nicht mehr derselbe.«

»Was meinst du? Die Sache mit dieser Zeugin? Oder die mit seinem Partner?«

Erstaunt musterte Elektra sie durch ihre Brille. »Nein, er hat mal eine Gruppe Rekruten verloren.«

»Welche Rekruten?«

»Rekruten von A.R.G.O.S. Er sollte sie in unser Ausbildungslager in Prag bringen. Unterwegs gerieten sie in den Hinterhalt eines Waffenhändlers, der es auf Perseus abgesehen hatte. Fünfzehn Mann. Das Feuergefecht dauerte angeblich zwei Stunden, bevor Hilfe eintraf. Danach waren alle tot – bis auf ihn. So etwas verändert jeden.«

Betroffen blickte Lena die Agentin an, als sie bemerkte, dass auch Daedalos zurückfiel. Die Schlägerei hatte ihm offenbar stärker zugesetzt, als er offenbart hatte.

»Es bringt nichts«, knurrte der Ire verärgert. »Es sieht nicht so aus, als wären wir in der Verfassung, die beiden einzuholen.«

»Kommt ganz darauf an, was du damit meinst«, meinte Elektra und zitierte einen bekannten Film. »Ich bin ein natürlicher Sprinter. Mordsgefährlich über kurze Entfernungen!«

»Du bist höchstens fix darin, deine halbjährlichen Athletik-Nachweise zu frisieren«, gab Daedalos zurück. »Wundert mich, dass das den Erbsenzählern in der Registratur noch nicht aufgefallen ist.«

Empört sah ihn die Agentin an.

»Vielleicht gibt es hier irgendwo einen Aufstieg für Arbeiter?«, schlug Lena vor, die sich die schmerzende Seite hielt. »Wir könnten uns oben ein Taxi nehmen und damit zu der nächsten Station fahren. Also … ganz gemütlich.«

»Das finde ich gar nicht so …« Elektra kam nicht dazu, ihren Satz zu beenden, da Daedalos alarmiert dazwischenging.

»Runter von den Gleisen. Schnell!« Daedalos packte Lena und Elektra am Arm und schob sie rasch gegen die Wand. Vorn im Tunnel flammten grelle Lichter auf, und ein immer stärkerer Luftzug wurde spürbar.

Die verspätete U-Bahn.

Panisch drückte sich Lena an die geziegelte Wand, und im nächsten Moment donnerte der Zug an ihnen vorbei. Ein heftiger Wind zerrte an ihren Haaren, die Waggons mit ihren beleuchteten Fenstern rasten an ihnen vorbei, und Lena befürchtete, dass der Luftsog sie wieder auf die Gleise zerren könnte, als der Zug endlich vorüber war.

»Okay, weiter.« Daedalos winkte ihnen zu.

Leicht zitternd stiefelte Lena hinter ihm und Elektra her, und gemeinsam marschierten sie, so schnell es ging, weiter die Gleise entlang. Auch Lena hatte inzwischen ihre Smartphone-Beleuchtung angeschaltet, doch statt wie die anderen vorauszuleuchten, behielt sie lieber die Schienenstränge im Blick.

Denn ihre Begleiter ahnten offenbar nicht, dass es hier außer schießwütigen Terroristen und heranrasenden Zügen noch andere Gefahren gab. Zumindest glaubte sie, vorhin einen verdächtig flinken Schatten am Rande der Gleise bemerkt zu haben. Sie konnte Mäusen schon nichts abgewinnen. Ratten hingegen verursachten ihr Übelkeit.

»Hat einer von euch noch Kontakt zu Perseus oder Kirke?«, wollte Daedalos mit der Hand am In-Ear-Kopfhörer wissen. »Die Verbindung scheint abgerissen.«

»Was erwartest du?«, murrte Elektra. »Wir befinden uns hier gut sechzehn Stockwerke unter der Erde. Sie wissen ja, dass wir nachkommen.«

Der Tunnel weitete sich, und vor ihnen tat sich jetzt eine breite und etwas unübersichtliche Halle mit massiver Betondecke auf, über die man auch die benachbarten Gleise und Tunnelzugänge der übrigen Metro-Linien einsehen konnte. Kabelstränge verliefen an den Wänden, in der Mitte stand ein Signalmast mit roten und grünen Lichtern, Stromkästen waren an den Wänden zu erkennen, und weiter hinten, aus einem Nachbartunnel, hörten sie Zuglärm. Grelle Lichter beleuchteten einen etwas entfernt liegenden Tunnelzugang, und im nächsten Augenblick ratterte dort eine U-Bahn vorbei.

Daedalos und Elektra wollten auf den weiterführenden Tunnelabschnitt der Linie 2 zulaufen, als Lena die beiden stoppte.

»Was ist das da?« Sie beleuchtete einen großen Bereich an der linken Tunnelwand, der im Schattenspiel um sie herum leicht zu übersehen war. Dort schimmerten die nach oben hin halbrunden Metallflügel eines großen Tors, das den Zugang zu einem weiteren Tunnel versperrte. Es existierten sogar Schienenstränge, die auf das Tor zuführten.

Daedalos musterte das Tor interessiert. Auf einem der Flügel stand in abgeblätterter Farbe »F4«.

»Was ist das hier?«, fragte Elektra verwundert. »Ein Tunnel an dieser Stelle ist auf keiner Karte verzeichnet.«

Daedalos antwortete nicht, sondern leuchtete die Torflügel ab und ging dann zu einer kleinen Pforte, die im rechten Flügel eingebettet war. Er bückte sich und hob eine leere Patronenhülse vom Untergrund auf.

»Die stammt von einem Revolver.« Er schnaubte. »Ich glaube, der Schwarze hat vorhin mit einem Revolver auf uns geschossen.«

Er rüttelte an der Klinke, doch die Tür war versperrt.

»Ein Zug!« Elektra schob Lena energisch in Richtung Torflügel, und auch sie spürte jetzt den verräterischen Luftzug. Augenblicke später raste auf dem Gleis wieder eine U-Bahn vorbei.

»Leuchtet mal!« Der Ire kramte ein ledernes Werkzeugbündel hervor, kaum dass wieder Stille eingekehrt war. Lena sah, dass sich darin zahllose Schraubenzieher und andere Werkzeuge mit Ösen, Spitzen und Zacken verbargen.

»Du meinst, die Warriors sind hier reingeflüchtet?«, fragte Lena verwundert.

»Wirkt jedenfalls so.« Daedalos hockte sich hin, während er das Schloss bearbeitete.

Elektra gab einen verärgerten Laut von sich. »Das heißt dann auch, dass sich Perseus und Kirke haben täuschen lassen und den Haupttunnel weitergerannt sind.«

»Sieht ganz so aus«, antwortete Daedalos, ohne aufzusehen. »Und wenn ich richtigliege, dann sind die Warriors auch nicht zufällig an diesen Ort geflohen. Denn da die Tür versperrt ist, müssen die einen Schlüssel haben.«

Es knirschte metallisch. Daedalos stand auf, und mit einem hässlichen Quietschen sperrte er den Zugang auf. Ebenso wie Elektra leuchtete er hindurch, und die Lettin stieß einen leisen Pfiff aus.

»Ich fasse es nicht. Da ist wirklich ein U-Bahn-Tunnel.«

Vor ihnen führte ein etwas kleinerer, eingleisiger Rundtunnel in die Dunkelheit, an dem rechts und links dicke Kabelstränge verliefen und der weiter hinten, inmitten der Finsternis, eine sanfte Biegung beschrieb.

»Mal ehrlich, was ist das hier?«, wollte Elektra wissen.

»Ich hab da so einen Verdacht«, brummte der Ire. Er schirmte seine Taschenlampe ab und sah zur Decke auf. »Die Linie 2 führt hier doch unter dem Freiheitsplatz durch, oder?«

»Ich glaube schon.« Lena nickte. »Da oben kann man die Nationalbank und das Sowjetische Ehrendenkmal bewundern. Ich war da mal mit …«

»Nicht der Platz selbst ist wichtig«, unterbrach Daedalos sie. »Sondern das Parlamentsgebäude in relativer Nähe. Habt ihr schon mal von dem Rakosi-Bunker gehört? Benannt nach dem besten Schüler Stalins, Mátyás Rákosi. Erbaut in den Fünfzigern, sechzehn Stockwerke tief unter der Innenstadt gelegen und somit atombombensicher.«

»Nein.« Elektra schüttelte den Kopf.

»Und doch existiert er«, meinte der Ire. »Er wurde von Metro-Arbeitern gebaut, während die Linie 2 entstand. Die Arbeiter kamen alle vom Land, damit sich das nicht herumsprach.«

»Dienen die unterirdischen Metro-Stationen hier in Budapest nicht alle als Bunker?«, wandte die Lettin ein.

»Schon«, pflichtete ihr der Ire bei. »Aber es ging damals um die

Sicherheit der Staatsführung. Und jetzt kommt's: Der Rákosi-Bunker soll über einen geheimen Gleisanschluss an die U-Bahn verfügen. Über den hätten die Parteikader im Ernstfall bis zum Ostbahnhof evakuiert und dann mit der Fernbahn in Sicherheit gebracht werden können. Ich glaube, diesen Anschluss haben wir gerade gefunden.«

Lena riss die Augen auf. »Du meinst, dieser Bunker könnte der geheime Budapester Stützpunkt von Gaia's Warriors sein?«

»Er liegt versteckt. Und nur wenige wissen davon.« Daedalos zuckte mit den Schultern. »Möglich wäre es also. Von jetzt an müssen wir also doppelt vorsichtig sein.«

Elektra biss sich auf die Lippe. »Wir müssen irgendwie Perseus und Kirke kontaktieren.«

»Und wie?« Daedalos sah sie ungehalten an. »Willst du ihnen weiter hinterherlaufen und dadurch riskieren, dass die Warriors den Laden in der Zwischenzeit dichtmachen? Ich weiß etwas Besseres.« Er zückte einen Lackstift und malte an die Außenseite des Tors mit weißer Farbe ein großes A.R.G.O.S.-Emblem: das Auge inmitten des auf dem Kopf stehenden Dreiecks. »Wenn Perseus und Kirke mit leeren Händen zurückkehren, dann sollten sie das hier eigentlich kaum übersehen können.«

»Na gut.« Elektra schien nicht glücklich über die Entscheidung, fügte sich aber. »Allerdings lasse ich nicht zu, dass Lena weiter unbewaffnet bleibt.«

Sie reichte Lena die Pistole des Rothaarigen und zeigte ihr, wie damit umzugehen war.

»Allerdings musst du nicht mitkommen«, meinte Daedalos ruhig.

Ernst sah er Lena an. »Du wurdest für all das hier nicht ausgebildet, und wir haben dich schon viel zu häufig in Gefahr gebracht. Unbeabsichtigt. Hier jedoch können wir recht sicher sein, was uns am Ende erwartet. Vielleicht ist es besser, wenn du hier auf die anderen wartest. Sollten sie aus irgendeinem Grund nicht zurückkommen – und wir auch nicht –, schlägst du dich einfach bis zur nächsten Station durch.«

Lena starrte die Waffe in ihrer Hand an.

»Das ist wie in meiner Kindheit, als ich meinen Freischwimmer gemacht habe«, murmelte sie. »Ich hatte zwar total Schiss vor dem Wasser, aber mir war klar, wenn ich nicht springe, dann würde ich meine Angst nie überwinden. Und dann würde ich auch meine Eltern nicht retten können, sollten sie auf einer ihrer vielen Reisen mal in einen Sturm geraten, der ihr Schiff sinken lässt. Sie würden dann mutterseelenallein auf dem Meer treiben. Bis ihnen vor Erschöpfung die Kräfte ausgehen und sie qualvoll ertrinken.«

»Dein Vater ist Seemann?«, zeigte sich Daedalos erstaunt. »Oder habt ihr eine Jacht?«

»Nein, meine Mutter liebt Butterfahrten. Nach Helgoland. Mein Vater begleitet sie immer.« Unglücklich sah sie zu ihren Begleitern auf. »Was ich eigentlich sagen will, ist: Ich hänge jetzt so tief in allem mit drin, da lasse ich euch nicht im Stich. Außerdem war ich es, die sich mit diesem verdammten Puzzle-Spiel hat übertölpeln lassen. Wäre ich nicht gewesen, dann würde Doktor Fink vielleicht noch leben und dann säßen wir nicht in diesem Dilemma. Ich will wissen, wer mich reingelegt hat.«

»Sieh dir bloß an, was aus unserer Sekretärin geworden ist!« Elektra grinste schief.

»Assistentin«, korrigierte Lena sie.

»Deine Entscheidung.« Daedalos zückte seine Waffe und schob sich durch den Einlass.

Lena und Elektra folgten ihm, und eine Weile schlichen sie mit abgeblendeten Lichtern hinter ihm her. Sie waren schon einige hundert Meter die Gleise entlanggelaufen, als der Ire sie hektisch dazu brachte, stehen zu bleiben.

»Shit! Fast wären wir ihnen in die Falle gegangen.«

»Was ist los?«, flüsterte Elektra.

»Da, auf Bauchhöhe. Seht ihr die Lichtschranke?« Er griff in seine Jacke, kramte ein Tütchen hervor, pustete und nebelte den Tunnel mit Pulver ein. »Ich wette, die löst einen stummen Alarm aus.«

Jetzt sah auch Lena den haarfeinen roten Lichtstrahl, der von einem kleinen Gerät zwischen den Kabelsträngen ausging und quer über den Gang verlief.

Daedalos nahm seinen Lackstift zur Hand und markierte eine der Schwellen abermals mit dem A.R.G.O.S.-Symbol. Anschließend kroch er vorsichtig unter der Lichtschranke hindurch. Lena und Elektra taten es ihm nach.

Sie pirschten sich noch aufmerksamer voran, als vor ihnen im Tunnel Helligkeit auszumachen war. Sie schlichen weiter, bis Daedalos das Kommando gab, zu warten.

Lena platzierte sich neben ihn und Elektra und sah nun, dass etwa zwanzig Meter voraus im Licht zweier Scheinwerfer, die an die Decke gerichtet waren, ein alter blauer Waggon auf den Gleisen stand. Der Wagen, der vermutlich noch aus sowjetischer Produktion stammte, stand an einem Bahnsteig, der jenen ähnelte, die sie von den anderen Metrostationen kannten. Insbesondere waren dort vorn jedoch Bewegungen auszumachen. Und sie konnten leise Rockmusik sowie hallende Gesprächsfetzen hören.

»Shit, die haben am Tunnelzugang Wachen postiert«, wisperte Daedalos. »An denen kommen wir so ohne Weiteres nicht vorbei.«

»Abwarten«, flüsterte Elektra. »Zumindest wirkt es derzeit so, als würden die sich recht sicher wähnen. Verschaffen wir uns erst einmal einen Überblick.«

Sie kramte ein größeres Etui unter ihrer Jacke hervor, dem sie zu Lenas Überraschung eine Miniaturdrohne mit drei Rotoren entnahm.

»Die ist ja niedlich«, meinte Lena leise. »Hat die auch einen Namen?«

»Na klar: Bobby.«

Elektra aktivierte ein Programm ihres Smartphones mit entsprechenden Steuerelementen. Die Drohne war mit einer Kamera ausgestattet, die ein Bild an das Gerät sendete. »Leider liefert die Energiezelle bloß Strom für etwa zwölf Minuten.«

»Bitte hübsch vorsichtig!«, mahnte der Ire.

Elektra brummte ungnädig und aktivierte Bobs kleinen Bruder,

der jetzt mit einem Geräusch, nicht viel lauter als das Schwirren eines kleinen Ventilators, abhob.

Gespannt sahen Lena und Daedalos dabei zu, wie Elektra die Drohne zunächst dicht unter die Decke des Tunnels lenkte und dann langsam auf die Halle mit den alten Waggons und den Bahnsteig zu.

Derweil war zu sehen, wie weiter hinten zwei jüngere Gaia's-Warriors-Extremisten aus einem Durchgang des Bunkerbereichs traten und über die verschattete Plattform auf die Waggons zumarschierten.

Am bedrohlichsten wirkte jedoch der Mann vorne an den Gleisen, der als Wache abkommandiert war. Er hockte mit einem Sturmgewehr bewaffnet auf den Schienen und spielte auf seinem Handy offenbar irgendein Spiel. Nicht ganz unbegründet verließ er sich darauf, dass er herannahende Bedrohungen im Tunnel frühzeitig genug erkennen würde.

Elektra zögerte trotz der weiter hinten dudelnden Musik und nutzte lautes Gelächter, um die Miniaturdrohne rasch über seinen Kopf hinweg hinüber zu dem Waggon fliegen zu lassen, über dem sie diese aufsteigen ließ.

»Dachte ich es mir doch«, flüsterte Elektra, als sie Bobby herumschwenkte und so einen besseren Überblick lieferte. Es war nun zu sehen, dass nicht bloß ein Waggon auf den Gleisen stand, sondern gleich drei. Offene Stromkabel neben den beiden Bunkerzugängen zweigten weiter hinten von einer Leitung an der Wand ab und führten quer auf die Waggons zu. Auf der Bahnstation standen zwei Feldpritschen, die offenbar als Sitzgelegenheit dienten, und unweit entfernt waren Aluboxen und offene Kisten mit Nahrungsmitteln, Wasserflaschen und Waffen aufgetürmt. Außerdem hatten die Warriors die dem Gleis gegenüberliegende Betonwand mit riesigen Graffiti des Gaia's-Warriors-Delphins besprüht.

Lena hob eine Augenbraue, als sie bemerkte, dass die Ökoterroristen dort auch mehrere Mülltonnen zur Wertstofftrennung aufgereiht hatten. Es existierte sogar eine Tonne für Biomüll.

Und soeben diskutierten zwei der Terroristen darüber, in welche von ihnen sie eine Kuchen-Pappschachtel werfen sollten. Lena ahnte den Grund, denn der Deckel der Schachtel war mit einer durchsichtigen Kunststofffolie versehen.

»Das kenne ich«, wisperte sie mitfühlend. »Da weiß ich auch nie, wohin die gehö…«

»Pssst!« Daedalos legte einen Finger an die Lippen.

»Ich sehe eine Metalltür hinten und zwei Zugänge, die in den eigentlichen Bunker hineinführen«, flüsterte Elektra, während sie die Kamera herumschwenkte. »Wie groß mag die Bunkeranlage sein?«

»Größer«, murmelte Daedalos missmutig. »Die war für die damalige Polit-Elite ausgelegt. Gut zweitausend Menschen.«

»Na gut«, seufzte die Lettin. »Riskieren wir einen kurzen Blick.«

Die Miniaturdrohne schwirrte zu einem der Durchgänge hinüber. Kurz darauf gelangte sie in eine riesige menschenleere Halle. Auch hier verliefen unzählige Kabel, Röhren und rostige Leitungen an den Wänden. Weiter hinten beleuchtete ein Strahler die Decke, und sie konnten im Halbschatten monströse Lüftungssysteme und stählerne Wendeltreppen ausmachen, außerdem Querverzweigungen, hinter denen sich Betriebsräume mit Dieselmotoren, Luftfiltern und alten Ölfässern abzeichneten. Die drei menschenförmigen Pappzielscheiben mit durchlöcherten Zielmarkierungen auf der Brust, die am hinteren Ende der Halle an der Wand lehnten, stellten klar, dass die Halle vornehmlich zum Schießtraining benutzt wurde.

»Tiefer rein traue ich mich nicht«, wisperte Elektra. »Nicht, dass die Verbindung noch abbricht. Ist auch nur noch für knapp fünf Minuten Akku da.«

Behutsam ließ sie die Drohne wieder zum Gleis zurückfliegen, wodurch sie erstmals einen Blick auf die beleuchteten Waggons werfen konnten.

Der linke schien zu einem Schlafwagen umgebaut worden zu sein, mit Feldbetten im Innern. Im rechten standen mehrere gut erkennbare Rechner, deren Monitore flimmerten. Interessant war jedoch vor allem der mittlere Waggon, der offenbar als Kommando- und Besprechungsquartier diente.

Dort hielten sich gut zehn Terroristen auf, die erbittert miteinander diskutierten. Lena erkannte unter ihnen auch den Schwarzen und die Dreadlook-Aktivistin, die sich wohl gerade für ihr Versagen rechtfertigen mussten.

»Ich fasse es nicht!«, fauchte Elektra leise, und ihr Gesicht schäumte über vor Wut. »Das ist Andris, dieser Wichser!«

Sie zoomte an eines der Abteilfenster heran, direkt auf einen dürren Endzwanziger mit auffälliger Hakennase, bläulich eingefärbten Haaren und blauer John-Lennon-Brille, der anscheinend das Regiment über die Umweltterroristen führte.

»Wer?« Lena starrte sie überrumpelt an.

»Diese Drecksau hat sich damals von den Russen kaufen lassen und uns alle verraten«, fauchte die Lettin. »Uldis und Grazyna sind wegen ihm draufgegangen. Und Raivo und Skaisa stecken wegen diesem Arsch noch immer in einem russischen Knast. Ich bin bloß hier, weil mich A.R.G.O.S. damals rausgeholt hat.«

»Konzentriere dich!«, ermahnte Daedalos sie. Er wandte sich kurz Lena zu. »Das ist der Boss von Elektras Hackergruppe, von dem ich dir erzählt habe.«

»Oh Mann, das tut mir leid.« Lena sah sie bekümmert an. »Ich verspreche, ich helfe dir dabei, den zu verhaften.«

»Zu verhaften?« In Elektras blauen Augen blitzte Hass. »Ich werde diesem Bettpisser Bob quer in den Arsch schieben und dann die Rotoren voll aufdrehen. Ich sorge dafür, dass diese Arschkröte leidet und …«

»Verdammt, es reicht!«, zischte Daedalos. »Zeig mir die Wände der Bahnsteighalle, bevor der Akku leer ist. Und zwar die Leitungen an der Wand rüber zu unserem Tunnelabschnitt.«

Wütend kam Elektra der Bitte nach, und der Ire beugte sich grübelnd über das Bild, das die Drohnenkamera lieferte.

»Okay, sieh zu, dass du das Ding wieder herbringst, bevor…«

»Zu spät«, sprach Elektra unglücklich.

Sie sahen auf dem kleinen Bildschirm, dass der Akkustand längst auf Rot stand.

Elektra landete Bobby kurzerhand in einer Hallenecke, bevor der Wächter am Tunneleingang noch auf sie aufmerksam werden konnte.

»Habt ihr das gesehen?«, flüsterte Daedalos und wies auf ein dickes Lüftungsrohr rechts über ihnen. Es verlief direkt über den vielen Kabelsträngen an der Tunnelwand entlang, bis zu der Halle mit dem Bahnsteig.

»Das Rohr führt von diesem Tunnel aus um die Ecke. Und dann unterhalb der Hallendecke des Bahnsteigs an der Wand entlang, über die Zugänge zum Bunker hinweg bis zu einem Stromverteiler weiter hinten.« Er zwirbelte entschlossen seinen roten Fransenbart. »Wenn es einer von uns auf dem Rohr bis dorthin schafft und den Verteiler lahmlegt, dann könnten wir denen den Saft abstellen, und die sitzen im Dunkeln.«

»Um dann alle umzulegen?« Elektra lächelte böse. »Wenn du mir Andris überlässt, bin ich dabei.«

»Komm wieder runter!« Daedalos schnaubte fassungslos. »Ich dachte daran, in den hinteren Wagen einzusteigen, um die Computer rauszuholen. Wetten, dass wir dort alle Informationen finden, um die Bande europaweit hochgehen zu lassen?«

Elektra nagte an ihrer Unterlippe. »Okay. Guter Plan. Aber danach bringen wir Andris um.«

Der Ire ignorierte sie und sah wieder zu der langen Rohrleitung. »Das Problem ist, dass ich vermutlich zu schwer für die Rohre sein dürfte. Die Halterungen sind ziemlich verrostet.« Er warf Elektra einen vorsichtigen Blick zu. »Und du bist ebenfalls nicht gerade … ein Schlangenmensch.«

»Willst du damit andeuten, ich sei zu fett?« Die Augen hinter Elektras Brille verengten sich drohend.

»Nein, natürlich nicht«, wiegelte der Ire ab. »Ich will damit sagen …«

»Ich kann das doch machen«, schlug Lena vor, bevor die Situation eskalierte. »Ich bin mit eins fünfundsechzig nicht gerade die Größte und wiege normal siebenundfünfzig Kilogramm. Okay, ich hab mich heute Morgen vor lauter Aufregung ordentlich mit Brötchen vollge-stopft, aber ...«

»So machen wir es«, unterbrach Daedalos sie schnell. »Ich hatte gehofft, dass du den Vorschlag machst. Ich wollte dich nicht drängen.«

»Siebenundfünfzig Kilo? Echt?« Elektra musterte Lena niederge-schlagen und steckte ihr Smartphone weg.

»Und wie schalte ich den Verteiler aus?«, fragte Lena.

»Tja, das ist das nächste Problem.« Daedalos präsentierte ihr einen Bolzenschneider mit isolierten Griffen. »Das erfordert etwas Kraft. Und natürlich Geschick.«

Skeptisch musterte Lena den Bolzenschneider.

»Wie wäre es denn hiermit?« Verlegen präsentierte sie die beiden letzten Goldknöpfe von Finks Jacke. »Ich habe niemandem etwas ge-sagt, weil ich befürchtete, ihr würdet sie mir abnehmen ...«

»Sieh an, die gute alte A.R.G.O.S.-Hightech-Ausstattung, auf die wir derzeit keinen Zugriff haben.« Daedalos grinste bei dem Anblick der Knöpfe. »Die Dinger habe ich bislang auch nur einmal zu Ge-sicht bekommen. Das funktioniert natürlich ebenfalls. Die Explosion könnte mit etwas Glück als Überlastung der alten Leitungen durch-gehen.« Er zeigte ihr, wie sich die Bewegungsfunktion der Knöpfe ab-schalten ließ. »Einmal aktiviert, explodieren sie spätestens nach zehn Sekunden. Bis dahin solltest du also Abstand zwischen dich und die Dinger gebracht haben.«

Lena atmete beunruhigt ein und steckte die Knöpfe weg. Sie und die anderen zogen sich vorsichtshalber etwas weiter in die Dunkel-heit zurück, dann ließ sie sich von den Agenten nach oben helfen, bis sie auf der dicken Rohrleitung lag. Leider war der Zwischenraum zur Tunneldecke deutlich schmaler als gedacht, und sie glaubte, zwi-schen ihren Fingern nicht bloß Staub, sondern auch Spinnweben zu spüren. Standhaft blendete sie die Vorstellung von Krabbelgetier im Dunkeln aus und schob sich auf dem Rohr nach vorn. Stück für Stück. Hin und wieder knarrte es unter ihr leicht, und einmal rutschte sie fast ab, doch Daedalos' Plan schien zu funktionieren. Doch je weiter sie sich dem Tunnelzugang und der dort hockenden Wache näherte, desto vorsichtiger wurde sie. Als sie keine vier Meter an ihn heran war, schwitzte sie vor Anstrengung und Aufregung gleichermaßen – und ihr wurde plötzlich bewusst, dass sie trotz der Musik, die im Hintergrund noch immer plärrte, unmöglich um die Ecke gelangen würde, ohne Aufsehen zu erregen. Lena blieb liegen und dachte nach. Schließlich kam ihr eine Idee.

Sie tastete nach dem Lippenstift, den Kirke ihr vor der Beerdigung überlassen hatte, nahm dreimal Schwung und warf ihn nach vorn. Der Lippenstift prallte oben an die Tunneldecke, bevor er klackernd auf dem Dach des Wagens landete, herunterrollte und hinter dem Waggon aufs Gleis fiel.

Sofort schreckte der Terrorist hoch, steckte misstrauisch das Handy weg und ging zu dem Zug. Er suchte das Gleisbett ab, schließlich verschwand er zwischen Waggon und Tunnelwand.

Lena schob sich derweil hastig auf der Rohrleitung nach vorn, erreichte den Knick, rutschte dort fast ab und kraxelte rasch weiter, bis sie die den Waggons gegenüberliegende Hallenwand erreichte.

Die Wache war inzwischen wieder hinter dem Wagen hervorgetreten und hielt neben dem Lippenstift auch noch ein weiteres Objekt in Händen, das Lena für ein altes Feuerzeug hielt. Stirnrunzelnd musterte er beide Funde, legte sie irgendwann beiseite und setzte sich gelangweilt wieder aufs Gleis, um sich erneut seinem Handy zu widmen.

Lena schob sich Stück für Stück weiter auf der Rohrleitung voran und betete, dass der Kerl nicht aufsah. Unter ihr knirschte es hin und wieder leise, aber das Rohr hielt. Mutiger werdend folgte sie der Rohrleitung, bis sie bemerkte, dass im mittleren Waggon Aufregung herrschte.

Zu ihrem Erstaunen entdeckte sie bei einem Blick durch die Wagenfenster das Konterfei von One-Eye-Dawn. Es zeichnete sich auf einem großen Bildschirm an der Wagenwand ab.

Offenbar sprach sie gerade live zu ihren Leuten, denn Lena bekam mit, wie im Waggon gedämpfte Jubelrufe ertönten und die Warriors ihre Fäuste reckten.

Lena zückte ihr Smartphone, aktivierte die Kamera und vergrößerte das Bild, um mehr Details erkennen zu können, aber leider waren immer wieder die Köpfe einiger Warriors im Wege. One-Eye-Dawn wirkte kämpferisch, und hin und wieder sprach auch Andris. Doch anders als von Lena gehofft, ließ sich die Chefin der Terrorgruppe vor einer neutralen Wand ablichten, die keinen Hinweis darauf zuließ, wo sie sich gerade befand. Lena bemerkte aber einen großen Jahreskalender an der Wand neben dem Bildschirm. Auf diesem waren neben eingesteckten kleinen Fähnchen mehrere rote Kreuze auszumachen. Planten die neue Anschläge?

Und noch etwas stach ihr plötzlich ins Auge. Ein verdrahtetes rotes Paket an der Innenwand des Wagens. Sie hatte genug Thriller gesehen, um ein Paket mit Plastiksprengstoff zu erkennen. Aber warum? Lena fasste alarmiert die anderen Waggons ins Auge, schließlich auch noch einmal die Betonwände ringsum, und entdeckte noch drei weitere dieser Pakete.

Hastig aktivierte sie den Funk. »Daedalos, Elektra«, wisperte sie. »Ihr müsst vorsichtig sein. Ich glaube, die haben hier alles mit Plastiksprengstoff gesichert. Ich weiß bloß nicht, warum.«

»Vermutlich, um bei einer überstürzten Flucht alle Beweise vernichten zu können«, mutmaßte Daedalos leise. »Kümmere dich nicht darum, sondern konzentriere dich auf dein Ziel!«

Lena steckte das Handy wieder weg und nutzte die Ablenkung im Waggon, um über die Zugänge zum Bunker hinwegzurobben, hinüber zu dem alten Stromverteiler samt Kabelgewirr. Leider hatte sie keine Ahnung, welche Leitung welchem Zweck diente. Und so klemmte sie den aktivierten Sprengknopf einfach hinter das dickste Kabel, das über ihr an der Tunneldecke verschwand.

»Es geht los!«, wisperte sie über Funk und schob sich leicht panisch und im Stillen von zehn rückwärts zählend über das Rohr wieder zurück. Bei zwei blieb sie liegen und schützte ihren Kopf mit den Händen.

Eine krachende Explosion folgte, begleitet von viel Rauch, die auch die alte Rohrleitung zum Beben brachte. Fast schlagartig gingen überall in der Bahnhofshalle die Lichter aus. Selbst die Musik verstummte.

Lena glitt auf dem Rohr noch weiter zurück, während schräg unter ihr die Türen des Waggons aufgerissen wurden, zwei, drei Taschenlampen aufflammten und erregte Rufe laut wurden. Alarmiert verteilten sich die Warriors auf dem Bahnsteig, und drei von ihnen, darunter Andris, liefen zum Stromverteiler, vor dem sie unschlüssig stehen blieben. Einen Moment lang wirkte es so, als würden sich die Extremisten beruhigen und von einem technischen Defekt ausgehen. Dann endete ihr Glück, denn irgendwo sprang unvermittelt ein Notgenerator an, und rote Lampen an den Betonwänden hüllten den Bahnsteig in schummriges Licht.

Es war zwar deutlich dunkler als vorhin, doch unglücklicherweise reichte es aus, um Daedalos und Elektra auf den Gleisen beim Tunneleingang aus der Finsternis zu schälen. Die hatten gerade die Wache niedergeschlagen, als sie ausgerechnet von der Rastalockenträgerin entdeckt wurden.

»Alarm!«, brüllte der Shakira-Verschnitt.

Die Agenten sprangen reaktionsschnell hinter den Bahnsteig, und schon setzte ein erbitterter Schusswechsel ein.

»Ich will sie lebend!«, brüllte Andris und zog einen Revolver.

Lena vergaß vor lauter Schreck ihre eigene Pistole zu ziehen, stattdessen klammerte sie sich am Rohr fest und sah bestürzt mit an, wie immer mehr der Terroristen nach hinten rannten. Jäh zündete eine Blendgranate auf den Gleisen, deren greller Lichtblitz auch bei ihr schwarze Flecken auf der Netzhaut verursachte, und die Welt versank in lauten Schreien und Kommandos.

Als Lena wieder sehen konnte, sah sie, wie Daedalos und Elektra von den Terroristen entwaffnet und auf den Bahnsteig gezerrt wurden. Ob sie Verletzungen erlitten hatten, konnte Lena im dämmerigen Rotlicht nicht erkennen, doch Elektra wirkte noch immer halb blind, und Daedalos stöhnte schmerzerfüllt.

Brutal zwangen die Terroristen die beiden auf die Knie und fesselten ihnen die Hände hinter dem Rücken mit Kabelbindern.

Lena flehte alle Schicksalsmächte an, dass nicht einer der Terroristen zufällig zu den Rohrleitungen aufblickte. Doch die waren mit ihrem unerwarteten Fang beschäftigt, und das schale Notlicht tat das Seine, um sie weiterhin zu verbergen.

Der Schwarze, der vorhin auf sie geschossen hatte, wurde dennoch auf die Minidrohne an der Tunnelwand aufmerksam und brachte sie Andris, der aufgrund seiner Größe recht deutlich unter den Umstehenden hervorstach.

Erstmals nahm er die Brille ab, schüttelte bei Bobbys Anblick ungläubig den Kopf und blickte auf Elektra herab.

»Ich fasse es nicht«, war seine Stimme zu hören. »Enija ... Ich dachte, du versauerst in irgendeinem russischen Gulag. Stattdessen scheinen die Gerüchte zu stimmen, dass du dich einer anderen Gruppe angeschlossen hast.«

»Du mieser Wichser!« Elektra blinzelte immer noch. »Wissen deine Kumpel, dass du keine Ehre im Leib hast und dich stattdessen vom Meistbietenden kaufen lässt?«

»Die Zeiten haben sich geändert«, erwiderte der abtrünnige Hacker herablassend und bückte sich zu Elektras Tasche. »Die Frage ist, was du hier treibst? Und vor allem ... ob du zu diesen Zecken gehörst, die uns heute die Waffenlieferung abspenstig gemacht haben?«

Elektra antwortete nicht, und so griff er an die Köpfe von Elektra und Daedalos, steckte sich einen ihrer In-Ear-Kopfhörer ins Ohr und lauschte.

Lena lag stumm da und wagte es kaum zu atmen.

»Waren sie es, die euch nachstellten?«, wollte er schließlich von dem schwarzen Extremisten wissen.

»Er da gehörte in jedem Fall dazu«, knurrte der Angesprochene und riss Daedalos' Kopf zurück. »Die Kleine hier sehe ich zum ersten Mal. Da waren jedoch noch drei andere: zwei Frauen und so ein Typ.«

Andris dachte nach, während Elektra und Daedalos grimmig zu ihm aufblickten.

»Okay, gehen wir besser davon aus, dass wir aufgeflogen sind.« Der Hacker sah wütend auf. »Wir nutzen dieses Versteck eh schon zu lange. Zwei Mann in den Tunnel. Ich will nicht noch eine Überraschung erleben.«

Der Schwarze und ein weiterer Aktivist nickten, sprangen auf die Gleise und marschierten mit ihren Waffen im Anschlag in die Dunkelheit.

»Was die beiden hier betrifft«, fuhr Andris mit Blick auf die gefangenen Agenten fort, »One-Eye-Dawn und unsere Gönner dürften großes Interesse an ihnen haben. Vorher jedoch gehört die Kleine da mir.« Er kramte unter Elektras wütendem Blick ihren Laptop aus der Tasche. »Denn ich würde fast darauf wetten, dass Enija noch ein paar hübsche Programme auf Lager hat, die auch für ein überragendes Genie wie mich interessant sind.«

»Überragendes Genie?«, höhnte die Lettin. »Alles, was du zustande bringst, ist, anderen ihre Arbeiten zu stehlen.«

»Fängst du gleich an zu flennen?« Andris grinste schadenfroh. »Das nennt man Delegieren. Das ist auch der Grund, warum man dich nie mit Großem betrauen wird. Andererseits …«, er musterte sie und Daedalos knapp, »du und dein sauberer Freund da, ihr werdet vermutlich schon bald gar nichts mehr tun. Nicht einmal mehr atmen …«

»Wie wäre es, wenn du mir die Fesseln abnimmst«, grollte Daedalos, »und du mir das noch einmal sagst?«

Andris ignorierte ihn und klappte stattdessen Elektras Laptop auf.

»Was machen wir jetzt mit den beiden?«, wollte die Rastalockenträgerin wissen.

»Bindet sie da hinten an.« Andris deutete auf die Waggons. »Wir nehmen sie mit. Und was den Rest von euch betrifft: Packt hier alles ein. Aufbruch in einer Stunde.«

Die Terroristen schwärmten aus, und Lena beobachtete bangen Blickes, wie der Shakira-Verschnitt und einer ihrer Mitverschwörer Daedalos und Elektra zu einem Rohrgestänge unweit eines Bunkerzugangs trieben, um sie dort mit weiteren Kabelbindern zu fixieren.

Die übrigen Terroristen schwärmten aus, als Andris unvermittelt stehen blieb, einen seiner Kumpane neben ihm stoppte und hektisch die Hand an sein rechtes Ohr legte.

Auch Lena vernahm in diesem Moment eine leise Stimme in ihrem In-Ear-Kopfhörer: »Position erreicht.«

Es war Kirke.

»Alarm!«, brüllte der Hacker. »Alle zum Kampf bereit machen! Die übrigen Zecken sind hier irgendwo!«

Lena wusste nicht, wie es Perseus und Kirke gelungen war, an den beiden Kerlen im Tunnel vorbeizukommen, doch in diesem Moment tauchte die Griechin zwischen den hinteren beiden Waggons auf und eröffnete gnadenlos das Feuer auf ihn.

Andris stürzte mit einem Aufschrei in den Waggon, und der Terrorist neben ihm wurde getroffen. Gurgelnd ging der Kerl zu Boden.

Im nächsten Moment hörte Lena von überall her das Rattern von Maschinenpistolen und Sturmgewehren, zwei der Notlichter erloschen, und auf der Plattform ging ein weiterer Terrorist zu Boden, dann noch einer.

Lena, die hin und wieder unter einem verirrten Kugeleinschlag in ihrer Nähe zusammenzuckte, zückte ihren letzten Sprengknopf, aktivierte ihn und warf ihn auf die Plattform, um Perseus und Kirke beizustehen, die sich einer Vielzahl Angreifer erwehren mussten.

Auf der Plattform knallte es, und Lena robbte auf der Rohrleitung panisch voran, bis sie endlich bei Elektra und Daedalos war. Dort ließ sie sich in ihrer Verzweiflung einfach fallen, während sich die Terroristen inzwischen hinter Kisten und Mülltonnen verschanzten. Verzweifelt krabbelte Lena an der Wand entlang auf Elektra zu, die sie ungläubig ansah.

»Scheiße, was machst du da?«, stöhnte sie.

»Euch befreien!«, antwortete Lena zittrig und suchte nach ihrer Nagelschere, die sie natürlich irgendwo verstaut hatte, wo sie sie nicht sofort fand.

Ein weiterer Terrorist wurde herumgeschleudert und stürzte blutend zu Boden, als sie die Schere endlich gefunden hatte und mühsam die Kabelbinder durchknipste.

Sie hatte Elektra gerade befreit, als der Shakira-Verschnitt auf sie aufmerksam wurde.

»Du kleines Dreckstück!«

Wütend hob sie ihre Maschinenpistole, und Lena warf sich schreiend zur Seite. Eine Kugelsalve hämmerte an ihr vorbei in die Betonwand, eine der Leitungen platzte, und zischend fauchte ein heißer Sprühnebel auf den Bahnsteig. Im nächsten Moment spürte sie einen harten Schlag an ihrem linken Arm, der sie zu Boden warf und vor Schmerz laut aufschreien ließ.

Sie war getroffen. Und einzig ihr schützender Catsuit hatte verhindert, dass ihr Arm völlig unbrauchbar geworden war.

Schon war die Rastalockenträgerin durch die Dampfwolke herangekommen und zielte abermals auf sie, als Elektra die Angreiferin mit einem Aufschrei zu Boden riss.

Wüst rangen die beiden Frauen miteinander, während um sie herum unentwegt weitere Schusssalven aufhallten. Hinter einem der Mülleimer fiel ein weiterer Terrorist, und Lena versuchte mühsam, wieder auf die Beine zu kommen, als sie durch die Fenster der Waggons sah, wie Andris zusammen mit zwei Begleitern durch den Zug stürmte.

Lena zückte endlich ihre Pistole, zielte fahrig auf den Shakira-Verschnitt, der Elektra zu Boden geworfen hatte, und konnte sich einfach nicht überwinden abzudrücken. Stattdessen stürmte sie vor und schlug ihrer Gegnerin den Kolben der Waffe hart auf den Kopf.

Mit einem Aufschrei kippte die Rastalockenträgerin zur Seite, fischte wieder nach ihrer Maschinenpistole und bekam einen Tritt von Elektra verpasst, die Lena kurzerhand die Pistole entriss und die Frau erschoss, bevor sie ihrerseits auf sie schießen konnte.

Um sie herum sah es mittlerweile nicht mehr gut für die Terroristen aus, die auf der Plattform ein viel zu leichtes Ziel für Perseus und Kirke boten. Lena zählte mindestens fünf Tote, und die ersten Terroristen zogen sich zurück, als Andris mit seinen Begleitern aus einem der Waggons sprang und unter wütendem Gegenfeuer grob in ihre Richtung rannte.

Zwischen ihr und Elektra schlugen Kugeln im Boden ein, während Perseus die drei Angreifer unter Beschuss nahm. Sie und Elektra nutzten die Gelegenheit, um zum Bunkerzugang zu rollen, wobei auch Elektra wütend auf den Verräter und seine Begleiter zielte.

Einer der Männer wurde getroffen und sank zu Boden, der andere wurde von einem Streifschuss erwischt. Andris hingegen warf sich hinter Daedalos, der noch immer am Rohrgestänge hing. Kurz darauf erhob sich der Hacker mit dem wehrlosen Agenten als Schutzschild und zog sich mit ihm zu der Metalltür am Ende des Bahnsteigs zurück.

»Diese Drecksau!« Verbittert ließ Elektra die Pistole sinken, um nicht versehentlich Daedalos zu erwischen.

»Notfallevakuierung!«, brüllte Elektras Erzfeind seinen überlebenden Gesinnungsgenossen zu. »Ihr habt zwanzig Sekunden!«

Eine Rauchgranate kollerte über die Plattform, schon wurde der Bahnsteig eingenebelt, und Lena sah einige Gestalten an ihnen vorbeirennen.

Zwanzig Sekunden?

Lena ahnte, was Andris vorhatte.

»Perseus, Kirke!«, rief sie panisch ins Mikro. »Ihr müsst weg. Die jagen gleich den Zug hoch. Der ist voll mit Sprengstoff!«

»Verstanden«, war kurz Perseus' Stimme zu hören.

»Wir können doch Daedalos nicht zurücklassen?«, rief Elektra aufgebracht und sah sich hilflos zu Lena um.

Die hielt sich den schmerzenden Arm und schüttelte den Kopf. »Wenn wir hier nicht wegkommen, dann sind wir gleich tot.«

Elektra stieß einen wüsten Schrei aus, in dem Wut und Verzweiflung gleichermaßen mitschwangen, dann folgte sie ihr tiefer in den Bunkerraum mit den Generatoren und Pappkameraden hinein. Lena, die gedanklich längst herunterzählte, war bereits bei fünf angelangt, als auch Perseus und Kirke durch den Eingang stolperten und sich hinter die Betonwände pressten.

Im nächsten Moment kam es im Nachbartunnel zu mehreren dröhnenden Detonationen, und eine Druckwelle blies Staubwolken und Splitterteile durch die Zugänge, die irgendwo in der dunklen Halle abregneten.

Dann wurde es still, und flackernder Lichtschein drang durch die Gänge zu ihnen, da auf dem Bahnsteig irgendetwas brannte.

»Verdammte Scheiße!« Perseus knipste eine Taschenlampe an, deren scharfer Lichtstrahl durch den aufgewirbelten Dunst schnitt. »Das hätte uns nicht passieren dürfen.« Er wandte sich unglücklich zu Kirke. »Hast du noch sehen können, was die mit Daedalos gemacht haben?«

Kirke ging erschöpft in die Hocke. »Ich hab zwar noch einen von denen erwischt, aber das war's. Die sind hinten durch diese Tür. Zum Schluss waren die noch zu viert. Daedalos haben sie mitgenommen.«

Elektra stürmte an ihnen vorbei zurück auf den Bahnsteig, und Lena, deren linker Arm noch immer stark schmerzte, folgte ihr vorsichtig.

Die Plattform ähnelte einem Schlachtfeld. Die drei Waggons waren völlig zerstört. Auf den Gleisen standen lediglich noch die brennenden Metallgerippe der alten Metro-Wagen. Überall lagen schmauchende Trümmerteile, dazwischen verrenkte Leichen.

Lena presste Nase und Mund in ihre rechte Armbeuge, da sie der viele Rauch zum Husten reizte. Elektra hingegen rannte an Toten und Trümmerteilen vorbei auf das hintere Tunnelende zu und rüttelte an der Metalltür, die natürlich verschlossen war. »Habt ihr noch eine Granate?«

»Nein.« Niedergeschlagen schüttelte Perseus den Kopf.

Er und Kirke waren ihnen längst nachgeeilt, und Lena sah ihnen stumm dabei zu, wie sie nun die am Boden liegenden Warriors abschritten, überprüften, ob noch einer von ihnen lebte, um dann die Reste der brennenden Waggons unter die Lupe zu nehmen.

Resigniert kehrte Elektra zu Lena zurück.

Wenigstens hatte Perseus zwischen den Trümmerteilen Daedalos angesengten Rucksack gefunden.

Auf einen Wink von ihm tauchten sie wieder in die Bunkergewölbe ein, wo sie irgendwann ein Treppenhaus fanden, dessen Stufen schier endlos nach oben führten und die sie schließlich zu einem Gang mit einer einfachen Sicherheitstür brachten, die Perseus mit Daedalos' Multipick öffnete.

Überraschenderweise kamen sie in einer schlichten Straßenunterführung heraus, deren Wände mit Graffiti verunziert waren. Drei Jugendliche, die Musik hörten, schlenderten an ihnen vorbei und blickten sie verwundert an.

Kein Wunder, denn sie starrten trotz ihrer schwarzen Kleidung vor Schmutz. Ohne ein weiteres Wort marschierten sie zu einer öffentlichen Toilette, die glücklicherweise leer war, und reinigten sich dort grob. Lena überprüfte ihren lädierten Arm, dann sahen sie sich müde an.

»Was machen wir jetzt?«, fragte Kirke in die Runde. »Wir haben nichts. Weniger als nichts. Stattdessen müssen wir uns jetzt nach Europa auch um Daedalos sorgen.«

»Wir wollten eigentlich an die Computer heran«, erklärte Elektra verzagt. »Das ist leider gründlich schiefgegangen.«

»Na ja, ich hab da schon noch was«, erklärte Lena zögernd und zückte ihr Smartphone. »Ich wollte vorhin zwar bloß näher heranzoomen, aber ich hab irgendwie aus Versehen auf Video umgestellt. Schaut mal.«

Sie präsentierte den verblüfften Agenten ihr Video mit One-Eye-Dawns Auftritt.

»Seht ihr den Kalender dahinten an der Wand neben dem Bildschirm?«, sprach sie weiter. »Ich glaube, die planen etwas Neues.«

Kirke nahm ihr das Gerät hektisch aus der Hand, stoppte den Film und vergrößerte den Bildausschnitt.

»Verdammt noch einmal«, kommentierte die Griechin die Szene ungläubig. »Ich weiß wirklich nicht, wie du das immer anstellst, aber irgendwie hast du es drauf. Das hier könnte sich noch als extrem nützlich erweisen.«

Zufrieden legte sie Lena eine Hand auf die Schulter, die sofort vor Schmerz zusammenzuckte. »Tut mir leid. Wir sehen uns das nachher an.« Sie zog die Hand zurück.

Kirke deutete jetzt auf den Wandkalender, der im Waggon zu sehen war. »Die Kreuze da stimmen mit den Zeitpunkten der bisherigen Anschläge überein. Aber was sind das für Fähnchen bei den Kreuzen?«

»Ich glaube, das waren kleine Landesflaggen«, meinte Lena.

»Glaubst du – oder weißt du?«, fragte Kirke.

Auch ihre Kollegen sahen sie gespannt an.

»Doch, ich bin mir sicher«, antwortete Lena nach kurzem Nachdenken. »Das waren Landesflaggen. Schweiz, Spanien, Italien, Irland und die Niederlande.«

»Okay. Das bestätigt meine Theorie!« Kirkes Blick nahm einen lauernden Ausdruck an. »In diesem Fall haben diese Arschlöcher damit tatsächlich ihre bisherigen Erfolge in Europa markiert. Und das heißt, dass am 6. August die nächste Aktion geplant ist. Also schon übermorgen. Nur die Flagge ist nie richtig zu sehen.«

Alle Blicke richteten sich wieder auf Lena. Diese schloss die Lider und führte sich die Szene in Gedanken noch einmal vor ihr inneres Auge. Dann öffnete sie die Augen wieder.

»Schweden«, erwiderte sie ernst. »Das war die Flagge von Schweden.«

»Sicher?« Perseus trat näher.

Lena nickte aufgewühlt.

»Aber wo?«, seufzte Elektra. »Schweden ist groß.«

Kirke berührte nachdenklich ihre Lippen. »Ich weiß vielleicht einen Weg, wie wir das herausfinden. Und dabei wird uns dieses Video hoffentlich ebenfalls gute Dienste leisten.«

»Ich ahne, an was du denkst. Gute Idee.« Perseus nickte ihr zu.

»Und Daedalos?«, fragte Elektra bekümmert.

»Finden wir die Warriors, finden wir auch eine Spur zu ihm«, erklärte er kämpferisch. »Es wird eh Zeit, dass wir aus den Schatten treten und unsere Möglichkeiten voll nutzen. Und dabei könnte uns Lena ebenfalls hilfreich sein.«

»Und wie?«, fragte diese verunsichert.

»Warte es ab«, meinte Kirke vielsagend. »Wir sind A.R.G.O.S.-

Agenten. Wir brechen noch morgen zu unserem schwedischen Kontor auf.«

»Und wo liegt das?«, erkundigte sich Lena.

Kirke zwinkerte ihr zu. »In Visby.«

# Schwedenfeuer

»Visby Tower, hier Bravo Echo India Delta Golf.«

»BEIDG«, schallte es bestätigend aus dem Funkgerät. »Hier Tower Visby.«

»BEIDG, PS-34–200T VFR, fünf Minuten südlich Oktober.« Kirke beließ ihre Hände am Steuerhorn der Piper Seneca und blickte angesichts des bevorstehenden Landeanflugs weiter durch die Cockpitscheiben. »Höhe 2.000 Feet, Information Zulu, zur Landung.«

»BEIDG«, antwortete der Tower, »fliegen Sie in die Kontrollzone über Oktober, Piste 1, QNH 1003, Squawk 4234.«

Lena lauschte dem Funkverkehr nur mit halbem Ohr. Stattdessen richtete sie ihren Blick auf den brummenden Sechzylinder-Boxermotor über der linken Tragfläche des Leichtflugzeugs, hinter dem, beschienen von einer strahlenden Augustsonne, die Felder, Wiesen und kleineren Ortschaften Gotlands vorüberzogen. Schräg vor ihnen, unmittelbar an der Küste der schwedischen Ostseeinsel, kamen jetzt auch die Dächer und Türme der alten Hansestadt Visby in Sicht.

Seit gut fünf Stunden saß Lena nun schon mit den übrigen Agenten in der zweimotorigen Piper Seneca mit dem blau-weißen Rumpf, die die Griechin irgendwie durch einen halbseidenen Kontakt zur ungarischen Unterwelt organisiert hatte. Und noch immer tat ihr der linke Arm höllisch weh. Dort, wo sie gestern die Kugel der Ökoterroristin getroffen hatte. Doch nachdem sie in den zurückliegenden Stunden die Slowakei, Polen und schließlich auch die glitzernde Ostsee überflogen hatten, freute sie sich darauf, zumindest ihre Beine bald wieder ausstrecken zu können. Und auch darauf, der gedrückten Stimmung entfliehen zu können, die sich seit Daedalos' Entführung breitgemacht hatte.

Keiner erwähnte den Iren, wenn es zu vermeiden war. Und doch war er der berühmte rosafarbene Elefant im Raum.

Kirke schaffte es bei alledem noch am besten, ihre professionelle Fassade aufrechtzuerhalten. Sie hatte sich hektisch in Aktivität gestürzt, kaum dass sie wieder in ihr Versteck an der Donau zurückgekehrt waren.

Elektra und interessanterweise auch Perseus gelang dies weniger. Die Lettin, die vorn auf dem Co-Piloten-Sitz saß, vergrub sich schon seit Stunden hinter einem neuen Laptop und versuchte verzweifelt, ihren gestohlenen Computer zu lokalisieren, den sie mit einem Trackingprogramm ausgestattet hatte. Doch Andris schien ebenfalls zu wissen, was er tat. Bislang hatte sie nämlich keinen Erfolg damit gehabt.

Perseus hingegen war seit dem Kampf in der U-Bahn deutlich wortkarger geworden. Fast so, als gäbe er sich die Schuld für Daedalos' Schicksal. Was natürlich verrückt war, da er und Kirke am wenigsten Einfluss darauf gehabt hatten.

Lena hatte durchaus bemerkt, dass er die halbe Nacht über diskret private Kontakte abtelefoniert hatte, um vielleicht eine weitere Spur zu den Ökoterroristen zu finden. Doch seine Anstrengungen waren ergebnislos geblieben. Selbst mit den Möglichkeiten von A.R.G.O.S. hätte er wohl nur dann Erfolg gehabt, Daedalos aufzuspüren, wenn es einen neuen Hinweis gegeben hätte.

Den hatten sie aber nicht.

Wenigstens hatte er während des Fluges Schlaf gefunden. Da die Piper Seneca ein Sechssitzer war, hatte er seine Beine auf einem der gegenüberliegenden freien Sitze abgelegt, und Lena betrachtete ihn heimlich, wie er mit geschlossenen Augen und geneigtem Kopf dalag und friedlich schlummerte. Am liebsten hätte sie still seine Hand ergriffen. Dabei hätte sie selbst Trost nötig gehabt.

Denn auch sie spürte schmerzlich die Lücke, die Daedalos' Verschwinden in ihr kleines Team gerissen hatte. Und das trotz der kurzen Zeit, die sie den Iren erst kannte. Sie mochte ihn und seine etwas schnoddrige Art. Und die Vorstellung, dass er eine ahnungslose Familie mit zwei Kindern zurückließ, machte sie noch trauriger.

Dabei waren sie sich rasch einig gewesen, dass er vermutlich noch lebte. Denn tot würde er ihren Gegnern nichts nützen. Vielmehr würden diese herauszufinden versuchen, wer er war und für wen er arbeitete. Und das bedeutete wohl, dass er im Augenblick gefoltert wurde.

Eine schreckliche Vorstellung.

Umso mehr mussten sie versuchen, das Heft wieder in die Hand zu bekommen. Und dabei spielte das geheimnisvolle A.R.G.O.S.-Kontor hier auf Gotland eine wichtige Rolle. Leider hatte es bislang niemand für nötig gehalten, ihr zu verraten, was sie dort eigentlich suchten. Ein Umstand, der sie ehrlich gesagt ärgerte, denn ohne sie wären die anderen gar nicht erst auf die Idee gekommen, schwedisches Territorium anzufliegen.

»Wir landen gleich«, meldete sich Kirke vorn.

Perseus erwachte und rieb sich die Augen, während die Griechin konzentriert die Anzeigen ihres Cockpits im Auge behielt.

»Bravo Echo India Delta Golf«, aktivierte sie wieder den Funk. Sie zog das Steuerhorn zu sich, die Maschine wurde langsamer und verlor auch sichtlich an Höhe. »Drehe in rechten Queranflug Piste ein.«

»BEIDG«, kam es vom Tower des kleinen Flughafens zurück. »Wind zweihundert Grad, zwei Knoten, Piste eins, Landung frei. Verlassen Sie Piste über A und rufen Sie Visby Rollkontrolle 130.660.«

»BEIDG. Verstanden.«

Kirke nahm weiter Gas weg, richtete die Landeklappen aus und ging in den Sinkflug über. Auch Lena sah nun das Rollfeld des kleinen gotländischen Flughafens nördlich von Visby auf sie zukommen. Kirke drehte die Maschine leicht in den Wind, um auf Kurs zu bleiben, wenig später setzte das Flugzeug butterweich auf, und die Radbremsen traten in Aktion.

Am Ende der Piste lenkte Kirke die Piper mit brummenden Motoren auf ein parallel verlaufendes Rollfeld, über das man zurück zum Tower und zum Flughafengebäude gelangte, wo Lena mehrere kleinere Linienmaschinen ausmachen konnte. Kirke steuerte jedoch einen überdachten Langstreckenparkplatz für Privatjets an, der etwa auf halber Strecke lag.

»Okay, macht euch fertig«, forderte sie ihre Mitstreiter auf. »Ihr werdet gleich abgeholt und zur Zollkontrolle gebracht. Ich mache hier noch die Formalitäten fertig und sorge dafür, dass Perseus unentdeckt bleibt. Wir treffen uns dann draußen bei den Taxis.«

»Und du bleibst wirklich zurück?«, wandte sich Lena an den Franzosen.

»Ist besser so.« In Perseus' Stimme schwang Bedauern. »Wir wissen schließlich nicht, ob unser Auftrag wirklich so geheim geblieben ist, wie er sollte. Wenn es bei A.R.G.O.S. einen Informanten gibt, wird der jede meiner Aktivitäten akribisch im Auge behalten. Es ist also besser, wenn ich mich weiter bedeckt halte. Dass ich mich Kirke und Elektra anvertraut habe, weiß jedoch niemand. Ihr Kommen dürfte daher keine größere Aufmerksamkeit erregen. Elektra kennt man hier sogar.«

»Visby war das zweite A.R.G.O.S.-Kontor, das ich nach meiner Rekrutierung kennengelernt habe«, erklärte die Lettin. »Deutlich kleiner als das in Riga, birgt dafür aber eine interessante Forschungseinrichtung.«

»Ich werde dennoch in eurer Nähe bleiben«, versprach Perseus.

»Und ich?«, fragte Lena etwas unglücklich in die Runde. »Mein Eintreffen wird vermutlich ebenfalls nicht unbemerkt bleiben.«

»Natürlich nicht«, antwortete Kirke, die das Flugzeug nun direkt vor eine große Halle mit zwei Technikern lenkte. »Jeder, der ein Kontor betritt, wird registriert. Wir werden dich aber nicht unter deinem richtigen Namen vorstellen. Perseus hat dir ja nicht umsonst eine neue Identität verschafft. Oder, Frau *Mara Harris*?«

Kirke drehte sich vielsagend zu ihr um.

Lena mied ihren Blick. Perseus kletterte derweil in den kleinen Gepäckraum des Flugzeugs, um sich so den Blicken des Flughafenpersonals zu entziehen.

»Ach so«, erklärte er in seinem engen Versteck. »Seht zu, dass ihr

Lena auf die Krankenstation schickt, wenn ihr im Kontor seid. Jemand sollte sich mal ihren Arm ansehen.«

»Wird gemacht«, antwortete Kirke, ohne zurückzublicken.

Lena rieb sich wieder über den Arm und schenkte Perseus einen dankbaren Blick. Anschließend warteten sie darauf, dass das Flugzeug stand und Kirke die Motoren der Piper Seneca abgeschaltet hatte.

Die Frauen vorn verließen ihre Sitze, öffneten die Seitentür, und nacheinander verließen die das Leichtflugzeug. Rasch fing Kirke einen der Techniker ab, lotste den Fahrer eines kleinen Shuttles zum Flugzeug, und kurz darauf befanden sich Lena und Elektra auf dem Weg zum Zoll.

Wie erwartet wurden sie dort professionell abgefertigt, und keine zwanzig Minuten später standen sie zusammen mit einem guten Dutzend weiterer Fluggäste vor dem Hauptgebäude des Visby Airports, dessen Parkplatz direkt an einen Golfklub grenzte.

»Jetzt heißt es also warten?«, meinte Lena, die sich wieder ihren lädierten Arm rieb.

»So sieht es aus«, antwortete die Lettin, ohne von ihrem Laptop aufzusehen.

Lena begann sich zu langweilen, ging etwas auf und ab, wobei ihr auffiel, dass zwei jüngere Frauen unter den Umstehenden verkleidet waren. Sie trugen mittelalterlich anmutende Gewänder, die in einem erstaunlichen Kontrast zu den modernen Gepäckstücken standen, die sie mit sich führten. Eine von ihnen öffnete einen kleinen Instrumentenkoffer und überprüfte eine Schalmei. Lena wollte schon wieder zurückgehen, als zwei junge Männer durch die Tür traten, von denen einer ebenfalls eine mittelalterlich anmutende Filzkappe trug. Allerdings schienen die beiden Gruppen nichts miteinander zu tun zu haben.

Da Elektra noch immer beschäftigt war, trat Lena neugierig an die junge Frau mit dem Holzblasinstrument heran.

»Entschuldigen Sie, gibt es für Ihr Kostüm einen Anlass?«, fragte sie auf Englisch.

Verblüfft sah sie die Angesprochene an. »Ehrlich? Sie sind hier und wissen nichts von der ›Medeltidsveckan‹?«

Sie deutete auf ein großes Plakat schräg gegenüber dem Taxistand, das zwei Ritter hoch zu Ross zeigte, die mit langen Stechlanzen aufeinander zu ritten.

»Das ist ja aufregend.« Lena starrte das Plakat fasziniert an. »In Visby findet gerade eine Mittelalterwoche statt?«

»Und was für eine!«, fuhr die junge Schwedin begeistert fort. »Das Festival gehört zu den größten in ganz Europa. Es findet jedes Jahr in der 32. Kalenderwoche statt. Wenn Sie erst in Visby sind, können Sie es gar nicht übersehen. Sie sind herzlich eingeladen, auch bei uns vorbeizukommen.« Sie reichte ihr eine Fotokarte, die sie zusammen mit anderen mittelalterlich gekleideten Musikern zeigte, die Dudelsäcke und Drehleiern in den Händen hielten. »Meine Freundin und ich spielen in einer Band, und wir treten heute Abend im Botanischen Garten auf, ganz in der Nähe der Kirchenruine St. Olof.«

»Das ist ja klasse«, meinte Lena angetan. »Ich hoffe, ich finde Zeit.«

»Angeblich kommen dieses Jahr sogar ABBA zu Besuch«, erklärte die Schwedin verschwörerisch.

»ABBA?« Lena schlug sich begeistert vor den Mund. »Ernsthaft?«

»Ja, und zwar als ultrageheimer Überraschungs-Gig«, erklärte die junge Frau leise. »Der Agent einer befreundeten Band hat das angedeutet. Die mögen Gotland nämlich schon lange. Björn Ulvaeus wollte sogar mal vor ein paar Jahren ein Musikstudio ganz im Norden der Insel bauen, was dann aber wegen Umweltauflagen gescheitert ist. Und seitdem ABBA vor Kurzem wieder ein paar neue Songs aufgenommen haben, sind die immer wieder für eine Überraschung gut.«

»Das wäre ja der Wahnsinn!« Lena lachte. »Und das nicht nur, weil ich die neuen Songs noch gar nicht kenne.«

»Wenn die auftreten, werden sie die bestimmt auch spielen«, zeigte sich die Musikerin überzeugt. »Und das, obwohl die Reunion der Gruppe damals in den sozialen Medien sofort von einigen gehatet wurde.« Die junge Frau wies mit der Schalmei verstohlen zu

Elektra, die noch immer über ihrem Laptop brütete. »Für manche Zeitgenossen findet das Leben halt nur im Netz statt. Die müssen dann ihren Hass auf die wirkliche Welt anonym rausblöken.«

»Ja, ähm. Ganz schrecklich.«

Lena verabschiedete sich hastig und marschierte über einen kleinen Umweg zurück zu Elektra.

»Irgendein Hinweis auf deinen gestohlenen Computer?«, fragte sie.

»Nein, aussichtslos«, murrte die Lettin. »Bin eh gerade in einem Hackerforum mit lauter Kackbratzen unterwegs, denen ich ordentlich einschenke.« Sie blickte zu Lena auf, die sie irritiert ansah.

»Keine Bange. Anonym.«

Ein Bus fuhr vor, der die Wartenden aufsammelte. Lena und Elektra harrten aus, bis irgendwann auch Kirke durch die Tür des Flughafengebäudes trat. Sie trug jetzt eine schwarze Jeans und eine dunkle Bikerjacke, die natürlich perfekt zu ihrem Teint passte. Lena seufzte angesichts des makellosen Anblicks, den die Griechin immer bot. Kirke winkte ein Taxi heran, gab eine Adresse an, und auch sie fuhren los.

Die Fahrt brachte sie rasch zum grünen Stadtrand Visbys. Die Straßenzüge und Wohnhäuser der Stadt unterschieden sich zunächst nur wenig von zahllosen Kleinstädten in Deutschland. Doch das änderte sich schlagartig, als sich ihr Fahrer der weitgehend intakten mittelalterlichen Ringmauer der Altstadt mit ihren vielen Türmen näherte. Er wurde etwas langsamer und rollte behutsam durch ein altes Stadttor, hinein in die kopfsteingepflasterte Innenstadt. Staunend sah sich Lena um.

Natürlich hatte sie sich zuvor grob über Visby informiert, nach der die eigentümliche A.R.G.O.S.-KI benannt worden war. Sie wusste daher, dass Visby mit seinen etwas über zwanzigtausend Einwohnern als die am besten erhaltene mittelalterliche Stadt Skandinaviens galt und deswegen auch zum UNESCO-Weltkulturerbe gehörte. Wegen ihrer zentralen Lage in der Ostsee hatte sie schon früh eine Schlüsselrolle in der Hanse gespielt. Angeblich konnte man in der Innenstadt noch etliche alte Kirchen und über zweihundert alte Speicher, Kaufmannsvillen und Ruinen aus dem Mittelalter bewundern. Eine der größten Sehenswürdigkeiten war zum Beispiel die stolze, zwölf Meter hohe Stadtmauer mit ihren Türmen, die sie passierten. Die brachte es auf eine Länge von dreieinhalb Kilometern und umschloss den kompletten alten Stadtkern.

Dennoch war es etwas anderes, über dieses Ostseekleinod nur zu lesen, statt es mit eigenen Augen zu sehen. Denn ganz so, wie es die Reiseführer vorhergesagt hatten, änderte sich das Stadtbild hinter der alten Stadtmauer vollständig. Ihr Taxi kurvte jetzt langsam durch ein Labyrinth aus engen Gassen und schmalen Treppenstiegen, die von Bäumen und herrlich bunten Blumenbeeten mit auffallend vielen Rosen gesäumt wurden. Sie fuhren gemächlich an einer trutzigen Kirche vorbei, und Lena konnte sich gar nicht sattsehen an den alten, pastellfarben bemalten Kaufmannshäusern, Fachwerkbauten und Treppengiebelhäusern, in denen heutzutage eine ganze Reihe netter Läden, Kunstgalerien, Cafés, Restaurants und schöner Hotels untergebracht waren.

Insbesondere faszinierte sie jedoch das bunte Treiben der vielen Living-History-Darsteller in den Gassen und auf den Plätzen, an denen sie vorbeikamen. Wo sie auch hinblickte, überall waren mittelalterlich gekleidete Gaukler, Schausteller und Musikanten zu sehen. Immerzu wichen vor ihnen Touristengruppen aus, die die Auslagen von Kunsthandwerksständen bewunderten. Dudelsackmusik und Lautenklänge erreichten das Fahrzeug. Und durch einen Straßenzug marschierte zum Vergnügen der Schaulustigen ein Pestzug.

»Meine Güte, ist das entzückend«, meinte Lena begeistert. »Ich hatte ja bloß gehofft, dass wir vielleicht noch Zeit finden würden, der Villa Kunterbunt einen Besuch abzustatten. Aber das hier übertrifft das bei Weitem.«

»Die Villa … was?« Elektra sah fragend zu ihr auf.

»Na, die Villa Kunterbunt. Pippi Langstrumpf. Das wurde doch damals hier gedreht.«

»Was soll das sein?«, fragte Kirke verwundert.

»Ihr wollt mir jetzt weismachen, dass ihr Pippi Langstrumpf nicht kennt? Die kennt doch jeder.« Ungläubig starrte Lena die Agentinnen an und trällerte begeistert los: »Zwei mal drei macht vier/widewidewitt und drei macht Neune!/Ich mach mir die Welt/widewide wie sie mir gefällt …/Hey, Pippi Langstrumpf, hollahi-hollaho-holla-hopsassa …«

Lena brach ab und räusperte sich verlegen. Was weniger an den verständnislosen Blicken Kirkes und Elektras lag, sondern vor allem an dem fast schon verzweifelten Augenrollen des Fahrers, wie sie deutlich im Rückspiegel erkennen konnte.

Sie war offenbar nicht die erste Deutsche, die er fuhr. Was schade war. Vor allem weil noch die Textstelle mit dem Äffchen und dem Pferd gekommen wäre.

»Tut mir leid«, erklärte ihr Fahrer nun auf Englisch. »Ich schaffe es nicht bis zum Ziel, da die meisten Straßen in der Altstadt wegen der Mittelalterwoche gesperrt sind. Den Rest müssen Sie leider zu Fuß gehen. Sie wissen, wie Sie hinfinden?«

»Ja, tun wir«, erklärte Elektra, die schon ihre Sachen nahm.

Der Wagen stoppte mit Blick auf den hübschen Dom zu Visby samt seinen markanten Türmen mit den dunklen Dachreitern. Kirke zahlte, und sie stiegen aus.

Elektra führte sie nun durch verwinkelte Gassen und Straßenzüge tiefer in die Altstadt, und zu Lenas Freude kamen sie an Kerzenziehern, Filzständen und einer Strohburg für Kinder vorbei. Auf einem Platz wurde ein mittelalterlicher Tanz aufgeführt, Marktschreier verkündeten eine spektakuläre ritterliche Tjost im Norden der Stadt, und ein rothaariger Mönch mit echter Tonsur versuchte ihnen lauthals Ablassbriefe zu verkaufen.

Endlich erreichten sie einen kopfsteingepflasterten Platz mit Brunnen, der von hübschen alten Häusern umrahmt wurde. Unmittelbar neben dem Brunnen bot eine Musikerin mit ihrer Harfe einem gemischten Publikum aus Touristen und Stadtbewohnern ihr musikalisches Können dar. Fasziniert lauschte Lena der Melodie, die sanft an ihr Ohr plätscherte, doch Elektra und Kirke ignorierten den

Auftritt und wandten sich stattdessen einem der Ladengeschäfte auf der Ostseite des Platzes zu. In dessen Schaufenstern lagen Goldringe, Halbedelsteinketten sowie Kristall- und Bernsteinschmuck aus. Auch die Aufschrift auf dem ovalen Aushängeschild über dem Eingang stellte klar, dass sie es mit einem Goldschmied zu tun hatten:

Bröderna Holgersson

Guldsmedsaffär & Juvelerare

sedan 1891

Kristallsmyken – Amber – Bröllopsringar – Hantverksarbete

Ein Windspiel über der Ladentür schlug an, als Elektra sie öffnete, und Kirke und Lena folgten ihr in einen großen Verkaufsraum mit niedriger Balkendecke, in dem geschickt beleuchtete Glaskästen und Vitrinen wunderschönen handgefertigten Schmuck aus Gold und Silber zur Schau stellten. Darunter elegante Halsketten aus Gelbgold, schicke Ohrringe aus Silber, Armbänder mit Sternzeichen, goldene Manschettenknöpfe mit maritimen Gravuren und natürlich Ringe in allen Größen und Formen. Lena entdeckte sogar teure Colliers und selbst Haarspangen aus Edelmetall. Auffällig war, dass die meisten der ausgestellten Kleinodien auf Bernstein und blitzende Bergkristalle als Schmuckelemente setzten.

Im hinteren Bereich wurde ein Ehepaar von einer jüngeren Verkäuferin bedient, während gegenüber der Ladentür ein Vorhang beiseitegezogen wurde und ihnen eine grauhaarige, ältere Dame in hanseatisch blauem Hosenanzug entgegentrat. Beiläufig berührte sie eine Lesebrille, die an einer Silberkette um ihren Hals baumelte.

»God dag«, begrüßte sie sie reserviert. Ihr Blick erfasste Elektra, und für einen Moment legte sie ihre Stirn in Falten. »Ist es möglich, dass Sie schon einmal Kundin unserer Niederlassung waren?«

»Ja«, antwortete die Lettin knapp. »Ist nur schon einige Jahre her.«

»Ihre Begleiterinnen wissen handgefertigten Schmuck ebenfalls zu schätzen?«

»Teils, teils«, meinte Elektra.

»Meine Freundin hier«, sie berührte Kirke am Arm, »ist eine leidenschaftliche Bewunderin jener Pretiosen, die sie in Ihrer Niederlassung in Athen kennengelernt hat. Und ich glaube, ich darf nicht zu Unrecht feststellen, dass sie die stille Eleganz und Perfektion, die in jedem Ihrer Schmuckstücke zum Ausdruck kommt, zu ihrem Lebensstil gemacht hat. Meine zweite Begleiterin«, sie nickte in Lenas Richtung, »ist leider nur ganz billigen Modeschmuck gewohnt.«

Entrüstet klappte Lena der Mund auf.

»Verstehe …« Die ältere Dame musterte Lena von oben bis unten, bevor sie sich wieder an Elektra wandte. »Sie sollten wissen, dass wir nicht der geeignete Ort für gewöhnlichen Boulevardgeschmack sind. Ihre Freundin dürfte von unserem Geschmeide ein wenig überfordert sein.«

»He, das stimmt doch gar nicht«, empörte sich Lena. »Ich hab mir auch schon mal etwas richtig Schickes gegönnt. Nämlich zwei Katy-Perry-Gold-Double-Ohrstecker aus ihrer Prisma-Sammlung. Okay, die waren jetzt nicht sooo teuer. Und den einen habe ich dann leider auch zwei Monate später auf der Toilette verloren.« Sie errötete. »Ich hatte an dem Abend ziemlich viel Alkohol getrunken, was meinem Magen nie guttut. Trotzdem war das …«

»Die Umstände verlangen es.« Kirke trat nun vor. »Wir müssen dringend Ihre Kunstschmiede besuchen.«

»Gut, dann werde ich gleich die Inhaberin informieren. Sie sind mit unseren Gepflogenheiten vertraut?«

»Selbstverständlich«, antwortete Elektra.

»Sehr schön. Sagen Sie mir doch bitte noch einmal, welchen Schmuck Sie bevorzugen?« Sie deutete auf eine Auslage mit hübschen Goldringen. »Hier etwa hätten wir zum Beispiel ein ganz zeitloses Stück. Unseren Ring Victoria Adelheid. Tsarina-Band, besetzt mit wunderschönen Bernsteinfragmenten. Es sei denn natürlich, Sie möchten …«

»Nichts dergleichen«, unterbrach Kirke sie ungnädig. »Für uns kommt ausschließlich eine Visby-Linse in Frage. Handgeschliffener

Bergkristall mit dreigeteilter Fassung aus Sterlingsilber und aufgelöteten Verzierungen.«

»Ich sehe, Sie sind eine Kennerin.« Die Frau schürzte anerkennend die Lippen. »Wenn Sie mir bitte folgen würden.«

Unter dem fragenden Blick Lenas trat sie hinter den Tresen, öffnete dort eine Schublade und präsentierte ihnen einen faszinierend in Linsenform geschliffenen Bergkristall, der in eine dreigeteilte Silberfassung eingesetzt war. Ein Arrangement, das verdächtig dem A.R.G.O.S.-Emblem ähnelte.

»Bestens.« Elektra schnappte sich den Klunker und deutete nach hinten in den Laden. »Den probieren wir gleich mal an.«

»Bei Nichtgefallen belassen Sie ihn einfach an Ort und Stelle.« Die ältere Dame lächelte schmal. »Wir verpacken ihn dann wieder.«

Inzwischen ahnte Lena, dass das Schmuckstück eine ähnliche Funktion hatte wie die Zigarre im Kampen, und folgte ihren Mitstreiterinnen zu einer Umkleidekabine, die außer einem großen Spiegel kaum Mobiliar enthielt.

»Eine Umkleide in einem Schmuckgeschäft?«, zeigte sich Lena verwundert. »Das ist doch völlig bekloppt.«

Kirke schloss die Tür hinter ihnen, und es wurde recht eng.

»Frag nicht«, murrte die Griechin. »Sei einfach froh, dass wir nicht das Kontor in Madrid aufsuchen müssen. Da liegt der Zugang in einer Stierkampfarena.«

Elektra hatte sich längst auf die Zehenspitzen gestellt, und Lena sah ihr dabei zu, wie sie den funkelnden Kristall mühsam am oberen Ende des Spiegelrahmens einzusetzen versuchte.

»Was sind eigentlich Visby-Linsen?«, wollte Lena wissen.

»Kristalllinsen, die man bislang ausschließlich in Wikingergräbern hier auf Gotland gefunden hat«, ächzte Elektra, die sich noch immer verzweifelt streckte. »Man weiß bis heute nicht so genau, wozu sie dienten. Vermutlich als Vergrößerungsgläser, Lesehilfen oder Brenngläser. Entsprechend birgt das Kontor in Visby eine Forschungseinrichtung für optische Gerätschaften und Laser. Angeblich forschen sie hier sogar an Hologramm-Technologien. Da hatte ich aber nie Zutritt.«

»Die Brosche da ist natürlich Hightech«, ergänzte Kirke, die dem Treiben von Elektra zunehmend ungeduldig zusah. »Wir nennen sie Apollon-Augen. Die werden nur für besondere Feldeinsätze ausgegeben. Sie kombinieren die Funktionen eines Entfernungsmessers, einer Kamera, eines Teleskops und eines hochauflösenden Mikroskops. Die meisten von ihnen gewähren ihren Trägern auch Nacht- und Infrarotsicht. Und sie sind sehr kleidsam.«

»Wow!«, meinte Lena beeindruckt.

»Ach so«, ergänzte Kirke. »Licht machen kann man mit ihnen auch. Normales und UV-Licht. Bei der Funktionsanwahl auf der Rückseite sollte man nur etwas aufpassen, denn sie verfügen auch über einen integrierten Laser-Schneidbrenner. Das kann dann schon mal gehörig ins Auge gehen, wenn du verstehst ...« Kirke schob Lena beiseite. »Elektra, muss ich dich erst hochheben?«

»Vergiss es!«

Es klickte, als das Apollon-Auge endlich einrastete. Schlagartig erlosch das Licht in der Kabine, stattdessen wurden sie von einem Gitter aus Laserlicht umhüllt, das jäh aus der Linse stach.

»Willkommen in Visby, Elektra und Kirke«, erklang die bekannte weibliche Computerstimme. »Und willkommen, Poseidon. Das Kontor fühlt sich geehrt über deinen Besuch.«

Lena spürte, wie sich die Kabine abwärts bewegte.

»Sag der KI, dass sie dich nicht bei deinem Namen nennen darf«, forderte Kirke.

»Visby, nenn mich hier keinesfalls bei meinem Namen«, beeilte sich Lena dem Wunsch nachzukommen. »Ich bin hier inkognito.«

Unvermittelt öffnete sich die Fahrstuhltür. Lena ließ Kirke und Elektra den Vortritt, warf dem Spiegel noch einmal einen kurzen Blick zu ... und folgte ihnen leicht verzögert in ein altes Gewölbe mit Tonnendecke, bei dem es sich um einen einstigen Weinkeller handelte, wie man an zwei alten Fässern am gegenüberliegenden Ende ausmachen konnte. Unter der Decke waren Neonröhren angebracht, und an der Stirnseite befand sich ein Durchgang mit Treppenstufen. Dort kam ihnen ein gut aussehender junger Mann mit schwarzer Ponyfrisur und asiatischen Gesichtszügen entgegen. Er trug ein Headset und ein Schulterhalfter samt Pistole über dem Hemd.

»Herzlich willkommen im hiesigen Kontor«, begrüßte er sie mit auffallend deutschem Akzent. Als er Elektra erblickte, riss er verblüfft die Augen auf. »Elektra! Ist das die Möglichkeit. Ich dachte, die Erbsenzähler hätten dich zur technologischen Aufklärungseinheit in Felin versetzt?«

»Hi, Paris«, flötete Elektra ebenso erfreut und straffte hektisch ihre Jeansjacke. »Nein, ich bin bis jetzt im Außeneinsatz geblieben. Ich hätte aber auch nicht gedacht, dass du immer noch in Visby arbeitest.«

»Was kann ich für dich tun, Elektra?«, hallte im Gewölbe überraschend die freundliche KI-Stimme von den Wänden, kaum dass ihr Name gefallen war.

»Nein, Visby, wir wollen nichts von dir«, murrte der hübsche Agent. Er wandte sich wieder an Elektra. »Hast du vergessen, dass wir *sie* hier besser nicht beim Namen nennen?«

»Ach ja, stimmt. Tut mir leid.« Elektra sah gequält zu Kirke und Lena auf. »Besser ihr vermeidet das V-Wort. Als die Entwickler der KI ihren Namen gaben, haben sie nicht bedacht, dass das speziell in diesem Kontor immer wieder zu nervigen Missverständnissen führt.«

»Aber wo du schon fragst«, griff Paris Elektras Frage auf. »Ich wurde inzwischen zum Disponenten hier in … diesem Kontor bestellt. Darf ich fragen, wer deine Kolleginnen sind? Und vor allem: was uns die Ehre eures Besuchs verschafft?«

Lena hatte den Eindruck, dass sein Blick vornehmlich auf ihr ruhte.

»Agentin Kirke«, stellte sich Kirke förmlich vor.

Paris sah sie beeindruckt an. »Etwa die Kirke, die angeblich 2018 in Dublin im Alleingang die Entführung des Papstes durch militante Protestanten verhindert hat?«

»Das waren keine Protestanten«, erklärte Kirke, »sondern rechte

Abendländer von PERFIDA, diese ›Patriotischen Europäer für Rassismus, Faschismus, Indoktrination, Diktatur und Abschiebungen‹. Die Schwachköpfe wollten ihn zwingen, sie öffentlich im Fernsehen zu segnen.« Müde winkte sie ab. »Aber das ist Schnee von gestern. Unsere Begleiterin«, sie wies auf Lena, »ist übrigens Zivilistin. Wir mussten sie im Rahmen eines Zeugenschutzprogramms herbringen. Name: Mara Harris. Wir müssen dringend mit ihr in die Analyseabteilung.«

»Wir kommen direkt von einem Einsatz in Polen«, ergänzte Elektra.

»Verstehe.« Agent Paris fasste Lena abermals ins Auge. »Euch ist hoffentlich klar, dass das Kontor nicht für Zivilisten ausgelegt ist? Darüber muss in jedem Fall Prinzipalin Antigone in Kenntnis gesetzt werden.«

»Gut, dann bringen wir das gleich hinter uns.« Kirke marschierte los.

»Einen Moment«, hielt Paris sie auf. »Ein Drittel der Belegschaft hat heute freibekommen, um dem Mittelaltermarkt oben einen Besuch abzustatten. Und sie wollte ebenfalls mal an die frische Luft. Wir kommen hier unten ja kaum raus. Ich versuche, sie direkt zu erreichen.«

Er nestelte an seiner Armbanduhr, ein Teil der Wand links von ihnen flimmerte und offenbarte einen großen Bildschirm.

»Neueste Tarntechnologie«, erklärte er augenzwinkernd. »Wir testen sie hier.«

Auf dem Bildschirm war nun eine Mittvierzigerin mit runder Hornbrille in einem schwarzen Scharfrichterkostüm samt Kapuze zu sehen, die gerade ein Richtschwert in beiden Händen wog. Ungnädig blickte sie zu der Kamera auf.

»Paris, ich hoffe, es gibt nicht schon wieder Probleme in St. Petersburg? Ich bin gerade mit Ajax zu dieser Tjost unterwegs.«

»Nein, Prinzipalin Antigone«, antwortete Paris etwas steif. »Das Kontor hat nur soeben Besuch erhalten. Agentin Elektra und Agentin Kirke. Die beiden haben eine Zivilistin mitgebracht.«

»Ach, sieh an: Elektra!« Antigone legte das Scharfrichterschwert ab und streifte sich die Kapuze vom Kopf. Lena sah, dass die Kontorleiterin ihr nussbraunes Haar mit einer Dauerwelle in Form gebracht hatte. »Willkommen zurück in Visby!«

»Was kann ich für dich tun, Antigone?«, war im Hintergrund die leise Stimme der KI zu hören.

»Herrgott noch mal, nicht du!«, schaltete sie die KI ab, bevor sie sich wieder Paris zuwandte. »Elektra weiß, was sie tut. Und von Kirke habe ich bislang nur Bestes gehört. Um helfen zu können, muss ich dennoch wissen, um welche Mission es geht.«

Elektra trat vor. »Mission Piroggen. Du weißt schon, diese durchgeknallten Ordensschwestern.«

»Sollte ich von denen schon einmal gehört haben?«

»Die Mission sollte sich im Verzeichnis befinden«, behauptete die Lettin kühn. »Und wir benötigen eigentlich alles: einen Besuch in der Analyseabteilung, neue Ausrüstung, logistische Unterstützung und vermutlich auch eine Nacht Unterkunft. Ach so«, sie wandte sich kurz Lena zu. »Und ein Arzt wäre vermutlich auch nicht schlecht.«

»In Ordnung.« Antigone nickte. »Paris, du sorgst dafür, dass unsere Gäste erhalten, was sie benötigen. Alle Anträge in dreifacher Ausfertigung. Und check bitte, welche Kostenstelle für das wohl notwendige Thanatos-Programm aufkommt.«

Lena überhörte das mit dem Thanatos-Programm zur Gedächtnislöschung geflissentlich.

»Oh«, entfuhr es Lena. »Ist es möglich, dass wir heute vielleicht auch noch einmal selbst den Mittelaltermarkt in Visby auf…«

»Was kann ich für dich tun, Inkognito?«, erschallte im Raum die freundliche Stimme der KI.

Verwundert blickte Paris auf.

»Äh, nichts …«, antwortete Lena leise.

Elektra wandte sich rasch an die Prinzipalin des Kontors. »Vielen Dank. Wir werden die Kosten natürlich möglichst gering halten.«

»Darum will ich auch bitten«, erklärte Antigone. »Ach so, Elektra, wenn du schon mal hier bist, sieh dir bitte mal die Computer in der

Buchhaltung an. Seit dem Aufspielen der neuen Controlling-Funktion friert da ständig der Bildschirm ein. Unsere Experten kriegen das einfach nicht in den Griff.«

»Wird gemacht«, versprach Elektra.

Antigone schaltete ab, und Paris deutete zum Ausgang des Gewölbes. »Die Analyseabteilung als Erstes?«

»Technische Analyse«, konkretisierte Kirke. Gemeinsam mit dem hübschen Kollegen brach sie auf.

Lena folgte den beiden, und Elektra stupste sie aufgekratzt an.

»Der ist doch ein Hingucker, oder?« Die Lettin zwinkerte hinter ihrer Brille anzüglich. »Wäre er etwas jünger, hätten sie ihn auch für die Gwangyang Dragons casten können. War damals nicht ganz einfach, mich auf meine Ausbildung zu konzentrieren.«

Lena grinste, verkniff sich jedoch einen Kommentar, da Paris sie nun in einen Gang führte, der rechts weitgehend verglast war. So konnten sie einen Blick auf eine große unterirdische Kammer mit zahlreichen Computern an den Wänden werfen, in der Techniker in weißen Kitteln eine futuristisch aussehende Laserkanone testeten, deren scharfer Strahl soeben eine dicke Metallplatte durchschnitt.

Kaum dass die Weißkittel sie bemerkten, drückte einer von ihnen einen Knopf. Die Glaswand trübte sich zu Lenas Enttäuschung und nahm innerhalb weniger Augenblicke das Aussehen einer geziegelten Wand an, die sich nur wenig von den übrigen Gewölbewänden unterschied.

»Ich wette, die Kanone ist für die Perseiden bestimmt«, meinte Elektra überzeugt.

»Euer Satelliten-System?«

»Wow, du bist erstaunlich gut informiert.«

Sie folgten Paris über eine weitere Treppe in einen Querkorridor, überquerten auf einer eisernen Galerie ein großes Gewölbe mit riesigen Monitoren an den Wänden, in dem Anzugträger die Hausstürmung irgendwelcher Agenten koordinierten, und landeten schließlich in einem geziegelten Trakt, von dem mehrere Türen abzweigten.

»Labor 1 gehört euch.« Paris trat vor eine der Türen und reichte ihnen eine Schlüsselkarte. »Ich kümmere mich schon einmal um den Rest. Vermutlich wollt ihr auch etwas essen.«

»Danke.« Elektra lächelte versonnen. »Vielleicht treffen wir uns nachher in der Kantine und quatschen über alte Zeiten?«

»Sehr gern.« Paris zwinkerte. »Aber erst, nachdem du die Buchhaltung auf Vordermann gebracht hast. Du kennst Antigone.«

Er verabschiedete sich, und Lena blickte ihm ebenso wie Elektra angetan hinterher.

»Genug Süßholz geraspelt?«, fragte Kirke. »Fangen wir besser mit der Arbeit an.«

Elektra warf ihr einen missbilligenden Blick zu, und sie betraten einen weiß gestrichenen Raum, in dem Computer und zahllose weitere technische Apparaturen herumstanden, von denen Lena mit etwas Glück einen Röntgenapparat und ein Elektronenmikroskop identifizieren konnte.

Elektra setzte sich sofort vor einen der Computer, während Kirke Lenas Smartphone auf den Tisch legte.

»Visby, Computer hochfahren!«, ordnete die Lettin an.

Sofort sprangen die Rechner im Raum an, und Elektra rief irgendwelche Programme auf.

»Okay«, murmelte sie. »Zunächst mal werde ich die Piroggen-Mission abändern. Nicht, dass noch auffällt, dass wir diese Nonnen schon längst, sagen wir mal, exkommuniziert haben.« Sie winkte Lena heran. »Ich brauche Zugriff auf die Missionsdatei, denn nachträgliche Veränderungen dürfen nur Agenten der Führungsebene ausführen.«

»Visby, Zugriff auf Missionsdatei Piroggen gewähren«, sprach Lena.

»Zugriff gewährt«, tönte im Raum die freundliche KI-Stimme.

Elektra änderte die Mission ab und schloss die Datei wieder. »Okay, und jetzt zu dem, weswegen wir eigentlich hier sind.«

Sie griff nach Lenas Smartphone und zog den Film, den diese in Budapest aufgenommen hatte, auf den Rechner.

»Was habt ihr damit vor?«, fragte Lena neugierig.

»Siehst du das?« Kirke beugte sich vor, als die Stelle kam, in der One-Eye-Dawn zu ihren Anhängern sprach. »A.R.G.O.S. hat nach einiger Entwicklungszeit ein Programm namens HarpocratesNet fertiggestellt. Benannt nach dem griechischen Gott der Stille. Es ermöglicht mithilfe unserer KI das Lippenlesen.«

»Himmel, ich begreife!« Lena riss die Augen auf. »Dass der Anschlag in Schweden schon morgen stattfinden soll, wissen wir ja. Ihr hofft nun, dass uns One-Eye-Dawn verrät, wo genau?«

»Exakt«, murmelte Elektra, die das Programm lud, das Video einstellte und schließlich One-Eye-Dawn auf dem Film markierte. »Zugleich ist das unsere einzige Chance, einen von diesen Irren zu schnappen, um so eine Spur zu Daedalos zu finden.«

Sie startete das Programm, das nun die Lippenbewegungen der Ökoterroristin analysierte. Doch auch Lena sah, dass hinter dem Waggonfenster leider immer wieder Köpfe ins Bild traten, die einen ungetrübten Blick auf sie verhinderten. Das A.R.G.O.S.-Programm rechnete trotzdem tapfer und spuckte kurze Zeit später das Ergebnis aus:

*... kann auch dieser Rückschlag nicht aufhalten. Gaia fordert von uns unbeirrt ... Industrie und Establishment einen Schlag ... sich die Hälfte unserer Kriegerinnen in Stockholm ... neue Unterstützung anfordern. Ich sorge dafür, dass wir nötigenfalls vor Ort neues Equipment erhalten. Wird sie nicht glücklich stimmen, aber solange ... und auch wir haben noch ... Melodie einzufinden. Und zwar unter schärfsten Sicherheitsvorkehrungen. Nötigenfalls blasen wir alles weg, bis die Sprengsätze zünden. Wir flüchten dann über das Nachbardock, wo bereits ...*

»Wir haben sie!«, zischte Elektra. »In Stockholm also.«

»Sieht so aus«, pflichtete ihr Kirke bei. »Und wenn das mit diesem Dock stimmt, dann ist eine Aktion im Hafen geplant. Aber was genau haben die vor?«

»Und was soll das mit dieser Melodie?«, grübelte die Lettin halblaut. »Ein Erkennungszeichen?«

»Kann ich mir nicht vorstellen«, mischte sich Lena ein. »Aber das ist doch ein Hafen. Kannst du nicht mal bei der dortigen Hafenmeisterei anrufen, um so herauszufinden, welche Schiffe da vor Anker liegen?«

»Anrufen?« Elektra schnaubte abfällig.

Sie rief die Seite der Hafenmeisterei auf, startete ein Programm und hackte sich mit fliegenden Fingern in deren System ein.

Auf dem Schirm erschien nun eine Liste mit allen möglichen Frachtern und anderen Schiffen, die in Stockholm vor Anker lagen oder dort bis morgen erwartet wurden.

»Da!«, rief Kirke plötzlich. »Die ›Melody of the Oceans‹! Ein Kreuzfahrtschiff, das gerade gewartet wird.«

»Das gibt es doch nicht.« Lena beugte sich erstaunt vor. »Mit dem Schiff waren meine Schwester und ich zwei Wochen in der Ägäis.«

»Schön für dich«, meinte Kirke leidenschaftslos. »Dann solltest du ja wissen, wie es mit der Umweltbilanz dieser Riesenpötte bestellt ist. Ich schätze, dass sie das Schiff mit den Haftminen aus Budapest morgen versenken wollen. Würde jedenfalls genau zu deren Agenda passen.«

»Und was jetzt?« Elektra sah fragend zu ihr auf.

Kirke rieb sich über das Kinn. »Wir brauchen ein paar hochauflösende Aufnahmen unserer Perseiden. Irgendeiner unserer Spionagesatelliten wird Aufnahmen von Stockholmer Hafen liefern können. Und wenn du schon dabei bist, fordere in Brügge bitte mal den Wetterbericht für morgen an.«

Elektra gab die entsprechenden Anfragen ein, und wenig später präsentierte sie ihnen die gewünschten Satellitenbilder.

Kirke verdrängte Elektra vom Computer, suchte auf den Aufnahmen nach dem Kreuzfahrtschiff und fand es an einem unzugänglich gelegenen Wartungsdock.

»Sieht nicht gut aus«, meinte Elektra, die ihr über die Schulter schaute. »Alle Landwege zum Schiff lassen sich bestens überwachen.

Sich dem Pott unbemerkt von der Wasserseite aus zu nähern ist ebenfalls ein Ding der Unmöglichkeit.«

»Das passt auch noch in anderer Hinsicht«, meinte Lena nachdenklich. »In Schweden streiken gerade die Hafenarbeiter. So stellen die sicher, dass der Verlust an zivilen Opfern begrenzt bleibt.«

»Sicher?«, fragte Elektra.

»Ja, klar.« Lena sah sie an. »Ich muss so etwas wissen. Was glaubst du, was mein Job bei der Viktualia Consulting Group war?«

Kirke checkte inzwischen den Wetterbericht, der einen freundlichen Sonnentag mit wenig Bewölkung versprach.

»Gut, das erleichtert auch uns den Einsatz«, erklärte die Griechin angriffslustig. »Denn ›unmöglich‹ gibt es in meinem Wortschatz nicht. Das alles hängt lediglich davon ab, welche Ressourcen uns in Stockholm zur Verfügung stehen. Ich denke da an die umgebaute Cessna 208, die in unserer Faktorei in Nyköping stationiert ist und die nur noch nach Stockholm überstellt werden muss. Außerdem ein Dutzend Kanister Nephilim-Liquid, ein Schlauchboot und noch so einiges andere mehr.«

»Ich ahne, was du vorhast.« Elektra biss sich leicht auf die Unterlippe. »Und du meinst, die Erbsenzähler bewilligen uns das alles?«

»Na, wir haben doch einen gewaltigen Vorteil.« Kirke sah listig zu Lena auf. »Wir können die Hierarchie überspringen und uns das alles von der Götterebene höchstpersönlich absegnen lassen. Ich brauche dafür nur Poseidons Vollmacht.«

Elektra grinste. »Würdest du bitte mal, Lena? Mir fallen da nämlich auch noch ein paar Gadgets ein, die man mir bislang immer verweigert hat. Zum Beispiel weiß ich, dass wir in unserem Kontor in Venedig ganz zufällig einen vom Laster gefallenen Prototyp der Playstation 6 liegen haben.«

»Kommt nicht in Frage«, widersprach Lena bestimmt. »Das wäre nicht in Doktor Finks Sinne.«

»Du machst jetzt ernsthaft einen auf Chefsekretärin?«, schmollte die Lettin.

»Assistentin!«, korrigierte sie Lena.

Vorsichtshalber erteilte sie nur Kirke eine entsprechende Vollmacht, als ihr eine Idee kam. »Leute, wenn wir hier schon Zugriff auf euer System haben, hätte ich noch etwas. Die Sache mit den fehlenden Göttern bei der Olymp-Konferenz in Kampen. Aphrodite und Hestia.«

»Du meinst deine Theorie, nach der nicht nur Poseidon ausgeschaltet wurde?« Kirke verschränkte besorgt die Arme vor ihrer Brust. »Mal ehrlich: Welchen Grund sollte es gegeben haben, Perseus so etwas zu verschweigen?«

»Um ihn nicht zu beunruhigen?« Lena sah unsicher in die Runde. »Glaubt ihr, dass ich in Poseidons Namen herausfinden könnte, ob denen was passiert ist?«

Kirke und Elektra warfen sich beunruhigte Blicke zu.

»Schätze schon«, meinte die Lettin schließlich. »Du solltest angesichts deiner Olymp-Rechte vollen Zugriff auf das Arachne-Netzwerk haben. Ich weiß zwar nicht, wie das intern auf der Olymp-Ebene gehandhabt wird, aber ich schätze, dass so eine Anfrage mindestens bei Zeus landen wird.«

»Na ja«, Lena zuckte mit den Achseln. »Er war es, der Perseus den Auftrag gab, die Hintergründe von Poseidons Ermordung aufzuklären.« Sie senkte unwillkürlich ihre Stimme. »Müsste der nicht längst wissen, dass mir Poseidon seine Rechte übertragen hat? Ganz ehrlich, nach allem, was ich bislang über euch weiß, ist das doch ein so ungeheuerlicher Vorgang, dass ich mir kaum vorstellen kann, dass der nicht inzwischen bemerkt hat, dass ich …«

»Probiere es«, unterbrach Kirke sie. »Denn du hast vollkommen recht. Spätestens nachdem du im Loft die Selbstverteidigung aktiviert hast, muss eine entsprechende Meldung an ihn rausgegangen sein.«

»Okay.« Lena schluckte. »Visby, gib mir Zugriff auf dieses Arachne-Netzwerk.«

»Zugriff erteilt, Inkognito«, antwortete die weibliche Computerstimme freundlich.

»Und nenn mich ab jetzt ›Gast‹«, korrigierte Lena die KI schnell.

»›Gast‹ gespeichert«, kam es zurück.

»Gibt es einen Hinweis auf einen möglichen Tod der Götterkollegen Aphrodite und Hestia?«

»Keine Hinweise verfügbar«, antwortete Visby. »Aber hundertsiebenundvierzig Dateien zu den Themenbereichen Aphrodite und Hestia sind für Anfragen gesperrt.«

»Von wem?«, fragte Lena argwöhnend.

»Von Zeus.«

Lena und die Frauen sahen sich an.

»Kann jemand über *mich* Erkundigungen einziehen?«, wollte sie jetzt wissen.

»Anfragen zu Poseidon gesperrt.«

»Hat das ebenfalls Zeus veranlasst?«

»Das ist korrekt, Gast«, bestätigte die KI mit sanfter Stimme. »Anfragen über dich laufen direkt über ihn. Soll ich einen Kontakt herstellen?«

Lena sah ihre Begleiterinnen überfordert an, doch Kirke winkte ab.

»Nein. Aber ...« Lena rieb sich nachdenklich den schmerzenden Arm. »Kannst du mir sagen, wann sich Aphrodite und Hestia zuletzt eingeloggt haben?«

»Aphrodite am 14. Juli, 17.05 Uhr«, antwortete die KI. »Hestia am 27. Juli, 10.03 Uhr.«

»Gab es zuvor einen Tag seit ihrer Erhebung in den Olymp, an dem die beiden *nicht* im Arachne-Netzwerk aktiv waren?«

»Nein, Gast.«

Kirke stöhnte schwer und verengte plötzlich misstrauisch die Augen. »Lena, nimmt man Poseidon hinzu, liegt das alles erschreckend nah beieinander. Und es ist bereits einige Tage her, seit ihr Kampen verlassen habt. Frag Visby, ob es noch mehr Götterkollegen gibt, die sich in der letzten Zeit für mindestens vierundzwanzig Stunden nicht im Netzwerk angemeldet haben.«

»Du befürchtest, dass ...?«

»Tu es!«

Lena wiederholte die Frage beklommen.

»Ja, Gast«, antwortete die KI höflich. »Apollon hat sich seit siebenunddreißig Stunden und dreizehn Minuten nicht mehr im Netzwerk angemeldet.«

»Apollon auch?«, keuchte Elektra entsetzt. »Dann war die Ermordung von Poseidon also tatsächlich Teil eines größeren Plans, und jemand radiert nach und nach die Führungsebene von A.R.G.O.S. aus.«

»Gut. Bleiben wir ruhig.« Kirke atmete tief ein und dachte nach. »Im Augenblick können wir für die Mitglieder des Olymps nichts anderes tun, als darauf zu vertrauen, dass sie sich selbst schützen. Wir bleiben einstweilen an der Spur der Warriors dran. Dass die von dritter Seite unterstützt werden, wissen wir. Ebenso, dass es mutmaßlich diese Unbekannten sind, die für die Angriffe auf den Olymp verantwortlich sind. Wie beides miteinander zusammenhängt, müssen wir noch herausfinden.«

Die Griechin legte Elektra die Hand auf die Schulter. »Bevor du die Buchhaltung auf Vordermann bringst, schicke Zeus in Lenas … in Poseidons Namen einen Einsatzbericht. Er ist im Augenblick der Einzige im Olymp, dem ich traue. Gut möglich, dass er längst auf eine Nachricht von Perseus wartet. Ich werde derweil den Logistikern hier in den Arsch treten, damit wir morgen in Stockholm alles bekommen, was wir benötigen. Ach so: Und lösche die Bilder von Lenas Smartphone und lade ihren Taser wieder auf.«

»Alles klar«, meinte Elektra mit einem Seitenblick zu Lena. »Telefonieren … kann sie wirklich.«

»Und du«, wandte sich Kirke an Lena, »ruhst dich aus und hältst dich zur Verfügung, falls wir deine Hilfe benötigen, okay? Das wird morgen vermutlich sehr anstrengend.«

»Einverstanden«, meinte Lena schwach.

»Dann Ausführung!«

Während Elektra vor dem Computer sitzen blieb, nahmen Lena und Kirke ihr Gepäck und verließen das Labor. Im Gang wartete bereits Paris auf sie, der Unterlagen studierte. »Fertig?«

»Ja, fertig.« Kirke blickte zur Treppe. »Wie komme ich von hier zur Logistik?«

»Ist nicht schwer zu finden«, meinte der Agent. »Treppe runter und dann einfach den Schildern folgen. V... die KI kann dir im Zweifel natürlich helfen. Oder ich führe dich.«

»Nein, schon gut. Schaff Mara in ihr Quartier.«

»Wird gemacht.«

Kirke verabschiedete sich von Lena und ihm, und Paris führte Lena nun durch eine Tür in ein Treppenhaus, das nach oben führte.

»Meine Güte, was für ein Irrgarten«, meinte Lena schnaufend.

»Ja, A.R.G.O.S. hat unter der Stadt eine ganze Menge verborgener Keller zu einem großen Komplex zusammengeführt. Damals hatte hier praktisch jeder Kaufmann sein Privatlager.«

Er öffnete eine Tür, auf der ein rotes Kreuz angebracht war. »Aber zunächst einmal kümmern wir uns um deine Verletzungen.«

Lena betrat ein vornehmlich in Weiß gehaltenes und gut ausgestattetes Behandlungszimmer mit einem wuchtigen Behandlungsstuhl, einer Lederpritsche und Schränken nebst Arbeitstischen samt Laborgeräten.

»Ich schätze, ich habe einfach nur eine Prellung«, meinte Lena und tastete ihren linken Arm vorsichtig ab. »Da hat mich eine Kugel erwischt. Allerdings war ich durch eine kugelsichere Weste geschützt.«

»Das sehen wir uns trotzdem an.« Paris bat sie, im Behandlungsstuhl Platz zu nehmen, während er eine Schublade aufzog und Schachteln aus einem der Schränke kramte. »Nicht, dass Knochen oder Muskeln in Mitleidenschaft gezogen wurden. Welcher Arm?«

»Links. Die Prellung ist kaum zu übersehen.« Lena machte es sich bequem. »Sind Sie auch Arzt?«

»Nein, unser Doc ist auf dem Mittelalterfest. Aber ich kenne mich ein bisschen aus.«

»Ach, Sanitäterausbildung?«

»Ähnlich. Ausbildung zum Verhörspezialisten.« Mit einem charmanten Lächeln zog er eine Spritze auf.

»Ist das wirklich nötig?«, fragte Lena bei dem Anblick gequält.

»Ehrlich gesagt ist das seit heute Morgen schon alles wieder viel besser. Und gegen Tetanus bin ich geimpft.«

»Na, na, na.« Er zwinkerte aufbauend. »Wir wollen doch kein Risiko eingehen. Und für einen Gott stellst du dich etwas zimperlich an.«

»Gott?«

Ihre Blicke trafen sich, und jäh mischte sich ein entschlossener Ausdruck in seine Augen. Lena wollte aufspringen, doch ansatzlos war Paris über ihr, warf ihre Arme beiseite und stach ihr die Nadel in den Hals. Verzweifelt schrie Lena auf, aber er hielt ihr rasch den Mund zu.

»Sch! Ganz ruhig«, hallte seine Stimme seltsam verzerrt, während sein bezauberndes GD-Boys-Lächeln zu einem zähnebleckenden Grinsen mutierte. »Wer hätte damit gerechnet, dass ausgerechnet mir ein solcher Fang glückt? Das wird mich in der Hierarchie weit hinaufbringen.«

Schlieren wallten vor Lenas Augen, dann wurde es schwarz um sie.

\*

»… oder glaubt ihr, dass ich bloß aus Spaß Verstärkung angefordert habe?«, vernahm Lena am Rande ihres Bewusstseins eine wütende Stimme auf Deutsch. »Noch mal für dich: Das ist hundertprozentig die von dem Foto aus Rotterdam. Und jetzt kommt's: Die KI hat sie bei der Registrierung wieder als Poseidon vermerkt. Verstehst du es jetzt?«

Lena blinzelte benommen und versuchte sich zu bewegen. Doch ihr Körper wollte ihr nicht gehorchen. Außerdem war ihr schwindelig, und ihr Hals schmerzte.

»Nein, keine Ahnung, was mit dem ist«, fuhr die Stimme verärgert fort, die sie inzwischen als die von Paris identifiziert hatte. »War das *mein* Job? Sie ist hier in Begleitung von zwei anderen Kolleginnen aufgekreuzt. Codenamen Elektra und Kirke. Frag dich lieber mal, warum ihr davon nichts wusstet.«

Endlich klärte sich Lenas Blick, und verschwommen zeichnete

sich um sie herum eine Art großer Garage ab. Autoreifen lehnten an den Wänden. Sie entdeckte ein Regal mit Putzmitteln und Ölflaschen. Auf einem wackligen Holztisch stand eine ausrangierte Autobatterie neben einem Stoffbündel, und an den Holzwänden hingen aufgereiht zahllose Werkzeuge.

Ja, es waren wirklich Holzwände.

Über ihr an der Decke waren sogar Querbalken, außerdem spärliches Sonnenlicht, das durch ein blindes Dachfenster fiel. Der Ort, an den man sie geschafft hatte, war eine umgebaute Scheune. Unglücklicherweise war sie geknebelt und lag mit den Armen auf dem Rücken gefesselt am Boden.

»Lass das meine Sorge sein«, war nicht weit entfernt wieder Paris zu hören. »Elektra kenne ich seit meiner Rekrutierung. Die habe ich im Griff. Mir macht eher diese Kirke Sorge. Wenn die begreift, dass die Tippse weg ist, dann wird sie auch nach mir suchen. Vermutlich bin ich schon jetzt aufgeflogen. Aber wie ich schon sagte: Das Risiko war es wert.«

Lena drehte ihren Kopf und entdeckte den hübschen Agenten mit den asiatischen Gesichtszügen vor einer großen doppelflügeligen Schuppentür. Aufgebracht und mit dem Handy am Ohr ging er auf und ab.

»Nein, Mann, dazu kam ich noch nicht. Quetscht das selbst aus ihr raus. Ich hatte genug damit zu tun, sie unentdeckt aus dem Komplex rauszuschaffen. Sag dem Boss lieber, dass ich für diesen Fang von dieser beschissenen Insel abgezogen werden will. Und mach den Typen klar, dass sie sich beeilen sollen ...«

Er drehte sich zu ihr um, und sofort stellte sich Lena wieder bewusstlos.

»Ist mir egal, wie häufig ihr schon mit denen zusammengearbeitet habt«, schimpfte er weiter. »Hauptsache, die bringen die Karre mit. Die halbe Innenstadt ist für den Autoverkehr abgeriegelt, und ohne kriege ich die Kleine unmöglich bis zum Stadtrand, ohne Aufsehen zu erregen. Mach ihnen Feuer unter dem Arsch!«

Mit einem Fluch schaltete er das Handy aus, und Lena vernahm, wie er zu ihr kam und in die Hocke ging. Aufgeregt hämmerte ihr Herz, als sie unvermittelt seinen harten Griff an ihrer lädierten Schulter spürte. Schmerzerfüllt stöhnte sie auf.

»Wusste ich doch, dass du inzwischen wieder wach bist«, höhnte er.

Lena öffnete die Augen und starrte Paris ängstlich an.

Der junge Agent lächelte kalt und wischte sich nun einige Strähnen seines Fransenponys aus der Stirn. Wie konnte man zugleich so finster und so gut aussehend sein?

»Hmm, hmm, hmm«, versuchte Lena sich trotz ihres Knebels verständlich zu machen, doch natürlich war der Versuch zum Scheitern verurteilt.

»Ich weiß«, meinte der junge Agent fast mitleidig. »Muss ziemlich unangenehm sein. Der Mund trocknet aus, man kriegt schlecht Luft, und auf Insta wirkt so ein Knebel auch eher verstörend.«

Er deutete auf sie.

»Du wirst zwar noch genug Gelegenheit bekommen, um zu reden«, fuhr er fort, »aber wenn du dir Schmerzen ersparen möchtest, verrätst du mir besser jetzt schon, was ihr ausgerechnet in diesem Kontor zu suchen habt. Ihr verfolgt doch einen Plan. Also?«

Vorsichtig streifte er ihr den Knebel ab.

»Gar nichts werde ich dir verraten«, zischte Lena tapfer. »Du wirst schon sehen, meine Freunde finden dich und machen dich fertig.«

Mit einem Seufzer stopfte er ihr den Knebel wieder in den Mund und stand auf.

»Schade«, meinte er enttäuscht. »Hätte mir ein paar weitere Pluspunkte eingebracht. Die Leute, für die ich arbeite, werden es auch so herausfinden. Egal.« Er grinste zufrieden. »Wenn erst die neue Ordnung Einzug hält, wird man sich daran erinnern, dass ich es war, der dich aufgespürt hat.«

Lena beobachtete ihn dabei, wie er auf die Uhr blickte, durch einen Spalt an der Scheunentür nach draußen spähte und wieder unruhig auf und ab ging. Weitere drei oder vier Minuten verstrichen, bis sie draußen ein Schnauben und das Knarren rollender Räder hörte.

Paris öffnete die Torflügel, und Lena erhaschte einen Blick auf einen verlassenen Innenhof, als ein Kutschpferd samt Pferdekarren in Sicht kam.

Zwei Männer in mittelalterlichen Kostümen sprangen vom Kutschbock. Der eine, ein bärtiger Mittdreißiger, war wie eine alte Stadtwache Visbys gekleidet, inklusive Topfhelm, Schwert und rotem Visbyer Wappenrock samt Abbildung des Lamms Gottes. Der andere, ein blondgelockter Endzwanziger mit auffallendem Adamsapfel, steckte in einer schlichten Mönchskutte, die er mit einem Strick gegürtet hatte, an dem ein schwerer Knüppel hing.

»Da seid ihr ja endlich«, fuhr Paris die beiden an.

»Blas dich nicht so auf, Kleiner«, knurrte der Bärtige mit russischem Akzent. »Schon vergessen: Wir mussten noch den Pfahl anbringen. Sei froh, dass Boris mit Pferden umgehen kann.«

Lena zerrte derweil an ihren Fesseln, verlagerte ihr Gewicht und stellte fest, dass ihr Paris die Taschen ausgeräumt hatte. Natürlich. Aber ... er hatte das Objekt übersehen, dass sie sich vorhin heimlich hinten in den Hosenbund gestopft hatte. Allerdings brauchte sie einen unbeobachteten Moment, um daran heranzukommen, und den hatte sie gerade nicht.

Rasch schirrten die Neuankömmlinge das Pferd ab, und gemeinsam mit Paris schoben sie den Karren durch das Stalltor.

Verwirrt starrte Lena den unterarmdicken Holzpfahl an, der lotrecht über der Karrenfläche aufragte.

Gemeinsam marschierten die drei zu ihr und beäugten sie.

»Ist das deine Hexe?«, fragte der Bärtige spöttisch.

Allmählich dämmerte Lena, was die drei planten.

Paris trat an den Tisch mit dem Kleiderbündel heran und präsentierte ein rissiges, mittelalterlich anmutendes Lumpengewand.

»Ja, ist sie.« Er musterte sie geringschätzig. »Soll sie sich auf der Fahrt durch die Altstadt ruhig am Pfahl winden. Das wird die Illusion bloß glaubwürdiger machen. Niemandem da draußen wird auffallen, dass wir eine echte Gefangene aus der Stadt schaffen. Also, helft mir dabei, sie passend einzukleiden.«

Die Männer richteten Lena grob auf, und sofort begann sie, sich zu wehren. Doch sie hatte keine Chance. Paris löste kurz ihre Handfesseln, zwang sie gemeinsam mit dem Blondgelockten in das mittelalterliche Kleid und fesselte ihre Handgelenke wieder im Rücken. Anschließend zerrten die Männer sie auf das Fuhrwerk und banden sie dort mit einem Strick an den Pfahl.

Zunehmend fassungslos sah Lena mit an, wie sich Paris nun ebenfalls Helm und roten Wappenrock eines Stadtbüttels überstreifte und sich dann mit einem Waffengehänge samt Schwert gürtete. Schließlich griff er in eine Tüte und kramte unter Lenas ungläubigen Blicken eine rote Pippi-Langstrumpf-Perücke mit langen Zöpfen hervor. Er kletterte zu ihr auf den Karren und zwang ihr die Perücke auf.

»Ich weiß«, erklärte er angesichts der skeptischen Blicke seiner Kumpane. »War nur leider die einzige, die ich so schnell auftreiben konnte.«

Empört verzog Lena das Gesicht, doch der Knebel erstickte ihre Schimpftirade.

»Wir fahren zum Nordtor«, kommandierte Paris, während die Russen den Karren rausschoben und das Pferd anschirrten. »Da fallen wir am wenigsten auf. Ich hoffe, ihr habt den Van bereitgestellt.«

»Sicher.«

Der Bärtige winkte ihn nach vorn zum Kutschbock, während der Blondgelockte in seinem Mönchskostüm auf der Ladefläche Platz nahm.

Mit einem Schnalzen ließ der Bärtige die Zügel klatschen, und der Gaul trabte los. Der Russe steuerte den Karren durch ein Hoftor und von dort hinein in das Gassengewirr der Stadt, wo ihnen schon bald Touristen und andere Living-History-Darsteller entgegenkamen.

Lena, die in ihrem Lumpengewand aufrecht am Pfahl stand, zerrte verzweifelt an ihren Fesseln und versuchte um Hilfe zu rufen. Stattdessen erntete sie bloß amüsierte Blicke.

»Auf den Scheiterhaufen mit der Hexenbuhle!«, rief Paris vorn auf dem Kutschbock.

»Hört, hört!«, kam es im Treiben der Menschen um sie herum zurück.

»Hexe!«

»Sie hat den bösen Blick!«

Die Leute lachten, und einige schossen sogar Fotos.

Das konnte doch alles nicht wahr sein.

Schwitzend mühte sich Lena am Pfahl ab und schaffte es allmählich, die Fesselung etwas zu lockern, während sie ruckelnd durch die Gassen rollten. Immerzu leierte Paris vorn seinen Spruch vom Scheiterhaufen herunter, was von dem Publikum gelegentlich mit einem enthusiastischen »Verbrennt sie!« kommentiert wurde, als Lena zwei Kinder mit Eiswaffeln in den Händen entdeckte, die zu ihr aufblickten. Offenbar Bruder und Schwester. Die Kleine fing sofort an zu flennen, und ihre dünne Stimme war zu hören.

»Mama, was machen die da mit Pippi? Die sollen sie losmachen.«

Hoffnungsvoll begann Lena wieder zu strampeln, bis sie den gehässigen Blick ihres Bruders bemerkte. Plötzlich sauste seine Waffel durch die Luft und klatschte ihr vor die Brust.

Seine Mutter zog ihn zwar sofort an den Ohren, doch die Menge quittierte dies mit begeistertem Johlen und Gelächter, und schon taten sich weitere Jugendliche damit hervor, Pappbecher, abgekaute Stiele von Grillfackeln und anderen Unrat nach ihr zu werfen. Lena begann den Mittelaltermarkt allmählich zu hassen.

Aufgebracht zerrte sie weiter an den Stricken und versuchte unbemerkt an das Objekt in ihrem Hosenbund zu gelangen. Aber dafür musste sie mit den Fingern zunächst einmal das elende Lumpengewand raffen, bis sie einen Riss erwischte, durch den sie hindurchfassen konnte. Und das war angesichts der doppelten Fesselung fast unmöglich. Doch eben nur fast.

Der Pferdekarren war inzwischen auf einen größeren Marktplatz geschwenkt. Dieser war von hübschen historischen Häusern umgeben, sie erblickte eine Vielzahl mittelalterlicher Stände, und weiter hinten war eine etwas zu große Musikbühne aufgebaut. Da brach vorn neuerlicher Tumult aus.

Lena hob erschöpft den Kopf und sah, wie sich die Menge der Touristen teilte und ein Ritter mit Helm, Schwert und blinkendem Kürass dem Fuhrwerk in den Weg trat.

»Halt!«, donnerte seine Stimme über den Platz. »Keinen Meter weiter! Runter mit ihr.«

Lena hätte am liebsten geheult vor Glück. Denn sie erkannte die Stimme sofort.

Das war Perseus!

Wie hatte er sie bloß aufgespürt?

Lena schrie wieder in ihren Knebel, während Paris vor ihr auf dem Kutschbock fluchte. »Scheiße, wo kommt der denn plötzlich her?«

»Wer ist das?«, grunzte der Bärtige. »Soll ich ihn abknallen?«

»Bist du bescheuert«, fauchte Paris mit Blick auf die Umstehenden. »Kein Aufsehen!«

Erwartungsvoll strömte weiteres Publikum auf dem Platz zusammen, darunter sogar zwei neugierige schwedische Polizisten, und irgendwo war die Stimme einer Teenagerin zu hören. »Guck mal. Der will sie retten. Voll romantisch!«

Lena, die ihr unter anderen Umständen zugestimmt hätte, raffte – eingeschränkt durch die doppelte Fesselung – erneut ihr Kostüm. Stück für Stück. Und endlich gelang es ihr, ihre Finger durch einen der Risse zu schieben und mühsam an ihren Hosenbund heranzukommen.

Perseus hatte sich bei einem benachbarten Stand längst einen blau-weiß bemalten Ritterschild gegriffen, der dort als Dekoration aufgestellt war.

»Na gut, dann eben so!«

Wütend ließ der Russe die Zügel auf den Rücken des Pferdes knallen, und unter lautem Gewieher preschte das Fuhrwerk auf Perseus los.

Der sprang im letzten Moment beiseite, wehrte den Schwerthieb ab, mit dem ihn Paris vom Kutschbock aus zu erwischen versuchte, packte den Arm des Verräters und riss ihn unsanft vom Kutschbock, während das Fuhrwerk knapp an ihnen vorbeiratterte.

Lena drehte den Kopf, sah zu ihrer Genugtuung, wie Perseus dem Jüngeren die Faust ins Gesicht rammte, und sofort wieder hinter ihnen herstürmte. Gefolgt von zahllosen Touristen, die sich den Spaß nicht entgehen lassen wollten. Längst war hinter ihr auch der Blondgelockte vom Wagen gesprungen, während der Bärtige vorne unter lautem Gebrüll Platz zu schaffen versuchte.

Nur kam er mit dem Fuhrwerk nicht weit, da auch dort Neugierige zusammenströmten, die von dem Spektakel angelockt wurden.

Hinter ihr ertönten Kampfgeräusche, als der Pferdekarren unter Getöse einen Stand mit Trinkhörnern rammte, eine Zeltstange umriss und so dafür sorgte, dass die Markise auf Kutschbock und Pferd herabfiel.

Der Standbesitzer schrie erbost auf, und das Fuhrwerk mit dem verstörten Pferd blieb stehen. Alarmiert sah Lena mit an, wie der Bärtige wütend unter der Zeltbahn hervorkroch, den aufgebrachten Standbesitzer mit einem Tritt zu Boden schickte, um mit gezückter Waffe an ihr vorbeizustürmen und sich ebenfalls ins Gefecht hinter ihr zu werfen. Der Marktplatz war nun von lautem Geschrei und Waffenlärm erfüllt.

Lena sah aus den Augenwinkeln, wie Perseus mit Schwert und Schild die auf ihn einprasselnden Schläge von Paris und dem Blondgelockten abwehrte, dem Mönch soeben die Beine wegtrat und es nun mit dem Bärtigen zu tun bekam, der seine Klinge mit voller Wucht auf den Schild des Agenten krachen ließ.

Das Publikum feierte den Kampf mit begeisterten Rufen, und im Hintergrund positionierten sich einige Touristen mit ihren Smartphones, um Selfies vor der martialischen Szene zu machen.

Angestrengt wand sich Lena am Pfahl, bis es ihr endlich gelang, das kostbare Apollon-Auge unter ihrem Hosenbund herauszufischen.

Das schlechte Gewissen, das sie geplagt hatte, weil sie die kostbare Hightech-Kristallbrosche an Kirke und Elektra vorbei aus dem Fahrstuhl stibitzt hatte, hatte sich längst verflüchtigt. Sie hatte schlicht nicht widerstehen können.

Zwar wurden diese Apollon-Augen normalerweise nur an verdiente Agenten ausgegeben. Aber sie fand, dass auch sie sich ein Erinnerungsstück an diese aufregende Zeit verdient hatte. Zumindest, falls sie das alles hier überlebte.

Derweil schlugen Perseus, Paris und der Bärtige wütend mit ihren Waffen aufeinander ein. Auch der Blondgelockte erhob sich wieder, stolperte jedoch über den Saum seines Mönchsgewands und stürzte unter dem Gelächter des Publikums der Länge nach wieder zu Boden.

Und doch war klar, dass Perseus allmählich in Bedrängnis geriet. Sein Schild war halb zersplittert, und seine Gegner nahmen ihn jetzt von zwei Seiten in die Zange.

Lena richtete die Linse des Apollon-Auges hinter ihrem Rücken grob auf die Seile aus, die sie an den Pfahl fesselten, und nestelte auf der Rückseite der Brosche nach irgendwelchen Tasten oder Knöpfen, die die Funktionen aktivieren würden. Insbesondere hoffte sie auf diesen Laser-Schneidbrenner. Ihr musste es nur noch gelingen, ihn anzuwerfen.

Da! Lena spürte einige runde Erhebungen auf der Broschenrückseite, die sich drücken ließen.

*Entfernungsmesser aktiviert*, quäkte auf Höhe ihrer Hüfte eine dünne elektronische Stimme gegen den Lärm auf dem Marktplatz, die sie sehr an die der KI erinnerte.

Mist!

Lena drückte rasch die anderen Knöpfe.

*Teleskopsicht akt... Kamera ak... UV-Licht ... Infrarot akti... Kombination von Entfernungsmesser und UV-Licht nicht ... Nachtsicht akti...*

Das konnte doch nicht wahr sein.

Verzweifelt drückte sie alle Knöpfe zugleich.

*Schneidbrenner aktiviert!*

Schon spürte sie, wie sich die Brosche erwärmte, gefolgt von einem scharfen Zischen und Knistern, dem rasch ein brandiger Geruch folgte. Gleich zwei Seilstränge, die sie am Pfahl hielten, lösten sich von ihrem Körper, als sie bei einem Blick über die Schulter sah, wie der Bärtige Perseus' Schild mit einem wuchtigen Schlag endgültig zertrümmerte.

Der Franzose trat den Russen seinerseits brutal vor die Brust, wehrte einen heimtückischen Stich von Paris ab und trieb diesen mit kraftvollen Hieben auf den Karren zu. Paris stürzte rücklings gegen den Wagen, als sich von hinten und mit lautem Schrei der Blondgelockte auf Perseus warf.

Perseus wurde hart am Helm getroffen, wirbelte herum, bevor er Paris den Rest geben konnte, und schaffte es gerade noch, dem Blondgelockten einen Schlag mit dem Schwertknauf zu verpassen, als beide zu Boden stürzten.

Paris erhob sich wieder, und auch der Bärtige stürmte bereits heran, als sich Lena seltsam frei fühlte.

Eher ... im freien Fall.

Denn der Schneidbrenner war deutlich effektiver gewesen, als sie es für möglich gehalten hatte. Er hatte hinten nicht bloß die Seilstränge durchtrennt, sondern den kompletten Pfahl.

Und mit diesem kippte sie jetzt rücklings nach hinten.

Lena schrie panisch in ihren Knebel, während sie vom Karren stürzte. Nur am Rande bekam sie mit, wie der Stamm gegen Hindernisse prellte, dann schlug sie unsanft am Boden auf.

Kurz wurde ihr beim Aufprall die Luft aus den Lungen getrieben, sie japste in ihren Knebel und war nur froh, dass sie die rote Perücke trug, die ihren Kopf etwas schützte. Sie lag jetzt auf dem Marktplatz, war aber immer noch gefesselt.

Wenigstens hatte der lange Holzpfahl nicht bloß Paris, sondern auch den Bärtigen brutal zu Boden gestreckt.

Ebenso wie Perseus und der Blondgelockte kamen sie taumelnd wieder auf die Beine und starrten sie wütend an, als bei der großen Bühne plötzlich krachendes Feuerwerk zündete, in das sich das unpassende Fiepen von Mikrofonen mischte.

Ihre Köpfe flogen wie die der Touristen herum, und Lena sah, wie sich die Menschenmenge teilte, da von ihnen unbemerkt vier Musiker mit mittelalterlichen Instrumenten die Bühne betreten hatten.

Zwei Männer und zwei Frauen. Die eine blond, die andere rothaarig. Während die Männer in den Gewändern mittelalterlicher Bänkelsänger steckten, trugen die Frauen die hübschen Kleider vornehmer Adliger.

Verblüfft riss Lena die Augen auf, Sie hatte die Formation sofort wiedererkannt. Wenn das nicht irgendwelche Imitatoren waren, dann standen dort tatsächlich Agnetha Fältskog, Benny Andersson, Björn Ulvaeus und Anni-Frid Lyngstad von ABBA.

Auch Perseus und seine drei Kontrahenten starrten verblüfft zur Bühne, jederzeit bereit, wieder aufeinander einzuschlagen, als Agnetha Fältskog, oder ihre Imitatorin, nach vorn trat.

»Was sehe ich da?«, ließ sich die berühmte Musikerin amüsiert auf das vermeintliche Schauspiel ein. »Was auch immer dieser jungen Frau zur Last gelegt wird, sie sei hiermit begnadigt. Herr Ritter, führen Sie die Maid stattdessen zum Traualtar!«

Ein Jubelsturm ging durch das Publikum, das sofort nach vorn drängte. Handys wurden hochgehalten, irgendwo kreischten Mädchen, dann sah Lena nur noch Beine.

Im nächsten Moment dröhnte eine mittelalterliche Version von »Waterloo« aus den Lautsprechern und erfüllte den Marktplatz. Selbst mit Schalmei und Fidel klang das Lied klasse.

Perseus nutzte zwar die Gelegenheit, sich breitbeinig und mit erhobenem Schwert vor Lena zu stellen, dennoch wurde Lena zwei- oder dreimal unsanft von vorbeieilenden Marktplatzbesuchern gestreift.

»Tut mir leid, aber Sie müssen Ihre Darbietung jetzt beenden«, tönte rechter Hand die Stimme eines der beiden Polizisten.

Mühsam kämpfte sie mit ihren Stricken, als sie doch noch helfende Hände spürte. Unter den schwungvollen Klängen der Musik schnitt Perseus die verbliebenen Seile durch, nahm ihr den Knebel ab und half ihr auf die Beine. Ihre Häscher hatten das Durcheinander auf dem Platz längst ausgenutzt, um sich abzusetzen.

Missmutig spähte Lena in Richtung Bühne, wo die beiden Frauen soeben wieder den Refrain des Liedes anstimmten.

»Waterloo.
I was defeated, you won the war.
Waterloo.
Promise to love you forever more.«

»Das war so peinlich.«

»Was ist peinlich?« Perseus klappte erstmals sein Visier hoch.

»Na, was wohl? Wie häufig kommt es wohl vor, dass einem Agnetha Fältskog das Leben rettet? Sie natürlich elegant und hübsch, und ich liege da in diesem Lumpengewand und mit dieser blöden Pippi-Langstrumpf-Perücke auf dem Kopf.« Aufgebracht warf sie das Haarteil zu Boden.

Perseus fasste kopfschüttelnd die Menge ins Auge. »Wir sollten uns besser fragen, wo diese Mistkerle hin sind.«

»Ob wir vielleicht noch Zeit finden, uns ein paar Autogramme zu holen?« Lena reckte den Hals.

»Ich fasse es nicht. Natürlich nicht. Weder jetzt noch sonst wann. Komm mit!« Perseus packte sie am Arm und führte sie energisch zum Rand des Marktplatzes.

Rasch schob er sie hinter einen Marktstand, während er sich weiter umsah. »Was zum Teufel war das eben? Wie bist du in diese Situation geraten?«

Verblüfft blickte Lena ihm in die dunklen Augen. »Dann wurdest du gar nicht von Kirke oder Elektra alarmiert?«

»Nein.« Perseus deutete auf ihren rechten Schuh. »Nach der Entführung von Daedalos habe ich in deiner Sohle einen Peilsender untergebracht. Als du dich vom Standort des Kontors entfernt hast, ohne dass eine Nachricht von Kirke einging, konnte es dafür nur zwei Gründe geben. Entweder, dass du dich selbsttätig abgesetzt hast – oder eben eine Entführung. Also, was ist passiert?«

Lena berichtete ihm niedergeschlagen, was im Kontor vorgefallen war, während im Hintergrund »Waterloo« ausklang und begeistertes Klatschen und Johlen den Marktplatz erfüllte, der sich immer weiter füllte.

Den verräterischen Paris schien Perseus im Gegensatz zu Elektra nicht zu kennen, ebenso wenig die beiden Russen. Und doch zeigten seine gelegentlichen Rückfragen, dass er mit dem Kontor vertraut war.

»Verdammter Mist!«, fluchte er, als sie fertig war. »Also sind es jetzt sogar vier Götter?« Er ballte eine Faust.

Im Hintergrund wurde das Johlen leiser und wich einer erwartungsvollen Stille, da ABBA zu einer mittelalterlichen Interpretation ihres Hits »SOS« ansetzte.

»Dass A.R.G.O.S. infiltriert wurde, ahnten wir ja schon«, fuhr Perseus ungerührt fort. »Und dass sie Fotos von dir haben, damit war auch zu rechnen. Was mich aber entsetzt, ist, dass sie sogar hier in Visby einen Mann hatten. Da will ich nicht wissen, wie es in den übrigen Kontoren aussieht.«

»Immerhin wusste er nicht, warum wir in Schweden sind«, meinte Lena nachdenklich und versuchte wieder, einen Blick auf die Bühne zu erhaschen. »Paris war sogar ziemlich überrascht. Und er sprach davon, dass er hier allein sei.«

»Verlassen sollten wir uns darauf besser nicht.« Endlich steckte Perseus sein Schwert weg. »In jedem Fall wissen unsere Gegner jetzt, dass Poseidon seine Götterrechte auf dich übertragen hat. Und das ist gar nicht gut.«

»Genau genommen«, korrigierte sie ihn, »sprach Paris in seinem Telefonat von *wieder*. Also, dass die KI mich *wieder* als Poseidon vermerkt habe.«

»Du bist dir sicher?«

»Ja.«

Perseus dachte nach. »Dafür gab es bislang nur zwei Gelegenheiten: in Kampen und in Budapest.«

»Da ist noch etwas«, meinte Lena besorgt. »Paris erwähnte so etwas wie eine *neue Ordnung*, die wohl bald kommen würde.«

»Eine neue Ordnung?« Perseus sah sie schräg an. »Sonst noch was?«

»Nein. Leider nicht. Aber ich denke nicht, dass er damit eine Welt frei von Umweltsünden meinte.«

»Ganz gewiss nicht«, pflichtete er ihr bei. »Für wen auch immer er arbeitet, die verfolgen irgendein anderes Ziel. Aber welches?«

»Wollen die A.R.G.O.S. vielleicht übernehmen und auf diese Weise eine Super-Verbrecher-Liga aufbauen?«, fragte Lena gespannt. »Dazu müssten die doch eigentlich bloß die Mitglieder des Olymps austauschen.«

»So einfach ist das nicht.« Perseus schüttelte den Kopf. »Vorher müssten sie auch noch den Verwaltungsapparat von A.R.G.O.S. wegräumen. Und die Heerschar an Buchhaltern, die unsere Organisation am Leben erhält. Und das ist so gut wie unmöglich.« Er senkte die Stimme. »Es gibt eh Gerüchte, nach denen der Olymp bloß für das operative Geschäft verantwortlich ist. Daneben existiert angeblich noch ein geheimer Aufsichtsrat, der allerdings nur sehr selten in Erscheinung tritt.«

»Aber welches Ziel verfolgen die dann?«

»A.R.G.O.S. ins Chaos zu stürzen?« Er zuckte mit den Achseln. »Wir werden es wohl erst herausfinden, wenn es uns gelingt, einen dieser Mistkerle zu schnappen. Leider ist uns diese Gelegenheit eben durch die Lappen gegangen.« Perseus schnaubte wütend, während er wieder zum Markt spähte. »Jetzt gilt es erst mal, Kirke und Elektra zu kontaktieren. Und das Kontor muss über den Verrat eines ihrer Agenten informiert werden. Wenn Prinzipalin Antigone Pech hat, muss sie Visby komplett räumen. Wenn das nicht eh der Revisor übernimmt ...«

»Der Revisor?«

»Vergiss den Namen am besten gleich wieder«, meinte Perseus hastig. »Gerade als Zivilistin. Er ist gewissermaßen der eiserne Kehrbesen des Olymps. Oder des geheimen Verwaltungsrats. So genau weiß das keiner. Ein Vollstrecker. Wo er auftaucht, löscht er jede Spur, die auf A.R.G.O.S. verweisen könnte. Und das so gründlich und radikal, wie du es dir kaum vorstellen kannst.«

Lena musste ihn etwas zweifelnd angesehen haben, denn er senkte seine Stimme abermals. »Hast du jemals von dieser Stadt in Deutschland gehört, die angeblich nicht existiert?«

»Du liebe Güte, du meinst nicht die Bielefeld-Verschwörung, oder?« Sie lachte amüsiert.

»Was, wenn ich dir sage, dass es bis in die Siebziger zwei Orte dieses Namens gab.«

»Ernsthaft? Davon habe ich noch nie gehört.«

»Eben.«

Perplex starrte sie ihn an.

»Und jetzt weg von hier.« Perseus zog sie unter den mittelalterlichen Klängen von »Thank you for the music« mit sich in eine der Gassen. »Ab jetzt bist du vorsichtiger, verstanden? Und woher hast du das hier eigentlich schon wieder?«

Er präsentierte ihr das Apollon-Auge, von dem sie erst jetzt merkte, dass sie es verloren hatte.

»Das, äh … Das kann ich dir erklären. Aber du darfst Kirke und Elektra nichts sagen.«

»Nein, das muss aufhören. Hast du mich verstanden?« Böse sah er sie an, während er sie weiterzog. »Und auch wir müssen damit aufhören, dich ständig in solche Situationen zu bringen. Wir haben schon Daedalos verloren. Es ist nur eine Frage der Zeit, bis auch dir etwas zustößt. Ich wundere mich eh, wie du das alles bislang unbeschadet überstanden hast.«

»Durch diesen Schutzanzug aus Aramidfas…?«

»Nein, das meine ich nicht. Spätestens seit heute trägst du auch noch eine fette Zielmarkierung auf der Stirn, auf der in Großbuchstaben ›Schnappt mich, ich habe Götterrechte!‹ steht. Nein«, ungehalten blieb er wieder stehen, »wir werden dich noch morgen in ein Safe House schaffen. Meinethalben auf Grönland. Oder besser gleich in der Arktis. Hauptsache, weitab vom Schuss – und zwar möglichst so, dass du dich nicht weiter selbst gefährden kannst.«

Lena schüttelte seinen Griff ab.

»Du bist unfair!«, fuhr sie ihn an. »Ohne mich wärt ihr doch gar nicht auf Budapest aufmerksam geworden. Weder auf das Loft noch auf den dortigen Stützpunkt dieser Gaia-Krieger. Ihr wärt nicht mal hier in Visby. Trotzdem behandelst du mich wie eine gewöhnliche …

Assistentin. Schon vergessen: In Budapest habe ich sogar einen dieser Killer ausgeknockt! Ich! Das hätte ich mir vorher nicht mal selbst zugetraut.«

»Lena!« Perseus sah sie noch immer verärgert an. »Poseidon ist tot. Mein Kollege Herakles ist tot. Daedalos wurde entführt und ist vermutlich ebenfalls schon lange ...« Er brach ab. »Und das waren ... sind Profis. A.R.G.O.S. wurde ganz offensichtlich unterwandert. Hilfe von außerhalb ist nicht zu erwarten. Die ganze Mission entgleist allmählich. Das alles ist kein Spaß. War es von Anfang an nicht. Ich kann nicht mehr für deine Sicherheit garantieren. Genau das war es aber, was Poseidon von mir wollte.« Er rang nach Worten. »Ich habe bereits in der Vergangenheit so viele Leute verloren, für die ich verantwortlich war, dass ich nicht zulassen kann, dass dir ebenfalls etwas zustößt.«

»Ich weiß«, murmelte sie mitfühlend. »Ich hab davon gehört.«

»Du weißt von der Cheerleader-Truppe?«

»Äh, nein. Von der jetzt speziell nicht ...«

»Dann hat dir Theodoros von der Sache in Warschau erzählt?«

»Du hast auch in Warschau Leute verloren?«

»Ist ja auch egal.« In seine Stimme mischte sich ein verzweifelter Unterton. »Ich glaube fast, dass auf mir ein Fluch liegt.«

»Ach, Unsinn!« Dabei wurde Lena in Wahrheit nun doch etwas mulmig zumute.

»Warum fragst du nicht mal mich um meine Meinung?«, versuchte sie sich ihre Zweifel nicht anmerken zu lassen. »Ich habe nie erwartet, dass du dich für meine Sicherheit verantwortlich fühlst. Okay, anfangs vielleicht ... aber inzwischen doch schon lange nicht mehr. Doktor Fink war für mich viel mehr als bloß ein Chef. Ich will wissen, wer ihn ermordet hat. Außerdem sind wir jetzt nur noch zu viert. Da wäre es doch völlig unsinnig, auf mich zu verzichten. Siehst du das nicht?« Sie baute sich kühn vor ihm auf. »Ich *will* dabei sein. Ich hab mich ehrlich gesagt noch nie so ... frei gefühlt. Euer Leben ist so aufregend. Und klar, natürlich auch gefährlich. Aber für dieses Thanatos-Programm ist es jetzt doch viel zu spät. T sagte in Kampen, dass man einem damit bloß die Erinnerung von zwei oder drei Tagen aus dem Gedächtnis löschen könne. Ihr müsstet mich inzwischen also schon erschießen, damit ich nichts mehr ausplaudern kann.«

Sie lachte, doch Perseus betrachtete sie stumm.

»Das hast du aber nicht vor, oder?«, fragte sie besorgt.

»Nein, natürlich nicht«, gab er unwirsch zurück.

»Dann nimm mich richtig ins Team auf. Nicht nur so … halb.« Bittend sah sie ihn an. »Ich verspreche, ich stehe euch auch nicht im Weg. Ich bin zwar nicht ausgebildet, aber unsportlich bin ich auch nicht. Ich hab früher mal Ballett gemacht. Und voltigiert habe ich auch. Und ich mache auch alles mit. Zumindest, wenn das nichts mit Spinnen zu tun hat …«

Perseus blickte zum Markt und gab ihr mit einem Kopfnicken zu verstehen, dass sie sich weiter absetzen sollten.

»Okay«, gab er sich geschlagen, während sie um eine Hausecke verschwanden. »Aber nur, weil du über einige nützliche Fähigkeiten verfügst. Nur liegen die eher hier.« Er tippte ihr gegen die Stirn. »Und auch nur unter einer Bedingung: dass du nicht leichtsinnig wirst.«

»Versprochen.«

»Gut.«

»Kriege ich das Apollon-Auge wieder?«

»Nein.«

Perseus steckte die Brosche demonstrativ weg. »Und jetzt zu den anderen. Die Ökoterroristen sind unsere einzige Spur. Ich will wissen, welchen Plan Kirke ausgeheckt hat.«

# Spy Games

»Genau so hat eine A.R.G.O.S.-Mission auszusehen!«, rief Perseus zufrieden gegen den Lärm des Flugzeugtriebwerks an.

Lena, die sich gerade den Reißverschluss ihrer Lederkombi zuzog, stand gemeinsam mit ihm im Frachtraum der umgebauten Cessna 208, die aus südwestlicher Richtung kommend Kurs auf Stockholms Hafen nahm.

Anders als die Piper, mit der sie von Budapest nach Visby geflogen waren, handelte es sich bei diesem Flugzeugtyp um eine einmotorige Turboprop-Maschine. Ihr vergleichsweise großer Laderaum war überaus spartanisch ausgestattet, und das Heck mit zahllosen festgegurteten Kanistern vollgestellt, die allesamt mit Schläuchen verbunden waren. Boden und Wände des Flugzeugs vibrierten leicht, und Lena spürte zunehmend die Aufregung über das Bevorstehende.

Wenn ihr jemand noch vor einer knappen Woche erzählt hätte, was sie heute zu tun beabsichtigte, dann hätte sie diese Person für komplett verrückt erklärt. Und allmählich zweifelte sie selbst an ihrer Courage. Klar, die vielen Schießereien in Rotterdam und Budapest waren schon nicht ohne gewesen. Aber in die war sie mehr oder minder zufällig geraten.

Das heute jedoch war eine ganz andere Nummer.

Jenseits der Tragflächen konnte sie die Ausläufer der schwedischen Hauptstadt ausmachen. Die Stadt lag am See Mälaren und erstreckte sich über vierzehn Inseln, sodass die Metropole angesichts der vielen breiten Wasserflächen zwischen den besiedelten Teilen von oben recht exotisch aussah. Winzig klein konnte sie da unten sogar den Schatten ihres Flugzeugs ausmachen – inklusive des riesigen Flugzeugbanners, das sie zur Tarnung hinter sich herzogen.

Kirkes Plan hatte zwar eigentlich ein Werbebanner vorgesehen, etwa von Ericsson oder IKEA. Doch obwohl sie bereits am frühen Morgen auf dem schwedischen Festland eingetroffen waren, hatten sie auf die Schnelle leider nicht viel Auswahl gehabt. Aus diesem Grund zogen sie jetzt einen überdimensionalen Schriftzug mit der schwedischen Aufschrift »ASTRID, ES TUT MIR LEID!« hinter sich her.

Perseus schien es nicht zu kümmern. Seine Aufmerksamkeit galt ganz der Ausrüstung im Innern der großen Transporttasche, die Kirke für sie angefordert hatte. Darunter Mikro-Tauchflaschen, Waffen und Kampfmesser, diverse Granaten, Pakete mit Spezialmunition und einige Gerätschaften mehr, deren Zweck Lena nur erahnen konnte.

»Ich hoffe, ich kriege auch was davon ab«, sagte sie mit leuchtenden Augen. »Elektra hat mir immer noch nicht mein Smartphone zurückgegeben. Und ich habe nur noch meinen Lady-Shaver.«

»Keine Bange.« Ihr Gegenüber fischte eine Pistole mit elektronischem Display aus der Tasche. »Hier, diese Smart Gun ist auf dich geeicht.« Er erklärte ihr kurz die Handhabung. »Magazin mit fünfzehn Schuss. Eingebaute Laserzielhilfe. Daumenabdruck-Erkennung. Nur du kannst sie benutzen, aber kein Gegner, solltest du sie verlieren.«

»Hast du auch so eine?«

»Nein. Bevor ich eine Waffe verliere, bin ich tot.« Er reichte ihr die Pistole samt zweier Ersatzmagazine und drückte ihr auch noch einen Schalldämpfer in die Hand. »Hier, einfach aufschrauben. Wozu der dient, weißt du vermutlich.«

Lena nickte und steckte alles in den Halfter.

Er hängte ihr nun auch noch zwei Granaten in den Gürtel. »Eine Rauch- und eine Blendgranate. Kirke hat dir ja erklärt, wie du sie zündest.«

»Ja, hat sie«, versicherte sie ihm.

»Okay. Vermeide es trotzdem. Und das hier gehört ebenfalls zur Standardausrüstung«, fuhr er fort und reichte ihr ein vorbereitetes Einsatzpaket, in dem sich Werk-, Verbands- und Feuerzeug, Handschellen, Kabelbinder, Stabtaschenlampe, ein leistungsstarkes Funkgerät, das mit ihrem Headset abgestimmt war, und ein ähnlich aussehendes Gerät befanden, das angesichts seiner vielen Stabantennen zwar Ähnlichkeiten mit einem Funkgerät besaß, dessen Verwendungszweck aber vermutlich ein anderer war.

»Immer hübsch auf Frequenz 2 bleiben«, ermahnte er sie, als er ihr dabei half, das Funkgerät anzulegen.

»Was ist das hier?« Lena packte das ihr unbekannte Gerät aus.

»Ein Störsender«, erklärte Perseus. »Damit kannst du bis zu einer Reichweite von dreißig Metern alle Funksignale lahmlegen – inklusive deiner eigenen. In Kriegsgebieten gewissermaßen *die* Lebensversicherung, weil dort Bomben am Wegesrand gern mittels Handy gezündet werden. Brauchen wir heute wohl nicht, gehört aber zum Einsatzpaket.«

»Okay.«

»Ach so, die Taschenlampe hat es übrigens in sich«, fuhr er fort. »Normales Licht und UV-Licht, außerdem ein eingebautes Smart Flashlight. Drückst du diesen Knopf hier«, er drehte die Lampe, sodass Lena den Knopf sehen konnte, »löst du damit eine ultrastarke Blitzlichtfrequenz aus, die einen Gegner k. o. gehen lassen kann.« Er zwinkerte ihr zu. »Außerdem ist das Ding so robust konstruiert, dass du damit auch zuschlagen kannst.«

»Alles klar.« Lena befestigte die Lampe ebenfalls an ihrem Gürtel.

»Und diese Dinger hier«, Perseus fischte zwei Pens aus der Tasche, »nennen wir Aesculap-Stab und Artemis-Pfeil. Der eine enthält – nur für den Fall – ein Kombipräparat an Gegengiften, der andere ein ordentliches Aufputschmittel, falls du bewusstlos zu werden drohst. Gibt dir aber leider nur ein paar Extraminuten Aufschub.«

»Ich glaube, Doktor Fink hat so etwas wie diesen Artemis-Pfeil in Rotterdam benutzt«, meinte Lena, während sie auch die Pens wegsteckte.

»Gut möglich.« Ein Schatten huschte über Perseus Gesicht, dann reichte er ihr eine Sonnenbrille mit polarisierten Gläsern, die sie an eine schicke Ray-Ban erinnerte. »Über die hier werden wir in Kontakt bleiben: ein hochmodernes Smart Glass mit eingebauter Wärmesicht, Kamera und interaktivem Bildschirm, über den du alles sehen kannst, was ich sehe – und umgekehrt.« Er setzte sie ihr vorsichtig auf. »Du bedienst sie über den Bügel. Elektra hat natürlich auch eine. Du kannst auch auf ihre Sicht umschalten. Mikro und Kopfhörer enthält die Brille natürlich ebenfalls. Man kann mit ihr sogar telefonieren, ins Netz gehen und Satellitensignale abfragen. Aber für heute beschränken wir uns auf interne Kommunikation. Und natürlich kannst du unsere Einblendungen auch abschalten, falls dich das stört.«

Begeistert betrachtete Lena ihr Spiegelbild in einem der Fenster. Die Brille war ausgesprochen cool, und sie sah damit wirklich aus wie eine Agentin. Sie wagte es gar nicht, sich auszumalen, was man damit noch so alles machen konnte. Auf langweiligen Konferenzen heimlich EBooks lesen, auf der Toilette entspannt Videos streamen oder …

»Noch Fragen?«, unterbrach Perseus ihre Gedankengänge.

Lena überprüfte noch einmal, ob auch alles gut verstaut war. »Ja, eine schon. Wieso eigentlich ständig dieses Smart?«

»Was?«

»Mal ehrlich.« Sie betrachtete ihre Ausrüstung. »Das fängt doch schon mit diesen Smartphones an. Und jetzt eine Smart Gun, ein Smart Flashlight, ein Smart Glass … Da denkt man doch wirklich, dass eure Entwickler völlig fantasielos wären. Fehlt eigentlich nur noch, dass diese Spritzen jetzt auch noch Smart Pens heißen.«

»Na ja …«

»Seid ihr fertig dahinten?«, ertönte aus dem Cockpit Kirkes Stimme.

Die Agentin trug Kopfhörer und blickte von der Pilotenkanzel aus kurz durch die Tür zum Frachtraum.

»Jeden Moment«, antwortete Perseus.

»Beeilt euch, denn wir sind da.«

Unter ihnen waren bereits die Docks und weitläufigen Wasserflächen des Stockholmer Hafens mit seinen vielen Schiffen auszumachen, als im Heck der Maschine das Dröhnen der Pumpen einsetzte.

»Ihr glaubt, das funktioniert?«, fragte Lena zweifelnd.

»Es muss!«, bekräftigte Perseus. »Nephilim-Liquid wurde von A.R.G.O.S. speziell zur Einnebelung von Einsatzgebieten entwickelt. Die Entwicklung verlief zwar nicht ganz unbemerkt, einer der Gründe für diese ganzen Chemtrail-Spinner, und leider regnet es irgendwann auch wieder ab, aber es wird uns vor frühzeitiger Entdeckung schützen. Denn diese Terroristen werden garantiert nicht damit rechnen, dass wir aus der Luft kommen. Also, letzte Chance, es dir noch einmal zu überlegen.«

Perseus löste einen der beiden Jetpacks, die in speziellen Halterungen an der Frachtraumwand angebracht waren. Der schwarze Raketenrucksack mit den vier seitlich angebrachten Miniturbinen wirkte wie die Requisite eines Science-Fiction-Films. Und trotz des Umstands, dass Lena vor zwei Stunden einen Probeflug absolviert hatte, fragte sie sich nun doch, ob sie ihren Mund nicht vielleicht etwas zu voll genommen hatte.

Andererseits konnte Kirke bei dem Einsatz nicht dabei sein, weil sie die Einzige war, die die Turboprop fliegen konnte. Und Elektra hatten sie im Hafen zur Aufklärung und als Rückdeckung stationiert. Perseus würde dort unten auf dem Kreuzfahrtschiff also allein operieren müssen, wenn sie kniff.

Ganz davon abgesehen, dass ihr das ewig nachhängen würde.

»Da gibt es nichts zu überlegen«, antwortete Lena tapfer – als sie in ihrer Aufregung noch etwas anderes bemerkte.

Ihre Blase.

Das durfte doch nicht wahr sein.

Sie hatte völlig vergessen, vor dem Abflug noch einmal auf Toilette zu gehen.

Jetzt war es zu spät dafür.

»Okay, wie du willst.« Fachmännisch legte ihr Perseus den Jetpack an. »Orientiere dich im Nebel am Zieldisplay. Elektra markiert das Schiff mit einem Laser, aber eigentlich musst du mir bloß hinterherfliegen. Alles klar?« Er klappte die Steuerhebel ihres Jetpacks aus.

Lena nickte stumm, während ihre Hände die Steuerknüppel umschlossen.

»Und damit das klar ist!« Perseus baute sich vor ihr mit mahnend erhobenem Zeigefinger auf. »Ich nehme dich ausschließlich als logistische Unterstützung mit. Das Schiff ist groß, und vier Augen sehen bekanntlich mehr als zwei. Im Zweifel könnte es auch ganz hilfreich sein, dass du den Pott von der Kreuzfahrt mit deiner Schwester kennst. Aber du lässt dich keinesfalls auf irgendetwas ein, was gefährlich werden könnte, klar? Das ist für dich eine reine Unterstützungsmission. Du bleibst oben an Deck und gibst mir Meldung, wenn du einen dieser Warrior entdeckst. Den Rest erledige ich.«

»Hab's verstanden.« Lena schluckte.

Misstrauisch beäugte er sie, während er sich den zweiten Jetpack anlegte. »Und noch einmal fürs Protokoll: Ich halte das hier für eine ausgemacht dumme Idee und frage mich, warum ich mich schon wieder von Kirke und Elektra habe überstimmen lassen.«

»Du hattest mir versprochen, mich wie ein Teammitglied zu behandeln«, antwortete Lena befangen.

»Ja, aber ich dachte nicht ausgerechnet an einen Kampfeinsatz.« Er seufzte. »Gut, aktiviere dein Smart Glass.«

Lena tat es, und im rechten Gesichtsfeld erschienen zwei Bildschirme. Einer mit der Sicht von Perseus – Moment, hatte er ihr eben auf den Hintern geguckt? Der sah in dieser Lederkombi tatsächlich gar nicht so schlecht aus ... Der andere zeigte die Sichteinstellung von Elektra. Von unten wurde natürlich nur der Bug ihres Schlauchboots übertragen, das im Wasser des Hafens dümpelte. Außerdem, einige hundert Meter voraus, die schnittige »Melody of the Oceans« an einem der Docks.

»Wie ist die Situation?«, fragte Perseus Elektra gegen das Dröhnen der Turboprop an.

»Genauso, wie wir es uns dachten«, kam deren Stimme zurück. »Die Warriors sind tatsächlich hier. Sie haben die Zufahrten zum Dock an allen strategischen Stellen mit Wachtposten versehen. Und ich bin mir sicher, vor wenigen Minuten oben auf dem Brückendeck des Schiffes One-Eye-Dawn ausgemacht zu haben.«

»Ernsthaft?« Perseus spannte sich merklich an.

»Oh ja. Höchstpersönlich. Ihr solltet also vorsichtig sein.«

»War irgendwie herauszufinden, was die planen?«

»Sie haben Rucksäcke und Taschen auf das Schiff geschleppt«, antwortete die Lettin. »Da sie die Minen nicht haben, schätze ich, dass sie das Schiff unterhalb der Wasserlinie mit Plastiksprengstoff präparieren. Du musst die Pakete also finden und entschärfen.«

»Na, großartig.« Perseus seufzte schwer.

»Da ist leider noch etwas«, fuhr Elektra fort. »Trotz des Streiks waren noch Arbeiter auf dem Schiff. Die haben mindestens fünfzehn Leute im Restaurant auf dem zweiten Oberdeck zusammengetrieben.«

»Verdammt! Noch was?«

»Nein, wird ja auch immer schwieriger, etwas zu erkennen.« Elektras Blick wanderte an den Himmel zu ihrer Cessna, und Lena konnte nun selbst sehen, wie sich die Luft hinter dem Flugzeug trübte. Ein Blick aus dem Fenster ergab das gleiche Resultat.

»Festhalten dahinten!«, rief Kirke.

Der Ton der Turboprop-Maschine veränderte sich, und Kirke beschrieb in der Luft eine enge Kurve, um den Hafen noch einmal mit dem Liquid zu besprühen. Sie wiederholte das Manöver noch ein drittes Mal, anschließend stieg sie einige hundert Meter steil auf und brauste ein letztes Mal über den Hafen hinweg.

Perseus reichte Lena ihren Helm und setzte sich seinen auf.

»Okay, Leute. Absprung!«, tönte es von vorn.

Perseus entriegelte die Schiebetür des Frachtraums, riss sie auf, und ein heftiger Wind blies ihnen entgegen.

»Bist du so weit?«, brüllte er gegen den Flugwind.

Lena nickte bang.

»Dann los!«

Perseus warf sich mit dem Jetpack aus der Luke. Sein Körper wurde rasch nach links gerissen und verschwand in dem dichten Wolkenfeld unter ihnen. Kurz sah sie, wie seine Miniturbinen zündeten, bevor auch das helle Flackern im allgegenwärtigen Grau verblasste.

Lena hielt sich noch immer panisch am Griff neben der Luke fest und starrte nach unten. Von hier oben war das nun doch etwas völlig anderes als vorhin bei der Übungsrunde auf dem Flugplatz.

Es war der komplette Wahnsinn.

Welcher Bekloppte stürzte sich aus so einer Höhe freiwillig in die Tiefe?

»Brauchst du Hilfe?« Hinter Lena stand Kirke.

»Ich … das …«

»Reiß dich zusammen. Hier geht es auch um einhundertzwanzig Jahre Emanzipation, Kampf für Selbstbestimmung und vor allem: Selbstachtung!«

Die Griechin gab ihr einen Schubs.

Schreiend kippte Lena ins Freie, wurde vom Flugwind mitgerissen und sah fassungslos mit an, wie die Turboprop über ihr davonjagte, während sie selbst in die Tiefe stürzte.

Der Fallwind riss an ihrer Ausrüstung, und auch sie tauchte in die künstliche Wolkenbank ein.

Das war der … Waaaaaaaaahnsiiiiiiinnnnnn!

Ihr Schrei änderte sich zu einem begeisterten Kreischen, während sie weiter fiel und dabei beinahe vergaß, dass sie den Jetpack aktivieren musste.

Sofort zündete sie die Miniturbinen.

Ihr unkontrollierter Absturz wurde allmählich gestoppt, dennoch spürte sie, dass sie weit weniger schnell abbremste, als nötig war. Sie gab weiter kräftig Gegenschub, entdeckte schräg unter sich im Nebel vage die Konturen eines großen Tankers, als unvermittelt die Wasserfläche in Sicht kam. Kurz vor dem Aufschlag kam ihr Fall endlich zu einem Ende, und sie stieg mit Hilfe des Raketenrucksacks wieder auf.

Am liebsten hätte sie sich noch einmal aus dem Flugzeug gestürzt.

Und hoffentlich hielt Kirke dicht.

Sie konzentrierte sich wieder auf die Smart-Glass-Einblendung von Perseus' Kamera. Der Franzose war längst auf einem Deck des Ozeanriesen gelandet und verstaute soeben seinen Jetpack unter einer Sonnenliege.

»Wo bist du?«, vernahm sie seine Flüsterstimme.

»Komme!«, antwortete sie rasch.

Natürlich war sie durch ihr Zögern weit von ihm entfernt, und so stierte sie tapfer in den Nebel. Dabei hielt sie sich an ihre Zielnavigation, brauste mit dem Jetpack dicht über die Wasserfläche hinweg, stieg irgendwann wieder im Dunst auf, und endlich schälte sich vor ihr der schnittige Bug der »Melody of the Oceans« aus dem Trüben.

»Mach einfach das, was wir besprochen haben!«, vernahm sie wieder Perseus' Stimme. »Bleib dahinten, verhalte dich still und rühr dich nicht vom Fleck. Ich gehe jetzt in das Schiff.«

»Verstanden!«

Lena sah via Smart Glass dabei zu, wie Perseus ein Schott öffnete und in einen düsteren Korridor eintauchte. Sie hingegen gab mit ihren Miniturbinen wieder Schub, setzte über die hohe Bordwand des Kreuzfahrtschiffes hinweg, flog an einem der Rettungsboote vorbei und landete auf dem Promenadendeck.

Ängstlich sah sie sich um, doch kein Terrorist war zu sehen. Auch sie legte Raketenrucksack und Helm ab und schob beides hinter einen Behälter mit Ausrüstung für ein Shuffleboard, dessen Markierungen vage vor ihr auf den Planken zu erkennen waren.

Das Shuffleboard? Aber ja!

Sie wusste sofort, wo sie war. Hier hatte sie sich damals häufig mit Sophia und zwei netten Dänen die Zeit vertrieben, die – wie sich dann herausstellte – leider beide auf ihre Schwester standen. Was in der Folge dazu geführt hatte, dass sich Sophia heimlich erst mit dem einen und dann mit dem anderen eingelassen hatte.

Im Nachhinein war der damalige Urlaub also eigentlich ziemlich blöd gewesen.

Was es natürlich trotzdem nicht rechtfertigte, dass die Warriors gleich das ganze Schiff versenkten.

Wie abgesprochen schlich sie geduckt zum benachbarten Sonnendeck, verbarg sich dort hinter dem Tresen einer kleinen Bar und verfolgte via Smart Glass, wie Perseus tiefer ins Schiff vordrang. Er huschte durch Korridore mit Kabinentüren und kam gerade an einem Fahrstuhl gegenüber einer verwaisten Boutique vorbei, als vor ihm ein langhaariger Kerl mit offen stehender Bomberjacke, One-Eye-Dawn-T-Shirt und Maschinenpistole aus einem Quergang auftauchte.

Perplex starrte der Fremde Perseus an, riss die Maschinenpistole hoch, als Perseus ihn auch schon mit seiner Schalldämpferpistole erledigte. Der Agent wirbelte herum, denn hinter einem abgedunkelten Reisebüro tauchte noch ein zweiter Terrorist mit Knarre im Anschlag auf, der von Perseus ebenfalls mit zwei lautlosen Schüssen zur Strecke gebracht wurde.

Lena schüttelte ungläubig den Kopf. Das alles wirkte so, als würde sie bei einem Shooter zusehen.

Perseus zog die Leichen in die verwaiste Boutique, deckte ihre Körper mit bunten Strandhandtüchern ab und setzte seinen Weg tiefer in den Bauch des Schiffes fort.

Lena versuchte sich nun auf ihre eigene Aufgabe zu konzentrieren. Beobachten und sondieren.

Aber das war angesichts des dichten Nebels leider zum Scheitern verurteilt.

Warum hatte Perseus sie auch so weitab vom Schuss postiert? Was durchaus wörtlich zu verstehen war, denn Perseus erledigte da unten gerade einen weiteren Warrior, bevor dieser Alarm schlagen konnte.

Tief atmete sie ein, um ihre Nerven unter Kontrolle zu bekommen.

Ihre erste echte Mission.

Nur dass ihr tiefes Einatmen allmählich eher ein Wegatmen war. Denn noch immer spürte sie ihre volle Blase. Und die meldete sich inzwischen immer dringlicher. Verzweifelt veränderte sie ihre Position und öffnete ihren Waffengürtel um ein Loch, doch es wurde einfach nicht besser.

»Alles klar bei dir?«, meldete sich plötzlich Elektra.

»Sicher. Ich bin auf meinem Posten«, gab Lena durch und sah durch das Smart Glass, wie Elektra auf einen Bildschirm ihrer Steuerung blickte, über den die Lettin Bob kontrollierte, der irgendwo über ihr am Himmel hing. Die Wärmebildfunktion der Drohnenkamera war aktiviert, denn Lena konnte sich selbst als Lichtfleck hinter dem deutlich dunkleren Umriss der Bar ausmachen. Verkniffen winkte sie nach oben.

»Okay, dann checke ich den Bug«, antwortete Elektra. »Melde dich, falls du Hilfe brauchst.«

»Ja, mache ich«, gab Lena durch und wartete, bis Bob mutmaßlich weg war. Denn was sie jetzt tun würde – nein: musste – war so unprofessionell, dass dafür vermutlich nicht einmal die Lettin Verständnis gehabt hätte.

Sie erhob sich, schaltete vorsichtshalber ihre Kamera aus, blickte misstrauisch in den Nebel, der sich nur allmählich verflüchtigte, und verließ eilig ihr Versteck. Dann stürmte sie das Promenadendeck mit dem Shuffleboard entlang, sah sich immer wieder nach den Ökoterroristen um und schlüpfte schließlich durch eine Glastür ins Innere des Schiffes, wo ihrer Erinnerung nach die kleine Halle mit dem Aufgang zum Schiffskino und die Zugänge zu den Sporthallen lagen.

Wie erhofft war auch dieser Bereich des Kreuzfahrtschiffes leer und still. Sie stürmte daher so schnell es ging in Richtung Damentoilette und konnte ihr Glück kaum fassen, als sie feststellte, dass die Tür unverschlossen war.

Mit wenigen Schritten war sie bei einer der hinteren Kabinen, sperrte sie ab, quälte sich aus ihrer Lederkombi samt dem elenden Waffengeschirr, deren Funktionalität garantiert nicht für solch einen Einsatz vorgesehen war, und setzte sich mit Tränen der Erleichterung, um endlich dem nachzukommen, was sie bereits vor ihrem Abflug hätte tun sollen.

»Alles klar bei dir?«

Perseus' Stimme erklang in ihrem Ohr, und Lena schreckte kurz zusammen. Der Algerienfranzose huschte inzwischen eine Metalltreppe hinunter. »Ich sehe dich nicht.«

»Alles, äh, klar!«, antwortete Lena hastig. »Hast du … auch diese Bildstörung?«

»Kann schon mal passieren, bei all diesen Metallwänden«,

wisperte er. »Immerhin gibt es auf dem Schiff weniger Widerstand als erwartet. Fast schon zu wenig … Aber vielleicht haben wir auch einfach einen Lauf.«

»Oh ja, definitiv.« Lena lehnte sich erleichtert zurück.

»Gut. Melde dich, wenn du irgendetwas bemerkst.«

Lena nickte nur.

Rasch zog sie sich wieder an, als sie bemerkte, dass sich eine ihrer Granaten von der Koppel gelöst hatte und in die Nachbarkabine gerollt war.

Die blaue und nicht die braune.

Blau, wie der strahlende Himmel. Also musste das die Blendgranate sein. Die Mistdinger sahen ja ansonsten alle gleich aus.

Lena bückte sich und fischte unter der Kabinenwand nach dem Ei, als sich die Tür des Toilettenbereichs öffnete und sie Stimmen vernahm.

Lena verharrte schockstarr.

»… noch knapp vierzig Minuten, bis da unten alles hochgeht«, hörte sie eine zufriedene Frauenstimme auf Englisch. »Zumindest, wenn Paul und Lydia den Zeitplan einhalten.«

»Werden sie schon. Ist ja nicht das erste Mal«, antwortete ein Mann. »Mich nervt nur dieser beschissene Wetterumschwung. Die Kameras sollten schließlich schön draufhalten, während dieser verfickte Kahn absäuft.«

Lena vernahm Geräusche, die wie Waffen klangen, die abgelegt wurden, hörte das Knacksen eines Funkgeräts, eine Klotür, die klappte, und das Rauschen von Wasser aus einem Hahn.

»Gaia will es halt so«, tönte die Frauenstimme aus einer Kabine weiter vorn. »Sei froh, dass die Aktion so reibungslos abläuft. Keine Ahnung, wer One-Eye verklickert hat, dass wir hier auf Widerstand treffen würden. Alle Vorbereitungen umsonst. Schade, dabei war die Nummer eigentlich zu schön. Ich glaube, One-Eye hatte sich sogar ein bisschen darauf gefreut.«

»Kein Wunder, nach dem, was in Budapest passiert ist«, grunzte ihr Partner.

Die Klospülung rauschte, und Lena nutze die Gelegenheit, die Granate vor der benachbarten Kloschüssel endlich an sich zu nehmen.

»Müssen wir die Kerle im Restaurant eigentlich selbst erledigen?«, wollte er nun wissen.

»Plötzlich Skrupel?«, schnaubte die Terroristin. Die Klotür öffnete sich. »Sind alles bloß Systemnutten. Ist es etwa fair, dass diese Wichser dabei helfen, dass dieses Schiff weiter die Umwelt verpestet? Wenn du nicht die Eier hast, dann …«

Die Klopapierhalterung über Lenas Kopf schepperte, als sie beim Aufrichten dagegenstieß. Oh nein.

»Scheiße, was war das?«, fragte die Männerstimme alarmiert.

Lena wurde heiß und kalt zugleich – und sie zog instinktiv den Stift. Schon kegelte die Granate unter der Kabinentür hindurch, und sie hielt sich Augen und Ohren zu.

»Granaaaa …!«, hörte sie noch einen gedämpften Ruf. Im nächsten Moment flammte jenseits der Kabinentür ein greller Lichtblitz auf, und die Damentoilette wurde von einem lauten Knall erschüttert, der die Kabinen zum Zittern brachte.

Lena riss die Klotür auf, sah, dass der Mann, ein kahlköpfiger Kerl mit Gesichtstatoos, gegen eines der Waschbecken gestürzt war, während die Frau, dem Akzent nach eine Portugiesin, benommen vor einer der Kabinentüren lag.

»Männer haben hier nichts zu suchen!«, fauchte Lena.

Angriffslustig stürmte sie zu dem geblendeten Tätowierten und presste ihm den Lady-Shaver in den Nacken. Der Überrumpelte zuckte spastisch und klappte zusammen.

Gott, sie liebte das Ding.

Sie wollte sich schon der Frau mit den halblangen, schwarzen Haaren zuwenden, als sie deren Schatten auf sich zufliegen sah. Im nächsten Moment krachte auch Lena gegen eines der Waschbecken, ihr Kopf donnerte gegen den Spiegel, und sie spürte zwei harte Schläge in Gesicht und Bauch.

Der Rasierer wurde ihr aus der Hand geschlagen, schon packte die Terroristin sie und schleuderte sie zornentbrannt gegen eine der Kabinentüren. Ächzend rutschte Lena auf den Boden und nestelte fahrig an ihrer Waffentasche.

»Was wird das, Kleine?«, höhnte ihre Gegnerin.

Sie war mit einem Sprung über Lena, entriss ihr die Pistole und richtete sie auf ihren Kopf. »Tschau!«

Erfolglos versuchte sie den Abzug zu betätigen. »Was, zum Henker …?«

Sie starrte die Pistole wütend an, und trotz ihrer Schmerzen stieß Lena sie von sich runter. Beide kamen rasch wieder auf die Beine.

Ihre Gegnerin ließ die nutzlose Pistole unter einer der Kabinentüren verschwinden, spähte kurz zu ihrem Sturmgewehr, das noch immer gegen eines der Waschbecken lehnte, und grinste gehässig. Drohend ließ sie ihre Nackenmuskulatur knacken und zückte nun ein scharfes Kampfmesser.

»Ich weide dich aus, Kleine!«

»Ach ja?«, ächzte Lena, die ihrerseits zu der Stabtaschenlampe griff.

Augenblicke später wurde die rauchige Luft von einem grell flackernden Stroboskoplicht erfüllt, vor dem die Terroristin gepeinigt zurückwich.

Blöderweise spiegelte sich das beunruhigend grelle Flackern auch drüben in einem der Spiegel, sodass es Lena nicht viel besser erging.

Orientierungslos stolperte sie zurück gegen eine der Kabinen und versuchte mühsam ihren Blick von dem Spiegel abzuwenden, als vor ihr ein lauter Schrei ertönte und die Ökoaktivistin auf sie zustürmte.

Lena sprang mit einem Aufschrei zur Seite, die Schneide des Kampfmessers rammte neben ihr in die Tür, dann schlug auch sie zu.

Die Taschenlampe krachte gegen den Kopf der Portugiesin, und zu Lenas Verwunderung ging die Unbekannte zu Boden und blieb dort auch liegen. Lena schaltete nun endlich die Flashlight-Funktion aus, da ihr allmählich schlecht wurde. Ungläubig betrachtete sie die beiden bewusstlosen Terroristen am Boden, während sie sich ihren schmerzenden Kopf rieb.

Sie hatte sie ausgeschaltet.

Beide.

Was für ein Moment.

Hätte sie ihr Handy dabeigehabt, hätte sie ein Selfie von sich und den Terroristen gemacht. Stattdessen überlegte sie, wie sie jetzt vorgehen sollte, als das Funkgerät ihrer Gegnerin knackste. Hastig nahm sie das Gerät und lauschte.

»Catarina, kommen!«, tönte eine fremde Männerstimme mit polnischem Einschlag. »Was, zum Teufel, ist bei euch los? Soll ich rüberkommen?«

Zittrig drückte sie die Ruftaste.

»Hier Catarina. Alles in Ordnung«, sprach sie mit leicht veränderter Stimme. »Wir dachten bloß, wir hätten da so eine *Systemnutte* gesehen.«

Sie betonte das Wort.

»Und?«

»Falscher Alarm.« Lena sah sich um. »Allerdings sieht es hier aus wie auf einem Schlachtfeld.«

Bang starrte sie das Funkgerät an, als endlich die Antwort kam.

»Ist mir scheißegal. Kommt zurück. One-Eye will, dass wir die Geiseln erledigen.«

»Fangt ja nicht ohne uns an.«

»Dann beeilt euch.«

Verdammt, was sollte sie nur tun?

Verzweifelt nahm Lena mit Perseus Kontakt auf, der sich inzwischen im Maschinenraum des Schiffes befand, wie man an den vielen Leitungen und Schaltpulten an den Metallwänden sehen konnte.

»Perseus«, keuchte sie. »Die wollen die Geiseln erschießen. Jetzt! Außerdem hat diese One-Eye-Dawn irgendetwas vor. Ich glaube, die haben uns sogar erwartet.«

»Wo bist du?«

»Äh, ich …« Sie schluckte, da sie erst jetzt bemerkte, dass sie auch ihre Kamera wieder aktiviert hatte. »Ich bin Geräuschen nachgegangen und hab zwei von denen auf einer der Toiletten erledigt.«

»Du hast was?«, erwiderte er ungläubig.

»Auch Terroristen müssen eben mal«, gab sie als Ausrede durch.

»Du solltest doch zurückbleiben. Ich habe dich doch nicht umsonst da vorn abseits ... Okay. Elektra, hast du mitgehört? Du musst dich um die Geiseln kümmern.«

Auch Elektras Ansicht schaltete sich wieder zu, und Lena sah im kleinen Bildschirm ihres Smart Glass die Perspektive des Schlauchbootes. Nur dass im Bug auch Elektras schwarzer Quadrocopter zu sehen war, an dem sie gerade herumfummelte.

»Gib mir zehn Minuten, kleine Panne. Ich bin gerade dabei, den Akku auszutauschen.«

»Wir haben keine zehn Minuten.«

»Ich mache das«, schlug Lena vor.

»Auf gar keinen Fall!«, antwortete Perseus.

»Sehr gut!«, antwortete Elektra.

»Einigt ihr euch mal?«, grummelte Lena. »Ich mach das jetzt. Ende. Over. Out.«

Sie trennte die Verbindung, schleppte die beiden Terroristen mühsam unter eines der Waschbecken, fesselte sie dort mit Handschellen und Kabelbindern ans Abflussrohr und suchte ihre verlorenen Ausrüstungsgegenstände zusammen.

Außerdem suchte sie auch noch einmal ihre Klokabine auf und betätigte die Spülung. Dann kehrte sie zurück in die Vorhalle mit der Treppe zum Bordkino.

Der Unbekannte am Funkgerät hatte von Rüberkommen gesprochen. Und von Elektra wusste sie, dass die Geiseln in einem Restaurant zusammengetrieben worden waren. Also musste es das Restaurant auf dieser Deckebene sein.

Lena schraubte den Schalldämpfer auf die Pistole. Sie wusste, wo es lag.

*

Lena drückte sich aufgeregt an die Korridorwand, als vor ihr die gläserne Tür des Restaurants in Sicht kam. Viel hatte sich dort seit ihrer Kreuzfahrt nicht verändert. Es handelte sich um ein Steak-Restaurant im Western-Style. Die modernen Panoramafenster erlaubten auf der Steuerbordseite einen erhabenen Ausblick auf den Stockholmer Hafen, die Wände waren mit Holz ausgekleidet, auf den hölzernen Sitzgruppen standen Wackel-Cowboys und -Indianer, von der Decke hingen Wagenrad-Kronleuchter, und überall waren nostalgische Fotoaufnahmen von Rinderherden und Prärien aufgehängt. Es gab sogar einen ausgestopften Büffelkopf, und die Zugänge zur Küche und zu den Toiletten bestanden natürlich aus Saloon-Türen.

Leider war auch immer noch der große Western-Grill bei der Bar mit den vielen Whiskeyflaschen da, vor dem sie sich damals während eines Sturms am dritten Reisetag erbrochen hatte.

Unweit des Grills hockte die große Gruppe Arbeiter in Blaumännern und Lackierkitteln am Boden. Lena ahnte, wie mies es den Gefangenen gerade erging, die ängstlich zu zwei Kerlen in kakifarbener Kleidung aufblickten, die sie in Schach hielten.

Einer der beiden Terroristen, ein kraushaariger Typ mit auffallendem Nasenpiercing, hatte sich martialisch vor der Gruppe aufgebaut und drehte die ganze Zeit über einen Revolver am Finger, der Ähnlichkeiten mit einem Colt besaß. Der andere, ein hagerer Kerl mit Hakennase und auffallend entstellter Oberlippe, stand hingegen vor einem Kaffeeautomaten. Er trug sein Gewehr geschultert und hielt mit abgespreiztem kleinem Finger eine winzige Espressotasse in der Hand, aus der er genüsslich schlürfte.

»Meine Fresse!«, meinte er anerkennend. »Wir sollten den Automaten mitnehmen.«

»Das ist widerliche Kapselbrühe«, murrte der Typ mit dem Nasenring und blickte auf die Armbanduhr. »Dir sollte klar sein, wie sehr das die Umwelt belastet.«

Lena war froh, dass die beiden beschäftigt waren, und zählte rasch durch. Es waren sogar sechzehn Gefangene. Und weiter hinten entdeckte sie einen siebzehnten Arbeiter, der vor einem Stützpfeiler lag. Sein Oberkörper war von Einschüssen durchsiebt und sein Blick gebrochen. Lena schlug sich vor Entsetzen die Hand vor den Mund.

»Wo bleiben eigentlich Catarina und Perry?«, grollte der Gepiercte. »Wir haben einen Zeitplan einzuhalten.«

»Die kommen schon«, antwortet der andere nach einem weiteren Schluck. Er hob eine der Kapseln. »Bist du sicher, dass das nicht die Kompostierbaren sind?«

Hastig zog sich Lena wieder zurück. Was sollte sie nur tun?

Aufgewühlt aktivierte sie ihr Smart Glass und sah so, wie Elektra die Verkleidung der Drohne zuschraubte, während Perseus einen leblosen Körper in einen Müllschlucker warf.

»Perseus, Elektra«, wisperte sie. »Einen haben sie schon getötet. Vorschläge?«

»Zieh dich verdammt noch mal zurück!«, zischte Perseus besorgt.

»Knall sie ab«, schlug Elektra vor. »Aber sieh zu, dass sie keinen Alarm schlagen.«

Lena rollte aufgebracht mit den Augen. »Ihr seid keine Hilfe.«

Sie brach die Verbindung ab, und ihr kam eine Idee. Elektra hatte natürlich recht. Und was die Lettin konnte, konnte sie vielleicht auch.

Entschlossen griff sie nach ihrem Störsender und schaltete ihn ein. Sie kannte sich mit Hierarchien aus. Das würde schon mal verhindern, dass die beiden gleich ihre Chefin benachrichtigen konnten. Anschließend löste sie die Rauchgranate von dem Koppel, atmete noch einmal tief durch und schlich wieder zum Restaurant zurück.

»Catarina? Kommen! Catarina?«

Der Gepiercte stand inzwischen mit einem Funkgerät im Raum.

»Scheiße, da stimmt doch was nicht.«

»Was ist los?« Der Kerl mit der aufgeschlitzten Oberlippe stellte endlich die Espressotasse ab.

»Mit der Funke stimmt was nicht.«

Lena spähte zu einem in der Nähe des Eingangs befindlichen Warmhalteschrank, der sich als Deckung anbot, atmete tief ein und schlich geduckt durch die Glastür.

Sofort zog sie den Sicherungsbolzen und schleuderte die Rauchgranate in den Raum. Der Raum füllte sich mit Rauch, und alarmiert wirbelten die beiden Kerle herum.

»Da!«

Der Gepiercte riss seinen Revolver schneller hoch, als Lena rennen konnte. Im nächsten Augenblick feuerte er, und sie spürte wie zwei, drei Kugel dicht an ihr vorbeizischten und in die Raumtäfelung und den Warmhalteschrank einschlugen, hinter dem sie sich in Deckung warf.

Rasch zog sie ihre Beine ein, während der andere auch mit seinem Sturmgewehr losballerte, dessen Kugeln den Schrank durchschlugen, als bestünde er aus Pappe.

Panisch krabbelte Lena weiter in eine Raumecke, und nur der starke Rauch im Saal verhinderte, dass die Männer sie unter Feuer nahmen.

Auch sie gab nun einige Schüsse ab. Die schallgedämpfte Waffe in ihrer Hand ploppte zweimal, und sie hörte, wie bei der Bar Whiskeyflaschen zerbarsten. Die Gefangenen brachten sich panisch hinter Tischen und Stühlen in Sicherheit.

»Aufpassen, der hat einen Schalldämpfer!«, rief der Gepiercte alarmiert.

»Lass uns die Ratte in die Zange nehmen!« Der Kaffeeschlürfer hustete wegen des dichten Rauchs.

Eine weitere Gewehrsalve zertrümmerte den Wärmeschrank, auch der Revolver hämmerte wieder los, und unweit von Lena fielen ein Dartboard und ein zersplitterter Wackel-Cowboy zu Boden.

Lena rollte sich unter einen Tisch und tat nun endlich das, was sie die ganze Zeit schon vorhatte. So wie Elektra vorhin bei Bob schaltete sie die Wärmesicht ihres Smart Glasses an. Wie erhofft zeichneten sich die Körper ihrer beiden Gegner im zunehmend rauchgeschwängerten Raum als helle Umrisse ab.

Abermals feuerte sie einige Schüsse auf sie ab. Doch statt zu treffen, rauschte hinter dem Gepiercten der ausgestopfte Büffelkopf zu Boden.

Hastig sprang der Terrorist hinter einen Pfeiler, als der Kerl mit der Lippennarbe unerschrocken durch den Rauch stürmte und mit einem Satz auf einen der Tische sprang.

»Da hinten!«, keifte er zornig und deutete in ihre Richtung.

Eine wütende Gewehrsalve zerpflügte den Boden neben Lenas Körper, und schreiend feuerte auch Lena die restlichen Kugeln ihres Magazins auf ihn ab.

Der Mann musste gespürt haben, dass sie auf ihn schoss, denn er zuckte kurz. Nur hatte sie ihn offenbar abermals verfehlt, denn er lachte gehässig und hob wieder die Waffe, als der Wagenrad-Kronleuchter über ihm aus der Deckenhalterung brach und in die Tiefe sauste. Mit einem dumpfen Geräusch wurde der Kerl von dem schweren Leuchter am Kopf getroffen und zu Boden gerissen.

Hinter dem Pfeiler war derweil das Klackern herausfallender Munitionshülsen zu hören, als sich bei der Küche eine der Saloon-Türen öffnete. Eine Gestalt mit Maschinenpistole betrat den Raum.

»Was ist hier los?«, brüllte eine unbekannte Männerstimme.

Oh nein. Nicht noch einer von denen.

»Ich glaube, ein Bulle!«, fluchte der Gepiercte, während er seinen Revolver nachlud. »Er hat Rainer erwischt. Da hinten, auf ein Uhr!«

Lena dämmerte allmählich, dass sie sich übernommen hatte. Ängstlich krabbelte sie unter eine Sitzbank, als die Maschinenpistole lostackerte und die Tischgruppe perforierte, die sie eben noch als Versteck genutzt hatte. Aufgeregt wechselte sie ihr Magazin, als ihr eine neue Idee kam. Rasch packte sie ihre Stabtaschenlampe, schaltete das K.-O.-Licht ein und rollte sie hastig von sich.

Das irritierende Stroboskoplicht tauchte den eingenebelten Raum in grellen Flackerschein. Lena hörte Flüche, und schon hämmerte die Maschinenpistole wieder los. Schneller, als Lena lieb war, erlosch die Lampe.

Immerhin hatte ihr das Manöver etwas Zeit verschafft, im Rauch weiter unentdeckt über den Boden zu robben. Sie lag nun hinter dem Typen, den der Kronleuchter zu Boden gestreckt hatte. Er stöhnte und war kurz davor, wieder auf die Füße zu kommen, daher verpasste sie ihm rasch noch eins mit dem Lady-Shaver, bis der Akku leer war.

Es wurde Zeit, dass sie ihre Rücksicht über Bord warf. Entschlossen zielte sie mit ihrer Schalldämpferpistole auf den Kerl mit der Maschinenpistole, schloss die Augen und schoss das halbe Magazin auf ihn ab.

»Fuck!« Der Kerl warf sich rasch hinter einen Pfeiler. »Die Ratte hat mich am Arm erwischt.«

»Schlimm?«, rief der Gepiercte aus seinem Versteck.

»Nein, nur ein Streifschuss.«

Nur ein Streifschuss? Lena verzweifelte allmählich. Sie hatte aus einer Distanz von höchstens vier oder fünf Metern geschossen.

Die Männer antworteten mit einem erbitterten Kugelhagel, der jedoch über sie hinwegfegte, als es im Restaurant plötzlich laut piepste und über ihnen die Sprinkleranlage anging.

Die Kerle fluchten, da sie nun wie Lena klatschnass wurden. Abermals feuerten sie grob in ihre Richtung, während Lena bemerkte, dass der Rauch zunehmend aus der Raumluft gewaschen wurde.

»Da hinten!«, brüllte der Neuankömmling mit dem struppigen, dunklen Bart triumphierend.

Sofort legten die beiden wieder auf sie an und feuerten. Lena rollte sich verzweifelt hinter einen großen Blumenkübel mit riesiger Kaktee, die von zahllosen Einschüssen zerfetzt wurde.

Auch sie schoss ziellos zurück, bis es nur noch klickte – als plötzlich eines der großen Panoramafenster in einem Scherbenregen zerplatzte und ein lautes Rattern zu hören war.

Bevor Lena begreifen konnte, was vor sich ging, wurde der Bärtige von mehreren Einschüssen getroffen gegen die Saloontür geschleudert, während der Gepiercte reaktionsschnell zur Seite hechtete und unter einer der Fensterfronten in Deckung ging.

Lena blinzelte ungläubig, denn draußen im Freien schwirrte Elektras Quadrocopter, unter dem zwei Waffenläufe auf das Restaurant gerichtet waren.

»Süße, alles in Ordnung?«, meldete sich Elektra via Smart Glass.

»Ja«, ächzte sie. »Aber einer von ihnen …«

»Drecksteil!«, wurde sie von seinem Wutgebrüll unterbrochen.

Der Gepiercte sprang unerschrocken auf und nahm mit seinem Revolver die Drohne unter Beschuss. Eine weitere Scheibe barst in einem Scherbenregen, und der Quadrocopter wurde zweimal getroffen. Funken sprühten, und rasch versuchte Elektra, ihn in Sicherheit zu bringen. Dennoch feuerte der Kerl unentwegt weiter.

»Nicht Bob!« Lena hielt nichts mehr.

Durchnässt, wie sie war, sprang sie auf, stürmte los und warf sich von hinten gegen ihn. Ihr Gegner gurgelte auf und verlor durch die Attacke nicht nur seinen Revolver, sondern auch sein Gleichgewicht. Er kippte vornüber und versuchte sich noch an einem Rahmen des Fensters festzuhalten. Doch Lena prügelte so lange mit dem Griff ihrer Pistole auf seine Finger ein, bis er losließ. Der Mann schrie auf, kippte ins Freie und stürzte in die Tiefe. Er schlug auf einem der Rettungsboote auf, prallte davon ab und klatschte tief unter ihr ins Wasser des Hafenbeckens.

»Ich muss Bob retten«, fluchte Elektra.

Mit einem letzten Blick auf die Drohne, die über dem Schiff rauchend abschmierte, wandte sich Lena wieder dem Westerngrill zu. Dort, hinter Grill und Stühlen, tauchten nun zögerlich die Köpfe der Gefangenen auf. Sie sammelte das Gewehr des bewusstlosen Kaffeeschlürfers auf und warf die Waffe einem der Befreiten zu.

»Gott, wer sind Sie?«, wollte dieser beeindruckt wissen.

»Agentin 000. Mit der Lizenz zum Töten«, antwortete Lena lässig und wollte gegen die Mündung ihres Schalldämpfers blasen, als sie merkte, wie heiß das Ding war.

»Ultrageheime Spezialeinheit«, nuschelte sie mit verbrannter Lippe. »Eigentlich bin ich gar nicht hier.«

Auch die übrigen Gefangenen strömten zusammen, und ein Mann in Blaumann nahm die Maschinenpistole des Bärtigen an sich.

»Was ist mit den anderen Terroristen?«, wollte er wissen.

»Noch irgendwo auf dem Schiff«, erklärte Lena. »Sie müssen schnell runter von hier. Blöderweise haben die sich auch auf dem Dock verschanzt«, fügte sie hinzu. »Können Sie schwimmen?«

Nur die Hälfte der Männer meldete sich.

»Nicht mal Seepferdchen?«

Betreten starrten sich die Nichtschwimmer an.

»Sie schlagen also vor, wir sollen zur Wasserseite raus?«, fragte einer von ihnen höflich. »Wir könnten die Rettungsinseln auf der Steuerbordseite nehmen.«

»Sehr gut!« Lena war erleichtert über den Vorschlag. »Genauso machen wir das. Und jetzt, husch, husch, alle zu diesen Inseln.«

Die Männer liefen in ihrer Begleitung geduckt aus dem Restaurant, wo Lena den Störsender wieder einsammelte, um die Gruppe von dort bis zu der Halle mit den Türen zum Promenadendeck zu führen. Sie behielt die Treppe zum Bordkino im Blick und aktivierte das Smart Glass, kaum dass die Gruppe abgerückt war.

»Ich habe die Gefangenen befreit!«, platzte es stolz aus ihr heraus, als Perseus sich zuschaltete. »Das war wie im Western. Inklusive Schießerei im Saloon.«

»Du hast …? Ich sagte dir doch, dass du …«

»Okay, Elektra hat mitgeholfen«, gab Lena zu. »Frauenpower halt. Die setzen sich jetzt mit Rettungsinseln ab.«

»Dann sieh zu, dass du mit ihnen vom Schiff kommst«, sagte der Franzose angespannt. »Denn wir haben hier unten ein Problem.«

Lena sah in seinem Taschenlampenlicht, dass er in einem großen Frachtraum mit Transportboxen stand. Weiter oben war eine eiserne Galerie mit Schotts auszumachen, von der Treppen hinunterführten. Sein Augenmerk galt jedoch einer Palette direkt am stählernen Rumpf des Schiffes, auf der zahllose Kanister mit dunklen Flüssigkeiten verzurrt waren. Schläuche führten von einem zum anderen, überall baumelten elektrische Drähte herab, und auf Hüfthöhe war ein blinkendes und gepanzertes Gerät zu erkennen, auf dessen elektronischem Display ein Countdown ablief.

Im Augenblick stand er auf etwas über dreizehn Minuten.

»Das sieht … gefährlich aus«, gestand Lena ein. »Was ist das?«

»Sieht nach einer selbst gebauten Flüssigsprengstoffbombe aus Acetonperoxid aus«, murmelte Perseus mehr zu sich selbst. »Die müssen nach dem Wegfall der Haftminen ziemlich verzweifelt gewesen sein. Apex ist kritischer als Nitroglyzerin. Leider hat auch diese Selfmade-Bombe das Zeug dazu, das halbe Schiff hochgehen zu lassen. Ich muss also an den Zünder ran, den die Mistkerle nur leider gut versiegelt haben.« Er berührte vorsichtig das gepanzerte Gehäuse mit dem Display. »Ich wette, das ist innen mit Sprengstoff gegen Öffnungsversuche gesichert. So haben sie es jedenfalls in der Fahrzeugfabrik in Turin gehalten. Deswegen habe ich einen Plasmabrenner mitgenommen, mit dem ich die Hülle sicher auftrennen kann. Danach ... Moment mal, das hier sieht aus wie ein Mikro.«

»Das sieht nicht nur aus wie ein Mikro, das ist eines«, erschallte im Frachtraum eine kalte Frauenstimme, die Lena sofort erkannte.

Es war die von One-Eye-Dawn!

Perseus wirbelte herum, und Lena sah im Smart Glass, dass oben auf der Galerie ein Video-Beamer angesprungen war, der das Abbild der berüchtigten Ökoterroristin mit der schwarzen Augenklappe an die gegenüberliegende Frachtraumwand projizierte.

»Und ich muss sagen«, wütend starrte die Halbpakistanerin mit ihrem intakten Auge auf Perseus herab, »dass ich nicht mag, was ich da höre. Andererseits ist es nicht so, dass wir nicht gewarnt worden wären, dass ihr Ratten heute hier aufkreuzt.« Geringschätzig verzogen sich ihre schmalen Lippen. »Nach der Sache in Budapest habe ich mit eurem Scheißverein eh noch eine Rechnung offen.«

»Dann komm doch her, wenn du so mutig bist. Persönlich!« Perseus hielt längst seine Pistole im Anschlag und nahm hektisch die verschatteten Ecken des Frachtraums in Augenschein.

»Nein, wir rücken jetzt ab. Wir haben noch genug zu tun.« One-Eye-Dawn lachte dreckig. »Du hingegen wirst eine Entscheidung treffen müssen, tapferer Agent.«

One-Eye-Dawn trat beiseite, und Lena blickte entgeistert auf einen ledernen Behandlungsstuhl, auf dem jemand saß, den sie nur zu gut kannte.

Daedalos!

Das Gesicht und die Lippen des Iren waren von Schlägen geschwollen, Blut troff aus seiner Nase, und an seinem Körper waren

Sprengstoffpakete befestigt, die ebenso wie die Flüssigsprengstoffkanister im Frachtraum mit Kabeln verbunden waren.

»Der Zünder da unten ist so präpariert«, fuhr die Terroristin mitleidlos fort, »dass dein Freund hier leider Buuumm machen wird, sobald du den Stromkreis unterbrichst. Und glaub mir, auch er wird ein hübsches Loch in den Rumpf reißen. Dummerweise«, sie blickte mit ihrem einen Auge auf eine Armbanduhr, »hast du dir etwas zu viel Zeit gelassen, den Fund da unten zu machen. Für den Spagat, ihn hier zu finden und dann wieder zurückzulaufen, bleiben dir nur noch elf Minuten. Könnte also schwierig werden. Irgendwas oder irgendwer *wird* heute also in die Luft gehen. Alternativ kannst du dich natürlich auch selbst retten. Ein Vögelchen hat mir verraten, dass du darin Spezialist bist. Also, viel Spaß!«

Der Beamer erlosch.

»Neiiiin!«

Lena sah, wie Perseus wutschnaubend das Mikro von der Flüssigkeitsbombe abriss und zu Boden schleuderte. Sein Blick richtete sich wieder auf den Zünder, und sie spürte, welchen Kampf er mit sich austrug.

»Perseus«, rief sie. »Ich weiß, wo Daedalos steckt.«

»Was?«, war seine gequälte Stimme zu hören.

»Ich sagte, ich weiß, wo Daedalos steckt.« Lena rannte bereits einen Korridor hinunter. »Hast du das nicht gesehen? Die haben ihn auf einem Behandlungsstuhl festgebunden. Da saß ich selbst schon mal«, keuchte sie. »Ebenfalls mit viel Schmerzen. Allerdings ohne Fesseln und Sprengstoffgürtel. Das ist die Zahnarztpraxis hier an Bord. Kümmere du dich um den Zünder, ich kümmere mich um Daedalos.«

»Gut, versuch's«, antwortete der Agent resigniert. »Eine andere Chance haben wir nicht. Und lieber verrecke ich, als dass ich aufgebe.«

Perseus zückte seinen Plasmabrenner, der ein bisschen wie ein Zahnbohrer aussah, und begann damit ein Loch in die Außenhülle des Zünders zu schneiden.

»Elektra, hast du das mitbekommen?«, meldete sich Lena bei der Lettin, während sie eine Treppe nach unten stürmte.

Das Bild der Agentin wurde leider etwas gestört übertragen, außerdem brach ihre Stimme immer wieder ab.

Lena gab es auf, rannte weiter und versteckte sich überstürzt unter einem Treppenaufgang, als One-Eye-Dawn mit drei Mitstreitern um eine Korridorecke rannte und die Treppe über ihr emporlief. Lena schluckte, als sie die gesuchte Ökoterroristin erstmals im wahren Leben erblickte.

Ihr fiel sofort auf, dass One-Eye-Dawn viel kleiner war, als es auf den Propaganda-Videos der Gaia's Warriors immer den Anschein hatte. So ein bisschen wie bei Tom Cruise. Wahrscheinlich stellte sich die Irre immer auf einen Hocker oder so. Was für eine narzisstische Schlange.

Immerhin wusste sie jetzt, dass sie hier unten richtig war.

Lena rannte weiter, folgte den Schildern an den Korridorwänden und erreichte endlich den Sanitätsbereich des Schiffes.

Eilig riss sie die eingetretene Tür der Krankenstation auf, lief an dem verwaisten Wartebereich mit dem Tresen vorbei und von dort aus in den Behandlungsraum des Zahnarztes.

Es schmerzte sie fast körperlich, als sie dort den übel zugerichteten Iren fand. Er war noch immer an den Behandlungsstuhl gefesselt, zwischen den Sprengstoffpaketen um seinen Bauch blinkte ein kleines Gerät, und er war bewusstlos.

»Daedalos!« Sie rüttelte ihn am Arm, doch er rührte sich nicht.

Lena blickte auf die Uhr. Noch knapp drei Minuten bis zur Explosion. Und irgendwie musste sie den Sprengstoff von ihm abbekommen.

»Perseus, Elektra!« Sie aktivierte ihr Smart Glass. »Wie entschärft man so einen Sprengstoffgürtel? Ich brauche eine Blitzeinweisung!«

Sie wusste nicht, ob es an den stählernen Wänden des Schiffes lag, aber jetzt flackerten beide Bildschirme. Weder Perseus noch Elektra waren durch das Rauschen zu verstehen.

Das durfte nicht wahr sein.

»Daedalos! Du musst mir helfen!«

Mit bangem Blick auf den vielen Sprengstoff an seinem Leib rüttelte sie nochmals an seinem Arm. Doch er stöhnte bloß.

Dann eben anders. Sie zückte kurzerhand den Artemis-Pfeil und rammte Daedalos den Pen in den Hals. Es dauerte nur wenige Augenblicke, und der Ire kam japsend zu Bewusstsein. Aus seinen geschwollenen Augen starrte er sie ungläubig an.

»Du?«

»Ja, ich«, keuchte sie aufgewühlt. »Wir müssen diesen Sprengstoffgürtel entschärfen, sonst gehen wir gleich hoch. Jetzt sind es nur noch zwei Minuten.«

Mühsam stierte der Ire an sich herab und ächzte.

»Schneid mich los! Schnell!«, krächzte er.

»Ja, natürlich. Mist.«

Warum nur hatte Perseus sie mit keinem Messer ausgestattet? Sie hätte ja wenigstens die Klinge dieser Terroristin mitnehmen können. Hektisch wühlte sie unter ihren Werkzeugen, fand endlich einen Kabeltrenner und knipste damit die Kunststofffesseln durch.

»Nur noch eine Minute«, sagte sie nach bangem Blick auf ihre Uhr.

Sofort langte der Ire nach dem Instrument, suchte mit zittrigen Fingern die Kabel zwischen den Sprengstoffpaketen ab, ergriff ein rotes und schnitt es durch.

Das Blinken der Elektronik erlosch, und erleichtert lehnte er sich zurück.

»Perseus, wir haben es!«, versuchte Lena hektisch den Franzosen zu informieren. »Alles okay! Wir waren erfolgreich! Tu dein Bestes. Entschärf die …«

»Lena«, ächzte Daedalos. »Wir sind schon über die Zeit drüber. Er muss es längst getan haben.«

»Oder ich habe den Timer meiner Uhr falsch eingestellt«, meinte Lena ängstlich.

Sie warteten. Doch als selbst eine Minute später keine Explosion das Schiff durchschüttelte, fiel sie dem Iren jubelnd um den Hals.

Der stöhnte schmerzerfüllt auf.

»Oh, tut mir leid. Lass uns bloß von hier abhauen.«

Sie löste vorsichtig den Sprengstoffgurt von seinem Körper, half ihm, sich aufzurichten, und stützte ihn, während sie den Sanitätsbereich verließen.

Mühsam schleppte sie den wortkargen Agenten durch das menschenleere Kreuzfahrtschiff, als sich Perseus endlich via Smart Glass meldete.

»Ihr habt es tatsächlich geschafft?«, stellte er mit beherrschter Stimme fest. »Meine Güte, das hätte ich nie für möglich gehalten. Ich habe bis zur letzten Sekunde gewartet.«

Lena sah in der Brilleneinstellung, dass auch er den Frachtraum verlassen hatte und sich auf den Weg zu den oberen Deckbereichen befand.

»Ich habe doch gesagt, dass du dich auf mich verlassen kannst.«

»Ja, schon …«, meinte er anerkennend. Dann kommandierte er wieder in alter Form. »Wir treffen uns auf dem Promenadendeck. Elektra weiß Bescheid, dass sie uns aufsammeln soll.«

»Und One-Eye-Dawn?«, fragte Lena. »Die dürfte doch mitbekommen haben, dass die Bomben nicht hochgegangen sind.«

»Jetzt ist es zu spät für sie«, antwortete der Algerienfranzose nicht ohne Genugtuung. »Elektra berichtete, dass die schwedische Polizei bereits mit einem Großaufgebot im Anmarsch ist. Die Aktion ist offenbar nicht unbemerkt geblieben. Zu den Jetpacks auf dem Vorschiff schaffen wir es nicht mehr. Wir werden sie daher mittels Fernzündung unbrauchbar machen. Kirke ist ebenfalls informiert, damit sie unseren Rückzug deckt.«

Lena und Daedalos, dessen Adrenalinkick allmählich nachließ, kämpften sich weiter durchs Schiff nach oben, bis sie endlich auf dem Promenadendeck eingetroffen waren. Etwas weiter hinten trat auch Perseus mit einer erbeuteten Maschinenpistole ins Freie und lief sofort auf sie zu.

Lena sah sich um. Der Himmel über dem Stockholmer Hafen war wieder weitgehend klar. In einiger Entfernung trieben zwei Rettungsinseln im Wasser, über ihnen brauste ein weiteres Mal die Cessna mit dem Flugzeugbanner hinweg, und allmählich wurde der Nebel wieder dichter. Obwohl sie auf der Wasserseite standen, waren in einiger Entfernung Polizeisirenen zu hören.

Erst jetzt bemerkte sie, dass Perseus einen schwarzen Beutel bei sich trug, aus dem er ein reißfestes Seil inklusive Seilwinde zog.

»Daedalos, alter Freund.« Er berührte den Iren besorgt. »Ich dachte schon, ich würde dich nicht wiedersehen.«

»Gibt doch Fotos«, ächzte Daedalos freudlos und sackte in die Knie.

Sie stützten ihn, Perseus verankerte Seil und Winde an der Reling, klinkte Daedalos ein, und während die Luft immer trüber wurde, erklärte er Lena in knappen Worten, was sie zu tun hatte, um sicher vom Schiff zu kommen.

»Leute, beeilt euch!«, mahnte Elektra. »Da kommt ein Schnellboot.«

Gemeinsam mit Daedalos seilte sich Perseus rasch ab, und Lena folgte den beiden in die Tiefe, wo Elektra mit ihrem Schlauchboot heranbrauste, in dem eine zerknüllte Plane und ihre Drohne lagen. Bob sah sichtlich mitgenommen aus, aber immerhin hatte Elektra ihren Quadro retten können.

Eilig half Elektra ihnen an Bord, und Perseus legte Daedalos im Boot ab, als die Lettin auch schon Vollgas gab und sich von dem Kreuzfahrtschiff entfernte.

Lena sah nun selbst, dass im zunehmend dichter werdenden Dunst ein schnittiges Sportboot nahte, an dessen Bug eine dunkle Gestalt mit einer Art Rohr auf der Schulter stand.

Entgeistert riss sie die Augen auf. »Leute, das ist der Paukant!«

Im nächsten Moment fauchte aus dem Rohr eine Rakete, die rasend schnell über die Wasserfläche hinwegjagte und mit einer gewaltigen Detonation im Rumpf der »Melody of the Oceans« einschlug.

Ein gewaltiger Glutball riss auf zwei Deckebenen ein riesiges Loch ins Schiff, überall um sie herum prasselten Trümmerteile aufs

Wasser, und Elektra schrie wütend, während sie im weiter aufkommenden Nebel versuchte, das Schlauchboot in Sicherheit zu bringen.

Aber der Paukant hatte auch sie längst entdeckt.

Aufgebracht deutete er in ihre Richtung. Eine Gestalt hinter ihm lud das Rohr nach, und er schwenkte damit in ihre Richtung herum, als unmittelbar neben Lena das Rattern einer Maschinenpistole erklang.

Perseus kniete mit der Waffe im Anschlag und zwang den Paukanten mit einigen gezielten Salven, auf Tauchstation zu gehen. Dann, endlich, verschwand das gegnerische Sportboot im Nebel, und auch sie waren außer Sicht.

Elektra wechselte vorsichtshalber den Kurs. Doch es jagte keine weitere dieser Raketen hinter ihnen her.

»Verdammt!«, fluchte Perseus. »Diese Dreckschweine waren uns schon wieder einen Schritt voraus. Wir sind ihnen fast in die Falle getappt. Das war so knapp.« Er hob zwei Finger, zwischen die kaum eine Münze passte. »Und das Schlimmste: Wir stehen schon wieder mit leeren Händen da.«

»Immerhin haben wir Daedalos zurück«, besänftigte Lena ihn. »Vielleicht hat er etwas mitbekommen?«

Unglücklich drehte sich der Algerienfranzose zu dem Iren um, der wieder bewusstlos geworden war, als sich Elektra zu Wort meldete.

»Nein, Freunde, wir stehen nicht mit leeren Händen da.« Sie zwinkerte ihnen zu und hob die Plane an.

Verblüfft blickte Lena auf den durchnässten Körper des Gepiercten, den sie vorhin aus dem Restaurant gestoßen hatte.

»Völlig egal, wie tough diese Kerle sind«, die Lettin fletschte böse ihre Zähne. »Kirke wird ihn schon zum Plaudern bringen.«

# DER MONARCHENBALL

»War das wirklich nötig?«, ächzte Daedalos.

Lena, die am Fenster der Stadtwohnung stand und über die Dächer der umliegenden Altbauten hinweg den Berliner Fernsehturm mit seiner markanten Turmkugel betrachtete, drehte sich erfreut zu dem Iren um.

Rasch rief sie nach hinten. »Leute, Daedalos ist wach!«

Sie zog einen Stuhl heran, setzte sich neben sein Bett und nahm eine Hand des Agenten, dessen Kopf und Oberkörper bandagiert waren und auf dessen Armen mehrere breite Pflaster klebten.

»Wie geht es dir?«

»Dem Umständen entsprechend.« Daedalos musterte unglücklich den Infusionsständer neben dem Bett. »Aber das da ist wohl etwas übertrieben.«

Die angelehnte Zimmertür ging auf, und Perseus kam herein, dicht gefolgt von Elektra, die beim Anblick des Iren breit lächelte.

»Ich sag's doch«, erklärte die Lettin gut gelaunt. »Totgeglaubte leben länger!«

»Endlich wach?« Auch Perseus lächelte, wurde aber rasch wieder ernst. Er deutete auf den Infusionsständer. »Keine Angst, das ist bloß eine Glukoselösung und ein leichtes Schmerzmittel. Du hast zwei Tage durchgeschlafen.«

»Zwei Tage? Scheiße!« Der Ire richtete sich mühsam auf und machte sich ungehalten daran, sich die Injektionsnadel aus dem Arm zu ziehen. »Mir geht es wieder gut.«

»Bist du sicher?«, meinte Lena besorgt. »Vielleicht solltest du es trotzdem etwas langsamer angehen? Du musst natürlich nicht darüber reden, aber wir alle können uns denken, welche Tortur du während deiner Entführung durchlitten hast. Schläge, Schlafentzug, Stromschläge, Waterboarding, ›Last Christmas‹ in Endlosschleife … Keine Ahnung, was die noch mit dir gemacht haben.« Sie seufzte. »Aber jetzt bist du wieder in Sicherheit.«

Daedalos musterte sie scheel.

Perseus zog ebenfalls einen Stuhl heran. »Wir müssen trotzdem wissen, was passiert ist.«

Daedalos schob sich mühsam das Kissen in den Rücken und lehnte sich vorsichtig zurück.

»Danke, dass ihr mich da rausgeholt habt. Leider habe ich nicht so viel mitbekommen, wie ihr es euch erhofft.« Er atmete tief ein. »Das ging schon in Budapest los. Die haben mir, unmittelbar nachdem wir aus dem Bunker raus waren, einen Stoffbeutel über den Kopf gezogen und mich dann mit dem Auto aus der Stadt geschafft. Keine Ahnung, wohin. Autobahn, dann irgendwann Landstraße. Als sie mir das Ding wieder abgenommen haben, fand ich mich gefesselt in einem abbruchreifen Haus mit verwildertem Garten wieder, den man durch die zerbrochenen Fenster sehen konnte. War wohl ziemlich weitab vom Schuss, denn die Mistkerle hatten keine Sorge, dass ich um Hilfe rufen könnte.« Er wandte sich Elektra zu. »Andris und so ein Typ haben dann versucht, mich auszuquetschen. Wer ich bin. Für wen ich arbeite. Und natürlich wollten sie auch alles über euch … und vor allem über dich wissen.«

»Ich erwische diese verräterische Ratte eines Tages«, fauchte die Lettin. »Und? Haben sie es geschafft, dich weichzukochen?«

Daedalos zuckte mit den Schultern. »Ich habe ihnen meine Alias-Agenda der irischen Special Detective Unit samt gemeinsamer Taskforce im Rahmen von INTCEN aufgetischt. Dein Hackerkollege hat ja mitbekommen, dass wir zusammen unterwegs waren.«

»INTCEN?«, fragte Lena.

»Das EU Intelligence Analysis Centre«, beantwortete Perseus rasch die Frage. »Ein Organ des Europäischen Auswärtigen Dienstes. Es hilft unter anderem dabei, die Geheimdienste der europäischen Staaten zu vernetzen.«

»Und dann?«, fragte Elektra besorgt.

Daedalos kratzte sich das Kinn mit dem Fransenbart und seufzte.

»Nachdem sie mich eine Weile bearbeitet hatten, kontaktierte Andris One-Eye-Dawn.« Müde sah er in die Runde, und Lena hatte fast den Eindruck, er würde sich schämen. »Und die war, sagen wir mal, sehr erpicht darauf, einen von denen kennenzulernen, die ihnen die Tour in Budapest vermasselt hatten. Ich wurde bewusstlos geschlagen, und als ich wieder zu mir kam, lag ich gefesselt und geknebelt in einem Lkw auf dem Weg durch Polen.« Er schüttelte missmutig den Kopf, als versuchte er, die Erinnerungen abzuschütteln. »Als wir die Küste erreichten, gaben sie mir etwas, das mich bewusstlos gemacht hat. Wir befanden uns bereits in Schweden, als ich wieder zu mir kam. Die haben mich mit einem Fischkutter über die Ostsee geschafft. Mit einem Lieferwagen ging es dann stundenlang weiter bis zu einem alten Industrieviertel, wo mich One-Eye-Dawn persönlich erwartete. Die war … nicht ganz so freundlich wie Andris. Den Rest kennt ihr gewissermaßen.«

»Konzentrier dich«, meinte Perseus überlegt. »Wir haben es in Stockholm nicht bloß mit den Warriors zu tun gehabt. Am Ende kreuzte dort wieder der Paukant auf und hat vollendet, wozu die Terroristen allein nicht in der Lage waren.«

Er griff zu mehreren Tageszeitungen, die auf einem Beistelltisch lagen, und präsentierte ihm die Schlagzeilen von dem Anschlag auf die »Melody of the Oceans«. »Die haben das Kreuzfahrschiff zwar nicht versenken können, aber es wieder auf alle Titelseiten gebracht. Und im Internet tobt ebenfalls eine Schlacht, denn die Szene feiert die Fehlgeleiteten natürlich trotzdem.«

Daedalos betrachtete die Schlagzeilen müde.

»Und das ist nicht alles«, fuhr Perseus fort. »Die Irre hat auf dem Schiff keinen Hehl daraus gemacht, dass sie gewarnt wurde. Nach der Sache in Visby haben die vermutlich eins und eins zusammengezählt. Aber so genau wissen wir das eben nicht.«

»Nach der Sache in Visby?«

»Stimmt, davon weißt du ja noch gar nichts.« Lena berichtete ihm aufgebracht, was sich im schwedischen Kontor auf Gotland zugetragen hatte.

Daedalos betastete missmutig sein bandagiertes Haupt.

»Da war tatsächlich jemand«, sagte er zögernd. »Als mich One-Eye-Dawn in die Mangel genommen hat. Im Hintergrund saß so ein Kerl im Schatten, der mitgehört hat. Ich hatte den Eindruck, dass das keiner dieser Ökoterroristen war. Nur war ich ehrlich gesagt zu … beschäftigt, um mich auf ihn konzentrieren zu können.«

»Der Paukant?«

Daedalos überlegte. »Eher nicht. Zumindest schien er nicht maskiert gewesen zu sein. Ich habe ihn trotzdem nicht erkannt.«

»Kommen wir zur Gretchenfrage.« Elektra schob sich vor. »Hast du dichthalten können?«

Der Ire sah sie resigniert an. »Die haben mich mit Drogen vollgepumpt. Ich habe keine Ahnung, was ich ausgeplaudert habe. Aber eines war klar: Die wussten längst von A.R.G.O.S.«

»Gut … aber was genau wollten sie dann von dir wissen?«, hakte Perseus nach.

Der Ire zögerte. »Die waren an euch interessiert. Und ganz speziell an Lena. Ich glaube, an ihr vor allem.«

Daedalos sah Lena an, und Perseus und Elektra warfen sich knappe Blicke zu.

»Wir ahnen, warum«, meinte Perseus. »Schnappen sie Lena, bekommen sie Zugriff auf Poseidons Götterrechte.«

»Ist das nicht seltsam?«, fragte Elektra in die Runde. »Das muss doch inzwischen auch dem Olymp klar sein. Warum machen sie Poseidons Entscheidung nicht rückgängig? Lena wäre dann sicher, und der Olymp müsste sich nicht fürchten, dass unsere Gegner weiter an A.R.G.O.S. herankommen.«

»Ich glaube, der Olymp weiß gar nicht, dass Poseidon seine Befugnisse übertragen hat«, murmelte Lena.

»Wie kommst du darauf?«, fragte Elektra.

»Wir haben doch in Visby herausgefunden, dass alle Meldungen in dieser Angelegenheit ausschließlich bei einem landen.«

»Du hast recht.« Die Lettin rückte sich besorgt ihre Brille zurecht. »Bei Zeus!«

»Wollt ihr damit andeuten, dass …?« Perseus rieb sich besorgt die Schläfen. »Ihr glaubt, Zeus hält das vor dem übrigen Vorstand geheim?«

»Hast du eine andere Erklärung?«, fragte Elektra. »Ich nicht. Und wenn das nicht Gründe hat, über die wir, warum auch immer, nicht informiert sind, dann sollten wir uns vielleicht mit dem Gedanken anfreunden, dass er vielleicht hinter dieser Verschwörung steckt.«

»Zeus?« Perseus schüttelte den Kopf.

Die Lettin fluchte plötzlich. »Scheiße. Und ich habe ihm in Visby noch einen kompletten Einsatzbericht über die Ereignisse in Budapest geschickt.«

»Okay, nehmen wir mal an, es ist so«, rätselte Perseus, »warum beauftragt er mich dann mit der Aufklärung des Anschlags auf Poseidon? Damit geht er doch ein vermeidbares Risiko ein.«

»Vielleicht weil er vor dem übrigen Olymp Entschlossenheit demonstrieren musste?« Elektra zuckte mit den Schultern.

Lena erhob sich und ging nachdenklich zum Fenster.

»Warum wollten die Warriors durch Daedalos dann mehr über euch herausfinden?«, fragte sie. »Ich meine, wenn jemand Zugriff auf alle Personalakten von A.R.G.O.S. hat, dann doch wohl euer Göttervater. Warum schickt er Leute los, die aus Daedalos herausquetschen sollen, was er eh schon weiß?«

Perseus und Elektra wirkten ratlos.

Daedalos räusperte sich. »Ich hatte den Eindruck, dass die zwar von Perseus wussten, aber nicht von uns anderen. Perseus hat nie öffentlich gemacht, wen er bei dieser Mission mit hinzugezogen hat.«

»Wann hat dich One-Eye-Dawn eigentlich in die Zange genommen?«, wollte der Franzose wissen.

»Na ja.« Daedalos dachte nach. »In der Nacht, bevor sie mich auf das Schiff geschafft haben.«

»Da wusste Zeus aber schon über alles Bescheid«, wandte Lena ein. »Elektras Bericht hat er bereits gegen Mittag bekommen.«

Die Lettin nickte.

»Wo sind wir hier eigentlich?« Daedalos' Blick wanderte an Lena vorbei zum Fenster.

»In einem Safe House in Berlin«, informierte ihn Kirke, die unvermittelt mit einem Tablett ins Zimmer kam. Darauf balancierte sie ein Glas Wasser sowie eine dampfende Suppenschüssel, deren Inhalt nach asiatischer Kokossuppe mit Zitronengras roch. Sie stellte das Tablett auf einem Tisch ab und verschränkte die Arme vor der Brust. »Schön, dass es dir besser geht. Die haben dich ja ganz schön zugerichtet.«

»Sieht schlimmer aus, als es ist.« Daedalos blickte hungrig zum Tablett. »Und warum sind wir ausgerechnet hier in Berlin?«

»Nach der Aktion im Stockholmer Hafen«, Kirke reichte ihm nun die Suppe und einen Löffel, »erschien es uns ratsam, Schweden so schnell wie möglich zu verlassen und uns zentraler in Europa zu positionieren. Bislang haben die Warriors ja stets Wert darauf gelegt, ihre Anschläge gerecht über Europa zu verteilen. Außerdem hatten sie dir das hier eingesetzt. In deinem Nacken.«

Sie reichte ihm eine Petrischale vom Tablett, in der – noch immer leicht blutig – der Miniaturpeilsender lag, den ihm die Agenten schon in Schweden entfernt hatten.

Daedalos, der gerade einen Löffel Suppe zu sich nehmen wollte, verharrte und starrte den Miniatursender an.

»Keine Bange, der ist deaktiviert«, ergänzte Kirke. »Es handelt sich um ein Gerät aus US-amerikanischer Fertigung, an das man nur mit besten Schwarzmarktkontakten herankommt. Elektra hat das Ding natürlich trotzdem gefunden. Nur wirft dieser Peilsender einige Fragen auf. Mal ganz davon abgesehen, dass das keinesfalls Methoden sind, die ich diesen Gaia-Spinnern zutraue.«

»Und?«, murrte Daedalos.

»So ein Peilsender lohnt sich nur, wenn man davon ausgeht, dass du ihn auch eine Weile trägst«, erklärte sie. »Und das bedeutet, dass die, die ihn dir eingepflanzt haben, davon ausgingen, dass du die Nummer auf dem Schiff überlebst.«

»Das war jedoch reines Glück«, ergänzte Perseus. »Ehrlich gesagt wären wir beide tot, wenn Lena nicht gewesen wäre. Das alles ergibt also keinen Sinn.«

Daedalos betrachtete Lena, die alle Mühe hatte, sich ihren Stolz nicht anmerken zu lassen.

»Keine Ahnung, wann sie mir den eingesetzt haben.« Kopfschüttelnd gab der Ire Kirke die Petrischale mit dem Miniaturpeilsender zurück. »Vermutlich, als ich weggetreten war.«

»Schon klar«, meinte Kirke grübelnd. »Aber warum? Wie Perseus schon sagte: Das Ganze macht nur Sinn, wenn die wollten, dass du entkommst. Wärst du auf dem Schiff mit der Bombe hochgegangen, wäre der kleine Eingriff verlorene Liebesmüh gewesen. Wussten die Warriors also nichts vom Sender? Oder haben sie sich am Ende gegen ihre Gönner gestellt?«

»Ich weiß es nicht.« Daedalos stierte zornig auf seine Suppe.

Perseus erhob sich nun ebenfalls. »Immerhin zeigt uns das, dass die, die die Warriors unterstützen, sehr wahrscheinlich andere Ziele als diese Ökospinner verfolgen.«

»Apropos verfolgen …« Kirke zwinkerte Daedalos zu. »Wir haben deinen Vorschlag aus Budapest aufgegriffen und unsere unbekannten Freunde derweil ein bisschen in die Irre geschickt.«

»Was meinst du?« Daedalos sah sie irritiert an.

Lena grinste. »Kirke hat bei unserem Zwischenstopp in Kopenhagen einen Kontakt bemüht, der mein Tablet mitgenommen hat.«

»Und das befindet sich jetzt eingeloggt und mit angeschaltetem »Puzzle Champion« auf einem kleinen Kreuzfahrtschiff nach Helsinki«, erläuterte Kirke. »Das wird sie hoffentlich eine Weile beschäftigen, nachdem der Peilsender so unerwartet seinen Geist aufgegeben hat.«

»Und was habt ihr jetzt vor?«, wollte Daedalos wissen.

»Unseren Joker ins Spiel bringen«, erklärte Perseus.

»Welchen Joker?«

»Ich habe einen von den Warriors in Stockholm geschnappt.« Elektra lächelte böse. »Bislang ist er zwar etwas verstockt, aber Kirke sollte auf einem guten Weg sein, ihn endlich zum Reden zu bringen. Wenn wir erst wissen, was die vorhaben, werden wir es diesmal sein, die ihnen zuvorkommen.«

»Das sind ... die ersten guten Nachrichten heute.« Daedalos stellte aufgewühlt die Suppenschüssel weg, um sich aufzurichten. »Bringt mich zu ihm. Ich brenne darauf, mich an diesen Ärschen zu rächen. Ich werde ...«

»Du wirst hübsch liegen bleiben, bis du wieder bei Kräften bist. Denn so bist du uns keine Hilfe.« Kirke drückte ihn wieder zurück in die Kissen und reichte ihm die Suppe. »Und jetzt iss auf! In der Küche steht noch mehr.«

»Perseus hat sie dir extra vom Thailänder auf der anderen Straßenseite besorgt«, erzählte Elektra.

»Danke, aber ... Ist das nicht etwas riskant, wenn wir wegen so was unser Versteck verlassen?«

»Seht ihr, mein Reden!« Lena blickte in die Runde. »Wenn ihr wollt ...«

»Nein, das ist wirklich nicht nötig«, unterbrach Elektra sie. Sie wandte sich wieder an Daedalos. »Du musst wissen, dass Lena gestern für uns gekocht hat. Aber wir haben beschlossen, dass es ziemlich unfair ist, nach allem, was sie bislang für uns getan hat ... und dass unser Spesensatz durchaus Essen von außerhalb hergibt.«

»Ehrlich, ich mache das gern weiter«, meinte Lena.

»Ist wirklich kein Problem«, »Gerade wir Frauen sollten uns keinesfalls auf die Küche reduzieren lassen«, »Du hast dir auch mal etwas Ruhe verdient«, überschlugen sich Perseus, Kirke und Elektra mit wohlmeinenden Versicherungen.

»Na gut.« Lena wandte sich an Daedalos. »Aber wenn du mein berühmtes Omelett Stracciatella haben willst, sagst du Bescheid, okay? Eine Eigenkreation.«

»Mach ich«, antwortete er gedehnt. »Die Suppe hier tut es aber auch erst mal. Hauptsache, ihr sagt mir, wann es wieder losgeht. Ich brenne darauf, es dieser Truppe heimzuzahlen.«

»Wissen wir«, versicherte Perseus. »Und jetzt ruhe dich aus.«

Lena begleitete die anderen ins Nachbarzimmer, wo nicht nur Elektras neuer Laptop aufgebaut war, sondern auf einem Extratisch samt vielen Werkzeugen auch ihr beschädigter Quadrocopter stand.

»Ich hoffe, du kriegst Bob wieder hin?«, sagte Lena mitfühlend.

»Wird schon.« Elektra strich liebevoll über einen der verbogenen Rotoren. »Der Kerl hat ihm zwar übel mitgespielt, aber bislang habe ich ihn immer wieder hinbekommen.«

»Womit wir beim Thema wären«, erklärte Kirke forsch. »Denn eigentlich bin ich nur runtergekommen, weil ich wissen wollte, was du über ihn herausgefunden hast.«

»Nun, Lippe ist bei Interpol kein Unbekannter.« Elektra setzte sich wieder vor ihren Laptop und rief eine Verbrecherdatei auf, auf der Lena das Bild des Gepiercten ausmachen konnte, den sie aus dem Restaurant gestoßen hatte. »Sein richtiger Name lautet Mieczyslaw Adamowicz«, erklärte sie. »Polnischer Staatsbürger, dreiunddreißig Jahre alt. Geriet schon als Ministrant in Konflikt mit der Kirche, weil er 2005, nach einer Osterspeisensegnung, gewaltsam verhindern wollte, dass jemand das Osterlamm anschnitt.«

»Die bestehen doch aus Rührteig«, zeigte sich Lena verwundert.

»Es ging ihm ums Prinzip. Danach Mitgliedschaft in mehreren unbedeutenden kleinen Umweltgruppen, was in Polen ja eher die Regel ist. 2013 dann hat er einen Polizisten bei einer Umweltdemo in Warschau krankenhausreif geprügelt. Anschließend ist er in der Wohnungsbesetzerszene abgetaucht und hat das Land schließlich verlassen. 2015 konnte er als einer von denen identifiziert werden, die während einer Demo in Brüssel einen Polizeiwagen abgefackelt haben. Danach hat er sich weiter radikalisiert. Spätestens 2017 ist er nach London emigriert, wo er One-Eye-Dawn kennenlernte. Und A.R.G.O.S.-Quellen ist zu entnehmen, dass er gemeinsam mit zwei anderen Warriors die erste Kampfgruppe der Spinner trainiert hat. Mittlere Führungsebene.«

»Also alles andere als ein unbeschriebenes Blatt«, murmelte Kirke.

»Hast du denn schon irgendwas aus ihm rausquetschen können?«, fragte Perseus.

»Du meinst außer dieser Cree-Weissagung, die er mantraartig runterbetet?« Kirke schnaubte grimmig. »Ich sag's mal so: Wenn er mich noch weiter über gerodete Bäume, vergiftete Flüsse oder letzte Fische volltextet, werde ich ihm zeigen, dass man Geld sehr wohl essen kann. Da Schlafentzug und Kaltwasserduschen bislang nichts gebracht haben, habe ich die Verhörprozedur inzwischen verschärft. Er wollte es ja nicht anders.«

»Das heißt, ihr foltert ihn?«, fragte Lena vorsichtig. »Okay, er hat Menschen getötet und auch Bob wehgetan, aber …«

»Dieser Typ zwingt mich leider dazu, wenn wir Schaden von Europa und A.R.G.O.S. abwenden wollen«, erklärte Kirke mit Blick auf ihre Armbanduhr. »Und Elektras Recherchen bestätigen mich darin, dass es gerechtfertigt war, zum Äußersten zu greifen. Nämlich ein direkter Angriff auf seine verkorkste Psyche. Vermutlich sollten wir mal nach ihm sehen, bevor er noch irreparablen Schaden nimmt …«

»Ich begleite dich«, meinte Perseus.

Elektra winkte ab. »Ich bleibe besser hier und kümmere mich um meine Reparaturen. Mir wird bei so was immer schnell flau im Magen.«

Kirke und Perseus verließen den Raum. Lena eilte ihnen beklommen hinterher.

»Du musst dir das nicht antun«, meinte Perseus.

»Doch, muss ich«, antwortete Lena. »Wenn so etwas zu den A.R.G.O.S.-Tätigkeiten gehört, dann trage auch ich dafür die Verantwortung.«

»Du musst selbst wissen, was du tust«, seufzte Kirke.

Sie marschierten über eine Treppe zu einem Raum auf dem Dachboden des Hauses, der mit gleich zwei Türen ähnlich einer Schleuse ausgestattet war.

»Was hast du ihm gegeben?«, wollte Perseus wissen, als Kirke die erste Tür öffnete.

»Ein leicht modifiziertes Aletheia-Serum«, erklärte die Griechin kalt. »Ein Teil Natrium-Penthotal, ein Teil Dimethyltryptamin und das Ganze mit einem Hauch Psilocybin abgerundet, das ich privat aus Magic Mushrooms gewinne. Lässt LSD wie Blubberbrause wirken.«

Lena hatte den abgelegenen Raum bereits bei ihrer Ankunft kennengelernt, als sie ihren Gefangenen nach oben geschafft hatten. Sie wusste daher, dass er für Einsätze dieser Art schallisoliert war. Und doch war es etwas anderes, als sie ihn jetzt abgedunkelt zu Gesicht bekam und ihr das gequälte Schreien und Stöhnen ihres Gefangenen entgegenschlug, als Kirke auch die zweite Tür öffnete.

Der Anblick, der sich ihr bot, war nichts für schwache Nerven.

Denn der Gepiercte, der im Bordrestaurant der »Melody of the Oceans« noch den harten Mann markiert hatte, saß jetzt mit fixiertem Kopf auf einem hölzernen Verhörstuhl und wand sich gequält in seinen Fesseln.

Sein weit aufgerissener Blick war dabei auf einen Fernseher gerichtet, auf dem in rascher Folge schreckliche Szenen von Tierrechtsverstößen und Umweltkatastrophen abliefen: Hilflose Vögel an einem ölverpesteten Strand, rußende Kohlekraftwerke, brasilianische Holzfäller, deren Kettensägen sich tief in die Stämme von Urwaldbäumen frästen, ein Kammerjäger, der mit chemischem Gift Kakerlaken zusetzte – wobei Lena das jetzt nicht ganz so schlimm fand –, Luftaufnahmen des zerstörten Kernkraftwerks von Fukushima, Fracking-Bohrtürme vor dem Panorama der Rocky Mountains, kanadische Robbenjäger, die niedliche Robbenbabys erschlugen, ein Trawler, der ein Schleppnetz mit Fischen aus dem Meer zog, und jemand, der ein gekochtes Frühstücksei aufklopfte.

Gequält wandte Lena ihren Blick ab, und Kirke beendete die Tortur, indem sie das Licht im Raum anknipste und den Film mit einer Fernbedienung stoppte.

»Na, mein Freund, genug?«

Der Ökoterrorist starrte Kirke mit geweiteten Pupillen an. Speichel tropfte aus seinem linken Mundwinkel.

»Bitte, ich … Aufhören! Ich …«

»Ich kann den Film die ganze Woche weiterlaufen lassen.« Die Griechin tippte ihm drohend gegen die Stirn. »So lange, bis du dein

Kopfkino nicht mehr von der Wirklichkeit unterscheiden kannst. Wobei ich befürchte, dass das jetzt schon der Fall ist.«

Perseus trat ebenfalls vor ihn. »Also rede!«

»Ich ... ich rede ja.« Der Mann lachte leicht irre, starrte durch die beiden Agenten hindurch und fing an zu brabbeln. »Ja ... ja, wir könnten die Krabbenfischer in kochendes Wasser werfen. Das ist keine schlechte Idee.«

Perseus packte ihn am Kinn und zwang ihn, ihn anzusehen.

»Konzentriere dich!«

»Ich ... ich bin konzentriert.«

»Fangen wir mit etwas Leichtem an: Was plant One-Eye-Dawn als Nächstes? Und wo findet der nächste Anschlag statt?«

»Mein Hals ist so trocken«, ächzte der Pole. »Ich brauche ... Wasser.«

Kirke schraubte eine Sprudelflasche auf und ließ ihn einige gierige Schlucke zu sich nehmen, bevor sie ihm die Flasche wieder entzog.

»Gib dir Mühe«, drohte sie. »Ansonsten kostest du das nächste Mal Wasser aus einer PET-Flasche. Du weißt schon, die mit den Weichmachern.«

»Nein. Ich rede. Versprochen!«, lallte der Terrorist schwer verständlich. »One-Eye weiht uns immer erst spät in die Details ein. Nach Schweden ... ist Deutschland dran.«

»Deutschland?« Kirke sah kurz zu Perseus auf. »Wo und was genau?«

»Ich ... ich weiß nicht, wo. Aber ich glaube, es geht diesmal um eine Entführung oder ... eine Hinrichtung.«

»Wieso weißt du das nicht?«, brauste Perseus auf.

»One-Eye sprach bloß von einem Weichziel, das wir uns vorknöpfen würden. Ich ...«, der Kerl fing plötzlich an zu wimmern. »Bei mir drinnen verschwimmt alles. Ich ... ich kann mich nicht erinnern. Bitte ... stellt doch endlich jemand diese Motorsäge aus.«

»Ich hoffe, du hast ihm nicht zu viel verpasst?«, erkundigte Perseus sich bei Kirke.

Die schnaubte böse. »Verhörmethoden wie diese sind eben keine exakte Wissenschaft. Lass mich mal.«

Sie beugte sich über ihn. »Mieczyslaw, du musst dich fokussieren. One-Eye-Dawn legt doch sicher viel Wert darauf, dass ihr fokussiert bleibt, um Gaia zu schützen?«

»Ja … ja, das tut sie.«

»Dann blende diese Motorsäge aus, denn die sägt bloß in deinem Kopf. Erinnere dich einfach an deine Aufgabe. Worin besteht die?«

Der Gepiercte starrte sie mit seinen übergroßen Pupillen an, bevor er endlich wieder sprach. »Andris sollte unsere Lebensläufe fälschen. Ich sollte mir einen Namen ausdenken.«

»Lebensläufe? Wofür?«

»Um uns bei diesem Security-Dienst zu bewerben. Hatte auch Erfolg.«

»Welcher Security-Dienst, verdammt noch einmal?«, ging Perseus dazwischen.

Der Pole zog mühsam die Stirn in Falten. »Der Laden nennt sich Mantikor Security Agency.«

Perseus schnippte hektisch in Lenas Richtung. »Ruf rasch mal unten bei Elektra an. Die soll ein paar Nachforschungen anstellen.«

Lena zückte aufgeregt ihr schickes Taser-Smartphone, das ihr die anderen inzwischen wieder zurückgegeben hatten, rief bei Elektra an und informierte sie über die Agentur.

»Unter welchem Namen bist du da registriert?«, fragte Kirke.

»Krystian Müller.«

Perseus nickte Lena zu, und sie gab auch diese Information an Elektra weiter.

»Weißt du, für wann die Aktion geplant ist?«, wollte er wissen.

»Weiß nicht«, ächzte der Pole. »Schon sehr bald.«

»Gut, was anderes.« Diesmal war es Kirke, die ihn zwang, sie anzusehen. »Wer sind diese Typen, die euch ständig helfen?«

»Keine Ahnung«, ächzte der Terrorist erschöpft. »Aber sie sind sehr mächtig. Und sehr einflussreich.«

»Du willst mir doch nicht einreden, dass du gar nichts über sie weißt?«

»Nein, doch … Ich … Sie halten ausschließlich zu One-Eye Kontakt. Sie können praktisch alles besorgen. Waffen. Munition. Autos. Auch das teure Zeug.«

»Und was verlangen sie als Gegenleistung?«

»Ich glaube«, der Pole schluckte. »Ich glaube, die bestimmen über die Anschlagsziele mit. One-Eye ist darüber nicht glücklich, aber solange es ums große Ganze geht, ist es ihr wohl egal.«

Aufmerksam sahen sich die Agenten an.

»Bitte. Ich kann nicht mehr«, stöhnte der Terrorist. »Ich … mir fällt nichts mehr ein. Nur Andris weiß mehr. Er ist One-Eyes rechte Hand …« Seine Augen verdrehten sich leicht. »Obwohl, doch … da war auch noch von einem Kraftwerk die Rede. Darum … darum sollte sich Andris kümmern.«

»Was für ein Kraftwerk?« Kirke verengte die Augen. »Steht das mit diesem Security-Dienst in Verbindung?«

»Bitte … ich weiß nicht, was es mit diesem Kraftwerk auf sich hat. Ich wurde nicht eingeweiht.«

»Wir sollten jetzt besser aufhören«, schlug Perseus leise vor. »Wir können es ja später noch mal versuchen. Bis dahin sehen wir lieber zu, dass uns der Kerl hier nicht völlig zusammenklappt.«

»Wenn du meinst«, Kirke wandte sich mit funkelndem Blick zu Lena um. »Falls du heute doch noch was kochen willst, dann darfst du dich gern um ihn hier kümmern.«

»Kirke, ich sagte, wir sollten aufhören«, ging Perseus dazwischen, bevor Lena etwas vorschlagen konnte. »Der kriegt einstweilen Wasser und Brot. Bis dahin lasst uns sehen, was Elektra herausgefunden hat.«

Der Pole brabbelte leise etwas, doch die Agenten verließen den Raum, und so folgte Lena ihnen bedrückt.

»Mann, seid ihr fies zu dem gewesen«, sagte sie auf dem Rückweg. »Das wird der doch nie vergessen können.«

»Soll er auch nicht«, erwiderte Kirke mit frostiger Stimme.

Elektra erwartete sie bereits.

»Und?«, wollte Perseus wissen.

»Volltreffer, würde ich sagen.« Die Lettin deutete auf den Bildschirm ihres Laptops, auf dem die Webseite der Security-Agentur zu sehen war.

»Mantikor Security Agency kümmert sich vornehmlich um Personen- und Gebäudeschutz von Promis, Diplomaten, Politikern und reichen Unternehmern. Wurde von einem ehemaligen Hauptmann der Bundeswehr gegründet, der 2005 bei der Sondereinheit KSK wegen Kontakten in die rechte Szene rausgeflogen ist. War dann bei Blackwater, bevor er sich selbstständig gemacht hat. Kam 2016 bei einem Autounfall ums Leben. Die jetzigen Besitzverhältnisse sind etwas unklar. Da muss ich noch tiefer graben. Leider haben die eine ziemlich gute Firewall. Immerhin«, sie rief ein Dokument auf, »es sind nicht alle Bereiche gleichermaßen geschützt. So bin ich auf eine nur unzureichend gesicherte Personalliste gestoßen. Ein gewisser Krystian Müller ist dort vor zwei Wochen als Neuzugang vermerkt worden. Zusammen mit drei anderen Personenschützern, bei denen es sich vermutlich auch um eingeschleuste Warriors handelt. Und jetzt haltet euch fest: Sie alle sind morgen mit anderen Personenschützern der Agentur für den sogenannten Monarchenball in Dresden vorgesehen.«

»Morgen schon?«, fragte Kirke ungläubig. »Die Taktung der Anschläge der Warriors erhöht sich in letzter Zeit auffällig.«

»Was hat es mit diesem Monarchenball auf sich?«, wollte Perseus wissen.

»Echt, von dem hast du noch nichts gehört? Das ist schon seit Jahren einer *der* Yellow-Press-Events in Deutschland«, erzählte Lena mit leuchtenden Augen. »So eine Mischung aus Wiener Opernball, Bayreuther Festspielen und royalem Kölner Karneval. Dort herrscht aristokratische Kostümpflicht. Der Monarchenball heißt nämlich nicht umsonst so. Da kommt für ein Wochenende alles, was Rang und Namen hat: Schauspieler, Politiker, Adlige.«

»Und wer veranstaltet das?«, wollte Perseus wissen.

»Ein österreichischer Unternehmer namens Carl Pichler.«

»Den solltest du kennen«, meinte Kirke. »Dem gehört die Biersorte Monarchen-Pils.«

Elektra nickte. »Wobei das bloß die erfolgreichste von neun Biersorten ist. Die Firma, die Pichler leitet, heißt eigentlich Monarchenbräu. Der Kerl gilt als ebenso exzentrisch wie reich. Sein Vater hat in den Siebzigern durch die These Aufsehen erregt, der Urenkel eines illegitimen ersten Sohns des in Sarajevo ermordeten Erzherzogs Franz Ferdinand zu sein – er sei also als der wahre Erbe der Habsburgermonarchie anzusehen. Den Rest seines Lebens durfte er sich dafür dann mit dem heutigen Oberhaupt der Familie Habsburg juristische Scharmützel liefern. Was aber auch egal ist. Denn der alte Pichler ist schon lange tot. Carl Pichler hat sich stattdessen ganz auf das Geschäft gestürzt und Monarchenbräu in den letzten Jahrzehnten zu einem der erfolgreichsten Bierproduzenten der Welt ausgebaut. Die nach der deutschen Wiedervereinigung in Sachsen erworbenen Brauereien produzieren zum Beispiel ausschließlich für den Export nach Fernost.«

»Interessant«, murmelte Perseus. »Daher rührt dann wohl auch Pichlers spezielle Beziehung zu diesem deutschen Bundesland?«

»Vermutlich.« Die Lettin zuckte mit den Achseln. »Eigentlich lebt Pichler in der Nähe von Wien. Natürlich auf einem Schloss.«

»Dem gehört in Österreich sogar ein TV-Sender«, ergänzte Lena. »Griaßdi-TV. Außerdem gilt er als einer der begehrtesten Junggesellen des deutschsprachigen Raums.«

Elektra grinste. »Vielleicht wartet er ja auf seine Cinderella. Diese Bälle veranstaltet er nämlich schon seit sieben Jahren.«

»Ich weiß«, meinte Lena eifrig. »Und zwar auf Schloss Meußlitz im Südosten Dresdens. Das hat er vor neun Jahren gekauft und dann aufwändig renovieren lassen. Das ist ein ehemaliges Jagdschloss des sächsischen Königs Friedrich August II.«

»Du kennst dich irritierend gut aus«, meinte Kirke.

»Ein bisschen vielleicht«, gestand Lena verlegen. »Ich lese halt alles, was mir in die Quere kommt. Klatschblätter, Newsseiten, alles, was auch für die Viktualia Consulting Group von Interesse sein könnte – und noch ein bisschen mehr. Da kriegt man schon 'ne ganze Menge über die Promis und Sternchen mit. Wobei mir gerade einfällt, dass ich unbedingt die Star Touch kündigen muss, da die neulich die besten Musikalben der Siebziger präsentiert haben. Und da kamen ABBA erst auf Platz siebzehn. Das geht nach Visby natürlich gar nicht. Die haben mich immerhin vor dem Scheiterhaufen bewahrt.«

»Nun ja«, meinte Perseus gedehnt. »Bleibt die Frage, wen sich die Warriors auf dem Ball vorknöpfen wollen.«

»Wenn du mich fragst«, Elektra rief das Foto eines Mannes mit fast wilhelminischem Schnurrbart, leicht speckigen Wangen und klug blickenden blauen Augen auf, »dann haben sie es auf Carl Pichler selbst abgesehen. Monarchenbräu steht in gleich mehreren europäischen Ländern wegen ziemlich rücksichtsloser Grundwasserentnahme in der Kritik. Pichler entspricht also genau dem Profil, das zu den Terroristen passt. Und die Presse wäre bei einem Anschlag auch gleich vor Ort.«

»Okay. Wir müssen so oder so dorthin.« Perseus wechselte einen kurzen Blick mit Kirke. »Wenn du eh schon auf der Seite dieser Security-Agentur warst, konntest du zufällig auch herausfinden, wie es mit den Sicherheitsvorkehrungen während des Balls bestellt ist?«

»Ja, konnte ich«, seufzte Elektra. »Höchster Sicherheitsstandard, was auch kein Wunder ist, bei der Prominenz, die dort aufläuft. Mindestens vierzig Wachleute, spezielle Einlasskontrollen und sogar Hunde. Und gemäß einer Beschaffungsliste haben die das Schlossgelände derart mit Sicherheitselektronik gepflastert, dass sie Fort Knox Konkurrenz machen. Kurz gesagt: Es wird schwierig, da so ohne Weiteres reinzukommen. Dagegen war euer Stunt auf der ›Melody of the Oceans‹ ein Spaziergang.«

»Wäre es nicht am einfachsten, Carl Pichler zu warnen?«, schlug Lena vor.

Die drei Agenten sahen sich an.

»Ja, könnten wir«, meinte Kirke irgendwann. »Aber wir wissen eben nicht mit Sicherheit, ob er das Ziel dieser Psychos ist. Und es steht auch nicht zu erwarten, dass er deswegen seine aristokratische Werbeveranstaltung abbläst.«

»Und wir haben leider nur diese eine Spur zu den Warriors«, ergänzte Perseus. »Wenn wir sie also erwischen wollen, dann geht das nur über ihn als Köder.«

»Na gut, das wäre dann wohl ein idealer Job für Daedalos, oder?«, meinte Lena. »Der ist doch euer Einbruchsspezialist?«

»Tja, der wird sich noch eine Weile ausruhen müssen«, erklärte Kirke. »Da ich wusste, wie störrisch er ist, habe ich seine Suppe mit einem Schlafmittel versetzt. In seinem Zustand wäre er uns eh keine Hilfe. Und so, wie es aussieht, müssen wir wohl noch heute aufbrechen, wenn wir da morgen Abend etwas reißen wollen.«

»Du hast einen Plan?«, fragte Perseus.

»Zumindest eine Idee.« Kirke wog nachdenklich ihr Haupt. »Ich erkläre es euch später. Denn das heißt auch, dass wir in spätestens einer Stunde abreisebereit sein müssen.«

»Und was ist mit Daedalos und dem Gepiercten?«, fragte Elektra.

»Ganz einfach«, antwortete die Griechin. »Um die kümmerst du dich.«

»Wie bitte?«

»Perseus, Lena und ich werden als Vorauskommando aufbrechen«, erklärte Kirke, »weil wir vor Ort noch einiges vorzubereiten haben. Du hingegen musst uns bis morgen unbedingt ein kleines Programm schreiben. Du erinnerst dich an Toulouse vor einem Jahr?«

»Oh, verstehe«, Elektra nestelte an ihrer Brille. »Ja, das lässt sich einrichten.«

»Was den Kerl oben angeht«, fuhr ihre Kollegin fort, »der ist eh nicht weiter nützlich. Lade ihn im Spreewald ab und überlass ihn der deutschen Polizei. Die freuen sich. Du und Daedalos kommen dann nach, sobald es ihm wieder besser geht. Und vielleicht schaffst du es bis dahin ja auch, deine Drohne wieder zum Laufen zu bringen.«

»Okay«, sagte Elektra gedehnt. »Meinetwegen.«

»Komm schon, sag, was du vorhast«, fragte Lena Kirke neugierig.

»Du hast es doch selbst erwähnt«, antwortete die Griechin. »Auf dem Ball herrscht Kostümzwang. Und Mimikry ist nun wirklich unser Geschäft.«

*

»Und das hier, Litsa, ist unser Modell Sissi«, meinte die Kostümbildnerin mit einem Augenzwinkern. »Jedenfalls nennt es unsere Kostümschneiderin heimlich so.«

Die junge Frau reichte Kirke ein ärmelloses taubenblaues Ballkleid mit viel Tüll, Reifrock und Spitzen-Overlay samt Schleife, das diese nun Lena anhielt.

»Sehr schön!«, meinte die Griechin zufrieden. »Da muss nicht mal etwas gekürzt werden.«

»Warte«, meinte Kirkes Bekannte, »Ich hab da hinten auch noch passende Schuhe und Handschuhe.«

Sie eilte an den Garderobenständern vorbei zu einer Wand mit sorgfältig beschrifteten Pappboxen. Lena wollte sich gar nicht ausmalen, welche Schätze hier noch verborgen lagen.

Sie konnte es eh kaum glauben, dass Kirke es fertiggebracht hatte, ihnen Zutritt zum Kostümfundus der Dresdener Semperoper zu verschaffen. Zweimal schon in den vergangenen Jahren hatte sie für Doktor Fink Karten für die berühmte Spielstätte besorgen müssen, ohne je selbst Gelegenheit gehabt zu haben, eine der Aufführungen erleben zu dürfen. Und jetzt stand sie hier, hinter der Bühne dieses geschichtsträchtigen Ortes, und hätte am liebsten selbst losgeträllert.

Lena nahm Kirke das Kleid aus der Hand und trat damit vor den großen Spiegel der Theaterumkleide.

»Oh mein Gott, so etwas Schönes habe ich noch nie getragen«, hauchte sie ergriffen. »Damit sehe ich original aus wie Romy Schneider.«

Kirke trat neben sie und lächelte. »Ich verstehe zwar deine Begeisterung für diesen Fünfziger-Jahre-Schinken nicht ganz, aber ich muss zugeben, das ist wirklich ausgesprochen kleidsam.«

Sie beide lachten, als Perseus etwas ungehalten hinter einem Kleiderständer hervortrat. Er hielt ein blaues Musketiergewand à la d'Artagnan in den Händen und musterte die Kostümteile unwillig.

»Uns steht zwar ein todernster Einsatz bevor«, grollte er mit argwöhnischem Blick hinüber zu der Kostümbildnerin, »aber ich freue mich, dass euch die Kostümprobe trotzdem erheitert.«

»Sieh zu, dass du dir noch einen passenden Hut besorgst, und lass uns weiterarbeiten«, meinte Kirke nur.

Perseus beäugte Lena noch einmal und verschwand wieder. Unglücklich sah diese ihm nach.

»Manchmal denke ich, dass ich ihm gar nichts recht machen kann«, murmelte Lena leise. »Dabei gebe ich mir wirklich Mühe.«

»Ach, lass ihn.« Kirke spähte ebenfalls kurz in seine Richtung. »Ich finde, dafür, dass du ins kalte Wasser geworfen wurdest, schlägst du dich erstaunlich gut. Und das weiß er. Er versucht bloß, seine Sorge um dich zu überspielen.«

»Meinst du?«

»Sicher, schließlich hatten wir uns das alles etwas anders vorgestellt. Dazu gehörte gerade nicht, dass ausgerechnet du die Hauptlast tragen musst. Hinzu kommt«, Kirke zögerte etwas, »dass du ihn vermutlich auch etwas an seine Schwester erinnerst.«

»Oh Gott!« Lena sah die Agentin bestürzt an. »Ist die etwa auch tot?«

»Was? Nein.« Kirke schüttelte den Kopf. »Es ist nur so, dass … Nein, das soll er dir irgendwann selbst erzählen.«

»Hier ein paar passende Schuhe und die Handschuhe.« Die Kostümbildnerin kehrte zu ihnen zurück und betrachtete Lena, die noch immer mit dem Kleid vor dem Spiegel stand. »Wirklich reizend, wenn ich das anmerken darf. Machen Sie unbedingt ein Foto.«

»Gern.« Lena lächelte geschmeichelt und probierte nachdenklich die Schuhe an.

Perseus hatte also eine Schwester. Allerdings stimmte es sie nicht glücklich, dass sie ihn ausgerechnet an sie erinnern könnte. Andererseits wäre seine Mutter vermutlich schlimmer gewesen.

»Ich packe das schnell ein, da ihr in einer halben Stunde draußen sein müsst«, mahnte Kirkes Bekannte. »Und du versprichst mir, alles ordentlich wieder zurückzubringen?«

»Verlass dich drauf.« Kirke umarmte die junge Frau freundschaftlich und mahnte zur Eile.

»Moment?« Lena hielt Kirke zurück und wartete, bis die Kostümbildnerin außer Hörweite war. »Ist Litsa dein richtiger Name?«

»Litsa Michailidis? Was glaubst du wohl?« Kirke schürzte spöttisch ihre Lippen. »Ebenso wenig wie Mara Harris. Das ist nur gerade der aktuelle Ausweis, den ich bei mir trage. Mein richtiger Name bleibt geheim.«

Auch Perseus hatte inzwischen den Rest seines Kostüms zusammengetragen und half der Dresdnerin dabei, alles vorsichtig in Kartons zu verstauen.

»Was hast du für dich vorgesehen?«, wollte er von der Griechin wissen.

»Ich habe dir das Kostüm nicht umsonst gegeben«, antwortete diese. »Wir gehen gewissermaßen im Partnerlook.«

»Wie aufregend«, murrte er.

Sie nahmen die Kartons mit den Kostümen, verabschiedeten sich und verließen die Semperoper über einen Bühnenausgang, wo sie einen weißen VW-Bus geparkt hatten.

Perseus startete den Wagen, und sie fuhren einmal um den stattlichen Theaterplatz mit dem König-Johann-Reiterdenkmal, der von der Nachmittagssonne jenseits der nahen Elbschleife in hellen Schein getaucht wurde. Lena warf der im Renaissance-Stil errichteten Oper mit der Panther-Quadriga über dem Hauptportal einen letzten Blick zu, dann ging es Richtung Osten, hinein in die malerische Altstadt Dresdens. Sie bewunderte das prachtvoll restaurierte Residenzschloss, und sie kamen auf ihrem Weg auch am Dresdner Zwinger und dem Herzogin-Garten vorbei, doch Perseus war wie immer nur auf ihr Ziel fokussiert: das unweit entfernt liegende Hotel Kowalski, ein kleines, aber feines Hotel am Rande der Innenstadt.

»Ich bin immer noch dafür, dass wir uns einen Plan B ausdenken«, knurrte der Algerienfranzose schließlich. »Vielleicht haben wir irgendjemanden auf der Einladungsliste übersehen? Bist du sicher, dass es die aktuellste war?«

»Ja, das war die aktuellste Einladungsliste«, erklärte Kirke verschnupft. »Mein Kontakt hat bestätigt, dass alle akkreditierten Journalisten genau die erhalten haben. Gäbe es irgendjemanden, dem du ähnelst, hätte ich dir das gesagt. Oder willst du meine Recherchen anzweifeln?«

Perseus setzte schweigend den Blinker, da vor ihnen die Tiefgaragenzufahrt des Hotels in Sicht kam.

»Ich kann auch nichts für die hohen Sicherheitsstandards«, nahm Kirke den Faden wieder auf, als es abwärtsging. »Die Kleine oben auf dem Zimmer ist nun einmal die Einzige, die einem von uns ähnelt *und* an deren Einladung in der Kürze der Zeit leicht heranzukommen war. Wie wäre es also, wenn du dich einfach mit den Gegebenheiten abfindest? Lena hat sich in Stockholm bestens geschlagen, die kriegt das auch heute hin.«

Perseus atmete tief ein. »Es passt mir trotzdem nicht.«

Tatsächlich war es in der knappen Zeit unmöglich gewesen, all die Musiker, Künstler und Bediensteten ausfindig zu machen, die sich für die Ballvorbereitungen größtenteils eh schon auf dem Schloss befanden. Ihnen war daher nichts anderes übrig geblieben, als auf die fast zweitausendfünfhundert meist adeligen Gäste aus dem In- und Ausland zu setzen, die auf Schloss Meußlitz erscheinen würden. Lena bewunderte Kirke noch immer dafür, dass sie es geschafft hatte, an die Gästeliste für den Monarchenball zu kommen. Und da sie ihr geholfen hatte, die Liste zu überprüfen, konnte sie ihre Feststellung nur unterstützen. Bei der Eingangskontrolle herrschte Ausweispflicht. Und unter den Geladenen gab es leider nur zwei Personen, denen Perseus ähnelte. Ein portugiesischer Honorarkonsul aus Hamburg, außerdem ein entferntes Mitglied der spanischen Königsfamilie, der für sein Jetset-Leben bekannt war. Weder der eine noch der andere ließ sich ohne Hilfe von A.R.G.O.S. davon abhalten, heute auf dem Ball zu erscheinen. Das Gleiche galt auch für die drei Damen, an deren statt Kirke mit etwas Schminkkunst hätte erscheinen können. Darunter eine viel zu bekannte Schauspielerin und zwei Mitglieder einer großen griechischen Reeder-Dynastie, deren Aufenthaltsort nicht zu ermitteln war. Die Einzige, die übrig geblieben war, war die in Adels- und Yellow-Press-Kreisen bekannte einunddreißigjährige Isabella von Mondsee, der Lena ähnelte.

Isabella von Mondsee stammte aus einer verarmten altösterreichischen Adelsfamilie und erreichte heute als Bloggerin unter »Baroness Isabella« mit Themen zu Adel, Architektur und Fashion ein Millionenpublikum, was glücklicherweise genau ihr Ding war.

Ihre Unterkunft in Dresden ausfindig zu machen – das Hotel Kowalski – war kein Problem gewesen. Sie hatten sich daher ebenfalls in diesem Hotel einquartiert. Kirke hatte der Bloggerin kurz nach Mittag einen kurzen Besuch abgestattet, und seitdem schlief die Frau auf ihrem Zimmer den Dornröschenschlaf.

Seitdem besaßen sie ihren Personalausweis sowie die fälschungssicher durchnummerierte und mit Hologramm und QR-Code versehene Original-Einladungskarte, auf der vorn ein erfrischendes Monarchen-Pils mit royaler Schaumkrone abgebildet war.

Das Einzige, womit sie nicht gerechnet hatten, war, dass die Baroness viel kleiner war als auf den Fotos ihres Blogs ersichtlich. Ihr mitgeführtes Rokoko-Kostüm hatte Lena nicht gepasst. Aber sie hatte jetzt ja etwas viel Besseres.

Perseus parkte den Wagen auf ihrem Stellplatz, anschließend nahmen sie den Karton mit Lenas Kostüm, betraten den Fahrstuhl und fuhren direkt zu ihren Zimmern in der dritten Etage, wo Kirke Lena in eines der Bäder führte und damit begann, sie für den Ball herzurichten.

Lena kam so in der folgenden Stunde in den Genuss, Kirke ungläubig dabei zuzusehen, wie diese mit Schere, Bürste, Kamm, Haarspray und einigen Haarnadeln ein kleines Wunder bewirkte. Denn sie glättete ihr widerspenstiges Haar nicht nur, sondern tat damit überhaupt Dinge, von denen Lena bislang geglaubt hatte, dass es unmöglich sei. Als die Agentin mit ihr fertig war, trug sie einen stylischen Bob, der ihr bis zu den Schultern reichte und der durchaus Ähnlichkeit mit der Frisur von Königin Letizia von Spanien hatte.

»Kirke, woher kannst du so was?« Lena beugte sich fasziniert zu ihrem Spiegelbild vor.

»Ich bin noch nicht fertig«, erklärte die Griechin augenzwinkernd.

Sie half ihr in ihr Kostüm, schminkte sie dezent und entnahm einem Schmuckkästchen zwei goldene Ohrringe mit tiefblauen Kristallanhängern, die perfekt zu ihrem Kostüm passten.

»Das sind natürlich keine normalen Ohrringe«, klärte Kirke sie auf. »Die Steine funktionieren genauso wie Poseidons goldene Anzugknöpfe. Einfach abziehen und platzieren. Danach hast du fünf Sekunden, bis sie explodieren.«

Sie befestigte nun eine ebenfalls tiefblaue Brosche mit auffallend langer Nadel an ihrem Kostüm. »Die ist zur Selbstverteidigung. Stichst du damit zu, applizierst du deinem Gegner ein südamerikanisches Pfeilgift, das ihn für etwa vierzig Minuten lähmt. Wenn es gut läuft …«, ergänzte sie, »denn es kann auch zu Atemstillstand führen.«

»Okaaay.« Lena betrachtete die Brosche skeptisch. »Vermutlich sollte man sich damit nicht selbst piksen.«

»Das sollte man tunlichst vermeiden«, bestätigte die Griechin. »Und hier noch eine Handtasche mit allem, was man als Frau von Welt so braucht.«

Sie reichte ihr eine elegante weiße Handtasche mit vergoldeter Kette, in der sich Lippenstift, ein kleines Deo, Puderspiegel, Taschen- und Erfrischungstücher, Feuerzeug, Mundspray und Tampons befanden.

»Nur solltest du auch mit diesem Equipment vorsichtig sein«, warnte sie die Agentin. »Bei dem Lippenstift handelt es sich um einen schnell härtenden Superkleber, mit dem man zum Beispiel ein Paket mit Plastiksprengstoff an einer Wand fixieren kann.«

»Abgebrochene Schuhabsätze kann man damit wohl auch reparieren?«, meinte Lena.

»Vermutlich.« Kirke hob eine Augenbraue. »Das Deo enthält ein

Multipick zum Schlösser-Öffnen, auch wenn du damit vermutlich nicht umgehen kannst. Und das Feuerzeug verfügt über eine eingebaute Taschenlampenfunktion inklusive Laser-Pointer.«

»Perfekt für Präsentationen«, wandte Lena ein.

»Äh, ja«, kam Kirke abermals kurz aus dem Konzept. »Der Tampon mit dem grünen Bändchen ist mit einem Rauchpulver gefüllt, wofür du jedoch Feuer benötigst. Das Mundspray hier ist ein Pfefferspray, und die Erfrischungstücher sind mit einem schnell wirkenden Narkotikum getränkt. Dazu musst du sie deinem Opfer einige Atemzüge vor den Mund pressen, was ich dir ohne Kampfausbildung eher nicht empfehle.«

»Zwischendurch frisch machen ist also nicht so wirklich drin«, stellte Lena ernüchtert fest.

»Nein. Und jetzt präsentieren wir dich Perseus.«

Kirke kehrte ins Hotelzimmer zurück, und Lena bewunderte sich noch einmal im Spiegel. Sie erkannte sich kaum wieder. Wenn Sophia sie nur so sehen könnte.

Sofort bekam sie ein schlechtes Gewissen. Denn ihre Schwester machte sich vermutlich Sorgen, weil sie sich die letzten Tage nicht gemeldet hatte. Was kein Wunder war, da ihre alte SIM-Karte vermutlich irgendwo auf Höhe von Helsinki auf Reisen war.

Nach kurzem Überlegen stopfte sie auch ihren bewährten Lady-Shaver in die Handtasche. Ohne den würde sie schon mal nirgendwo hingehen.

Als sie das Badezimmer verließ, erwarteten die Agenten sie bereits.

»Et voilà!«, meinte Kirke, kaum dass sie sich in ihrem Ballkleid präsentierte. »Da ist sie, unsere Sisi.«

Lena blickte gespannt zu Perseus, der sich staunend aus einem Sessel erhob.

»Meine Güte!« Ungläubig starrte er sie an. »Das ist wirklich … nicht schlecht.«

Lena wurde rot. Geschmeichelt strich sie über den Tüll ihres taubenblauen Ballkleids und drehte sich einmal im Kreis.

»Ich gebe zu, das ist eine meine besseren Arbeiten«, stellte Kirke zufrieden fest.

»Allerdings«, meinte Perseus noch immer angetan.

»Ich finde«, sagte Lena möglichst beiläufig, »das Apollon-Auge aus Visby würde auch noch ganz gut zu dem Kleid passen.«

»Netter Versuch.« Perseus lächelte.

»In einer Viertelstunde kommt die Limousine, die die Bloggerin bestellt hat«, ergriff Kirke das Wort. »Gehen wir besser noch mal deine Missionsziele durch.«

Perseus trat an einen Tisch heran, auf dem mehrere Aufnahmen von Schloss Meußlitz lagen, die er am Vormittag geschossen hatte. Sie zeigten das auf einem Hügel liegende und von Grün umgebene Barockschloss hinter einem hohen Zaun.

»Das komplette Schlossgelände ist von einem zweieinhalb Meter hohen Stromzaun umgeben, der zusätzlich mit einem modernen Körperschall-Detektionssystem ausgestattet ist. Und das schlägt Alarm, sobald sich jemand daran zu schaffen macht. Und zwar sowohl im Kontrollraum als auch bei allen Wachen in sechzig Meter Umkreis um die betroffene Stelle. Außerdem befinden sich überall auf dem Gelände Kameras.« Perseus sah wieder zu ihr auf. »Und das heißt, dass Kirke und ich erst dann auf das Schlossgelände vordringen können, wenn wir Zugriff auf deren Kontrollraum haben. Denn dann können wir Zaun und Kameras ausschalten.«

»Okay«, meinte Lena gedehnt. »Und wie genau kann ich euch dabei helfen?«

»Du musst uns Zugang zum Mainframe-Server verschaffen, der die Überwachungstechnik steuert«, erklärte Kirke. »Und vermutlich nicht nur die. Soweit ich das herausfinden konnte, wurde das Schloss bei seiner Renovierung grundlegend technisch aufgerüstet. Feueralarm, Sprinkleranlagen, Heizungssysteme, Rollos – all das wird von dort elektronisch gesteuert.«

»Alles, was du tun musst«, nahm Perseus den Faden auf, »ist, den Kontrollraum des Schlosses aufzuspüren und dort das hier in den Hauptserver zu stecken.«

Perseus präsentierte ihr einen USB-Stick, dessen Stecker und Chip in einer tiefblauen Kristallkette verborgen waren, die er ihr nun um den Hals hängte.

Er roch wirklich gut.

»Auf dem USB-Stick befindet sich ein von Elektra geschriebenes Schadprogramm«, erklärte er. »Das alles ist Plug and Play, heißt: Du musst nichts weiter tun. Einfach den Stick in den Hauptcomputer stecken. Das Programm spielt sich dann von selbst auf und startet den Server neu. Danach können wir von außen auf Kamera und Zaun zugreifen. Ganz einfach.«

»Ganz einfach«, stöhnte Lena. »Und das, wo ich von Technik so viel Ahnung habe wie eine Maus vom Fliegen.« Lena hielt kurz inne. »Okay, doofes Beispiel. Es gibt ja auch Fledermäuse. Also eher wie ein Hund. Obwohl Flughunde gibt es ...«

»Wir wissen, was du meinst«, stoppte Kirke ihren Redefluss. »Du schaffst das schon. Im Zweifel musst du improvisieren.«

»Nehmen wir mal an, ich finde diesen Kontrollraum. Welcher Server ist der Hauptserver?«

»Die Dinger haben meist ein Kontrollboard, das einem Laptop mit Griff ähnelt.«

»Okay.«

»Und da ist noch etwas«, fügte Perseus hinzu. »Denn du musst auch Carl Pichler aufspüren und im Auge behalten. Wenn er das Ziel der Warriors ist, dann werden sie vermutlich eine Gelegenheit für den Anschlag oder die Entführung wählen, bei der er entweder allein ist oder möglichst prominent in Erscheinung tritt, sodass es jeder mitbekommt. Hinzu kommt, dass diese Psychos das Schloss garantiert auch wieder verlassen wollen. Natürlich möglichst ungesehen. Insbesondere wenn sie planen, ihn zu entführen.«

»Na, tolle Wurst. Was du mir doch eigentlich sagen willst, ist, dass ich überall zugleich sein soll.« Lena seufzte schwer.

»Umso dringlicher ist es, dass du uns Zutritt zum Gelände verschaffst«, erklärte Kirke nachdrücklich. »Wir wissen, was wir dir zumuten. Wenigstens gibt es gegebenenfalls einen Anlass, auf den die Warriors vielleicht setzen. Denn heute Abend um zweiundzwanzig Uhr plant einer der Privatsender eine Live-Schalte zum Monarchenball im Rahmen der Sendung ›Promis unter barocken Dächern‹.«

»Von der österreichischen Sendung habe ich beim Friseur gelesen, läuft in Deutschland aber nur über Kabel.«

»Schön. Entscheidend ist, dass diese Schalte eine gute Stunde nach Sonnenuntergang stattfindet. Das Kamerateam vor Ort würde den Warriors natürlich eine ideale Bühne bieten. Zeitlich liegt die Sendung so, dass sie das Gelände im Schutz der Dunkelheit auch wieder verlassen können. Leider ist das alles nur eine Überlegung. Wenn dem aber so sein sollte, hast du nach deiner Ankunft ein Zeitfenster von etwa zwei bis zweieinhalb Stunden, um Perseus und mir Zutritt zu verschaffen. Den Rest übernehmen wir.«

Lena nickte und spürte, wie ihr Herz aufgeregt klopfte. So viel konnte schieflaufen. Vielleicht schaffte sie es nicht einmal durch die Eingangskontrolle? Ganz zu schweigen davon, dass sie keine Ahnung hatte, wo dieser Serverraum lag.

»Und jetzt runter zum Ausgang mit dir«, forderte Perseus sie auf. »Wir wollen schließlich nicht, dass die Rezeption noch nach unserer Baroness sieht.«

Lena setzte sich ihre In-Ear-Kopfhörer ein, und sie und Kirke überprüften noch einmal die Funkverbindung.

»Spätestens ab einundzwanzig Uhr sollten wir eine Funkverbindung aufbauen können«, meinte die Griechin. »Bis dahin haben wir uns an einer günstigen Stelle am Schlossgelände postiert.«

»Okay.«

»Und pass auf dich auf«, ermahnte Perseus sie.

Lena nickte ihm und Kirke zu, verließ das Hotelzimmer und rauschte hinunter in die Hotelhalle, wo sie mit ihrem historischen Ballkleid ein gewisses Aufsehen erregte. Und das keinen Augenblick zu spät, denn in diesem Moment fuhr vor dem Hoteleingang eine pinkfarbene Stretchlimousine vor.

Lena trat aus dem Eingang und musterte die Farbverirrung auf sechs Rädern ungläubig. Anschließend ließ sie sich von dem Chauffeur in dunklem Anzug in den Wagen helfen, dann ging es los.

Der Stadtteil Meußlitz lag gute fünfzehn Kilometer entfernt am südöstlichen Stadtrand Dresdens. Mitten im Elbtalkessel. Lena versuchte zu entspannen, während sie über Landstraßen in den zunehmend dörflicher wirkenden Randbereich der Stadt fuhren. Dabei kam die auffallende Limousine erstaunlich gut durch den Verkehr, und die Nachmittagssonne jenseits der Elbe erzeugte bereits erste längere Schatten, als irgendwann die hügelige Parkanlage des Schlosses in Sichtweite kam. Lena wusste, dass der südwestliche Teil von Meußlitz eigentlich als natürliches Überschwemmungsgebiet diente, umso mehr stach das alte Jagdschloss in der Ferne mit seinen Türmchen und Erkern erhaben über den umliegenden Dächern hervor.

Ihr Fahrer fuhr irgendwo zwischen den Häusern ab. Dann ging es über eine schmale Allee einen Hügel hinauf und vorbei an zahllosen Luxuskarossen, die vor einem hohen Metallzaun am Straßenrand parkten, hinter dem blickdicht grüne Bäume und Büsche gepflanzt waren. Hier waren Porsches, Ferraris, Maybachs und Mercedes zu sehen, von denen ihnen unentwegt auch einige entgegenkamen. Zwischen den geparkten Fahrzeugen standen Chauffeure, die rauchten und sich offenbar auf eine längere Wartezeit einrichteten.

Schließlich wurde ihre Stretchlimousine langsamer, da sich auf dem Weg vor ihnen Nobelkarossen und Taxis stauten. Es war daher schon deutlich nach neunzehn Uhr, als sie es endlich zu einem höhergelegenen Vorplatz geschafft hatten, der an das große gusseiserne Tor zum Schlosspark grenzte. Unentwegt entstiegen den Fahrzeugen vor ihnen vornehme Gäste in aufwändigen Kostümen, die auf die Zelte der Security vor dem Parkeingang zuhielten. Aufmerksam registrierte Lena, wie diese dort von Männern und Frauen in schwarzen Anzügen und Sonnenbrillen kontrolliert wurden. Die Autos, mit denen sie angereist waren, wendeten und rollten die Zufahrt wieder nach unten. Schließlich war auch sie an der Reihe.

Lena raffte die Lagen ihres Kleides und schloss sich den übrigen Neuankömmlingen an, von denen sie erstaunlich viele aus der

Klatschpresse kannte. Vor allem Adlige, aber auch ein, zwei Schauspieler sowie einen in Österreich bekannten Fernseh-Koch, der auf Pichlers Griaßdi-TV eine gut laufende Royality-Kochsendung besaß, die immer wieder ins Gerede kam. Was daran lag, dass er dort bevorzugt seltene Viecher zubereitete, die für Normalbürger entweder völlig unerschwinglich waren oder als vom Aussterben bedroht galten. Darunter Fasane, Rebhühner, Schneehasen und Schnepfen. Und was Krammetsvögel oder Trappen waren, hatte sie erst durch ihn gelernt.

Schließlich erreichte auch sie die Einlasskontrolle. Lena musste Einladung und Ausweis vorzeigen, und sie begann leicht zu schwitzen, als einer der Securitys einen Blick in ihre Handtasche warf. Erstaunlicherweise ging alles gut. Nach dem obligatorischen Hinweis, dass auf dem Ball allenfalls Privataufnahmen gestattet waren, trat Lena durch das Parktor und sah, dass unweit entfernt mehrere Elektromobile samt Fahrern in den historischen Uniformen des Königlich-Sächsischen Kadetten- und Pagenkorps auf sie warteten, um die Gäste durch den Park zum Schloss zu geleiten. Ein Angebot, das vorwiegend von den aufwändig kostümierten Damen mit ihren ausladenden Reifröcken angenommen wurde und dem schließlich auch sie folgte.

Gott, war das alles aufregend.

Denn jetzt kam auch schon Schloss Meußlitz in seiner ganzen Pracht in Sicht.

Der barocke Zweiflügelbau mit seinen beiden mit dem Hauptgebäude verbundenen Türmen lag hinter einem größeren Teich und war ganz im Stile der Renaissance errichtet worden. Ein durchweg ziegelrotes Dachwerk samt barocken Turmhauben krönte eine pastellfarbene Außenfassade mit hohen Sprossenfenstern und stilvollen Balkonen, die sich auf ganzer Breite und über drei Stockwerke erstreckten. Hin und wieder blitzte in den Scheiben das Licht der tiefstehenden Sonne, und sie sah, dass der Haupteingang, auf den ihr Elektromobil zuhielt, über eine Treppe zu erreichen war, deren Balustrade von steinernen Blumenvasen und alten Jägerskulpturen geziert wurde.

Natürlich registrierte sie auch das Sicherheitspersonal in der umliegenden Parkanlage. Zwei Männer führten Schäferhunde an Leinen. Sie waren leicht auszumachen, da sie auf dem Gelände in die blau-weißen Waffenröcke historischer sächsischer Infanteriesoldaten samt Dreispitzen und Kreuzbandeliers gesteckt worden waren. Vermutlich, um so das historisierende Gesamtbild nicht zu beeinträchtigen. Und das war bereits auf dem Vorplatz aufsehenerregend. Die meisten Herren trugen aufwändige Gehröcke aus dem 18. Jahrhundert und barocke Perücken, viele Frauen hatten sich hingegen im glamourösen Pompadour-Stil eingekleidet. Dazwischen standen stattliche Kürassiere neben Gästen mit durchweg venezianischen Kostümen.

Lena schritt gerade die Treppe zum Eingang hinauf, als sie unvermittelt angesprochen wurde.

»Baronin Isabella?«

Ein Mittfünfziger mit weißer Perlonperücke und schwarzem Jackett mit goldenen Ornamenten, das sich straff um seinen Bauch spannte, eilte hinter ihr die Stufen nach oben. Er betrachtete ihr Kostüm und grinste anzüglich.

»Sie sind es doch, oder?«

Mist, wer war das? Irgendwie kam er ihr bekannt vor. Lena ließ unzählige Klatschmagazinbilder an ihrem inneren Auge vorbeihuschen. Dann hatte sie ihn: Ottokar von Weyßenwangen und Ursulapoppenricht.

Der aufgeblasene älteste Spross einer bayrischen Adelsfamilie, der sein mangelndes finanzielles Geschick im Immobiliengeschäft mit einer lukrativen Heirat wettgemacht hatte. Die inzwischen vierte, wie sie wusste.

»Ah, Hochwohlgeboren«, tat sie angetan. »Mit der Perücke hätte ich Sie fast nicht erkannt.«

»Sehen Sie, so ging es mir eben auch.« Er lachte aufdringlich. »Sie wirken heute irgendwie … größer.«

»Plateauschuhe!« Sie lächelte unverbindlich.

»Kennen Sie meine Frau?« Er deutete hinüber zum Teich zu einer dicken Rokoko-Matrone mit Sonnenschirmchen, die affektiert lachte.

»Nein, die noch nicht …«

»Wir könnten doch nachher die Gelegenheit zu dem geplanten Interview nutzen?«, meinte er plötzlich. »Vielleicht im Kutscherkabinett? Da sind wir dann auch unter uns.«

»Gern«, suchte sie nach einer Ausflucht. »Sagen wir eine halbe Stunde vor der Live-Schalte von ›Promis unter barocken Dächern‹?«

»Unbedingt.«

Herrje, als ob sie Zeit für ihn hätte. Lena entließ ihn mit unverbindlichem Lächeln und betrat nun endlich das imposante und mit vielen Kostümierten gefüllte Vestibül des Schlosses.

Beeindruckt sah sie zu den marmornen Wänden und den Stuckornamenten an der Decke der Eingangshalle auf, die von einer Freitreppe hinauf zu den Obergeschossen dominiert wurde, als ein geckenhaft gekleideter Haushofmeister mit Stab und Dreispitz nach ihrer Einladungskarte verlangte, zweimal mit dem Stab klopfte, und lauthals ihren Künstlernamen verkündete.

»Baronin Isabella von Mondsee!«

Er reichte ihr eine Karte, auf deren Vorderseite wenig erstaunlich das königliche Bier abgebildet war, deren Rückseite jedoch den Grundriss des Schlosses zeigte.

Dankbar nahm sie die Orientierungshilfe entgegen, während die im Vestibül Anwesenden sie neugierig in Augenschein nahmen. Ein, zwei Damen wedelten dabei verstohlen mit ihren Fächern, und einer der Herren hob sogar ein spezielles Augenglas samt Stielgriff.

Lena knickste unbeholfen, raffte ihr Kleid und folgte rasch den melodischen Klängen, die aus einem Nachbarsaal tönten. Eine Harfe, wie zuletzt in Visby.

Sie betrat einen großen Esssaal mit riesigen Gemälden von Jagdszenen und röhrenden Hirschen an den Wänden, in dem Perückenträger und ihre Begleiterinnen lachend und schwatzend an Stehtischen mit Snacks standen, während auf einem Podest eine barock gekleidete Musikerin ihre Finger über ihr Zupfinstrument gleiten ließ.

Eine Servierkraft mit Häubchen, blauem Dienstmädchenkleid und strahlend weißer Schürze kam ihr mit einem Tablett entgegen, auf dem Biertulpen mit Monarchenpils standen. Lena ergriff eines der Gläser, als ihr Blick das taubenblaue Ballkleid einer Frau an einem der Fenster zum Vorplatz erfasste.

Das konnte doch wohl nicht wahr sein.

Die trug das gleiche Sisi-Kleid wie sie.

Die Unbekannte taxierte sie ebenfalls säuerlich.

Und nahe der Harfenspielerin stand eine weitere Frau, die ebenfalls ein nahezu identisches Sisi-Kleid trug. Auch sie musterte sie indigniert.

Lena wollte sich soeben weiter in den Raum vorschieben, als sie abermals angesprochen wurde. Diesmal von einem Herrn, der mit seinem Zweispitz, der blauen Uniformjacke und dem angeklebten Rauschebart einem Seeoffizier ähnelte.

»Baronin Isabella? Sind Sie es?«

»Ha. Ich schätze schon.«

Lena lachte gekünstelt und prostete ihm zu, um so etwas Zeit zu gewinnen. Denn angesichts des Barts war es schwierig herauszufinden, wer er war.

Nach einem kleinen Schluck verzog sie das Gesicht. Was war das denn für eine Plörre? In Bremen brauten sie eindeutig besseres Bier.

»Ah, Herr von von Stainpilz, äh, -plitz.«

»Sie wirken heute deutlich … größer«, stellte ihr Gegenüber fest.

»Ich weiß. Plateauschuhe.«

»Wollen wir uns nachher vielleicht wegen meiner geplanten Foto-Safari zusammensetzen?«

»Gern. Sagen wir im Kutscherkabinett? Eine halbe Stunde vor der Live-Schalte von ›Promis unter barocken Dächern‹?«

Dort würde er wenigstens nicht allein sein. Erfreut stimmte er zu.

Lena stellte das Pilsglas angeekelt ab und sah zu, dass sie fortkam.

Zunächst einmal galt es einen Überblick über das Schloss zu gewinnen, als sie die Blicke der übrigen Männer im Raum bemerkte. Einer von ihnen hörte sogar erst auf zu starren, als ihn seine Begleiterin ungehalten am Arm rüttelte. Unglaublich.

Lena spürte, wie ihr Gesicht Farbe bekam. So etwas kannte sie bloß, wenn sie mit Sophia unterwegs war. Mit dem Unterschied, dass solche Blicke ausschließlich ihrer Schwester galten. Allmählich kam sie sich wirklich vor wie Romy Schneider.

Berauscht schwebte sie in ihrem Ballkleid einen Korridor hinunter und suchte nach Personalräumen, als sie durch eine Saaltür gedämpften Operngesang vernahm. Hier schien es wirklich für jeden Geschmack etwas zu geben.

Interessiert öffnete sie die hohe Tür und gelangte so in einen abgedunkelten Musiksaal mit hervorragender Akustik, in dem zahlreiche Gäste auf barocken Stühlen saßen und einem bekannten Opernsänger lauschten. Der stand in engem Operntrikot auf einer beleuchteten Bühne und schmetterte eine Arie aus Richard Strauss' Literaturoper »Salome«.

Fasziniert lauschte sie dem Mann, als sich im Halbdunkeln eine ältere Dame mit eng tailliertem Rock und Kopfschmuck im Fontange-Stil an sie wandte.

»*Hat* der Mann nicht ein Organ!«

»Oh ja«, antwortete Lena beeindruckt. »Und singen kann er auch ...«

»Moment«, die Dame fasste sie näher ins Auge. »Baronin Isabella? Sind sie es?«

Lenas inneres Auge scannte sofort wieder hunderte von Yellow-Press-Fotos und die zugehörigen Schlagzeilen.

»Gräfin von Schauenburg!«, tat sie überrascht. »Ich hoffe sehr, dass Sie den Tod Ihres Pudels verkraftet haben.«

»Danke für Ihre Anteilnahme.« Tränen schimmerten in den Augen der Frau. »Es mag am Licht liegen, aber Sie wirken heute irgendwie so ...«

»Groß? Ja, ich weiß. Plateauschuhe.«

»Wo Sie schon mal hier sind. Ich schrieb Ihnen doch, dass ich die antike Serviettensammlung meines Gatten veräußern wollte. Vielleicht ...«

»Aber ja«, wimmelte Lena sie rasch ab. »Nachher im Kutscherkabinett? Eine halbe Stunde vor der Live-Schalte von ›Promis unter barocken Dächern‹?«

»Das wäre ganz wunderbar.«

Lena verdrehte die Augen und verließ den improvisierten Opernsaal, bevor die Frau sie weiter aufhalten konnte, und schwebte in ihrem Ballkleid in eines der Turmzimmer. Der Blaue Salon, wie sie durch einen Blick auf ihre kleine Karte herausfand.

Er war etwas kleiner und besaß natürlich ebenfalls eine erlesene Innenausstattung. Sie hielt wieder nach Securitys Ausschau, fand jedoch nur einzelne Bedienstete, die Brezeln und Monarchenpils-Gläser reichten. Unentwegt plätscherten belanglose Gespräche über Jachten, Rennpferde und Privatflugzeuge an ihr Ohr – als sie die giftigen Blicke einer weiteren Frau in ihrem Sisi-Ballkleid bemerkte.

Noch eine?

Schnippisch erwiderte Lena den Blick und setzte ihren Erkundungsgang leicht ernüchtert fort. Dabei inspizierte sie auch einige Räume und Säle im Obergeschoss, die so klangvolle Namen wie Gelber Saal, Amorkabinett, Spiegelzimmer oder Hofmarschallzimmer trugen. Allerorten waren ausladende Büfetts aufgebaut, in einem Kaminzimmer gab eine Sängerin in Biedermeierleibchen zur Begleitung eines Spinetts ihr Bestes, und Lena entdeckte zwei weitere Securitys in Soldatenkostümen, allerdings keinen Hinweis auf einen Kontrollraum.

Wo mochte sich ein solcher verbergen? Vielleicht in einem Keller? Leider war auf dem Plan kein Untergeschoss eingezeichnet.

Dafür erblickte sie nun durch ein Fenster den pompösen Garten hinter dem Schloss, in dem Zelte und Pavillons standen und von dem aus man einen vorzüglichen Blick auf das Dächermeer Dresdens im Nordwesten hatte. Gut und gern dreihundert aristokratisch gekleidete Gäste in aufwändigen Kostümen hielten sich dort unten auf, die Gegrilltes, Salate und Hors d'œuvres gleichermaßen in sich hineinschaufelten und die Strahlen der allmählich untergehenden Sonne genossen. Unter ihnen auffallend viele Herren in altertümlichen Offiziersuniformen sowie Damen mit spitzenbesetzten Sonnenschirmchen … von denen mindestens ein weiteres Dutzend ebenfalls *ihr* Ballkleid trugen.

Das war allmählich kein Spaß mehr.

Empört kehrte sie nach unten zurück, musste zuvor jedoch noch weitere publicitysüchtige Gäste mit ihren ewig gleichen Fragen abwimmeln, die sie zunehmend gereizt beantwortete: »Groß? Aber nein, das liegt an meinen Plateauschuhen, haha.«

»Ich trage Plateauschuhe!«

»Plateauschuhe!«

»PLATEAUSCHUHE!«

Immerhin ließen sie sich alle auf die immer gleiche Weise abwimmeln. »Heute im Kutscherkabinett? Eine halbe Stunde vor der Live-Schalte von ›Promis unter barocken Dächern‹?«

Allmählich fragte sie sich, wie groß dieses Kutscherkabinett war, als sie auf die Idee kam, einer Bediensteten zu folgen.

Denn wo auch immer sich dieser Kontrollraum befand, am ehesten würde er sich wohl in einem Angestelltenbereich befinden. Die junge Frau verschwand im Erdgeschoss durch eine Tür, hinter der es lärmte. Der Küchentrakt. Allerdings war es nahezu unmöglich, dort in ihrem Ballkleid unbemerkt hineinzugelangen. Gleichzeitig fiel ihr auf, dass sich hier nahezu kein Security-Personal aufhielt. Und dem unterstanden die Sicherheitseinrichtungen wohl. Lena folgte daher einem der Sicherheitsleute in Soldatenuniform, die hier unten Patrouille liefen, und gelangte so in das Herz des Schlosses: den pompösen Ballsaal.

Mit offenem Mund hielt sie inne, denn sie hatte das Gefühl, ein Traumreich aus Gold und Licht zu betreten. Über ihr, an der barock gestalteten Decke, prangte ein riesiges Gemälde, das Tizians »Raub der Europa« nachempfunden war, an den golden ornamentierten Wänden funkelten hohe Spiegel im Licht unzähliger neuzeitlicher Wandlampen, und gleich zwei riesige Kristalllüster schwebten über dem spiegelnden Parkettboden und leuchteten ihn aufs Majestätischste aus. Die Stirnseite des Festsaals wurde von einer abgesperrten Freitreppe dominiert, die an beiden Seiten nach oben führte, und unmittelbar darüber ragte eine Empore für Musiker in den Tanzsaal, von der aus angenehme Violinmusik erschallte. Außerdem gab es gleich zwei umlaufende Galerien, hinter deren Balustraden – ebenso wie rings um die eigentliche Tanzfläche – unzählige kostümierte Gäste an gelb-schwarz eingedeckten Tischen saßen und sich unterhielten.

Lena blickte wieder auf ihre Uhr und stellte erschrocken fest, dass die Zeiger inzwischen schon auf zwanzig Uhr dreißig standen. Erreicht hatte sie gar nichts.

Perseus und Kirke verließen sich darauf, dass sie diesen verdammten Kontrollraum fand, als ihr in den Sinn kam, dass sie den Raum vielleicht auch durch geschicktes Ausforschen der Angestellten aufspüren könnte.

Warum war sie da nicht gleich draufgekommen?

Sie wandte sich daher rechter Hand einer Bar vor einer der barocken Spiegelwände zu, hinter der zwei Cocktailmixer und drei weitere Livrierte Dienst taten. Unangenehmerweise stand dort auch ein angetrunkener Gast in Husarenjacke und verrutschter Perücke, vor dessen Brust ein kleines Opernglas baumelte. Er glotzte sie an und schien sich offenbar zu fragen, ob sie sich kannten.

»Ein Monarchenpils?«, fragte einer der Barkeeper freundlich.

»Nein, einen Martini«, orderte Lena selbstbewusst. »Geschüttelt, nicht gerührt.«

Der Mann kam ihrem Wunsch nach, und Lena überlegte, wie sie ihn unauffällig ausforschen konnte, als die Musik abbrach und stattdessen begeistertes Klatschen einsetzte.

Überall um sie herum erhoben sich die Geladenen, und Lena bemerkte, wie das Absperrband an der Treppe von zwei Sicherheitsleuten in Soldatenuniform entfernt wurde.

Alle Augenpaare waren auf die Freitreppe gerichtet, auf der ein monarchisch gekleideter, dicklicher Mann mit wilhelminischem Schnurrbart, langer weißer Perlonperücke, stramm sitzenden Kniehosen, Hemd mit Jabot, blauem Mantel mit Pagodenärmeln und fellbesetztem Umhang nach unten stolzierte, der in seiner Linken einen aristokratischen Amtsstock mit goldenem Kugelknauf hielt.

Ihr Gastgeber. Monarchenbräu-König Carl Pichler.

Die lange Perücke betonte seine Hängewangen unvorteilhaft, sodass sein Gesicht dem einer Dogge ähnelte.

Wie zum Ausgleich schwebte an seiner Rechten eine gut aussehende junge Frau in schneeweißem Schleppenkleid die Treppenstufen hinunter, die einen straußenartigen Seidenfächer mit sich führte und kaum halb so alt war wie er. Ihre langen blonden Haare waren zu einer Turmfrisur à la Sévigné hochgesteckt und von einem prachtvollen Diamantendiadem gekrönt. Lena identifizierte sie angesichts ihres leichten Überbisses sofort als Henriette Dorothea von Ungnad-Franzenshuld. Sie war eine österreichische Kleinadlige, die in den letzten Jahren als Darstellerin in österreichischen Heimatfilmen in Erscheinung getreten war – und von der es in der Presse hieß, dass sie vor allem dadurch auffiel, dass sie ständig ihren Text vergaß. Offenbar hatte Pichler seine Cinderella gefunden.

Oder eine ihrer Schwestern.

Schon setzten die Musiker auf der Empore zu einem klassischen Wiener Walzer an, der den Saal bis in den letzten Winkel erfüllte.

Galant legte Pichler seiner Begleiterin die Schleppe über den Arm, umfasste ihre Taille, und die beiden tanzten schwungvoll und gekonnt über das Parkett, wobei die Ungnad-Franzenshuld eine Biegsamkeit zur Schau stellte, die Lena fast körperliche Schmerzen bereitete.

Es dauerte nicht lange, und weitere Paare schlossen sich den beiden an. Schließlich war der Saal mit unzähligen sich drehenden, lachenden und teils auch angestrengt blickenden Tanzpaaren gefüllt. Irgendwann erklang der Schlussakkord, und Pichler und seine Begleiterin wurden begeistert von ihren Gästen umringt.

Lena nippte an ihrem Martini und überlegte verzweifelt, wie sie Pichler nahe bleiben *und* gleichzeitig den verdammten Kontrollraum aufspüren sollte – als auf der Freitreppe zwei weitere Männer der Security in den blau-weißen Waffenröcken sächsischer Infanteristen hinunterkamen.

Lena riss erstaunt die Augen auf, denn jenen, der soeben auf seine Armbanduhr blickte, kannte sie. Das war der Blonde mit der Sonnenbrille, mit dem sie sich erst in Rotterdam und dann auch in Budapest hatte herumschlagen müssen!

Der, dessen Handy sie schließlich auf die Spur der Warriors in der Metro geführt hatte.

»Darf ich mal?«

Sie nahm dem Betrunkenen neben ihr kurzerhand das Opernglas ab, um den Kerl näher in Augenschein zu nehmen. Noch immer war sein Gesicht von den Abschürfungen und Brandnarben gezeichnet, die er sich in Rotterdam zugezogen hatte. Und sein rechtes Auge war nach den Geschehnissen in Budapest zwar überschminkt, aber Lena konnte dennoch erkennen, dass es blau angelaufen war.

Verdammt, was machte der hier?

Sie gab dem Betrunkenen, der sie schwankend anstierte, das Opernglas zurück.

»Schagen Sie mal«, nuschelte der. »Sind Sie nicht …?«

»Kutscherkabinett. Eine halbe Stunde vor der Live-Schalte von ›Promis unter barocken Dächern‹«, unterbrach sie ihn, ohne ihn weiter anzusehen.

Da der Blonde kein Warrior war, sondern ganz sicher zur Truppe des Paukanten gehörte, konnte das nur bedeuten, dass diese die Mantikor Security Agency ebenfalls unterwandert hatten.

Um sicherzustellen, dass die Warriors auch spurten?

Sie würde es herausfinden.

Mit einem Zug leerte sie ihren Martini, dann drängte sich durch die Gästeschar in Richtung Freitreppe.

# BLACKOUT

»Ja, er ist es ganz sicher«, flüsterte Lena in ihr Smartphone, während sie dem Blonden durch ein großes Billardzimmer im ersten Obergeschoss hinterherschlich, in dem ein gutes Dutzend vorwiegend männlicher Gäste ihre Kugeln schoben.

»Dann sei bloß vorsichtig«, antwortete Perseus. »Denn das bedeutet, dass wir es auf dem Schloss mit deutlich mehr Gegnern zu tun bekommen könnten als angenommen. Was ist mit dem Hauptserver?«

»Ich, äh, bin dran«, beschönigte sie ihre bisherigen Misserfolge.

»Gut, denn Kirke und ich sind in Kürze auf Position.«

Lena drückte das Gespräch weg und folgte dem Blonden in ein abseits liegendes Nachbarzimmer mit Nussbaumtäfelung und Bleikristallvitrinen, die antikes Meißner Porzellangeschirr zur Schau stellten. Von dem Raum führte eine weit geöffnete Balkontür zu einem Vorbau.

Der Kerl stoppte unvermittelt, und Lena gesellte sich schnell nach draußen zu dem halben Dutzend Gäste, die dort mit Sektkelchen in den Händen den Sonnenuntergang erwarteten. Durch die Balkontür sah sie dabei zu, wie der Blonde eine Schlüsselkarte durch ein Gerät an der Wand zog, um anschließend durch eine in der Wandtäfelung verborgene Tür zu verschwinden.

Sieh an.

Lena war sich sicher, endlich den Zugang zum Kontrollraum gefunden zu haben, als sie auf einem der Wege schräg unter dem Balkon den geckenhaft gekleideten Haushofmeister bemerkte, der eine kleine Gruppe in Dienstbotenkleidung durch den Schlosspark führte. Und nicht nur das: Die Gruppe schleppte moderne Kameras und Scheinwerfer mit sich.

Ohne Zweifel war das das Fernsehteam von Griaßdi-TV, da Lena unter ihnen auch Hubertus Gruber, den servilen Moderator von »Promis unter barocken Dächern«, erkannte.

Allmählich tat Eile not.

Sie huschte zurück in das Vitrinenzimmer, trat ungesehen von den übrigen Gästen an die verborgene Tür in der Wandtäfelung heran und lauschte. Etwas überrascht vernahm sie gedämpfte, dennoch deutlich näher kommende Schritte.

Erschrocken flüchtete sie durch eine nahe Tür in einen leeren Gang, als sich der Zugang in der Täfelung wieder öffnete und der Blonde in Gesellschaft zweier weiterer »Infanteristen« herauskam. Zu ihrem Schreck machten die drei keinerlei Anstalten, zurück zum Ballsaal zu gehen. Stattdessen wandten sie sich ausgerechnet in ihre Richtung.

Eilig raffte sie ihr Ballkleid und stieg, mangels Versteckalternativen, umständlich über eine nahe Treppenabsperrung hinweg und eilte die dortigen Stufen nach oben – als die Kerle auch die Treppe erreicht hatten und die Absperrung gänzlich entfernten.

Hatten die sie etwa entdeckt?

Lena lief die Stufen weiter hinauf, gelangte so in einen menschenleeren Korridor mit zahllosen Porträts einstiger Schlossbewohner und rüttelte panisch an den Klinken der Türen. Doch wo auch immer sie gelandet war, natürlich waren sie abgeschlossen.

Die Stiefelschritte im Treppenhaus wurden immer lauter, und Lena glaubte bereits, gleich entdeckt zu werden, als sich endlich eine der Türen öffnete.

Hastig trat sie hindurch und gelangte in ein stattliches Arbeitszimmer. Dominiert wurde es von einem aufgeräumten, dennoch protzig wirkenden Schreibtisch vor einer Balkontür. Unter der aufsehenerregend geschnitzten Kassettendecke hing ein Kristallleuchter, der Boden wurde von einem kostbaren türkischen Teppich ausgekleidet, an den Wänden befanden sich alte Gemälde von gekrönten Häuptern, außerdem gab es hier antike Kommoden mit luxuriösem Zierrat, Bücherregale mit alten Atlanten sowie einen riesigen Globus.

Lena lauschte auf die Geräusche aus dem Gang und verzweifelte allmählich, da sich die Männer draußen offenkundig genau diesem Zimmer näherten.

Mist. Sie steckte hier wie eine Maus in der Falle, als ihr die Schiebetür neben dem Globus auffiel. Angsterfüllt schob sie sie auf und schlüpfte in ein Nachbarzimmer, das wie ein musealer Schauraum eingerichtet war. Denn überall im Zimmer standen antike griechische und römische Skulpturen und Statuen.

Hektisch zog sie die Tür wieder zu.

Keinen Augenblick zu spät, da im Arbeitszimmer jetzt die Stimme des Blonden zu hören war.

»… ich hoffe, dass wir nicht wieder hinter euch aufräumen müssen. Noch einmal bekommt ihr euer Ziel nicht so auf dem Silbertablett serviert.«

»Sag uns lieber, wann der Kerl da ist«, brummte eine andere Stimme.

»Er dürfte schon auf dem Weg sein«, erklärte der Blonde. »Nur macht euch klar, dass nicht das komplette Team eingeweiht ist. Die meisten von denen habe ich zwar draußen im Park postiert, aber nicht alle. Spätestens wenn ihr wieder verschwindet, dürfte es zu Widerstand kommen.«

»Ist mir egal«, knurrte der Dritte. »Die erledigen wir im Zweifel ebenfalls. Das gibt Presse.«

»Die ja schon da ist«, feixte der Zweite.

Etwas im Nachbarraum quietschte.

»Euer Problem ist, dass ihr stets zu siegesgewiss seid«, war wieder die Stimme des Blonden zu hören. »Er hat auch noch seine Bodyguards. BKA. An denen müsst ihr vorbei. Ich kann euch höchstens fünf Minuten Luft verschaffen, dann muss die Sache erledigt sein.«

BKA? Lena runzelte die Stirn.

»Lass das unsere Sorge sein«, grollte die Stimme des Zweiten. »One-Eye-Dawn wird sich persönlich um ihn kümmern. Sie wird ihn live im Fernsehen hinrichten.«

»Das soll mich beruhigen?«, schimpfte der Blonde. »Sie war es doch, die das in Stockholm fast versaut hat.«

Die Männer schwiegen, bis sich der Blonde wieder zu Wort meldete.

»Verteilt die unter euren Leuten. Die Aufnahmen wurden bei seiner Anprobe in Berlin gemacht, damit ihr ihn auch erkennt.«

Abermals quietschte etwas.

»So, und jetzt raus hier«, murrte er. »Ich höre gerade, dass eure Anführerin durch die Einlasskontrolle gekommen ist. Nur dass das klar ist: Wenn ihr die Sache verbockt, wird ihr der Paukant persönlich einen Besuch abstatten.«

Lena hörte, wie die Männer das Zimmer verließen, wartete einige bange Sekunden und wagte es dann erst, die Zwischentür wieder aufzuschieben.

Von wem hatten die drei gesprochen?

Nur eines war klar: Offenbar war dieses Weichziel nicht Carl Pichler.

Der war schließlich schon hier und wurde sicher nicht von BKA-Beamten geschützt.

Eingehend musterte sie das barock eingerichtete Arbeitszimmer, das nahezu unverändert vor ihr lag. Aber eben nur nahezu.

Denn sie stellte zwei Veränderungen fest. Zum einen stand auf dem Schreibtisch eine Taschenlampe. Zum anderen war auf einer schweren Kommode schräg hinter dem Schreibtisch der silberne Kerzenständer in Gestalt einer auf einem Bein stehenden Ballerina leicht verschoben.

Die Taschenlampe schien einer der Kerle hier vergessen zu haben. Interessanter war der Kerzenständer.

Sie eilte in die Zimmerecke, untersuchte den Leuchter eingehend und besann sich wieder des leisen Quietschens, das sie während des Gesprächs vernommen hatte. Einer Eingebung folgend zog sie die Schubladen der Kommode auf, schließlich versuchte sie das Möbelstück gänzlich abzurücken.

Doch da war nichts Besonderes. Schon gar kein Quietschen.

Erstmals schenkte sie dem Porträt von Erzherzog Franz Ferdinand an der Wand über der Kommode Aufmerksamkeit. Sie fasste an den schweren Rahmen, und tatsächlich gelang es ihr, das Bild mit einem quietschenden Laut nach vorn zu klappen.

Wow! Das war genau wie in einem dieser Agentenfilme. Denn hinter dem Gemälde war ein Wandtresor samt Tastenfeld eingelassen. Nur dass der garantiert nicht aus dem 18. oder 19. Jahrhundert stammte.

Das Problem war, dass sie nicht wusste, wie sie ihn öffnen sollte.

Kurz haderte sie mit sich, versuchte erfolglos per Funk Perseus zu kontaktieren, ein Zeichen dafür, dass er und Kirke noch nicht nah genug waren, und erreichte ihn schließlich über ihr Handy.

»Ja?«, meldete er sich offenbar aus einem Auto.

»Perseus, Pichler ist gar nicht das Ziel«, flüsterte sie und gab durch, was sie mitangehört hatte. »Und One-Eye-Dawn ist offenbar ebenfalls im Schloss. Und jetzt stehe ich hier vor einem Wandtresor, den ich nicht aufbekomme.«

»Bist du im Kontrollraum?«

»Noch nicht.« Sie sah sich um. »Offenbar das Wachzimmer des Blonden. Der führt hier das Regime.«

»Moment, du meinst den Kerl, den du in Budapest ausgeschaltet hast?«

»Oh ja.«

Lena hörte, wie er im Hintergrund mit Kirke diskutierte, bevor er sich wieder an sie wandte. »Okay. Manchmal vergessen die Leute den Code und schreiben ihn sich irgendwo auf. Hast du schon nach einem Notizzettel oder Ähnlichem gesucht?«

»Nein«, gestand sie. »Aber das mache ich gleich.«

»Wichtiger ist, dass du uns Zugriff auf Zaun und Kameras besorgst«, erklärte er. »Im Zweifel verschwende keine Zeit. Danach sehen wir weiter. Im Übrigen sind wir bald da.«

»Gut. Ich melde mich. Over and out.«

Lena schüttelte über sich selbst den Kopf. Das hier war schließlich gar kein Funk.

Sie blickte sich kurz um, doch irgendwie erschien es ihr absurd, hier nach einem Spickzettel zu suchen. Zum Glück kam ihr eine Idee.

Da Daedalos' alte Nummer ganz sicher nicht mehr stimmte, seit die Warriors ihn in die Mangel genommen hatten, rief sie Elektra an.

Es klingelte einige Male, als wider Erwarten Daedalos' Stimme zu hören war.

»Lena?«, meldete er sich angeschlagen.

»Wow, das war ja wie Gedankenübertragung«, meinte Lena erfreut, »denn dich wollte ich eigentlich sprechen.«

»Reiner Zufall. Elektra entsorgt gerade euren Gefangenen und hat ihr Handy liegen lassen.« Er atmete tief ein. »Also, was gibt es?«

»Erkläre mir mal kurz, wie ich so einen Wandtresor aufbekomme.«

»Wie bitte?«

»Ja, ich stehe hier vor einem Wandtresor mit Nummerncode und habe keine Ahnung, wie ich den aufkriegen soll. Du bist schließlich unser Tresorknacker.«

»Wissen Perseus und Kirke, was du da treibst?«

»Ja, sicher. Nur läuft mir die Zeit davon.«

Daedalos seufzte schwer. »Soll das ein Test sein, wie es mir geht?«

»Eher, wie ich mich schlage«, meinte Lena verzagt. »Nur brauche ich etwas Unterstützung. Musst ja niemandem sagen, dass ich dich angerufen habe. Denn eigentlich soll ich mich hier umsehen.«

»Na gut. Was ist das für ein Modell?«

»Warte.« Lena beäugte das Emblem mit der Tresormarke. »Ein SecuroGuard 13.«

»Wow.« Daedalos schnaubte. »Der ist eine ziemliche Nuss. Eigentlich viel zu hart für eine Anfängerin. Probiere es mal mit G-10–03-Y-08.«

»Ernsthaft? Okay.« Lena kam der Aufforderung nach, und mit einem Schnappen öffnete sich die Tresortür.

»Wahnsinn! Hat funktioniert«, sprach sie begeistert. »Wie hast du das hingekriegt?«

»Das ist bei dem Modell die Werkseinstellung. Viele vergessen, sie neu einzustellen. Hättest du gefunden, wenn du einen Blick ins Handbuch geworfen hättest. Ich wette, das liegt dort irgendwo rum.«

»Hier stehen irgendwelche alten Atlanten, aber ganz sicher kein Handbuch.«

»Atlanten? Moment. Ich denke, das ist eine Übung?«

»Unsinn. Ob du es nun glaubst oder nicht, aber ich bin undercover unterwegs. In einem total schicken Kostüm.« Sie blickte an sich herab. »Das haben nur leider auch einige andere an.«

»Wo zum Teufel steckst du?«

»Na, auf Schloss Meußlitz.«

Daedalos schwieg.

»Hat dir Elektra nichts gesagt?«, fragte Lena unsicher.

»Nein«, knurrte der Ire hörbar aufgebracht. »Soll das heißen, dass du, Perseus und Kirke wieder im Einsatz seid?«

»Oh. Äh. Ja.« Lena räusperte sich verlegen. »Tut mir leid. Die wollten, dass du dich erst mal auskurierst. Und eigentlich dachte ich …«

»Schon gut«, kam es unterkühlt zurück.

»Okay. Dann reden wir später. Im Kutscherkab… Blödsinn. So ab dreiundzwanzig Uhr sollten wir hier eigentlich mit allem durch sein. Dank dir. Und Bussi aus der Ferne.«

Lena steckte das Handy weg und untersuchte endlich den Tresorinhalt, der aus zwei dicken Bündeln mit Hunderteuroscheinen, einer schicken schwarzen Pistole und einem braunen Umschlag bestand.

Sie öffnete ihn, und ihr rutschten drei Fotos eines Mannes entgegen, der vor einem Spiegel in einem rot-weißen Dragonerkostüm samt schwarzen Lackstiefeln, Helm und lässig über den Schultern hängender Uniformjacke posierte. Lena schlug schockiert die Hand vor den Mund, denn sie erkannte ihn sofort.

Sie steckte die Fotos ein und kontaktierte ihre Mitstreiter.

»Perseus«, keuchte sie, kaum dass der Agent das Gespräch annahm. »Ich weiß jetzt, auf wen es die Warriors abgesehen haben. Auf Sven Schultze, den deutschen Umweltminister!«

»Natürlich. Der war auch auf der Einladungsliste.« Er informierte kurz Kirke, bevor er sich wieder an sie wandte. »Was ist mit dem Hauptserver?«

»Da … bin ich dran«, versprach sie.

»Gut. Wir sind in wenigen Minuten hinten am Zaun, dann dürfte auch der Sprechfunk funktionieren. Jetzt kommt es auf dich an. Sei bitte vorsichtig.«

Sie steckte ihr Handy weg und musterte den übrigen Tresorinhalt.

So, wie sie den Blonden einschätzte, war das Geld aus illegalen Waffenverkäufen. Kurz blätterte sie die Noten durch und schätzte die Gesamtsumme auf gut und gern zehntausend Euro. Da konnte sie es auch A.R.G.O.S. zukommen lassen. Rasch stopfte sie ein Notenbündel in ihre Handtasche, die damit ziemlich voll war, und verstaute Pistole und das zweite Geldbündel umständlich unter ihrem Rock an den Strumpfbändern, als sich die Zimmertür öffnete.

Erschrocken sah Lena auf.

Dort stand einer der beiden Infanteristen, die den Blonden begleitet hatten. Ein dunkelhaariger Kerl mit Dreispitz, fliehendem Kinn und langer Nase, dessen leere Schlaufe am Kreuzbandelier verriet, dass die vergessene Taschenlampe vermutlich ihm gehörte.

Überrascht starrte er das Geldbündel in ihrer Hand an, dann fiel sein Blick auf den geöffneten Tresor.

»Ich fasse es nicht«, zischte er. »Euch Scheiß-Luxusweibern tropft der Schampus aus dem Nerz – und dann bestehlt ihr euresgleichen?«

»Das … ist eigentlich nicht das, wonach es aussieht«, meinte Lena, um überhaupt etwas zu sagen. »Wenn Sie stillhalten, könnten wir fifty-fifty machen«, bot sie einer glücklichen Eingebung folgend an.

Abfällig verzog er das Gesicht und schloss die Tür. Immerhin, ohne die übrige Security zu informieren.

»Und was soll ich damit, wenn die Welt eh vor die Hunde geht?« Drohend kam er näher. »Der ganze elende Kapitalismus hat doch erst dazu geführt, dass im Kongo Kinder nach Kobalt buddeln müssen. Dass die Bienen aussterben und erst jetzt an reißfesten Altpapiertüten geforscht wird.«

»Ich versteh Sie ja.« Lena sah sich ängstlich nach einem Fluchtweg um. »Über diese miesen Altpapiertüten in den Läden habe ich mich auch schon oft geärgert. Und mit dem Rest haben Sie auch recht …

Aber Sie könnten mit dem Geld ganz viele niedliche Hundewelpen kaufen, bevor diese ausgesetzt werden. Oder Baumpatenschaften übernehmen. Da wäre sicher ein kleiner Wald drin.«

»Willst du mich verarschen?«

»Okay, okay … Sagen wir 60:40? Oder 70:30?« Lena wich verunsichert zu dem protzigen Schreibtisch zurück und fischte heimlich nach der Pistole unter ihrem Rock.

Der Kerl stürzte vor, kaum dass er die Waffe in ihren Händen erblickte, fegte ihr die Pistole aus der Hand und packte sie an der Kehle.

Lena schrie auf, versuchte seine Hände abzuwehren, und es kam zu einem wüsten Handgemenge, bei dem es ihr endlich gelang, nach unten wegzutauchen, sich die Brosche abzureißen und ihm die spitze Nadel mit dem Gift ins Bein zu stechen.

Ihr Gegner schrie auf, schnappte noch nach ihrer Hand, dann wurde sein Blick glasig. Augenblicke später sackte er zusammen und fiel auf den Boden.

Schwer atmend kam Lena wieder auf die Beine, tastete nach ihrem schmerzenden Hals und gestand sich ein, dass das ziemlich knapp gewesen war.

Was für ein Fanatiker. Das mit den Baumpatenschaften war doch eigentlich eine ganz gute Idee gewesen.

Andererseits war es streng genommen sogar Glück im Unglück.

Sie bückte sich, durchsuchte den bewusstlosen Warrior und fand neben einer weiteren Pistole und einem Bündel Gaia's-Warriors-Propaganda-Postkarten, die er nach dem geplanten Anschlag vermutlich im Schloss hatte verteilen wollen, auch seine ID-Card.

Erschrocken blickte sie auf die Uhr, die bereits auf 21.14 Uhr stand. Sie musste sich wirklich sputen.

Sie kickte die Pistole des Warriors unter einen Schrank, sammelte die aus dem Tresor wieder ein – auch weil die Waffe wirklich besser aussah – und flüchtete aus dem Zimmer. Erst draußen auf dem Korridor mit den Gemälden bemerkte sie, dass ihr wundervolles Sisi-Ballkleid einen kleinen Riss abbekommen hatte.

»Arschloch!«

»Lena, hörst du mich?«, vernahm sie unerwartet Kirkes Stimme in ihrem In-Ear-Kopfhörer. »Wir befinden uns an der Nordseite am Zaun. Wie weit bist du?«

»Ich, äh … gebt mir zehn Minuten«, antwortete Lena hektisch. »Ich bin dran.«

Rasch lief sie zum Treppenhaus und kehrte nach unten ins Vitrinenzimmer mit der verborgenen Tür an der Wandtäfelung zurück.

Glücklicherweise waren die Gäste auf dem Balkon inzwischen verschwunden, außerdem war es auffallend dunkel geworden. Draußen hatten die Bediensteten bunte Lampions entzündet, die den Schlosspark in lauschiges Licht tauchten.

Sie konnte nur hoffen, dass der Blonde und seine Kumpane beschäftigt waren. Sie lauschte wieder an der geheimen Tür und zog, als sie nichts hörte, die erbeutete ID-Card durch das Lesegerät.

Es klickte, und die Tür öffnete sich.

Lena raffte ihr Ballkleid, das sich nun doch als ein klein wenig hinderlich erwies, steckte ihren Kopf durch die Tür und blickte in einen Flur, von dem mehrere Türen abzweigten: drei rechts und eine mit einem kleinen Türfensterchen direkt am Gangende. Die dritte rechts hinten stand auf, und Lena konnte dort eine leise Frauenstimme hören.

»Hier Elf an Siebenundzwanzig und Neunzehn. Kümmert euch mal um diese betrunkene ältliche Primaballerina im östlichen Gobelinzimmer. Die hat gerade ein Monarchenpils in die Bowle gekippt. Der Raum muss eh in einer Viertelstunde geräumt sein, weil die da Scheinwerfer aufbauen wollen.«

Lena schlich mit gerafftem Rock zur ersten Tür, zog diese nach kurzem Lauschen auf und spähte in einen ebenso großen wie leeren Umkleideraum mit zahllosen verschlossenen Spinden.

Sie schlich weiter zur nächsten Tür, die sich ebenfalls problemlos öffnen ließ. Eine Garderobe, ähnlich wie in der Semperoper. Überall lagen und hingen schwarze Kleidersäcke und einzelne Soldaten-Kostümteile. Außerdem gab es hier mehrere Schminktische samt Spiegeln. Zum Glück war auch dieser Raum menschenleer.

Sehr viel vorsichtiger näherte sie sich nun der offen stehenden Tür und spähte in ein großes, rundes Turmzimmer, in dem zahlreiche Monitore an den Wänden flimmerten, deren Einstellungen Säle, Zimmer und Parkecken mit unzähligen kostümierten Menschen zeigten. Davor, auf einen Drehstuhl vor einem großen Kontrollpult, lümmelte eine kräftig wirkende Mittdreißigerin mit kurzen brauen Haaren, die eine schwarze Anzugjacke wie das Sicherheitspersonal am Parkeingang trug. Vor ihr standen eine Thermoskanne und ein dampfender Becher, sie hielt einen Porzellanteller mit Häppchen in der Hand und behielt dabei die Monitore im Blick.

»Hier Elf an Eindunddreißig«, gab die Unbekannte durch. »Da nimmt ein Rokoko-Pärchen gerade das Amor-Kabinett zu wörtlich. Sieh zu, dass du die in den Park eskortierst. Und die sollen«, sie beugte sich kurz vor, »diese Gerte mitnehmen.«

Da Lena nirgendwo in dem Zimmer so etwas wie einen Server ausmachen konnte, schlich sie lautlos weiter und spähte durch das vergitterte Fensterchen der Tür am Flurende. Bingo!

In dem Raum standen nicht bloß diverse leere Waffenschränke, sondern auch zwei schrankartige Gebilde mit vielen Drähten und elektronischen Bauteilen, die sehr jenen im Serverraum der Viktualia Consulting Group ähnelten.

Unglücklicherweise war die Tür abgeschlossen. Ganz altmodisch mit einem Schlüssel. Mit ihrer ID-Card kam sie hier nicht weit.

Mist.

Nervös schlich sie wieder zurück und betrachtete die Fremde im Überwachungsraum. Leider trug sie keine Schlüssel bei sich, jedenfalls nicht sichtbar. Aber irgendwo hier mussten welche sein. In diesem Moment schlug ein Funkgerät auf dem Tisch an, und eine männliche Stimme tönte aus dem Lautsprecher.

»Nora!«,

»Was gibt es, Nummer eins?«

»Verständige sofort unsere Leute. Agenten von A.R.G.O.S. sind mutmaßlich ins Schloss eingedrungen.«

Lena versteifte sich.

»Wie das denn?«, antwortete diese Nora alarmiert. »Du bist dir sicher?«

»Ja, verdammt. Ich wurde selbst gerade erst darüber informiert. Vermutlich drei.«

Schockiert riss Lena die Augen auf.

Hatte sie etwa jemand gesehen? War der Warrior mit dem Pfeilgift etwa wieder wach geworden? Aber woher sollte er wissen, dass sie zum Team gehörte?

Diese Nora tippte eine Taste.

»An alle auf diesem Kanal. Augen auf, wir haben unerwarteten Besuch von den Wichsern erhalten, die uns in Budapest entwischt sind. Aktion trotzdem wie geplant weiter ausführen.«

Im Gerät knackste es, während die Unbekannte zu den Monitoren aufsah. Tief atmete Lena ein. Diesmal würde sie es kurz und schmerzlos erledigen. Sie nahm ihr Smartphone zur Hand und betrat das Monitorzimmer.

»Guten Abend.«

Die Unbekannte fiel vor Schreck fast aus dem Stuhl. In Windeseile kam sie auf die Beine und starrte sie aufgebracht an.

»Was machen Sie denn hier?«

»Die Tür stand auf«, log Lena arglos, »und da mein Mobilempfang ganz schlecht ist, dachte ich, dass Sie vielleicht …«

Sie löste den Taser aus.

Die hervorspringenden Stromdrähte schnellten gehen die Anzugjacke der Security-Angestellten, ein elektrisches Knattern war zu hören … und die Frau glotzte sie ungläubig an.

Offenbar hatte es keinen Hautkontakt gegeben.

Zornig fegte die Frau die Kabel samt dem Handy beiseite, sprang vor, doch Lena wich reaktionsschnell aus. Zugleich drosch sie mit ihrer Handtasche auf den Kopf ihrer Gegnerin ein.

Sie traf sie an der Schläfe, aber ein harter Konter erwischte sie an der Schulter. Dann riss ihr die Frau die Tasche aus der Hand und schleuderte sie gegen eine Wand, wo sich ihr Inhalt ergoss. Darunter das dicke Geldnotenbündel.

Einen Augenblick zu lange stierte die Unbekannte die vielen Euroscheine an, was Lena dazu nutzte, den Drehstuhl zu packen und in ihre Richtung zu schleudern. Sofort hechtete sie in Richtung der Tasche, die am Boden lag, als sie den Griff ihrer Gegnerin am Bein spürte, die sie wütend zu sich zerrte.

»Hab ich dich, du Miststück!«

Lena trat schreiend nach ihr, schaffte es irgendwie, auf den Rücken zu kommen, hob das Mundspray und sprühte ihrer Gegnerin rücksichtslos das Pfefferspray ins Gesicht.

Die Frau heulte auf, taumelte zurück, kollidierte mit dem Stuhl und stürzte nun ihrerseits zu Boden, wo sie benommen liegen blieb.

Lena, deren Augen ebenfalls leicht tränten, riss längst das Erfrischungstuch auf, krabbelte unwürdig auf ihre Gegnerin zu und drückte ihr das Tuch mit dem Narkotikum ins Gesicht. Die wehrte sich zwar, doch diesmal war das Moment auf Lenas Seite.

Still rangen sie miteinander, dann erschlaffte die Frau, und Lena stolperte erschöpft in den Flur, um dort erst einmal durchzuatmen.

»Was macht der Mainframe-Server?«, war unvermittelt wieder Perseus' ungeduldige Stimme in ihrem Ohr zu hören.

»Ehrlich, Perseus, ich bin dran!«, keuchte Lena aufgebracht. »Ich musste mich gerade mit so einer Security-Trulla rumschlagen. Viel schlimmer ist, dass die von uns wissen.«

»Von A.R.G.O.S.?«

»Ja, sag ich doch. Irgendjemand hat die gerade gewarnt. Sogar, dass wir zu dritt sind. Kam über Funk durch.«

»Bleib auf Tauchstation und führe deinen Auftrag aus«, mischte sich Kirke wütend ein. »Das ist jetzt das Wichtigste.«

Unwillig kehrte Lena zu der Security-Frau zurück, knebelte sie mit einem Stück Geschirrhandtuch, das auf einem Tablett mit Kaffeebechern lag, und griff dann zu dem Lippenstift, mit dem sie mangels Handschellen ein nahes Tischbein bestrich. Kurzerhand packte sie die Hände der Bewusstlosen und sorgte dafür, dass diese das Bein umfasste. Wie erhofft, blieben Handflächen und Finger an dem Superkleber haften.

Und das sogar weitaus besser, als sie gedacht hatte.

Beeindruckt musterte Lena den Lippenstift und fragte sich, wie die Frau je wieder von dem Tisch loskommen sollte. Hastig sammelte sie ihre Sachen auf und durchsuchte die Fixierte.

Endlich war das Glück wieder auf ihrer Seite. Denn die Unbekannte trug einen Schlüsselbund bei sich. Und auf einem der Schlüssel klebte ein winzig kleiner Zettel mit der Aufschrift »Server- und Waffenraum«.

Lena wollte schon in den Flur eilen, als ihr eine Idee kam. Denn Perseus und Kirke konnten sicher gleich etwas Unterstützung vertragen.

Sie griff zum Mikro.

»Hier Elf an Zwölf, Vierzehn und Fünfzehn. Kommt mal rasch zum Gelben Salon, da sind … Kinder.« Lena räusperte sich. »Vier, Fünf, Neun und Sechzehn zur Einsatzbesprechung ins Kaminzimmer. Alle Nummern höher als Dreißig zum Haupteingang, und Drei, Acht und Siebzehn bitte die Toiletten im Erdgeschoss inspizieren.«

Das sollte die da draußen erst mal beschäftigen.

Flugs öffnete sie die Tür des Serverraums, fand bei den Servern problemlos das Kontrollboard und fischte … vergebens nach dem USB-Stick.

Das durfte nicht wahr sein.

Der blaue Schmuckstein an ihrer Halskette war fort.

Lena spürte, wie ihr vor Schreck das Blut entwich.

Der Klunker musste ihr bei einem der Kämpfe abgefallen sein. Eine andere Erklärung hatte sie nicht. Entweder oben in diesem Arbeitszimmer mit dem Tresor oder bei dem Kampf mit der Security-Frau.

Verzweifelt lief sie zurück ins Monitorzimmer, suchte panisch den Boden ab, fand das präparierte Schmuckstück jedoch nicht.

»Perseus, Kirke«, meldete sie sich mit kläglicher Stimme über Funk. »Ich hab den USB-Stick verloren.«

»Was hast du?«, antwortete Perseus entsetzt.

Kurz schilderte sie das Drama, als Kirke sie unterbrach.

»Lena! Ruhig durchatmen. Wenn du allein im Kontrollraum bist, dann müsstest du die ganze Überwachungstechnik auch so abstellen können. Direkt über ein Schaltpult irgendwo vor dir.«

»Aber ja, natürlich«, antwortete Lena hoffnungsfroh und fragte sich, warum sie da nicht selbst draufgekommen war. »Und wie?«

»Pass auf, da muss irgendwo …«

Kirkes Stimme versank in einer Art Grundrauschen, da Lenas schockierter Blick in diesem Moment auf einen der Monitore fiel.

Das war der Vorraum zu dem Vitrinenzimmer. Und durch den stürmte soeben der Blonde. Und der sah gar nicht glücklich aus.

»Kirke, Perseus. Ich muss weg von hier. Der Blonde kommt!«

Sofort raffte sie ihr inzwischen leicht zerknittertes Ballkleid und rannte auf dem Flur ihrerseits den Gang Richtung Vitrinenzimmer hinunter. Allerdings war ihr Ziel die Umkleide beim Eingang.

Sie hatte die Tür des Raums kaum hinter sich zugesperrt, als draußen auch schon die Geheimtür aufging.

»Nora, was sollte das?«, erklang ein verärgerter Ruf. Eilig stürmte der Blonde an der Umkleidetür vorbei.

Lena vernahm aus dem Monitorraum einen schockierten Laut, zog die Umkleidetür auf und huschte zu der nahen Geheimtür, wo sie rasch die ID-Card durch den Scanner zog, als hinter ihr Wutgebrüll erklang.

»Elende Tippse!«

Ängstlich wirbelte sie herum. Der Blonde stand in seiner blau-weißen Soldatenuniform längst wieder im Flur und starrte sie fassungslos an. Aus der Nähe betrachtet sah sein verunstaltetes Gesicht noch viel derangierter aus als vorhin.

»Assistentin!«, korrigierte ihn Lena verzagt.

»Endlich kriege ich Gelegenheit, mich zu revanchieren!«

Schäumend vor Wut rannte er auf sie zu, nur hatte sie ihm da längst einen ihre Ohrringe entgegengeworfen und die Tür aufgerissen.

Er sprang hastig beiseite, dann gab es hinter ihr einen fürchterlichen Knall, und durch die offene Tür konnte sie sehen, wie sein Körper an die Wand geworfen wurde und er zu Boden ging.

Lena befand sich da längst auf dem Weg durch das Vitrinenzimmer und versuchte über die benachbarten Räume zurück zum Schlosseingang zu finden.

»Lena?«, ertönte Perseus' besorgte Stimme in ihrem Ohr. »Bist du rausgekommen?«

»Jaja. Es tut mir so leid.«

»Alles gut. Wir brechen ab und versuchen einen anderen Weg zu finden. Raus aus dem Bau!«

Sie erreichte das Billardzimmer, in dem noch immer ein gutes Dutzend kostümierter Gäste ihre Kunstfertigkeit mit den Billardqueues demonstrierten, als sie durch eine offen stehende Tür zu einem Nachbarzimmer mit Roulettetisch einen Security-Mann bemerkte, dessen Funkgerät anschlug.

»An alle!«, tönte eine angeschlagene Stimme. »Eindringling im Kontrollraum. Frau. Straßenköterblond. Mitte bis Ende zwanzig in blauem Ballkleid. Fünftausend Euro von mir privat für den, der sie findet. Tot oder lebendig. Ist mir scheißegal. Sucht sie und schnappt sie euch!«

Lena wurde heiß und kalt zugleich. Sie hetzte in einen Flur, wo ihr zwei weitere Security-Angehörige in Soldatentracht entgegenkamen.

Die beiden starrten sie an, griffen zum Funkgerät und liefen auf sie zu.

Lena hingegen rannte an einigen Gästen vorbei eine größere Treppe nach unten, folgte der lauter werdenden Orchestermusik und erreichte so wieder den großen Ballsaal, auf dessen Tanzfläche unzählige kostümierte Pärchen einen antiquierten Tanz aufführten, der daraus bestand, dass sich immer wieder neue Paare fanden, im Kreis drehten und dann zu einem neuerlichen Partnerwechsel ansetzten.

Während von der Empore schwungvolle aristokratische Musik ertönte, stürmte Lena zu den vielen Menschen auf der Tanzfläche, stieß eine der Damen beiseite und warf sich an ihrer Stelle in die Arme eines älteren Herren in einem braunen Herzogsgewand.

»Oha, wie ungestüm!« Lächelnd wirbelte er sie herum und tanzte mit ihr in Richtung Tanzflächenmitte.

Schon fand der nächste Partnerwechsel statt, doch Lena hatte ausschließlich den anderen Zugang zum Ballsaal im Blick, in dem jetzt insgesamt fünf Securitys in Soldatenuniformen auftauchten, die sich aufgebracht zwischen die Tänzer mischten, um sich dort alle Frauen in blauen Ballkleidern herauszugreifen.

Zum ersten Mal war sie froh über die Einfallslosigkeit all der anderen Damen hier auf dem Fest.

Schon landete sie in den Armen eines weiteren Galans, der sie herumschwang.

»Baronin Isabella?«, rief er. »Sind Sie es? Sie sind irgendwie …«

»Gott!«, herrschte sie den Mann an. »Es liegt an diesen Plateauschuhen!«

Plötzlich stach ihr ein verschwiegen gelegener Korridor zwischen den umstehenden Tischen ins Auge.

Sie löste sich von ihrem düpierten Tanzpartner, wirbelte zwischen den übrigen Paaren herum und hoffte, den Rand der Tanzfläche zu erreichen, als sie plötzlich in den Armen eines korpulenten Herrn mit langer, gelockter Perlonperücke landete.

»Gestatten Sie, schöne Dame?«

Lena riss verblüfft die Augen auf. Denn vor ihr stand niemand Geringeres als Monarchenbräu-König Carl Pichler.

Gekonnt schob sie der schwerreiche Unternehmer über das Parkett und beäugte sie dabei interessiert.

»Sie wirken so vertraut«, sprach er mit wippendem Schnurrbart. »Kann es sein, dass wir uns kennen?«

»Nein, nicht persönlich«, stammelte sie, während sie sich mit ihm im Kreis drehte. »Aber ich kenne *Sie* natürlich.«

»Rätselhaft.« Grübelnd zogen sich seine Augenbrauen zusammen, während sie weiter durch den Saal tanzten. »Kennen Sie das? Das ist wie bei einem Mosaik. Man glaubt, ein Bild vor Augen zu haben, aber ein Stein fehlt. Und ich bin für gewöhnlich gut darin, die fehlenden Steine zu finden.«

»Oh ja, und wie ich das kenne«, meinte Lena verzagt, die es gleichzeitig bewunderte, wie gut er führte. »Ich bin selbst nicht schlecht drin.«

»Verraten Sie mir Ihren Namen?«

»Aber sicher«, sie lachte aufgesetzt. »Ich … Oh, was machen denn Ihre Leute da? Dürfen die das?«

Sie lenkte seine Aufmerksamkeit zu einer Szene zwischen den Tanzpaaren, wo es gerade zu einem empörten Wortwechsel zwischen einer Dame in blauem Ballkleid und zwei Security-Mitarbeitern kam.«

»Äußerst unschön«, murmelte Pichler verärgert. »Das kann ich als Gastgeber in der Tat nicht gutheißen. Nicht weggehen, Teuerste. Ich bin gleich wieder da.«

Er löste sich von ihr und drängte sich zwischen den Tanzpaaren hindurch, was Lena sofort nutzte, um die Tanzfläche zu verlassen.

Sie schob sich gerade durch die Tische auf den Korridor zu, als linker Hand erboste Rufe ertönten und weitere vier Security-Männer in blau-weißen Soldatenuniformen auf sie zurannten.

Lena raffte ihr Ballkleid, nahm die Beine in die Hand, und flüchtete aus dem Ballsaal in den Flur. Ärgerlicherweise ließen sich die Securitys nicht abschütteln.

»Da hinten. Los, schnappen wir sie!«

Lena rannte nach rechts in einen Quergang, stürmte, während hinter ihr Stiefelschritte ertönten, zu einer Tür am anderen Ende und gelangte in einen Raum, der wie eine Eingangshalle für Dienstboten wirkte und zu ihrem Leidwesen mit überraschend vielen Kostümierten gefüllt war.

Alles Leute, die sie sofort wiedererkannte.

Da war der Typ mit seiner dicken Frau vom Haupteingang, dieser Admiral, die Dame aus dem Musiksaal und all die anderen, die sie vorhin …

Gott, war das hier etwa dieses Kutscherkabinett?

»Ah, Baronin Isabella! Da sind Sie ja endlich«, erschallte es von allen Seiten.

»Wollten wir uns nicht eigentlich allein …?«

»Ich dachte, das hier wäre exklusiv?«

»Geht es jetzt los?«

Lena warf die Tür hinter sich zu, erfasste eine weitere Tür am Ende des Kabinetts und klatschte laut in die Hände.

»So, wir sind vollständig!«

Leicht panisch drängte sie sich durch die vielen Männer und Frauen hindurch und deutete zu der Tür hinter sich. »Gräfin von Schauenburg, Herr von Weyßenwangen und Ursulapoppenricht, Herr von Dünnlipp und Herr von Stainpilz, äh, -plitz, könnten Sie bitte dafür sorgen, dass wir unter uns bleiben? Ich befürchte, da versuchen sich gleich noch ein paar Neureiche Zutritt zu verschaffen.«

Die Security-Männer krachten von außen gegen die Tür, aber die auserwählten Herren und Damen stemmten sich dagegen und erhielten nun auch Hilfe von anderen.

»Wer ist denn als Erste dran?«, fragte eine Dame in venezianischem Kostüm, während an der Tür weiter erbittert gerungen wurde.

»Sie, meine Beste«, ächzte Lena, kaum dass sie sich zur gegenüberliegenden Tür des Kabinetts durchgeschlagen hatte. »Geben Sie mir fünf Minuten, danach streng alphabetisch.«

»Wir heißen aber fast alle ›von‹«, tönte es aus der Menge.

Lena ignorierte den Einwand, da sie die Tür längst aufgerissen hatte und in einem Vorraum mit Gartengeräten stand, die aufgereiht an den Wänden hingen und lehnten. An der gegenüberliegenden Wand war eine weitere Tür, außerdem gab es hier eine eiserne Wendeltreppe, die durch einen Deckendurchbruch zu irgendeinem Raum im ersten Stock des Vorbaus führte.

Unter dem Protest der Kostümierten knallte sie die Tür zum Kutscherkabinett zu, klemmte einen Gartenstuhl unter die Klinke und schmiss zahllose der Gartengeräte als Hindernisse um. Kurz überlegte sie, die Wendeltreppe nach oben zu laufen, doch schien ihr die gegenüberliegende Tür verlockender.

Überraschenderweise war sie nicht einmal abgeschlossen. Stattdessen stand sie jetzt im Freien. Sofort rannte sie auf eine Gruppe Büsche im Park zu.

»Perseus, Kirke, ich bin draußen!«, keuchte sie über Funk.

»Gut, dann verschwinde von hier«, antwortete Kirke.

»Alles klar, ich …« Lena stoppte abrupt, da sie weiter hinten im von Lampions und Fackeln beleuchteten Schlossgarten, nur etwas abseits von den vielen Gästen bei den Getränkepavillons und Büfetttischen, ein kantiges Objekt zwischen zwei Bäumen entdeckte, das sofort ihre Aufmerksamkeit weckte.

»Wartet mal«, wisperte sie über Funk.

Sie rannte an den Schlossmauern vorbei in den lauschig ausgeleuchteten Garten, von wo aus die Gäste einen spektakulären Blick auf das nächtliche Dresden genossen, und fand ihre Annahme bestätigt.

Das kantige Objekt war ein Stromkasten!

»Perseus, Kirke, haltet euch bereit! Ich glaube, ich weiß, wie ich euch hier reinbekomme.«

»Was hast du vor?«, antwortete Perseus alarmiert.

»Wartet nur ab.«

Lena rannte zu dem Stromkasten, untersuchte ihn kurz, pflückte den zweiten ihrer präparierten Ohrringe vom Ohr und warf den Sprengklunker durch ein kleines Loch, das offenbar der Belüftung diente. Sofort zog sie sich zurück und hielt sich die Ohren zu.

Im nächsten Moment erbebte der Stromkasten unter einem lauten Knall, und schlagartig erlosch alles künstliche Licht im Schloss und im Park.

Lena setzte bereits zu einem Jubelruf an, als sie fassungslos bemerkte, dass auch drüben in Dresden die Lichter erloschen. Vor ihren Augen versank die Elbstadt Stadtteil für Stadtteil in Dunkelheit.

Verstört starrte sie den qualmenden Stromkasten an, dann blickte sie wieder zur Stadt hinüber, die jetzt in völliger Finsternis dalag.

»Lena, was ist da eben geschehen?«, war Kirke zu hören.

»Weiß nicht«, meinte sie kleinlaut. »Aber ich glaube … ihr könnt jetzt reinkommen.«

*

»Hierher!«

Lena schwenkte das Licht der Taschenlampe an ihrem Feuerzeug. Zwischen den ratlos dastehenden Gästen im allein von Fackeln beleuchteten Schlossgarten liefen zwei Gestalten mit wehenden Kasacks, wie die blauen Schultermäntel der Musketiergarde genannt wurden, auf sie zu.

»Ich habe keine Ahnung, wie mir das passieren konnte«, klagte Lena, kaum dass Perseus und Kirke sie in ihren d'Artagnan-Kostümen erreicht hatten. Selbst bei den schlechten Lichtverhältnissen war gut zu sehen, dass ihnen die Kostüme prächtig standen. Besonders Perseus sah wirklich verwegen aus.

»Ich dachte«, versicherte sie, »dass der Stromkasten bloß zum Schloss gehört. Aber doch nicht, dass er ...«

»Das warst nicht du«, fauchte Kirke. »Du warst doch bei dem Verhör dabei. Der Kerl sprach auch von einem geplanten Anschlag auf ein Kraftwerk. Aber den hatten wir bis gerade nicht mehr auf dem Schirm. Nur so etwas kann einer ganzen Stadt die Lichter ausknipsen. Ich verstehe nur nicht, warum?«

Lena blickte noch nachdenklich zum verdunkelten Stadtgebiet, als Perseus ihre Aufmerksamkeit verlangte.

»Um all das kümmern wir uns später. Weißt du, wo sich der Umweltminister aufhält?«

»Nein, ich habe ihn noch nicht entdeckt«, klagte sie. »Aber so sollte Herr Schultze heute aussehen.«

Lena reichte den beiden die Aufnahmen aus dem Tresor, die den Minister in seinem rot-weißen Dragonerkostüm zeigten.

»Alles klar.« Perseus nahm ebenso wie Kirke eine der Fotografien an sich und spähte zu dem verdunkelten Schloss. »Dann bleibt uns nichts anderes übrig, als den Bau nach ihm abzusuchen.«

»Hier, eine kleine Übersichtskarte.« Lena zückte ihre Orientierungshilfe. »Ich hab die natürlich längst im Kopf abgespeichert.«

»Brauchen wir nicht«, erklärte Kirke. »Wir haben den Grundriss in der Zwischenzeit ebenfalls studiert. Wir teilen uns auf, und wer ihn zuerst findet, informiert die anderen.«

Umgehend stürmten die beiden los. Der Algerienfranzose rannte zum Vordereingang, während Kirke sich in Richtung der riesigen Schlossterrasse im Gartenbereich absetzte.

Lena, die in ihrem Ballkleid bei Weitem nicht so beweglich wie die beiden war, sah ihnen unentschlossen nach und bemerkte, dass der Stromausfall inzwischen durchaus Folgen zeigte. Denn der Park füllte sich allmählich mit immer mehr aufgeregten Gästen, die froh waren, der Finsternis im Schloss entronnen zu sein.

Sie selbst eilte daher auf einen Durchlass unweit eines der beiden großen Schlosstürme zu, durch den ebenfalls Gäste in den Park strömten.

»'tschuldigung!« Sie drängte sie zur Seite und schlüpfte ins Innere. Dort stolperten ihr weitere Kostümierte entgegen, die teils empört, teils aber auch verstört wirkten und lauthals nach Begleitern riefen, die sie im Dunkeln verloren hatten.

Lena war nun über ihre kleine Taschenlampe froh, mit der sie sich ihren Weg durch die Entgegenkommenden bahnte, bis sie in einen größeren Korridor mit mehreren Türen und Gemälden gewichtig dreinblickender Adliger gelangte. Sie lief mit gerafftem Rock weiter, als ihr nahe einer doppelflügeligen Saaltür niemand Geringeres als Carl Pichler mit seiner blonden Schauspielerfreundin entgegenkam. Die beiden wurden von zwei Security-Männern in blau-weißem Soldaten-Outfit begleitet, die Taschenlampen in den Händen hielten und ihnen den Weg freiräumten.

Lena zögerte kurz, und hinter der Doppeltür war plötzlich das Rattern von Schüssen zu hören, dem ein lautes Krachen und Scheppern wie von einem herabstürzenden Kronleuchter folgte.

Ging es dort zum Ballsaal?

Schon brandete verängstigtes Geschrei auf, und im nächsten Augenblick wurde die Doppeltür aufgedrückt. Dutzende panischer Gäste stürzten den Flur. Einer der Leibwächter Pichlers wurde jäh zu Boden gerissen und der andere gegen die Wand gedrückt. Unzählige verängstigte Gäste trampelten über sie hinweg und liefen ihr schreiend entgegen.

Entsetzt riss Lena die erstbeste Tür neben sich auf und stolperte in ein kleines Kabinett, das mit Kommoden und hohen Stapeln an Tischdecken gefüllt war. Gerade noch rechtzeitig, denn schon tobte draußen der Mob vorbei.

»Perseus, Kirke, was ist dahinten los? Ich habe Schüsse gehört«, rief sie ins Mikro, während sie hastig die Tür hinter sich zuwarf.

»Im Ballsaal ballern zwei dieser Psychos mit ihren Waffen herum«, antwortete Kirke. »Ich greif sie mir. Seht zu, dass ihr den Minister findet.«

»Wäre hilfreich, wenn hier wenigstens mal ein Notlicht anginge«, knurrte Perseus.

Licht?

Scheinwerfer!

Lena riss die Augen auf.

Aber natürlich!

»Perseus, Kirke, ich glaube, ich weiß, wo der Minister stecken könnte«, meldete sich Lena aufgewühlt. »Im östlichen Gobelinzimmer! Diese Frau im Kontrollraum sprach davon, dass dort Scheinwerfer aufgebaut werden sollen. Wofür sonst, wenn nicht für diese TV-Sendung?«

»Alles klar, ich bin schon unterwegs!«, antwortete Perseus knapp.

Lena lief nun zu einer Schiebetür und erreichte ein weiteres, vergleichsweise kleines Garderobenzimmer neben dem Flur, aus dem weiterhin Schreie und Getrampel schallten. Sie querte auch dieses, um durch eine weitere Tür tiefer ins Schloss vorzudringen. Sie fand sich in einem Kaminzimmer wieder, durch das sie vorhin bereits kurz gekommen war.

Allerdings war sie hier nicht allein.

Denn bei der Tür zum Flur standen Pichler und seine verängstigte Begleiterin Henriette Dorothea von Ungnad-Franzenshuld, die offenbar auf die gleiche Weise vor der Menge draußen Reißaus genommen hatten wie sie selbst.

Verärgert drückte der schwerreiche Unternehmer die Tür zum Gang zu. Die lange Perlonperücke war unvorteilhaft verrutscht.

»So ein Ärger!«, fluchte er, während seine Begleiterin hinter ihm stand und leise wimmerte.

»Carl-Hase, was passiert hier gerade?«

»Nichts, was nicht gleich …« Pichler wandte den Kopf und starrte verblüfft und mit zitterndem Schnurrbart Lena an.

»Sie?!«

»Ja, ich.«

Lena griff nach der Pistole in ihrem Strumpfband, und die beiden wichen sogleich vor ihr zurück. Die von Ungnad-Franzenshuld mit schreckgeweitetem Blick, Carl Pichler sichtlich erbost.

»Ich hätte es gleich wissen müssen«, knurrte er. »Schon auf der Tanzfläche. Glauben Sie ernsthaft, ich ergebe mich so einfach?«

»Ergeben? … Oh.« Lena begriff erst jetzt, wie das mit der Pistole wirken musste. »Entschuldigen Sie, kleines Missverständnis. Ich bin keine Terroristin, sondern hier, um Sie zu retten.« Sie senkte die Waffe. »Es findet gerade ein Anschlag der Gaia's Warriors auf den Umweltminister statt. Aber keine Bange, das alles werden wir vereiteln. Nur steht zu befürchten, dass – sollte denen Herr Schultze entgehen – dann Sie und Ihre Begleiterin das Ziel sein werden. Sie wissen schon. Wegen der Wasserentnahmen Ihrer Brauerei. Die werden dann vermutlich auch nicht so einfach damit zufrieden sein, wenn Sie sich bloß ergeben.«

»Sie sind gar nicht hier, um mich …?«

»Um Gottes willen, nein!«, wiegelte Lena ab und näherte sich den beiden besorgt. »Teile Ihres Sicherheitsteams sind in die Anschlagsplanung verwickelt, Herr Pichler. Besser, Sie lassen sich von mir begleiten.«

»Teile meines Sicherheitsteams?«, antwortete Pichler lauernd. »Und *Sie* werden sie stoppen?«

»Na ja, nicht ich allein. Aber Sie hatten vorhin im Ballsaal schon recht mit dem Puzzle, äh, ich meine mit dem Mosaik und den fehlenden Steinen. Ich bin nämlich inkognito hier. Deswegen haben Sie mich auch nicht erkennen können. Ich war gar nicht eingeladen.« Sie lauschte kurz in Richtung Tür, hinter der noch immer die Schreie verängstigter Gäste zu hören waren. »Sorry, ich würde Ihnen gern alles genauer erklären. Wahnsinnig gern sogar, denn Sie können sich gar nicht vorstellen, wie aufregend das alles ist. Aber wir sind leider so was von geheim.« Sie zwinkerte ihm zu. »Geheimer als geheim, sozusagen. Aber ich sorge dafür, dass Sie das Schloss unversehrt verlassen können.«

Die Schauspielerin klammerte sich verängstigt an den Unternehmer, der Lena noch immer ungläubig ansah.

»Bitte, Hase!«, jammerte sie. »Lass uns der Frau folgen.«

»Warum nicht?«, meinte Pichler argwöhnisch. »Was haben Sie denn jetzt vor?«

»Na ja«, Lena räusperte sich. »Was hatten Sie denn jetzt vor?«

»Wir wollten raus zur Garage, wo unser gepanzerter Maybach steht«, erklärte die von Ungnad-Franzenshuld mit weinerlicher Stimme.

»Das klingt nach einem guten Plan.« Lena fuchtelte mit der Pistole herum und berührte dabei aus Versehen eine seltsam unfertig aussehende Tonfigur mit langem Bart, die von ihrem Sockel kippte.

»Ups.« Gerade noch rechtzeitig fing Lena sie auf und stellte sie zurück. »Lustig. So was in der Art habe ich auch mal getöpfert. Ich glaube in der Fünften, zu Weihnachten. Steht heute noch bei meinen Eltern.«

»Das ist die Original-Tonform der verschwundenen Bronzeskulptur ›Dionysos mit der Lyra‹ von Andrea del Verrocchio, die einst im Schlafzimmer von Kaiser Franz Joseph stand«, erklärte Pichler mit gepresster Stimme. »Ich habe sie für sechzigtausend Euro ersteigert.«

»Oh … Na ja, wichtig ist letztlich nur, dass Sie wissen, dass ich hier bin, um sie zu schützen. Wo ist denn Ihre Garage?«

»Gegenüber vom Ostturm«, erklärte Pichler, der die Tonskulptur vorsichtig wieder auf ihrem Sockel zurechtrückte. »Gestatten Sie, dass ich uns führe?«

»Natürlich.«

Pichler ging zum Kamin und drückte einen Stein. Sogleich öffnete sich mit einem Schnappen eine Geheimtür in der Wandtäfelung schräg gegenüber.

Lena schüttelte ungläubig den Kopf. »Ich muss sagen, dass ich das mit diesen Geheimtüren in Ihrem Schloss wirklich toll finde. Als Mädchen hätte ich hier sicher gern Verstecken gespielt.«

»Manchmal muss man auch als Erwachsener Verstecken spielen«, brummte Pichler. »Kommen Sie?«

Er und die zitternde Schauspielerin traten durch die Tür, und Lena beleuchtete den Geheimgang. Dabei wandte sie sich kurz an die von Ungnad-Franzenshuld, um sie auf andere Gedanken zu bringen.

»›Wo die Alpen glühen‹ war übrigens ein toller Film. Speziell die Szene, als Sie dieses Edelweiß gepflückt haben. Unglaublich emotional. Und auch menschlich so nachvollziehbar.«

»Danke«, meinte die Schauspielerin glücklich. »Das stand so gar nicht im Drehbuch. Da hatte ich improvisiert. Ich sah die Blume am Wegesrand und konnte einfach nicht widerstehen.«

»Die war echt?« Lena sah sie bestürzt an. »Sie wissen schon, dass die selten sind und unter Naturschutz stehen?«

Pichlers Begleiterin wurde noch blasser. »Sie meinen, diese Warriors würden mich dafür ebenfalls erschießen?«

Lena räusperte sich. »Na ja, ich will Sie nicht anlügen …«

Pichler öffnete eine Tür am anderen Ende, und sie gelangten in einen verglasten Wintergarten mit unzähligen hohen Farnen und Beeten, in dem es nach feuchter Erde roch. Von dort aus kamen sie endlich zurück in den Schlossgarten, der sich zunehmend mit aufgeregten Menschen füllte. Ihr Gastgeber nahm seine Begleiterin an der Hand, und gemeinsam liefen sie durch die Düsternis zu einem kleineren Steinbau zwischen den Bäumen, bei dem es sich offenbar um ein altes Kutschenhaus handelte.

Lena nutzte die Gelegenheit, um ihre Mitstreiter zu kontaktieren.

»Habe gerade Carl Pichler und seine Begleitung in Sicherheit gebracht!«, berichtete sie stolz über Funk.

»Gut gemacht«, erklang Perseus' leise Stimme. »Bleib am besten bei ihnen. Hier geht es gleich rund.«

»Zwei von den Mistkerlen ausgeschaltet!«, vermeldete die Griechin heftiger atmend. »Komme jetzt ebenfalls nach oben.«

Lena blickte zum Schloss, das in völlige Dunkelheit getaucht dalag.

Sie hielt es für keine gute Idee, hier draußen zu bleiben. Ihre Freunde standen da drinnen immerhin allein gegen eine riesige Übermacht.

»Da wären wir«, machte Carl Pichler auf sich aufmerksam, kaum dass sie die protzige Garage erreicht hatten. Angespannt zwirbelte er seinen langen Schnurrbart.

»Sie kommen zurecht?«, wollte Lena von ihm wissen.

»Aber ja.« Pichler musterte Lena aufmerksam, während er ein Handy zückte, und es sich ans Ohr hielt. »Meine Verlobte und ich würde uns freuen, wenn Sie uns Gesellschaft leisten würden. Ihr selbstloser Einsatz hat unbedingt eine Belohnung verdient. Ich rufe nur kurz meinen Chauffeur an, der in jeder Hinsicht vertrauenswürdig ist.«

»Ich befürchte, ich habe leider keine Zeit«, seufzte Lena. »Aber … vielleicht schicke ich Ihnen mal eine E-Mail. Könnte sein, dass ich demnächst wieder auf Jobsuche bin. Aber nur, wenn Sie das nicht für zu aufdringlich halten.«

»Aber nicht doch.« Der Unternehmer lächelte jovial, als er nun seinen Chauffeur erreichte.

»Hier Habsburg«, sprach er. »Ich bin inzwischen bei der Garage und habe Besuch. Beeilung bitte!«

»Ich muss dann mal«, verabschiedete Lena sich.

»Nein, bitte, bleiben Sie!«, forderte Pichler sie auf.

»Ihr Bierimperium braucht Sie, die übrige Welt mich.«

Lena sah zu, dass sie fortkam. Und doch fragte sie sich, ob sie mit dem letzten Spruch nicht vielleicht ein bisschen zu dick aufgetragen hatte. Andererseits sollte das eben auch so einen guten Eindruck gemacht haben. Und es war ja durchaus möglich, dass sie sich tatsächlich irgendwann bei ihm bewarb.

Sie eilte wieder zum Schloss zurück, als sie im Halbdunkel auf der

Außentreppe zum Vestibül plötzlich eine Gestalt bemerkte, die mit hoher Geschwindigkeit auf sie zustürmte.

Oh nein – der Blonde schon wieder!

Und er sah fürchterlich aus. Sein Soldatenkostüm war teils in Fetzen gerissen, er hatte seinen Helm verloren, und irgendwie humpelte er leicht, was ihn jedoch nicht daran hinderte, mit aller Kraft auf sie zuzurennen.

Lena raffte ihr Kleid und rannte ebenfalls.

Panisch schlug sie den Weg zum hinteren Schlossgarten ein, sah, wie ihr Verfolger immer näher kam, und entdeckte vor sich, zwischen den Bäumen, plötzlich einen weiteren Uniformierten, der ihr den Weg abzuschneiden versuchte. Hinter ihr knallte unvermittelt ein Schuss, und nicht weit von ihr entfernt barst eine Gartenlampe.

Lena schlug schreiend einen Haken und entdeckte als einzige Fluchtmöglichkeit die Tür zurück zu dem Raum mit den Gartengeräten, der zwischen Kutscherkabinett und Park lag. Sofort stürmte sie hinein, stürzte beinahe selbst über die Gartengeräte, die sie vorhin von den Wänden gerissen hatte, und sah, dass noch immer der Stuhl vor der Tür zu diesem Kutscherkabinett lehnte. Sie hetzte daher die eiserne Wendeltreppe nach oben, als hinter ihr ihre Verfolger in den Raum stürmten.

»Da oben!«, brüllte der Blonde.

Zwei Schüsse peitschten auf, und Lena zog schreiend den Kopf ein, während sie weiterhastete. Leider verlor sie bei der heftigen Bewegung ihre Waffe, die die Stufen hinunterkollerte.

Schon stürmten ihr die beiden auf der Wendeltreppe hinterher, und sie tat das Einzige, was ihr noch einfiel. Sie packte ihren Lady-Shaver und richtete ihn verzweifelt gegen die eiserne Brüstung.

Der Taser knatterte, und sie hielt ihn so lange gegen das Geländer, bis er keinen Mucks mehr von sich gab. Unter ihr waren derweil gurgelnde Schmerzensschreie zu hören.

Polternd stürzten ihre Verfolger zurück in die Tiefe, und sie konnte durch das Geländer hindurch sehen, wie der unbekannte Uniformierte vor der Treppe liegen blieb, während der Blonde sich noch abzufangen versuchte und dabei auf einen herumliegenden Rechen trat, dessen Griff hochschnellte und ihn frontal im Gesicht erwischte. Lena glaubte sogar das leise Brechen von Zähnen zu hören. Dann ging auch er zu Boden, und unter ihr wurde es still.

Lena atmete schwer, und fast tat ihr der Blonde ein wenig leid. Aber auch nur fast. Was kam er ihr auch immer wieder in die Quere?

Umso begeisterter betrachtete sie den Rasierer.

Dabei hatte sie noch nicht einmal die Rasierfunktion ausprobiert.

Egal, wie das alles hier ausging, den würde sie behalten.

Sie sammelte rasch die Pistole einige Stufen tiefer ein und erreichte oben eine vornehm eingerichtete Suite, die sicher nicht für den Publikumsverkehr bestimmt war. Rasch meldete sie sich über Funk.

»Alles klar bei euch?«

Aus ihrem In-Ear-Kopfhörer drang die Stimme von Perseus, während im Hintergrund Schüsse peitschten.

»Wir sind mit dem Minister in diesem Gobelinzimmer!«, war seine angestrengte Stimme begleitet vom dumpfen Rattern einer Maschinenpistole zu hören. »Einer seiner beiden Leibwächter liegt bereits am Boden, und One-Eye-Dawn ist auch hier. Aber wir schaffen das schon. Bleib zurück!«

Von wegen zurückbleiben!

Lena rannte mit gerafftem Kleid durch verschattete und nun weitgehend leere Korridore dem östlichen Gobelinzimmer entgegen, aus dessen Richtung plötzlich eine dröhnende Explosion hallte.

Sie stolperte über eine uniformierte Leiche, dann hatte sie endlich den Vorraum zum Gobelinzimmer erreicht.

Rauch schwängerte das Zimmer, und entsetzt sah sie sich um. Eines der Fenster war zerstört, die vornehm bemalten Seidentapeten waren von Einschusslöchern durchsiebt, und überall am Boden lagen Patronenhülsen und vereinzelt auch Waffen. Zeugen einer erbitterten Auseinandersetzung, die Opfer gefordert hatte. Denn rechter Hand, in einem Türsturz zu einem Nachbarzimmer, lag einer der verräterischen Security-Männer in einer Blutlache, über einem roten

Brokatstuhl lag reglos ein zweiter, hinter einer Kommode ein dritter. Währenddessen lieferte sich Kirke einen erbitterten Nahkampf mit zwei Terroristen, ein Mann und eine Frau, die sie mit blitzenden Kampfmessern bedrängten. Offenbar hatten beide Seiten in der Zwischenzeit ihre Munition verschossen. Die Griechin wehrte die Stiche und Schläge der beiden geschickt mit einem Teleskop-Kampfstock ab, während sie gegen die zwei ihrerseits mit harten Tritten und Schlägen vorging.

Am meisten erstaunte Lena jedoch der Blick linker Hand, durch eine große Schiebetür in das eigentliche Gobelinzimmer, wo sie Perseus in seinem blauen Musketieraufzug entdeckte. Das Zimmer war vollkommen verwüstet. Und er lieferte sich dort ein erbittertes Schwertduell mit keiner Geringeren als One-Eye-Dawn.

Die Waffen mussten zuvor als Wandschmuck gedient haben, denn unmöglich gehörten die zur üblichen Agentenausrüstung. Und absurderweise steckte die Terroristin in einem roten Kardinalsgewand. Inklusive ihrer schwarzen Augenklappe ähnelte sie so fatal der üblichen Darstellung dieses Kardinals Richelieu.

Egal.

Mit ihrer Pistole war Lena hier der Gamechanger.

»Hände hoch!«, brüllte sie mit sich überschlagender Stimme.

Sowohl Kirke als auch ihre Kontrahenten warfen ihr einen überraschten Blick zu. Ein Umstand, den Kirkes männlicher Gegner sofort dazu nutzte, hinüber zu einer am Boden liegenden Maschinenpistole zu hechten.

Lena zielte verzweifelt auf ihn, drückte ab – und es klickte.

Die Pistole war gar nicht geladen?

Der Kerl lachte dreckig und schwenkte die MP in ihre Richtung.

Lena blickte schockstarr in den Lauf, als Kirke ihre verbliebene Gegnerin mit einem harten Karatetritt in die Schusslinie beförderte. Die Maschinenpistole ratterte los, und statt Lena wurde die Terroristin von Kugeln durchsiebt. Dann war die Waffe leer geschossen.

Unter lautem Wutgebrüll stürmte der Uniformierte mit seinem Messer wieder auf Kirke los, die Agentin stolperte gegen die Leiche am Türsturz hinter ihr, und die beiden gingen im Nebenraum zu Boden.

Lena ließ die nutzlose Pistole fallen, schnappte sich einen silbernen Kerzenständer und rannte hinüber ins Gobelinzimmer, wo Perseus und One-Eye-Dawn nahe einer zerstörten Außenwand vor einem Balkon weiter mit ihren Schwertern aufeinander eindroschen. Draußen auf dem Balkon lagen vereinzelte Steintrümmer, und von der ursprünglichen Balkontür waren nur noch Fragmente übrig. Hatte dort jemand eine Granate gezündet?

So musste es gewesen sein, denn zwischen zerfetzten Brokatstühlen, Holzsplittern, einem umgekippten ausgestopften Pfau, zwei Scheinwerfern und anderen einstmals vornehmen, jetzt jedoch völlig ramponierten Möbelstücken lagen mehrere tote Security-Leute in ihren Soldatenuniformen, von denen einige Schmauchspuren aufwiesen. Dazwischen ein regloser Mann in altertümlicher Kaufmannskleidung sowie ein weiterer in venezianischer Tracht, der sich stöhnend eine blutende Beinwunde hielt. Das mussten die beiden BKA-Beamten sein. Denn an der zerstörten Wand stand schreckensbleich der deutsche Umweltminister Sven Schultze in seinem auffälligen Dragonerkostüm.

Lena wollte gerade zu ihm laufen, als Perseus sie erblickte. »Was tust …?!«

Er kam nicht dazu, seine Frage zu beenden, denn die zornentbrannte Terroristin trat dem Abgelenkten sofort das Schwert aus der Hand und rammte ihr Schwert vor. Der Franzose verdankte es allein seinen Reflexen, dass die Klinge statt in seinem Hals tief in der Wandtäfelung stecken blieb.

Perseus versetzte seiner Gegnerin einen brutalen Schlag, der die Terroristenführerin zurücktaumeln ließ, dann warf er sich zu einer Pistole am Boden.

Doch auch One-Eye-Dawn handelte. Kaum dass er mit der Waffe im Anschlag hochkam, hatte sie sich den Umweltminister als lebenden Schutzschild geschnappt und ihm so den Hals verdreht, dass dieser leise wimmerte.

»Waffe runter, oder ich breche ihm das Genick!«

»Du glaubst, du bist schneller als eine Kugel?«, fauchte Perseus, der nun wieder hochkam.

Langsam wich One-Eye-Dawn mit dem Minister nach draußen auf den Balkon zurück, während ihr der Agent lauernd und mit der Waffe im Anschlag ins Freie folgte.

»Du willst es wirklich darauf ankommen lassen?« Er zielte weiter auf sie.

Lena spürte die Nervosität der prominenten Terroristin.

»Das Spiel ist aus, One-Eye-Dawn«, drohte der Agent. »Gib auf, oder das alles hier endet mit deinem Tod.«

»Im Gegenteil. *Du* hast die Wahl, wer stirbt.« One-Eye-Dawn versetzte dem schreienden Umweltminister einen Stoß, und dieser stand plötzlich direkt an der Kante des weggebrochenen Teils der Außenbalustrade. Einzig gehalten von der Terroristin, die mit ihrem einen Auge lauernd Perseus ansah.

»Waffe runter oder er fällt«, höhnte sie. »Hier geht es gute fünfzehn Meter in die Tiefe. Und er wird natürlich auch fallen, solltest du mich erschießen.«

»Bitte, nicht!« Sven Schultze ruderte mit den Armen und versuchte das Gleichgewicht zu bewahren. »Ich verspreche Ihnen, ich setze mich dafür ein, dass kein einziges männliches Küken in Deutschland mehr geschreddert wird. Die Verordnungen dazu sind längst auf dem Weg.«

»Zu spät!« Lauernd beäugte One-Eye-Dawn Perseus, und Lena sah ihm den Kampf an, den er mit sich austrug.

Wurde sie hier Zeuge, wie er abermals jemanden verlor?

»Okay. Okay.« Perseus legte die Waffe auf den Boden und kickte sie über die Brüstung. »Und jetzt?«

»Jetzt kommt es auf dich an.«

One-Eye-Dawn versetzte dem Umweltminister einen Schubs, und der Mann rutschte unter lautem Geschrei weg.

»Nicht!«

Perseus stürzte vor und packte ihn im letzten Moment am Aufschlag seines Dragoneranzugs, während One-Eye-Dawn zurück ins Zimmer stürzte und offenbar nach einer Waffe suchte.

Lena hatte genug gesehen.

»Kirke!« Lena stürzte mit einem Kampfschrei vor, prügelte mit dem Kerzenständer auf die Terroristin ein und versuchte, sich an sie zu hängen.

Doch One-Eye-Dawn wehrte ihren ungestümen Angriff ab, packte sie und schleuderte sie brutal gegen eine Wand, wo sie benommen liegen blieb, als Kirke angeschlagen im Zimmer auftauchte.

One-Eye-Dawn stürmte sogleich auf sie zu, setzte zu einem Roundhouse-Kick an, der die Griechin zur Seite fegte, und hetzte an ihr vorbei.

Kirke wollte schon hinter ihr her, als vom Balkon Perseus' verzweifelter Ruf ertönte.

»Helft mir. Ich kann ihn nicht mehr länger halten!«

Mit einem Fluch auf den Lippen ließ die Agentin die Terroristin ziehen, und ebenso wie Lena stürzte sie hinüber zum Balkon, wo sie Perseus mit vereinten Kräften dabei halfen, den Umweltminister wieder nach oben zu zerren.

Irgendwann war es geschafft, und sie wuchteten den Mann auf den Balkon, wo dieser erschöpft zusammensackte.

Perseus kam wieder auf die Beine und blickte verbittert zum Gobelinzimmer.

»Schon wieder.« Er trat zornig einen der Gesteinsbrocken über die Brüstung. »Sie ist uns schon wieder entkommen.«

»Nein, nicht unbedingt«, meinte Lena.

Er und Kirke starrten sie irritiert an.

»Ich habe ihr eben mein Handy zugesteckt«, erklärte sie. »Das könnt ihr doch sicher orten, oder? Vielleicht führt sie uns auf diese Weise sogar zu ihrem Versteck.«

# No way out

»Sieht so aus, als sei One-Eye-Dawn gerade bei einem alten Säge-werk aufgeschlagen.« Kirke, die auf dem Beifahrersitz des noblen Lexus 500 saß, den sich die Agenten für die Schlossoperation besorgt hatten, hob ihr Tablet so an, dass auch Perseus einen Blick darauf werfen konnte, während er den Wagen weiter durch die Nacht steu-erte. Auf dem Bildschirm war die Karte einer Handy-Ortungs-App zu erkennen, die den Standort des Smartphones anzeigte, das Lena der Terroristin heimlich zugesteckt hatte.

Perseus nickte und konzentrierte sich wieder auf die einsam vor ihnen liegende Bundesstraße. Sie hatten bereits vor zehn Minuten die Stadtgrenze der sächsischen Landeshauptstadt hinter sich gelassen, die zum Glück längst wieder beleuchtet war.

»Traut man der App, liegt dieses Sägewerk in einem Waldgebiet«, brummte er.

»Ja, der Sachsenforst«, pflichtete ihm Kirke bei. »Das Werk stammt gemäß Wikipedia noch aus DDR-Zeiten, hat seitdem zwei-mal den Besitzer gewechselt, steht jedoch seit einem Jahr leer.«

»Zeig mal.« Lena, die im Fond der Oberklassenlimousine saß und dort über einen kleinen Autofernseher die aktuellen Nachrich-ten- und Sondersendungen verfolgte, quälte sich mühsam aus ih-rem Luxusrücksitz nach vorn. Das Ding erinnerte angesichts seiner Schräglage an einen Zahnarztstuhl, und noch immer hatte sie nicht herausgefunden, wie man ihn aufstellte. Dabei durfte sie vermutlich froh darüber sein, dass sie sich vor ihrem Aufbruch wieder umgezo-gen hatten und sie nicht mehr in diesem Ballkleid steckte.

»Hoffentlich hat One-Eye-Dawn das Handy nicht längst bemerkt und schickt uns in die Irre«, meinte sie besorgt.

»Abwarten«, brummte Perseus. »Es ging eben nicht schneller.«

Lena wusste, was er meinte. Zum einen hatten sie einen Notarzt für den überlebenden BKA-Beamten organisieren müssen, zum anderen war überraschend schnell ein SEK-Team der deutschen Polizei auf dem Gelände angerückt. Es war daher nicht so einfach gewesen, das Schloss unbemerkt wieder zu verlassen.

»Uns bleibt gar nichts anderes übrig, als der Fährte zu folgen«, mischte sich Kirke ein. »Von den Warriors im Kabinett hat nur One-Eye-Dawn überlebt. Allein die beiden Irren, die ich unten beim Ballsaal ausgeschaltet hatte, waren leider weg. Dennoch … wenn ihr mich fragt, dürfte One-Eye-Dawn gerade ganz andere Probleme haben, als sich darüber Gedanken zu machen, ob sie am Ende ausgetrickst wurde. Wir haben immerhin fast ihr komplettes Team erledigt.«

»Ich habe auch vier von denen fertiggemacht«, erklärte Lena.

»Vier?«

Entgeistert drehten sich Perseus und Kirke zu ihr um.

»Ja«, rechnete ihnen Lena vor. »Einen der Typen oben im Schreibzimmer des Schlosses, dann diese Tussi im Kontrollraum und den Blonden und einen seiner Kumpane nahe dem Kutscherkabinett. Macht vier. War ganz schön aufregend. Ich frage mich, wie viele ich mit einer richtigen Kampfausbildung erledigt hätte. So schwer kann das ja nicht sein. Eine Grundausbildung habe ich ja schon.«

»Was für eine Grundausbildung?«, fragte Kirke erstaunt.

»Einen Frauenselbstverteidigungskurs im Rahmen einer Fortbildung für Office-Managerinnen vor ein paar Jahren. Einen ganzen Nachmittag lang.« Sie seufzte. »War ganz schön anstrengend. Wir haben damals sogar eine Schreitherapie gemacht, weil einige von uns erst mal lernen mussten, aus sich rauszukommen.«

»Eine … Schreitherapie?«, wiederholte Perseus ungläubig.

»Selbstbewusstsein ist nämlich alles«, erläuterte ihm Lena den Ansatz. »Wusstet ihr, dass viele Täter ihre Opfer nur aufgrund ihres Verhaltens auswählen? Wenn man als Opfer rüberkommt, ist das für die regelrecht eine Einladung.«

Kirke begann krampfhaft zu husten.

»Alles klar mit dir?«, fragte Lena besorgt.

»Ja, alles in bester Ordnung«, japste die Griechin und winkte ab. »Ich verspreche dir, wenn wir das alles unbeschadet überstehen, dann zeige ich dir mal … ein paar andere Techniken. An Selbstbewusstsein mangelt es dir ja eher nicht.«

»Toll. Da freue ich mich schon drauf.«

»Was sagen eigentlich die Nachrichten?«, wechselte Perseus unvermittelt das Thema.

»Na ja.« Lena rieb sich vorsichtig über eine schmerzende Prellung an ihrem Oberarm, während sie zu dem flimmernden Bordfernseher blickte. »Die Sender überschlagen sich regelrecht mit Nachrichten und Sondersendungen. Der Blackout wurde offenbar durch einen Hackerangriff auf ein Umspannwerk der Dresdener Stadtwerke ausgelöst. Und das hatte dann eine Kaskade an Überlastungen und Ausfällen zur Folge. Interessanterweise haben die Warriors dafür die Verantwortung übernommen. Und jetzt spekulieren die Medien, ob sich One-Eye-Dawn und ihre Leute auf diese Weise bloß Zutritt zum gut gesicherten Schlossgelände verschaffen wollten.«

»Was natürlich Unfug ist«, grübelte Kirke laut. »Schließlich hatten sie vor Ort Helfer, die ihnen Zugang zum Monarchenball verschafft haben.«

»Ich weiß«, meinte Lena. »Auf jeden Fall ist deren Plan mit Griaßdi-TV aufgegangen – falls das überhaupt der Plan war. Denn die Aufnahmen, die während des Anschlags gemacht wurden, sind jetzt auch auf allen anderen Kanälen zu sehen. Egal ob diese Aktivisten erfolgreich waren oder nicht: Gaia's Warriors sind wieder in aller Munde.«

»Das alles stinkt doch sieben Meilen gegen den Wind«, knurrte Perseus. »Sicher, dass sich die Warriors zu dem Anschlag auf die Stadtwerke bekannt haben?«

»Ja. Auch wenn ich den Sinn dahinter nicht begreife.« Lena schaltete achselzuckend zu einem anderen Sender, der ebenfalls über die Ereignisse auf dem Monarchenball berichtete. »Vorhin war jedenfalls von einem Bekennerschreiben die Rede.«

»Ein Bekennerschreiben also?«, murmelte Perseus, als sie das Schild zu einem Rastplatz passierten. »Egal, darum kümmern wir uns später.«

Er bremste ab und warf Kirke einen skeptischen Blick zu. »Jetzt bin ich mal gespannt, ob die beiden schon da sind.«

»Geh mal stark davon aus«, seufzte die Griechin. »Die sind ja gleich nach dem Anruf aufgebrochen.«

Perseus verließ die Bundesstraße und steuerte den Lexus auf den ebenso dunklen wie verschwiegen gelegenen Parkplatz.

»Erwarten wir noch jemanden?«, fragte Lena neugierig.

»Daedalos und Elektra«, kam es vom Beifahrersitz.

Kirke drehte sich zu ihr um. »Warum hast du eigentlich nicht erwähnt, dass du Daedalos während deines Einsatzes auf Schloss Meußlitz angerufen hast? Der hat sich nämlich unmittelbar danach bei uns gemeldet.«

»Oh, stimmt. Ich kam noch gar nicht dazu.« Lena sah die Agentin verlegen an. »Ehrlich, ich konnte doch nicht wissen, dass ihr ihn gewissermaßen ... aus allem raushalten wolltet.«

»Nicht deine Schuld«, brummte Perseus. »Wir hätten dich einweihen müssen. Daedalos war jedenfalls etwas ... ungehalten. Ich hoffe nur, er hat sich inzwischen abreagiert. Da hinten sind sie.«

Die Scheinwerfer des Wagens erfassten einen anthrazitfarbenen Audi mit Berliner Kennzeichen, der etwas verloren auf dem ansonsten leeren Parkplatz stand. Perseus blendete einmal kurz auf, und dem Audi entstiegen Elektra und Daedalos.

Daedalos, auf dessen Stirn noch immer ein Pflaster prangte, wirkte sauer, während Elektra einen eher gequälten Gesichtsausdruck zur Schau trug. Offenbar war auch sie eingeweiht gewesen und hatte sich seit Berlin die Vorhaltungen ihres Kollegen anhören dürfen.

Gemeinsam mit Perseus und Kirke verließ Lena das Fahrzeug, und sie konnte sogleich Daedalos' aufgebrachte Stimme hören.

»Danke dafür, dass ihr mich ausgebootet habt!«

»Meine Güte, beruhige dich«, antwortete Perseus. »Von ausbooten kann wirklich keine Rede sein. Du bist Profi und solltest eigentlich am besten wissen, dass du uns in deinem Zustand keine Hilfe gewesen wärst. Andersherum hättest du nicht anders gehandelt.«

»Natürlich hätte ich das!«, blaffte ihn der Ire an.

»Tatsächlich?«, meinte Kirke reserviert. »Ich glaube, du weißt nicht, wovon du redest. Du warst nach Stockholm fix und fertig. Und hier geht es um alles, aber nicht um einen persönlichen Rachefeldzug. Also, Hand aufs Herz: Bist du wirklich schon wieder einsatzbereit?«

Der Ire fixierte sie und Perseus wütend und atmete schließlich tief ein.

»Ja, ich bin wieder auf dem Damm. Ich wäre nicht hier, wenn dem nicht so wäre.« Er tippte sich vor die Brust. »One-Eye-Dawn gehört mir. Das ist euch hoffentlich klar, nach allem, was sie mir angetan hat?«

»Sicher«, meinte Perseus mit ruhiger Stimme. »Hauptsache, du bewahrst einen kühlen Kopf.«

»Wie du schon sagtest: Ich bin Profi«, brummte der Ire. »Seid ihr euch sicher, sie nicht aus den Augen verloren zu haben?«

»So sicher, wie wir uns eben sein können.«

Perseus nickte Kirke zu, die den Kollegen nun das Tablet mit der Handy-Ortungs-App präsentierte.

»Großartige Idee, Lena«, meinte Elektra anerkennend. »Auf so etwas muss man erst mal kommen.«

Lena lächelte stolz.

»Hast du deine Drohne reparieren können?«, wollte Kirke von der Lettin wissen.

»Bob ist einsatzbereit und startklar.« Elektra zwinkerte ihr durch ihre Brille zu.

»Gut.« Daedalos zog angespannt an seinem Fransenbart. »Dann lasst uns nicht weiter rumstehen, sondern das Dreckstück schnappen.«

»Alles klar, folgt uns«, forderte Perseus sie auf. »Dieses Sägewerk ist nicht mehr weit entfernt.«

Sie kehrten zu ihren Fahrzeugen zurück. Kurz darauf befanden sie sich wieder auf der Bundesstraße und fuhren mit Daedalos und

Elektra hinter sich erst durch einen kleinen Ort, schließlich über eine im Dunkeln liegende Allee und von dort auf einen Feldweg, der zum nahen Sachsenforst führte, dessen Baumgrenze sich düster jenseits eines Feldes abzeichnete.

Perseus blendete die Wagenlichter ab, kaum dass der Feldweg zum Forstweg wurde. Mit stetem Blick auf das Tablet, das ihm Kirke hinhielt, fuhr er tiefer in den Wald hinein. Als sich der Waldweg gabelte, diskutierten er und Kirke kurz, dann schlug er den rechten Pfad ein, der sie einen Hügel hinaufführte. Oben angelangt ließ er den Wagen ausrollen und stellte Motor und Lichter ab. Ebenso hielten es Daedalos und Elektra hinter ihnen.

»Wir sind da«, sagte Perseus ernst. »Ab jetzt so ruhig, wie es geht.«

Sie stiegen aus und trafen sich neben den Autos bei den Bäumen.

Lena begriff erst jetzt, dass sich links des Forstweges ein lichter, von Bäumen bewachsener Hang befand, der sanft abfiel und in etwa vierzig Metern Entfernung vor einigen dunklen Gebäuden endete, bei denen Lichter zu erkennen waren.

Das Sägewerk.

Kirke hob ein Fernglas, das vor ihrer Brust baumelte, und drückte einen Knopf.

»Wärmebild-Funktion«, flüsterte sie, als sie Lenas fragenden Blick bemerkte.

»Und?«, wollte Daedalos wissen.

»Volltreffer!« Kirke schürzte im Zwielicht ihre Lippen. »Es sind zwar eine Menge Bäume im Weg, aber da unten steht definitiv ein Lastwagen, der wohl gerade beladen wird. Außerdem ein Pkw. Die Motorhaube ist noch warm.«

»Bist du dir sicher, dass es die Warriors sind?«, hakte Perseus nach.

»Angesichts dieses Hippies mit der Maschinenpistole am Haupteingang – ja, bin ich! Und es wirkt ganz so, als wollten die da unten gerade ihre Zelte abbrechen.«

Perseus nahm ihr den Feldstecher ab und blickte hindurch, bevor er ihn an Daedalos und Elektra weiterreichte.

»Den Bewegungen hinter den Fenstern nach zu urteilen«, flüsterte er, »dürften wir es mit sechs oder sieben Gegnern zu tun bekommen. Was immer noch erstaunlich viele sind. Vielleicht sogar der komplette Rest dieser Bande. Und ich glaube, ich habe eben sogar One-Eye-Dawn ausmachen können.«

»Okay, dann bringen wir es hinter uns«, erklärte Daedalos unruhig.

Sie traten vor den Kofferraum des Lexus, und Kirke präsentierte ihnen einen Einsatzkoffer, dem sie ihr übliches Funkequipment sowie neue Waffen und Munition entnahm, die sie verteilte.

An alle – bis auf eine.

»Was ist mit mir?«, wisperte Lena.

Ihre Begleiter warfen sich Blicke zu.

»Du bleibst hier und bist gewissermaßen unsere Rückendeckung.« Kirke legte ihr aufmunternd die Hand auf die Schulter. »Das wird gleich sehr gefährlich. Wenn wir zuschlagen, werden sich One-Eye-Dawn und ihre Leute wie in die Ecke gedrängte Raubtiere gebärden. Wir brauchen daher jemanden, der unseren Funk koordiniert.«

»Den Funk koordiniert?« Irritiert sah Lena ihre Mitstreiter an.

»Und das ist nicht alles.« Elektra klopfte auf ihren Drohnenkoffer. »Ich werde mir gleich im Wald einen passenden Startplatz für Bob suchen. Wenn Bob jedoch der Saft ausgeht und ich Ersatz-Akkus brauche, dann brauche ich dringend jemanden, der die entladenen Akkus abholt und wieder auflädt.«

»Sind die Akkus denn nicht bereits aufgeladen?«, fragte Lena verständnislos.

»Du hast ja keine Ahnung«, seufzte die Lettin theatralisch. »Die Dinger sind schneller leer, als man denkt.«

»Okay.«

»Von hier oben aus hat man auch einen prima Überblick«, ergänzte Perseus. »Und das ist genau das, was wir bei einem Einsatz wie diesem brauchen. Nämlich jemand, der den Überblick behält.«

»Du meinst, ich habe hier einen besseren Überblick, als ihn Elektra mit Bob hat?«

»Definitiv!«, versicherten er, Kirke und Elektra unisono.

Lena blickte missmutig zu Daedalos, der abgelenkt auf seine Armbanduhr blickte.

»Tu einfach, was sie sagen«, murrte er.

»Wir gehen streng nach der Ilias-Taktik vor«, gab Perseus das Startzeichen. »Wartet darauf, bis Elektra das Gelände erkundet hat. Ich gebe dann das Zeichen zum Zuschlagen. Und jetzt: ausschwärmen!«

Er und Kirke pirschten im Dunkeln zwischen die Bäume, Daedalos lief den Forstweg zurück, vermutlich um sich dem Sägewerk über die Weggabelung anzunähern, während sich Elektra mit ihrem Drohnenkoffer den Weg hinaufmühte, bis auch sie in der Nacht verschwunden war.

Lena war allein.

Unglücklich starrte sie die leise im Wind rauschenden Bäume an, betrachtete die abgedunkelten Fahrzeuge hinter ihr – und seufzte. Sie wäre für einen weiteren Kampfeinsatz durchaus bereit gewesen.

Und zwar so was von.

Zumindest hätte Kirke auch ihr eine Waffe dalassen können. Nur so für den Fall der Fälle.

Unwillkürlich fragte sie sich, was die Agentin eigentlich damit gemeint hatte, als sie davon sprach, dass sie den Funk koordinieren sollte. Testweise griff sie zu ihrem In-Ear-Kopfhörer.

»Funktest!«, wisperte sie ins Mikro.

»Absolute Funkpause, Lena!«, erscholl Kirkes mahnende Stimme. Na super.

Lena ging eine Weile auf und ab, bis ihr auffiel, dass Kirke nicht einmal ihr Fernglas dagelassen hatte. Und eine dieser Smart-Glas-Sonnenbrillen hatten sie heute auch nicht dabei. Wie sollte sie denn ohne Nachtsichtgerät den Überblick behalten?

Und was war eigentlich mit Elektra? Sie konnte Bobs Akkus doch gar nicht aufladen, wenn sie nicht wusste, wo sie steckte? In ihren Augen war diese komische Ilias-Taktik völlig bescheuert.

Resigniert blickte sie sich wieder zu den Bäumen um. Wärmer

wurde es auch nicht. Ganz im Gegenteil. Es war Mitternacht durch, und hier im Wald wurde es allmählich kühl.

Sie stand noch eine Weile gelangweilt herum, schließlich stieg sie wieder in den Lexus und ließ sich in den Luxusrücksitz sinken. Immerhin drangen gelegentlich Funkfetzen aus dem Knopfohrhörer. Offenbar verteilten sich die anderen allmählich um das Sägewerk und warteten darauf, dass Bobs Erkundungsflug startete.

Erwartete Kirke etwa, dass sie Protokoll über die Gespräche führte?

Fragen durfte sie sie ja nicht.

Funkdisziplin.

Himmel, war das öde.

Aus lauter Langeweile versuchte sie, den Schalter zu finden, mit dem man den Sitz hochstellen konnte – und fand ihn.

Perfekt.

Eine Weile verstellte sie den Sitz hin und her.

Aber auf Dauer war das ebenfalls unbefriedigend. Obwohl ... sie konnte ja mal ihr verbliebenes Equipment checken.

Lena griff zu der edlen Handtasche, die noch immer neben ihr lag, und sortierte aus, was noch brauchbar war: der komische Tampon mit dem Rauchpulver, ihr Feuerzeug mit der Taschenlampenfunktion, ihr Lippenstift-Superkleber war ebenfalls noch nicht aufgebraucht, außerdem das Deo, das als Tarnung für den Multipick fungierte. Blöderweise waren alle ihre Trickwaffen entweder entladen oder aufgebraucht. So etwa ihr geliebter Lady-Shaver, die Giftbrosche, das Pfefferspray, das Narkose-Erfrischungstuch und das Smartphone sowieso.

Lena steckte ein, was noch taugte, als ihr eine Idee kam.

Sie kletterte ins Cockpit und sah sich nach den Sachen von Perseus und Kirke um. Leider fand sie vorne bloß das Tablet. Schließlich öffnete sie das Handschuhfach.

Dort lag eine lederne Gürteltasche, die zu dem Musketierkostüm von Perseus gehört hatte. Neugierig inspizierte sie die Tasche und fand darin eine leere Patronenschachtel, noch so ein langweiliges Multipick-Set, einen Nagelclip – benutzte Perseus wirklich einen Nagelclip? – und ein Schmuckkästchen.

Sie öffnete es und grinste breit.

Bingo!

Denn darin lag der faszinierend in Linsenform geschliffene Bergkristall in seiner dreigeteilten Silberfassung. Sie hatte ihr cooles Apollon-Auge aus Visby wiedergefunden.

Wäre sie an Perseus' Stelle gewesen, würde sie die Kristallbrosche ständig bei sich tragen.

Sie untersuchte sie erstmals genauer, als aus ihrem Knopfohrhörer die Stimme von Elektra drang, die durchgab, was sie mit Bobs Hilfe sah. Unvermittelt waren weiter unten im Wald Schüsse zu hören, und Perseus' gepresste Stimme ertönte: »Zugriff!«

Draußen im Wald war jetzt gedämpftes Gewehr- und Maschinenpistolenfeuer zu hören, das von zwei dumpfen Explosionen unterbrochen wurde. Aufgeregte Stimmen und Schreie tönten aus ihrem In-Ear-Kopfhörer, und sie konnte hören, wie beim Sägewerk erbittert gekämpft wurde.

Beklommen verließ Lena den Wagen, hastete zur Baumgrenze und sah, dass jenseits der Bäume etwas brannte. Sofort bediente sie sich des Apollon-Auges.

»Nachtsicht aktiviert«, quäkte die leise Visby-Stimme aus der Kristallbrosche.

Dank der Nachsichtfunktion der Hightech-Linse konnte sie das Sägewerk jenseits der Bäume deutlich besser erkennen. Dort brannte der Pkw, den Perseus erwähnt hatte.

Sie drückte einen weiteren Knopf.

»Teleskopsicht aktiviert«, quäkte es abermals.

Die große Sägewerkhalle rückte näher heran, und Lena konnte mitansehen, wie ihre Gefährten inmitten des Rauchs und von allen Seiten zugleich vordrangen, während sich die Warriors hinter Fenstern und Türen verschanzt hatten und wüst das Feuer erwiderten. Sogar Bob war über den Dächern eines der Gebäude zu erkennen, unter dessen Rotoren unentwegt helle Mündungsfeuer blitzten.

»Ja, zeigt es ihnen!«, flüsterte Lena aufgeregt.

Unvermittelt brachen alle Funksignale ab, und aus dem Lautsprecher in ihrem Ohr drang nur noch leises Rauschen. Sogar Bob geriet ins Trudeln. Hatten die Warriors etwa einen dieser Störsender aktiviert?

Perseus und Daedalos sprangen plötzlich vor, während Kirke ihnen Feuerschutz gab. Der Ire befestigte ein Sprengstoffpaket am Zugang der Sägewerkhalle, kurz darauf hallte eine weitere Explosion durch den Wald, und die beiden Agenten stürmten kontrolliert schießend ins Innere. Kirke erwischte in der Zwischenzeit einen Warrior auf dem Dach eines Nachbargebäudes, der nun in die Tiefe fiel. Dann rannte auch sie auf die Halle zu.

Lena nahm ihre Kritik wieder zurück. Der Einsatz schien perfekt abzulaufen.

Schade nur, dass sie nicht dabei war.

Aber was war das?

Rechts an der Halle öffnete sich plötzlich eine verborgene Tür, und einer der Warriors schlüpfte geduckt heraus, während im Gebäude unentwegt weitere Schüsse peitschten. Rasch lief der Unbekannte zum Wald, versteckte sich zwischen den Bäumen und rannte dann weiter. Und zwar … in ihre Richtung.

Lena zoomte ihn durch das Apollon-Auge näher heran. Ein dürrer Hungerhaken mit auffälliger Hakennase, Metallkoffer im Arm und John-Lennon-Brille, die er abnahm, um in der Düsternis besser sehen zu können. Sie erkannte ihn sofort wieder.

Bei dem Flüchtenden handelte es sich um Andris, der ihnen in Budapest entkommen war.

Elektras Erzfeind.

»Elektra!«, rief Lena verzweifelt ins Mikro. »Dein Hackerfreund kommt gerade auf mich zu!«

Ein Knistern ertönte, das sie vage als Elektras Stimme identifizierte. Leider blieb sie unverständlich.

Was sollte sie jetzt tun?

Lena rannte zurück zum Kofferraum des Lexus, öffnete ihn und durchsuchte panisch Kirkes Ausrüstungskoffer. Aber da war keine Waffe mehr. Und aus dem Wald drang bereits das leise Knacken von Ästen und Zweigen.

»Elektra!«, zischte sie abermals ins Mikro. »Andris ist hier! Andris!«

Irgendwie musste sie die Lettin doch auf sich aufmerksam machen können.

Lenas Gedanken wirbelten aufgeregt durcheinander, als ihr eine Idee kam. Sie zog den Tampon mit dem Rauchpulver hervor, zündete ihn mit dem Feuerzeug an und schmiss ihn zwischen die Autos. Sogleich brannte er unter starker Rauchentwicklung ab, und träger, dichter Qualm stieg zu den Baumkronen auf.

Lena kam noch ein weiter Einfall. Geduckt huschte sie zurück zum Waldrand und suchte mit dem Apollon-Auge zwischen den Bäumen nach Andris. Sie fand ihn recht zügig, denn er war inzwischen bis auf etwa zehn Meter vorgerückt. Leider hielt er eine Pistole in der Hand.

Angesichts des vielen Rauchs hinter ihr blieb er lauernd stehen und schwenkte die Waffe in ihre Richtung.

»Wer auch immer da oben ist, ich baller dich weg!«, schrie er erbost.

Lena robbte hinter einen Baum, aktivierte den Laserpointer ihres Feuerzeugs und richtete ihn auf seinen Körper.

»Ergeben Sie sich!«, rief sie mit verstellter Stimme, während er alarmiert Koffer und Pistole anhob. »Unsere Scharfschützen haben Sie bereits erfasst! Eine falsche Bewegung, und wir greifen zum Äußersten. Und damit meine ich wirklich das Äußerste.«

Andris starrte den roten Punkt auf seiner Brust an, und Lena ließ den Lichtstrahl zu seinem Kopf wandern. Dank des Apollon-Auges konnte sie das Wechselbad an Gefühlen auf seinem Gesicht erkennen.

»Letzte Warnung!«, rief sie. »Waffe weg und auf die Knie! Oder wir erschießen Sie!«

»Fuck!« Elektras Erzfeind ließ den Koffer sinken und warf verärgert die Pistole fort, während er auf die Knie ging. »Okay, okay. Ich ergebe mich!«

Er verschränkte sogar die Arme hinter dem Kopf.

Das lief besser, als sie gedacht hatte.

Lena überlegte kurz, was sie jetzt tun sollte, und erhob sich vorsichtig.

»Legen Sie sich auf den Boden!«, rief sie abermals mit verstellter Stimme. »Unser bester Mann wird jetzt zu Ihnen kommen.«

Der lettische Hacker runzelte zwar kurz die Stirn, aber er folgte ihrer Anweisung.

Lena atmete tief ein und bewegte sich, den Laserpointer weiter auf ihn gerichtet, zwischen den Bäumen in Richtung seiner Pistole. Sie hatte die Wegstrecke etwa zur Hälfte bewältigt, als Andris überraschend den Kopf hob und verdutzt in ihre Richtung starrte.

»Ein Laserpointer? Echt jetzt!?«

Lena durchrieselte es eiskalt.

Mit einem Satz war der Lette wieder auf den Beinen und wollte gerade rüber zu seiner Waffe hechten, als unter den Baumkronen ein leises Schwirren zu hören war. Eine ratternde MP-Salve riss den Waldboden zu seinen Füßen auf, bevor er den Plan in die Tat umsetzen konnte.

Panisch blickte er in die Höhe, wo der Schatten von Elektras Quadrocopter vor dem Nachthimmel auszumachen war.

»Nur einen Schritt weiter, Andris«, tönte Elektras Stimme aus einem Lautsprecher, »und ich reiß dir den Arsch auf! Und glaub mir, ich will nichts lieber als das. Und jetzt runter mit dir!«

Zornig legte sich Andris zurück auf den Boden.

Lena winkte erleichtert in Bobs Richtung, dann schnappte sie sich die Waffe und hielt den Hacker damit in Schach.

»Ja, bloß ein Laserpointer!«, fuhr sie ihn schnippisch an. »Ich dachte, Typen wie du stehen auf Elektronik-Schnickschnack?«

Andris stieß einen Fluch aus, und Lena feierte sich dafür, wie lässig sie den Spruch rübergebracht hatte. Sie hatte ja auch schon eine Weile daran gearbeitet.

Im gleichen Moment bemerkte sie, dass die Schießerei unten beim Sägewerk ebenfalls ein Ende gefunden hatte. Unvermittelt sprang nun auch wieder der Funk an.

»Lena, Elektra, alles in Ordnung bei euch?«, fragte Perseus. »Die Operation war erfolgreich, wir haben One-Eye-Dawn. Leider ist uns Andris entwischt.«

»Nein, ist er nicht«, meldete Elektra, bevor Lena antworten konnte. »Team Gwangyang Dragons hat den Feigling im Wald gestellt. Er sabbert gerade den Waldboden voll.«

»Alles klar, wir kommen.«

Es dauerte nicht lange, und Kirke kam durch den Wald auf Lena und ihren Gefangenen zugelaufen. Die Griechin fesselte den Hacker grob mit Handschellen, schnappte sich seinen Koffer, und Elektra zog die Drohne ab.

»Wartet nicht auf mich. Ich komme nach«, meldete sich die Lettin über Funk. »Und denkt dran: Der Wichser gehört mir!«

»Schon klar.« Kirke seufzte. »Weitere Privatansprüche auf unsere Gefangenen sind ja auch genau das, was wir gerade brauchen.«

Gemeinsam mit Andris liefen sie hinunter zum Sägewerk. Kirke wollte wissen, was passiert war, und Lena berichtete ihr, wie sie Andris aufgehalten und gemeinsam mit Elektra gestellt hatte. Der Hacker schwieg und warf ihr einen vernichtenden Blick zu.

»Nicht schlecht!« Kirke musterte Lena anerkennend. »Wenn es drauf ankommt, weißt du wirklich zu improvisieren. Nicht zum ersten Mal.«

Lena lächelte still.

Endlich erreichten sie die Sägewerkhalle, die sich vor ihnen im Feuerschein des Pkw erhob, und erst jetzt begriff Lena, wie hart der Ort umkämpft gewesen war. Nahe dem Lkw lagen zwei verrenkte Leichen, auf dem Vorplatz befand sich ein kleiner Sprengtrichter, die Außenwände der Halle waren von Kugelgarben durchsiebt, die Fenster zersplittert, und von der Tür waren nur noch Reste übrig.

Eine Spur der Zerstörung, die sich auch im Innern der großen Werkhalle fortsetzte. Unter der Decke baumelten zerschossene Lampen, irgendwo knisterten Stromleitungen, und die Maschinen, Bänder und großen Sägen waren ramponiert.

Immerhin hatten ihre Mitstreiter in einer Hallenecke einige Lampen aus dem Bestand der Ökoterroristen aufgebaut. In ihrem Schein entdeckte Lena weitere Tote, deren leblose Körper die Agenten halb hinter ein Hobelwerk geschleift hatten.

Perseus kam hinter einer großen Entrindungsmaschine zum Vorschein, und zu ihrem Schrecken sah sie, dass die Lederjacke an seinem rechten Arm aufgerissen und blutig war.

»Oh Gott, geht es dir gut?«, fragte sie entsetzt.

»Ein Streifschuss«, erklärte er mit schiefem Lächeln. »Ist bereits verbunden. Schmerzhaft, aber nichts Ernstes.«

Sein Blick fiel auf Andris. »Sieh an. Damit ist die Truppe vollständig.«

»Seid euch da nicht zu sicher!«, zischte der Hacker erbost.

Perseus packte ihn am Kragen und zerrte ihn in die beleuchtete Hallenecke, in der die Warriors mithilfe von Tischen eine Art Kommandostand aufgebaut hatten. Dazwischen lagen und standen Schlafsäcke, Monitore, Stromkabel, Munitionspackungen und Kartons mit veganen Fertiggerichten. Lena entdeckte an einer der Wände sogar den eigentümlichen Wandkalender mit den Kreuzen und Landesflaggen, der sie auf die Spur nach Schweden geführt hatte.

Perseus zwang Andris, sich zu der einzigen noch lebenden Gefangenen zu setzen: One Eye Dawn!

Die Ökoterroristin trug noch immer Teile ihres roten Kardinalsgewands und war am Bein verletzt. Kalt richtete sie das Wort an den Letten.

»Du hast also versucht, dich abzusetzen? Erbärmlich.«

»Lass mich in Ruhe!«, blaffte Andris sie an.

»Hier, dein Handy.« Daedalos reichte Lena das Smartphone, das sie der Terroristin zugesteckt hatte. One-Eye-Dawn folgte seiner Bewegung mit ihrem einen Auge und fixierte Lena unheilschwanger.

Kirke warf der Frau einen knappen Blick zu, wuchtete Andris'

Koffer auf einen Tisch und öffnete die Verschlüsse. Darin befanden sich ein Laptop, Handys und weitere Computerausrüstung.

»Sieh an«, murmelte sie. »Das ist doch schon mal ein Anfang. Ich wette, Elektra ist schon ganz heiß darauf, sich das hier mal anzusehen.«

»Rühr das an, und du...«

Andris kam nicht weiter, weil ihm One-Eye-Dawn einen schmerzhaften Tritt versetzte. Perseus zog ungerührt einen Stuhl heran und setzte sich vor die beiden.

»Wir werden uns jetzt miteinander unterhalten.«

»Ach ja?« One-Eye-Dawn verzog ihre Lippen abfällig.

»Ich denke schon«, entgegnete Perseus kalt. »Denn die Alternative bestünde darin, euch meinem Freund da zu überlassen.« Er deutete auf Daedalos, der die Terroristin mit malmendem Kiefer anstarrte. »Wie du wissen solltest, hat er seit der Sache mit dem Kreuzfahrtschiff noch eine Rechnung offen.«

Ebenso wie Andris blickte die Terroristin kurz zu dem Iren auf. Sie wandte sich wieder Perseus zu und schnaubte verächtlich.

»Gar nichts werden wir«, fauchte sie. »Ganz im Gegenteil. Wir werden hier schneller wieder raus sein, als du und deine Freunde ›Kapitalistenschwein‹ sagen könnt.«

»Womit wir bereits beim Thema wären«, erklärte Perseus unbeeindruckt. »Ihr Amateure hättet doch ohne Hilfe von ... Kapitalisten keinen einzigen eurer Anschläge hinbekommen.«

»Da scheinst du dir ja sehr sicher zu sein.«

»Bin ich.« Der Algerienfranzose zuckte leichthin mit den Schultern. »Ihr seid schließlich nicht die Ersten aus eurer Truppe, die wir zum Singen bringen.«

»Das war aber ein hübscher Reim«, entfuhr es Lena.

Agenten und Terroristen blickten sie gleichermaßen sprachlos an.

»Entschuldigung.« Verlegen trat Lena vor einen der Tische. »Mach ... einfach weiter.«

»Mal ehrlich«, fuhr Perseus fort. »Ihr Warriors seid bestenfalls eine ambitionierte Gurkentruppe. Ihr bekommt eure Waffen gestellt. Eure Freunde räumen hinter euch auf, wenn ihr mal wieder eine Operation vergeigt. Und es würde mich nicht wundern, wenn sie euch auch ein Kontingent Fertigwindeln zur Verfügung stellen für den Fall, dass ihr euch während einer eurer Aktionen einnässt.«

»Du bist besser vorsichtig«, giftete One-Eye-Dawn.

»Habe ich irgendetwas Falsches gesagt?« Perseus blickte sich in gespielter Theatralik zu seinen Kollegen um. »Ich gestehe, anfangs habe ich mich von euren Videos blenden lassen. Ihr kommt wirklich dynamisch rüber. Unter uns gesagt, verstehe ich sogar eure Wut. Aber wenn man hinter die Fassade blickt, dann erkennt man plötzlich, dass ihr nichts anderes seid als die Adrenalinjunkies der Generation Z. Mehr noch.« Er beugte sich vor. »Man erkennt, dass eure ganze Truppe bloß aus Aufschneidern und Maulhelden besteht.«

One-Eye-Dawn verengte ihr verbliebenes Auge.

»Oder willst du abstreiten«, redete er weiter, »dass ihr etwas anderes gewesen seid als armselige Marionetten? Ihr hattet ja – wie man hört – nicht einmal die Erlaubnis, eure Ziele selbst auszuwählen. Wie kleine Kinder, die man an die Hand nehmen muss, damit sie nur ja nichts Törichtes anstellen …«

»Ihr glaubt, ihr wüsstet alles?«, brach es aus Andris raus. »Ihr liegt falsch. Selbst wenn ihr uns erschießt, werden die Warriors schon sehr bald wieder in aller Munde sein. Die nächste Aktion ist längst …«

One-Eye-Dawn brachte ihn mit einem weiteren Tritt zum Verstummen, und Kirke sah interessiert auf. Ebenso wie die Griechin warf auch Lena einen Blick auf den Wandkalender und überprüfte die Kreuze und kleinen Flaggen, die die Warriors dort eingesteckt hatten. Für heute war die deutsche Flagge hinzugekommen. Doch davon abgesehen war keine weitere Aktion vermerkt.

Bluffte der Hacker?

»Glaubt ja nicht, dass wir der Rest wären!«, fauchte die Terroristin mit fanatischem Blick. »Das hier ist bloß eine Zelle.«

»Tatsächlich?« Perseus setzte eine geringschätzige Miene auf.

»Du wirst schon sehen!«, zischte One-Eye-Dawn.

»Und für die kommende Aktion seid dann wirklich ihr verantwortlich?«, versuchte er sie zu provozieren. »Oder nicht vielleicht doch eher eure Gönner? Brauchst du vielleicht ein Handy? Willst du den Paukanten anrufen, um ihm euer Versagen zu gestehen?«

»Ihr A.R.G.O.S.-Schlapphüte haltet euch wohl für allwissend?«, fauchte die Terroristin. »Dabei wisst ihr gar nichts. Es hat schon seinen Grund, warum wir trotz all eurer Geheimhaltung von euch wissen. Denn in Wahrheit«, sie grinste gehässig, »seid ihr die Marionetten.«

»Genug geplaudert.« Perseus' Stimme nahm einen frostigen Unterton an. »Für wen arbeitet ihr? Und wo soll dieser ominöse nächste Anschlag stattfinden?«

»Frag doch den Paukanten«, höhnte sie.

»An einem Ort, der mit dem Buchstaben A beginnt«, wandte Lena nachdenklich ein.

»Wo bitte?«

Perseus, Kirke und Daedalos drehten sich überrascht zu ihr um.

»Es muss einfach so sein.« Lena, deren Blick noch immer auf dem Wandkalender lag, stellte sich nun direkt davor. »Seht doch. Der Anschlag heute in Dresden ist frisch hinzugekommen.«

»Und?« Kirke trat gespannt neben sie.

»Mir ist das eben erst aufgefallen«, fuhr Lena aufgeregt fort. »Aber wenn man nicht die Länder, sondern die jeweiligen Städte nimmt, dann verbirgt sich darin eine Art Code.«

»Ein Code?« Perseus erhob sich von seinem Stuhl, und ebenso wie Daedalos trat er an ihre Seite.

»Ja, und zwar einer, der klarstellt, dass alle Anschläge von ziemlich langer Hand geplant gewesen sein müssen«, erklärte Lena. »Nimmt man nämlich die Anfangsbuchstaben aller bisherigen Anschlagsorte, lässt sich daraus ein englischsprachiges Anagramm ableiten.«

»Was für ein Anagramm?« Daedalos runzelte die Stirn.

»Na ja, dazu muss man die Städte bloß umstellen. Also nicht gemäß der Chronologie der Anschläge, sondern so, dass es passt: Bern, Aberdeen, Sevilla, Turin, Rotterdam, Dresden, Stockholm. Es fehlt nur noch eine Stadt mit A, dann bilden die Anfangsbuchstaben einen Begriff. Nämlich ... BASTARDS!«

»Bastarde?«, fragte Kirke erstaunt.

Die Agenten blickten sich unbehaglich an, und Lena sah aus den Augenwinkeln, dass selbst One-Eye-Dawn und Andris überrascht aufblickten.

»Das könnte auch ein Zufall sein«, meinte Perseus skeptisch, während Daedalos stumm mit den Zähnen malmte.

»Glaube ich nicht«, meinte Lena. »Die Reaktionen der beiden da verraten mir etwas anderes.«

Sie baute sich mit den Armen in der Hüfte vor One-Eye-Dawn und Andris auf. »Reden wir nicht um den heißen Brei herum. Wir wissen, dass ihr bloß Handlanger seid, auch wenn ihr zwei euch vermutlich etwas anderes einredet. Aber gebt es zu: Das mit diesem Anagramm wusstet ihr auch nicht, stimmt's?«

»Wer bist du?«, schnaubte One-Eye-Dawn. »So eine Analysten-Schlampe?«

»Nein, Assistentin der Führungsebene«, korrigierte Lena sie selbstbewusst. »Und wisst ihr, was ich aus alledem noch schließe? Ich sage es euch. Nämlich dass eure Gönner euch für genau einen weiteren Terroranschlag benutzen wollten. Danach wäre die tolle Kooperation beendet gewesen.«

Die Terroristin stierte mit ihrem Auge zu dem Wandkalender, und auch Andris war anzumerken, dass er nachdachte.

»Das heißt aber auch«, murmelte Perseus beunruhigt, »dass das, was auch immer der Paukant und seine Leute mit dieser Kooperation bezweckten, schon in Bälde abgeschlossen sein wird. Denn mehr als eine Stadt fehlt ja offensichtlich nicht mehr.«

»Und nicht bloß das«, warf Kirke ein. »Da steht auch noch die Frage im Raum, an wen genau sich dieses ›Bastarde‹ eigentlich richtet?«

»An alle Länder der kapitalistischen Weltverschwörung, die Gaia ...«

»Ach, halt die Fresse!«, unterbrach Perseus den ansetzenden Redeschwall One-Eye-Dawns.

»Ich glaube, die Botschaft richtet sich an euch«, mutmaßte Lena. »An A.R.G.O.S.!«

»An uns?« Kirke drehte sich alarmiert zu ihr um.

»Ich kann es natürlich nicht mit Sicherheit sagen, aber die da«, Lena deutete auf die Terroristen, »wussten von dem Anagramm mit Sicherheit nichts. Die haben sich lediglich einspannen lassen. Damit scheidet eine Botschaft an die Welt wohl eher aus. Es muss also etwas Persönliches dahinterstecken. Und da kommen nicht mehr viele Adressaten in Frage. Wer auch immer das ausgeheckt hat, wird gewollt haben, dass die Nachricht ankommt. Und zwar möglichst dann, wenn es zu spät ist. Ich meine, nur dann ist so ein Aufwand doch irgendwie ... befriedigend, oder?«

»Zu spät für was?«, fragte Daedalos mit rauer Stimme.

»Weiß ich nicht«, antwortete Lena bekümmert. »Damit muss etwas gemeint sein, das nach dem nächsten Anschlag passieren wird, schätze ich. Etwas, das mit einer ›neuen Ordnung‹ zu tun hat. Was auch immer dahintersteckt.«

Fragend blickte Daedalos seine Kollegen an.

»Lena hat davon während ihrer Entführung in Visby erfahren«, klärte Kirke den Iren auf.

»Klar, es gibt auch andere Polizei- und Geheimdienste, die hinter den Warriors her sind«, setzte Lena ihren Gedankengang fort, »aber es ist doch auffällig, dass die mutmaßlichen Strippenzieher die ganze Zeit über vor allem gegen A.R.G.O.S. vorgehen.« Lena kratzte sich am Kopf. »Eure ganze Geheimhaltung hin oder her: Wenn ihr mich fragt, dann hat das jemand mit erheblichem Insiderwissen über A.R.G.O.S. ausgeheckt. Und zwar jemand in leitender Position. Denn nur so jemandem ist es möglich, an Informationen über eure Götterebene heranzukommen. Und da ist noch etwas ...«

Lena zögerte.

»Mach weiter«, forderte Kirke sie auf. »Das war bis jetzt hervorragend.«

»Na gut.« Lena räusperte sich. »Findet ihr nicht auch, dass dieses ›Bastards‹ ziemlich entlarvend ist? Da steckt meiner Ansicht nach eine gehörige Portion Wut und Größenwahn dahinter. Ich könnte mir also vorstellen, dass wer auch immer sich diese subtile Botschaft ausgedacht hat, persönlich einen ziemlichen Groll gegen euch hegt.«

Perseus wurde blass.

»Sagtest du in Visby nicht, dass dieser Paris wusste, dass dich die KI dort *wiederholt* als Poseidon vermerkt hat?«

Lena nickte.

Der Agent atmete besorgt ein. »Abgesehen von Visby konnten unsere Gegner auf diesen Umstand zuvor nur bei zwei Gelegenheiten aufmerksam geworden sein: irgendwann nach unserer Ankunft in Kampen und durch eine entsprechende Meldung der KI in Budapest. Aber das Loft in Budapest war eine Privateinrichtung von Poseidon. In einem Kontor hingegen wird die Ankunft besonderer Gäste in jedem Fall intern vermerkt. Und auf diese Besuchslisten hat eigentlich nur die Kontorleitung Zugriff.«

»Du glaubst also, da steckt jemand in Kampen dahinter?«, fragte Kirke.

»Na ja, hast du dir mal den Lkw da draußen vor der Sägehalle angesehen?« Der Franzose deutete zur Hallentür. »Was auch immer der angeliefert hat, er verfügt über ein niederländisches Kennzeichen.«

»Du hast recht.« Die Griechin richtete sich angespannt auf.

Perseus hingegen atmete scharf ein. »Wenn all diese Puzzleteile tatsächlich zu einem Gesamtbild gehören, kann dahinter eigentlich kein anderer als Prinzipal Jason stecken.«

»Wieso verdächtigst du ausgerechnet ihn?«

»Jason ist nicht nur überaus ehrgeizig«, erklärte er, »dank einer älteren Operation, zu der Poseidon deine Schwester und mich abgestellt hatte, weiß ich auch, dass er mal als Nachrücker für die Olymp-Ebene in Frage kam – dann aber abgelehnt wurde.«

»Europa und du wurdet auf Jason angesetzt?« Die Griechin riss verblüfft die Augen auf.

»Eigentlich ein Standardverfahren.« Perseus seufzte. »Unsere Aufgabe bestand darin, ihn einmal komplett zu durchleuchten. Immerhin ging es um eine Erhebung in den Götterstand. Dabei sind wir über einige Unregelmäßigkeiten gestoßen, die nicht mit seinem Lebenslauf übereinstimmten. Kleinigkeiten, aber du weißt ja, wie penibel die Götter sind. Hat aber wohl die Krönung seiner A.R.G.O.S.-Karriere ruiniert. Wenn wir also jemanden suchen, der einen Groll auf den Olymp hegt – Jason wäre mit Sicherheit ein Kandidat.«

Kirke drehte sich lauernd zu One-Eye-Dawn und Andris um. »Sagt schon: War er es, der euch mit Anweisungen gefüttert hat?«

Die beiden Terroristen starrten sie finster an und schwiegen.

»Redet!«, brüllte sie. »Denn wenn das stimmt, dann weiß dieser Kerl auch, was mit meiner Schwester passiert ist. Und mir reicht völlig, wenn *einer* von euch auspackt. Sucht euch aus, wer.«

Kirke zückte ihre Pistole, entsicherte sie und visierte die beiden zornig an.

»Niemand wird auspacken!«, war hinter ihnen plötzlich eine dunkle Männerstimme zu hören.

Lena und ihre Gefährten fuhren herum, denn aus dem Halbdunkel der Sägewerkhalle trat jetzt ein Mann in schwarzer Lederjacke ins Licht der Lampen, der eine Pistole auf den Kopf der ziemlich verzweifelt wirkenden Elektra gerichtet hatte. Sie war geknebelt und am Rücken mit Handschellen gefesselt.

Das zu einem kurzen Pompadour mit ausrasierten Seiten geschnittene Haar und der gepflegte Bart ... Lena wurde blass. Denn sie erkannte den Briten sofort wieder.

Das war Prinzipal Jason höchstpersönlich.

Wie war es möglich, dass er hier auftauchte?

Und er war auch nicht allein.

Hinter ihm schälten sich drei weitere verräterische A.R.G.O.S.-Agenten aus dem Zwielicht, die Lena ebenfalls allesamt wiedererkannte.

Zum einen dieser bärtige Endzwanziger, der sie damals am Eingang des Kampener Kontors begrüßt hatte. Er hatte sich ihnen damals als Leander vorgestellt. Zum anderen Paris, der ihnen in Visby entkommen war. Wie schon auf Gotland präsentierte er sich ihnen mit seinem typischen Gwangyang-Dragons-Lächeln, allerdings wusste Lena inzwischen nur zu gut, wie aufgesetzt und falsch es in Wahrheit war.

Und natürlich hatte der Brite auch seine kurzhaarige und durchtrainierte rechte Hand Penthesilea mitgebracht. Irgendwie hatte Lena schon im Kampen geahnt, dass sie dieser arroganten Agentin noch einmal begegnen würde.

Die drei hielten Pistolen im Anschlag, und Penthesilea schürzte spöttisch die Lippen, als ihr Blick auf Lena fiel.

Lena wich vorsichtig zu einem der Tisch zurück und sah aus den Augenwinkeln, dass Perseus, Kirke und Daedalos ebenfalls ihre Waffen gezogen hatten.

»Wenn du Elektra etwas tust, bist du erledigt!«, warnte ihn Perseus.

One-Eye-Dawn lachte im Hintergrund.

»Sicher?« Jason zwinkerte ihm arrogant zu. »Ich würde mir das an eurer Stelle überlegen, denn wir sind ziemlich deutlich in der Überzahl.«

»Du glaubst, ein Mann mehr reicht, um dein Leben zu schützen?«, fauchte Kirke, während auch sie auf ihn zielte.

»Fünf gegen zwei *ist* die Überzahl.« Jason nickte unmerklich.

Fünf?

Lena wurde blass, denn in diesem Moment richtete Daedalos seine Waffe gegen den Kopf der Griechin.

»Runter mit der Waffe!«, drohte der Ire Kirke. »Oder du stirbst als Erste.«

*

»Du dreckiger Verräter! Wie konntest du nur?«, fragte Kirke mit eisiger Stimme, als Daedalos ihr die Arme mit Penthesileas Hilfe auf den Rücken zwang.

»Ich wusste seit Schweden, dass mit dir etwas nicht stimmt«, fuhr sie ihn an.

»Ach ja?« Daedalos legte ihr ungerührt Handschellen an.

»Glaubst du, du hast in Berlin nur so den Dornröschenschlaf geschlafen?«, fauchte die Griechin. »Der verdammte Peilsender, von dem du angeblich nichts wusstest, hat so gar nicht zu dieser ach so überraschenden Befreiungsaktion gepasst.«

Daedalos blickte kurz zu Jason hinüber, der ihn und Kirke aufmerksam betrachtete.

»So weit her kann es mit deinem Misstrauen ja nicht gewesen sein«, schnaubte Penthesilea. »Sonst wären wir jetzt nicht hier.«

Gemeinsam mit Daedalos brachte sie die Griechin mit Gewalt dazu, sich neben Elektra und Perseus auf den Hallenboden zu setzen, die beide wütend zu Daedalos aufblickten.

»Wenn ich hier rauskomme, dann bringe ich dich um!«, erklärte Perseus frostig. Er war längst von Paris und Leander entwaffnet worden. Und auch seine Hände waren mit Handschellen auf den Rücken gefesselt.

Elektra bellte dumpf etwas in ihren Knebel.

»Hey, Elektra«, Paris stellte sich grinsend und mit einer Hand am Ohr vor sie. »Kannst du das noch einmal wiederholen? Irgendwie konnte ich dich nicht so recht verstehen.«

Die Lettin zerrte frustriert an ihren Handschellen, während ihre Blicke ihren Kollegen durchbohrten. Der lachte nur.

Lena, die noch immer schreckensbleich vor dem Tisch mit dem Wandkalender stand und von Jason in Schach gehalten wurde, blickte ihre drei Freunde fassungslos an. Wie hatte sich die Situation so schnell wenden können? Selbst in Budapest war die Lage nicht so hoffnungslos gewesen.

Dabei machte ihr am meisten die maßlose Enttäuschung zu schaffen, die sie beim Anblick von Daedalos empfand. Er war doch immer so nett zu ihr gewesen. Und doch hatte er sie alle getäuscht.

Während Paris weiter Perseus und Elektra bewachte, wandte sich Leander One-Eye-Dawn und Andris zu. Beide saßen noch immer fixiert an der Hallenwand, von wo aus sie das dramatische Geschehen der letzten Minuten mit gönnerhaftem Grinsen mitverfolgt hatten.

»Habe ich nicht gesagt, dass wir hier schneller draußen sind, als ihr ›Kapitalistenschwein‹ sagen könnt?«, ätzte die einäugige Terroristin in Richtung Perseus.

Sie mühte sich bereits hoch, damit der Agent sie endlich befreien konnte – als Jason dem Vorhaben seines Untergebenen mit einer knappen Handbewegung ein Ende setzte.

»Nicht! Um die beiden kümmern wir uns gleich.«

Fragend starrten ihn die Terroristen an.

»Was soll das heißen?«, fuhr ihn One-Eye-Dawn an.

»Wir stehen doch auf einer Seite«, brach es aus Andris heraus.

»Wie ich schon sagte: Um euch wird sich gleich gekümmert.« Jason zog lässig den Stuhl heran, auf dem Perseus vorhin gesessen hatte.

Stattdessen baute sich nun Penthesilea so neben Lena auf, dass jeder Gedanke an Flucht hoffnungslos war.

Nicht dass sie das überhaupt in Erwägung gezogen hatte. Na ja, vielleicht von dem kurzen Moment der Schwäche vorhin abgesehen, bei dem ihr ihre Beine aber eh nicht gehorcht hatten.

»Na, kleine Tippse«, raunte ihr die kurzhaarige Agentin zu. »Immer noch so vorlaut wie in Kampen?«

»Assistentin!«, antwortete Lena reflexhaft, was Jasons rechter Hand nur ein müdes Grinsen entlockte.

Immerhin. Dieses weibliche Muskelpaket schien sie nicht ernst zu nehmen. So wie jeder hier. Denn noch immer war keiner auf die Idee gekommen, sie zu fesseln.

Sie suchte wieder den Blick von Daedalos, doch der schien ihr bewusst auszuweichen. Was für ein Feigling.

»Ich gestehe«, setzte Jason mit Blick auf Kirke und Perseus an, »die Aktion in Stockholm war etwas anders geplant. Sagen wir mal … subtiler. Eigentlich sollte Daedalos sich selbst befreien können, nur hat da leider eine gewisse Dame ihr Temperament nicht zügeln können.«

»Was soll das?«, brauste One-Eye-Dawn auf. »Die Vereinbarung sah vor, ihn etwas zu bearbeiten, damit seine Gefangenschaft glaubwürdiger wirkte. Genau das haben wir getan.«

»Du Dreckstück hast mich auf dem Schiff halb totgeschlagen«, fuhr Daedalos sie erbost an. »Wenn ...«, er blickte nun doch kurz zu Lena rüber, »wenn sie nicht gewesen wäre, dann wäre ich von dem Schiff nicht lebend runtergekommen.«

»Stell dich nicht so an«, schnaubte die Einäugige. »So etwas kann im Eifer des Gefechts schon einmal passieren.«

»Entschuldigung.« Mit falscher Höflichkeit nickte der Kontorleiter Perseus und Kirke zu. »Ich befürchte, ich muss diese unselige Angelegenheit doch vorab klären.«

Er musterte nun One-Eye-Dawn scharf.

»Du hast dich nicht an den Plan gehalten«, setzte er gefährlich an. »Du solltest unseren Freunden hier ein Kuckucksei ins Nest legen. Allein das hatte in Schweden Priorität. Man könnte also festhalten, dass auch die Aktion hier in Dresden nur deswegen fast schiefgelaufen wäre, weil *du* dafür gesorgt hast, dass uns Daedalos nicht rechtzeitig instruieren konnte. Mehr noch. Deinetwegen habe ich meine Zeit bis gestern sinnlos in Helsinki verbracht, statt die Truppe kurz nach ihrer Ankunft in Deutschland unschädlich zu machen.«

»Ist am Ende doch alles gut gegangen«, knurrte die Terroristin. »Wir haben bekommen, was wir wollten. Ihr habt bekommen, was ihr wolltet. Und dein kleiner Informant da«, sie blickte zu Daedalos hinüber, »hat euch am Ende hergeführt. Also, alles gut. Ich erkläre mich dem Paukanten gegenüber gern auch persönlich. Ach, was sage ich. Gern auch eurem Boss. Wird eh Zeit, dass wir uns mal kennenlernen.«

»Tut es das?« Jasons Stimme wurde noch kühler. »Der Paukant ist es leid, ständig hinter deinen Eskapaden aufräumen zu müssen. Und ich bin es ebenfalls. Leider passiert das ja nicht zum ersten Mal, wenn ich an Bern und Sevilla erinnern darf. Offenbar hast du vergessen, dass wir euch nur deswegen unterstützt haben, weil ihr im Auftrag einer höheren Sache nützlich wart. Und was unseren ... Boss anbelangt, der reagiert noch ungnädiger, wenn seine Befehle nicht buchstabengetreu befolgt werden.« Jason erhob sich von seinem Stuhl. »Da wir nun schon beim Thema sind: Ich soll dir etwas von ihm ausrichten.«

Lauernd sah One-Eye-Dawn zu ihm auf. »Und was?«

»Ein Zitat. Es stammt aus einem Drama Friedrich Schillers, das du vermutlich nicht kennst: ›Die Verschwörung des Fiesco zu Genua‹. Und es lautet: *Der Mohr hat seine Schuldigkeit getan, der Mohr kann gehen.*«

Jason hob ansatzlos seine Pistole und drückte ab.

Die Kugel traf die Terroristin in die Stirn, ihr Körper wurde nach hinten geworfen, und sie rutschte tot zu Boden.

Lena keuchte entsetzt auf, und aus den Augenwinkeln heraus sah sie, dass auch Perseus, Kirke und Elektra kurz zusammenzuckten.

Der verräterische Kontorleiter richtete die Waffe nun auf Andris, der ihn mit aufgerissenen Augen ansah.

»Bitte. Nicht!«, wimmerte er. »Ich … ich hatte nichts mit ihren Entscheidungen zu schaffen. Ganz im Gegenteil. Das Kraftwerk heute, das war ich. Genauso, wie es abgesprochen war.«

»Du glaubst also, auch in Zukunft nützlich zu sein?«

»Ja. Ja. Unbedingt.« Der Lette, der in Budapest so selbstbewusst aufgetreten war, wirkte wie ein Schatten seiner selbst. »Es gibt keinen zweiten Hacker, der so gut ist wie ich.«

»Auch du nimmst dein Maul leider etwas voll.« Jason wog nachdenklich sein Haupt. »Allerdings kann ich dir gewisse Qualitäten nicht absprechen. Da Elektra leider auf der falschen Seite steht, nehme ich deine Dienste einstweilen an.«

»Danke!«, haspelte Andris mit Tränen der Erleichterung in den Augen. »Sie können sich auf mich verlassen.«

Jason steckte die Waffe weg und las stattdessen eine herumliegende Holzstange vom Boden auf, mit der er nun auf ihn wies.

»Gut. Denn solltest du dich als ähnlich inkompetent erweisen wie sie da«, er wies mit dem Prügel auf die Leiche von One-Eye-Dawn, »werde ich dir hiermit zunächst die Zähne ausschlagen, bevor du ihrem Beispiel folgst.«

Zitternd nickte der Hacker.

»Schafft sie weg.« Auf einen Wink von Jason hin traten Daedalos und Leander vor und schleppten die Leiche der Terroristin hinüber zu den anderen toten Ökoterroristen.

»Paris!« Jason warf dem Agenten aus Visby einen Autoschlüssel zu. »Schnapp dir das Großmaul und schaffe ihn mit dem Lkw draußen in unser Versteck in Bayern. Ihr werdet dort abgeholt.«

Der junge Agent sah ihn fragend an. »Sind wir nicht schneller, wenn wir …?«

»Das Fahrzeug muss eh von hier fortgebracht werden«, unterbrach ihn Jason herrisch. »Wenn die Polizei hier später aufkreuzt, will ich nicht, dass jemand eine Verbindung in die Niederlande zieht. Und wechsle unterwegs das Kennzeichen.«

»Wird erledigt!«

Paris zwinkerte Elektra zu, die ihn zornig ansah, half Andris auf die Beine und nahm ihm endlich die Handschellen ab. Er wollte ihn aus der Halle führen, als ihn der Hacker aufhielt.

»Warte.« Andris lief zu dem Tisch mit dem Computer-Equipment und nahm seinen Koffer wieder an sich. Gehässig blickte er zu Elektra hinüber. »Der Trojaner, an dem du zuletzt gearbeitet hast, war mir bei der Operation heute übrigens recht hilfreich. Ich musste bloß ein, zwei Veränderungen daran vornehmen.« Er grinste schadenfroh. »Nur dass du das weißt. Denn vermutlich sehen wir uns beide nie wieder.«

Elektra kochte vor Wut. Aber der Knebel hinderte sie daran, diese Wut auch zu artikulieren. Die Männer verließen die Halle.

»Gut, das war das«, seufzte Jason und deutete mit dem Prügel auf Perseus, Kirke und Elektra. »Wo war ich stehen geblieben?«

»Ich glaube, du warst gerade dabei, uns zu erklären, welches dreckige Spiel du spielst«, erklärte Perseus unerschrocken.

»So könnte man es natürlich auffassen.« Jason lächelte, ohne dass dieses Lächeln seine Augen erreichte. »Aber mit dreckigen Spielen kennst du dich ja aus, habe ich recht?«

Der Franzose verengte fragend die Augen.

»Ich habe vorhin einen Teil eures Gesprächs mitanhören können«, fuhr Jason fort. »Zumindest den interessanten Teil am Ende. Der, in dem es um euch ›Bastarde‹ ging.« Er schürzte die Lippen. »Ganz ehrlich, nach all der Mühe, die ich in die Logistik dieser Operation gesteckt habe, bin ich ein klein wenig enttäuscht, dass es am Ende einer einfachen Sekretärin bedurfte, damit ihr meine Botschaft begreift.«

Er sah sich kurz zu Lena um, die insgeheim verzweifelt über einem Befreiungsplan grübelte. Immerhin behielt diese Penthesilea sie nicht die ganze Zeit über im Blick.

»Du schweifst ab«, knurrte Perseus. »Was für ein dreckiges Spiel?«

»Oh, dazu komme ich gleich.« Jason sah nun Kirke in die Augen. »Dass deine Schwester dazu beigetragen hat, meine Reputation beim Olymp zu beschädigen, das wusste ich. Ihr habe ich es ja streng genommen überhaupt zu verdanken, dass Fähigere als diese Sesselfurzer da oben auf mein Genie aufmerksam geworden sind. Auch dass ich Teil einer epochalen Unternehmung geworden bin, kühner, größer und gewaltiger als alles, was ihr drei euch vorstellen könnt. Denn sie hat nach ihrer Ergreifung munter über A.R.G.O.S. geplaudert – und da ist dann wohl auch mein Name gefallen ...«

»Wo ist Europa?«, unterbrach ihn Kirke.

»Ich weiß es ehrlich gesagt nicht«, meinte Jason bedauernd. »Dabei wüsste ich es nur zu gern. Vermutlich bei unserem ... Boss. Falls er ihrer nicht längst überdrüssig geworden ist. Schließlich ist nicht anzunehmen, dass es noch etwas über A.R.G.O.S. gibt, was er nicht aus ihr herausgequetscht hat. Außerdem hat er schon seit einer Weile mich.« Seine Stimme bebte plötzlich vor Wut. »Man sollte daher meinen, dass ich ihr auf gewisse Weise dankbar sein sollte. Aber zu einer derart noblen Geste fehlt mir die Größe. Denn vor allem war sie es, die mir mit ihren Nachstellungen meine Karriere ruiniert hat. Mir, einem wirklich verdienten Kollegen. Mir, einem Mann, dem A.R.G.O.S. unzählige gelungene Operationen zu verdanken hat. Aber nein, stattdessen musste sie dafür sorgen, dass ich all meine Pläne begraben durfte. Und jetzt ... erfahre ich, dass sie für all das gar nicht allein verantwortlich war.«

In Jasons Augen glomm ein unheilvolles Feuer.

»Wir haben lediglich Poseidons Auftrag ausgeführt«, erwiderte Perseus.

»Nein!«, brüllte ihn der Kontorleiter an. »Ihr habt siebzehn Jahre harter Arbeit zunichtegemacht. Und dafür wirst du bezahlen!«

Brutal schlug er mit seinem Prügel zu. Perseus versuchte sich zur Seite zu werfen, doch der Stock erwischte ihn hart am Schädel, und Jason hämmerte immer weiter auf den am Boden Liegenden ein.

»Perseus!« Lena schrie entsetzt auf, stürzte vor, bevor Penthesilea sie aufhalten konnte, und stieß Jason beiseite. Dann warf sie sich schützend über den Franzosen, der inzwischen aus mehreren Platzwunden blutete und benommen stöhnte.

»Soll das das Genie sein, mit dem Sie sich brüsten?!«, schrie sie Jason an.

Der Brite stand mit weit aufgerissenen Augen und schwer atmend über ihr, den Schlagstock weiter erhoben. Mit der anderen Hand hielt er Penthesilea auf, die sich auf Lena werfen wollte.

»Nur ein Wort, und ich verpasse dem Miststück eine Lektion«, knurrte die Agentin.

»Nein.« Jason atmete tief ein, während er seine Contenance wieder zurückgewann. Schließlich drückte er seiner Assistentin den Stock in die Hand. »Sie hat durchaus recht. All das hier ist tatsächlich unter meiner Würde.«

Lena richtete Perseus auf, der leise stöhnte und sie mit blutüberströmten Augen und auch etwas überrascht ansah.

»Folgen wird all das dennoch haben, Frau Kaufmann.« Jason verengte die Augen. »Denn ehrlich gesagt sind ausschließlich Sie für uns noch von weiterem Nutzen. Sie ahnen vermutlich, warum. Ihre drei Begleiter benötigen wir leider nicht mehr.«

Perseus, Kirke und Elektra sahen finster zu ihm auf.

Auf einen Wink von ihm hin packte Penthesilea Lena und zerrte sie von Perseus fort, während Jason wieder nach seiner Pistole griff.

»Ich wäre da nicht so voreilig«, brummte Daedalos im Hintergrund. »Wir sind nämlich leider nicht die Einzigen, die Perseus aktiviert hat.«

Jason wandte sich irritiert zu ihm um. »Wie bitte?«

»Ich habe es selbst erst auf dem Hinweg erfahren«, murrte der Ire.

»Perseus und Kirke haben nach Schweden noch eine zweite Zelle zusammengestellt. Und ich befürchte, Elektra hat ebenfalls Anteil daran gehabt. Insgesamt vier Agenten, deren Namen ich allerdings nicht alle kenne. Sagen Ihnen die Codenamen Niobe, Peleus und Kadmos etwas?«

Lena starrte Daedalos überrascht an und bemerkte, dass Perseus, Kirke und Elektra stumme Blicke wechselten.

»Nein, nicht persönlich«, murrte Jason. »Wobei Peleus aber meines Wissens Spanier ist.«

»Ich glaube, mit dem zusammen hat Perseus damals diesen russischen Admiral entführt«, brummte Penthesilea.

»Mir ist eigentlich egal, was Sie tun, solange Sie weiterhin zu unserer Abmachung stehen«, erklärte Daedalos. »Ich würde dennoch empfehlen, die drei vorher noch einmal mit Aletheia-Serum zu impfen, um mehr über die Zelle aus ihnen herauszuquetschen. Klang nämlich so, als wären die dem Paukanten ziemlich dicht auf der Spur.«

Jason blickte verärgert auf seine Armbanduhr.

»Eigentlich sollten wir mit allem schon durch sein. Aber wir können uns auf den letzten Metern keine Fehler mehr erlauben.« Er wandte sich an Penthesilea. »Haben wir das Zeug dabei?«

Die blickte fragend zu Leander.

Der Bärtige schüttelte den Kopf. »Auf so was waren wir nicht vorbereitet.«

»Wir schon«, meinte Daedalos. »Wir hatten einige Ampullen für die Warriors dabei. Geben Sie den dreien einfach ihre eigene Medizin.«

Lauernd starrte die Griechin Daedalos an.

»Und wo sind die Ampullen?« Der Brite sah sich suchend um.

»Kirke hat ihren Einsatzkoffer vor dem Angriff an Frau Kaufmann übergeben«, erklärte der Ire beiläufig. »Fragen Sie sie.«

»Stimmt das?«, wandte sich Jason an Lena.

Die wusste nur eines. Nämlich, dass hier irgendetwas vollkommen an ihr vorbeilief. Überrumpelt blickte sie zu Kirke hinüber, die ihr unmerklich zunickte.

»Äh, ja …« Unsicher wechselte sie einen Blick mit Daedalos, der sie ebenfalls mahnend ansah. »Ich befürchte, ich habe ihn oben im Wald stehen lassen. Ich müsste ihn … suchen.«

Jason musterte den Iren ungehalten. »Ich hoffe, der Aufwand ist es wert. Denn falls nicht … weißt du ja, was geschieht.«

»Ich denke an nichts anderes.« Daedalos linkes Auge zuckte unruhig.

»Also gut.« Jason nahm Daedalos die Waffe ab, was dieser widerstandslos über sich ergehen ließ. »Nicht dass wir am Ende noch Überraschungen erleben.«

Er nickte ihm und Leander zu. »Lasst euch von Frau Kaufmann in den Wald führen und helft ihr beim Suchen. Sobald ihr die Ampullen habt, kommt ihr wieder her.«

»Was ist mit mir?«, fragte Penthesilea. »Soll ich nicht besser mitgehen?«

»Nein, du hilfst mir, die drei für das Verhör vorzubereiten.« Jason bückte sich neben einen der Tische und sammelte dort eines der Stromkabel auf.

»Was ist?«, fragte er, kaum dass er wieder hochkam. »Los jetzt!«

Daedalos packte Lena grob am Arm, und gemeinsam mit Leander verließen sie die Werkhalle.

»Wo müssen wir hin?«, fragte der bärtige Agent, der seine Waffe noch immer offen trug und dabei etwas hinter ihnen blieb.

»Da hoch!« Lena deutete an dem noch immer schwelenden Pkw vorbei zum bewaldeten Hang. Daedalos schaltete eine Stabtaschenlampe an, mit der er den Weg ausleuchtete, und gemeinsam kämpften sie sich nun zwischen den Bäumen zu dem Waldpfad mit den Autos hinauf. Daedalos ließ Lena irgendwann los, und seine raunende Stimme drang an ihr Ohr.

»Lenk ihn ab.«

Sie begriff inzwischen gar nichts mehr. Aber es war vermutlich besser, zu tun, was er sagte.

»Sagen Sie«, sie drehte sich zu Leander um, »was genau erwartet mich, wenn das hier vorbei ist?«

»Das wirst du dann schon sehen«, schnaubte der Agent.

»Das ist nicht akzeptabel.« Lena blieb stehen und reckte kühn ihr Kinn. »Wie Sie wissen, verfüge ich über Götterrechte. Ohne irgendeine Lebensversicherung bin ich nicht bereit …«

»Glaubst du etwa, Forderungen stellen zu können?«

Wütend packte sie der verräterische Agent am Arm, um sie weiter voranzuzerren, als Daedalos ihn jäh von der Seite ansprang, ihm den Funk abriss und ihm die Pistole aus der Hand schlug. Doch der Jüngere fing sich schnell. Plötzlich hielt Leander ein Kampfmesser in der Hand. Abermals stürzte sich Daedalos auf ihn, und nur mit Mühe gelang es dem Iren, Leanders Stich mit der Taschenlampe abzuwehren, die dabei zu Bruch ging. Im nächsten Moment lagen die beiden am Boden, droschen im Dunkeln wüst keuchend aufeinander ein und rangen um die Klinge.

Lena sah sich im Wald verzweifelt nach einem Ast um, den sie als Waffe hätte benutzen können, fand in der Düsternis jedoch nur viel zu dünne Äste und Zweige, als vom Kampfplatz ein Röcheln erklang.

Bestürzt sah sie mit an, wie Daedalos, der inzwischen auf dem Bärtigen lag, seinem Gegner die Klinge mit Wucht in die Brust rammte. Leander zuckte, dann blieb er regungslos liegen.

Keuchend erhob sich Daedalos, wischte sich das Kampfmesser an der Hose ab und blickte sie an.

Furchtsam wich Lena vor ihm zurück. »Daedalos, ich verstehe das alles nicht. Ich verstehe dich nicht.«

»Das alles tut mir leid«, meinte er mit gepresster Stimme. »Ich wollte euch nicht verraten. Aber mir blieb nichts anderes übrig. Die haben es geschafft, mich zu identifizieren. Und jetzt haben sie meine Frau und meine Kinder entführt. Seitdem haben sie mich in der Hand. Tue ich nicht, was sie wollen, dann stirbt meine Familie.«

»Oh mein Gott!« Lena schlug sich bestürzt die Hand vor den Mund. »Das heißt, dieses andere Team existiert gar nicht?«

»Nein, natürlich nicht. Das war das Einzige, was mir einfiel, um Jason davon abzuhalten, Perseus, Kirke und Elektra sofort umzubringen. Zum Glück hast du mitgespielt.«

»Was machen wir jetzt?«

»Ich weiß es nicht.« Daedalos raufte sich erschöpft die Haare und blickte zur Sägewerkhalle. »Ich weiß nur, dass ich weder den Tod meiner Familie noch den Tod unserer Freunde verantworten kann.« Er atmete tief ein und suchte den Waldboden nach Leanders Pistole ab, die er routiniert prüfte und einsteckte.

Dann wandte er sich ihr wieder zu. »Ich weiß, dass es viel verlangt ist, aber ich befürchte, ich brauche dich, wenn wir Perseus, Kirke und Elektra retten wollen. Und … ich muss herausfinden, wo diese Schweine meine Familie hingeschafft haben. Ich bin mir sicher, dass Jason das weiß. Er hat mir den Deal aufgezwungen.«

»Ich … ich hab Perseus vorhin heimlich das Apollon-Auge zugesteckt«, erklärte Lena verzagt.

»Diese Multifunktions-Linsen, die sie in Visby herstellen?«, fragte der Ire verwundert. »Woher hast du so eine?«

»Aus Visby?« Lena blickte ihn verlegen an. »Aber mit diesem Laserschneidbrenner müsste es ihm doch möglich sein, die Ketten der Handschellen aufzukriegen und sich zu befreien, oder nicht?«

»Ja, doch. Vermutlich schon.« Daedalos nickte fahrig. »Aber das wird nicht reichen. Und viel Zeit können wir uns nicht lassen. Denn wenn wir nicht bald wieder zurück sind, dann riskieren wir, dass sie einen der drei zwischenzeitlich doch noch umbringen. Waffen sind oben keine mehr, oder?«

»Nein.«

»Den Koffer brauchen wir dennoch. Warte hier!«

Zu ihrem Erstaunen rannte Daedalos weiter den Waldpfad hoch zu den Fahrzeugen und verschwand in der Nacht. Lena glaubte bereits, dass er sie hier einfach zurückgelassen hatte, als seine schemenhafte Gestalt zwischen den Bäumen wieder sichtbar wurde. Schwer atmend trat er neben sie, Kirkes Einsatzkoffer im Arm.

»Da drinnen sind doch gar keine Ampullen«, wandte sie ein.

»Das nicht.« Er schnaubte gefährlich. »Aber ich habe ihn mit einer Blendgranate präpariert, die losgeht, sobald ihn jemand öffnet. Du setzt einfach wie immer dein harmloses Lena-Lächeln auf, übergibst ihnen den Koffer und siehst zu, dass du unauffällig Abstand gewinnst. Den Rest übernehme ich.«

»Was für ein harmloses Lena-Lächeln?«, fragte Lena irritiert.

»Komm schon!«

Eilig schlichen sie durch den Wald zurück zum Sägewerk.

»Überlass das Reden mir«, erklärte Daedalos, als sie die aufgesprengte Hallentür erreicht hatten. Er drückte ihr den schweren Kunststoffkoffer in die Arme. Sie betraten die Sägewerkhalle und wurden auf halbem Weg von Penthesilea abgefangen.

»Hier ist der Koffer«, erklärte Lena, die Schwierigkeiten hatte, das wuchtige Ding zu tragen.

»Wo ist Leander?«, fragte die kurzhaarige Agentin misstrauisch.

»Kommt gleich«, antwortete Daedalos gelangweilt. »Wir haben im Lexus einen Tresor entdeckt, den er versucht zu knacken.«

»Warum machst du das nicht?«

»Weil ich im Gegensatz zu ihm nicht bereit bin, auch nur einen Millimeter von Jasons Befehlen abzuweichen«, antwortete der Ire in gespielter Verärgerung.

»Gut. Bringen wir es hinter uns.« Die Agentin führte sie zum Kommandobereich der Warriors, wo Perseus, Kirke und Elektra gefesselt auf Stühlen hockten. Vor ihnen stand eine Kiste, auf der mehrere metallische Objekte lagen, die Lena unangenehm an Operationsbestecke erinnerten. Jason war gerade dabei, eine Autobatterie zu testen, indem er zwei funkensprühende Drähte gegeneinanderhielt.

»Ich dachte schon, ihr habt euch verirrt!«

»Hier, bitte.«

Lena warf Kirke, Elektra und dem blutüberströmten Perseus einen längeren Blick zu, zog einen alten Rollhocker heran und wuchtete den Koffer auf ihn, während Daedalos mit verschränkten Armen und scheinbar entspannt im Hintergrund blieb.

Betont respektvoll trat Lena zurück.

Ärgerlicherweise machte Jason keine Anstalten, den Koffer zu öffnen, sondern blaffte sie ungeduldig an. »Dann los, zieht die Spritzen auf.«

Penthesilea gab Lena einen Stoß. »Öffnen!«

»Ich? Okay.«

Lena schluckte. Entschlossen atmete sie ein, schob den Rollhocker vor sich und öffnete die beiden Verschlüsse.

»Bitte sehr!« Fast beiläufig trat sie etwas zur Seite, als sie den Koffer Penthesilea zudrehte und mit geschlossenen Augen den Deckel öffnete.

Im nächsten Moment gab es einen ohrenbetäubenden Knall, der von einer grellen Lichtexplosion begleitet wurde. Penthesilea stürzte mit einem Aufschrei nach hinten, und auch Lena wurde von der Schockwelle zu Boden geschleudert, während hinter ihre Schüsse hallten.

Jason wankte von Einschüssen am Oberkörper getroffen zurück, aber auch Daedalos wurde von einem Streifschuss am Oberarm herumgerissen. Allerdings schien Jason eine schusssichere Weste zu tragen, denn beide suchten sie sofort Deckung und deckten sich von dort aus mit weiteren Schüssen ein.

Lena rappelte sich stöhnend auf, da inzwischen auch Penthesilea wieder auf die Beine gekommen war. Sie hatte keine Ahnung, woher ihre Gegnerin die Kraft dazu nahm, denn sie war ganz offensichtlich noch immer geblendet. Dennoch hielt sie ihre Pistole in der Hand.

»Ich krieg dich, du kleines Leitzluder!« Blindlings feuerte sie in Lenas Richtung.

Doch diese hatte längst ihre Position gewechselt. Die Schüsse trafen den Koffer, der nun endgültig zu Boden ging, während es Lena schaffte, sich die Kiste mit dem Folterbesteck zu schnappen. Mit aller Macht schleuderte sie diese auf die Agentin. Die Geblendete wurde an den Beinen getroffen, stolperte und ging abermals zu Boden. Mit nichts anderem als ihrem Lippenstift bewaffnet warf sich Lena auf sie und versuchte, ihr die Pistole abzunehmen.

Doch gegen die Kraft der durchtrainierten Agentin kam sie nicht an. Penthesilea packte sie mit ihrer freien Hand am Haar und riss ihr den Kopf in den Nacken. Lena schrie schmerzerfüllt auf, als die Verräterin bemerkte, dass ihr Waffenarm am Untergrund festklebte.

»Was, zum Teufel …?!«

Lena setzte alles auf eine Karte. Wie eine Furie kratzte, biss und trat sie auf die gehandicapte Agentin ein, während hinter ihr unentwegt weitere Schüsse peitschten und irgendwo eine dünne, ihr dennoch bekannte quäkende Stimme zu hören war.

*Entfernungsmesser aktiviert … Teleskopsicht akt… Kamera ak… UV-Licht … Infrarot akti… Kombination von Entfernungmesser und UV-Licht nicht … Nachtsicht akti…*

Wusste Perseus etwa nicht, wie dieses blöde Apollon-Auge zu aktivieren war?

*Schneidbrenner aktiviert!*

Endlich.

Allerdings hatte Lena noch immer alle Hände voll zu tun. Denn obwohl sie ihrer am Boden liegenden Gegnerin ordentlich zusetzte, kassierte auch sie schwere Prügel. Penthesilea gelang es irgendwann, sie von sich zu drücken, und plötzlich erwischte Lena ein harter Tritt in die Seite, der sie einmal quer über den Hallenboden schleuderte.

Stöhnend versuchte sie sich aufzurichten, doch ihr ganzer Körper schmerzte, und inzwischen hatte sie schlicht keine Kraft mehr. Entsetzt sah sie mit an, wie Penthesilea ihren Waffenarm mit schierer Kraftanstrengung vom Untergrund losriss, wieder auf die Beine kam, angestrengt blinzelte und die Mündung auf sie richtete.

Lena glaubte bereits, dass es das gewesen war, als ihre Gegnerin von einem flinken Schatten zur Seite gerissen wurde.

Perseus!

Penthesileas Waffe flog zu Boden, die beiden deckten sich mit harten Schlägen ein, schließlich wurde die Agentin von einem Aufwärtshaken des Franzosen erwischt, der ihren Körper anhob und sie rücklings auf eine der Maschinenbänke warf, wo sie stöhnend liegen blieb. Perseus hechtete zu ihrer Waffe, die er noch im Liegen herumriss und auf Jason abfeuerte.

Denn Jason, der längst aus mehreren Schusswunden blutete, hatte offenbar beschlossen, sie alle mit in den Tod zu reißen. Er hielt jetzt eine Granate in der Hand und machte soeben Anstalten, den Stift zu ziehen, als ihn Perseus' Einschüsse am Hals erwischten und zu Fall brachten.

Erstmals kehrte Stille in der Sägewerkhalle ein.

Lena zog sich an einem der Tische empor und bemerkte, wie Daedalos auf den Prinzipal zuhumpelte, sich neben ihn hockte und überprüfte, ob er noch lebte.

Perseus hielt derweil die Pistole Penthesileas halb erhoben und beäugte seinen Kollegen misstrauisch. Ebenso hielten es Kirke und Elektra, die sich in der Zwischenzeit mit den Stühlen zu Boden geworfen hatten, um so aus der Schusslinie zu gelangen. Leider waren sie noch immer gefesselt.

»Also, was hast du zu sagen?«, fuhr Perseus den Iren zornig an. »Erklär dich, sonst schließen wir die Sache gleich hier und jetzt ab.«

»Nicht!« Lena mühte sich zu ihm. »Sie haben seine Familie. Daedalos wurde erpresst. Sie oder wir. Ihm blieb gar nichts anderes übrig.«

Daedalos starrte Perseus mit leerem Blick an und schwieg. Plötzlich wandte er sich um, denn Penthesilea, die noch immer auf der Werkbank lag, gab undefinierbare Laute von sich.

Er eilte an ihnen vorbei auf die Verräterin zu, und Lena begriff plötzlich, dass nicht etwa Perseus' Faustschlag Penthesilea niedergestreckt hatte, sondern dass sie mit dem Kopf gegen ein Sägeblatt gefallen war. Eine immer größer werdende Blutlache breitete sich um ihren Oberkörper aus.

Bestürzt folgte sie Daedalos. Der Ire beugte sich mit Tränen in den Augen über die Sterbende.

»Penthesilea, bitte«, flehte er sie an. »Sag mir, wo meine Familie ist. Das sind Unschuldige. Sie haben mit alledem nichts zu tun.«

Die Agentin sah zu ihm auf, und ihre Lippen bewegten sich.

Lena verstand nicht, was sie sagte, doch Daedalos hielt sein Ohr dicht über ihren Kopf. Kurz darauf erschlaffte die Frau. Daedalos atmete tief ein und erhob sich langsam. Dann strich er über das Gesicht der Agentin und schloss ihre Augen.

Perseus behielt ihn eine Weile im Blick, schließlich durchsuchte er Jasons Leiche und befreite endlich Kirke und Elektra von ihren Handschellen. Die Lettin riss sich den Knebel aus dem Mund und spuckte zu Boden.

»Fuck!«

Eine Weile starrten alle Daedalos an, der stumm dastand und sich die Armwunde hielt.

»Es tut mir leid«, meinte er mit gesenktem Blick. »Ich wusste keinen anderen Ausweg, als Jason so lange zu Diensten zu sein, bis ich ...«

Seine Stimme versagte.

»Hast du erfahren, was du wolltest?«, fragte Kirke reserviert.

Daedalos sah zu ihr auf. »Ja. Caitlin und die Kinder sind in Prag.«

Kirke, Perseus und Elektra warfen sich längere Blicke zu, schließlich trat Elektra an Perseus heran und drückte seinen Waffenarm nach unten.

»Lass gut sein. Von uns hätte vermutlich keiner anders gehandelt.«

»Seinetwegen wären wir fast umgebracht worden. Wer sagt uns, ob er das nicht bis zum Ende durchgezogen hätte.« Perseus musterte Daedalos kalt und steckte die Waffe zögernd weg. Anschließend ging er zu einem der Tische und sammelte dort einen Lappen auf, mit dem er sich das Blut aus dem Gesicht wischte.

»Hättest du?«, fragte Kirke.

Daedalos zuckte müde mit den Schultern. »Ich kann dir darauf keine Antwort geben. Ich ... weiß es nicht.«

»Ihr seht doch, dass er es nicht getan hat«, mischte sich Lena ein. »Als es hart auf hart kam, hat er einen ziemlich guten Trick parat gehabt.«

»Nein, er war nicht vorbereitet. Er hat einfach nur improvisiert«, erklärte Kirke leidenschaftslos. »Du hättest uns einweihen müssen.«

»Ja, ich weiß. Vermutlich. Ich ...« Daedalos schüttelte den Kopf. »Ich stand irgendwie ... neben mir.«

Perseus musterte ihn noch immer frostig.

»Gut, dann pack aus. Für wen hat Jason gearbeitet? Um was geht es hier eigentlich in Wahrheit?«

»Ich weiß es nicht, Perseus. Und ich bitte dich, mir zu glauben.« Verzweifelt blickte der Ire ihn an. »Jason hat sich nicht in die Karten blicken lassen. Ich war für ihn nur ein Mittel zum Zweck – und vertrauenswürdig schon gar nicht.«

»Weißt du wenigstens, was es mit dieser nächsten Warriors-Aktion auf sich hat?«, fragte Kirke.

»Nein.« Daedalos schüttelte den Kopf. »Nur dass etwas für morgen früh geplant ist.«

»Morgen früh?« Elektra sah ihn entgeistert an. »Mann, es ist fast halb zwei Uhr. Es ist morgen früh. Nach dieser ganzen Scheiße will ich eigentlich nur noch eine Dusche und ins Bett.«

»Wo?«, hakte Perseus nach.

»Ehrlich, ich weiß es nicht«, begehrte Daedalos auf. »Das ist alles, was Jason hat durchblicken lassen.«

»Dann sollten wir hier alles noch einmal durchsuchen«, schlug Lena vor.

»Meinst du, dass du Jasons Handy knacken kannst?« Perseus präsentierte Elektra das Smartphone des Kontorleiters.

»Ich kann es versuchen«, meinte die Lettin, die längst den Leichnam Penthesileas durchsuchte und dort ein weiteres Handy fand. »Aber das sind A.R.G.O.S.-Geräte. Das wird mehr als nur schwer.«

»Okay. Sehen wir uns zunächst hier um«, griff Kirke Lenas Vorschlag auf. »Wie sind Jason und seine Komplizen überhaupt hierhergelangt?«

»Mit einem Fahrzeug, das weiter unten auf dem Weg zum Sägewerk steht«, antwortete Elektra missgelaunt.

»Gut. Das schauen wir uns ebenfalls an«, erklärte die Griechin. »Bei der Gelegenheit nehmen wir auch gleich all die Handys mit, die wir vorhin bei den Toten gefunden haben. Du hast oben hoffentlich das geeignete Equipment dabei, um wenigstens die zu entsperren?«

»Verlass dich drauf«, brummte Elektra. »Mich ärgert nur, dass

Andris seine Sachen mitgenommen hat. Mal völlig abgesehen davon, dass auch Paris über alle Berge ist.«

»Du kriegst deine Chance schon noch irgendwann«, meinte Kirke. »Man trifft sich immer mehrmals im Leben.«

Sie las auf einem der Tische einen Karton mit Smartphones auf, dann eilten die Agentinnen ins Freie, während Lena, Perseus und Daedalos die kommende halbe Stunde dazu nutzten, die Halle weiter zu durchsuchen.

Leider fanden sie wenig Verwertbares. Was Lena jedoch weitaus mehr quälte, war – abgesehen von den Toten, die hier noch immer herumlagen – die Spannung, die zwischen den Männern herrschte.

Irgendwann kam Perseus zu ihr und drückte ihr stumm das Apollon-Auge in die Hand.

»Tut mir leid.« Sie räusperte sich. »Ich hatte mich oben im Auto gelangweilt und da …«

»Schon gut. Nimm es.« Er betrachtete sie auf eine seltsame Weise. »Ich glaube, für diese teure Spielerei hat bislang noch kein Agent vor dir je eine so sinnstiftende Verwendung gefunden.«

»Kein Agent vor mir?« Geschmeichelt sah sie ihn an.

»Nicht übermütig werden.« Er sah sie ernst an. »Die Energiezelle ist eh aufgebraucht.«

Lenas Begeisterung sank schlagartig.

Dennoch, er hatte sie eben als Agentin bezeichnet. Sie sah zu Daedalos hinüber, der ihr einen unglücklichen Blick zuwarf, als Kirke und Elektra in die Halle zurückkehrten.

»Leute, wir wissen, was als Nächstes geplant ist«, erklärte die Griechin ernst. Sie blickte zu Elektra, die zwei der Handys präsentierte, die sie mitgenommen hatten. »Jason hat für die Warriors als Nächstes eine Flugzeugentführung vorgesehen.«

»Eine Flugzeugentführung?« Perseus trat zu ihr und betrachtete die Displays zweier Geräte, die ihm Elektra hinhielt.

»Sieh selbst«, erklärte die Lettin. »Die Mails kreisen alle um eine Maschine der irischen Billigfluggesellschaft Brian-Air. Und zwar Flug BR 2442, der heute um 8.20 Uhr vom Flughafen München startet.«

»Und zwar mit Ziel Athen«, fügte Kirke ernst hinzu. »Genau, wie Lena es vorhergesagt hat.«

»Und ihr denkt an eine Entführung?«, hakte Perseus nach.

Kirke nickte. »Du erinnerst dich an unseren Freund, den wir in Berlin ausgequetscht haben? Er sprach unter anderem von einer Entführung. Was, wenn das gar nichts mit dem Monarchenball zu tun hatte?«

»Wird das Ganze überhaupt noch stattfinden, da sowohl die Warriors als auch Jason und seine Leute ausgeschaltet sind?«, wandte Daedalos ein.

»Für Ersteres gibt es keine Garantie«, antwortete Kirke. »Vermutlich operieren sie mit unterschiedlichen Zellen, wofür auch der Startzeitpunkt der Maschine spricht. Außerdem wissen wir inzwischen, dass sich die Seite, an die sich Jason verkauft hat, eh nicht allein auf die Warriors verlässt. Uns bleibt also gar nichts anderes übrig, als die Maschine irgendwie zu stoppen.« Sie blickte auf die Uhr. »Wenn wir das verhindern wollen, müssen wir sofort aufbrechen, denn das wird eh knapp genug. Nach München sind das von hier aus gut fünf Stunden Fahrt.«

»Okay«, stöhnte Perseus. »Im Zweifel finden wir auch nur so heraus, wozu diese ganze Scharade mit den Ökoterroristen überhaupt dient. Denn ich habe immer mehr den Verdacht, dass hinter den Anschlägen in Wahrheit etwas ganz anderes steckt. Ich komme nur nicht dahinter, was das sein könnte.«

»Euch ist klar, dass ich euch nicht begleiten kann?« Daedalos sah unglücklich in die Runde. »Ich muss nach Prag. Ihr wisst, warum.«

»Im Zweifel ist es eh besser, wenn du uns jetzt verlässt«, antwortete Perseus reserviert. »Ich wünsche deiner Familie, dass du sie da unbeschadet rausholst. Aber wir beide werden von nun an getrennte Wege gehen. Ich warte draußen.«

Ohne Daedalos eines weiteren Blickes zu würdigen, marschierte Perseus aus der Sägewerkhalle.

Kirke musterte den Iren nachdenklich, nickte ihm zu und verließ die Halle ebenfalls.

»Ich bin sicher, du schaffst das!« Elektra schlug Daedalos kumpelhaft gegen den Arm. »Räum hier noch auf, bevor du abhaust. Der Audi oben gehört dir. Viel Glück! Wir sehen uns.«

Auch sie eilte hinter ihren Kollegen her.

Zurück blieb Lena, die traurig die Lippen aufeinanderpresste. Dann stürzte sie vor und umarmte den Iren. Eine Geste, die er zögernd erwiderte.

»Mir ist egal, was passiert ist«, erklärte sie mit belegter Stimme. »Ich wüsste ja selbst nicht, was ich alles machen würde, ginge es um meine Familie. Ich bleibe deine Freundin.«

Daedalos sah sie wehmütig an. »Ich wollte nicht, dass das so endet.«

»Gar nichts wird enden«, meinte sie hitzig. »Denn noch bin ich da!«

# FLUG BR 2442

»Aufwachen, Leute!«, ertönte Kirkes Stimme. »Wir haben den Flughafen gleich erreicht.«

Lena schreckte aus dem unruhigen Schlummer, in den sie kurz nach ihrem Tankaufenthalt bei Dresden gefallen war, und stellte fest, dass draußen längst die Sonne schien.

Gerade mal fünfzehn Minuten hatte Perseus ihnen nach den dramatischen Geschehnissen in der Nacht zugestanden, um sich auf der Raststätte frisch zu machen und ihre Wunden zu versorgen. Und diese Viertelstunde war auch bitter nötig gewesen. Anschließend hatten sie sich wieder in den Lexus gesetzt und waren weiter in Richtung München gerast. Allerdings hatte Lena es nach all der Aufregung für nahezu unmöglich gehalten, überhaupt Schlaf zu finden.

Zwischenzeitlich mussten sie sogar noch einmal gehalten haben, was Lena daran erkannte, dass Kirke jetzt hinter dem Steuer saß, die eine abgebrannte Kippe durch das halb geöffnete Fenster schnippte.

Lena bediente etwas zerschlagen die Automatik, die ihren Luxus-Rücksitz aufrichtete. Neben ihr brütete Elektra über ihrem Laptop.

Voraus, im Licht der Vormittagssonne, waren Tower und Abfertigungshallen des Münchner Flughafens zu erkennen. Gerade startete eine Linienmaschine, und am Himmel waren weitere Flugzeuge auszumachen.

Lena blickte auf die Uhr. Ihre Mitstreiter hatten leider nicht ganz so viel Zeit herausschinden können wie erhofft. Den Start der Maschine zu verhindern würde knapp werden.

Äußerst knapp.

Denn der Flieger startete schon in etwas mehr als vierzig Minuten.

»Also, was ist der Plan?«, fragte sie.

Kirke, die den Lexus längst die Zentralallee zum Hauptgebäude des Flughafens hinunterjagte, warf ihr im Rückspiegel einen Blick zu.

»Im Prinzip ganz einfach: Wir müssen mindestens einen der Terroristen schnappen, bevor sie die Entführung in die Tat umsetzen können. Und zwar möglichst, bevor das Flugzeug abhebt.«

»Und wie soll uns das gelingen?«

»Indem wir sie nervös machen und zu Fehlern verleiten«, antwortete die Griechin.

Elektra deutete müde auf ihren Rechner. »Ich habe über einhundert Mails mit Trojanern an alle möglichen Fluggesellschaften, Duty-Free-Geschäfte, Cafés, Shops und Restaurants auf dem Flughafen verschickt. Darunter auch die Airport-Klinik, das Hilton Hotel und sogar an dieses bayrische Wirtshaus *Airbräu* im Airport Center. Wenn einige von denen so unvorsichtig waren, den Anhang zu öffnen, dann besteht die Hoffnung, dass sich mein Schadprogramm ausbreitet und ich auf diese Weise Zugriff auf die Abflugkontrolle des Towers erhalte.«

»Du sprichst von so einem Programm wie dem, das ich auf Schloss Meußlitz aufspielen sollte?«, fragte Lena interessiert.

»Ja, im Prinzip schon, nur deutlich raffinierter.« Die Lettin seufzte. »Und ja, ich weiß, wie sportlich der Versuch ist. Das ist immerhin ein internationaler Flughafen. Da gehen die Sicherheitsvorkehrungen durch die Decke. Ich kann also nicht garantieren, dass ich das in der Kürze der Zeit hinkriege. Andris hat leider noch immer meinen Computer mit dem wirklich guten Zeug. Da die Ratte aber auch meine Cloud verschlüsselt hat, komme ich an die Programme nicht heran. Egal, irgendwie wird es mir schon gelingen, den Start der Maschine zu verzögern.«

»Wir hoffen«, ergänzte Kirke, »die Terroristen so dazu zu verleiten, unvorsichtig zu werden und sich noch vor dem Beginn der Aktion zu enttarnen.«

»Das ist auch einer der Gründe, warum mich Kirke bei der Luftfrachtabfertigung absetzt«, merkte Perseus an. »Ich werde dort auf altmodische Weise versuchen, in den Sicherheitsbereich des Flughafens zu gelangen. Zum einen, um zu probieren, Elektras Schadprogramm direkt auf einen der internen Rechner der Flughafensicherheit aufzuspielen. Zum anderen, um gegebenenfalls auf das Rollfeld zu kommen, falls ihr Hilfe von außen benötigt. Mal ganz davon abgesehen, dass unsere Gegner vielleicht auch von dort versuchen könnten, ins Flugzeug zu gelangen.«

»Und wir beide?«, fragte Lena Kirke.

»Unsere Aufgabe wird es sein, zu dem Flieger vorzustoßen«, antwortete die Griechin. »Unser Ziel ist Terminal 2. Elektra wird uns hoffentlich dabei unterstützen, in die Räumlichkeiten des Reinigungspersonals vorzudringen. Dort werden wir uns mit Ausweisen ausstatten, um so unbemerkt durch die Kontrollen zu gelangen.«

»Als Reinigungskräfte?«

»Genau.« Kirke nickte. »Leider sind wir zeitlich so knapp dran, dass der bewährte Stewardessen-Trick ausscheidet. Auf die Schnelle war es unmöglich, Uniformen und Ausweise zu organisieren. Sind wir erst beim Gate, wird es etwas kitzlig. Dort heißt es dann: Augen auf! Vielleicht erkennen wir unter den Fluggästen einen Verdächtigen. Bislang waren die Warriors ja nicht gerade für ihre Subtilität bekannt.«

»Und wenn nicht?«

»Dann müssen wir mit an Bord.« Kirke atmete tief ein. »Dazu müssen wir noch ein paar Fluggästen ihre Boarding Cards abnehmen. Keine Bange, das übernehme ich. Allerspätestens im Flugzeug lassen wir die Falle dann zuschnappen. Denn wenn die Warriors mitbekommen, dass die Maschine nicht startet und vermeintlich Sicherheitskräfte auf sie aufmerksam geworden sind, werden sie sich hoffentlich vorzeitig enttarnen. An mir liegt es dann, sie zu überwältigen.«

»Aber die kriegen doch im Zweifel gar nichts davon mit, wenn Elektra die Piloten irgendwie daran hindert, zu starten.«

»Vollkommen richtig.« Kirke hob ihr Handy. »Aber da verlass dich auf unsere A.R.G.O.S.-Technologie. Die ermöglicht es mir, auf das Intercom-System an Bord zuzugreifen, um einige Lautsprecherdurchsagen abzusetzen. Ich kriege sie schon dazu.«

»Mal ehrlich, Leute«, wandte Lena ein. »Wäre es nicht viel einfacher, die Flughafenpolizei zu informieren – oder gleich selbst so eine Fake-Attentatsankündigung abzusetzen, um das alles zu stoppen?«

»Sicher wäre das einfacher«, meinte Perseus, der ein neues Magazin in seiner Waffe einrasten ließ. »Aber dann laufen wir Gefahr, dass unsere Gegner ihr Vorhaben abblasen und verschwinden. Das hier ist nicht nur unsere letzte Spur, sondern auch die letzte Aktion, die die Gegenseite plant. Deine Worte.«

»Schon …«

»Wenn wir also heute nicht herausfinden, um was es den geheimnisvollen Strippenziehern in Wahrheit geht, dann werden wir dazu vermutlich keine Gelegenheit mehr bekommen. Und ich verwette meine rechte Hand darauf, dass es um etwas wirklich Großes geht.«

»Okay«, meinte Lena skeptisch. »Und wenn es Elektra nicht gelingt, die Maschine am Abflug zu hindern?«

»Dann habt ihr noch immer mich«, antwortete Perseus bestimmt. »Ich werde mir schon etwas einfallen lassen. Eine wasserdicht geplante Operation sieht natürlich anders aus, aber im Augenblick müssen wir improvisieren.«

Lena ließ sich zweifelnd in den Sitz zurücksinken.

»Kurzer Funkcheck«, forderte Kirke alle auf.

Lena nestelte wie ihre Begleiter testweise an Mikro und In-Ear-Kopfhörer herum, doch die Verbindung stand.

Unvermittelt bremste Kirke ab. »Und jetzt raus mit dir.«

Perseus steckte die Waffe weg und sprang aus dem Wagen. Sofort gab die Agentin wieder Gas und bog auf den Zubringer zum Hauptgebäude ein. Sie folgte der Beschilderung, und sie rasten an großen Parkhäusern, Hotels und Mietwagenstationen vorbei auf das stattliche Airport Center zu.

Neugierig blickte Lena voraus, denn die zentral liegende Hallenkonstruktion bot mit ihrem futuristisch geschwungenen Glasdach einen echten Blickfang. Natürlich war sie hier nicht zum ersten Mal,

Sie wusste, dass das Münchner Airport Center so gewaltig war, dass dort im Winter sogar Weihnachtsmärkte inklusive einer Eisfläche zum Schlittschuhlaufen ausgerichtet wurden. Im Augenblick war jedoch nur von Interesse, dass von der Halle auch die Terminals des Flughafens abzweigten.

Kirke fuhr an dem Center vorbei und so dicht wie möglich an das östlich gelegene Hauptgebäude des Terminals 2 heran, wo sie den Wagen auf einem der Kurzzeitparkplätze abstellte.

Gequält blickte sie auf ihre Armbanduhr. »Gott, das wird wirklich eng.«

Sie wandte sich hektisch an Elektra. »Lange wirst du hier nicht stehen bleiben können. Aber von hier aus hast du vermutlich den besten Empfang.«

»Ja, bin schon drin«, murmelte die Lettin.

»Gut. Wir zählen auf dich. Und jetzt raus hier!«

Kirke und Lena sprangen aus dem Fahrzeug, drängelten sich durch Gruppen von Airport-Besuchern und eilten in die große Abflughalle, wo sie an diversen Läden, Cafés und Souvenirshops vorbei zu dem großräumigen Bereich mit den Check-in-Schaltern liefen.

Unzählige Flugreisende tummelten sich hier zwischen Schaltern, Sitzgelegenheiten und Bistros. Weiter hinten waren zwei Polizisten auszumachen, ein kleines Kind jammerte, weil seine Eltern ihm einen Ritt auf dem Gepäckwagen verweigerten, und gelegentlich vernahm sie in der Halle eine Lautsprecherdurchsage.

Lena blickte auf die Uhr. Ihnen blieben nicht einmal mehr dreißig Minuten. Vermutlich würde bei Flug BR 2442 gleich das Boarding losgehen. Der ganze Plan schien ihr zunehmend irrwitzig.

»Mist!« Kirke sah sich mit der Hand am Mikro um. »Elektra, wo sind die Personalräume der Reinigungskräfte?«

»Rechts von euch müsste sich eine Backstube neben einer Bank befinden«, kam es über Funk zurück. »Theoretisch direkt dazwischen.«

Lena sah sich derweil weiter in der Halle um. »Kirke, ich glaube ...«

»Nicht jetzt, Lena. Warte hier!«

Kirke stürmte los und lief an zahllosen Reisenden vorbei auf eine kaum beachtete Tür zu, die zwischen einer blau-weiß gestrichenen Backstube mit Brezeln in der Auslage und einer internationalen Bankfiliale lag.

»Elektra, die Tür ist elektronisch gesichert«, schallte Kirkes Stimme aus dem Knopfohrhörer. »Kriegst du die auf?«

»Tut mir leid«, antwortete die Lettin. »Im Augenblick kann ich nur die Küche von *McDonald's* kaltstellen oder euch im *Hilton* kostenlos Suiten ordern.«

»Das ist nicht zweckdienlich!«, antwortete Kirke verärgert.

»Äh, Kirke«, mischte sich Lena über Funk wieder ein. »Wir könnten ...«

»Nicht jetzt, Lena. Ich versuche es auf andere Weise.«

Ein wenig fassungslos sah Lena der Agentin dabei zu, wie diese zwei Reinigungskräfte ansprach, die mit einem Putzmittelwagen auf sie zukamen. Kirke deutete in gespielter Verärgerung zu einer Damentoilette und brachte die beiden dazu, sie zu begleiten.

»Kirke«, gab Lena wieder durch. »Wir könnten ...«

»Noch mal, Lena, nicht jetzt«, kam es gepresst zurück. »Ich mache das jetzt auf die harte Tour.«

Lena sah ihr unglücklich nach.

»Elektra«, meldete sich Lena stattdessen bei der Lettin. »Spricht etwas dagegen, wenn wir ...«

»Sorry, Lena. Später!«, unterbrach Elektra sie gehetzt. »Da kommt gerade ein Bulle. Ich werde mich oben auf dem Dach eines der Parkhäuser postieren.«

Lena sah wieder zu den Anzeigetafeln auf, seufzte schwer und eilte hinüber zu dem Check-in-Schalter von Brian Air.

Sie war gerade wieder zurück, als Kirke die Damentoilette verließ und zu ihr zurückkam. Allein.

»Alles umsonst«, grollte sie.

»Haben die sich gewehrt?«, fragte Lena.

»Ja, aber bis die jemand findet, wird es etwas dauern«, antwortete die Griechin verärgert. »Leider sind Fotos auf den Sicherheitsausweisen. Keine Chance, die noch zu manipulieren. Wir schaffen es also nicht mehr. Jetzt liegt es allein an Perseus und Elektra.«

»Nein, tut es nicht.« Lena deutete zu den Anzeigetafeln. »Der Flug hat dreißig Minuten Verspätung. Ich habe uns zwei Last-Minute-Plätze nach Athen gebucht. Bei dir auf Litsa Michailidis. Ich hoffe, du hast deinen Ausweis dabei. Check mal dein Handy, die müssten dir den QR-Code schon zugeschickt haben. Ach so: Vorsichtshalber habe ich auch dafür gesorgt, dass wir beide in der Maschine Internet haben. Sei aber vorsichtig, denn die Roaming-Kosten sind ziemlich hoch. Ich weiß ja inzwischen, wie schnell das Ärger mit eurer Buchhaltung gibt.«

Perplex starrte Kirke auf die Anzeigetafeln, zückte ihr Handy und schüttelte den Kopf.

»Ich fasse es nicht«, meinte sie mit anerkennendem Blick. »Offenbar werde ich langsam zu alt für den Job.«

»Na ja, ich bin ja nicht umsonst Assistentin der Geschäftsleitung gewesen«, meinte Lena geschmeichelt. »Also, bevor ich ins Geheimagentengeschäft eingestiegen bin. Falls ihr übrigens mal ein tolles Büfett braucht, ich kenne in zwölf europäischen Hauptstädten die besten Caterer.«

»Nein, im Augenblick nicht.« Kirke zog sie mit sich zu einem Abfalleimer und sah sich misstrauisch zu den beiden Polizisten weiter hinten um. »Entsorge alles, was wir nicht durch die Kontrolle kriegen.«

Erstaunt sah Lena dabei zu, wie Kirke sich nicht nur ihres kompletten Funkequipments entledigte, sondern auch zweier versteckter Wurfmesser und einer Zigarettenschachtel, die verdächtig schwer zwischen den übrigen Abfall fiel. Sie haderte kurz mit einem Aesculap-Stab mit Gegengift und einem Artemis-Pfeil samt Aufputschmittel, dann packte sie die verborgenen Autoinjektoren wieder ein.

Stattdessen steckte sie nun ihr Haar mit einer auf den ersten Blick asiatisch aussehenden Haarnadel hoch, die bei genauerem Hinsehen jedoch verdächtig spitz zulief.

Seufzend entledigte sich Lena ebenfalls ihres Funks und ärgerte sich darüber, dass sie noch keine Zeit gefunden hatte, ihr schickes

A.R.G.O.S.-Taser-Smartphone wieder aufzuladen. Somit war sie gewissermaßen unbewaffnet.

Kirke informierte Perseus und Elektra mittels SMS, anschließend folgte Lena ihr zur Sicherheitskontrolle, wo sie ohne Probleme durch die Schleuse auf die Luftseite des Terminals gelangten. Lena wartete noch auf ihre Handtasche, an deren Inhalt sich keiner der Sicherheitsleute störte, dann eilten sie unterstützt von den Laufbändern des Personenbeförderungssystems an Restaurants, Cafés und Shops vorbei zum Gate von Flug BR 2442.

Natürlich mussten sie, wie immer bei den Billig-Airlines, den halben Flughafen durchqueren. Als sie endlich beim Gate ankamen, war jenseits der großen Panoramascheiben der grün-orange gestrichene Airbus der Fluggesellschaft samt dem markanten Koboldemblem auf der Heckflosse zu sehen: der geflügelte Leprechaun von Brian Air.

Vor der Ticketkontrolle hatte sich eine Warteschlange gebildet. An einem zweiten Schalter für das Priority Boarding wurden einige letzte Passagiere durchgelassen, die so dem zwangsläufig ausbrechenden Gerangel um die besten Sitzplätze entgingen. Einige Fluggäste waren also schon an Bord.

»Sollen wir uns da auch noch schnell anstellen?«, fragte Lena, da sie den Aufpreis ebenfalls mitgebucht hatte.

»Nein«, antwortete Kirke nachdenklich. »Wenn uns schon nichts anderes übrig bleibt, als in die Maschine zu steigen, lass uns die Gelegenheit nutzen, uns die Leute genauer anzusehen.«

Lena musterte die Schlange eingehender. Je nachdem, wie viele Passagiere schon im Flugzeug waren, würden heute circa siebzig oder achtzig Passagiere an Bord sein. Die Maschine war damit lange nicht ausgebucht. Und soweit sie erkennen konnte, war hier das typische Publikum aus Touristen, Familien, Studenten und Geschäftsleuten versammelt. Darunter ein gutes Drittel Griechen, was sie auch aus den aufgeschnappten Gesprächsfetzen schloss.

Die Ticketkontrolle für gewöhnliche Reisende wurde gerade geöffnet, als Lena ein untersetzter Mann mit Halbglatze und Anzug auffiel, Typ Versicherungsvertreter. Dieser versuchte sich in der Schlange an einer Frau vorbeizudrängeln, die durch ihren kleinen Sohn abgelenkt war. Empört stellte die Frau ihn zur Rede, was den Mann dazu veranlasste, sich seinerseits empört aufzuspielen.

Allerdings kam er mit der Tour nicht durch. Denn in diesem Moment legte ihm ein muskulöser Endzwanziger mit kantigen Gesichtszügen, Schnurrbart und auffallend vielen Tattoos am Unterarm die Hand auf die Schulter und schickte ihn mit einem drohenden Blick wieder auf seinen Platz zurück. Lena kniff nachdenklich die Augen zusammen.

Der Unbekannte war eindeutig Grieche. Er hielt einen Rucksack geschultert, schien allein zu reisen und entsprach ganz jenem Typus Mann, dem man nachts nur ungern auf der Straße begegnet.

»Sieh mal, der dahinten!«, wisperte Lena und deutete misstrauisch hinüber zu dem Tätowierten. »Ganz der Typ Warrior.«

Kirke wog unentschlossen ihr Haupt. »Vielleicht. Behalte ihn im Auge.«

Und wie sie das würde. Denn wenn der kein Warrior war, dann in jedem Fall ein Rocker. Oder Eintreiber eines griechischen Inkasso-Unternehmens.

Lena und Kirke reihten sich in die Schlange ein, brachten die Ticketkontrolle hinter sich und marschierten über die Fluggastbrücke zum Flieger, wo sie von zwei freundlichen Stewardessen in grün-orangen Uniformen begrüßt wurden.

»Okay, wir halten übers Handy Kontakt«, raunte Kirke. »Mein Platz ist weiter vorne. Schau mal, ob du einen guten Überblick hast. Und im Zweifel … bring dich einfach nicht in Gefahr, sondern lass mich machen.«

Sie drängten sich an einigen Passagieren vorbei, die mit ihrem Gepäckfach kämpften, und Kirke suchte sogleich seinen Gangplatz auf.

Lena drängte sich ihrerseits nach hinten durch, wobei sie beständig nach diesem griechischen Mafioso Ausschau hielt – als sie aus Versehen gegen die Aktentasche eines hageren Mannes mit Sommerjacke stieß, dessen dickglasige Brille seine Pupillen unnatürlich erweiterten. Er saß am Gang und studierte dort trotz des Gedränges eine Mappe mit Unterlagen, deren Seiten nun in Fußraum und Gang segelten.

»Oh. Tut mir leid.«

Lena bückte sich und half ihm, die Unterlagen wieder aufzusammeln, auf der sich eine Reihe mathematischer Formeln befanden.

»Kein ... kein Problem«, stotterte er schüchtern. »So was ... passiert mir auch immer wieder.«

Lena lief weiter und entdeckte in einer der Sitzreihen den Griechen.

Er saß allein.

Kein Wunder.

Zum Glück fand sie ihre Sitznummer zwei Reihen hinter ihm, ein Fensterplatz. Sie liebte es, während eines Fluges auf die Wolken zu blicken. Dabei würde es vermutlich gar nicht zum Start kommen.

Sie sollte sich endlich Gedanken darüber machen, wie sie Kirke dabei unterstützen konnte, die Warriors aufzuhalten, wenn sich diese zu erkennen gegeben hatten. Mehr Hilfsmittel als ihren Kleber-Lippenstift besaß sie nur leider nicht mehr. Und bei genauerem Nachdenken war ein Fensterplatz auch nicht gerade dafür geeignet, schnell einzugreifen.

Lena wollte gerade wieder zum Gang durchrücken, als ein Passagier mit Halbglatze an ihre Reihe herantrat. »Hier ist noch frei?«

Der rücksichtslose Vertretertyp von vorhin. Ausgerechnet.

Ohne die Antwort abzuwarten, verstaute der Mann seine Tasche, dann setzte er sich direkt neben sie, und sie konnte nun sein billiges Aftershave riechen.

»Na, Schätzchen, fliegen Sie häufiger allein?«, sprach er sie schmierig an.

»Jetzt zum Glück nicht mehr«, antwortete Lena in gespielter Freude. »Ich fliege heute zu einer Spezialklinik. Leider wollte mich wegen der potentiellen Ansteckungsgefahr keiner begleiten. Dabei wird das doch eh immer übertrieben. Und Sie?«

Der Mann starrte sie an, erhob sich kommentarlos und setzte sich einige Reihen nach vorn.

Lena verdrehte leicht die Augen, als sie bemerkte, wie draußen die Gangway eingefahren wurde. Der Airbus verließ seine Parkposition.

Sollte Elektra nicht eigentlich dafür sorgen, dass der Flieger noch eine Weile an Ort und Stelle blieb?

Beunruhigt kontaktierte sie Kirke, während die Maschine weiter an dem Terminal vorbei Richtung Startpisten rollte, und sie erfuhr, dass Elektras Hackingversuche bislang fehlgeschlagen waren.

Irgendwie hatte sie so etwas geahnt.

*Was jetzt?*, fragte sie per SMS.

*Jetzt liegt es an Perseus*, antwortete Kirke. *Er arbeitet schon an Plan B. Elektra an Plan C.*

Ebenso beeindruckt wie neugierig blickte Lena wieder aus dem Fenster, während die Maschine langsam Richtung Startbahn rollte. Vor ihnen postierte sich eine der Stewardessen, um die Notfall- und Sicherheitsbestimmungen durchzugehen, als hinter ihr eine dunkelhaarige Flugbegleiterin an ein Mikro trat und sich über die Lautsprecher an die Fluggäste wandte.

»Guten Morgen, meine Damen und Herren. Kapitän Papadopoulos und seine Crew begrüßen Sie ganz herzlich an Bord Ihres Brian-Air-Fluges BR 2442 nach Athen. Mein Name ist Helen Fitzgerald, und ich bin heute die verantwortliche Flugbegleiterin auf diesem Flug. Unsere Flugzeit ist mit zwei Stunden und fünfundzwanzig Minuten vorausberechnet, und ich darf Sie nun bitten, Ihren Sitzgurt zu schließen und festzuziehen. Zu Ihrer eigenen Sicherheit empfehlen wir Ihnen wie immer, Ihren Gurt während des gesamten Fluges geschlossen zu halten …«

Lena hörte nur mit halbem Ohr hin, da schräg voraus plötzlich ein Tankwagen auf die Maschine zuhielt. War das etwa Perseus?

Ungläubig riss sie die Augen auf, denn offenbar hatte er vor, sich mit dem Schlepper quer vor die Maschine zu stellen.

Lena ballte kämpferisch die Faust, als sie sah, wie hinter dem

Tankwagen zwei Fahrzeuge der Flughafenpolizei mit angeschalteten Blaulichtern auftauchten.

Und schräg vor ihm kam sogar ein Feuerlöschwagen angerast, der ihm den Weg abschnitt. Perseus blieb nichts anderes übrig, als nach rechts auszuscheren und verfolgt von den Sicherheitskräften in Richtung eines Hangars zu donnern. Das sah nicht so aus, als sei seinem Plan Erfolg beschieden.

Aufgewühlt drehte sich Lena zu den übrigen Passagieren um – speziell zu diesem Tätowierten –, von denen einige das Spektakel draußen mitverfolgten. Allerdings wirkte keiner von ihnen verdächtig. Bestürzt meldete sich Lena wieder bei Kirke.

*Siehst du das?*

*Ich bin nicht blind*, kam es zurück. *Elektra hat bereits Plan C gestartet!*

Die Flugbegleiterin hatte ihre Ansprache inzwischen beendet, und ihre Kollegin spulte nun routiniert die Sicherheitsvorschriften ab.

Lena presste ihr Gesicht gegen die Scheibe, doch leider konnte sie nicht erkennen, wie die Sache für Perseus ausging.

Das Flugzeug rollte währenddessen weiter unbeeindruckt zur Startposition.

Abermals bekam sie eine SMS von Kirke.

*Bereit machen!*

*Tower unter Kontrolle?*, tippte Lena erleichtert.

*Nein. Bob gestartet, was uns auch hätte früher einfallen können. Wird hoffentlich kompletten Flugverkehr lahmlegen.*

Lena blies die Wangen auf und lehnte sich fassungslos zurück. Irgendwie eskalierte das alles hier allmählich. Vor allem wurde es zunehmend eng. Denn inzwischen hatte die Maschine die Startbahn erreicht.

Und doch tröpfelten die Minuten nun zäh dahin. Der anstehende Take-off ließ auf sich warten. Hatte Elektra es geschafft?

Unvermittelt meldete sich die verantwortliche Flugbegleiterin wieder über die Bordlautsprecher.

»Meine Damen und Herren, angesichts eines Sicherheitsrisikos über ...«

Die Stimme knackte und knisterte und wurde von Kirkes verwaschener Stimme verdrängt.

»Angesichts eines Terrorwarnung für Flug BR 2442«, übernahm die Griechin die Durchsage, »wurde uns leider die Starterlaubnis entzogen. Wir bitten Sie, sitzen zu bleiben, bis die Sicherheitsexperten des Flughafens eingetroffen sind, die die komplette Maschine noch einmal inspizieren müssen. Danke.«

Unruhe brach in der Maschine aus, während es in den Lautsprechern leise summte. Offenbar unterdrückte Kirke das bordeigene Intercom weiterhin.

»Ich glaube, da kommen sie!«, rief zwei Reihen vor Lena der selbstgefällige Vertretertyp.

Lena starrte wieder aus dem Fenster und sah in der Ferne Perseus in seinem Tanklaster. Inzwischen wurde er von einem halben Dutzend Polizeiautos verfolgt, dennoch hielt er unerschrocken auf das Rollfeld zu.

Ob es nun dieser letzte Impuls gewesen war oder nicht, vorn, unter den Flugbegleitern, brach plötzlich Tumult aus.

Unter den Flugbegleitern?

Lena erkannte ihren Irrtum. Die Terroristen hatten sich nicht unter die Passagiere gemischt, sondern die Crew infiltriert.

Wie viele Warriors es waren, vermochte sie nicht zu sagen, doch aus Richtung des Cockpits brüllte eine Männerstimme: »Heb ab, Papadopoulos, oder ich knall dich ab!«

Im Durchgang zum Servicebereich baute sich eine Rothaarige in ihrer grün-orangen Stewardessen-Uniform auf, die eine Pistole in der Hand hielt und zwei verängstigte Kolleginnen zwischen die Passagiersitze scheuchte.

Lena hatte keine Ahnung, wie die Frau es selbst in ihrer Position geschafft hatte, eine Waffe an Bord zu schmuggeln. Aber sie feuerte einen Schuss in den Boden und zielte auf Passagiere wie Kolleginnen zugleich.

»Wenn sich auch nur einer rührt, erschieße ich ihn!«

Lena versuchte einen Blick auf Kirke zu erhaschen, die drei Sitzreihen von der Frau entfernt war. Und doch konnte auch sie im Augenblick nichts unternehmen.

Die Turbinen fuhren hoch, und der Airbus rollte zunehmend schneller werdend an. Entgeistert blickte Lena wieder nach draußen. Perseus war inzwischen recht nah an die Rollbahn herangekommen. Aber es war abzusehen, dass er es nicht schaffen würde.

Das Flugzeug brauste keine zwanzig Meter von dem Tanklaster und seinen Verfolgern entfernt vorbei, dann gerieten die Fahrzeuge außer Sicht. Kurz darauf verlor die Maschine den Bodenkontakt, und Lena spürte, wie sie abhoben.

Mutlos blickte sie wieder nach vorn, denn wie auch immer Kirke und die anderen sich das hier vorgestellt hatten, es war gründlich schiefgegangen.

»Alle auf den Sitzen bleiben, verstanden!«, brüllte die falsche Stewardess, während überall im Passagierraum erschrockene Laute ertönten. »Das gilt auch für die Kollegen dahinten. Setzen und anschnallen! Und zwar so, dass ich euch sehen kann!«

Lena bemerkte erst jetzt, dass im Gang hinter ihr zwei weitere Flugbegleiter standen. Ein Mann und eine Frau, die rasch der Anweisung nachkamen.

Lena rückte nun doch unmerklich zum Gang durch, um das Geschehen im Auge behalten zu können.

Hinter der Rothaarigen tauchte jetzt ein Kerl auf, der ebenfalls eine Steward-Uniform trug. Er war blond, hielt eine ähnliche Pistole wie seine Kumpanin in der Hand und warf einen Blick auf die Sitzreihen, bevor er sich wieder zurückzog.

Irgendwo weinte ein Baby, jemand schluchzte, doch die übrigen Passagiere zogen verängstigt die Köpfe ein und versuchten möglichst keine Aufmerksamkeit zu erregen.

Der Airbus gewann weiter an Höhe, und es wirkte so, als flögen sie wie geplant auf den österreichischen Luftraum zu. Offenbar blieb Athen das Ziel.

Welche Absichten verfolgten die Warriors mit der Entführung? Wollten sie ein Lösegeld erpressen?

Eine Frage, die offenbar auch Kirke beantwortet haben wollte, die inzwischen das Intercom wieder freigegeben hatte. Denn aus den Lautsprechern schallte jetzt die Stimme des Blonden.

»Alle an Bord, die berühmt werden wollen, mal das Handy heben und die Videofunktion anstellen.«

Zögernd wurden in den Sitzreihen vor Lena ein gutes Dutzend Smartphones nach oben gestreckt, deren Kameras auf die Stewardess mit ihrer Knarre gerichtet waren.

Sogleich war wieder die Stimme des Terroristen zu hören.

»Dies ist eine kriegerische Aktion der Gaia's Warriors! Bewahren Sie Ruhe, und Ihnen wird nichts geschehen. Denn da Sie sich alle für die billigste und umweltschädlichste Variante des Reisens entschieden haben, haben Sie heute das große Los gezogen.« Der Terrorist lachte dreckig. »Sie alle wurden von unserer glorreichen Anführerin One-Eye-Dawn zu einem feierlichen Gaia-Göttinnen-Dienst auserwählt.«

Ein gequältes Stöhnen zog sich durch die Sitzreihen. Offenbar wussten die beiden Warriors da vorn noch nichts von dem Ableben ihrer Anführerin.

»Sobald wir in Athen gelandet sind«, fuhr der Terrorist fort, »werden wir die griechische Regierung und ihre korrupten Wirtschaftseliten auffordern, die Ölanlagen auf der Halbinsel Piräus für uns in die Luft zu jagen. Ersatzhalber geben wir uns auch mit der Versenkung der halben Fischereiflotte des Landes zufrieden. Wir waren uns intern nicht ganz einig, sodass wir beide Optionen anbieten. Kommt die Regierung unserer Forderung nicht nach, sehen wir uns leider gezwungen, so lange Geiseln zu erschießen, bis die Ölanlagen auf der Halbinsel Piräus für uns in die Luft gejagt wurden oder die halbe Fischereiflotte des Landes versenkt wurde. Aber das sagte ich ja schon. Also, bis dahin alle Ruhe bewahren!«

»Das sagtest du ebenfalls schon«, war vorn die leise Stimme der Terroristin zu hören.

Die Smartphones verschwanden, und der Terrorist tauchte wieder im Cockpit ab, während seine Kollegin weiterhin misstrauisch die Passagierkabine im Auge behielt, die von verängstigtem Raunen und Getuschel erfüllt war.

*Was jetzt?*, wollte Lena von Kirke wissen.

*Abwarten!*, kam es zurück. *Ich muss die Routine der beiden checken.*

Die Zeit tröpfelte dahin, Lena behielt Terroristin und nervöse Fluggäste im Auge und stellte bei einem Blick aus dem Fenster fest, dass sie bereits die östlichen Alpen überflogen, als ihr Handy kurz summte.

Endlich. Kirke hatte hoffentlich einen Plan. Aufmerksam starrte sie auf das Display.

*Bring das Miststück dazu, nach hinten zu kommen.*

Lena schluckte und überlegte, wie sie das anstellen sollte. Schließlich reckte sie ihren Arm in die Höhe und schnippte.

»Hallo, Sie!«

Zahllose Augenpaare richteten sich auf sie, und die Terroristin hob misstrauisch die Pistole.

»Was ist los? Ihr solltet besser alle die Klappe halten.«

»Ich weiß. Und doch möchte Ihnen meine umfängliche Anerkennung aussprechen.« Lena erhob sich von ihrem Platz. »Ich möchte Ihnen versichern, dass ich fest an Ihre Sache glaube. Es wurde schon lange Zeit, dass sich endlich jemand für Mutter Natur einsetzt.«

Überrascht blickte die Rothaarige sie an.

»Aus diesem Grund«, fuhr Lena fort, »möchte ich Sie auf eine Gefahr aufmerksam machen, die alle Ihre Pläne zunichtemachen könnte. Denn ich weiß nicht, ob Sie das bemerkt haben, aber unter uns sitzt ein Flugsicherheitsbegleiter, der vermutlich nur darauf wartet, dass Sie einen Fehler begehen. Der da!«

Lena zeigte auf den Vertretertyp mit der Halbglatze, der sie schockiert ansah.

Alarmiert richtete die Frau ihre Waffe auf den Mann.

»Hans!«, brüllte sie nach vorn. »Wir haben hier eine Zecke!«

Sie lief auf den verängstigt wimmernden Mann zu, als das Flugzeug überraschend in den Sinkflug überging.

Sofort fühlten sich Lenas Ohren an, als seien sie mit Wasser gefüllt, und sie musste sich an einer der Sitzlehnen festhalten, um nicht zu fallen. Hatten die Piloten etwas von ihrem Vorhaben mitbekommen?

Denn auch die Rothaarige geriet jetzt ins Taumeln.

Sofort sprang Kirke von ihrem Sitz auf, schlug der überraschten Frau mit einem Handkantenschlag die Waffe aus der Hand, riss sie mit einem Tritt in die Kniekehlen von den Beinen und prellte ihren Kopf schwer auf die Armlehne eines Sitznachbarn.

»Kirke, aufpassen!«, schrie Lena, da in diesem Augenblick der zweite Terrorist im Durchgang zum Servicebereich auftauchte. Er hielt sich am Rahmen des Durchgangs fest, schrie erbost auf und eröffnete unter dem lauten Kreischen der Passagiere das Feuer auf die Agentin.

Kirke warf die Rothaarige als Schutzschild herum, deren Körper nun an ihrer statt von den Kugeln durchgeschüttelt wurde, und schon flog ihre seltsame Haarnadel auf den Schützen zu.

Der Blonde stand eine Weile reglos da, und Lena sah zu ihrem Entsetzen, dass die Haarnadel in seiner linken Augenhöhle steckte. Dann stürzte er zu Boden.

Der Airbus gelangte wieder in die Horizontale, und einen Moment lang herrschte angespannte Ruhe an Bord. Eine Sekunde später setzten Jubelrufe und lautes Klatschen ein, wie Lena es zuletzt nach einem billigen Charterflug aus Mallorca gehört hatte.

Das hier war ja auch ein billiger Charterflug.

Lena eilte auf Kirke zu, als sich im Servicebereich einer der Piloten blicken ließ, denen sie die rasche Überrumpelung ihrer Gegner mit zu verdanken hatten.

Das Lächeln, das auf ihrem Gesicht lag, gefror schlagartig zu einer Grimasse.

Denn völlig unpassend zu der übrigen Uniform zierte ein seltsames schwarzes Barett den Kopf des Mannes. Und das war nicht alles.

Sein Gesicht wurde von einer hässlichen roten Narbe verunstaltet, die nur unzureichend von der übergroßen vergitterten Augenmaske verdeckt wurde, die er sich zurechtrückte. Der Paukant!

»Kirke!«, schrillte Lenas warnende Stimme durch das Flugzeug, und sie deutete zu dem Verbrecher hinter ihr. Die Griechin fuhr herum, doch es war bereits zu spät.

Der Paukant hatte längst die Pistole des Blonden aufgehoben und feuerte die Waffe rücksichtslos auf die überraschte Agentin ab. Schmerzerfüllt klappte die Griechin zusammen und stürzte neben der toten Terroristin im Gang zu Boden.

Schon visierte der Verbrecher Lena an, die schockstarr und mit erhobenen Händen stehen blieb.

Es wurde nun wieder still in der Passagierkabine, und abgesehen von der Lüftung war eine Weile nur Kirkes Stöhnen zu hören, die verbittert zu ihrem Gegner aufblickte. Lena sah zu ihrem Schrecken, dass zwischen den Fingern, mit denen sie ihre Schusswunde hielt, Blut rann.

Der Paukant lächelte eisig, und mit seiner dunklen Paukbrille wirkte er wie ein gefährliches Alien.

»Leider muss ich die allgemeine Euphorie etwas dämpfen«, rief er mit schneidiger Stimme. »Was auch immer diese Öko-Narren geplant haben, unser wahrer Führer hat andere Pläne für Sie. Größere Pläne. Pläne, die Sie alle in Ihrer armseligen Unbefangenheit nicht einmal im Ansatz ermessen können.« Seine Lippen schürzten sich spöttisch. »Aus diesem Grund rate ich allen hier an Bord zu kooperieren und keine weiteren Zwischenfälle zu provozieren.«

Gleich einer monströsen Fliege starrte er nun Lena an.

»Zu Ihnen, Frau Kaufmann. Welche Überraschung, Sie an Bord dieser Maschine zu erblicken. Befanden Sie sich nicht gestern noch in Dresden?« Er schnaubte anerkennend. »So oder so: Wenn Sie bitte die Güte hätten, die Waffe der toten Öko-Närrin dort einzusammeln, bevor Ihre Begleiterin noch auf dumme Gedanken kommt.«

Der Kerl wusste, wer sie war?

Natürlich wusste er das.

Lena schluckte.

Vorsichtig eilte sie hinüber zu ihrer angeschossenen Schicksalsgefährtin.

»Wie geht es dir?«, fragte sie besorgt.

Kirke hielt sich weiter die Seite und stöhnte nur.

Auf einen Wink des Paukanten hin sammelte Lena mit spitzen Fingern die zweite Pistole auf und reichte sie dem Superverbrecher. Ausdruckslos nahm dieser die Waffe entgegen und steckte sie ein. Dann wandte er sich an die dunkelhaarige Chefstewardess, die ihn ängstlich ansah.

»Sammeln Sie jetzt alle Handys an Bord ein. Ich zähle nach, denn ich weiß, wie viele Passagiere heute transportiert werden. Und vergessen Sie dabei bitte Ihre eigenen Geräte nicht.«

»Hören Sie mal, Batman, wer sind Sie überhaupt?«, brach es aus einem der Passagiere heraus. »Glauben Sie ernsthaft, dass Sie uns allein …«

Der Paukant hob ohne Vorwarnung die Waffe und brachte den Mann mit einem Kopfschuss zum Verstummen.

Schreiend duckten sich die übrigen Passagiere in ihren Sitzen, und auch Lena starrte die Szene schockiert an.

»Noch jemand, der speziellere Instruktionen benötigt?«, fragte der Paukant lauernd. »Nein? Danke. Ich bitte dann um die Umsetzung meiner Anweisung. Und bitte beginnen Sie mit diesen beiden.«

Er deutete auf Lena und Kirke.

Die Flugbegleiterin nickte ihren Kollegen zu, und die Kabinencrew begann, die Handys einzusammeln. Wie von dem Verbrecher gewünscht, nahmen sie Lena und Kirke die Geräte als Erstes ab.

»Frau Kaufmann«, wandte sich der Paukant mit gezückter Pistole an Lena. »Bitte helfen Sie Ihrer Begleiterin auf und kommen Sie zu mir nach vorn.«

Mühsam half Lena Kirke auf die Beine, die gequält ihr Gesicht verzog und weiterhin stark blutete. Gemeinsam humpelten sie an dem Verbrecher vorbei in den Servicebereich, von wo aus sie einen

Blick auf die geöffnete Cockpit-Tür hatten. Zu Lenas Entsetzen hing der Flugkapitän schief in seinem Sitz, während der Co-Pilotensitz verwaist war.

Wer zum Teufel steuerte die Maschine?

Lena legte Kirke am Boden ab und sah wieder zu dem Paukanten auf.

Der schloss einen Schrank auf, dem er eine schwere Tasche entnahm und deren Reißverschluss öffnete. Die Tasche entfaltete sich und ähnelte plötzlich einem großen Rucksack.

Allerdings war das kein einfacher Rucksack. Das Ding war ein ultramoderner Fallschirm, wie sie es von A.R.G.O.S. erwartet hätte.

Kühl lächelnd legte sich der Paukant den Fallschirm an, während er sie beide wie ein übergroßes Insekt durch die vergitterte Brille beäugte.

»Ich habe Sie natürlich nicht ohne Grund nach vorn gebeten«, verkündete er. »Denn zunächst einmal möchte ich Ihnen danken. Wie Sie inzwischen ahnen dürften, war das Schicksal der beiden Warriors eh beschlossene Sache. Sie beide haben mir unnötige Arbeit erspart.«

Er sah nun Lena durch seine Paukbrille an.

»Und doch«, führte er seine kleine Ansprache fort, »bedauere ich nach der anstrengenden Jagd der letzten Woche sehr, dass ich Sie nicht mitnehmen kann. Im Augenblick gibt es wichtigere Ziele, als eine Person mit A.R.G.O.S.-Götterrechten in unsere Gewalt zu bringen, deren Nutzen für uns eh mit jedem verstrichenen Tag abnimmt.«

»Und was für Ziele sind das?«, ächzte Kirke.

»Wenn ich das eben richtig verstanden habe, lautet Ihr Codename Kirke?« Der Paukant zog die Gurte des Fallschirms fester. »Sie dürften dann wohl die Schwester dieser Europa sein, die mir vor geraumer Zeit in die Falle gegangen ist.« Überheblich beugte er sich vor. »Nur sollten Sie angesichts dieser schicksalhaften Verbindung nicht davon ausgehen, dass jeder so schwatzhaft ist wie in Ihrer Familie. Das hier ist auch keine billige Agentenposse, in der der Bösewicht am Ende all seine Pläne verrät.« Er hielt kurz inne. »Dabei brenne ich ehrlich gesagt darauf, Sie in unseren grandiosen Plan einzuweihen. Aber … ich bin Profi. Nein, es tut mir leid. Sie beide werden unwissend sterben und so unglücklicherweise auch den Beginn der Morgenröte dieses Kontinents verpassen.«

Lena und Kirke wechselten unbehagliche Blicke, während der Paukant auf die Uhr blickte.

»Leider muss ich Sie beide jetzt verlassen, denn in Kürze erreichen wir den Luftraum Kroatiens.« Er deutete zum Cockpit. »Der Autopilot wird in Bälde dafür sorgen, dass die Maschine wieder auf die übliche Reisehöhe aufsteigt. Da oben kann die Luft dann leider sehr dünn und kalt werden. Und das möchte ich doch eher vermeiden. Ach so: Kapitän Papadopoulos ist tot. Er neigte eh zum Trinken. Und Sie sollten vielleicht auch noch wissen, dass sich im Gepäckraum dieser Maschine eine Bombe befindet. Sie wird durch einen Höhenmesser zum Explodieren gebracht, den ich auf etwas mehr als einen halben Kilometer Höhe eingestellt habe. Beim Landeanflug über der griechischen Hauptstadt wird es somit zu einem spektakulären Absturz kommen. Ich finde, das sind wir den Warriors schuldig, die sich ja bereits zu der Entführung bekannt haben.«

»Sie wollen alle hier umbringen?«, fragte Lena fassungslos. »In diesem Flugzeug sitzen fast einhundert Menschen!«

»Frau Kaufmann«, antwortete der Paukant nachsichtig. »Zum einen werden das nach Abzug aller Abgänge und Verluste nur noch einundachtzig Passagiere sein. Zum anderen wird all das auf humane Weise geschehen. Denn bis die Bombe explodiert, sind Sie längst bewusstlos. Und vermutlich auch erfroren. In diesem Sinne: Es war mir eine Ehre. Sie haben bis zuletzt gekämpft, und das weiß ich durchaus zu würdigen.«

Er marschierte an ihnen vorbei in den Passagierraum und hielt zu Lenas Erstaunen vor der Sitzreihe mit dem Brillenträger inne. Der Paukant zerrte den überrumpelten Mann aus seinem Sitz und zog den Verstörten weiter mit sich, bis sie eine der heckseitigen Türen der Linienmaschine erreicht hatten, wo er ihn auf einen Notsitz drängte und festschnallte.

Was sollte die Aktion?

Anschließend marschierte der Paukant zu einem Steward, der ihm eilig eine Box mit den eingesammelten Handys übergab.

»Meine Herrschaften«, rief er nach einem Blick durch seine schwarze Paukbrille. »Sie sollten sich nun alle anschnallen, denn in wenigen Augenblicken wird es hier etwas zugig werden.«

Panisch schnallten sich all jene an, die dies bislang versäumt hatten, während der Irre aus einer der Gepäckablagen hinten eine weitere Tasche kramte, der er nun ein Paket entnahm, das Lena für Sprengstoff hielt. Dieses befestigte er an einer der beiden Außentüren, vor der er auch die Box abstellte.

»Der will aus einer Linienmaschine abspringen?«, stammelte Lena. »Das ist doch nicht sein Ernst!«

»Ich schätze schon«, stöhnte Kirke. »Rasch, schaff mich ins Cockpit. Dieser Dreckskerl weiß offenbar nicht, dass hier noch eine weitere Pilotin an Bord ist.«

Lena entdeckte nicht weit von ihnen entfernt die verantwortliche Flugbegleiterin, die sich vorhin unter dem Namen Helen Fitzgerald vorgestellt hatte, und winkte sie hektisch zu sich.

Mit einem knappen Blick in Richtung Paukant löste sich die mutige Frau von ihrem Sitzplatz und eilte geduckt zu ihnen. Lena erklärte ihr kurz, was sie vorhatten, und gemeinsam schafften sie die verletzte Agentin hinüber ins Cockpit mit dem toten Kapitän.

Erst jetzt sah sie, dass dessen Gesicht grässlich blau angelaufen war. Die Augen waren hervorgetreten, und um seinen Hals zeichnete sich der tiefe Abdruck eines Drahtes wie von einer Garotte ab.

Lena wandte den Blick rasch ab und half Kirke zusammen mit der Flugbegleiterin in den Co-Pilotensessel, als im Heck der Maschine ein dumpfer Knall ertönte und bis nach vorn ins Cockpit Zugluft zu spüren war.

Jäh fielen Sauerstoffmasken von der Decke, und der Passagierraum war jetzt von verängstigtem Geschrei erfüllt.

»Oh Gott«, wandte sich die Stewardess panisch an Kirke. »Wenn Sie wirklich Pilotin sind, dann müssen Sie uns runterbringen.«

»Nein«, ächzte die verletzte Griechin, während sie unter Schmerzen die Sauerstoffmaske anlegte. »Tue ich das, sind wir erst recht verloren.«

*

»Mayday! Mayday!«

Lena hockte mit dem Headset auf dem Kopf und der Sauerstoffmaske vor dem Gesicht im Fußraum des Cockpits und betätigte den Push-to-talk-Button des Sprechmikrofons, während sie standhaft versuchte, den erdrosselten Flugkapitän neben ihr zu ignorieren.

Allein, es gelang ihr nicht.

Kirke bediente derweil das Steuerhorn vor dem Co-Pilotensitz und hantierte unter Schmerzen an einem Computer am Instrumentenbrett.

Die Maschine wurde unvermittelt von einer Luftströmung durchgerüttelt, und Lena ließ verschreckt das Mikro sinken.

»Kirke!«, nuschelte sie durch die Maske, »Der Funk ist tot. Da tut sich gar nichts.«

»Dachte ich mir schon«, antwortete die Griechin gepresst. »Es hatte ja einen Grund, warum dieser Irre die Handys einsammeln ließ. Vermutlich wollte er sicherstellen, dass am Ende noch Zweifel an der Täterschaft der Warriors aufkommen. Dafür spricht auch, dass wir Athen erreichen sollen. Nur …« Die Verwundete verzog gequält das Gesicht. »Nur haben wir neben der Bombe noch ein anderes Problem. Denn ich muss es irgendwie schaffen, diesen elenden Autopiloten umzuprogrammieren.«

»Umzuprogrammieren?«

»Ja, denn im Augenblick fliege ich die Maschine manuell. Aber ich weiß nicht, wie lange noch.« Gequält blickte Kirke sie an. »Der Autopilot ist so eingestellt, dass er uns auf eine Reisehöhe von etwa fünfunddreißigtausend Fuß bringt. Das sind etwa elftausend Meter über dem Meeresspiegel. Abgesehen davon, dass die Luft da oben zu dünn zum Atmen ist, würde die Temperatur im Flugzeug wegen der offenen Tür auf minus fünfzig Grad sinken. Begreifst du jetzt, was der Paukant mit seiner Drohung meinte?«

Lena nickte beklommen.

»Ich halte die Route einstweilen ein, habe uns aber inzwischen auf eine Höhe von zweitausend Metern runtergebracht«, ächzte die Agentin angestrengt.

Die Maschine rüttelte abermals, und als Lena aus dem Cockpitfenster blickte, begriff sie erstmals, wie tief sie tatsächlich flogen. Rechter Hand voraus am grünen Horizont konnte sie eine größere Stadt ausmachen, bei der es sich nach einem kurzen Blick auf die Flugstatusanzeige um Sarajevo handelte.

»In dieser Höhe können wir auch ohne Masken atmen«, fuhr Kirke angestrengt fort. »Außerdem herrschen hier bloß Temperaturen um den Gefrierpunkt. Das halten die dahinten aus. Und das muss auch so bleiben, wenn ich … ausfalle.«

»Nein, Kirke. Das lasse ich nicht zu!« Lena schüttelte energisch den Kopf. »Ich glaube, Helen kommt gerade zurück. Warte!«, sagte sie, als sie jenseits der Cockpit-Tür Geräusche vernahm.

Die Suche nach einem Arzt unter den Passagieren war das Erste gewesen, worum sich Lena nach der Türsprengung zusammen mit der Chefstewardess gekümmert hatte.

Umso überraschter weiteten sich ihre Augen, da die Flugbegleiterin nun ausgerechnet in Begleitung des gefährlich tätowierten Mafioso im Cockpit erschien.

»Frau Michailidis sitzt auf dem Co-Pilotensitz.« Die Stewardess deutete aufgeregt auf Kirke. »Sie blutet recht stark.«

»Ja, ich sehe es. Darf ich mal.«

Der muskulöse Grieche drängte sich mit einem Erste-Hilfe-Koffer an Lena vorbei, musterte kurz den toten Kapitän, der mit heraushängender Zunge dasaß, und machte sich sofort daran, Kirkes Schusswunde zu überprüfen.

Und er tat dies verblüffend routiniert.

»Sie müssen jetzt die Zähne zusammenbeißen«, sprach er Kirke in ihrer Heimatsprache an.

»Ist nicht das erste Mal«, stöhnte die Agentin.

»Entschuldigung, dass das etwas gedauert hat«, wandte sich die Flugbegleiterin leise an Lena. »Aber einer der Passagiere hat Ärger gemacht. Der, den Sie vorhin als Flugsicherheitsbegleiter bezeichnet haben.«

»Was für ein Typ. Einfach ignorieren«, meinte Lena, die noch immer misstrauisch den Anstrengungen des Griechen zusah.

»Das sagt sich so leicht. Es herrscht schon Panik.« Die Stewardess deutete unauffällig auf den Tätowierten. »Es ist übrigens wirklich Glück im Unglück, dass Herr Nikolaidis heute wieder mit uns fliegt.«

»Sie kennen ihn?«

»Ja. Er arbeitet schon seit Jahren in verantwortlicher Funktion für das griechische Rote Kreuz und koordiniert die europaweite Zusammenarbeit des Hilfsdienstes. Er fliegt häufiger mit uns.«

»Sieh an ...«

»Außerdem engagiert er sich in der Flüchtlingshilfe und im Tierschutz. Und erst vor zwei Jahren wurde er vom griechischen Staatspräsidenten zum Großkreuzträger des Ordens der Ehre ernannt.«

»Zum Großkreuzträger?«

»Für seine Verdienste um die Republik Griechenland.«

»So was ... habe ich mir gleich gedacht.« Lena räusperte sich.

»Nennen Sie mich einfach Jannis«, erklärte der Tätowierte, ohne aufzusehen. Längst war er dabei, Kirke einen professionellen Druckverband anzulegen. »›Herr Nikolaidis‹ nennen mich bloß noch die älteren Damen bei dem Kinderhilfswerk, bei dem ich ehrenamtlich tätig bin.«

Lena schnaubte abfällig, denn allmählich übertrieb er es. Sie hatte auch schon mal an UNICEF gespendet.

Jannis half Kirke, sich wieder zurückzulehnen, und blass blickte diese auf ihren Verband.

»Die Kugel ist nicht ausgetreten«, erklärte ihr der tätowierte Samariter. »Sie müssen sich jedoch schonen, denn Sie scheinen mir ziemlich viel Blut verloren zu haben.«

»Ich kann mich im Augenblick nicht schonen.« Kirke machte sich umständlich wieder an dem Autopiloten zu schaffen. Der Grieche wollte sie davon abhalten, aber Lena ging dazwischen.

»Jannis, alles, was Sie tun müssen, ist, sie bei Bewusstsein zu halten«, forderte sie ihn auf. »Sie ist die Einzige, die die Maschine wieder auf den Boden bringen kann.«

Der Grieche verzog skeptisch das Gesicht. »Also gut. Mangels Alternativen schlage ich vor, dass wir den Sauerstoff für ihre Freundin aufsparen. Und wir sollten ihr Kaffee verabreichen. Und zwar möglichst starken Kaffee!«

»Sie bekommt meinen«, erklärte Helen. »Die Plörre hier an Bord dürfte dafür kaum reichen.«

Schon eilte die Stewardess wieder nach draußen, und Lena folgte der Anweisung des Griechen und nahm ihre Maske ab.

»Vermutlich«, fuhr Jannis fort, »sollten wir Ihrer Freundin auch helfen, nach einem geeigneten Notlandeplatz Ausschau zu halten.« Er warf seinerseits einen Blick auf die Flugstatusanzeige. »Wir überfliegen gerade Bosnien und Herzegowina. Der nächste Flughafen dürfte dann wohl Podgorica in Montenegro sein.«

»Das geht leider nicht«, erklärte Lena unglücklich.

Verständnislos blickte sie der Mann an.

»Wir haben eine Bombe an Bord, die beim Landungsversuch hochgeht«, meldete sich nun Kirke zu Wort.

»Eine Bombe?!«

Es war nicht Jannis, dessen aufgeschreckte Stimme das Cockpit erfüllte, sondern die der Stewardess, die mit einer Thermoskanne und einem Becher in der Hand aufgetaucht war.

»Bitte ... übernimm du das, Lena«, murmelte die Agentin erschöpft. »Ich muss das mit diesem Autopiloten hinkriegen.«

Kirke mühte sich weiter mit dem Computer ab, und so erklärte Lena ihren beiden Helfern wider Willen, in welcher Notlage sie sich befanden. Sowohl der Grieche als auch die Flugbegleiterin wurden ebenso blass wie Kirke.

»Oh mein Gott.« Helen ließ bestürzt die Kanne sinken. »Das heißt ... wir sind so gut wie tot?«

»Nein, höchstens so halb«, versuchte Lena sie zu beruhigen. »Die Lage ist, äh, bloß etwas vertrackt. Wir pauken Sie da schon raus, oder Kir... Litsa?«

Leicht verzweifelt sah sie Kirke an.

Die Griechin ignorierte sie und konzentrierte sich stattdessen auf den Bordcomputer.

»Wer zum Teufel sind Sie beide eigentlich?«, wollte Jannis wissen. Auch Helen sah sie fragend an.

»Geheimdienst«, antwortete Lena, deren Gedanken verzweifelt um eine Lösung ihres Dilemmas kreisten. Nur fiel ihr keine ein.

»EYP? BND?«, fragte der Grieche.

»Nein, äh, ein richtiger Geheimdienst. So geheim, dass Sie beide noch nie von ihm gehört haben.«

Kirke ächzte erleichtert.

»Geschafft!«, sprach sie mit schwerer Zunge. »Wir bleiben ... auf dieser Flughöhe. Allerdings ...«

Unvermittelt fielen ihr die Augen zu.

»Mist! Der Kaffee! Schnell!«

Lena entriss der Flugbegleiterin Thermoskanne und Becher, und gemeinsam flößten sie der Verletzten die schwarze Brühe ein.

Kirkes Lider flatterten, und Jannis tätschelte ihre Wange, um sie wach zu halten.

»Wissen die am Boden eigentlich, was hier oben vor sich geht?«, wollte der Grieche wissen.

»Der Funk ist tot«, seufzte Lena. »Keine Ahnung, wann genau der sabotiert wurde. Dabei dürfte die Bodencrew eigentlich schon beim Start in München bemerkt haben, dass hier etwas nicht stimmt.«

»Davon ist auszugehen«, erklärte die Stewardess besorgt. »Wenn die Lotsen den Funkkontakt zu einem Flugzeug verlieren, dann wird das Eurocontrol gemeldet. Die kümmern sich um solche Renegades, also solche ›Abtrünnigen‹. Die verständigen dann auch das jeweilige Militär des Landes, in dessen Luftraum sich die entsprechende Maschine befindet. Und die schicken Abfangjäger hoch, um nachzusehen. Und das kann für uns ziemlich gefährlich werden, denn in einigen Ländern ist es dem Militär gestattet, auch Linienmaschinen bei vermuteter Terrorgefahr abzuschießen.«

Lena stöhnte. »Inzwischen dürfte sich auch das Bekennervideo von den Warriors verbreitet haben.«

»Dann sollten wir uns glücklich schätzen, dass fast alle Länder, die wir gerade überfliegen, keine nennenswerte Luftwaffe haben«, brummte der Grieche. »Von Bosnien und Herzegowina bis runter nach Nordmazedonien ist das nicht mal die EU. Aber spätestens in Griechenland könnte sich das ändern. Bei uns wäre so ein Abschuss durchaus möglich.«

»Besser, wir wiegen uns da nicht in Sicherheit«, meinte Helen skeptisch. »Auch diese Länder gehören zum gemeinsamen europäischen Luftverkehrsraum. Auch wenn ich keine Ahnung habe, wie solche Fälle in diesen Gegenden gehandhabt werden.«

Kirke sackte wieder zusammen, und sofort sorgten Lena, Jannis und die Flugbegleiterin dafür, dass sie einige weitere Schlucke Kaffee zu sich nahm.

Und doch war absehbar, dass sie den Kampf mit der Bewusstlosigkeit bald verlieren würde. Unvermittelt lallte Kirke etwas, und Lena beugte sich sofort über sie.

»0049 0180 4100100!« Kirkes Lippen bebten.

»Wie bitte? Das ist doch die Zeitansage!« Lena schlug der Agentin leicht gegen die Wange. »Was soll das?«

»A.R.G.O.S. ... hört ... mit.«

Kirkes Lider wurden abermals schwer, und Jannis nahm sich ihrer wieder an.

»Was machen wir denn jetzt?«, fragte die Stewardess ängstlich.

»Ja, würde mich ebenfalls interessieren«, meinte der Hüne mit Blick zu Lena. »Im Moment sieht es ganz danach aus, als hätten Sie hier jetzt das Sagen.«

Lena atmete tief ein. »Na gut. Zunächst mal müssen wir dringend eine Möglichkeit finden, um mit einer der Bodenstationen Kontakt aufzunehmen. Denn es wäre schon sehr ärgerlich, wenn wir abgeschossen würden, bevor die Bombe hochgeht.«

Irritiert blickten die beiden sie an.

»Was ich eigentlich meine«, Lena fiel nun selbst auf, dass das keine wirklichen Alternativen waren, »ist, dass wir erst einmal Zeit gewinnen müssen. Immerhin scheint es bislang noch nicht zu dieser Renegade-Einstufung gekommen zu sein. Der Paukant muss also anfangs irgendeine Ausrede geliefert haben, um das abzuwenden.«

»Wer?« Der Grieche verengte fragend die Augenbrauen.

»Der Kerl mit dieser Beklopptenbrille, der vorhin aus dem Flugzeug gesprungen ist.«

»Und das nicht allein«, stöhnte die Stewardess.

»Nicht allein?« Lena blickte sie aufmerksam an. »Was soll das heißen?«

»Tut mir leid. Ich dachte, Sie hätten das mitbekommen?« Helen blickte unglücklich in Richtung Passagierraum. »Meine Kollegen haben mir berichtet, dass das wohl eine Art Tandemsprung gewesen ist. Dieser Psychopath hat einen Passagier mitgenommen. Und zwar ...«

»Etwa den Brillenträger?«, unterbrach Lena sie verblüfft.

Die Flugbegleiterin nickte.

»Darum werden wir uns später kümmern«, ordnete Lena an, der die Sache mit der Telefonnummer keine Ruhe ließ. »Jetzt müssen wir erst einmal eine Möglichkeit zur Kontaktaufnahme finden. Und wir müssen die Bombe loswerden.«

Grübelnd überlegte sie, ob sie schon einmal einen Actionfilm gesehen hatte, der so eine Situation nachgestellt hatte. Leider kannte sie nicht viele von solchen Filmen.

»Helen, kommt man vom Passagierraum irgendwie runter in den Laderaum?«

»Nicht dass ich wüsste.« Die Stewardess hob hilflos die Hände. »Die Frachtluke wird immer von außen geöffnet.«

»Und es gibt keine Möglichkeit, das auch vom Cockpit aus zu tun?«

»Ehrlich, ich weiß es nicht.«

»Okay.« Lena wandte sich dem Griechen zu. »Jannis, Sie kümmern sich weiter um Kir… Litsa. Und bitte schauen Sie sich mal im Cockpit um, ob es hier nicht so etwas wie eine Betriebsanleitung für die Maschine gibt.«

»Eine Betriebsanleitung?«

»Gott, ja. Betriebsanleitung. Servicehandbuch. Bedienungsheft. So etwas in der Art halt.« Lena drückte hastig den toten Kapitän von sich weg, der sie starr anglotzte. »So etwas liegt in jedem Auto. Was ich übrigens auch erst festgestellt habe, als ich mal mit so einer rot blinkenden Warnlampe liegen geblieben bin. Können Sie sich das vorstellen? Das Buch ist mir bis dahin nie aufgefallen, obwohl es ganz offen im Handschuhfach lag.«

»Okay … und dann?« Der Grieche suchte bereits die Sitze ab.

»Wenn Sie sie gefunden haben, schauen Sie nach, ob es nicht wenigstens eine Möglichkeit gibt, die Frachtklappe von hier aus zu öffnen. Mit etwas Glück werden die Koffer dann alle rausgeweht oder so.« Entschlossen nickte sie. »Und Sie, Helen, begleiten mich jetzt nach hinten.«

Eilig verließ sie zusammen mit der Stewardess das Cockpit und bemerkte im Serviceraum den deutlich spürbaren Temperaturabfall.

Sie zogen den Vorhang zum Passagierraum auf, und Lena blickte erstmals auf die vielen Sitzreihen mit den herabgefallenen Sauerstoffmasken. Überall saßen Passagiere, die sie ängstlich anstarrten. Im Gang zwischen den Sitzen flatterte eine herrenlos herumliegende Zeitschrift, und dort, wo der Paukant die Tür aufgesprengt hatte, lärmte unentwegt der Flugwind. Einzig die restlichen Flugbegleiter blickten irgendwie hoffnungsvoll zu ihnen herüber.

Um die Leute zu beruhigen, war es vermutlich das Beste, wenn sie das hier möglichst professionell handhabe.

»Ich übernehme das mal«, erklärte Lena und griff zu dem Mikro des Intercoms.

»Werte Fluggäste«, schallte ihre Stimme aus den Lautsprechern. »Mein Name ist Lena Kaufmann, und ich bin Assistentin der … Unsinn. Ich bin hier, um Sie ebenfalls alle ganz herzlich an Bord Ihres

Brian-Air-Fluges BR 2442 nach Athen zu begrüßen. Wie Sie inzwischen mitbekommen haben, ist es während des Fluges zu einigen Turbulenzen gekommen. Ich beginne daher mal bei den guten Nachrichten: Unser Pilot ist zwar tot und der Co-Pilot abgesprungen, aber wir verfügen glücklicherweise über eine Ersatzpilotin mit unzähligen Flugstunden Erfahrung, um die sich auch gerade ein Notarzt bemüht.«

Entgeistert blickten sich die Passagiere an.

»Natürlich weiß ich, dass hier gerade ein ziemlich kaltes Lüftchen weht. Aber wir sollten uns dennoch glücklich schätzen. Die Alternative wäre nämlich, in noch höheren Luftschichten wie Fischstäbchen schockgefrostet zu werden. Kurz: Es ist uns gelungen, den Autopiloten so umzuprogrammieren, dass wir unseren Flug in deutlich geringerer Höhe fortsetzen. Die Sauerstoffmasken dürften auch nicht mehr unbedingt nötig sein. Und die Flugbegleiter werden auch gleich mal ein paar Decken durchreichen. Wenn wir also nicht zwischendurch noch gegen irgendeinen Berg knallen«, sie lachte aufmunternd, »dann werden wir Athen wie geplant erreichen.«

Lena drehte sich zu der Chefstewardess um. »Auf dem weiteren Weg gibt es doch keine so hohen Berge mehr, oder?«

»Nein.« Helen schüttelte den Kopf. »Wir überfliegen zwar in Griechenland noch einige, aber ich glaube, die sind nicht so hoch.«

»Glauben Sie oder wissen Sie?«

»Ich, äh, nein, die sind nicht so hoch«, antwortete Lenas Begleiterin mit eindringlichem Blick. »Nur sollten Sie ...«

»Na, gut, das mit der Bombe erwähne ich besser gar nicht erst.«

»Eine BOMBE?!«, schrie hinten der Versicherungsvertreter mit der Halbglatze.

Sofort brach lärmende Unruhe unter den Passagieren aus, und Lena bemerkte erst jetzt, dass das Intercom noch immer angeschaltet war.

»Äh, das war natürlich nur ein Witz!«, versuchte sie die Fluggäste zu beruhigen. »Okay, ein ziemlich schlechter Witz. Tut mir leid. Machen Sie sich einfach keine Sorgen, denn wenn es hier eine Bombe gäbe, dann könnten Sie sich sicher sein, dass wir längst nach einer Lösung suchen.«

Es dauerte etwas, bis wieder Ruhe eingekehrt war.

»Ich muss dennoch wissen, ob hier noch irgendjemand über ein Zweit- oder Dritthandy verfügt?«

Verunsichert sahen sich die Fluggäste an.

»Wofür brauchen Sie plötzlich ein Handy?«, meldete sich der Versicherungsvertretertyp wieder.

»Na, was macht man wohl mit einem Handy?«, fragte sie gereizt. »Telefonieren natürlich. Denn es könnte ja sein ... dass theoretisch zwischendurch auch noch der Funk ausfällt.«

»Der Funk ist ausgefallen?«

So allmählich ging er Lena wirklich auf die Nerven.

»Nein, ich sagte *theoretisch*!«, blaffte sie ihn an. »Und sollte so etwas *theoretisch* geschehen, könnte es ja auch passieren, dass ganz *theoretisch* ein Kampfjet zu uns hochgeschickt wird, der uns – ebenfalls ganz *theoretisch* – als Terrorziel einstuft und uns einfach mal so vom Himmel pustet. Es sei denn natürlich, Sie alle waren vorhin so besonnen und haben darauf verzichtet, Videos von den Warriors auf Ihren sozialen Kanälen einzustellen?«

Betreten blickten sich die Passagiere an.

»Dachte ich es mir«, schnaubte Lena verärgert. »Also, wie sieht es aus? Irgendjemand hier, der noch über Kommunikationsmittel verfügt? Die Sache ist nämlich eilig.«

»Hier!«, eine Geschäftsfrau weiter vorn hielt ein Smartphone hoch. »Das vorhin war mein Geschäftshandy. Das hier ist mein privates.«

»Danke.« Lena ließ es sich entriegeln und nahm es entgegen.

Sie wollte gerade wieder zurück zum Cockpit stiefeln, als der Versicherungstyp hinten wieder losjammerte.

»Oh Gott, merken Sie das denn alle nicht?« Er erhob sich sogar von seinem Sitz. »Die belügen uns doch. Wir alle fliegen dem sicheren Tod entgegen. Wir werden sterben! Wir alle werden STERBEN!«

Wütend griff Lena wieder zum Intercom.

»Mann, Sie verdammte Heulsuse!«, schrie sie ihn über Lautsprecher an. »Hier sitzen Kinder, Sie Memme! Entweder Sie halten jetzt endlich Ihre Klappe, oder wir kommen nach hinten und setzen unser Hausrecht durch. Dann fliegen Sie auf andere Weise. Und zwar nicht mehr mit Brian Air, sondern raus. Verstanden!«

Kleinlaut setzte sich der Kerl wieder, und einige Passagiere klatschten zögernd.

Aufgebracht marschierte Lena zurück zum Cockpit, und die Chefstewardess blickte sie bewundernd an. »Sie haben ja keine Ahnung, wie lange ich so einen Spruch schon mal raushauen wollte.«

»Doch, habe ich«, erklärte Lena. »Und immer sind es Männer! Erst einen auf starken Max machen und dann als Jammerlappen den Boden aufwischen. Wie man mit denen umspringt, ist mir aber auch erst seit meiner Umschulung vor einer Woche klargeworden.«

»Umschulung? Welche Umschulung?«

Lena kam um die Beantwortung der Frage herum, da sie wieder das Cockpit erreichten, wo der Grieche offenbar immer größere Probleme hatte, Kirke wach zu halten.

»Sieht nicht gut aus!«

Besorgt blickte Lena Kirke an, während sie nun endlich die Rufnummer eingab, die sie ihr genannt hatte. Das Gerät verband sich, und kaum dass die Zeitansage losging, begann sie auch schon zu sprechen.

»Hier Agentin … Kirke! Wir sitzen hier in Flug BR 2442 nach Athen. Die Warriors wurden erledigt. Aber der Bordfunk wurde sabotiert. Wir haben eine Bombe an Bord und benötigen dringend Unterstützung. Vor allem wollen wir nicht abgeschossen werden. Bitte veranlassen Sie das.«

Sie wiederholte den Text mehrfach, doch erwartungsgemäß kam keine Antwort.

»Und?«, fragte der Grieche.

»Nichts!« Lena drückte die Zeitansage enttäuscht weg. »Und? Haben Sie das Benutzerhandbuch gefunden?«

»Äh, ja. Hier gab es tatsächlich so etwas.« Er hielt ihr einen kleinen Stapel mit Ringmappen hin, die sie entgegennahm und durchblätterte.

»Und?«

»Tut mir leid, aber die Frachtklappen lassen sich vom Cockpit aus nicht öffnen.«

»Das kann doch nicht sein.« Lena blätterte eine Weile weiter in den Ringkladden herum. »Man hört doch immer wieder, dass Terroristen Bomben in Koffern verstecken. Den Frachtraum dann einfach mal so richtig durchzupusten wäre doch ein ideales Mittel, um die loszuwerden.«

»Na ja, das könnte natürlich daran liegen«, schlug Helen zögernd vor, »dass es dafür eh zu spät wäre, wenn die hochgehen.«

Lena lag bereits eine Entgegnung auf den Lippen, als sie bemerkte, dass der Airbus Gesellschaft bekommen hatte.

In nur dreißig Metern Entfernung war neben der Linienmaschine ein schnittiger Kampfjet aufgetaucht, dessen Pilot zu ihnen herüberblickte.

Ein Blick auf die Flugstatus-Anzeige verriet ihr, dass sie gerade in den Luftraum des Kosovos geflogen waren. Hatte Jannis nicht vorhin behauptet, die Länder hier hätten keine nennenswerte Luftwaffe?

Erstaunlicherweise war das Hoheitszeichen auf dem Heck der Maschine italienisch.

»Offenbar wurden wir doch als Renegades eingestuft«, stöhnte Lena.

Der Pilot drüben hielt etwas in die Höhe, und plötzlich klingelte das Handy in Lenas Hand.

Sie ging sofort dran. »Ja?«

»Flug BR 2442! Hier F-35 Fighting Falcon vom italienischen Flugzeugträger Cavour. Wir operieren im Rahmen der europäischen Flugsicherung. Sie haben einen Notfall?«

»Gott, ja!« Lena winkte durch das Cockpitfenster. »Ich hätte niemals gedacht, dass das mit dieser Zeitansage tatsächlich klappen würde.«

»Zeitansage? Ich handle im Auftrag des NATO-Einsatzverbandes Standing Naval Force Mediterranean.«

»Ja, glauben Sie vielleicht«, meinte Lena zufrieden.

»Beschreiben Sie bitte die Situation an Bord«, kam es knapp zurück.

Lena folgte der Anweisung und schilderte die verfahrene Lage, in der sie sich befanden.

»Ich wiederhole«, antwortete der italienische Kampfpilot über das Mobiltelefon. »Ihre Pilotin ist bewusstlos. Sie haben eine Bombe an Bord, die beim Landeanflug explodiert. Und niemand von Ihnen ist in der Lage, die Linienmaschine auf einen anderen Kurs zu bringen? Habe ich das alles richtig verstanden?«

»Äh, ja. Mehr oder minder. Sie werden mir jetzt hoffentlich sagen, dass die Lage nicht ganz so dramatisch ist, wie sie klingt, oder?«

Der Pilot schwieg. »Warten Sie bitte auf meinen Rückruf.«

Er drückte das Gespräch weg.

»Und?« Gespannt sahen Jannis und Helen Lena an.

Die zuckte nur mit den Schultern.

Das Mobiltelefon klingelte irgendwann wieder, und sofort ging sie dran.

»Flug BR 2442! Hier F-35 Fighting Falcon«, meldete sich der Kampfpilot erneut. »Mir wurde mitgeteilt, dass wir offen miteinander reden können.«

»Ja. Natürlich«, antwortete Lena. »Offen ist auch ein gutes Stichwort. Denn wenn Sie die Frachtluke mit den Koffern vielleicht irgendwie aufschießen könnten, dann ...«

»Es tut mir leid, aber so etwas ist nicht möglich. Ihre Lage scheint mir ehrlich gesagt vollkommen hoffnungslos.« Der Pilot seufzte. »Theoretisch kann der Autopilot Ihre Maschine zwar in Athen landen, aber ich würde mich nicht darauf verlassen. Zumal da noch diese Bombe ist, die Ihrer Aussage gemäß beim Sinkflug explodieren wird.«

Lena schwieg.

»Ich will ehrlich sein: In knapp zwanzig Minuten werden Sie

den Luftraum Griechenlands erreichen, und die dortigen Luftstreit-kräfte werden übernehmen. Zur Vermeidung weiterer ziviler Opfer steht zu erwarten, dass Sie spätestens auf Höhe von Volos mit Waffengewalt heruntergeholt werden. Also nicht über Athen, sondern über dem Pagasitischen Golf. Das alles tut mir sehr leid. Rufen Sie mich an, wenn ich noch etwas für Sie oder Ihre Mitpassagiere tun kann.«

Der Kampfpilot drückte das Gespräch weg, und Lena sah, wie sich der Jagdflieger nun hinter den Airbus setzte.

Starr blickte sie ihre Mitstreiter an. Sie musste nichts sagen. Die beiden wussten, wie das Gespräch verlaufen war.

»Wie lange noch?«, fragte Jannis heiser.

»Nicht mehr lange.«

»Klar, ich habe diesen Beruf selbst gewählt«, in Helens Augen schimmerten plötzlich Tränen, »aber ich hätte nie gedacht, dass es einmal so enden würde.«

Mit leerem Blick setzte sie sich auf einen Notsitz.

»Darf ich kurz das Handy haben?«, fragte der Grieche nieder-geschlagen. »Ich möchte meine Frau anrufen. Wir haben zusammen drei Kinder und sind unzertrennlich, seit wir vierzehn waren. Sie wissen schon: die eine große Liebe. Es gab nie eine andere für mich.«

Lena drückte ihm das Smartphone genervt in die Hand. Die Tugendhaftigkeit dieses Mannes war nur noch schwer zu ertragen. Seltsamerweise hatte sie keinerlei Angst vor dem Bevorstehenden, sondern hätte vor Wut am liebsten laut geschrien.

Sie war doch nicht all den Tötungs- und Entführungsversuchen in Rotterdam, Budapest und Visby entkommen, nur um ausgerechnet hier und heute kläglich vom Himmel geschossen zu werden? Gerade jetzt, da sie in Stockholm und Dresden gezeigt hatte, was in ihr steckte.

Das war nicht nur ungerecht, sondern auch zutiefst unfair! Sie hatte noch so viel vor.

Schießen lernen. Kirkes Kampfkurs absolvieren – und anschließend ihren Ex besuchen. Mit Sophia in Paris ein Croissant auf dem Eiffelturm essen. Und natürlich Perseus auf etwas Romantisches einladen. Nur sie beide: Schwarzlicht-Minigolf.

Und schon gar nicht durfte sie zulassen, dass am Ende dieser Paukant gewann.

Mal ganz davon abgesehen, dass Kirke sicher nie wieder ein Wort mit ihr wechseln würde, wenn sie kläglich versagte.

Wütend schnappte sich Lena wieder die Handbücher, ging die Abschnitte zum Cockpit und zum Frachtraum noch einmal durch, bis ihr plötzlich etwas auffiel.

Sofort blätterte sie zurück, las den Abschnitt zur Frachtraumsicherheit noch einmal und riss die Augen auf. Konnte das funktionieren?

Nur, wenn sie Kirke wieder wach bekam.

»Jannis, Helen! Ich habe eine Idee!«

Aufgeregt stürmte sie in den Vorraum zum Cockpit und entriss dem Griechen, der mit geröteten Augen dastand und ein griechisches Liebesgedicht zum Abschied rezitierte, das Handy.

Verwirrt starrte er sie an.

»Was hast du vor?«, wollte Helen hinter ihr wissen.

»Wartet!« Sie wählte die Nummer des Kampfpiloten, der wie versprochen abnahm.

»Was kann ich für Sie tun?«, meldete er sich bekümmert. »Wenn Sie letzte Wünsche haben, dann …«

»Warten Sie! Es gibt vielleicht eine Lösung, um uns alle zu retten«, unterbrach sie ihn. »Dieses Flugzeug verfügt im Frachtraum über eine Halon-Feuerlöschanlage. Was, wenn wir die auslösen, wenn wir zum Sinkflug übergehen? Neben der Feuerlöschwirkung verdrängt das Gas doch den Sauerstoff im Frachtraum. Und je nachdem, um was für eine Bombe es sich handelt, dürfte das doch deren Sprengwirkung deutlich abmildern.«

Der Italiener seufzte niedergeschlagen. »Ich muss Sie leider enttäuschen. Einen Brand können Sie damit sicher aufhalten, aber auf eine Bombe hat das Gas nur bedingt Auswirkungen. Die wird bei Ihrem Landeanflug in jedem Fall ein Loch in die Maschine reißen.

Und dann hilft auch kein Autopilot mehr. Dann kann Sie – wenn überhaupt – nur noch ein erfahrener Pilot retten.«

»Aber wir haben eine Pilotin!«, ereiferte sich Lena leicht verzweifelt. »Und die kriege ich bis Athen auch wieder wach. Verlassen Sie sich drauf.«

»Wie ich schon sagte. Das Hauptproblem ist die Explosion bei dem Landeanflug, die ihre Maschine ...«

»Warten Sie! Moment!« Lena sprang auf und ihre Gedanken rotierten.

»Der Höhenmesser ist doch auf Wellenhöhe eingestellt, oder?«

»Wellenhöhe?«, kam es irritiert zurück.

»Na, auf die Höhe der Meeresbrandung.«

»Äh ... Sie meinen Normalnull? Ja, das ist ein Synonym für ›über dem Meeresspiegel‹.«

»Genau das meinte ich«, haspelte Lena. »Der Bombenleger sprach davon, dass er den Höhenauslöser auf etwas mehr als einen halben Kilometer eingestellt hat.«

»Sagten Sie bereits. Damit wollte er offenbar sicherstellen, dass Ihre Maschine über Athen zum Absturz kommt. Denn die Stadt ist auf allen Seiten von Gebirgszügen umgeben, die höher sind. Wenn Sie die dann überflogen haben, wird ...«

»Nein, das meine ich nicht«, unterbrach ihn Lena aufgeregt. »Was, wenn wir vorher einen Flughafen finden, der deutlich höher liegt? Damit müsste man den Höhenmesser doch austricksen können, oder?«

Der Pilot schwieg einige Sekunden. »Ja, das könnte funktionieren. Allerdings wird das eng, denn Sie befinden sich bereits im Luftraum Nordmazedoniens. Und ich muss erst prüfen, in welcher Höhe der Flughafen Skopje liegt. Ich befürchte jedoch ...«

»Der liegt zu tief«, antwortete ihm Lena. »Das weiß ich aus einem Reisekatalog, den ich mal für meinen Chef konsultiert habe.«

Lena führte sich das Magazin wieder Augen, und aus dem Nebel ihrer Erinnerung schälten sich Buchstaben und Zahlen.

»Skopje liegt auf einer Höhe von zweihundertvierzig Metern über den Wel… ich meine dieses Normalnull«, sprudelte es aus ihr heraus. »Wobei das eine ziemlich dämliche Bezeichnung ist. Oder gibt es auch unnormale Nullen? Egal. Aber da gibt es noch einen zweiten Flughafen in einer Stadt namens Ohrid. Der Apostel-Flughafen, was ja angesichts unserer Situation auch irgendwie passt … Und der liegt gut siebenhundert Meter über dem Meer.«

»Ich kann nichts versprechen«, antwortete der Pilot nach kurzem Zögern, »aber ich gebe die Idee weiter. Halten Sie das Handy griffbereit und sehen Sie zu, dass Sie ihre Pilotin wieder einsatzfähig kriegen.«

Lena ließ das Smartphone sinken.

»Und wie genau willst du deine Kollegin wieder wach bekommen?«, fragte Helen.

»Ganz einfach«, meinte Lena voller Tatendrang. »Mehr Sauerstoff, mehr Kaffee, mehr Schläge – und das hier!« Sie kramte den Artemis-Pfeil unter Kirkes Kleidung hervor. »Das ist so ein Aufputschmittel, das gewissermaßen Tote aufweckt.«

Das Handy läutete überraschend schnell wieder.

»Hier F-35 Fighting Falcon«, meldete sich der Pilot deutlich weniger militärisch. »Wir haben ein kleines Problem. Über Ohrid herrscht Unwetter, andere Flüge dorthin werden bereits umgeleitet. Ich habe mich jedoch für Sie eingesetzt, und wir probieren es. Sie haben keine Alternative. Die Fluglotsen melden sich zwecks Einweisung über diese Nummer. Und ich werde Sie ebenfalls begleiten, solange es geht. Und noch etwas: Wenn Sie die Maschine mit Ihrer verrückten Idee heil runterkriegen, dann würde ich Sie wirklich gern kennenlernen.«

»Okaaay«, antwortete Lena möglichst cool. »Ihre Nummer habe ich ja.«

»Haben Sie. Also: Viel Glück!«

Sie drückte das Gespräch weg und hüpfte vor Freude.

»Wahnsinn! Ich fasse es nicht. Ich hab ein Date!«, jubelte sie an Helen gewandt. »Ein Date! Mit einem echten Kampfpiloten! Da wird Sophia Augen machen. Und Perseus wird das hoffentlich auch ganz schön zu denken geben.«

»Äh, wie wäre es, wenn wir erst einmal landen?«, wandte Jannis ein.

»Stimmt. Das sollten wir natürlich auch noch.«

Abermals klingelte das Handy, und ein Fluglotse war dran.

»Einen Moment!«, rief Lena.

Sie nahm den Artemis-Pfeil und rammte ihn Kirke in die Brust. Kurz zuckte die Griechin, dann riss sie japsend die Augen auf.

»Kirke, du musst wach werden, um das Flugzeug zu laden!«, sprach sie die Agentin eindringlich an. »Und zwar in Ohrid, Nordmazedonien. Alles liegt jetzt an dir!«

Kirke starrte sie weiter mit aufgerissenen Augen an. Jannis und Helen verabreichten ihr mehr Kaffee und setzen ihr die Sauerstoffmaske wieder auf, während Lena Kirke den Rettungsplan erläuterte.

Kirke atmete tief ein, blinzelte begreifend und nickte schwach.

»Anschnallen!«, ächzte sie, während sie sich mühsam den Bordinstrumenten widmete und zur manuellen Flugsteuerung überging.

Helen rannte zurück zum Passagierraum, und Jannis folgte ihr zögernd, während Lena der Agentin das Handy ans Ohr presste, sodass sie den Fluglotsen hören konnte. Der Airbus kippte leicht nach rechts, und Kirke veränderte die Flugroute.

Lena blickte nun doch etwas ängstlich durch das Cockpitfenster, da voraus ein dunkles Wolkengebirge zu sehen war. Allerdings auch der Kampfjet, dessen Pilot sich alle Mühe gab, in ihrer Nähe zu bleiben. Sie flogen über eine grüne, bergige Landschaft auf die Schlechtwetterfront zu, schließlich zerplatzten erste Regentropfen auf den Scheiben des Cockpits, und innerhalb von Augenblicken wurde es um sie herum düster. Die Maschine vibrierte und schüttelte sich gelegentlich, während sie weiter in die Schlechtwetterfront hineinflogen.

Lena sprach immerzu mit Kirke, um sie wach zu halten, und sie spürte, wie angespannt und am Ende ihrer Kräfte die Griechin bereits war.

Kirke schien sich rein an den Instrumenten zu orientieren, denn draußen konnte Lena außer den Positionslichtern des Jets kaum noch etwas erkennen, als ein Höhenzug in Sicht kam, hinter dem sich trüb und grau eine kleine Stadt an einem großen See abzeichnete.

Lena überprüfte noch einmal den Betrieb der Feuerlöschanlage und behielt bang den Höhenmesser des Airbus im Blick. Sie waren inzwischen auf etwas über neunhundert Metern über Normalnull.

Kurzerhand löste sie die Halon-Feuerlöschanlage im Frachtraum aus und entschloss sich, vorn zu bleiben, um Kirke das Handy mit dem Lotsen weiter ans Ohr zu drücken und dafür zu sorgen, dass sie bei Bewusstsein blieb.

Kirke sprach irgendetwas ins Gerät, während vor ihnen der Kampfjet mit den Flügeln wackelte und zur Seite ausbrach. Hektisch atmete die Griechin ein und aus, steuerte gegen die Regenschleier den Flughafen im Nordwesten der Stadt an und leitete den Landungsanflug ein.

»Das wird hart«, ächzte sie mühsam.

Lena konnte hören, wie die Räder der Maschine ausfuhren. Der Airbus ging weiter in den Sinkflug über, rauschte über bewaldete Höhenzüge hinweg, deren Wipfel sich im Wind bewegten, und vage konnte Lena voraus die beleuchtete Landebahn des Flughafens erkennen.

Abermals vibrierte die Maschine, und die Turbinen jaulten gequält auf, während hinten die Passagiere aufgeregt schrien.

Kirke keuchte schwer, und Schweiß perlte von ihrer Stirn, während sie die weiterhin heftig bockende Großraummaschine immer tiefer zwang.

Sie hatten nur diesen einen Versuch.

Immerhin war noch keine Explosion zu hören!

Kurz schloss Lena die Augen, dann spürte sie einen heftigen Stoß, und sie setzten schwer auf der nassen Landebahn auf. Kirke leitete den Umkehrschub ein und betätigte die Bremsen, doch sie waren zu schnell. Und vermutlich waren sie auch nicht ganz richtig aufgekommen, denn es gab plötzlich einen fürchterlichen Stoß, als eines der Räder abbrach. Schon krachte die Nase der Maschine auf die Landebahn, und sie schlitterten weiter über die Piste.

Lena hielt sich panisch an den Sitzen fest, denn die Maschine bremste noch immer viel zu langsam und brach nach rechts aus.

Sie rumpelten über die Pistenbegrenzung hinweg, und schräg vor sich sah Lena jetzt eines der Flughafengebäude auf sich zukommen, das immer größer wurde.

»Kirke, Kopf runter!«, brüllte sie noch, dann kollidierte der Airbus krachend mit dem Gebäude.

Der heftige Aufprall schleuderte sie nach vorn. Lena prallte schwer gegen das Instrumentenbrett des Cockpits, und sie hörte noch, wie sich Metall verbog und Glas splitterte – dann wurde es schwarz um sie.

# DAS ORAKEL

Eine sommerliche Brise streichelte Lenas Gesicht. Sonnenlicht kitzelte ihre Augenlider, und irgendwo in der Ferne war das leise Glucksen und Plätschern von Wasser zu hören.

Sie öffnete die Augen, blickte auf eine weiß gestrichene Decke und sah sich um. Sie lag in einem luxuriösen Doppelbett, dessen Kopfteil griechische Verzierungen aus Blattgold aufwies. Die Wände des geräumigen Schlafzimmers waren ebenso weiß wie die Decke, und neben ihr standen Nachttische mit Schirmlampen, die farblich mit den Goldtönen des Dekors harmonierten.

Rasch zog sie das Laken beiseite, richtete sich auf und betastete ihre leicht pochende Stirn, auf der ein Pflaster klebte. Sie selbst steckte in einem leichten, weißen Trainingsanzug. Auch auf ihrem rechten Handrücken klebte ein Pflaster, außerdem schmerzte ihr linker Ellenbogen, als sie den Arm bewegte.

Ihr Blick fiel auf einem Wandschrank und eine Spiegelkommode, ein Durchgang führte in ein blau-weiß gekacheltes Bad, auf einem runden Tischchen in einer Zimmerecke stand eine Vase im Amphorenstil, die mit einer antiken griechischen Trireme bemalt war, und vor den geöffneten Fenstern wehten seidig weiße Vorhänge. Erst jetzt bemerkte sie die Kleidungsstücke, die auf einem Stuhl lagen.

»Hallo?«

Lena schlüpfte in die neben dem Bett bereitstehenden Mokassins und freute sich, dass sie keine Schmerzen beim Gehen verspürte. Dabei kam sie an dem Kommodenspiegel vorbei und bemerkte, dass ihr linker Wangenbogen leicht geschwollen war. Schlagartig kamen die Erinnerungen an die Bruchlandung zurück, und sofort musste sie an Kirke denken.

Wenn sie selbst die Landung schon nicht ohne Blessuren überstanden hatte, wie mochte es Kirke ergangen sein? Hatte sie überhaupt überlebt? Lena wurde bei dem Gedanken flau zumute.

Sie ignorierte die bereitliegenden Kleidungsstücke und eilte den plätschernden Geräuschen entgegen, die durch die halb geöffnete Zimmertür drangen.

Verwundert trat sie ins Freie. Sie stand auf einem halbrunden Balkon, über dem sich ein von ionischen Säulen getragenes Kuppeldach erhob. Eine warme Sommerbrise wehte ihr entgegen, die Luft roch nach Blüten, und sie erblickte unmittelbar vor sich einen hüfthohen marmornen Zierbrunnen. Wasser plätscherte aus der Spitze auf zwei darunterliegende Becken, deren wulstige Ränder von antik gestalteten Plastiken geziert wurden, von denen sie nur jene der ätolischen Königstochter Leda samt dem Schwan erkannte.

Wo, zum Teufel, war sie hier?

Sie ging zu einer der Balustraden des Säulenvorbaus und riss staunend die Augen auf. Denn der Balkon war Teil einer prachtvollen Villa mit strahlend weißen Vor- und Anbauten und meeresblauen Dachkuppeln, die umgeben von sattem Grün auf einer hügeligen Anhöhe stand. Von hier oben aus konnte man auf eine tiefer liegende mediterrane Stadt blicken, deren rotgraues Dächermeer sich bis zu einer nahen Küstenlinie ausdehnte und hinter der – winzig klein – zahllose Schiffe auf dem Wasser zu sehen waren.

Und das war nicht alles. Jenseits der riesigen Bucht vor der Stadt zeichnete sich ein stolzer Bergzug mit schneebedeckten Gipfeln ab.

Das hier wirkte nicht so, als befände sie sich noch in Nordmazedonien.

Lena kniff die Augen zusammen und glaubte in der Stadt die Reste einer alten Stadtmauer ausmachen zu können. Da unten gab es vereinzelt noch weitere alte Gebäude und Ruinen – unter anderem auch einen auffälligen weißen Turm unmittelbar bei der breiten Seepromenade, den Lena schon einmal in einem Urlaubskatalog gesehen hatte.

Kein Zweifel. Das war das Wahrzeichen von Thessaloniki.

Sie befand sich im Nizza Griechenlands.

Wer auch immer sie über die nördliche Landesgrenze hergeschafft hatte, hatte offensichtlich keine Mühen gescheut. Er oder sie musste auch ziemlich reich sein. Dafür sprach nicht nur die aufwändige Villa, sondern auch die üppig bewachsene und bis zu einer hohen Umgebungsmauer reichende Gartenanlage direkt unter ihr. Fasziniert blickte sie auf gepflegte Rosenbeete, Oleandersträucher und Ölbäume, zwischen denen verspielt wirkende Wege und Treppenstufen verliefen. Die Wege im Garten wurden von antiken griechischen Statuen und Ziersäulen flankiert. Außerdem gab es lauschige Laubengänge und kleinere Teiche, die im Sonnenlicht glitzerten.

Und sie war auch nicht allein.

Auf einem von Zypressen gesäumten Weg hinüber zu einem weißen Anbau, den sie für eine Garage hielt, entdeckte sie einen Anzugträger mit dunkler Sonnenbrille, die verdächtig den Smart Glasses ähnelte, die sie in Stockholm benutzt hatten. Der Mann blickte ebenfalls zu ihr herauf und sprach in ein Mikro, das an seinem Handgelenk befestigt war. War das hier eine A.R.G.O.S.-Einrichtung?

Eigentlich konnte es kaum anders sein.

Lena entdeckte jetzt eine Überwachungskamera an der Kuppeldecke des Säulenbalkons sowie weitere Kameras, die mehr oder minder versteckt an oder nahe der Mauer angebracht waren, die die Villa umgab.

»Frau Kaufmann?«

Lena schreckte herum und entdeckte vor einer Treppe, die in die unteren Etagen führte, eine Afroeuropäerin mit streng nach hinten zusammengebundenen Haaren, die ebenso wie ihre Kollegen unten im Garten Anzug und Sonnenbrille trug.

»Ich hoffe, es geht Ihnen gut?«, fuhr die Unbekannte fort, und angesichts ihres Akzents tippte Lena auf eine Italienerin. »Nach Aussage des Arztes, der Sie in den letzten beiden Tagen behandelt hat, sollten eigentlich keine ernsthaften Verletzungen zurückbleiben.«

»Zwei Tage?« Verblüfft starrte sie ihr Gegenüber an. »So lange war ich bewusstlos?«

»Nein. Wir haben Ihnen bei der Überführung ein Schlafmittel verabreicht.«

»Sie haben mich kaltgestellt.«

»Tut mir leid, wir haben uns lediglich an das Protokoll gehalten. Ach so.« Die Frau nahm ihre Brille ab, und Lena blickte in ausdrucksstarke dunkle Augen. »Wenn ich mich vorstellen darf: Agentin Antiope. Sie werden übrigens erwartet.«

Antiope setzte die Brille wieder auf und machte Anstalten, wieder hinunterzugehen.

»Moment!« Lena hielt sie auf. »Wie geht es Kirke?«

Die Agentin wandte sich ihr wieder zu. »Die Kollegin wird überleben. Allerdings war es knapp. Sie befindet sich derzeit in einer unserer medizinischen Einrichtungen. Sie müssen sich keine Sorgen machen.«

»Keine Sorgen?«, wiederholte Lena. »Natürlich mache ich mir Sorgen. Und ich will sie sehen.«

»Das habe nicht ich zu entscheiden. Kommen Sie, bitte.«

Die Frau eilte die Stufen hinunter, und Lena folgte ihr missmutig in eine schmucke Säulenvorhalle, die mit kunstvollen Marmorstatuen geschmückt war, die antike Sportler bei der Ausübung olympischer Disziplinen zeigten.

Über eine weitere Freitreppe ging es schließlich in den Garten, und Antiope führte sie über Laubengänge und vorbei an einem stattlichen Eukalyptusbaum zu einem prächtigen, leicht erhöht auf einem Podium stehenden Rundpavillon, der so gebaut war, dass man von dort aus einen prachtvollen Blick auf Thessaloniki und das Meer genießen konnte.

Lena folgte der Agentin, und zu ihrer Überraschung entdeckte sie bequeme Korbstühle und einen mit Speisen aller Art gedeckten Tisch: gefüllte Weinblätter, Grillgut, Auberginensalat, Fava sowie Pita-Fladenbrot zu Taramosalata und Tsatsiki.

Ein junger Angestellter mit weißer Schürze erwartete sie. Freundlich nickte er ihr zu und entkorkte eine teuer aussehende Rotweinflasche.

Irgendwie stimmte es Lena misstrauisch, dass sie hier so aufwändig empfangen wurde. Und doch merkte sie jetzt, wie hungrig sie war.

»Bitte, bedienen Sie sich«, meinte Antiope. »Sie müssen Hunger haben. Ihr Gastgeber kommt gleich.«

Sie eilte die Stufen nach unten, und der Angestellte deutete einladend auf einen kleinen Stapel Teller. Lena nahm sich einige der Leckereien und stellte sich mit ihnen an die Balustrade des Pavillons, um einen weiteren Blick auf Stadt und Meer zu werfen. Der Ausblick von hier oben war einfach fantastisch. Fast wie im Urlaub.

Ebenso fantastisch waren auch die Speisen, die sie rascher verdrückt hatte, als sie wollte. Insbesondere hatte sie noch nie derart milden Tsatsiki gegessen. Lena eilte nochmals zum Büfett, schaufelte sich den Teller abermals voll und kehrte wieder zu ihrem Aussichtspunkt zurück, als sie erstmals den stolzen und von Schnee bedeckten Bergzug richtig würdigte, der sich jenseits der blauen See zum Himmel türmte.

Gott, natürlich. Wenn ihre Geografiekenntnisse sie nicht trogen, war das der Olymp.

Das höchste Gebirge Griechenlands.

Zugleich Sitz des alten griechischen Götterpantheons.

Die Lage dieser Villa war unmöglich Zufall.

Wer auch immer sie heute zu sich gebeten hatte, musste der Führungsebene von A.R.G.O.S. angehören. Darauf deuteten auch mehr oder minder subtil die Standbilder der antiken olympischen Sportler hin. Lena schob sich das Tsatsiki mangels Brot mit ihren Fingern in den Mund, als ihr klar wurde, dass all das womöglich auch bedeutete, dass hier, an genau dieser Stelle, vielleicht einst auch Doktor Fink gestanden hatte.

Poseidon!

Viel zu lange hatte sie nicht mehr an den Tod ihres Chefs gedacht. Und erstmals dämmerte ihr, dass er vermutlich eine schwere Regelverletzung begangen hatte, als er ihr seine Götterrechte übertrug.

Ihr, einer Zivilistin.

Dennoch. All das hatte dazu geführt, dass sich ihr ziemlich langweiliges Leben von Grund auf geändert hatte. Dass sie heute hier war. Und wenn sie tief in sich lauschte, dann spürte sie eine tiefe Dankbarkeit und Demut angesichts seiner Entscheidung.

Wenn man sie also hergeholt hatte, damit sie Rechenschaft für sein Tun ablegte, dann würde sie allen klarmachen, dass sein Vertrauen in sie unkonventionell, aber richtig gewesen war. Sie würde ihm posthum Ehre erweisen. Und dafür sorgen, dass Doktor Fink stolz auf sie sein konnte.

»Frau Kaufmann?«

Aufgeschreckt fuhr Lena herum, und durch die heftige Bewegung rutschte die Serviette vom Teller. Mit tsatsikiverschmiertem Mund und Fingern stand sie da und sah nun, dass inzwischen eine ältere Griechin im blauen Hosenanzug den Pavillon betreten hatte, die von zwei breitschultrigen Agenten mit Sonnenbrillen und Waffen unter den Anzugjacken flankiert wurde. Die Frau war auffallend klein und zierlich, und mit ihren zu einem einfachen Bob geschnittenen silbergrauen Haaren ähnelte sie ein wenig Helen Mirren.

»Ähm, ja … Das bin ich«, meinte Lena kauend. »Sie sind die Hausherrin?«

Die Unbekannte setzte sich interessiert eine Brille auf, die an einer silbernen Halskette befestigt war.

Rasch stellte Lena den Teller hinter sich auf die Balustrade, bückte sich verlegen nach der Serviette, um sich endlich Mund und Finger abzuwischen – nur, um festzustellen, dass der Tsatsiki auch einen Fleck auf dem weißen Trainingsanzug hinterlassen hatte.

»Warten Sie. Ich, äh …«

Peinlich berührt versuchte sie den Fleck wegzurubbeln und sorgte dafür, dass das Malheur noch schlimmer wurde. Mit einem Seufzer gab sie auf, warf die Serviette hastig hinter sich auf den Teller, um sich wieder der Dame zuzuwenden, als es laut klirrte.

Der Teller war auf den Boden gefallen und zerbrochen.

Die muskulösen Leibwächter und der Angestellte neben dem Büfett warfen sich kurze Blicke zu. Auch deren Chefin hob eine Augenbraue. Lena hingegen wünschte sich, weit, weit fort zu sein.

»Tut mir leid. Den ... bezahle ich natürlich.« Sie räusperte sich.

»Lassen Sie. Darum kümmern wir uns schon.« Ihre Gastgeberin deutete freundlich auf einen der Korbstühle, während der Angestellte geräuschlos vortrat, um die Scherben zusammenzukehren.

Lena setzte sich etwas befangen, und die beiden Leibwächter postierten sich so, dass sie das Villengelände im Auge behalten konnten. Auch die Griechin nahm Platz.

»Sicher haben Sie mich hergeholt, um Herrn Finks Entscheidung in Frage zu stellen?«, setzte Lena an. »Nach allem, was ich inzwischen über A.R.G.O.S. weiß, ist mir natürlich völlig klar, dass ...«

»Nein«, unterbrach sie ihre Gastgeberin.

»Nein?«

Lena sah die Frau verwirrt an. Sie hatte sich bereits eine flammende Verteidigungsrede zurechtgelegt.

»Nach allem, was geschehen ist«, sprach die Unbekannte, »wollte ich Sie vielmehr persönlich kennenlernen.«

»Oh. Verstehe.« Lena blickte zu dem Angestellten, der sich mit einem Kehrblech erhob. »Üblicherweise bin ich natürlich deutlich weniger ... ungeschickt. Sie haben hoffentlich keinen falschen Eindruck von mir bekommen.«

»Aber nicht doch.« Die Dame ließ sich von einem ihrer Bodyguards ein Tablet reichen, auf dessen Bildschirm sie mit den Fingern herumwischte. »Entscheidend sind allein Ergebnisse. Dabei gestehe ich, dass mich einiges an den Berichten über Sie ratlos gemacht hat. Aber jetzt, da ich Sie kennengelernt habe, fügt sich alles zu einem verständlichen Gesamtbild.«

»Na ja, so richtig kennen wir uns beide ja noch gar ... Moment. Es gibt Berichte über mich?«

»Selbstverständlich. Wenn eines bei uns verlässlich funktioniert, dann ist es das Berichtswesen.«

»Okaaay ...« Lena reckte unauffällig den Hals. »Und was steht in diesen Berichten so drin?«

Ihre Gastgeberin deckte den Bildschirm ab und sah auf. »Das ist natürlich top secret!«

»Dann sind Sie Herrn Poseidon, ich meine Fink, also nicht böse?«

»Nein. Er hat getan, was er für richtig hielt. Diese Entscheidung verstieß zwar in jeder Hinsicht gegen unsere Regularien. Aber verantwortlich machen können wir ihn deswegen nicht mehr. Und im Nachhinein hat sich alles gefügt. So wie jede seiner Entscheidungen seit seiner Erhebung in den Götterstand.«

Lena blickte ihr Gegenüber einen Augenblick an.

»Wer sind Sie eigentlich?«, wollte sie jetzt wissen. »Artemis? Hera? Demeter? Athene? Denn Aphrodite und Hestia dürften im Augenblick … ja irgendwie unpässlich sein.«

Die Dame erwiderte ihren Blick auffallend ernst.

»Ich bin Zeus!«

»*Sie* sind Zeus!?«, entfuhr es Lena, und sie lachte kurz. Sofort senkte sie ihre Stimme. »Also ehrlich: *Das* nenne ich mal eine Tarnung! Nach Ihrem Avatar in Kampen, als Sie da so mit dieser Donnerstimme und dem Blitz losgelegt haben, wäre ich da nie draufgekommen. Und das, obwohl ich mir mal bei ›World of Warcraft‹ einen Kerl mit 'nem Wahnsinnsbody gebaut habe. Selbst Sophia meinte, also meine Schwester, die vermutlich ebenfalls in den Berichten über mich vermerkt ist«, sie schielte wieder zu dem Tablet, »dass man sogar bei Tinder gut fährt, gewissermaßen ein bisschen, na ja, auf den Putz zu hauen. Warum also nicht auch bei Ihnen? Womit ich jetzt nicht meine, dass Sie es nötig hätten, auf den Putz zu hauen. Sie haben sich Ihre Position vermutlich schwer erarbeitet. Wir Frauen müssen ja eigentlich immer mindestens zweimal besser als die Männer sein.«

Zeus blickte sie an, und ihre Lippen zuckten leicht.

»Ihnen ist klar«, erklärte die Griechin nach kurzem Räuspern, »dass dieses Wissen allein es rechtfertigen würde, Sie dort drüben im Meer zu versenken?« Sie deutete zur Bucht. »Und ganz nebenbei auch den Revisor zu beauftragen, jede Erinnerung an Ihre Existenz aus dieser Welt zu tilgen?«

Lena wurde bleich.

»Andererseits«, fuhr Zeus fort, »muss ich feststellen, dass Sie vermutlich die ungewöhnlichste, sagen wir mal, Mitarbeiterin sind, die unserem Dienst bislang zugearbeitet hat.«

»Ist das jetzt etwas Gutes – oder eher nicht?«, fragte Lena kleinlaut.

»Darüber muss ich noch befinden.« Zeus beugte sich vor. »Tatsächlich war unser Geheimdienst seit der Vernichtung von H.A.D.E.S. noch nie so bedroht. Und vermutlich nicht nur wir.«

»Sollte ich von diesem Kerl schon einmal gehört haben?«

»Nein.« Zeus seufzte schwer. »Mal davon abgesehen, dass H.A.D.E.S. keine Person, sondern eine Organisation war, sind wir hier, weil wir uns auf die aktuellen Probleme konzentrieren müssen. Die Agenten, denen ich hundertprozentig vertrauen kann, sind bis auf Weiteres an zwei Händen abzuzählen. Nicht einmal der übrige Olymp weiß von unserem Treffen. Und das wird auch so bleiben. Und zwar so lange, bis zweifelsfrei geklärt ist, in welchem Ausmaß A.R.G.O.S. infiltriert wurde.«

»Diesen Jason haben wir schon mal ausgeschaltet«, meinte Lena selbstbewusst.

»Ja«, seufzte Zeus. »Und durch die Spuren, die wir bei ihm sichergestellt haben, ist es uns zwischenzeitlich auch geglückt, einen weiteren Prinzipal zu enttarnen, der mit ihm zusammengearbeitet hat.«

»Der hat gar nicht allein gehandelt?«

»Nein. Vielmehr scheint er für seinen unbekannten Auftraggeber weitere Unzufriedene rekrutiert zu haben. Darunter den Leiter unseres Kontors in Danzig, den wir gestern enttarnen konnten. Leider hat er sich mit einer Giftkapsel umgebracht, bevor wir seiner habhaft werden konnten. Und doch gab es Hinweise auf mindestens einen weiteren Mitverschwörer in hoher Position. Wie hoch, wissen wir leider nicht.«

»Oh, Mann.« Lena schüttelte besorgt den Kopf. »An Ihrer Stelle würde ich ja mal Ihre Leute in Ungarn unter die Lupe nehmen.«

»Unsere Leute in Ungarn?« Misstrauisch verengte Zeus die Augen. »Wie kommen Sie darauf?«

»Na ja, würde doch irgendwie passen«, mutmaßte Lena. »Jason war Brite. Die haben durch den Brexit ja mehr als deutlich gemacht, was sie von der EU halten. Und Danzig liegt in Polen. Erkennen Sie das Muster? Ebenso wie die Briten und die Ungarn sind die Polen jetzt auch nicht gerade die heißesten Freunde der EU. Würde auch zu dem Angriff auf Poseidons Loft in Budapest passen. So im Nachhinein betrachtet, ist der Paukant da in verdächtig schneller Zeit mit extrem vielen Leuten aufgekreuzt.«

Zeus starrte Lena konsterniert an und beugte sich zu einem ihrer Bodyguards.

»Kadmos, bestellen Sie dem Revisor, dass er das Kontor in Budapest unter die Lupe nehmen soll. Und ich wünsche eine *vollständige* Revision.«

Der Mann hob eine Augenbraue unter der Sonnenbrille, nickte aber und trat weg.

»Haben Sie gegebenenfalls noch weitere Geistesblitze?«, wollte die alte Griechin wissen.

»Öh. Nee. Erst mal nicht«, meinte Lena. »So lange bin ich auch noch nicht im Spionagegeschäft.«

Nachdenklich musterte Zeus sie.

»Heißt das mit diesem anderen Kontorleiter eigentlich, dass Perseus und Elektra ebenfalls in Danzig mit dabei waren?«, wollte Lena wissen.

»Nein.« Ihre Gastgeberin schüttelte den Kopf. »Dort hat eine andere Zelle handverlesener Agenten operiert. Ihre beiden Vertrauten weilen vielmehr seit gestern ebenfalls in Griechenland. Perseus musste ich dazu leider erst aus einem deutschen Gefängnis in Frankfurt herausholen.« Sie blickte auf die Uhr. »Eigentlich sollten die beiden schon längst hier sein, um das weitere Vorgehen zu besprechen.«

Lena vernahm unten im Garten Schritte, und kurz darauf tauchte Antiope am Eingang des Pavillons auf.

»Göttervater, die Agenten sind da.«

»Sehr gut.« Zeus nickte ihr zu. »Bitte gleich herbringen.«

Lena sah der Afroeuropäerin nach und wandte sich wieder an Zeus. »Darf ich erfahren, von welchem weiteren Vorgehen Sie sprechen?«

»Nun, die Auswertung der Kommunikationsmittel, die wir in Kampen und Danzig sicherstellen konnten, deuten darauf hin, dass uns die Zeit davonläuft. Unser unbekannter Feind wird, nach allem, was wir in Erfahrung bringen konnten, schon bald zu einem großen Schlag ausholen. Aber das dürfen Ihnen Perseus und Elektra gleich selbst erläutern.«

Es dauerte etwas, und Lena fummelte verstohlen an ihrem Tsatsiki-Fleck, bis Perseus und Elektra endlich in Begleitung Antiopes erschienen. Zu Lenas Erstaunen trugen beide ebenfalls dunkle Anzüge und Sonnenbrillen.

»Da seid ihr ja endlich!«, begrüßte Lena sie begeistert.

Sie sprang aus ihrem Stuhl, als sie bemerkte, dass die beiden ungewöhnlich steif wirkten. Ohne sie anzusehen, verbeugten sich die beiden knapp vor Zeus.

»Göttervater! Es ist mir eine Ehre!«, erklärte Perseus.

»Mir ebenfalls«, fügte Elektra ungewöhnlich unsicher hinzu. »Wir haben eben erst erfahren, wo wir uns befinden. Dabei hätte ich angesichts des Olymps natürlich sofort begreifen müssen, wer uns zu sich bestellt hat. Bislang stand ich noch keinem hohen Mitglied des Olymps persönlich gegenüber, und ich versichere Ihnen, dass meine Treue zu A.R.G.O.S. eigentlich nur noch von meiner Liebe für Computer übertroffen wird.«

Sie plapperte, wie Lena grinsend feststellte.

»Schon gut«, antwortete Zeus und deutete einladend auf die Korbstühle. »Setzen Sie sich bitte. Wir haben keine Zeit zu verlieren.«

Perseus verschob kurz die Sonnenbrille und zwinkerte Lena zu, während Elektras Lippen ungläubig Worte formulierten, als sich ihre Gastgeberin kurz von den beiden abwandte.

*Zeus ist eine Frau?!*

Zeus winkte dem Angestellten zu, der ihnen nun einen edlen Xinomavro einschenkte und ihnen versicherte, dass es sich dabei um die wertvollste rote Weinsorte Griechenlands handelte, angebaut auf dem Olymp selbst.

»Wie geht es Kirke?«, platze es aus Lena heraus.

Perseus warf Zeus einen fragenden Blick zu, und die nickte ergeben.

»Es geht ihr den Umständen entsprechend gut«, versicherte er ihr. »Inzwischen ist sie wieder bei Bewusstsein. Ich soll dir ausrichten, dass du dich gut geschlagen hast.«

»Gut geschlagen?«, entfuhr es Elektra aufgebracht. »Was du getan hast, war der Hammer! Ist dir eigentlich klar, wie vielen Passagieren du mit deiner Idee das Leben gerettet hast?«

»Danke«, meinte Lena geschmeichelt. »Hat euch Kirke davon erzählt?«

»Ja, sicher«, meinte Elektra. »Aber ich habe vorher schon den Bericht dieses italienischen Kampfpiloten gelesen, der euch begleitet hat.«

»Ach ja, stimmt«, meinte Lena leichthin. »Mit dem habe ich noch ein Date.«

»Du hast mit dem ein Date?«, fragte Perseus staunend.

»Ja«, bohrte sie das Messer tiefer und drehte es noch ein wenig. »Irgendwie haben wir uns ganz gut verstanden. Und dann kam das eine zum anderen.«

»Ist nicht wahr?«, zeigte sich Elektra begeistert.

Perseus zuckte nicht einmal hinter seiner Sonnenbrille. Blödmann.

»Nun dient dieses Treffen nicht dazu, Ihre Freizeitaktivitäten zu erörtern«, erklärte Zeus kühl. Sie nickte forsch Elektra zu. »Wenn Sie Frau Kaufmann bitte auf den neuesten Stand bringen könnten?«

»Selbstverständlich.« Elektra räusperte sich und kramte einen brandneuen Laptop aus einer Ledertasche, den sie aufklappte. »Dass A.R.G.O.S. nach unserem Erfolg in Dresden inzwischen einen weiteren Verräter enttarnen konnte, weißt du schon?«

»Ja.«

»Gut. Denn die verräterischen Prinzipale haben im internen Arachne-Netzwerk einen geheimen Raum etabliert, der offenbar für alle kompromittierten Agenten zugänglich ist. Und zwar ohne dass diese dort ihre Identität offenbaren müssen. Der virtuelle Treffpunkt ist jetzt natürlich verbrannt, aber das hier war dort zu finden.«

Sie drehte den Bildschirm zu ihr, und Lena blickte auf einen Timer, dessen Ziffernfolge auf 27:16:13 stand und der im Sekundentakt weiter ablief.

»Ein Countdown«, hauchte Lena.

»Ebendas«, erklärte Zeus besorgt. »Demzufolge steht morgen Abend ziemlich genau um zwanzig Uhr ein Großereignis bevor. Und zwar eines, auf das offenkundig auch alle umgedrehten europäischen A.R.G.O.S.-Agenten hingearbeitet haben. Doch das Schlimme ist, dass wir immer noch nicht wissen, wer im Verborgenen seine Ränke spinnt – und um was es genau geht. Alles, was wir aus den entschlüsselten Botschaftsfragmenten dieser Verschwörergruppe wissen, ist«, erbost blickte Zeus von einem zum anderen, »dass irgendjemand die Absicht verfolgt, die Europäische Union in ihren Fundamenten zu zerstören!«

Betroffen blickten sich die Agenten an.

»Und was machen wir?«, fragte Perseus.

Zeus lehnte sich zurück, betrachtete jeden Einzelnen von ihnen, bis ihr Blick schließlich an Lena hängen blieb.

»Poseidon war der Erste von uns, der bei internen A.R.G.O.S.-Ermittlungen auf Unregelmäßigkeiten stieß. Und das, seit die ihm unterstellte Agentin Europa verschwunden ist. Seitdem wurde mehrfach in unsere Waffendepots eingebrochen. Unsere Logistik wurde von Unbekannt zweckentfremdet und noch einiges andere mehr. Ich kann daher nur vermuten, dass er eine Spur verfolgt hat, die ihn mutmaßlich zu Prinzipal Jason geführt hätte. Dazu kam es jedoch nicht mehr. Doch seit ich davon weiß, dass er seine hochsensiblen Statusrechte an seine Sekretärin übertragen hat ...«

»Assistentin«, korrigierte Lena sie.

»Assistentin«, korrigierte Zeus sich. »Nun, seit ich das weiß, frage ich mich, warum er dieses unglaubliche Risiko eingegangen ist. Immerhin hat er damit den Schlüssel zu den innersten Geheimnissen unserer Organisation an eine unbefangene Zivilistin weitergereicht. Genau das aber«, die Griechin beugte sich wieder vor, »muss einen Grund gehabt haben. Denn er hat sich zu einem solchen Schritt unmöglich aus leichtfertigen Gründen entschlossen. Poseidon hat in seiner Karriere nie etwas leichtfertig getan. Kurz: Er muss einen Plan gehabt haben.«

Zeus musterte Lena. »Und inzwischen glaube ich auch zu wissen, welche Absicht er verfolgte. Ärgerlicherweise war Ihre Agenten-Zelle nach den Ereignissen in Visby, von wo aus Ihr letzter Bericht eintraf, nicht mehr aufzuspüren. Sie haben da ganze Arbeit geleistet, sonst hätte ich Sie alle schon früher kontaktiert.«

»Tut uns leid, aber wir wussten nicht, wem wir noch trauen konnten«, antwortete Perseus.

»Das war kein Vorwurf, Perseus.« Zeus nickte ihm zu. »Sie haben richtig gehandelt, denn andere waren schließlich auch hinter ihnen her. Und jetzt sitzen wir ja zusammen.«

»Sagen Sie schon: Welche Absicht hatte Doktor Fink?«, hakte Lena neugierig nach.

Zeus wandte sich ihr wieder zu. »Kurz nach Europas spurlosem Verschwinden hatten wir überlegt, bei ihrer Suche eine A.R.G.O.S.-Einrichtung zu konsultieren, die schon seit mehreren Jahren nicht mehr genutzt wird: das Orakel.«

»Das Orakel existiert wirklich?«, fragte Elektra ungläubig. »Ich dachte, das sei bloß ein Mythos.«

»Nein. Es existiert. Und es funktioniert ... irgendwie.« Zeus seufzte schwer. »Aber es kam seit dem Krieg gegen H.A.D.E.S nur noch einmal zum Einsatz. Denn leider wurde es damals mit einem Schadprogramm infiziert, das wir bis heute nicht eliminieren konnten.«

»Was ist dieses ... Orakel?«, fragte Lena.

»Ich spreche von einer Einrichtung, die von einem früheren Hephaistos, dem traditionellen Chefentwickler unserer Organisation, für den Olymp geschaffen wurde. Gewissermaßen Visby 2.0. Ach, was sage ich: Visby 3.0. Das Orakel ist in der Lage, auf alle Rechner des europaweiten Arachne-Netzwerks und zahlloser weiterer Geheimdienste zuzugreifen und die dort gesammelten Erkenntnisse auf einzigartige Weise zu neuen Schlussfolgerungen zu verknüpfen.«

»Wow, also so eine Art Google, bloß ohne nervige Werbung und mit wirklich verlässlichem Ergebnis?«, fragte Lena.

»Gewissermaßen«, wich Zeus aus. »Das Problem ist, dass H.A.D.E.S. damals dahinterkam, dass wir das Orakel als Waffe gegen sie verwenden wollten. Und wie ich schon erwähnte, haben sie es leider kompromittiert. Seitdem sind die Antworten des Orakels … ziemlich kryptisch. Außerdem sorgt es nach seiner Aktivierung dafür, dass überall in Europa tagelang die angeschlossenen Rechnernetzwerke der Geheimdienste ausfallen. Das wäre natürlich nicht weiter schlimm, wenn davon nicht maßgeblich unser eigenes Netzwerk betroffen wäre.«

»Aber was hat das mit Poseidon zu tun?«, wandte Lena noch immer verständnislos ein.

»Ganz einfach.« Zeus trank erstmals einen Schluck Wein. »Unser damaliger Hephaistos hat sichergestellt, dass ein solch mächtiges Instrument nicht von einem einzigen Mitglied der Olymp-Ebene missbraucht werden kann. Er hat zu Kontrollzwecken ein Vier-Augen-System eingebaut. Praktisch heißt das, dass das Orakel von keinem Mitglied des Olymps allein konsultiert werden kann. Das Orakel muss stets von zwei Agenten der Führungsebene aufgesucht werden.«

Lena dämmerte allmählich, was Poseidon beabsichtigt hatte.

»Sie glauben«, sprach sie ihre Gedanken laut aus, »dass Poseidon davon ausging, dass sich einer der Verräter längst in den Rängen des Olymps befindet?«

»Es muss so sein«, erklärte die A.R.G.O.S.-Chefin unheilvoll. »Denn selbst mithilfe von Mitgliedern der Prinzipal-Ebene ist es nahezu unmöglich, einen von uns zwölfen ausfindig zu machen. Aber genau das ist geschehen. Keiner meiner Kollegen spricht es offen aus, aber im Olymp traut niemand niemandem mehr, seitdem vier von uns von gedungenen Killern ausgeschaltet wurden. Zu Hause, auf offener Straße, in den Büros.«

»Und Sie trauen natürlich ebenfalls niemandem«, ergänzte Perseus.

»Exakt. Niemandem, außer mir selbst – und Poseidon!« Zeus blickte Lena fest in die Augen. »Ich bin mir sicher, dass dies der Grund war, warum Poseidon seine Befugnisse am Ende auf Sie übertragen hat. Er wollte mir mit Ihrer Hilfe eine Möglichkeit verschaffen, das Orakel zu befragen. Und genau das, Frau Kaufmann, werden wir beide heute tun.«

*

Neugierig blickte Lena durch die getönten Scheiben der Limousine, die sie von der in den westlichen Ausläufern des Chortiatis-Gebirges gelegenen A.R.G.O.S.-Villa aus über Schleichwege bis hinunter nach Thessaloniki gebracht hatte.

Inzwischen stand die Sonne recht tief, und die Häuser der Stadt warfen lange Schatten. Vor wenigen Minuten waren sie am Galeriusbogen vorbeigefahren, einem Triumphbogen aus der Zeit des gleichnamigen römischen Kaisers. Und inzwischen hatten sie auch die aus dem 7. Jahrhundert stammende Basilika Hagia Sophia passiert, einen prächtigen Kirchenbau, der als berühmtester Touristenmagnet Thessalonikis galt.

Abermals bedauerte Lena es, dass sie mal wieder nicht dazu kommen würde, sich die übrigen Sehenswürdigkeiten der alten Hafenstadt mit ihren vielen weiß gestrichenen Bauten anzusehen. Nicht einmal das Meer zu sehen war ihr vergönnt gewesen, denn einige Straßenzüge vor der Strandpromenade, waren sie abgebogen und folgten nun einem blau-weißen Taxi in nordwestliche Richtung, das ebenso wie sie in Richtung des Vergnügungsviertels Valaoritou unterwegs war.

Was dieses Vergnügungsviertel mit dem Orakel zu tun hatte, war Lena noch immer nicht anvertraut worden. Aber inzwischen hatte sie es eh aufgegeben, die Heimlichtuereien von A.R.G.O.S. zu hinterfragen.

Sie genoss stattdessen die frühabendliche Stadtrundfahrt, womit sie vermutlich die Einzige war, die dem unerwarteten Abstecher etwas abgewinnen konnte. Denn die Agenten, die Zeus und sie begleiteten, wirkten seit ihrer Abfahrt etwas angespannt. Neben Perseus und Elektra waren das Antiope und Kadmos, außerdem drei weitere Männer, die sich nicht vorgestellt hatten, denen die A.R.G.O.S.-Chefin aber ebenfalls blind zu vertrauen schien.

Sie hatten sich auf zwei Nobelkarossen aufgeteilt, und Lena war froh, dass sie mit Perseus und Elektra im vorderen Wagen saß, der von Antiope gesteuert wurde.

»Ich finde es eigentlich ganz nett von Zeus, dass wir vorausfahren dürfen«, meinte Lena zu Elektra, die neben ihr auf dem Rücksitz saß. »Ich finde, so hat man einen unverfälschteren Blick auf die Stadt und muss nicht immer an diesen ganzen Agentenkram denken.«

»Wir bilden nur deswegen die Spitze«, knurrte die Lettin, »damit im Zweifel wir es sind, die als Erste durch eine Bombe am Straßenrand erwischt werden.«

Bestürzt blickte Lena auf einige parkende Fahrzeuge, an denen sie vorbeifuhren. »Ist der Wagen denn nicht gepanzert?«

»Zeus' Wagen schon«, antwortete Perseus vom Beifahrersitz aus.

Die leichte Urlaubsstimmung, die aufgekommen war, verflog ebenso rasch, wie sie gekommen war. Unbehaglich ließ sich Lena wieder in den Sitz sinken, als Antiope auf einen von zwei ausgewiesenen Privatparkplätzen vor einem Bankgebäude zuhielt, wo soeben und unter auffallender Hast eines Abschleppunternehmens das Auto eines Falschparkers abtransportiert wurde.

Lena hob bei dem Anblick interessiert eine Augenbraue, denn das war gewiss kein Zufall. Zugleich wünschte sie sich, in Bremens zugeparkter Innenstadt ebenfalls über so viel Einfluss zu verfügen.

»Wir sind da«, erklärte Antiope, kaum dass sie gehalten hatte. »Von hier aus geht es zu Fuß weiter. Zeus wünscht, dass wir uns trotz des geltenden Sicherheitsprotokolls unauffällig verhalten.«

Lena stieg mit ihren Begleitern aus, die wie sie zur Tarnung zivil eingekleidet worden waren. Sie selbst trug ein schickes lindgrünes Sommerkleid, zu dem eine praktische Umhängetasche gehörte, in der sie Taser-Smartphone, Lady-Shaver und Apollon-Auge verstaut hatte. Und auch ihre Begleiter waren kaum wiederzuerkennen. Perseus steckte in einem bunten Hawaiihemd, das ihm etwas schlabbrig über eine Bermudashorts hing, Elektra wirkte mit ihrem obligatorischen Rucksack und dem Gwangyang-Dragons-T-Shirt wie eine Studentin, während Antiope in ihrem modischen Blazer samt weißer Hose einer Angehörigen der High Society ähnelte.

Hinter ihnen parkte nun auch die Limousine mit Zeus und ihren vier Leibwächtern. Auch sie hatten versucht, sich wie Touristen zu kleiden. Ein Unterfangen, das jedoch nur halb gelungen war. Denn Kadmos und die übrigen Agenten erweckten in ihren uniformen Muskelshirts unter den Sakkos eher den Eindruck, einer Bodybuilder-Gruppe auf Kneipentour anzugehören, denen mal nach etwas anderem zumute war als den üblichen Proteinshakes. Immerhin hatten sie wenigstens ihre Sonnenbrillen abgelegt.

Zeus hingegen, die klein und unscheinbar zwischen den Männern stand, trug ein blaues Sommerkleid zu einem luftigen Strohhut mit Schleife und strahlte selbst darin eine gewisse Würde aus.

Sie trat zu ihnen und nickte ihnen zu. »Unser Ziel ist ein Spiel- und Automatensalon namens *Delphis Palace*. Antiope, Sie bleiben an meiner Seite, der Rest folgt uns. Achten Sie bitte auf einen gewissen Abstand.«

Antiope nickte, und gemeinsam marschierten Zeus und die Agentin auf eine Nebenstraße zu. Kadmos und seine Leute teilten sich rasch auf und setzten sich vor und hinter die beiden, während Perseus, Elektra und Lena den Abschluss bildeten.

Auf diese Weise erreichten sie eine Fußgängerzone, wo ihnen lachende Menschen entgegenkamen. Rechts und links wurde die Straße von alten thessalonikischen Gebäuden gesäumt, die Bars, Pubs, Straßencafés, Musikkneipen und Restaurants beherbergten. Über ihren Köpfen waren bunte Lichterketten aufgespannt, die ein lauschiges

Licht verbreiteten. Und immer wieder schallte ihnen sommerliche Musik entgegen, oder es roch köstlich nach Fisch- und Grillgerichten.

Obwohl das Nachtleben der Stadt erst noch bevorstand, tummelten sich hier bereits eine Vielzahl an Erlebnishungrigen. Unter ihnen vor allem Touristen und jüngere Griechen.

»Wart ihr schon einmal hier?«, wollte Lena wissen.

»Nein, für mich ist das hier unbekanntes Territorium«, erklärte Perseus missmutig. »Im Augenblick frage ich mich auch, warum ich hier wie ein Papagei herumlaufen muss, während nahezu alle anderen Kollegen relativ normal angezogen sind.«

»Also ich finde, das Hawaiihemd steht dir hervorragend.« Lena lächelte ermutigend, auch wenn sie nun selbst bemerkte, dass praktisch niemand sonst wie er gekleidet war. »Dass es vielleicht ein oder zwei Nummern zu groß ist, war vorhin auch nicht wirklich zu erkennen.«

»*Du* hast das ausgesucht?«, fragte Perseus empört.

»Na ja, in der Villa war man nicht direkt auf euch vorbereitet, und so wurde ich gebeten, euch etwas herauszu…«

»Könnt ihr das auf später verschieben?«, ging Elektra dazwischen. »Wir sind da.«

Zeus war stehen geblieben und blickte zu einem ebenso schummrigen wie schmalen Etablissement zu ihrer Rechten, das unauffällig zwischen einem kleinen Bistro mit Stehtischen und einem asiatischen Schnellimbiss lag. An der Hauswand darüber flackerte ein blauer Neonschriftzug, der die Worte *Delphis Palace* bildete.

Über der Zugangstür war ein metallenes Rollgitter angebracht, während man durch ein leicht verdrecktes Schaufenster neben dem Eingang auf blinkende Spielautomaten im Ladeninnern blicken konnte. Kadmos und seine Begleiter verteilten sich vor der Spielhalle.

»Ich gestehe, wenn ich an das Orakel gedacht habe«, meinte Elektra skeptisch, »habe ich mir immer einen imposanteren Ort vorgestellt. Eher so wie ein Tempel, drei Stockwerke unter der Erde mit den modernsten Rechnern der Welt. Aber das da…«

»Zeus wird schon wissen, was sie tut«, murrte Perseus.

Die A.R.G.O.S.-Chefin warf ihnen einen auffordernden Blick zu und betrat das Etablissement mit Antiope. Lena, Perseus und Elektra beeilten sich, den beiden Frauen in die Spielhalle zu folgen, die im Innern noch heruntergekommener wirkte. An den Wänden waren einarmige Banditen, Poker- und Slotmaschinen und andere elektronische Daddelgeräte angebracht, deren Risikoleitern und Walzen grellbunt blinkten und unentwegt elektronische Melodien und Töne von sich gaben.

Dazwischen standen einige wenige Flipperautomaten, die Luft war verraucht, und auch das hiesige Publikum sah so aus, als habe es bereits bessere Zeiten gesehen. Denn von dem halben Dutzend Männer, die sich in der Spielhalle aufhielten, schien keiner unter fünfzig Jahre alt zu sein. Sie alle saßen auf abgewetzten Schemeln, rauchten und hielten Getränke in der Hand, während sie starr auf die blinkenden Automaten glotzten, denen sie ihr Kleingeld anvertraut hatten.

Einer von ihnen, ein korpulenter Kerl mit dunklem Schnauzbart und Unterhemd, der sich einen Ouzo in den Rachen kippte, schoss dabei den Vogel ab, da er gleich sechs Bingo-Automaten gleichzeitig im Blick behielt, auf denen er eine Art Lotto spielte. Lena beäugte unauffällig den Boden und hielt vorsichtshalber nach Kakerlaken Ausschau.

Zeus war zwischenzeitlich mit Antiope an eine kleine Bar im Hintergrund getreten, wo eine verlebt aussehende Griechin um die vierzig Snacks und alkoholische Getränke verkaufte. Die beiden unterhielten sich, und die Ladenbesitzerin blickte scheel in ihre Richtung, bevor Zeus und Antiope zu ihnen zurückkehrten.

»Und wo ist es jetzt dieses Orakel?«, fragte Lena gespannt.

»Wir stehen mittendrin«, antwortete Zeus.

»Wir stehen … mittendrin?«

Auch Perseus und Elektra schauten sich überrascht um.

»Was soll das heißen?« Die Lettin nahm verwirrt ihre Brille ab.

»Ich weiß.« Zeus seufzte. »Sein Erscheinungsbild hat mich anfangs ebenfalls überrascht. Aber es ist nun einmal so.« Sie breitete ihre Arme aus. »All das hier ist das Orakel. Wir müssen jetzt lediglich herausfinden, wie wir es, nun ja, befragen.«

»Moment, Göttervater.« Perseus runzelte die Stirn. »Sie wissen nicht, wie man es aktiviert?«

»Jein. In den siebzehn Jahren, denen ich A.R.G.O.S. vorstehe, sind wir dieses Risiko aus bereits genannten Gründen nie eingegangen. Und wie Sie sehen«, sie wandte sich zu der Vielzahl an Spielautomaten um, »stammt die Einrichtung aus den Neunzigern. Das letzte Mal wurde das Orakel kurz vor der Jahrtausendwende befragt. An der Entschlüsselung der Botschaft sitzen wir heute noch. Die ambitionierte Frage meines Vorgängers, was uns nach der Jahrtausendwende an Herausforderungen bevorsteht, war vermutlich etwas zu komplex. Die Antwort füllt ein kleines Buch, und mit ihr verhält es sich ein wenig so wie mit der Prophezeiung des Nostradamus. Die Weissagungen geben erst dann Sinn, wenn die Katastrophe schon eingetreten ist.« Zeus seufzte. »Hinzu kommt, dass ich erst nach dem überraschenden Tod meines Vorgängers auf meine Position gewählt wurde. Es kam daher nicht mehr zu einem klärenden Vier-Augen-Gespräch, stattdessen musste ich mich mit einem dürftigen Übergabeprotokoll zufriedengeben, das leider einige wesentliche Fragen nicht beantworten konnte.«

»Aber irgendetwas müssen Sie doch wissen?«, wandte Lena ein.

»Sonst wären wir nicht hier«, erklärte Zeus und präsentierte ihnen einen Beutel mit alten Drachmemünzen. »Entscheidend sind die hier.«

Sie nahm eine von ihnen und drehte sie gut sichtbar. Auf der einen Seite war ein Frauenkopf zu sehen, auf der anderen Seite, rings um ein Segelschiff, prangte ein Schriftzug: *Gnothi seauton.*

»Sieh an.« Perseus nahm der A.R.G.O.S.-Chefin die Münze aus der Hand. »Wenn ich mich richtig erinnere, sind das die gleichen Worte wie über dem Eingang des antiken Orakels von Delphi. Lateinisch: Nosce te ipsum.«

»So ist es«, pflichtete ihm Antiope bei. »Übersetzt bedeuten sie: Erkenne dich selbst. Und dieser Schriftzug ist nicht das Einzige, was diese Münzen von einer gewöhnlichen Drachme unterscheidet. Sie sind auch alle leicht magnetisch.«

»Ursprünglich standen uns nur zwei zur Verfügung«, ergänzte Zeus. »Die übrigen haben wir nach den Vorlagen repliziert. Wir wissen, dass diese Münzen gewissermaßen als Chips dienen, mit dem sich das Orakel anwerfen lässt.«

»Sicher, dass sich das Orakel wirklich hier befindet?«, wandte Elektra noch immer etwas enttäuscht ein. »Nicht vielleicht in einem geheimen Untergeschoss?«

Zeus schüttelte den Kopf. »Wir haben den Laden längst untersucht. Überall in den Wänden und im Boden verlaufen Kabel. Alle Glücksspielmaschinen sind miteinander und auch mit der Außenwelt verbunden. Wie genau, bleibt ein Geheimnis des damaligen Konstrukteurs. Da wir Angst hatten, das Orakel als Gesamtkonstruktion zu beschädigen, haben wir alles so belassen, wie es war.« Sie atmete tief ein und blickte zu den Spielern vor den Glücksspielautomaten. »Aus Tarnungsgründen öffnen wir die Spielhalle sogar zweimal die Woche für den Publikumsverkehr. Es würde auffallen, wenn ausgerechnet in diesem angesagten Viertel ein Geschäft nicht öffnet. Aufgrund der veralteten Glücksspielmaschinen kommen jedoch zum Glück nicht mehr so viele. Unsere Pythia«, sie warf der verlebten Barkeeperin einen verstohlenen Blick zu, »sorgt dafür, dass der Laden möglichst unattraktiv bleibt.«

»Pythia?« Perseus hob eine Augenbraue. »War das nicht der Begriff für Delphis Orakelhüterin?«

»Genau das ist auch hier ihre Aufgabe.«

»Das alles heißt dann wohl auch, dass der Hephaistos, der das Orakel konstruiert hat, nicht mehr lebt, oder?«, hakte Lena nach.

»Das ist nicht ganz korrekt«, erklärte Zeus zögernd. »Er fiel einem Anschlag durch H.A.D.E.S. zum Opfer. Ein Nervengift, das seinen Verstand angegriffen hat. Er wurde erst paranoid und schließlich verrückt. Leider hat der damalige Olymp die Folgen zu spät bemerkt, denn die Erschaffung des Orakels fiel genau in jene Zeit, als sich bei ihm Genie und Wahnsinn die Waage hielten – was seinen Nie-

derschlag in der ungewöhnlichen Einrichtung hier gefunden hat.«
Zeus verteilte nun die Münzen. »Inzwischen ist er hochbetagt und
wird in einer Pflegeeinrichtung unserer Organisation betreut. Der
Versuch, ihm verständliche Informationen zu entlocken, hat sich in
der Vergangenheit leider als zwecklos erwiesen. Zu unserem großen
Bedauern, wie ich anfügen möchte.« Sie seufzte kummervoll. »Denn
abgesehen vom Orakel gab es da noch weitere vielversprechende Ge-
heimprojekte, mit deren Entwicklung er betraut war. Zugleich war er
jener Kollege, der meinen Amtsvorgänger stets an diesen Ort begleitet hat. Sie wissen schon: das Vier-Augen-Prinzip.«

»Das tut mir sehr leid«, meinte Lena betroffen, während sie sich
in der Spielhalle umsah. »Und doch muss er irgendwie Humor gehabt haben.«

»Mag sein. Und jetzt«, Zeus sah entschlossen in die Runde, »lassen Sie uns herausfinden, wie man das Orakel befragt. Uns galoppiert
die Zeit davon.«

»Wenn diese Münzen gewöhnlichen Drachmen ähneln, passen
sie vermutlich in alle Geräte«, meinte Elektra unglücklich.

»Leider.« Zeus nickte. »Uns bleibt also nichts anderes übrig, als
auf unsere Intuition zu vertrauen. Unsere Techniker vermuten, dass
wir mit einem der Automaten einen bestimmten Spielstand erreichen
müssen.«

Perseus verdrehte leicht die Augen.

Gemeinsam mit Elektra, Antiope und Zeus schwärmte er aus,
und die Agenten versuchten ihr Glück an verschiedenen Glücksspielautomaten.

Lena blickte zweifelnd auf den kleinen Stapel Münzen in ihrer
Hand und fixierte die Bar mit der Pythia. Statt sich ebenfalls vor
einen der Automaten zu stellen, ging sie zu ihr.

Die Griechin drückte bei ihrem Eintreffen eine Kippe aus, die
weiter vor sich hin qualmte, und sah sie neugierig an.

»Einen Ouzo?«, fragte die Frau mit mürrischem Seitenblick zu
Zeus, die wie der Kerl weiter vorn gleich mehrere Automaten auf
einmal angeworfen hatte. »Ich habe hier auch noch einen billigen

Tsipouro, der Ihnen die Kehle wegbrennt. Und hinten liegen noch zwei Flaschen Retsina. Könnte mir vorstellen, dass Ihnen nach einem guten Schluck zumute ist.«

»Nee, danke«, antwortete Lena. »Obwohl ich Retsina eigentlich ganz gern mag, wofür mich meine Schwester gern mal für verrückt erklärt.«

Die Pythia grinste.

Lena warf ihren Mitstreitern einen knappen Blick zu, bevor sie sich wieder an die Griechin wandte. »Sagen Sie mal, Sie kennen sich hier doch vermutlich am besten aus, oder?«

»Kann man wohl so sagen.«

»Ist Ihnen nie ein Automat aufgefallen, der sich etwas anders verhält als die anderen?«

Die Griechin schürzte abfällig die Lippen und schenkte sich nun selbst einen Ouzo ein, den sie rasch wegkippte.

»Was glauben Sie, was ich hier all die Jahre über gemacht habe?«, brummte die Agentin. »Bloß Daumen gedreht? Die Einnahmen veruntreut? Oder hin und wieder mal den Inhalt eines Aschenbechers über dem Boden verstreut?«

Lena musterte angeekelt den verdreckten Fußboden.

»Natürlich habe ich all die Automaten stets im Auge behalten«, fuhr die Griechin fort. »Aber leider nichts. Bislang ist kein Einziger von ihnen ausgefallen, sieht man vielleicht von der einen oder anderen Glühbirne ab, die ausgetauscht werden musste. Das ist ja das Problem.« Sie deutete mit dem Daumen zu einer Pinnwand mit vergilbten Fotos unter den Flaschenregalen, während sie die Stimme senkte. »Wenn es uns unser alter Hephaistos so einfach gemacht hätte, stünde ich nicht hier und würde meine besten Agentenjahre verschwenden.«

»Moment.« Lena blickte hinüber zu den Fotos, die Szenen aus besseren Jahren zeigten, als die Spielhalle offenbar gut besucht war. »Sie haben hier ein Foto des Konstrukteurs?«

»Sicher. Hat man Ihnen nicht gesagt, dass er sich hier auch gern privat herumgetrieben hat?«

Die Pythia löste eine Stecknadel und reichte ihr eine vergilbte Aufnahme. Sie zeigte einen schlanken Mann mit krausem Haar, auffallend langem Hals und quadratischer Hornbrille, der neben der Bar stand, fast genau dort, wo sie sich jetzt aufhielt. Er blickte eindringlich in die Kamera und präsentierte sich mit erhobenem Daumen vor der Brust.

»Wann wurde das Foto gemacht?«, fragte Lena überrascht.

»Irgendwann in den Neunzigern«, antwortete die Griechin. »Damals brummte der Laden, auch wegen der Flipper-Wettbewerbe, die er damals veranstaltete. Natürlich war er immer ganz vorn mit dabei.«

Lena betrachtete das Foto mit neuem Interesse und gewann den Eindruck, dass der Daumen auf den Hintergrund der Spielhalle gerichtet war. Dort war der Gang zu den Toiletten zu erkennen, neben dem ein Flipperautomat stand, der eine James-Bond-mäßige Szene mit Sportwagen und herumschießenden Agenten zeigte. Lena sah auf. Der Flipperautomat stand noch immer dort hinten.

»Darf ich mal?«

Sofort präsentierte sie das Foto Zeus, die schlecht gelaunt auf die Knöpfe eines blinkenden und dudelnden Automaten an der Wand drückte.

»Zeus, sehen Sie mal. Haben Sie sich das hier schon einmal angesehen?«

Ungehalten fixierte die A.R.G.O.S.-Chefin das vergilbte Bild. »Ja, kenne ich. Hing das noch immer dahinten? Das sollte doch schon längst entfernt werden. Keine Privatfotos unserer Agenten in der Öffentlichkeit.«

»Ja, aber … was, wenn Ihr Hephaistos uns darauf einen Hinweis hinterlassen hat?«

Überrascht nahm ihr Zeus das Foto aus der Hand und studierte es mit neuem Interesse. »Was für ein Hinweis?«

»Der Flipperautomat dahinten mit der Agentenszene«, erklärte Lena, die sich nun wieder zum Toilettenbereich umdrehte. »Sieht der nicht nach genau jenem besonderen Gerät aus, nach dem Ihre Techniker Ausschau gehalten haben?«

»Aber ja …« Zeus trommelte sofort die Agenten zusammen. »Herrschaften, es sieht so aus, als ob Frau Kaufmann soeben eine Entdeckung gemacht hat.«

Sie zeigte Perseus, Elektra und Antiope das Foto.

»Wir nehmen uns jetzt den Flipper dahinten vor«, ordnete sie an. »Ich hoffe, einer von Ihnen verfügt über etwas Geschick im Umgang mit diesen Automaten.«

»Ich befürchte, Glücksspielgeräte gehörten nicht gerade zu unserem üblichen Training«, stöhnte Perseus.

Auch Antiope seufzte. »Ich wäre froh, wenn ich überhaupt mal Freizeit hätte.«

»Na gut«, stöhnte Elektra. »Dann versuche ich es. Bei der Gelegenheit möchte ich übrigens noch einmal festhalten, dass ich mich bereits bei meiner Ausbildung für einen Flipper im Pausenraum eingesetzt hatte, was aber stets von der Buchhaltung abgelehnt wurde.«

Zeus kommentierte den Einwand nicht.

»Wenn das Foto tatsächlich ein Hinweis ist«, fuhr die Lettin fort, »dann wohl auch der aufgenommene Score hinten auf dem Display des Flippers. Seht ihr das?« Sie tippte auf den abgelichteten Punktestand. »Der liegt bei hundertfünfzigtausend Punkten!«

»Geben Sie sich einfach etwas Mühe, Elektra.«

Zeus winkte die Pythia heran, die zu ihnen herüberkam.

»Räumen Sie den Laden. Sieht so aus, als ob wir der Befragung des Orakels einen guten Schritt näher gekommen sind.«

Die Angesprochene marschierte rüber zu den wenigen Glücksspielern.

»Leandros, genug für heute. Deine Frau hat heute eh Geburtstag. Zino, ich mache für heute dicht. Dein Lohn dürfte eh kaum noch für den Rest des Monats reichen. Sebastianos, Costas, sagt mal, wie lange wollt ihr beide eigentlich noch umeinander rumschleichen? Wie wäre es, wenn ihr beide rausgeht und zur Abwechslung mal aneinander rumspielt? Nikos, es tut mir wirklich leid, aber du wirst hier weder Geld noch mein Herz gewinnen. Und jetzt raus mit dir.«

Nach und nach trollten sich die Männer.

Elektra trat vor den Flipper, ließ ihre Finger knacken, und unter den Blicken von Lena, Zeus, Perseus und Antiope warf sie eine Münze in das Gerät ein.

Sofort spuckte der Flipper eine Kugel aus, die die Lettin mithilfe der vier Flipperfinger wüst zwischen den Schlagtürmen des Geräts hin und her springen ließ. Unentwegt schrillten Glocken, gelegentlich heulte eine Sirene, und hin und wieder ratterte sogar der elektronische Klang eines MG, während der Score unentwegt nach oben kletterte. Auch die Pythia gesellte sich nun wieder zu ihnen. Doch Elektra verlor die erste, dann die zweite Kugel. Als sie auch die dritte versenkt hatte, war der Punktestand auf gerade mal achtundsiebzigtausend geklettert.

Beachtlich, aber zu gering.

»Lassen Sie mich mal. Meine Zeit hier muss ja wenigstens zu etwas nützlich gewesen sein.« Die Pythia drängte Elektra beiseite und versuchte sich nun ihrerseits an dem Gerät.

Auch sie hämmerte auf die Tasten, die Kugel sauste zwischen Flipperfingern und wild blinkenden Schlagtürmen dahin, und das Rattern des elektronischen MG, das wilde Bimmeln der Schlagtürme und das Heulen der Sirene wurden allmählich zum dauernden Klangteppich in der Spielhalle. Als sie die letzte Kugel verschossen hatte, stand der Score auf einhunderteintausend.

»Nicht schlecht, aber das geht sicher noch besser«, meinte Antiope.

Auch für sie gab es nun kein Halten mehr. Die Agentin zog sich sogar die Jacke aus, und irgendwann ordnete Zeus an, auch Kadmos und seine drei Begleiter hereinzurufen, damit auch diese ihr Geschick unter Beweis stellen konnten.

In der nächsten Stunde war die Halle von Gejohle, Anfeuerungsrufen und enttäuschten Aufschreien erfüllt, die Pythia gab unter den skeptischen Blicken von Zeus eine Runde Ouzos aus, und es zeigte sich, dass Elektra, die Pythia und einer der Bodyguards die geschicktesten Spieler waren. Dennoch schafften auch sie es trotz zahlloser Runden nicht, den Score über hundertzwanzigtausend zu drücken.

Lena setzte sich irgendwann auf einen Hocker, gönnte sich ein Gläschen geharzten Retsina-Weins und knipste heimlich ein Foto des zunehmend unwirklicher werdenden Treibens. Denn die Runde um den Flipperautomaten ähnelte mehr und mehr einer ausgelassenen Party nach Feierabend denn ernsthafter Agententätigkeit. Kadmos spendierte irgendwann eine weitere Runde Ouzos, während Elektra und Antiope miteinander wetteten, ob die Lettin es wenigstens schaffen würde, die Pythia zu schlagen. Einzig Zeus und Perseus beäugten die Anstrengungen ihrer Kollegen mit versteinerten Gesichtern.

Lena schickte die Aufnahme an Kirke, die sie zunehmend vermisste. Und nicht zum ersten Mal fragte sie sich, was sie in dieser Situation wohl für einen Ratschlag gehabt hätte?

Etwas wehmütig dachte sie auch an den unglücklichen Daedalos, von dem sie hoffte, dass ihm mehr Glück als ihnen beschieden war. Auch ihn vermisste sie. Dass ihr unbekannter Feind es nebenbei geschafft hatte, ihr Team derart auseinanderzureißen, machte sie besonders wütend.

Schließlich erhob sie sich und drängte an den flippernden Agenten vorbei, um der Unisex-Toilette der Spielhalle einen Besuch abzustatten. Wie erwartet befand sich diese in einem allgemeinen hygienischen Zustand, der sie wünschen ließ, sich wieder an Bord der »Melody of the Oceans« mit allen dortigen Konsequenzen zu befinden.

Lena wollte gerade wieder zu den anderen zurückkehren, als sie in dem kleinen Gang zwischen Toilette und Spielhalle überrascht innehielt. Denn unvermittelt fiel ihr ein großer, halb blinder Spiegel an der Wand neben einem Zigarettenautomaten und der schmuddeligen Garderobenaufhängung auf. Ein Einrichtungsgegenstand, den sie an einem Ort wie diesem nicht erwartet hätte. Zumal selbst über dem Waschbecken auf der Toilette der Spiegel abmontiert war. Einer Eingebung folgend, musterte Lena noch einmal die Rückseite einer der Drachmemünzen.

*Gnothi seauton.*

Erkenne dich selbst.

War das vielleicht ebenfalls ein Hinweis?

Streng genommen wies der einstige Konstrukteur des Orakels auf dem Foto ja nicht bloß auf den Flipper, sondern auch auf den daneben befindlichen Zugang zur Toilette.

Lena wischte den Staub von dem fleckigen Spiegel und betrachtete ihr schummriges Spiegelbild.

Was war das? Sie trat näher an die Spiegelfläche heran, nahm schließlich das Licht ihres Handys zu Hilfe und blickte mit diesem schräg auf die Glasfläche.

Da waren fein eingeätzte Linien und Gravuren unter dem Glas.

Die Abbildung … eines Monsters mit unzähligen Augen.

Es gab keinen Zweifel: Das war der Riese Argos aus der griechischen Mythologie.

Gott, sie liebte solche Rätsel.

Ob er nun verrückt war oder nicht, zu gern hätte sie den Konstrukteur des Orakels einmal kennengelernt.

Sie eilte aufgeregt in den Nachbarraum mit dem Agenten-Flipper. »Leute, ich habe hier was gefunden, was ihr euch unbedingt anschauen müsst.«

Sofort lösten sich Zeus und Perseus von ihren Plätzen. Lena zeigte ihnen ihre Entdeckung, und das ausgelassene Treiben nebenan fand ein jähes Ende, da nun auch die übrigen Agenten einen Blick auf ihren Fund werfen wollten.

»Sehr gut, Frau Kaufmann. Sehr gut.« Zeus überprüfte das Glas und schenkte ihr einen anerkennenden Blick.

Perseus, der von ihnen der Größte war, untersuchte den Rahmen und verengte plötzlich die Augen. »Sieht ganz so aus, als befände sich hier oben an der Seite ein weiterer Schlitz, durch den eine Münze passen könnte.«

Lena reichte ihm eine, und unter den gespannten Blicken der übrigen Agenten fiel sie in einen Hohlraum hinter dem Spiegel. Überraschend sprang eine Seitenbeleuchtung rings um den Rahmen an.

»Wie kann es sein«, fuhr Zeus die Pythia an, »dass dies bislang noch nicht bemerkt wurde?«

»Ich ...« Hilflos hob die Frau die Arme. »Ich habe den Spiegel auftragsgemäß noch nie geputzt. Und bei der letzten Inspektion haben sich die Techniker vorrangig mit den Automaten beschäftigt.«

Verärgert ließ Zeus ihre Finger über die Spiegelfläche gleiten.

»Kadmos, Sie und Ihre Männer postieren sich wieder vor dem Eingang. Außerdem will ich, dass der Spiegel gereinigt wird. Alle anderen machen sich Gedanken, wie wir hier weiterkommen, denn irgendetwas fehlt noch.«

Kadmos und die übrigen Leibwächter verließen eilig die Spielhalle, während Antiope und die Pythia rasch dem Befehl der alten Griechin nachkamen, den Spiegel auf Hochglanz zu polieren.

»Ich bleibe dabei«, meinte Elektra nach einigem Nachdenken. »Der Flipper da draußen ist nicht umsonst auf dem Foto abgelichtet.«

»Na gut«, knurrte Perseus, der Spiegel und Flipperautomat mit vor der Brust verschränkten Armen musterte. »Dann lasst es uns doch erzwingen. Elektra, kannst du nicht versuchen, diese verdammte Score-Anzeige einfach elektronisch zu manipulieren?«

»Ist das dein Ernst?«, kam es empört zurück. »Das ist cheaten!«

»Für Befindlichkeiten dieser Art haben wir keine Zeit«, sprach Zeus ein Machtwort. »Kriegen Sie das hin?«

»Na ja, vermutlich schon«, gestand Elektra unwillig ein. »Aber ich weiß nicht, ob das im Sinne des Erfinders wäre.«

»Versuchen Sie es!«

Elektra eilte zu ihrem Rucksack, entnahm diesem einige Werkzeuge und Geräte, und Lena sah dabei zu, wie sie, Perseus und Antiope den Flipper an der Seitenverkleidung öffneten und sich die Lettin mit Kabeln, Klemmen und einem elektronischen Gerät an seinem Innenleben zu schaffen machte.

Es dauerte nicht lange, und der Flipper gab, ohne dass ihn jemand bediente, seine üblichen Geräusche von sich. Im nächsten Moment sprang die Highscore-Anzeige auf hundertfünfzigtausend Punkte und alle Soundeffekte lärmten auf einmal.

Sofort stellte sich Zeus wieder vor den Spiegel. Überraschend blitzte im oberen Drittel der Spiegelfläche ein roter Lichtpunkt auf, und über das Antlitz der A.R.G.O.S.-Chefin huschte ein Gitter aus Laserlicht. Plötzlich leuchteten unter der Spiegelfläche rote LED-Buchstaben:

*Identifikation 1 erfolgreich abgeschlossen.*

»Frau Kaufmann, her mit Ihnen.« Zeus trat mit einem zufriedenen Gesichtsausdruck beiseite.

Lena baute sich ebenfalls vor dem Spiegel auf, und das Schauspiel wiederholte sich. Abermals blinkte auf der Spiegelfläche ein roter LED-Schriftzug:

*Identifikation 2 erfolgreich abgeschlossen.*

Die Schrift erlosch und machte einem weiteren Schriftzug Platz:

*Das Orakel heißt den Olymp willkommen.*
*Formulieren Sie Ihre Frage und beginnen Sie mit dem Wort »Orakel«.*
*Sprechen Sie laut und deutlich.*

Lena wollte bereits etwas sagen, doch Zeus stoppte sie.

»Orakel!«, erhob sie nun selbst die Stimme. »Was steckt hinter den Anschlägen der Umwelt-Terrororganisation Gaia's Warriors, und welche Absichten verfolgen die Hintermänner dieser Gruppe?«

Der Schriftzug erlosch und wurde abermals durch einen anderen ersetzt.

*Eingabe erfolgreich.*
*Weissagung wird erstellt.*
*Bitte warten.*

Misstrauisch sahen sie einander an und warteten. Doch einstweilen passierte nichts, außer dass die Lichter in der Spielhalle gelegentlich flackerten.

»Ich hoffe, das Orakel funktioniert nach all der Zeit noch«, wandte Elektra ein, die nun ihre Werkzeuge zusammenpackte.

»Haben Sie Vertrauen«, ermahnte Zeus sie.

Lena stellte sich neben Perseus, der sie eine Weile betrachtete.

»Kirke hatte recht«, sprach er leise. »Du weißt immer wieder zu überraschen.«

Lena lächelte verlegen und spürte, wie ihr Gesicht Farbe gewann, als in der Spielhalle plötzlich alle einarmigen Banditen, Bingoautomaten, Poker- und Slotmaschinen auf einmal ansprangen. Die Walzen hinter den bunten Sichtfenstern und Risikoleisten rotierten wild, die Lichter der Automaten blinkten grell, und die komplette Halle war von den schrillen Klingeltönen und dem lärmenden Geläut aller Spielautomaten gleichzeitig erfüllt.

Schlagartig verebbten die Soundeffekte, und eine Weile war nur noch das Rattern der Anzeigewalzen zu hören, die nach und nach zum Stillstand kamen. So lange, bis endgültig Ruhe eingekehrt war.

Verblüfft sahen sie einander an, dann verteilten sie sich, um die Anzeigen der Spielautomaten zu inspizieren.

Hinter den meisten Fenstern der Spielstandsanzeigen waren Zahlen zu sehen, eine Reihe von ihnen zeigten jedoch auch die typischen Poker-Zeichen.

»Was soll das denn jetzt schon wieder?«, entfuhr es Antiope.

Zeus betrachtete die Automaten und legte nachdenklich einen Finger an die Lippen. »Sieht mir ganz nach einem Code aus.«

Sie musterte die Agenten der Reihe nach, und ihr Blick blieb wieder an Lena hängen.

»Frau Kaufmann, mir scheint, dass Sie einer Analytikerin noch am nächsten kommen. Wären Sie bitte so freundlich, sich die Spielstände einmal genauer anzusehen?«

»Äh, ja. Natürlich.« Lena beeilte sich, dem Wunsch nachzukommen, und schritt die Automaten nachdenklich ab. Schließlich ließ sie sich von der Pythia Block und Stift geben und notierte aus dem Kopf alle Zahlen und Zeichen beginnend am ersten Spielautomaten am Fenster zur Straße und dann dem Uhrzeigersinn folgend bis zur Ladentür.

Unter den gespannten Blicken aller anderen präsentierte sie ihnen das Ergebnis:

158♥1813♥191513♠4♣19♥1814♥♦201118♥♦2625♥♦18♥1920♣♥2♥
♠131938♣2020♥1422♦14♣382012♠3820♥18147♥4♥♠8204♣19♦14
13♥♠12♦14423♣♥381920♠1325187♥14♠382025718♣2♥14♠19204
♥18♣1220511♣13166

»Und?«, fragte Perseus.

»Einen Moment, ich glaube, das ist gar nicht so schwer«, murmelte Lena, die sich nun auf einen Hocker an der Bar setzte und ihre Theorie überprüfte. Auch dort wurde sie von den A.R.G.O.S.-Agenten umringt.

»Ha! Ich sag's ja, ganz einfach«, erklärte Lena fast fröhlich. »Das ist gewissermaßen der gleiche Geheimcode, den Sophia und ich uns als Kinder ausgedacht hatten. Also meine Schwester.« Sie sah kurz zur Pythia auf. »Unser Vater hatte uns im nämlich im Garten meiner Großmutter mütterlicherseits ein Baumhaus gebaut, in dem wir hin und wieder übernachten durften. Was manchmal ganz schön gruselig war, wie Sie sich sicher vorstellen können. Wir beide waren damals schließlich erst sieben und acht Jahre alt, und meine Mutter …«

»Frau Kaufmann«, unterbrach Zeus sie freundlich. »Wie wäre es, wenn Sie sich auf den Code konzentrieren könnten?«

»Äh. Na klar.« Lena räusperte sich und übertrug die Zahlen und Symbole auf einen Extrazettel.

»Hier, sehen Sie. Ich bin mir sicher, Sie kommen jetzt von selbst drauf.«

15 8 ♥ 18 13 ♥ 19 15 13 ♠ 4 ♣ 19
♥ 18 14 ♥ ♦ 20 11 18 ♥ ♦ 26 25 ♥ ♦ 18 ♥ 19 20 ♣ ♥ 2 ♥
♠ 13 19 3 8 ♣ 20 20 ♥ 14 22 ♦ 14 ♣ 3 8 20 12 ♠ 3 8 20 ♥ 18 14
7 ♥ 4 ♥ ♠ 8 20 4 ♣ 19 ♦ 14 13 ♥ ♠ 12

♦ 14 4 23 ♣ ♥ 3 8 19 20 ♠ 13 2 5 18 7 ♥
14 ♠ 3 8 20 2 5 7 18 ♣ 2 ♥ 14 ♠ 19 20 4 ♥ 18 ♣ 12 20 5 11 ♣ 13 16 6

»Nein, kommen wir nicht«, knurrte Antiope, während sich Perseus und Elektra überraschte Blicke zuwarfen.

»Ist es das, was ich denke?«, meinte der Franzose.

»Ich schätze schon.« Elektra schob sich vor. »Die Zahlen stehen für die numerische Reihenfolge des Alphabets, richtig?«

»Genauso ist es«, meinte Lena erfreut. »Ich bin nur deswegen nicht gleich drauf gekommen, weil unser Orakelschöpfer für die Vokale die Pokersymbole eingesetzt hat. Also das ♣ für das A, das ♥ für das E, das ♠ für das I und das ♦ sogar für O und U zugleich. Aber schwer war das trotzdem nicht.«

»Die Weissagung lautet also wie folgt?«, fragte Zeus etwas ungeduldig.

Lena kritzelte Buchstaben über die Zahlen und Zeichen und erhob sich feierlich:

»O Hermes, o Midas!
Erneut kreuzt eure Stäbe.
Im Schatten von acht Lichtern
Gedeiht das Unheil
und wächst im Berge.
Nicht begraben ist der alte Kampf.«

Die Pythia seufzte schwer. »Das ist wie eine von diesen Matroschka-Puppen. Kaum öffnet man eine, kommt darunter die nächste zum Vorschein.«

»Nun, damit war zu rechnen«, murmelte Zeus nachdenklich.

»Die erste Zeile scheint mir dabei entscheidend«, fuhr sie nach einer Weile fort. »Midas war ein reicher König. Hermes hingegen ist in der griechischen Mythologie der Schutzgott der Kaufleute, der Reisenden, aber auch der Diebe.«

»Wenn ihr mich fragt«, platzte Lena heraus, »dann passt das mit

Hermes doch voll auf A.R.G.O.S.! Ihre Organisation wurde von Kaufleuten gegründet, und der Rest ... stimmt auch irgendwie«, endete sie etwas kleinlauter.

Die Agenten blickten sie leicht ungehalten an, doch schließlich nickte Zeus.

»Ungeachtet Ihrer Interpretation von Dieben bin ich gewogen, Ihnen beizupflichten. Damit könnte tatsächlich A.R.G.O.S. gemeint sein. In diesem Fall bedeutet dieses ›Stäbe-Kreuzen‹ offenbar, dass wir uns im Kampf mit Midas befinden. Für wen oder was er auch immer der Name steht.«

»Die acht Lichter könnten für die Terroranschläge der Warriors stehen«, meinte Perseus plötzlich.

»Wie kommen Sie darauf?«, wollte Zeus wissen.

»Ganz einfach«, meinte er zunehmend aufgewühlt. »Zum einen passt die Anzahl. Und wann immer die Warriors zugeschlagen haben, standen sie im medialen Rampenlicht. Für die Presse war das ein gefundenes Fressen. Die hat tagelang über kaum etwas anderes berichtet. Die hat doch bloß darauf gelauert, dass die das nächste Mal zuschlagen. Mehr noch: Als der Anschlag der Terroristen in Stockholm schiefzugehen drohte, hat der Paukant mit seinem Feuerwerk dafür gesorgt, dass die Aktion dennoch mit einem Paukenschlag endete. Dafür muss es einen Grund geben, und ich ahne jetzt auch, warum. Denn es heißt ja vermutlich nicht ohne Grund, dass ›im Schatten‹ dieser Anschläge Unheil gedeiht.«

»Das ergibt nur dann Sinn, wenn gleichzeitig überall noch etwas anderes vorgefallen ist«, wandte Elektra ein.

»Eben. Und zwar vermutlich an den Anschlagsorten selbst«, meinte Perseus.

»Ihr meint, die Orte wurden von Jason nicht bloß wegen dieser verborgenen Botschaft ausgesucht?«, fragte Lena.

»Nein.« Perseus sah sie ernst an. »Es wäre doch möglich, dass dahinter auch die Absicht steckte, die allgemeine Aufmerksamkeit von etwas anderem abzulenken.«

»Hochinteressant.« Zeus nickte. »Wenn das Orakel darauf aufmerksam geworden ist, müssen diese Geschehnisse ebenfalls Eingang bei den entsprechenden Polizeibehörden und Nachrichtendiensten gefunden haben. Nur wurde ihnen dort offenbar nicht jene Bedeutung beigemessen, die sie in Wahrheit verdienen.«

»Alles klar, das checke ich doch gleich mal.« Elektra zog ihren Laptop aus dem Rucksack und klinkte sich ins Arachne-Netzwerk ein. Eine Weile durchforstete die Lettin die internen Datenbanken und wurde zunehmend ernster. Zeus, die bereits auf die Uhr blickte, räusperte sich irgendwann. »Und, Agentin Elektra?«

Beunruhigt holte die Lettin Luft.

»Ich weiß noch nicht genau, was dahintersteckt, aber es sieht ganz so aus, als könnte an Perseus' Theorie etwas dran sein. Seht.« Sie drehte ihnen den Bildschirm des Rechners zu. »In Bern, wo die Warriors die Produktionsanlagen dieses Schweizer Lebensmittelkonzerns in die Luft gejagt haben, wurde in der gleichen Nacht die Tochter eines Chipproduzenten aus einem Internat entführt. In Sevilla ist zeitgleich zu dem Anschlag auf die Großmastanlage ein bekannter spanischer Computerexperte verschwunden. In Turin haben die Warriors nicht nur einen Anschlag auf diesen Automobilkonzern verübt, in der gleichen Nacht wurde bei einem Luft- und Raumfahrtwerk Equipment für neueste Kühltechnologie entwendet. Und bei dem Anschlag in Aberdeen wurden aus einem Frachtschiff modernste Supraleiter und sogenannte Supermagnete geraubt. Alles Bauteile, die für den Fusionsreaktor ITER in Südfrankreich bestimmt waren. Und während des Anschlags auf die Petrochemischen Anlagen in Rotterdam«, Elektra sah mitfühlend zu Lena auf, »wurde im Hafen angereichertes Uran gestohlen.«

»Uran?« Zeus spannte sich.

»Es geht noch weiter«, seufzte Elektra. »Wie erst gestern reinkam, kam es in Dresden nicht nur zum Überfall auf den deutschen Umweltminister, die großflächige Sabotage des Stromnetzes diente offenbar dazu, die strengen Sicherheitsvorkehrungen am Max-Planck-Institut auszuschalten, um sich so sündhaft teure Lasertechnologie aus dem Institut anzueignen.«

»Und was ist in Stockholm passiert?«, fragte Perseus verärgert.

»Du wirst es kaum glauben«, stöhnte die Lettin. »Aber während wir mit der ›Melody of the Oceans‹ beschäftigt waren, haben Unbekannte im Hafen eiskalt den Reaktor eines russischen Atomeisbrechers abtransportiert, der dort abgewrackt wurde.«

»Meine Güte!« Zeus zog den Laptop zu sich heran. »Die Nachricht ist auch auf meinem Schreibtisch gelandet. Und so, wie es aussieht, haben unsere Gegner inzwischen auch das notwendige Uran, um den Reaktor in Betrieb zu nehmen.«

»Ich bin bloß noch nicht dahintergekommen, was der Anschlag auf Flug BR 2442 sollte.« Elektra zuckte mit den Schultern. »In Athen ist nichts vorgefallen. Jedenfalls nichts, was bei den Polizei- oder Geheimdienstbehörden Eingang gefunden hat. Allerdings sind die Ermittlungen um die gecrashte Linienmaschine noch in vollem Gang.«

»Doch, da war was!«, meinte Lena aufgeregt. »Ich habe euch das noch gar nicht erzählt. Aber der Paukant hat bei seinem Absprung aus dem Flugzeug einen Passagier entführt. Ich bin ihm nur kurz begegnet, aber der Mann könnte Wissenschaftler gewesen sein.«

»Woher weißt du das?«, fragte Antiope.

»Na ja, ich war etwas ungeschickt. Als ich das Flugzeug betrat, habe ich den Mann angerempelt, sodass einige seine Unterlagen auf den Boden gefallen sind.«

»Weißt du noch, was das für Unterlagen waren?« Perseus sah sie beschwörend an.

Lena räusperte sich und führte sich jene Szene im Flugzeug vor Augen, als sie dem Mann geholfen hatte, die Unterlagen aufzuheben.

»Das waren definitiv mathematische Formeln und Berechnungen …«, murmelte sie. »Ich glaube, es ging um komplizierte Algorithmen, aber ich weiß nicht, wofür. Oben auf den Blättern stand ein spanischer Name … Dr. Álvaro Fernández.«

»Seltsam«, meinte Elektra. »Ein derartiger Passagierabgang wurde nirgendwo vermerkt.«

»Kein Wunder.« Zeus atmete scharf ein. »Denn Dr. Álvaro Fernández wird nicht unter seinem richtigen Namen an Bord der

Maschine gewesen sein. Er gilt als der führende Experte in einem mathematischen Bereich der Zahlentheorie, die zur Quanteninformatik gehört. Vor zwei Jahren haben Unbekannte versucht, ihn zu entführen. Ein Anschlag, der zum Glück von uns vereitelt werden konnte. A.R.G.O.S. hat anschließend dafür gesorgt, dass sich der spanische Geheimdienst Centro Nacional de Inteligencia seiner Sicherheit annahm und ihn mit einer Alias-Identität ausstattete.«

»Warum die Spanier?«, fragte Perseus.

»Wie so häufig … aus Kostengründen.« Zeus räusperte sich verlegen. »Offenbar keine gute Idee. Denn die Kollegen scheinen da etwas nachlässig gewesen zu sein.«

»Was ist denn so wichtig an dem Mann?«, wollte Lena wissen.

»Nun, Dr. Álvaro Fernández beschäftigt sich schon seit Jahren mit dem Shor-Algorithmus«, antwortete die alte Griechin. »Dabei geht es, vereinfacht gesagt, um ein kryptografisches Verfahren, das allen anderen Entschlüsselungs-Algorithmen haushoch überlegen ist. Allerdings benötigt man dafür einen Quantencomputer. Also einen Hochleistungsprozessor, der nach den Gesetzen der Quantenmechanik arbeitet. Bislang gibt es nur Prototypen mit äußerst eingeschränkten Funktionen, aber wenn es einem Unternehmen oder einer Nation gelingt, einen solchen Quantencomputer zu bauen, dann wird das unsere eng vernetzte Welt auf den Kopf stellen. Dann wird es keinerlei elektronische Sicherheiten mehr geben. Wer auch immer einen funktionierenden Quantencomputer besitzt, wird mit den kryptografischen Möglichkeiten jedes Passwort, jede noch so aufwändige Verschlüsselung und jede Firewall durchbrechen können. Ganze Staaten können damit zu Fall gebracht werden, da unsere Sicherheitsarchitektur nicht gegen einen solchen Angriff gewappnet ist.«

»Oje«, seufzte Lena. »Allmählich begreife ich, was mit dieser angedrohten neuen Ordnung gemeint war. Und ich habe Sophia immer ermahnt, weil sie so faul ist, für alles das gleiche Passwort zu verwenden. Nur ist das dann wohl auch egal?«

»Es wird mittelfristig überhaupt keine politischen, militärischen oder privaten Geheimnisse mehr geben, Frau Kaufmann.« Zeus sah sie besorgt an. »Unserem Gegner wird es möglich sein, das weltweite Bankensystem zum Zusammenbruch zu bringen. Freie Wahlen können je nach Belieben manipuliert werden, selbst der Zugriff auf Atomwaffen ist denkbar.«

»Wenn man sich die Beschaffungsliste unseres Gegners so ansieht«, stöhnte Elektra, »dann ist wirklich alles dabei, was man zum Bau eines funktionierenden Quantencomputers benötigt: Nicht nur das Fachwissen, sondern auch das Komplettpaket an verfügbarer Technologie. Selbst den Energiehunger eines solchen Monsters können die jetzt stillen.«

»Noch ist es nicht so weit«, knurrte Perseus. »Noch können wir es verhindern. Zumindest wenn es uns gelingt, herauszufinden, wer dahintersteckt. Und das muss eine Partei sein, die über Einfluss und Manpower, gewaltige finanzielle Ressourcen und nicht zuletzt vielleicht auch über ein Motiv verfügt, wenn es nicht nur um Bereicherung geht.« Er raufte sich die Haare und atmete tief ein. »Warum müssen wir ausgerechnet jetzt ohne Kirke auskommen? Ich gehe jede Wette ein, dass ihr sicher noch der eine oder andere blinde Fleck aufgefallen wäre, dessen Beleuchtung uns weiterbringen würde.«

»Wie sagte sie damals noch in Budapest?«, wandte Lena schüchtern ein. »Die erste A.R.G.O.S.-Regel lautet: Folge den Lieferketten! Vielleicht gibt es da etwas, das wir übersehen haben?«

»Gute Frage.« Zeus musterte Perseus und Elektra. »Sie waren quasi von Anfang an dabei. Denken Sie nach.«

Perseus presste missmutig die Lippen aufeinander. »Ich wüsste nicht, was. Weder in Budapest noch später in Schweden ist es uns gelungen, Spuren zu finden, denen wir noch nicht nachgegangen wären.«

»Nein, dort nicht.« Elektra nahm grübelnd ihre Brille ab und putzte sie. »Aber trifft das auch auf Deutschland zu? Wir sind doch ehrlich gesagt gar nicht zu einer Aufarbeitung der Ereignisse rund um den Monarchenball gekommen. Du erinnerst dich? Die unbekannten Strippenzieher haben den Warriors auch dort logistische Hilfe geleistet.«

»Stimmt.« Perseus trat neben sie. »Und zwar über diese Mantikor Security Agency, durch die sie ihre Leute auf den Ball einschleusen konnten. Bist du schon dazu gekommen, die Besitzverhältnisse der Agentur zu überprüfen?«

»Nein. Aber genau das hole ich jetzt nach.«

Elektra zog ihren Laptop wieder zu sich, rief die Webseiten von Bonitätsauskünften sowie Unternehmens- und Handelsregistern auf und recherchierte, während Zeus mit versteinertem Gesicht auf ihre Uhr blickte.

Die Augen der Lettin weiteten sich nach einer Weile. »Diese Mantikor Security Agency ist ein deutscher Ableger von zwei europaweit operierenden Security-Firmen, die beide als Aktienunternehmen eingetragen sind. Und die Hauptaktionäre sind zum einen eine österreichische Stiftung zur Förderung lokalen Brauchtums, außerdem ein großer deutscher Hopfenproduzent. Beide gehören zur Monarchenbräu-Gruppe.«

»Wie bitte?« Perseus starrte ungläubig auf den Monitor. »Du glaubst, dass Carl Pichler hinter alledem steckt?«

»Über genug Geld und Einfluss verfügt er«, die Lettin fuhr sich aufgewühlt durch ihr grünes Haar. »Egal, wie aufwändig er seine Unterstützung der Warriors gegebenenfalls verschleiert hat, für die Einladungsliste des Balls zeichnet er hauptverantwortlich. Wenn er wirklich der Drahtzieher ist, dann hat er One-Eye-Dawn und ihren Leuten den deutschen Umweltminister quasi auf dem Silbertablett serviert.«

»Midas und Hermes«, murmelte Zeus mit frostiger Stimme. »Der Orakelspruch könnte sehr viel deutlicher gewesen sein, als wir gedacht haben. Schon zur Zeit der Hanse waren Monarchen und andere Adelshäuser die größten Feinde der Kaufleute. Fest steht, dass sich Carl Pichler ebenso wie schon sein Vater für einen illegitimen Erben der Habsburgermonarchie hält. Adlige Freunde nennen ihn deswegen angeblich auch bei einem anderen Namen, nämlich Carl Rudolf Wilhelm von Österreich-Ungarn.«

»Der ist ja völlig durchgeknallt«, meinte Antiope kopfschüttelnd.

»Ja. Nur *wie durchgeknallt*, war uns bislang nicht klar.« Zeus seufzte. »Der Wahnsinnige könnte also ein Interesse daran haben, die Europäische Union zu zerstören und stattdessen an der Neuerrichtung des Habsburgerreiches arbeiten. Und zwar in den heutigen Grenzen des Staatenbundes – und mit ihm an der Spitze. Allerdings steht diese Annahme bislang auf etwas tönernen Füßen. Wir haben dafür keine stichhaltigen Beweise, nur einige wenige Indizien.«

»Ich befürchte, er ist es«, meinte Lena mit kläglicher Stimme. »Ich, äh ... Also, als ich ihn und seine Verlobte, also die von Ungnad-Franzenshuld, aus dem Schloss rausgebracht habe, hat er sich anfangs etwas seltsam benommen – also im Nachhinein betrachtet.«

»Was meinen Sie damit?«, fragte Zeus.

»Na ja, als ich da so mit meiner Waffe vor ihm stand«, erklärte Lena, »meinte er, dass er das ja gleich hätte ahnen müssen und er sich keinesfalls ergeben würde. Bis eben dachte ich, dass er glaubte, dass ich eine von den Terroristen wäre. Aber jetzt, wo ich weiß, was er damit wahrscheinlich wirklich gemeint hat ...«

»Verdammt!« Perseus ballte wütend eine Faust. »Dieser Bierkönig hat uns vorgeführt. Mich wundert nicht einmal mehr, dass der Paukant als sein Handlanger fungiert. Zumindest nicht, wenn dieser Verbrecher auf eine zwielichtige Burschenschaftler-Vergangenheit zurückblickt. Die Frage ist, wo er sich jetzt aufhält?«

»Auf Burg Siegerstein!«, entfuhr es Lena und Zeus unisono.

Überrascht blickten sich die beiden an.

»Sieh an, Sie lesen ebenfalls hin und wieder Klatschpresse?«, meinte Lena erfreut.

»Nein, ausschließlich die Berichte unserer Agenten«, korrigierte die A.R.G.O.S.-Chefin sie. »Dass Pichler die verschwiegen gelegene österreichische Festung schon vor Jahren gekauft und zum Stammsitz umfunktioniert hat, ist kein Geheimnis. Burg Siegerstein thront hoch über einem kleinen Tal inmitten des alpinen Glocknerkamms zwischen Kärnten und Tirol, was ebenfalls zu seinen Ambitionen passt. Beides waren Stammlande der Habsburger. Und wenig überraschend haben auch die Nazis die Burg genutzt. Und zwar als Schulungszentrum für die Leibstandarte SS Adolf Hitler.«

»Ein Mann wie Pichler hat aber doch aber vermutlich zahlreiche Rückzugsorte?«, wandte Antiope skeptisch ein. »Wie können wir uns ohne nachrichtendienstliche Erkenntnisse sicher sein, dass er seinen Coup von dort aus plant?«

»Weil es im Orakel heißt, dass das Unheil ›im Berge wächst‹«, mutmaßte Elektra. »Tatsächlich gibt es kaum einen günstigeren Ort für den Bau eines Quantencomputers. Denn nach allem, was ich darüber weiß, muss ein solcher Ort so gut wie möglich gegen Erschütterungen sowie magnetische und elektrische Felder abgeschirmt werden. Ein Standort im Gebirge wäre also ideal.«

»Und wir wissen, wann Pichler den Quantencomputer aktivieren will.« Zeus blickte zornig auf ihre Uhr. »Und zwar exakt morgen um zwanzig Uhr! Solange wir nicht wissen, ob es im Olymp noch einen weiteren Verräter gibt, ist uns zwar der rechte Arm gebunden, aber mir stehen durchaus eigene Mittel zur Verfügung, von denen niemand erfahren wird.«

Sie wandte sich an Antiope. »Informieren Sie Kadmos und seine Leute. Sie sollen den Jet startklar machen. Wir werden gegen Mitternacht aufbrechen, das Ziel verrate ich während des Fluges.« Sie drehte sich nun wieder zu Perseus, Elektra und Lena. »Wir hingegen werden zur Villa zurückfahren und dort alle weiteren Vorbereitungen für den Einsatz in den Alpen treffen. Wenn sich Pichler sicher wähnt, hat er sich schwer geirrt. Von dieser Stunde an wird A.R.G.O.S. mit aller zur Verfügung stehenden Härte zurückschlagen!«

# BATTLE ROYALE

Kalte Höhenwinde fuhren in Lenas helles Haar, und sie war froh, dass sie einen der wärmenden schwarz-weiß gefleckten A.R.G.O.S.-Kampfanzüge trug, während sie von ihrem prominenten Aussichtspunkt aus einen Blick auf die steilen Grate, schroffen Flanken und scharfen Zacken des vergletscherten Alpengebirges warf.

In der Ferne ragte die pyramidale Bergkuppe des Großglockners majestätisch weiß zum abendlichen Himmelszelt auf, auf den vereisten Flanken des Gebirgszugs spiegelte sich rot die untergehende Sonne, während die Täler und Pässe bereits tief verschattet waren und sich scheinbar ergeben vor den alpinen Felstitanen wegduckten. Der Ausblick auf das stolze Gebirge erschien Lena so schicksalhaft.

Wie ein Vorzeichen jenes Kampfes, der ihnen bevorstand.

Mal ganz abgesehen davon, dass sie die düstere Farbgebung auch an dieses »Weiß wie Schnee, rot wie Blut und schwarz wie Ebenholz« aus dem Märchen »Schneewittchen« erinnerte.

Was auch kein Wunder war. Denn Pichler ähnelte durchaus einer Mischung aus böser Königin und Giftzwerg. Streng genommen hielt er sich hier sogar hinter den sieben Bergen versteckt. Und auch sie selbst hatte viel zu lange in einer Art Kristallsarg geschlummert, bis sie schließlich ihre Bestimmung gefunden hatte. Eine Bestimmung, die sie bis an diesen Ort geführt hatte. Sie brannte förmlich darauf, Pichler das vergiftete Apfelstück ins Gesicht zu spucken, an dem sie sinnbildlich noch immer herumkaute. Denn sie hatte noch lange nicht vergessen, dass er sie auf so fiese Weise eingelullt hatte, um an Doktor Fink heranzukommen.

Eigentlich war alles, was jetzt noch fehlte, ein Prinz. Aber auch daran würde sie arbeiten.

»Und, bist du bereit?«, ertönte hinter ihr die Stimme von Perseus.

Lena räusperte sich verlegen und drehte sich zu ihm um. »Ja, bin ich.«

Perseus, der ebenfalls in einem dieser Fleckenanzüge steckte und jetzt ein kurzläufiges Sturmgewehr geschultert hatte, betrachtete sie ernst. »Das war ein langer Weg, der uns bis an diesen Ort geführt hat.«

»Ich weiß.«

»Du bist dir sicher, dass du ihn bis zum bitteren Ende gehen willst? Denn was auch immer heute passieren wird, all das wird ohne Netz geschehen.«

»Ist ja nicht das erste Mal«, erklärte sie tapfer. »Und nein, ich kneife nicht. Zeus hat mich ja schon gefragt. Aber ihr seid so wenige, da könnt ihr jeden Mann gebrauchen. Und natürlich jede Frau. Pistole, Taser-Smartphone und Rasierer sind am Start.« Sie klopfte ihre Taschen ab. »Ich hab das Apollon-Auge dabei. Und ich war auf Toilette. Kann also losgehen.«

Perseus seufzte. »Na gut. Gleich steht die Einsatzbesprechung an. In zehn Minuten geht es los. Allerdings will uns Zeus vorher noch einmal sehen.«

Lena blickte an ihm vorbei zu dem schräg abfallenden Hang, wo emsiges Treiben herrschte. Dort hatten die Agenten ihre schwarzen Paragliding-Schirme zurechtgelegt und führten Vorflugchecks aus.

Weiter oben, auf einem Plateau, halb verborgen hinter dunklen Felsen, war hingegen der große Bergrettungshubschrauber mit seinen Rotoren zu sehen, der sie samt ihrer Ausrüstung an den hoch gelegenen Ort gebracht hatte.

Lena folgte Perseus mühsam den Hang hinauf und bedachte Antiope mit einem kurzen Blick, die noch immer mit ihrem Gleitschirm kämpfte, der neben den anderen Schirmen lag, jedoch immer wieder leicht vom Wind angehoben wurde.

Viele waren sie leider nicht. Denn abgesehen von ihr, Perseus und der Afroeuropäerin bestand ihr Kommando bloß aus zwei weiteren

Agenten, die ihr unter den Decknamen Oreste und Persephone vorgestellt worden waren.

Bei Oreste handelte es sich um einen wortkargen Slowenen mit blonden Haaren, dessen auffallendstes Merkmal ein abgebrochener Schneidezahn war – was vermutlich auch der Hauptgrund war, warum er so wenig lächelte. Wobei sie sich schon fragte, wie es eigentlich mit einer Zahnersatzversicherung für die Agenten bestellt war.

Persephone hingegen war eine drahtige Portugiesin mit halblangen, dunklen Haaren und unruhigem Blick, von der es hieß, dass sie mal im Zirkus gearbeitet hatte. Viel gesprochen hatte Lena mit beiden nicht, wenn sie aber inzwischen eines beurteilen konnte, dann dass bei den beiden jeder Handgriff saß. Auch sie steckten in weiß-schwarz gefleckten Schutzanzügen, an deren Taschen und Gürteln diverse Waffen befestigt waren. Und auch sie waren mit kurzläufigen Sturmgewehren bewaffnet, wie sie auch Perseus und Antiope trugen.

Neben dem Hubschrauber wartete Zeus auf sie, während der Lena unbekannte A.R.G.O.S.-Pilot im Cockpit der Maschine hockte und eine Liste mit Checkpunkten durchging. Die A.R.G.O.S.-Chefin war die Einzige hier oben, die einen gewöhnlichen dunklen Mantel trug.

»Perseus! Frau Kaufmann!« Zeus nickte ihnen militärisch knapp zu und deutete auf eine Aluminiumkiste hinter ihr. »Bevor Sie beide aufbrechen, soll ich Ihnen noch einen Gruß von einem alten Bekannten aus Kampen bestellen. Er hat mich gebeten, Ihnen einige, nun ja, Gadgets zu übergeben, von denen er glaubt, dass sie Ihnen vielleicht nützlich sein könnten.«

»Theodorus?«, entfuhr es Perseus verblüfft.

Sofort trat er an die Kiste heran, um sie zu öffnen.

»T gehört ebenfalls zu den Eingeweihten?«, fragte Lena möglichst lässig.

»Er kennt zwar nicht alle Details«, antwortete die Griechin, während sie sich den Kragen ihres Mantels zuhielt, um sich vor den Höhenwinden zu schützen, »aber er war uns bei der Aufarbeitung der Akte Jason durchaus nützlich. Allerdings befürchte ich, dass Sie in der

Kiste bloß Prototypen finden, die noch nicht im Feldeinsatz erprobt wurden.«

»Ach, da wird schon etwas Cooles drunter sein«, meinte Lena erfreut, räusperte sich jedoch nach einem mahnenden Blick der A.R.G.O.S.-Chefin.

»Gut. Sie haben fünf Minuten.«

Zeus stiefelte rüber zu Elektra, die an Bob herumhantierte. Dass selbst die mollige Lettin mit einem dieser stramm sitzenden Tarnanzüge ausgestattet war, unterstrich den Ernst der Situation.

Schon stand Lena neben Perseus, der eine technische Anleitung in der Hand hielt und die in Schaumstoff eingebetteten Objekte in der Kiste begutachtete. Oben lagen die Raketenstiefel, die Lena aus Kampen kannte.

»Wow, er hat diese talarischen Flügelschuhe fertiggekriegt!«, rief sie begeistert.

»Da wäre ich mir nicht so sicher«, wandte ihr Begleiter ein. »In Wahrheit wird er es einfach nicht leid, immer wieder an diesen Dingern zu schrauben.«

Überrascht sah sie Perseus an. »Mir erzählte T in Kampen, die seien so etwas wie eine Überraschung für dich.«

»Überraschung?« Perseus schüttelte unwillig den Kopf. »Die Dinger sind schon sein achter Versuch – und das in drei Jahren. Und nie bekommt er die Stabilisatoren richtig hin.«

Lena dachte an das Schicksal des Crash-Dummys in Kampen.

»Das heißt, du willst sie nicht?«

»Um Gottes willen. Da kann ich auch gleich kopfüber den Berg hinunterspringen.«

»Na gut, dann nehme ich sie.«

»Du?«

»Ja, klar.«

»Ehrlich, Lena. Diese Schuhe sind saugefährlich. Ist ja nicht mal klar, ob die dir überhaupt passen.«

Bevor Perseus sie daran hindern konnte, zog sie ihre Stiefel aus und schlüpfte in die Flügelschuhe, die auf den ersten Blick etwas zu groß wirkten. Doch kaum hatte sie die Schnallen geschlossen, gab es ein saugendes Geräusch, und die Stiefel passten sich perfekt ihrer Fußform an.

Sie nahm Perseus die Anleitung ab, las sie und ging einige Schritte. Die Flügelschuhe waren zwar deutlich schwerer als normale, aber sie beschloss dennoch, sie anzubehalten.

»Ehrlich! Nicht zünden, wenn du nicht wirklich musst!«, ermahnte Perseus sie, während er nach dem nächsten Objekt griff: einem Päckchen Zigaretten. Dabei handelte es sich der Anleitung nach um ein Bündel gefährlicher Mikroraketen, die selbsttätig ausschwärmten und alles als Ziel betrachteten, was nicht ein A.R.G.O.S.-Smart-Glass trug.

»Die nehme ich auch, wenn du sie nicht willst«, erklärte Lena fasziniert.

»Nein«, er steckte sie weg. »Das scheint mir doch tatsächlich nützlich zu sein.«

»Na gut.«

»Was haben wir denn hier?« Er hob einen schwarzen Beutel aus der Kiste, öffnete ihn und entnahm ihm mit spitzen Fingern eine gelbe Gummiente. »Was ist das?«

Lena studierte die Anleitung. »Offenbar ist sie mit einem experimentellen Paralysegift gefüllt, das sich im Badewasser auflöst und dann den Badenden lähmt.«

»Theodorus scheint nicht wirklich gewusst zu haben, welcher Einsatz uns heute bevorsteht.«

»Dann nehme ich sie. Sieht ja auch ganz niedlich aus.«

Zweifelnd blickte Perseus sie an, während er ihr die Ente reichte. Schließlich griff er zu einem Tennisball. Stirnrunzelnd warf er wieder einen Blick in die Anleitung.

»Ein Ball, der dreißig verschiedene voreingestellte Geräusche replizieren kann.« Er schnaubte amüsiert. »Von Sirenengeheul über Hundegebell ist alles Mögliche dabei. Theodorus scheint nicht ausgelastet zu sein.«

»Na gut, nehme ich auch!«, rief Lena nach einem Blick auf die

Anleitung. »Sind da nicht vielleicht auch ein paar von diesen Spreng-knöpfen drin? Wie Doktor Fink sie hatte? Die würde ich zu gern wie-derhaben.«

»Nein.« Perseus zog stattdessen eine Packung Kaugummis her-vor. »Das hier ist das Einzige, was denen nahekommt. Eine Art Plastiksprengstoff, den du vorsichtig kauen musst, damit er an allen möglichen Flächen haften kann. Bei der Einwirkung von kinetischer Energie explodieren sie.«

»Ist Kauen nicht irgendwie … kinetische Energie?«

»Allerdings. Ich verlasse mich lieber auf mein C4.«

»Also, wenn du die nicht willst …«

»Ich weiß, dann nimmst du das Zeug.« Perseus reichte ihr kopf-schüttelnd die Sprengkaugummis.

Als Letztes nahm er einen schlichten USB-Stick aus der Kiste.

»Nehm ich auch!«, meinte Lena begeistert. »Echt, das ist wie Weihnachten.«

»Du weißt doch noch nicht mal, was das ist!«

»Und, was ist es?«, fragte Lena kleinlaut.

Perseus warf mit ihr einen Blick auf die Begleitpapiere. »Ein soge-nannter Fragmentierer. Zerschießt unabhängig vom Betriebssystem die Benutzeroberflächen aller Computer.« Irritiert schüttelte er den Kopf. »Das ist … ein ziemlich armseliges Schadprogramm. Erst recht gegen einen Quantencomputer.«

»Egal.« Lena nahm ihm den USB-Stick aus der Hand und steckte ihn weg.

Zeus kehrte nun wieder zu ihnen zurück. »Ich hoffe, Sie sind so weit?«

Perseus nickte, und die Griechin steckte die Finger in den Mund und ließ einen schrillen Pfiff erklingen. Sofort schloss der Rest ihrer kleinen Truppe zu ihnen auf. Einzig Elektra blieb sitzen, da sie nun über ihrem Laptop brütete.

Die Agenten nahmen in einer Reihe Aufstellung, schließlich trat die A.R.G.O.S.-Chefin vor und baute sich mit hinter dem Rücken ver-schränkten Armen vor ihnen auf.

»Ladys! Gentlemen!«, schallte ihnen ihre befehlsgewohnte Stimme entgegen. »Über den Ernst der ›Operation Alpenglühen‹ muss ich Sie nicht mehr aufklären. Dass ich Sie hier und heute kurzfristig zusammengetrommelt habe, haben Sie dem Umstand zu verdanken, dass Sie zu jenem kleinen Kreis an Agenten gehören, mit denen ich in der Vergangenheit besonders vertrauensvoll zusammengearbeitet habe und die über jeden Verdacht erhaben sind, sich von Dritten innerhalb oder außerhalb von A.R.G.O.S. kompromittieren zu lassen. Heute geht es um alles!«

Zeus winkte Elektra heran, die sich nun endlich erhob und an ihre Seite trat.

»Die Satellitenbilder von Pichlers Alpenfestung«, fuhr Zeus fort, »konnten Sie bereits einsehen. Ebenso die zur Verfügung stehenden Grundrisspläne. Leider liegen uns bis zu dieser Minute keine neuen Erkenntnisse über den geheimen Festungskomplex unter Burg Siegerstein vor. Alles, was wir herausfinden konnten, war, dass Pichlers angebliche Sanierungsbemühungen offenbar seit Erwerb der alten Festung dazu dienten, in ihrem Schutz geheime Tunnelarbeiten in Angriff zu nehmen. Unser eigentliches Operationsziel liegt somit im Berginnern. Wenn Sie also die oberirdischen Teile der Befestigung überwunden haben, betreten Sie Terra incognita. Dann sind Sie auf sich gestellt.«

Zeus blickte auf ihre Uhr.

»Bis zur Aktivierung des Quantencomputers bleiben uns noch ziemlich genau zweieinhalb Stunden.« Streng sah sie wieder zu ihnen auf. »Aber die Zeit arbeitet gegen uns. Operation Alpenglühen besteht aus zwei Angriffswellen. Kommando eins wird in diesen Minuten von den Agenten Kadmos, Iolaos, Tantalos und Palamedes unten in Dorf Siegerstein ausgeführt. Ziel der Mission ist es zum einen, ein mögliches Breitbandkabel im Tal ausfindig zu machen und zu zerstören, über das der Quantencomputer möglicherweise mit der Außenwelt verbunden ist. Bislang gibt es dafür nur leider keine Hinweise. Stattdessen müssen wir wohl mit einer Internetanbindung via Satellit rechnen. Die Mission dient jedoch auch als Entlastungsangriff, um möglichst viele Männer Pichlers von der Festung ins Tal zu locken, um Ihnen, Ladys, Gentlemen, den Hauptschlag am Berg zu erleichtern. Wenn möglich, werden Kadmos und seine Leute später versuchen, sich nach oben zur Burg durchzuschlagen, um Sie zu unterstützen – womit wir bei den Einsatzinformationen wären, die für Sie von maßgeblichem Interesse sind. Denn Sie bilden das Kommando zwei, das den Hauptschlag ausführen wird. Sie alle unterstehen Agent Perseus. Wenn er ausfällt Agentin Antiope. Und wenn sie ausfällt … Na ja, hoffen wir einfach, dass es dazu nicht kommt.«

Lena schluckte nun doch.

Zeus nahm Elektra den Laptop aus der Hand und warf einen Blick auf den Bildschirm, bevor sie sich ihnen wieder zuwandte.

»Die Fernaufklärung, die seit gestern angelaufen ist, nimmt an, dass Sie es auf Burg Siegerstein mit einer Übermacht von etwa vierzig bis fünfzig Mann zu tun bekommen werden. Entsprechend weniger, wenn es Kadmos und seinen Leuten gelingt, einige von ihnen ins Tal zu locken. Pichler scheint auf den letzten Metern kein Risiko eingegangen zu sein, denn er hat auf der Festung sein gesamtes Security-Personal zusammengezogen. Unglücklicherweise müssen wir davon ausgehen, dass er über ein chinesisches HongYing-5-Lenkwaffensystem zur Abwehr von Hubschraubern und Flugzeugen verfügt, weswegen wir unser übliches Vorgehen nicht riskieren können und Ihr Vorstoß auf weniger konventionelle Weise erfolgt.«

Zeus blickte zu dem Hang mit den vorbereiteten Lenkschirmen.

»Die Festung schmiegt sich direkt an den Berg«, fuhr die A.R.G.O.S.-Chefin fort. »Die Satellitenbilder lassen darauf schließen, dass Pichler eines der alten Gebäude auf dem Innenhof hat abreißen lassen, um einen Zugang zur rückwärtigen Felswand zu schaffen. Wir nehmen an, dass sich dort der Einstieg zu dem unterirdischen Festungskomplex befindet. Sie müssen ihn sichern, bevor dieser Mistkerl Wind von Ihrem Eintreffen bekommt.«

»Das schaffen wir!«, sagte Perseus kämpferisch.

»Gut. Denken Sie daran, dass es das primäre Ziel Ihrer Mission ist, den Quantencomputer aufzuspüren und zu zerstören. Sekundär, eine möglicherweise vorhandene Satellitenanbindung am Berg ausfindig zu machen und auszuschalten. Und tertiär, unserer Organisation die Baupläne für den Quantenprozessor zu beschaffen und die Hintermänner gefangen zu nehmen. Angesichts der Bedrohungslage geben wir uns aber auch mit ihren Leichen zufrieden.« Zeus schnaubte mitleidlos. »Selbstverständlich wird Ihr Vorstoß vorbereitet. Schon in wenigen Minuten wird …«

Plötzlich war das zunehmend lauter werdende Dröhnen eines Flugzeugpropellers zu hören. Lena drehte sich alarmiert um, denn in nur zwanzig Metern über ihren Köpfen brauste eine einmotorige Piper der österreichischen Bergwacht über den Bergkamm hinweg. Die Maschine schwenkte in das vor ihnen liegende Tal ein, korrigierte den Kurs leicht nach rechts und flog den weiter hinten liegenden Bergkämmen entgegen.

»Nun, die Unterstützung ist soeben eingetroffen«, korrigierte sich Zeus mit deutlich lauterer Stimme, um den Propellerlärm zu übertönen. »Davon ausgehend, dass Pichler nicht riskieren wird, ein harmloses Flugzeug der Bergwacht abzuschießen, wird die Burg schon in Kürze mit Nephilim-Nebel eingehüllt. Außerdem werden Sie Unterstützung durch Agentin Elektra erhalten, die Ihren Vorstoß mit einer Kampfdrohne absichert. Noch Fragen?«

Die Agenten schwiegen.

»Sie wissen, wie viel auf dem Spiel steht«, meinte Zeus. »Handeln Sie entsprechend.«

»Treue, Tapferkeit und Tod!«, rief Lena feierlich und schlug sich die geballte Faust ans Herz.

Perseus, Antiope, Oreste und Persephone beäugten sie irritiert.

»Äh, ja …« Die A.R.G.O.S.-Chefin räusperte sich. »Dann machen Sie sich mal startbereit. Aufbruch in zehn Minuten! Viel Glück!«

Gemeinsam mit den Agenten lief Lena zu dem abschüssigen Hang mit den Paraglidern. Natürlich hatte sie keine Ahnung, wie man mit diesen Dingern flog, aber für sie war ein Tandemflug vorgesehen. Sie setzte sich ebenso wie alle anderen ihren Helm auf. Anschließend half ihr Perseus ins Tragegeschirr, schloss die Karabinerhaken und platzierte sie unmittelbar vor sich, während er nun wie die anderen einen Schalldämpfer auf sein Sturmgewehr schraubte.

Über den Hang hinweg lief Elektra auf sie zu.

»Passt ja auf euch auf, verstanden?«, meinte die Lettin besorgt. »Ich werde euch mit Bob im Auge behalten und euch Flankenschutz geben, solange ich kann. Wir haben ihn dazu gestern noch etwas aufgerüstet. Aber wenn ihr erst im Berg seid, kann ich nichts mehr für euch tun.«

»Mach dir keine Gedanken«, erklärte Perseus ernst. »So ist eben unser Job. Sollten wir es nicht schaffen, bestell Kirke einen letzten Gruß. Es war mir eine Ehre, an eurer Seite zu kämpfen.«

»Und Daedalos natürlich auch«, meinte Lena verzagt.

»Nein, ihm nicht«, grollte Perseus.

»Ach komm.«

»Nichts ›Ach komm!‹«, zürnte er. »Ich habe diesen Mistkerl nicht umsonst ausgespart.«

»Okay, also von dir letzte Grüße an Kirke und von Lena an beide, richtig?«, wiederholte Elektra.

»Ehrlich gesagt würde ich beide lieber noch einmal sehen«, wandte Lena ein.

»Das stimmt natürlich«, pflichtete ihr Elektra bei.

»Sagt mal, könntet ihr beide bitte mit diesem pathetischen Mist aufhören?«, fuhr Perseus sie an. »Ich muss mich konzentrieren. Und jetzt Brille auf. Es geht los!«

Ebenso wie Perseus setzte sich Lena ihr cooles A.R.G.O.S.-Smart-Glass auf und aktivierte es.

Elektra stürmte den Hang wieder nach oben, und der Algerienfranzose wartete, bis sie den Quadrocopter gestartet hatte. Dann gab er das Startzeichen, indem er mit der Hand dreimal rasch vorausdeutete.

Er breitete die Arme aus, und gemeinsam liefen sie den Hang hinunter. Überraschend schnell spürte Lena hinter ihnen Widerstand, dann trat sie ins Leere, und sie hoben ab.

»Uaaaaa!« Begeistert ließ sich Lena in das Tragegeschirr fallen, während Perseus hinter ihr an den Leinen zog, sie rasch weiter an Höhe gewannen und er den Kurs des Gleitschirms nun ebenfalls nach rechts korrigierte und auf die vor ihnen liegende Bergwelt zuglitt.

Lena lauschte dem Flugwind, der jetzt ihr dauernder Begleiter war, starrte fasziniert auf die breite Schlucht, die sich düster unter ihnen aufspannte, und drehte sich irgendwann zu den anderen Agenten um, die hinter ihnen herflogen.

Mit ihren schwarzen Paragliding-Schirmen wirkten sie wie riesige Raubvögel, bereit, sich auf ihre Beute zu stürzen. Sogar Bob konnte sie ausmachen, der etwas kleiner hinter den Agenten herschwirrte.

»Wow! Das ist fast besser als mit den Raketenrucksäcken!«, rief sie über Funk.

»Funkdisziplin wahren!«, ermahnte Perseus sie, während sie mit dem Gleitschirm auf eine schroffe Bergwand zurauschten, in deren Schatten sie dem Talkessel folgten.

Lena spürte, wie ihr Herz aufgeregt hämmerte, und sie fühlte sich wieder so lebendig wie nur selten in ihrem Leben.

Völlig egal, wie das hier ausging, das war es so was von wert.

Wenn sie doch nur Sophia von alledem berichten könnte.

Im Schutz der steilen Bergflanken glitten sie weiter durch die Bergwelt. Perseus und die anderen nutzten geschickt die Luftströmungen, und Lena schaltete ihr Smart Glass irgendwann auf Nachtsicht, da die Sonne so tief stand, dass selbst die höheren Gebirgslagen im Schatten lagen. Sie näherten sich dem Ende des Talkessels, der von einer dichten Nebelfront eingehüllt war.

Sie glitten jetzt direkt auf ihr Ziel zu: Burg Siegerstein. Die Gebirgsfeste war zwar angesichts des künstlichen Nebels nicht auszumachen, doch Lena kannte die Aufnahmen, die Zeus ihnen gezeigt hatte.

Nach denen schmiegte sich Pichlers geheime Operationsbasis als trutziges Halbrund, bestehend aus Wehrmauer, Türmen und Hauptgebäuden, an eine dahinterliegende Felswand. Eine ausgebaute Serpentinenstraße führte von Dorf Siegerstein hinauf zur Burg, und als sie Fern- und Wärmesicht aktivierte, glaubte Lena dort unten zwischen den Häusern Rauchsäulen zu erkennen. Außerdem waren zwei

Lastwagen auf dem Weg ins Tal. Kadmos und seine Jungs schienen also Aufmerksamkeit erregt zu haben.

»Steinadler an alle!«, war Perseus' Stimme über Funk zu hören. »Das Ziel liegt voraus. Funk-Check!«

»Hier Wanderfalke. Check!«, bestätigte Antiope.

»Hier Bartgeier. Check!«, meldete sich Oreste.

»Hier Habicht. Check!«, antwortete Persephone.

»Hier Kolkrabe. Check!«, war Elektra zu hören.

»Hier Birkhuhn!«, meldete sich auch Lena etwas verzögert. »Check!«

»Bleibt möglichst zusammen!«, kommandierte Perseus. »Bei der Konfrontation mit Charly gilt ab jetzt: Fire at will! Und nun – Vorstoß!«

Sie kippten mit den Gleitschirmen nach rechts und jagten auf die Nebelfront zu. Augenblicke später griffen erste Nebelfetzen nach ihnen, schließlich wurde die Sicht immer trüber.

Leicht verzweifelt schaltete Lena immer wieder zwischen Nacht- und Wärmesicht hin und her, als voraus düster und schroff die Türme und hohen Wehrmauern von Burg Siegerstein in Sicht kamen, hinter der düster die Flanke des Berges aufragte.

Auf dem wuchtigen Bergfried der Festung, der sich direkt an die Felswand schmiegte, wehte eine gelb-schwarze Fahne mit dem markanten Doppeladler, wenn sie das im Dunst richtig erkennen konnte. Die Flagge des Habsburgerreiches.

Auf den Wehren hingegen waren mithilfe der Infrarotsicht die Silhouetten heller Wärmesignaturen zu erkennen. Männer mit Gewehren.

Lautlos glitt die Schar der Agenten von oben auf die Ahnungslosen zu. Ebenso wie seine Kollegen visierte Perseus die Wachen mit dem Sturmgewehr an, und Augenblicke später schickten die schallgeschützten Waffen die Männer in den Tod. Beklommen sah Lena dabei zu, wie die Reihe ihrer Gegner auf den Wehren von den Füßen gefegt wurde.

Schon rauschten die Agenten über das große Burgtor hinweg,

und Lena konnte jetzt unter ihnen einen Innenhof mit einem Laster ausmachen, neben dem zwei weitere Bewaffnete standen, die irgendetwas abluden. Dabei gingen ihnen drei Zivilisten zur Hand.

Einer der Wächter sah auf und begann lauthals zu brüllen, doch er und sein Kumpan wurden von einer weiteren Kugelgarbe zu Boden gerissen, bevor sie auch nur nach ihren Waffen greifen konnten.

»Lena, aufpassen!«

In einer scharfen Abwärtsspirale schraubte sich Perseus in die Tiefe, während die unbewaffneten Arbeiter ihre Last fallen ließen und panisch auf eine Gebäudetür zurannten.

Doch kaum dass Perseus und Lena auf dem Pflaster des breiten Innenhofs aufsetzten und sich ihres Tragegeschirrs entledigt hatten, war es mit ihrem Glück vorbei. Denn von den Türmen der Burg schrillten plötzlich heulende Alarmsirenen, und Lena konnte im Dunst gedämpfte Schreie und Rufe hören.

Wenige Schritte hinter dem Lkw landeten jetzt auch Oreste und Persephone, während Antiope etwas hart auf dem Dach des Hauptgebäudes der Burg aufschlug und dort kurz mit ihrem Gleitschirm kämpfte.

»Sichert den Tunneleingang!«, befahl Perseus und deutete zu einem halb abgerissenen Gebäude an der steil aufragenden Felswand, neben dem dunkel ein düsterer Einstieg in den Berg gähnte. Er war so breit und hoch, dass ein Jeep problemlos hineinfahren konnte.

Die Agenten wollten dem Befehl soeben nachkommen, als hinter den Fenstern der Burggebäude Bewegung auszumachen war. Plötzlich setzte von überall her das Peitschen von Schüssen und das Knattern von Maschinenpistolen ein. Lena duckte sich schreiend. Schräg vor ihr wurde Persephone am Oberkörper getroffen und ging zu Boden. Wenigstens verhinderte ihre Schutzweste Schlimmeres.

Perseus erwiderte das Feuer, während Oreste wütend einen Granatwerfer unter seinem Gewehr auslöste. Das Geschoss schlug in einem der oberen Burgzimmer ein, wo es explodierte. Rauch stob durch die Fensteröffnung, und ein Scherbenregen ergoss sich auf das Pflaster des Burghofs.

Perseus holte einen weiteren der Schützen von den Wehren, dennoch war ihr Vorstoß gestoppt, bevor er begonnen hatte. Denn in dem plötzlichen Kugelhagel blieb ihnen nichts anderes übrig, als die Köpfe einzuziehen und hinter dem Laster in Deckung zu gehen.

Unglücklicherweise war jetzt auch im Tunnel Bewegung auszumachen. Dort stürmte ein halbes Dutzend weiterer Bewaffneter ins Freie, die mit dunklen Kaki-Uniformen und Sturmhauben ausgestattet waren.

»Kolkrabe, offenbar wurden wir erwartet!«, rief Perseus wütend. »Wir brauchen Unterstützung!«

»Bin schon da!«, antwortete Elektra.

Unweit des Haupttors schälte sich der Quadrocopter aus dem Nebel.

Bobs Maschinenpistolen hämmerten los, und am Tunnel wurden zwei der Bewaffneten schreiend von den Füßen gerissen, während der Rest von Pichlers Leuten hinter den Mauerresten des abgerissenen Gebäudes in Deckung sprang.

Derweil nahm Antiope von ihrer Dachposition aus den Zugang zum benachbarten Innenhof unter Feuer, durch den drei weitere Bewaffnete zu ihnen vorzustoßen versuchten. Und noch immer peitschten unentwegt Schusssalven dicht an ihren Köpfen vorbei, die sie nur knapp verfehlten und die auch Lena zusammenzucken ließen.

»Wir hocken hier wie auf dem Präsentierteller!«, fluchte Persephone, die unter den Lkw rollte und von dort aus mit ihrer Waffe einen heranstürmenden Gegner auf Distanz hielt. »Da ist irgendwo ein Heckenschütze.«

»Ja, aber ich weiß nicht, wo!«, antwortete Perseus, der ebenso wie Lena kurz den Kopf hob und abermals fast von einer Kugel erwischt wurde. »Dann eben anders.«

Er zückte grimmig das Zigarettenpäckchen, öffnete es und drückte unter Lenas erwartungsvollem Blick einen Knopf. Doch statt eines Raketenschwarms sprühten aus der Packung bloß einige Funken.

»So ein Dreck!«, fluchte der Franzose und schleuderte das Päckchen mit den Blindgängern wütend fort. »Jetzt haben wir wirklich ein Problem!«

Lena schloss aufgeregt die Augen, ging im Geist noch einmal die aktuelle Szenerie auf dem Innenhof durch und scannte die Eindrücke nach Bewegungen und Mündungsfeuern.

»Ich hab sie!«, rief sie aufgeregt. »Es ist nicht nur einer, es sind zwei Schützen. Einer befindet sich im Bergfried. Die zweite Schießscharte unter der Plattform. Der andere nimmt uns vom Hauptgebäude aus ins Korn. Das kleine, gelbe Fenster direkt unter dem Dach.«

Perseus starrte sie überrascht an – und aktivierte den Funk.

»Kolkrabe, ich hoffe, du hast mitgehört?«, rief er. »Nimm dir den Bergfried vor. Wanderfalke, schalte den zweiten Heckenschützen aus!«

»Verstanden«, tönten unisono die Stimmen der beiden Frauen aus den Kopfhörern.

Perseus und Persephone versuchten die Aufmerksamkeit der Schützen mit kurzen Feuerstößen auf sich zu ziehen, während Antiope geduckt den Dachfirst des Hauptgebäudes entlanglief. Bob schwirrte derweil vor den Bergfried und nahm mit seinen Maschinenpistolen den Heckenschützen hinter der Schießscharte unter Feuer.

Antiope befestigte derweil ein Seil und sprang unerschrocken über die Dachkante. Eine Pistole in der Hand und die Füße voran schwang sie sich durch das kleine Fenster im Obergeschoss. Was auch immer dort geschah, der Beschuss endete.

Oreste, der sich neben einem der Vorderreifen des Lkw verschanzt hatte, feuerte seinen Granatwerfer ein weiteres Mal ab, diesmal auf die Angreifer bei der Torzufahrt zum Nachbarhof. Die Detonation fiel so heftig aus, dass dort Teile des Torbogens in sich zusammenstürzten und eine Lawine an Steinen und Geröll auf Pichlers Männer niederging – als sich in das Heulen der Sirenen ein neuer schriller Signalton mischte, der sekündlich an- und abschwoll.

Lena hob beunruhigt den Kopf. Die beiden schweren Torflügel am Tunneleingang schlossen sich langsam.

»Aufpassen! Die versuchen den Laden dichtzumachen!«, brüllte Perseus alarmiert. »Bartgeier, bring die Karre zum Laufen und sieh zu, dass du das verhinderst! Habicht, Birkhuhn, wir geben ihm Deckung.«

Der Slowene riss die Beifahrertür des Lkw auf und kletterte in die Fahrerkanzel, während Perseus und die Spanierin, die noch immer unter dem Fahrzeug lag, die Bewaffneten vor dem Tunneleingang unter Beschuss nahmen.

Auch Lena, die längst ihre Pistole in den zittrigen Fingern hielt, schoss auf den Tunneleingang. Doch sie schien nicht einmal die schweren Torflügel zu treffen, die sich unerbittlich aufeinander zubewegten.

»Leute, ich habe kaum noch Munition«, war Elektras zerknirschte Stimme zu hören. »Außerdem geht Bob allmählich der Saft aus. Aber noch habe ich eine Überraschung.«

Lena sah zu der Drohne auf, die hoch über ihren Köpfen schwirrte, als von dort ein fauchendes Geräusch ertönte. Eine kleine Rakete mit einer schlanken Rauchspur als Schweif jagte auf den Tunneleingang zu.

Eine heftige Explosion erschütterte die beiden Torflügel. Ein hässliches metallenes Quietschen dröhnte über den Innenhof, und der automatische Verschlussmechanismus kam ins Stocken. Doch gestoppt war er nicht. Endlich sprang der Motor des Lkw an.

Persephone rollte im letzten Moment zwischen den Reifen hervor, als der Slowene Gas gab und mit dem schweren Fahrzeug auf den Tunnelzugang zuraste.

Die Wachen vor dem Tor konzentrierten ihr Feuer auf ihn, während Lena, Perseus und Persephone verzweifelt versuchten, sie mit Waffengewalt niederzuhalten.

Lena vernahm trotz des Motorenlärms das Splittern von Glas und die unangenehmen Geräusche von Kugeln, die Blech perforierten, und sie verschoss ihre letzte Patrone, ohne das Gefühl zu haben, irgendetwas getroffen zu haben. Das Fahrzeug rumpelte an den Verteidigern vorbei und krachte gegen die Torflügel. Abermals quietschte und dröhnte Metall, und die Schnauze des Lkw wurde von der Torhydraulik eingedrückt. Oreste hatte es dennoch geschafft, den Wagen so im Tunnelzugang zu verkanten, dass der Plan ihrer Gegner, ihn zu versiegeln, vereitelt worden war.

Perseus und Persophene erschossen die letzten Bewaffneten vor dem Einstieg, und auch Antiope seilte sich jetzt zum Innenhof ab.

Während die Afroeuropäerin den Vormarsch der Agenten nach hinten sicherte, stürmten Lena, Perseus und Persephone an den vielen Toten vorbei zum demolierten Lkw. Perseus versuchte, die eingequetschte Fahrertür zu öffnen, musste jedoch sogleich den Kopf einziehen, da aus dem Tunnel auf ihn gefeuert wurde.

»Oreste hat es erwischt«, sprach er verbittert. »Er ist tot.«

Lena blickte bestürzt zum eingedrückten Fahrerstand.

»Was jetzt?«, fragte Persephone, die routiniert ihr Magazin wechselte. »In genau einer Stunde und achtunddreißig Minuten wird dieser Quantencomputer anspringen.«

»Ich weiß.« Perseus sah wieder zum Tunnel. »Die haben sich da drinnen verschanzt, und beim Vormarsch gibt es für uns keine Deckung. Ohne schweres Gerät schaffen wir es nicht.«

»Auf dem Nachbarhof steht eine Grabungsmaschine«, rief Antiope, die noch immer mit ihrem Gewehr die Fenster und Wehren der umliegenden Burgbauten anvisierte. »Eventuell schaffen wir es, sie rüberzubringen und uns damit vorzukämpfen.«

Perseus haderte kurz mit sich. »Nur wird das Zeit kosten, die wir nicht haben. Denn seit eben liegt das Tor zum Nachbarhof in Trümmern. Aber gut, uns bleibt nichts anders …«

»Wartet«, unterbrach Lena die Agenten aufgeregt. »Das hier kann doch eigentlich nicht der einzige Einstieg in den Berg sein, oder? Ich meine, nicht wenn das hier alles so bergwerkmäßig ist. Vielleicht gibt es noch Versorgungsschächte oder so?«

Perseus blickte zum Abendhimmel, an dem sich der Nebel inzwischen weitgehend verzogen hatte, und aktivierte den Sprechfunk. »Kolkrabe, hat deine Drohne noch Saft?«

»Nein, ich musste Bob leider auf den Boden bringen«, antwortete die Lettin enttäuscht. »Aber ich stehe Gewehr bei Fuß für einen Hubschraubereinsatz, um euch rauszuholen – zumindest wenn es euch gelingt, dieses Lenkwaffensystem unschädlich zu machen.«

»Es wird einfach nicht besser.« Perseus blickte verärgert an der Felswand empor.

»Wartet. Dahinten waren doch vorhin Zivilisten«, meinte Lena. »Wenn sich hier jemand auskennt, dann doch wohl die.«

»Stimmt.« Perseus winkte sie zu sich. »Lena, du kommst mit. Persephone, behalte den Tunnel im Auge. Antiope, du deckst uns.«

Schon lief er zu dem Burggebäude, in dem die Arbeiter verschwunden waren. Lena folgte ihm. Natürlich war die Tür verrammelt, doch der Franzose stieß sie mit Gewalt auf, und zu ihrem Erstaunen gelangten sie in einen Rittersaal mit langen Tischen und Bänken, der an den Wänden und unter der Decke mit den gelb-schwarzen Wappenfarben der Habsburger geschmückt war. Hier sollte wohl später so etwas wie eine Siegesfeier stattfinden.

»Hey, ihr dahinten!«, brüllte Perseus und legte die Waffe an. »Hoch mit euch! Alle!«

Zögernd kamen in einer Saalecke, hinter Bänken und Tischen, fünf Köpfe zum Vorschein. Neben den drei Arbeitern auch ein dunkelhaariger Mann und eine blonde Frau um die fünfzig in Tiroler Tracht. Er trug die Tiroler Joppe in Blau und hielt den passenden schwarzen Trachtenhut in der Hand. In ihrem Kleid überwogen, wie es sich gehörte, die Farben Weiß, Rot und Grün. Ängstlich blickten die fünf sie an.

Perseus marschierte mit der Waffe auf sie zu.

»Wenn ihr nicht wollt, dass euch etwas geschieht«, fuhr er sie an, »dann verratet uns, ob es außer dem Tunnel noch einen anderen Einstieg in den Berg gibt.«

Die fünf warfen sich betretene Blicke zu, schließlich trat der Kerl mit der blauen Joppe vor und hob kühn das Kinn.

»Gar nichts werden wir«, erklärte er in tiefstem Tiroler Dialekt. »An uns beißen Sie sich die Zähne aus. Wir haben dem Herrn Pichler Treue geschworen, und wir werden ihn nicht verraten. Versuchen Sie es ruhig. Erschießen Sie uns!« Er breitete theatralisch die Arme aus. »Einen nach dem anderen. Und doch werden wir tapfer standhalten.«

Stolz warf er sich in die Brust und deklamierte dramatisch:

»Kaisertreu ehr'n wir die Farben
aus der stolzen Kaiserzeit,
als wahre Helden jubelnd starben
für des Reiches Herrlichkeit.
Pichlers Huld wird der erwerben
der ihm tapfer dient und treu!
Lieber woll'n wir heute sterben,
als … hm hm hm hm hm hm.«

Er brach verlegen ab.

»Die letzte Zeile habe ich noch nicht ganz fertig getextet. Mir fiel außer ›scheu‹ kein Reim auf ›treu‹ ein. Aber bis heute Abend wäre ich schon noch fertiggeworden.«

»Leu vielleicht?«, schlug Lena vor. »Also von Löwe? Der kommt doch auch im Habsburgerwappen vor.«

»Ja, stimmt. Sie haben recht …«

Perseus warf Lena einen irritierten Blick zu und hob wieder die Waffe.

»Noch jemand, der das so sieht?«

Einer der Arbeiter hob zögernd die Hand.

»Ich bin ehrlich gesagt nur hier, weil Pichler übertariflich bezahlt.«

»Ich auch«, meinte sein Kollege.

Auch der Dritte nickte hastig. »Und wegen des vielen Freibieres.«

»Was redet ihr denn da?«, fuhr der Kerl in der Trachtenjoppe die Arbeiter an. »Ihr seid elende Verräter. Meine Frau und ich werden jedenfalls tapfer …«

»Lass gut sein, Gustl«, seufzte seine Angetraute. »Wir sind doch auch nur hier, damit wir unsere Hausraten bezahlen können.«

»Was sagst du denn da, Ottilie?«

»Ja, glaubst du denn«, schimpfte sie, »ich hätte ohne triftigen Grund unsere warme Stadtwohnung in Salzburg aufgegeben, um in dieser Einöde auf eine zugige Burg zu ziehen? Und mal ehrlich: So ein bisschen durchgeknallt ist der Pichler ja schon.«

Sie schob ihren verstört dreinblickenden Mann beiseite und deutete nach draußen. »Sie suchen einen anderen Eingang? Abgesehen von dem Tunnel weiß ich bloß von Ventilationsschächten.«

»Wie viele gibt es?«, knurrte Perseus.

»Sehe ich aus wie ein Bergmann?« Sie zuckte mit den Achseln. »Ich weiß nur von einem, und der wurde vor zwei Jahren oben in der Felswand über dem Bergfried in den Fels getrieben.«

»Sagen Sie mal«, erkundigte sich Lena. »Ist Carl Pichler überhaupt hier?«

»Ja, er ist gestern Abend in Begleitung seines Security-Chefs eingetroffen.« Die Frau seufzte. »Ein gefährlich aussehender Mann. Der trägt immer so eine komische schwarze Brille, die er …«

»Der Paukant«, entfuhr er Perseus gereizt. »Damit war zu rechnen.«

Er ließ die Waffe sinken. »Bleiben Sie hier, und halten Sie sich weiter versteckt.«

Lena folgte ihm nach draußen, während das Ehepaar seinen Disput austrug. Dort wartete Antiope auf sie, die immer noch die Umgebung sicherte.

»Antiope«, kommandierte Perseus, »lauf rüber zu Persephone und unterstütze sie. Tut so, als würden wir weiter versuchen, über den Tunnel in den Bergkomplex vorzustoßen. Bindet dort so viele von Pichlers Leuten, wie ihr nur könnt.«

»Und ihr?« Antiope blickte sie fragend an.

Perseus sah entschlossen zum Bergfried auf, der direkt an die Bergwand gebaut war, über deren Plattform noch immer die Habsburgerfahne wehte. »Wir werden es über die Hintertür versuchen. Pichler mag sich im Berg sicher wähnen – aber wir werden ihn dort wie eine Ratte in ihrem Bau ausräuchern.«

\*

486

Lena blickte auf den vergitterten Bewetterungsschacht, der vor ihnen in der Felswand gähnte. Warme, leicht verbraucht riechende Luft schlug ihnen aus der Steinröhre entgegen, und der Luftstrom trug seinen Teil dazu bei, die gelb-schwarze Fahne auf der Turmplattform hinter ihnen zum Wehen zu bringen.

»Kriegst du das Gitter auf?«, fragte sie.

»Kein Problem«, antwortete Perseus, der ein C4-Paket samt Zünder hervorkramte.

Lena trat zur Seite und schüttelte unauffällig ihre Beine aus, die nach dem überhasteten Aufstieg auf den Bergfried leicht schmerzten. Missmutig fragte sie sich, warum dieser blöde Schacht ausgerechnet am höchsten Punkt der Festung lag. Zumal sich bei dem Aufstieg über die vielen Treppen das Gewicht ihrer Raketenstiefel nicht gerade vorteilhaft ausgewirkt hatte.

Vermutlich hätte sie auch einfach nach oben fliegen können.

Oder sich dabei das Genick brechen.

Jetzt bereute sie es etwas, so rasch zu diesen Stiefeln gegriffen zu haben. Was sie natürlich nie zugeben würde.

Sie sah sich zu den Wehren des Bergfrieds um, der unmittelbar an die steil aufragende Bergwand hinter der Festung grenzte, und tat endlich das, was sie bei ihrem Eintreffen schon vorgehabt hatte.

Sie holte die verdammte Habsburgerfahne ein.

Das war zwar nur ein symbolischer Schlag gegen Pichler, aber immerhin.

Perseus befestigte derweil den Sprengstoff am Gitter, und Lena warf einen kurzen Blick in die Tiefe. Antiope und Persephone waren unten im Burghof noch immer dabei, die Wachen im Tunnel zu beschäftigen – soeben feuerte Antiope mit Orestes Granatwerfer in den Stollen –, während im Tal der helle Flackerschein brennender Häuser zu sehen war.

»Los, Deckung!«

Perseus zog sie zum Treppenaufstieg, wo sie sich duckten. Er betätigte den Auslöser, und über ihnen auf der Turmplattform erfolgte eine heftige Explosion, begleitet von einem dröhnenden Scheppern.

Sie eilten wieder nach oben, und Lena sah gegen den Rauch, der die Luft schwängerte, dass von dem Gitter nur noch wenige verbogene Streben übrig geblieben waren. Tatendurstig wollte sie in die Gesteinsröhre klettern, doch Perseus hielt sie zurück.

»Lass mich vor. Wir wissen nicht, ob Pichler im Schacht noch mehr Sicherungsvorkehrungen angebracht hat.«

Lena sah ihm dabei zu, wie er mit einer Taschenlampe in den runden Ventilationsschacht kletterte. Dann folgte sie ihm.

Immerhin war der Querstollen nicht ganz so eng, wie sie befürchtet hatte. Dafür brachte sie der warme Luftstrom, der ihnen unverändert heftig entgegenschlug, leicht zum Schwitzen. Mühsam krabbelte sie hinter Perseus her, als der Schacht unvermittelt nach unten wegknickte.

»Ab hier wird es ziemlich steil!«, war vor ihr die hallende Stimme des Franzosen zu hören.

Perseus schlug Haken in die Tunnelwand und befestigte daran ein langes, schlankes Seil. Kurz erklärte er ihr, wie sie sich zu sichern hatte, veränderte mühsam seine Position und glitt schräg hinab in die dunkle Tiefe. Sie folgte ihm.

Gott, war das anstrengend. Erst der Aufstieg, jetzt das hier.

Lena nahm sich vor, künftig wieder zum Pilates zu gehen. Zudem machte sich ein Gefühl in ihr breit, von dem sie gedacht hatte, sie wäre davor gefeit: eine allmählich aufsteigende Klaustrophobie.

Jetzt war es natürlich zu spät, umzukehren. Sie begann daher zu summen und schließlich leise zu singen, während sie Perseus in die Tiefe folgte. »I got the eye of the tiger, a fighter! Dancing through the fire. 'Cause I am a champion, and you're gonna hear me roaaaar …!«

»Was machst du da?«, stoppte sie Perseus alarmiert.

»Äh, ich lenke mich nur etwas ab«, antwortete sie entschuldigend.

»Ruhe jetzt! Du bringst dich mit so etwas in Gefahr.«

»Du musst dich nicht ständig um mich sorgen«, meinte sie, während sie in die Tiefe rutschte.

Perseus antwortete nicht.

»Ehrlich. Ich schaffe das schon«, meinte sie nervös, als ihr plötzlich bewusst wurde, dass sie endlich mit ihm allein war. »Dabei weiß ich ja, dass ich dich offenbar irgendwie an deine Schwester erinnere. Wobei ich natürlich nicht genau weiß, wie ...«

»Woher weißt du von meiner Schwester?«

»Äh, Bürotratsch, sozusagen.« Sie räusperte sich und hoffte, dass ihr Kirke verzieh. »Warum hast du mir eigentlich nie gesagt, dass du eine Schwester hast? Ist die auch so hübsch. Ich meine ... mutig? Und sportlich?«

»Lena, du machst mich manchmal wahnsinnig«, kam es gepresst zurück. »Jetzt ist wirklich nicht die Zeit, irgendwelche ... Familiengeschichten hervorzukramen. Und jetzt, bitte: Konzentration!«

Augenrollend hielt sich Lena an die Anweisung. Dabei war hier nun wirklich gerade nichts Besonderes los. Und was genau meinte er damit, dass sie ihn wahnsinnig machte? Im positiven Sinne wahnsinnig? Oder eher im negativen?

Die Frage beschäftigt sie eine Weile, sodass sie fast übersah, dass Perseus unter ihr wieder in einem Querschacht gelandet war.

Sie folgte ihm mühsam und vernahm einen zunehmend lauter werdenden schwirrenden Laut. Sie spähte an Perseus vorbei und entdeckte im Licht seiner Taschenlampe einen riesigen, rotierenden Ventilator, der den kompletten Schacht ausfüllte und ihnen die verbrauchte Luft entgegenblies.

»Scheiße!«, fluchte Perseus. »Das hat uns gerade noch gefehlt.«

»Wow!«, meinte Lena nur. »Das ist ja wie aus dem Agentenlehrbuch.«

»Was für ein Agentenlehrbuch?«

»Na, das, an das sich auch immer diese Filmemacher halten«, erklärte Lena. »Wenn die hier so ein rotierendes Schnitzelwerk eingebaut haben, dann ...«

»Das ist ein Grubenlüfter!«

»Na gut. Aber wenn die so was haben, dann sicher weiter hinten auch noch Stampfer, die Eindringlinge zerquetschen können. Aber keine Bange, du kannst dich darauf verlassen, dass ich mir den Rhythmus gut einprägen werde.«

Perseus drehte sich zu ihr um und bedachte sie mit einem längeren Blick. Mit einem Seufzer wandte er sich wieder dem großen Ventilator zu.

»Die Luftschaufeln scheinen nicht sehr stabil zu sein«, knurrte er. »Aber wenn ich hier C4 zünde, pustet uns die Druckwelle ebenfalls weg. Ich befürchte fast, dass wir …«

»Kaugummi?« Lena hielt ihm die Packung mit Theodorus' Sprengkaugummis hin. »Gib's ruhig zu, jetzt bist du froh, dass wir sie dabeihaben?«

Perseus ging auf die Bemerkung nicht ein, sondern nahm ihr die Packung ab und betrachtete sie argwöhnisch.

»Die Explosion dürfte etwas geringer ausfallen. Zurück, soweit es geht«, forderte er sie auf. »Und dann flach auf den Schachtboden pressen.«

Lena krabbelte umständlich wieder zurück, während auch er Abstand zwischen sich und den Grubenlüfter brachte.

Eigentlich erwartete sie, dass Perseus die Kaugummis nun vorsichtig auspacken und sich in den Mund schieben würde, stattdessen schleuderte er die komplette Packung mit einer schnellen Handbewegung in den Ventilator.

Es folgte ein heftiger Knall, der Lenas Ohren zum Klingen brachte. Es quietschte und schepperte, und als sie den Kopf wieder hob, war die Konstruktion aus der Verankerung gerissen und lag nun schief, schräg und verbogen vor ihnen in der Röhre.

Perseus schüttelte sich, da die Druckwelle offenbar doch heftiger gewesen war, als er gedacht hatte, und kämpfte sich wieder vor. Mühsam stemmte er die Metallteile beiseite und musste dennoch einige Ausrüstungsgegenstände ablegen und voranschieben, um sich an den Überresten vorbeizuquetschen.

Lena tat es ihm nach und krabbelte weiter den Belüftungsschacht entlang, bis vor ihnen künstlicher Lichtschein auszumachen war. Vorsichtig ging es weiter, bis sie auf ein weiteres Rundgitter stießen, das mit Schrauben in der Felswand befestigt war.

Perseus blickte durch das Gitter in ein unterirdisches Gewölbe, in dem unentwegt ein leises Dröhnen, aber auch entfernte Stimmen zu hören waren, und bedeutete ihr hektisch, sich ruhig zu verhalten. Er prüfte offenbar, ob der Knall eben gehört worden war, dann zog er eine Pistole mit Schalldämpfer, schob den Lauf zwischen den Streben hindurch und betätigte ein paarmal den Abzug. Anschließend zückte er einen Akkuschrauber, um die Schrauben der Gitterbefestigung aus der Wand zu lösen. Mit einem Stoß stieß er die Sperre nach hinten, und das Gitter landete scheppernd auf felsigem Grund. Hastig kroch er aus der Röhre und sprang nach unten.

Lena robbte ihm sofort hinterher und sah nun, dass sie der Bewetterungsschacht zu einer größeren Berghalle geführt hatte, die von Deckenflutern erhellt wurde. An den Felswänden verliefen dicke Kabel und Rohre sternförmig zu drei weiteren Tunneln, die ihrerseits von Grubenlampen beleuchtet wurden. Am hinteren Ende der Halle war hingegen eine riesige Schutthalde aus Steinen und Geröll auszumachen, davor standen zwei kleinere Schaufelbagger sowie ein futuristisch aussehendes Kettenfahrzeug, das mit einem beeindruckend großen Presslufthammer vor der Schutzkanzel ausgerüstet war.

Auch Lena ließ sich umständlich in die Tiefe fallen und hätte sich bei dem Sturz vermutlich wehgetan, wenn Perseus nicht bereitgestanden hätte, um sie aufzufangen.

»Danke!«, hauchte sie.

Er stellte sie rasch wieder auf die Füße und lief stumm zu den beiden erschossenen Wachen, die sie erst jetzt entdeckte und die beide neben einem der Bagger lagen.

Hastig schleifte er ihre Leichen hinter die Grabungsmaschine, während aus einem der beiden größeren Tunnel immer wieder gedämpfte Schusssalven und gelegentliche Explosionen dröhnten.

War das der Tunnel hinauf zur Burg?

Perseus dachte offenbar ähnlich, denn er nahm sein schallgedämpftes Gewehr in Anschlag. »Wir werden die Bastarde von hinten erledigen, sodass Antiope und Persephone zu uns durchbrechen können.«

Sie wollten bereits loslaufen, als aus dem Tunnel links von ihnen

Stiefelschritte hallten. Sofort brachten sie sich in dem dritten Stollen in Sicherheit, wo sie sich eng gegen den Fels pressten. Perseus legte eindringlich einen Finger an die Lippen.

Im nächsten Moment erschien eine Gruppe von zwölf bis an die Zähne bewaffneten Männern in dunklen Kaki-Uniformen und Sturmhauben in der Berghalle. Sie zogen ein fahrbares Gestell mit einem schweren Maschinengewehr hinter sich her. Ihr Ziel war der breite Tunnel hinauf zur Burg.

Perseus fluchte leise.

»Unseren Plan können wir vergessen.«

Lenas Augen weiteten sich schreckerfüllt, als sie sah, wer die Rotte antrieb.

Eine Gestalt in tiefschwarzem Wehrmachtsledermantel und mit ebenso schwarzem Cerevis auf dem Haupt, der sein vernarbtes Antlitz wie immer mit dieser seltsamen Gitterbrille verhüllte.

Der Paukant.

Seine Männer stürmten in den Tunnel zur Burg, als er überrascht innehielt und das Gitter anstarrte, das noch immer am Boden unter dem Einstieg zum Bewetterungsschacht lag.

»Ganze Rotte – halt!«

Die keuchenden Männer blieben überrascht stehen.

»Mist!«, wisperte Perseus. »Das hat uns gerade noch gefehlt. Weg hier.«

Eilig zog er sie tiefer in den Gang, während hinter ihnen die wütenden Kommandos des Paukanten von den Felswänden hallten.

»Planänderung!«, donnerte dessen Stimme durch die Halle. »Kaiserjäger Schulze, Sie und drei ihrer Landser weiter mit dem MG rauf zum Tor. Zugführer Braun, Sie und der Rest Ihrer Männer zu mir. Wir haben hier unten mutmaßlich Eindringlinge. Funker, geben Sie beim Kommandostand Bescheid. Ich will, dass die Reserve mobilisiert wird!«

Lena hörte nur halb hin, denn sie und Perseus rannten längst den Tunnel entlang und erreichten eine Art Kreuzung, von der gelegentliche Verschläge mit Lattentüren abzweigten, hinter denen offenbar

Grabungswerkzeuge gelagert wurden. Hinter sich hörten sie laute Befehle und Laufgeräusche.

»Mist. Die haben uns gleich!« Perseus hob das Gewehr, doch Lena zerrte ihn hastig zur Seite.

»Warte! Wir lenken sie ab und verstecken uns in einem der Verschläge.«

Unter Perseus ungläubigem Blick kramte sie Theodoros' Tennisball aus ihren Taschen und drückte sieben Mal auf ihm herum, bis der Lautsprecher in seinem Innern laute Laufgeräusche von sich gab.

Wie im Sportunterricht holte sie mit ihrem Arm weiiiiiit hinter dem Kopf aus, als ihr Perseus den Ball rasch abnahm und ihn gekonnt rüber in den gegenüberliegenden Quergang schleuderte, wo er springend und hüpfend in der Düsternis verschwand.

Dann packte er sie, riss eine der Lattentüren auf und zog sie in die Dunkelheit. Keinen Augenblick zu spät, denn an der Kreuzung war das Schnaufen des Suchtrupps zu hören.

»Teilen wir uns auf?«, hallte eine kehlige Männerstimme.

»Wartet!«, befahl eine andere Stimme, und die Gruppe verhielt sich still.

Lena fasste ängstlich die Hand von Perseus.

»Du hast recht«, rief der Erste aufgebracht. »Dahinten läuft jemand. Hey, stehen bleiben!«

Sofort stürmten ihre Verfolger in den Gangabschnitt, in den sie den Ball geschleudert hatten.

Erleichtert atmete Lena aus. Perseus trat aus dem Dunkel an die Lattentür heran und spähte durch die Lücken.

»Die werden ihren Irrtum bald bemerken. Wir müssen weiter.«

Lena starrte beklommen die Silhouette des Franzosen an und fragte sich, wessen Hand sie hielt. Die war überhaupt seltsam … schlaff.

Erschrocken ließ sie die Hand los, sprang von ihrem Platz und stolperte fast über eine Kiste, während sie panisch ihre Taschenlampe anschaltete.

»Lena, was soll …?«

Lena unterdrückte mit der Hand einen Aufschrei, denn unmittelbar neben der Wand, an der sie gestanden hatte, befand sich eine große Kiste, auf der mit hängendem Kopf die zusammengesunkene Leiche eines von Pichlers Männern hockte. Trotz der schwarzen Kampfkleidung entdeckte sie sofort die beiden Einschusslöcher auf der Brust, die für sein Ableben gesorgt hatten.

»Was haben wir denn da?«

Perseus trat neugierig an den Toten heran und untersuchte ihn, doch er trug weder Waffen noch andere nützliche Ausrüstungsgegenstände bei sich.

»Haben es Antiope oder Persephone vielleicht doch runter geschafft?«, fragte Lena unsicher.

»Keinesfalls.« Perseus ging wieder zur Tür, um zu lauschen. »Pichlers Männer sind Kriminelle. Schätze, einige von denen haben hier einen eigenen Film am Laufen. Und jetzt komm, wenn wir den Quantencomputer noch rechtzeitig finden wollen!«

Er zog die Tür auf, und sie hasteten weiter den Gang hinunter. Und doch glaubte Lena hinten ihnen bereits wieder Stimmen und Laufschritte zu hören.

Überraschend stolperten sie in eine zweite Felsenhalle, die offenbar als Lagerraum diente. Auf Gerüsten an den Wänden, aber auch unmittelbar vor ihnen waren Aluminiumkisten, Kartons und Transportbehälter aus Plastik gestapelt, die dem Anschein nach Werkzeug und elektronische Bauteile aller Art enthielten. An der Wand rechts befand sich sogar ein Bergwerksfahrstuhl.

Ein weiterer Felsgang zweigte linker Hand von der Halle ab – und auch aus diesem tönten Stiefelschritte.

»Runter!« Perseus schubste Lena gerade noch rechtzeitig hinter einen Kistenstapel und riss das Sturmgewehr hoch, als vor ihnen auch schon drei Wachen in die Halle stürmten.

Alarmiert schrien sie beim Anblick von Perseus auf, doch er schoss bereits eine Kugelsalve auf sie ab, die den ersten der Männer von den Beinen riss. Die beiden anderen warfen sich schnell hinter großen blauen Stahltonnen in Deckung und erwiderten das Feuer mit Maschinenpistolen.

Kugeln pfiffen ihnen um die Ohren, Perseus duckte sich hinter den Kisten und nahm nun auch den Gang unter Feuer, aus dem sie gekommen waren. Denn der Waffenlärm war dort natürlich gehört worden, und das halbe Dutzend Männer, das von dort in ihre Richtung stürmte, schoss nun ebenfalls auf sie.

Eine Gelegenheit, die einer der beiden Kerle im Raum vor ihnen dazu nutzte, auf ihr Versteck zuzustürmen, als schräg über ihnen von einem der Regale eine Schusssalve aufhallte, die ihn voll erwischte und zu Boden gehen ließ.

Kisten und Säcke polterten vom obersten Regalbrett zu Boden, und ebenso wie Perseus fuhr Lena alarmiert herum. Dort oben hatte sich ein Unbekannter versteckt gehalten, der die gleiche kakifarbene Kampfmontur wie die übrigen Wachen im Berg trug.

»Glotzt nicht – schießt!«, brüllte er mit einer Stimme, die Perseus zögern ließ.

Der Fremde riss sich die Sturmhaube vom Kopf, die rote Haare verhüllt hatte, dann warf er sie neben sich.

»Daedalos!«

Lena war über das unerwartete Erscheinen des Iren so verblüfft, dass sie fast die Gefahr vergaß, in der sie sich befanden. Nicht so er und Perseus, die das Feuer in beide Richtungen eröffneten.

Der letzte noch lebende Angreifer flüchtete zurück in den Gang, aus dem er gekommen war, während die Wachen im Tunnel hinter ihnen unvermittelt die Waffen schweigen ließen.

Die beiden Agenten luden nach, und Perseus fauchte seinen Kollegen an. »Was zum Teufel machst du hier?«

»Ich versuche Pichler aufzuhalten, siehst du doch«, blaffte der Ire zurück. »Ich habe auch einiges wiedergutzumachen. Ihr wisst, dass dieser Größenwahnsinnige einen Quantencomputer baut?«

»Natürlich«, meinte Perseus gereizt, »sonst wären wir nicht hier.«

»Daedalos, hast du deine Familie retten können?«, fragte Lena besorgt.

»Ja, habe ich.« Der Ire verzog unglücklich das Gesicht. »Allerdings habe ich in dem Versteck noch mehr gefunden. Spuren, die mich hierhergeführt haben. Aber wo sind Kirke und Elektra?«

»Die eine im Krankenhaus, die andere leider weit entfernt«, grollte Perseus. »Sag mir lieber, was das für Spuren waren.«

»Da ging es um eine geheime Operation, die unter dem Codenamen ›Radbot‹ lief.«

»Radbot?« Lena riss die Augen auf. »Den Namen kenne ich doch. Das ist doch der Aliasname meines ... Spielpartners bei ›Puzzle Champion‹.«

»Ahnst du jetzt, wer vermutlich dahintersteckt?«

»Oh Gott. Etwa Carl Pichler selbst?« Lena starrte ihn fassungslos an. »Plötzlich ergibt noch einiges mehr vom Monarchenball Sinn.«

»Ein Graf Radbot hat einst in der Schweiz die Habsburg errichtet, den Stammsitz der Habsburger«, erklärte Daedalos. »Pichler scheint in dieser Hinsicht besessen zu sein.«

»Was machst du eigentlich in dieser Halle?«, wollte Perseus wissen, der nun wieder den Tunnel anvisierte, wo sich ihre Verfolger besorgniserregend zurückhielten. »Wie hast du es überhaupt hierher geschafft?«

»Versteckt unter einem der Lkw. Von der Burg aus war der Rest dann ein Kinderspiel. Dass wir uns hier über den Weg laufen, ist reiner Zufall. Ich bin ebenfalls auf der Suche nach diesem Computer. Und ich befürchte, dass die heute schon loslegen wollen.«

»Ja, werden sie.« Perseus blickte gequält auf seine Uhr. »Und zwar in genau sechsundvierzig Minuten.«

»Woher weißt du das?«

»Es läuft ein geheimer Countdown. Ärgerlicherweise ist dieser Bergkomplex etwas größer als gedacht. Wenn wir den Quantencomputer noch rechtzeitig stoppen wollen, müssen wir also irgendwie ...«

»Warte«, stoppte Daedalos seinen Redefluss und kramte einen Plan der Bergfestung mit Beschriftungen hervor, den er vor ihnen ausbreitete.

»Wo hast du den her?«, fragte der Franzose überrascht.

»Den habe ich vorhin einem der Kerle hier abgenommen«, antwortete Daedalos. »Die Festung verfügt über zwei Ebenen. Und wir sind hier.« Er deutete auf eine Stelle des Plans. »Ich schätze, dass Teile der geheimen Festungsanlage noch von den Nazis angelegt worden sind, die sich hier einquartiert hatten. Pichler hat den Komplex vermutlich bloß erweitert, um Platz für seine neue Spielerei zu schaffen. Unser Ziel dürfte hier liegen.«

Er deutete auf eine große Halle in der Mitte.

»Wie kommen wir da am schnellsten hin?«, wollte Perseus wissen.

»Entweder wir schlagen uns in diese Richtung durch«, der Ire wies zu dem Gang, in dem sich der Letzte der drei Angreifer vor ihnen verschanzt hatte. »Allerdings müssen wir uns in der Richtung durch den Zentralbereich der Anlage durchkämpfen. Oder es gelingt uns, zum Kommandobereich über uns vorzustoßen, wo sich vermutlich Pichler versteckt hält. Das ist auch der Grund, warum ich hier bin. Denn da kommt man nur mit einem von zwei Fahrstühlen rauf.«

Er deutete zu einem Lastenaufzug. »Der da ist einer davon. Leider lässt sich das Ding nur mit einem vierstelligen Nummerncode anwerfen. Das sind zehntausend Nummernkombinationen. Und ich hatte leider nichts dabei, um den Code zu knacken. Ich habe es händisch versucht und bin leider nur bis 898 gekommen, bis ich Geräusche hörte und es vorzog, mich da oben auf die Lauer zu legen. Den Rest kennt ihr.«

»Das alles wird einfach nicht besser. Und uns läuft die Zeit weg.« Perseus fuhr zu Lena herum. »Mach du bei dem Aufzug weiter!«

»Ich?«

»Ja, natürlich! Und jetzt rüber mit dir! Wir geben dir Feuerschutz.«

Er und Daedalos hoben die Waffen und gaben einige gezielte Feuerstöße auf die Tunnel linker und rechter Hand ab, während Lena aufsprang und geduckt zum Aufzug lief, ein älteres Modell mit vergitterten Schiebetüren, der nur leicht modernisiert worden war.

Hastig sprang sie ins Innere und fand sofort das blinkende Display mit dem Nummerncode an der Aufzugswand.

Umgehend folgte sie Perseus' Anweisung und versuchte es mit

0899, dann mit 0900 und weiter aufsteigend, ohne dass ihr Bemühen Erfolg hatte. Sie war gerade bei 0936, als sie aus Richtung der Lagerhalle eine kalte Stimme hörte.

Die des Paukanten.

Offenbar hatten seine Männer auf sein Eintreffen gewartet.

»Kompliment, die Herren! Ich hätte es für unmöglich gehalten, dass es A.R.G.O.S.-Agenten gelingt, unsere Operationsbasis aufzuspüren. Zumal wir eigentlich alles dafür getan haben, um ihre Organisation von innen heraus zu Fall zu bringen. Nur befürchte ich, dass Ihr Einsatz dennoch vergebens war. Denn wenn Sie nicht freiwillig aufgeben, werden wir jetzt kurzen Prozess mit Ihnen machen.«

Lena tippte hastig auf der Code-Tafel weiter, als Perseus' leise Stimme via Funk erklang.

»Lena, tut mir leid. Planänderung! Verhalte dich still. Daedalos und ich werden den langen Weg nehmen und versuchen, die Männer aus dem Raum zu locken. Versuch einfach, heil aus dem Berg zu kommen!«

»Was?«, zischte sie. »Ihr lasst mich zurück?«

Doch Perseus antwortete nicht.

Lena wurde blass und verstärkte ihre Tippanstrengungen, während nebenan Daedalos' Stimme zu hören war.

»Du kennst unsere Antwort, Paukant!«

Schon war der Raum von wüstem Waffenlärm erfüllt. Dichter Rauch breitete sich in der Lagerhalle aus, da die Agenten Rauchgranaten gezündet hatten. Als Lena ihr Smart Glass auf Wärmesicht umstellte, sah sie nicht nur, wie einige Männer des Paukanten unerschrocken in den Raum stürmten, sondern auch, wie Perseus und Daedalos im Kugelhagel wild um sich schießend zum anderen Ende der Halle rannten.

Egal was die beiden für sie vorgesehen hatten, auf gar keinen Fall würde sie aufgeben. In diesem Moment kam ihr eine Idee.

Der Name ihres Spielpartners war nicht bloß »Radbot« gewesen, sondern »Radbot1045«.

Einen Versuch war es wert.

Aufgeregt gab sie die Zahlenfolge auf dem Display ein, und tatsächlich ertönte über ihr ein rasselndes mechanisches Geräusch. Der Lastenaufzug war endlich angesprungen.

Die Deckung durch den Rauch nutzend zog sie die Gittertüren des Fahrstuhls zu und drückte hastig auf die Taste zur oberen Ebene. Es gab einen Ruck, und der alte Fahrstuhl bewegte sich.

Lena drückte sich mit klopfendem Herz gegen die vibrierende Kabinenwand und atmete tief ein. Der Waffenlärm unter ihr wurde allmählich leiser, schließlich war er gar nicht mehr zu hören.

Sie war auf sich gestellt.

\*

Lena hielt die Pistole gezückt, als der Fahrstuhl stoppte und sie vorsichtig die alte Aufzugtür aufstemmte. Zu ihrer Überraschung erstreckte sich vor ihr ein kurzer Gangabschnitt, der unter der Decke mit Grubenlampen ausgestattet war. Weiter hinten blinkte ein rotes Alarmlicht.

Entscheidender war, dass der Gang an einem T-Stück endete und niemand zu sehen war.

Sie lief hinein und spähte den Quergang entlang. Rechter Hand beschrieb der Gang einen Halbbogen und geriet außer Sicht, während am linken Ende eine Treppe nach oben führte.

Wohin jetzt?

Es gab nichts, was ihr Orientierung bot.

Sie überlegte, eine Münze entscheiden zu lassen, als sie an Daedalos' Übersichtskarte zurückdachte. Sie schloss die Augen, konzentrierte sich und rief sich die Festungsebenen noch einmal vor ihr inneres Auge. Hier oben gab es zwar nicht ganz so viele Räume und Hallen wie in der unteren Ebene, dafür war die Legende am unteren Kartenrand aber auch deutlich weniger aufschlussreich gewesen. Vermutlich weil der Vorbesitzer der Karte hier oben nichts zu suchen gehabt hatte. Aber Lena fiel eine krakelige Notiz auf. Der Korridor rechts führte offenbar zu einem Zellentrakt.

Ein Zellentrakt?

Scharf atmete Lena ein.

Das konnte doch nur bedeuten, dass es hier gegebenenfalls Gefangene gab.

Darunter vielleicht sogar Europa. Kirkes Schwester!

Kirke würde wollen, dass Lena Europa befreite.

Ihr blieb zwar nur noch eine knappe halbe Stunde, aber wenn die Agentin noch lebte, könnte diese ihr vielleicht helfen.

Sofort stürmte sie den bogenförmigen Korridor entlang und erreichte eine weitere Wegkreuzung. Unmittelbar vor ihr befand sich eine Art Gabelung, die an einer verschlossenen Gittertür endete, hinter der sich eine runde Wendeltreppe aus Metall abzeichnete. Lena war sich sicher, dass die Treppe in der Karte nicht eingetragen war. Das Gangstück links führte überraschend zu einer Tür mit Rote-Kreuz-Symbol, während der Korridorabschnitt rechts in Dunkelheit auslief. Und ausgerechnet von dort hörte sie jetzt bellende Kommandos und Laufschritte von Stiefeln.

Noch mehr Bewaffnete?

Da die Gittertür zur Wendeltreppe mit einem soliden Schloss gesichert war, schlüpfte sie leicht panisch durch die Tür zum Sanitätsbereich, zog sie rasch hinter sich zu und presste ihr Ohr gegen das Holz. Zu ihrer Erleichterung hörte sie, wie Männer an der Kreuzung in Richtung Aufzug vorbeirannten.

Glück gehabt.

»Oh nein!«, ächzte hinter ihr plötzlich eine Männerstimme. »Nicht ffchon wieder.«

Lena fuhr erschrocken herum und glaubte ihren Augen nicht trauen zu können. Sie stand in einem weiß gestrichenen Gang, von dem mehrere Türen zu Krankenzimmern abzweigten. Und in einem der Zugänge stand, in grüner Krankenhauskleidung und auf Krücken gestützt, ausgerechnet jener Blonde, dem sie seit Rotterdam nun bereits mehrfach über den Weg gelaufen war. Entsetzt starrte er sie unter einem weißen Kopfverband an.

Wie kam der denn hierher?

Außerdem sah er noch übler aus als zuletzt beim Monarchenball. Sein Gesicht war von Schwellungen übersät, sein rechtes Auge blau angelaufen, und zu den vielen Verletzungen, die er sich bereits vor Dresden zugezogen hatte, gesellten sich noch zahllose weitere Pflaster und Verbände. Als er seinen Mund öffnete, sah sie, dass ihm die oberen Schneidezähne herausgebrochen waren.

Lena verzog mitleidig das Gesicht, allerdings war er daran ja irgendwie selbst schuld gewesen.

Unglücklicherweise schien das Gejammer des Mannes gehört worden zu sein. Denn aus einem gegenüberliegenden Raum trat jetzt ein hagerer Mann in weißem Ärztekittel, der leicht vornübergebeugt ging und sie alarmiert durch seine runde Brille betrachtete.

»Waltraud, kommst du bitte einmal.«

Hinter ihm schob sich eine dralle Krankenschwester mit breiten, slawischen Gesichtszügen in den Gang, bei deren Anblick Lena unwillkürlich schluckte.

Das war keine Frau, das war eine leibhaftige Walküre!

Sie war mehr als einen Kopf größer als der Arzt, und ihr dauergewelltes blondes Haar wurde von einem viel zu kleinen weißen Häubchen zusammengehalten. An ihr war einfach alles riesig. Angefangen bei der Halsmuskulatur, die fast den Kragen ihres Kleides sprengte, über die Brust, die stramm von dem gepeinigten Mieder zusammengehalten wurde, bis hin zu den Oberarmen, deren Umfang an dicke Baumstämme erinnerte.

Die Frau kniff drohend die Augen zusammen und krempelte sich schnaubend die Ärmel hoch. Auf ihren Oberarmen waren die Habsburgerfahne und das Konterfei von Pichler tätowiert.

Sofort zückte Lena ihre Pistole. »Ich warne Sie, keinen Schritt weiter!«

Lauernd warfen sich der Arzt und seine muskulöse Erfüllungsgehilfin Blicke zu.

»Sie sehen nicht so aus wie jemand, der ohne Weiteres Menschen erschießt.« Der Arzt lächelte maliziös. »Wie wäre es, wenn Sie Ihre Waffe weglegen und wir uns unterhalten?«

»Nein! Hören Ffie auf Ffie!«, haspelte der Blonde, der furchtsam auf seinen Krücken zurückwich. »Ich habe ffie auch die ganffe Ffeit unterffchätfft.«

Arzt und Riesin lächelten geringschätzig.

»Sie glauben, Sie müssten mich nicht ernst nehmen?« Lena beschloss, die Fronten zu klären, hob die Pistole und gab einen Warnschuss ab.

Zumindest wollte sie das, als sie bemerkte, dass sie vergessen hatte, ihr leeres Magazin zu wechseln.

»Oh ...«

Die Walküre im Krankenschwesterkostüm räumte mit brachialer Kraft einen herumstehenden Medikamentenwagen beiseite und stampfte wie ein wütender Stier auf sie los. Lena kreischte panisch auf und schaffte es soeben, ihren Lady-Shaver zu ziehen, als die Urgewalt auf zwei Beinen auch schon gegen sie krachte und sie zurück gegen die Tür rammte.

Lena gurgelte auf, als ihr die Luft mit Gewalt aus den Lungen gepresst wurde, stürzte unter Schmerzen zu Boden und schaffte es soeben, dem Griff der Fürchterlichen an ihre Kehle zu entgehen. Stattdessen packte der weibliche Muskelberg sie an den Jackenaufschlägen ihres Kampfanzugs und riss sie mit nur einem Arm wieder nach oben, sodass ihre Füße nicht einmal mehr den Boden berührten.

Lena japste und strampelte, doch gegen dieses ... Ding kam sie nicht an.

»Wenn ich mit dir fertig bin, Kleine«, schnaubte die Riesin, »wirst du dir wünschen, in einem echten Krankenhaus zu sein!«

Grunzend holte sie zum Faustschlag aus, als Lena den Lady-Shaver vorstieß. Er knatterte laut, und sie hörte und sah, wie die Walküre ächzte und ihre Augen und Halsschlagadern hervortraten. Doch noch immer hielt sie die Rechte erhoben und stierte sie zornig an.

Die Ladung ihres Tasers war längst aufgebraucht, als die Frau sie endlich losließ und einen Schritt zurücktaumelte.

Lena fiel keuchend zu Boden und beobachtete fassungslos, wie sich ihre Gegnerin schüttelte, einige Male tief durchatmete und sie wieder gefährlich anstarrte.

Ungläubig blickte Lena auf den Taser. Das war doch nicht normal?

»War das alles?«, grunzte die Walküre.

Sie ließ ihre Halswirbel knacken und versuchte sie abermals zu packen.

Diesmal wehrte sich Lena mit Händen und Füßen. Schreiend biss sie ihrer Gegnerin in die Hand, kratzte erfolglos über ihren muskulösen Hals und wehrte mühsam einen wuchtigen Prankenhieb ab, der sie fast im Gesicht trat. Dann trat sie zu – und aktivierte mit einem fauchenden Laut ihre Raketenschuhe.

Lena wurde von dem unerwartet heftigen Rückstoß gegen die Tür geworfen, während der grelle Schubstrahl ihre Angreiferin irgendwo am Oberkörper traf und mit Macht den Korridor zurückschleuderte.

Gellend schrie die Frau auf, während sie sich mehrfach überschlug, schwer mit dem Kopf gegen eine der Korridorwände krachte und zuletzt den fassungslos dastehenden Arzt mit ihrem Körpergewicht unter sich begrub. Die Frau zuckte ein letztes Mal und erschlaffte. Und auch der Arzt blieb regungslos unter ihr liegen.

Lena versuchte mühsam die Raketenschuhe zusammenzubringen, um so den Schub abzustellen, der sie noch immer kraftvoll gegen die Tür presste, als dieser von selbst versiegte. Stöhnend blieb sie liegen, kam langsam zu Atem und erhob sich irgendwann.

Erst jetzt nahm sie wieder den Blonden wahr, der sich hinter dem Türsturz seines Zimmers versteckt hielt und sie fassungslos anstarrte.

»Ich wuffte eff«, stammelte er. »Ich habe eff gewufft.«

Lena rieb sich die schmerzende Schulter, wechselte endlich das Magazin ihrer Waffe und marschierte auf ihn zu. Leicht panisch wich er auf seinen Krücken vor ihr zurück.

»Ich will wissen, wo hier die Zellen sind«, ging sie ihn forsch an. »Ich suche eine Gefangene, die hier vermutlich unter dem Namen Europa vermerkt ist. Griechin und A.R.G.O.S.-Agentin.«

»Ffoweit ich weiff, gibt eff hier nur eine Gefangene.« Der Blonde schluckte. »Aber die befindet ffich nicht in ihrer Ffelle, ffondern da drüben.« Er deutete rüber zu dem Behandlungszimmer, aus dem der Arzt und seine Gehilfin gekommen waren.

»Echt? Okay. Hübsch hier stehen bleiben!«

Der Mann verlagerte seine Position auf den Krücken und nickte unglücklich.

Lena hingegen stürmte an dem niedergestreckten Gespann vorbei in das Behandlungszimmer, das grundsätzlich so ausgestattet war, wie man es gewohnt war. Jedoch mit dem Unterschied, dass andere Praxen nicht über Lederpritschen mit Arm- und Fußschnallen verfügten.

Dort lag, fixiert und offenbar leicht sediert, eine leicht unterernährte Frau in grünem Krankenhauskittel und mit kahlgeschorenem Kopf, der angesichts ihrer hohen Wangenknochen und der markanten Nase eine gewisse Ähnlichkeit mit Kirke nicht abzusprechen war.

Die Frau war zwar einen halben Kopf kleiner als Kirke, trotzdem war sich Lena sicher, dass sie ihre Schwester gefunden hatte.

»Sind Sie Europa?«, fragte Lena zur Sicherheit.

Die Frau schwieg.

Sie wandte Lena lediglich den Kopf zu, und ihre Augen weiteten sich, als sie die Waffe in Lenas Hand bemerkte.

»Oh. 'tschuldigung. Alles gut. Alles gut!« Demonstrativ legte Lena die Pistole auf einen Behandlungstisch und näherte sich ihr mit offenen Händen.

»Ich bin eine Freundin von Kirke«, sagte sie aufmunternd, während sie vorsichtig die Fesseln löste. Dennoch zuckte Europa hin und wieder zusammen, als Lena sie berührte. Was hatte die Arme in den vielen Monaten ihrer Gefangenschaft über sich ergehen lassen müssen?

»Kirke hat mich geschickt, um Sie zu befreien. Außerdem sind wir hier, um Pichler zu erledigen.«

Noch immer stierte die Griechin sie teilnahmslos an. Obwohl sie von ihren Fesseln befreit war, blieb sie apathisch liegen.

Lena musterte sie mitleidig. In die Freude, dass Europa noch lebte, mischte sich leichte Verzweiflung. Denn sie ahnte, dass die Verstärkung, auf die sie sehnlichst gehofft hatte, ausfallen würde. Die Agentin war alles andere als einsatzfähig. Sie würde es vielleicht sogar nie wieder sein. Und das war Pichlers Werk.

Aufgewühlt blickte Lena auf die Uhr und richtete sich erschrocken wieder auf. Ihr blieben nur noch elf Minuten, bis dieser Mistkerl sein Zerstörungswerk beginnen würde.

»Okay.« Sie atmete tief ein. »Ich muss Sie jetzt leider zurücklassen. In genau elf Minuten versucht Pichler nämlich die EU zu vernichten. Aber wenn ich mit ihm fertig bin, dann komme ich zurück. Versprochen!«

Hastig kramte sie einen Energieriegel aus ihrer Tasche und drückte ihn Europa in die Hand.

»Also, nicht weglaufen. Ich bin bald wieder da.«

Zornig stürmte sie aus dem Zimmer und packte den Blonden am Kragen, der sie vom Gang aus verstohlen beobachtet hatte.

»Wo ... ist ... Pichler?«

Der Mann starrte sie mit weit aufgerissenen Augen an. »Ich ffchätffe oben, in ffeinem Kommandobereich.«

»Gut«, fuhr sie böse fort. »Wenn Ihnen der Rest Ihrer Gesundheit lieb ist, dann bringen Sie mich jetzt zu ihm. Los!«

»Ja, ja. Ich ... führe Ffie.«

Grob schubste sie ihn an den beiden Bewusstlosen vorbei, und ergeben humpelte er auf seinen Krücken zur Ausgangstür. Lena wandte sich noch einmal dem hageren Arzt und seiner Krankenschwester zu, zerrte die Walküre mühsam von dem bereits leicht blau angelaufenen Mann runter und nahm ihm den Arztkittel ab, den sie sich überstreifte. Anschließend fesselte sie die beiden mit den Handschellen ihrer Einsatzausrüstung aneinander und eilte dem Blonden hinterher.

»Wohin?«, fuhr sie ihn an, als sie wieder an der Kreuzung standen.

»Da rauf!« Der Blonde deutete unglücklich auf die Wendeltreppe hinter der Gittertür. »Allerdingff habe ich keinen Ffchlüffel.«

»Kein Problem!« Lena zückte fast liebevoll ihr Apollon-Auge, aktivierte den Laser-Schneidbrenner und trennte damit das Schloss von den Gitterstäben.

Wuchtig trat sie die Tür auf, und der Blonde wollte ihr Platz machen, doch sie stoppte ihn.

»Nix da! Sie begleiten mich!«

»Er ffchätfft eff nicht, wenn man ihn ohne Termin beffucht.«

»Ach was?«

Lena schubste ihn grob voran, und mühsam quälte er sich auf den Krücken die eisernen Stufen der Wendeltreppe nach oben. Lena half ihm irgendwann, da er für ihren Geschmack viel zu viel Zeit verlor.

Auf diese Weise erreichten sie einen weiteren Längsgang, der mit gediegenen Wandlampen und sogar mit einem schwarz-gelben Läufer ausgekleidet war und ein wenig dem Bürokorridor im A.R.G.O.S.-Kontor in Kampen ähnelte. Ein Eindruck, zu dem auch die Wandgemälde beitrugen, nur dass dort keine altertümlichen Koggen und Stadtszenen abgebildet waren, sondern die Konterfeis alter Monarchen. Zumindest bis auf ein einzelnes gerahmtes Werbeplakat am Ende, das ein Pilsglas mit Schaumkrone präsentierte.

Gleich drei gediegene Türen zweigten von dem Korridor ab, wobei sich Pichler offenbar im Raum hinter der letzten Tür befand. Denn dort war ein Bewaffneter in dunkler Kaki-Uniform postiert, der einen Schäferhund kraulte, der hechelnd neben ihm hockte.

Hastig riss Lena den Blonden zurück in Deckung und fischte nach ihrer Waffe. Doch ihr Halfter war leer.

Das konnte doch nicht wahr sein!

Sie hatte die Pistole im Sanitätsbereich liegen lassen.

Nun war es zu spät, um die Waffe zu holen. Und es war wohl auch besser, wenn sie sich nicht anmerken ließ, dass sie unbewaffnet war, damit der Blonde nicht noch auf dumme Ideen kam.

Kurz überlegte sie und beschloss, es so zu machen wie damals in Dresden. Nur eben richtig. Mit dem Kampfhund würde sie irgendwie fertigwerden. Schließlich hatte sie schon in Budapest unter Beweis gestellt, dass sie ein Händchen für Tiere hatte. Vorsichtshalber kramte sie ihren letzten Energieriegel als Leckerli hervor.

»Wie hieß der Arzt?«, zischte sie leise.

»Doktor Ffaber«, antwortete der Blonde zögernd.

»Zaber?«

»Nein, er heifft wirklich Ffaber.«

»Und Sie?«

»Ich?«

»Ja, natürlich«, fauchte sie leise. »So häufig, wie wir beide uns über den Weg gelaufen sind, will ich endlich wissen, wie Sie eigentlich heißen?«

»Ffff … Illibald.«

»Okay, Ilibald. Sie …«

»Nein. Ffff …« Der Mann kämpfte sich regelrecht ab. »… Illibald.«

»Zillibald? Sillibald?«

Gequält schüttelte er den Kopf.

»Ach Gott, etwa Willibald? Ihr Eltern mochten Sie wohl auch nicht?« Lena verdrehte leicht die Augen. »Also, Sie spielen jetzt hübsch mit, sonst sorge ich dafür, dass Sie auch noch einen Rollstuhl benötigen.«

Der Mann ächzte mitgenommen.

Lena griff zu ihrem A.R.G.O.S.-Smartphone, schloss den letzten Knopf ihres Arztkittels, stieß den Blonden in den Gang und näherte sich mit ihm dem Bewaffneten.

Dieser und der Schäferhund fuhren zu ihnen hoch, und der Hund knurrte gefährlich.

»Ruhig, Caligula!«

Misstrauisch kamen der Kerl und der Hund auf sie zu und passten sie mitten im Korridor ab.

»Stopp! Was suchen Sie hier oben?«

»Doktor Faber schickt mich«, meinte Lena mit harmloser Stimme, während sie den Blonden auf seinen Krücken weiter vor sich herschubste und gleichmütig auf das Display ihres Smartphones blickte.

»Willibald sind eben bei seiner Zahn-OP noch einige wichtige Details aus Dresden eingefallen, über die Herr Pichler informiert werden muss.«

»Herr Pichler?« Der Mann blickte sie gereizt an, während er den Schäferhund am Halsband festhielt. »Auch für Sie heißt es noch immer ›Seine Majestät‹!«

»Ja, schon gut. Schauen Sie nur, was ihm aufgefallen ist.«

Lena hielt ihm das Smartphone hin.

Verwundert starrte der Mann das Gerät an, und sie löste den Taser aus.

Mit einem Schnappen schnellten die Drähte vor und verbissen sich an seiner Brust. Es knatterte und knisterte, und ihr Gegenüber zuckte und stöhnte, ganz so, wie es sein sollte. Im nächsten Moment sank er zu Boden.

»So, mein liebes Wauwi, schau mal, was Frauchen dir mitgebracht hat.« Lena hielt dem Schäferhund das Leckerli hin, aber der Hund fletschte die Zähne – und attackierte sie.

Mit einem erschrockenen Aufschrei ging Lena hinter dem Blonden in Deckung, der nun an ihrer Stelle von dem undankbaren Köter angefallen wurde. Der Hund verbiss sich in seinem Arm, der Blonde schrie verzweifelt auf, und Lena hielt ihn fest, damit die Töle nicht an ihm vorbeikam.

Verzweifelt wehrte sich der Verletzte mit seinen Krücken, bis er am Ende doch der Länge nach hinstürzte. Doch statt ihm an die Kehle zu gehen, stellte sich das Biest mit allen vieren auf ihn und knurrte erst ihn und dann Lena drohend an.

Die wich panisch zurück, während der Schäferhund sie weiter lauernd fixierte und wie auf dem Sprung wirkte. Lena warf dem Leckerli einen verzweifelten Blick zu, das unbeachtet hinter dem Köter lag, als ihr plötzlich Theodoros' Gummiente einfiel.

Langsam griff sie in ihre Tasche, und der Schäferhund folgte knurrend jeder ihrer Bewegungen. Zweimal setzte sie dazu an, ihm die Badeente zuzuwerfen, und zweimal spannte sich das Biest an. Schließlich schleuderte sie ihm die Gummiente direkt vor die Schnauze.

Angriffslustig schnappte der Hund zu und zerfetzte sie. Angewidert ließ er die Reste liegen, fletschte wieder die Zähne und sprang Lena mit einem mächtigen Satz an. Die wurde von dem Gewicht des

Tieres von den Beinen gerissen und wappnete sich gedanklich bereits gegen den erwarteten Biss – als sich der Blick des Schäferhundes trübte und das Tier neben ihr zu Boden fiel.

So schnell es ging, robbte sie unter dem Hundekörper hervor und warf dem Blonden einen Blick zu, der sich wimmernd den blutenden Arm hielt.

»Bitte«, stöhnte er verzweifelt. »Ich hab genug!«

»Na gut, ich will mal nicht so sein.« Lena räusperte sich und richtete sich tapfer wieder auf. »Wenn ich mit Pichler fertig bin, dann sind Sie weg. Verstanden?«

Der Blonde nickte heftig.

»Und dann suchen Sie sich einen Job, den Sie auch können. Klar?«

Ihr Gegenüber nickte abermals und hielt sich erwartungsvoll den blutenden Arm.

»Also los, worauf warten Sie?«, forderte sie ihn auf. »Husch, husch! Verschwinden Sie!«

Der Mann fischte mit seinem intakten Arm mühsam nach einer der Krücken, richtete sich auf und humpelte ängstlich zurück zum Treppenhaus, während sich Lena die Maschinenpistole des bewusstlosen Wächters schnappte.

Zufrieden stellte sie fest, dass es das gleiche Model war, mit dem sie in Rotterdam gekämpft hatte. Wenn ihr Chef das alles doch bloß noch erleben könnte.

Leider blieben ihr nur noch knapp drei Minuten. Es wurde Zeit, dass sie diesen Bierkönig aufhielt.

Sie eilte zur letzten Tür, lauschte und begriff, wieso niemand auf das Hundegebell aufmerksam geworden war. Denn im jenseitigen Raum ertönte beschwingte Walzermusik. Der »Kaiser-Walzer« von Johann Strauss.

Wenn es noch Zweifel gab, dass sich Pichler hier aufhielt, verflog er. Lena packte tatendurstig die Waffe, zog die Tür vorsichtig auf, und die Walzermusik wurde lauter.

Verblüfft blickte sie in einen großen Raum mit zahllosen Monitoren an den Wänden. Auf den Bildschirmen waren die Gänge und

Hallen der Bergfestung zu erkennen, und sie konnte dort gelegentlich vorbeihastende Bewaffnete ausmachen – allerdings auch eine Halle, in dem sie leicht erschrocken Daedalos entdeckte, der sich hinter einem Baugerät verschanzt hatte und gegen drei von Pichlers Wachen zugleich kämpfte. Wo war Perseus?

Unter den Monitoren, aber auch inmitten des großen Raums standen Tische mit aufwändigen Computern, die mit Kabeln untereinander verbunden waren. An ihnen arbeiten drei Männer in Laborkitteln, die die Bildschirme im Auge behielten und hin und wieder etwas auf den Tastaturen eingaben.

Weit mehr interessierte Lena der leicht korpulente Mann mit den gegelten dunklen Haaren, der an der Stirnseite des Kontrollraums vor einem großen Panoramafenster stand: Carl Pichler.

Der Monarch von eigenen Gnaden trug ebenfalls einen dieser Kampfanzüge und blickte durch die Scheibe in eine große Berghalle. Die Felswände dort waren mit Gerüsten bedeckt, und es gab einen Kran, der bis zur Decke der Gewölbehalle reichte und an dessen Spitze eine seltsame, goldschimmernde Apparatur baumelte, die entfernt an einem gewaltigen Kronleuchter mit hunderten von Kabeln erinnerte.

Das musste der Quantencomputer sein!

»Noch zwei Minuten, dann kann es losgehen!«, rief einer der Wissenschaftler gegen den Klangteppich des ›Kaiser-Walzers‹ an.

»Nicht, wenn es den Eindringlingen doch noch gelingt, in die Halle vorzustoßen«, zürnte ein anderer der Männer. »Nur der kleinste Schaden, und wir …«

»Machen Sie sich keine Sorgen!«, tönte Pichlers herrische Stimme vom Ende des Raums, der sich nun zu den Männern umwandte. »Der Paukant persönlich kümmert sich um die Agenten. Sie haben keine Chance. Und längst ist Verstärkung aus Kärnten unterwegs.«

Er wollte noch etwas sagen, als er Lena an der Tür erblickte, und seine Züge entgleisten.

»Hände hoch!«, brüllte Lena mit der Maschinenpistole im Anschlag. »Und hübsch stillhalten, sonst puste ich Sie alle weg.«

Sie richtete die Mündung der Maschinenpistole direkt auf Pichler, der dabei war, nach seiner Pistole am Halfter zu greifen. Auch die drei Männer in den Laborkitteln erstarrten und glotzten sie fassungslos an, bevor sie Pichler einen hilflosen Blick zuwarfen. Der stand lauernd da und verengte zornig die Augen.

»Frau … Kaufmann!«, presste er unter seinem erregt zitternden Schnurrbart hervor. »Welch eine Überraschung. Wer hätte gedacht, dass eine einfache Sekretärin …«

»Assistentin!«, korrigierte Lena ihn erbost.

»Dass eine einfache Assistentin den weiten Weg bis in meine Residenz findet.«

»Residenz? Ernsthaft?« Lena ging einige Schritte weiter in den Raum, hielt die Maschinenpistole mit einer Hand auf ihn gerichtet und kramte mit der anderen in der Tasche. »Das hier ist ebenso wenig eine Residenz, wie Ihr widerliches Monarchengesöff Bier ist. Und jetzt weg mit der Waffe, sonst vergesse ich mich.«

Mit spitzen Fingern zog Pichler, der sie weiterhin wie eine Schlange im Auge behielt, die Pistole aus dem Halfter und ließ sie zu Boden fallen.

»Wie bedauerlich, dass wir beide einander nicht schon während des Monarchenballs erkannt haben.« Er schürzte spöttisch die Lippen. »Das heißt … ich Sie am Ende schon. Ärgert Sie das nicht?«

»Wenn Sie glauben, mich aus dem Konzept bringen zu können, dann haben sie sich geirrt«, blaffte ihn Lena an. »Und jetzt zwei Schritte zurück!«

Sie fand sich ganz schön professionell.

Pichler folgte ihrer Anweisung zögernd und entfernte sich von seiner Waffe am Boden sogar weiter, als sie gefordert hatte. Lena trat an einen der Tische heran und schmierte diesen mit den Resten des Lippenstifts aus Dresden ein.

»Und jetzt her mit Ihnen allen und hübsch die Hände auf den Tisch drücken.«

Die Wissenschaftler blickten irritiert zu Pichler hinüber, der unmerklich nickte.

Mit einem respektvollen Blick auf ihre Waffe traten seine Männer an den Tisch heran und folgten dem Befehl.

»Was soll das?«, murrte einer von ihnen misstrauisch.

»Na, heben Sie doch mal Ihre Hände.«

Die drei mühten sich verärgert am Tisch ab, blieben aber wie erhofft an der Tischfläche kleben.

Lena atmete tief ein. Nie hätte sie gedacht, dass das alles hier so spielend leicht ablaufen würde.

»Und jetzt Sie, Sie Pichelkönig.«

Pichler umrundete die Computertische mit bösem Blick – riss plötzlich die Augen auf und deutete schockiert auf etwas hinter ihr.

»Oh Gott – passen Sie auf!«

Lena fuhr erschrocken herum, während Pichler einen Satz nach hinten machte und mit der Handfläche auf einen roten Knopf unter der Wand mit den Monitoren schlug.

Im Raum schrillte eine Sirene los, die Walzermusik brach endlich ab, und vor Lenas entgeisterten Augen fuhren an drei Seiten unter der Decke dicke Panzerglaswände nach unten, die unter dem erschrockenen Geschrei der festklebenden Wissenschaftler einen der Computertische im Raum zertrümmerten.

Pichler stand jetzt in einer Art Glaskäfig, der ihn vom Rest des Raums abschottete.

»Ha!«, schallte sein gedämpftes, nichtsdestotrotz triumphierendes Gelächter zu ihr herüber. »Ich wusste, dass der Einbau dieser Sicherung irgendwann nützlich sein würde. Vor allem wusste ich, dass Sie auf diesen uralten Trick hereinfallen würden!«

Lena starrte empört zu ihm hinüber, während er sich gesichert von der Panzerglasscheibe an einem großen Touchscreen an der Wand hinter ihm zu schaffen machte.

»Dachten Sie tatsächlich, ein Mann meines Kalibers, ein Mann mit meinen Visionen würde sich von einer einfach Tippse aufhalten lassen?« Er schnaubte verächtlich. »Erst einmal auf Sie aufmerksam geworden, war es so leicht, Sie bei dieser banalen Puzzle-App einzuwickeln. Dabei sollten Sie mir sogar dankbar sein, dass ein Mann mit meinem Genie Ihrem belanglosen Leben wenigstens für einige Wochen etwas Würze verliehen hat.«

»Da steht es immer noch 17:17!«, wandte sie verzagt ein.

»Doch nur, weil ich Sie ständig habe gewinnen lassen, Schätzchen.« Fassungslos schüttelte er den Kopf. »Selbst Ihren Ortungsdienst hatten Sie ständig an. Was waren Sie bloß für eine Amateurin.«

»Ich bin Amateurin«, meinte Lena niedergeschlagen.

»Auch wieder wahr. Und zwar bis zuletzt.« Er blickte zur großen Gewölbehalle hinter der Panoramascheibe. »Und nun lassen Sie es uns zu Ende bringen. In wenigen Minuten werden meine Wachen Sie festnehmen. Doch vorher gewähre ich Ihnen noch die Ehre, mir dabei zuzusehen, wie ich meinem Triumph verwirkliche. Denn niemand Geringeres als Seine Majestät Carl Rudolf Wilhelm von Österreich-Ungarn höchstpersönlich wird in wenigen Augenblicken den Habsburger aktivieren und damit die Machtübernahme über die EU einleiten!«

»Habsburger ist der Name für diesen Quantencomputer?«

»Natürlich ist das der Name für dieses Wunderwerk royaler Ingenieurskunst, Sie blöde Kuh!«

Auf dem großen Touchscreen erschien der ablaufende Countdown, der inzwischen bei neunundzwanzig Sekunden lag, während darunter eine große Benutzeroberfläche auftauchte, auf der Pichler herumdrückte. Lena fühlte sich bei all den technischen Steuerelementen fatal an eine Spielekonsole erinnert.

Eine rote Schaltfläche mit der Aufschrift »START« sprang ihr ins Auge, aber auch Tasten für eine Reihe technischer Elemente des Prozessors, etwa für Kühlung, Aufhängung und Energieversorgung.

»Und jetzt, Frau Kaufmann, lehnen Sie sich zurück und werden Sie Zeuge dieses historischen Moments!«

Lena sah zum Quantencomputer jenseits der Panoramascheibe und entdeckte auf der Außengalerie ringsum plötzlich eine Bewegung.

Das war Perseus!

Sofort durchflutete sie neue Hoffnung.

Perseus stürmte zum Geländer, visierte mit seiner Waffe den Quantenprozessor unter der Decke an – und wurde im selben Moment von einer dunklen Gestalt mit schwarzer Brille zurückgerissen, die ihm die Waffe aus der Hand schlug und wüst auf ihn einprügelte.

Oh nein.

Auch Pichler entdeckte die Szene und schnaubte erbost.

Lena musste Perseus irgendwie Zeit verschaffen. Sie stürzte zu einem der Computer, wühlte den USB-Stick mit dem seltsamen Fragmentierungsprogramm hervor und steckte ihn unter den irritierten Blicken der drei Wissenschaftler und in der Hoffnung, Pichler irgendwie aufhalten zu können, in einen der USB-Ports.

Der Computer summte und ratterte leicht, während drüben am Whiteboard unerbittlich die letzten Sekunden des Countdowns abliefen.

Der Zähler sprang auf eins. Pichler lachte auf und wollte auf den Start-Button des Habsburgers drücken, als sich über das komplette Bedienfeld am Whitebord ein spinnennetzartiges Gitter legte. Vor ihren Augen zerbrach die Ansicht an den Gitterlinien in unzählige Bildkacheln, die hin und her sausten, neue Positionen einnahmen und sich zu einem neuen Mosaik aus Bildteilen fügte, denen die ursprüngliche Oberfläche zwar noch anzusehen war, das derart chaotisch aber keinen Sinn mehr ergab.

Und das nicht nur dort. Auch auf allen übrigen Bildschirmen im Raum tauchte die fragmentierte und neu arrangierte Bedienfeldansicht nun auf.

»Was zur Hölle …!« Pichler fuhr zu ihr herum und stierte sie zornig an. »Waren Sie das?«

»Ich glaube schon. Das war's dann wohl, Sie Pfeife!«

Hoffnungsvoll blickte sie zur Galerie in der Berghalle mit dem Quantenprozessor, wo sich Perseus und der Paukant noch immer mit Schlägen und Tritten traktierten. Aus den Augenwinkeln sah sie, wie Pichler wutschnaubend an das Whiteboard herantrat und zornig auf eines der Bildfragmente mit Teilen des roten Startknopfs drückte.

Die gewünschte Wirkung stellte sich zwar nicht ein, stattdessen bemerkte Lena zu ihrem Erstaunen, dass sich das Bildfragment unter seinen Fingern verschieben und neu anordnen ließ.

Triumphierend blickte Pichler sie an. »War das alles?«

Sofort machte er sich daran, die Bildelemente neu zu arrangieren.

Allerdings zeigten sich die Ergebnisse nur bei ihm, wie sie bei einem raschen Rundblick im Raum feststellte. Auf den übrigen Monitoren blieb die Ansicht zersplittert.

Wenn es ihr nur irgendwie gelingen würde, vor ihm fertigzuwerden, dann …

Lena schnappte sich ein Tablet, auf dem das chaotische Bedienfeld angezeigt wurde, und begann ebenfalls mit dem Neuarrangement.

Pichler in seinem Glaskasten bemerkte irgendwann, was sie tat, und verstärkte seine Anstrengungen. Genau wie sie, während sie leicht schwitzend dabei zusah, wie er das Bedienfeld allmählich wieder in der ursprünglichen Optik zusammenfügte. Aber auch ihre Finger huschten unentwegt über das Tablet, und auch sie fügte es nach und nach wieder in alter Pracht zusammen. Pichler stierte lauernd zu ihr herüber, und auch sie fixierte ihn kämpferisch.

Dann hatte sie es.

»Puzzle Queen!« Lena sprang jubelnd auf und drückte hektisch auf »Aufhängung«, kaum dass auch er fertiggeworden war und auf den Start-Button hämmerte.

Doch sie war um Sekundenbruchteile schneller.

Ein neues Bedienelement erschien, und sie presste »Aufhängung lösen«.

Nebenan in der Halle war gedämpft ein quietschendes Geräusch unter der Kuppeldecke zu hören, und im nächsten Moment stürzte der Quantencomputer in die Tiefe. Ein lautes Krachen und Scheppern dröhnte trotz der Panoramascheibe zu ihnen herüber, und sie konnte sehen, dass auch Perseus und der Paukant oben auf der Galerie ungläubig nach unten blickten.

Ein Augenblick, den Perseus zu nutzen wusste, indem er seinen Gegner unvermittelt packte und über die Brüstung warf. Schreiend stürzte der Paukant in die Tiefe und verschwand aus ihrem Blickfeld.

Pichlers Gesicht hingegen verlor alle Farbe. Er stierte eine Weile zu der Berghalle mit dem zerstörten Quantencomputer, dann wandte er sich ihr mit einem kalten, mörderischen Blick zu.

Er fixierte Lenas Waffe, seine Augen verengten sich, und er sah wieder zu ihr auf. Unvermittelt drückte er hinter sich auf den Knopf unter der Wand mit den Monitoren, und die Wände aus Panzerglas fuhren hoch.

Lena warf das Tablet hastig zurück auf den Tisch und hob alarmiert die Maschinenpistole.

»Okay, das mit der Puzzle-Queen … das nehme ich zurück.« Sie schluckte, da er sie mit seinen Blicken regelrecht sezierte. »Das war in Ihrer Situation vermutlich wirklich nicht taktvoll. Aber … man muss auch mal verlieren können.«

Kalt marschierte er auf sie zu.

»Bleiben Sie stehen, oder ich schieße!« Lena wich vor ihm zurück.

»Tun Sie es doch!« Mit einem grausamen Lächeln bückte er sich nach seiner Waffe und hob sie auf.

Lena schluckte. »Noch mal, ich warne Sie!«

»TU ES, DU VERDAMMTES MISTSTÜCK!«

Pichler hob die Pistole, und Lena drückte ab.

Doch aus irgendeinem Grund klemmte der Abzug.

Mit einem Satz war Pichler bei ihr und prellte ihr die Maschinenpistole aus der Hand. Dann schlug er sie hart ins Gesicht, sodass sie schwer zu Boden ging. Lena stöhnte, spürte, wie ihre Lippe blutete, und sah panisch zu ihm auf.

»Wer eine Waffe benutzt«, schrie er sie zornig an, »sollte vorher darauf achten, dass die Griffsicherung nicht mehr festgestellt ist.«

Er stand jetzt direkt über ihr und richtete die Pistole auf ihren Kopf. »Und jetzt wirst du den Preis dafür bezahlen, mein Lebenswerk ruiniert zu haben!«

Lena schloss ängstlich ihre Augen.

Mehrere Schüsse peitschten durch den Raum.

Doch da war kein Schmerz.

Nur ein Röcheln.

Verwirrt öffnete sie die Augen. Pichler stand noch immer über ihr und starrte ungläubig auf seine Brust, die sich an mehreren Stellen rot färbte. Dann brach er über ihr zusammen.

Lena wuchtete den Toten stöhnend von sich und zog sich entsetzt an einem der Computertische empor. Ihr Blick glitt zum Eingang.

Dort, im Türrahmen, dicht hinter den drei Wissenschaftlern, die sich ängstlich zusammengekauert hatten, stand Europa. Sie hielt die Pistole in der Hand, die Lena vergessen hatte. Und ihr Blick war nicht mehr leer, sondern von einem düsteren Feuer erfüllt.

»Danke!«, ächzte Lena, die erst jetzt spürte, dass sie am ganzen Leib zitterte.

»Ich habe nur meine Mission zu Ende gebracht«, sagte Kirkes Schwester kalt. »Ich bin A.R.G.O.S.-Agentin. Feinde Europas auszuschalten, ist meine Pflicht.«

# Epilog

»Was!?«, rief Lena erfreut ins Handy und erhob sich von ihrer Sonnenliege. »Du darfst zur Fashion Week nach Paris? Aber … das ist ja schon in einer knappen Woche! Ich fasse es nicht. Du bist doch noch gar nicht so lange dabei.«

»Ehrlich, nichts Dolles«, versuchte Sophia abzuwiegeln. »Ist bloß die Unisex-Kollektion fürs Frühjahr. Aber …« Ihre Schwester quietschte nun doch vor Vergnügen. »Mein Gott, das ist die Unisex-Kollektion von Stella McCartney! Und ich darf sie präsentieren!«

Lena quietschte vor Begeisterung mit und räusperte sich verlegen, weil Kirke und Elektra, die in schwarzem Bikini und blauem Badeanzug neben ihr lagen, die Sonnenbrillen auf ihren Nasen verschoben und ihr fragende Blicke zuwarfen. Rasch lehnte sich Lena wieder zurück.

»Und?«, fragte sie gespannt. »Bist du Stella McCartney schon begegnet?«

»Ja. Einmal vor drei Wochen, oben in der Kantine«, antwortete ihre Schwester selig. »Da tauchte sie plötzlich auf, um sich einen Salat zu holen.« Verschwörerisch senkte Sophia ihre Stimme. »Und ich glaube, sie hat gerade mit ihrem Vater telefoniert. Ich hab zwar nicht alles verstanden, aber ich habe heimlich ein Selfie mit ihr gemacht. Ich schick's dir nachher.«

Lena grinste. »Sophia, ich freue mich so sehr für dich, das kannst du dir gar nicht vorstellen.«

»Du bist so lieb«, schallte es zurück. »Davon habe ich mein ganzes

Leben lang geträumt. Seit der Zeit, als wir beide als Kinder bei Oma Laufsteg gespielt haben.«

»Das war toll«, meinte Lena mit einem wehmütigen Lächeln. »Bis wir dann ihr Hochzeitkleid zerschnippelt haben.«

Sophia kicherte, wurde aber plötzlich ernst. »Nur habe ich jetzt ein echt schlechtes Gewissen. Du sitzt vermutlich auf deinem Balkon im trüben Bremen und musst wieder über irgendeiner Präsentation brüten, während es bei mir gerade so richtig rundläuft.«

»Musst du nicht, Kleine. Ehrlich.«

»Ist das eigentlich deine Meditations-App, die da im Hintergrund läuft? Das hört sich an … wie Meeresbrandung.«

»Na ja …« Lena warf Kirke und Elektra einen kurzen Blick zu, die beide neben ihr im Schatten der Palmen lagen, entspannt Cocktailgläser in den Händen hielten und den Ausblick auf das verheißungsvoll glitzernde Meer vor ihnen genossen. »Ich muss ja auch mal abschalten.«

»Sehr gut. Und ich verspreche dir, ich klau dir ein paar T-Shirts«, meinte Sophia. »Dann hast du die vor allen anderen. So, und jetzt muss ich los.« Sie kicherte irgendwie. »Ich hab jetzt, äh, Anprobe. Tschüssi.«

»Tschü …«

Doch Sophia hatte schon aufgelegt.

Lena blickte verwundert ihr A.R.G.O.S.-Smartphone an, warf es in die Strandtasche und griff nach ihrer Piña colada.

»Und?«, fragte Kirke, ohne ihre Position auf dem Liegestuhl zu verändern. »Geht es deiner Schwester gut?«

Lena rückte ihre Sonnenbrille zurecht, saugte an dem Strohhalm und lächelte. »Hörte sich ganz so an. Aber im Gegensatz zu mir muss *sie* jetzt wieder arbeiten.«

»Von wegen Arbeit«, meinte Elektra grinsend und präsentierte ihr den Monitor ihres Laptops, auf dem die Einstellung einer Überwachungskamera zu sehen war, die den Gang vor einer Umkleide zeigte. Dort war eine hübsche, langhaarige, junge Frau zu sehen, die wild mit einem Modeltyp rumknutschte.

»Elektra!«, rief Lena empört, als sie erkannte, dass das Sophia war. »Du hast dich bei Stella McCartney eingehackt?«

»Was denn?« Elektra grinste immer noch, besaß nun aber wenigstens die Höflichkeit, den Laptop zuzuklappen. »Ich wollte bloß mal sehen, wie sie so ist.«

»Echt jetzt?« Lena schüttelte den Kopf. »Statt schon wieder über deinem Rechner zu brüten, genieß lieber etwas die Sonne. Kommt ja angeblich nicht so häufig vor, dass A.R.G.O.S. seinen Agenten einen Urlaub spendiert.«

»Dann sag du mir mal, wie ich entspannen soll, wenn Andris immer noch frei herumläuft?« Elektra quälte sich von der Liege hoch und legte den Rechner auf einen kleinen Tisch, auf dem neben ihrem Cocktailglas eine Flasche Sonnenmilch und ein Teller mit Ananashäppchen standen. »Ich hatte so darauf gehofft, dass ihr ihn in den Alpen schnappen würdet. Der Wichser kann nur froh sein, dass nach der Aktivierung des Orakels fünf Tage lang das Arachne-Netzwerk abgestürzt ist und sich die Analyse von Pichlers Kontaktnetzwerk verzögert hat. Sonst hätte ich ihn sicher noch auf andere Weise ausfindig gemacht. Außerdem habe ich inzwischen einen Sonnenbrand.«

»Er läuft dir nicht weg«, murmelte Kirke unter ihrer Sonnenbrille. »Typen wir er tauchen immer wieder auf. Eines Tages kriegen wir ihn. Versprochen. Denk immer daran, dass dir auch Schlimmeres hätte widerfahren können.«

Kirke richtete sich leicht auf und strich missmutig über die Narbe an ihrem Bauch. Die Ärzte hatten ganze Arbeit geleistet. Die Schusswunde war inzwischen gut verheilt, dennoch würde Kirke bis ans Lebensende gezeichnet bleiben.

»Und wie geht es *deiner* Schwester inzwischen?«, fragte Lena mitfühlend.

Kirke lehnte sich wieder zurück, und ihre Stimme wirkte nun etwas härter.

»Den Umständen entsprechend. Zeus hat sie in ein sehr gutes Sanatorium bringen lassen, und die Ärzte sind zuversichtlich.« Sie wandte ihr den Kopf zu und lächelte gepresst. »Europa ist hart im

Nehmen. Das sind wir beide. Und falls ich das noch nicht gesagt habe: Danke. Dass du ihr die Gelegenheit verschafft hast, es Pichler heimzuzahlen, werde ich dir nie vergessen.«

Lena streckte ihre Hand aus und drückte die der Agentin mitfühlend. »Ich hoffe nur, Zeus erwischt auch den Verräter im Olymp. Sodass alle zur Rechenschaft gezogen werden, die ihr das angetan haben.«

Kirke atmete tief ein und wandte sich kurz Elektra zu, die den Blick der Griechin auf seltsame Weise erwiderte.

»Na komm«, brummte die Lettin. »Vergiss den Sicherheitsstatus und lass sie nicht dumm sterben.«

»Wie? Da hat sich etwas getan?« Lena richtete sich gespannt auf.

»Zeus hat offenbar Leute auf Demeter angesetzt«, erklärte Kirke ruhig. »So deuten wir jedenfalls die Operation ›Schnitter‹, auf die Elektra jüngst im Arachne-Netzwerk gestoßen ist. Der Eintrag tauchte da zwar nur kurz auf, allerdings gab es noch ein paar andere Hinweise, aus denen wir schließen, dass Demeter untergetaucht ...«

Ihre Smart Glasses zeigten unvermittelt den Eingang eines Videocalls von Daedalos an.

Unisono aktivierten die drei die Funktion, und im rechten Gesichtsfeld der Brille ploppte ein Bildschirm auf, der einen felsigen Küstenabschnitt zeigte. Auch dort brandete das Meer, und im Hintergrund waren eine rothaarige Frau mit halblangen Haaren und zwei Kinder zu sehen, die einen Lenkdrachen aufsteigen ließen.

»Na, die Damen!«, meldete sich Daedalos.

Das Bild wackelte, da der Ire seine Brille nun abnahm und die Kamera kurz auf sich richtete. Sie konnten nun sehen, dass er auf einem Strandtuch lag und ihnen zuzwinkerte, bevor er sich das Smart Glass wieder aufsetzte und zu dem ausgelassenen Treiben vor ihm blickte.

»Ich wollte nur hören, wie es euch geht.«

»Was glaubst du denn?«, antwortete Elektra zufrieden. »Dir würde Tahiti ebenfalls guttun.«

»Ich weiß«, seufzte Daedalos. »Aber ihr wisst ja, dass das nicht geht. Ich hatte schon so alle Hände voll zu tun, um meiner Frau zu erklären, was es mit meinem Vertreterjob in Wahrheit auf sich hat. Wüsstet ihr, wie temperamentvoll Caitlin ist, wüsstet ihr auch, dass das Ganze noch lange nicht ausgestanden ist. Nicht, nachdem ich unsere Kinder in Gefahr gebracht habe.« Er stöhnte. »Dieser kleine Familienurlaub ist jedenfalls ein Schritt in die richtige Richtung.«

»Wird hoffentlich von A.R.G.O.S. bezahlt?«, brummte Kirke.

»Ja.« Er schnaubte. »Dass ich so was mal erleben würde, hätte ich auch nicht gedacht. Aber deswegen rufe ich nicht an.«

Sie sahen, dass er sich gespannt aufrichtete.

»Eigentlich wollte bloß wissen, ob die Gerüchte stimmen, dass Lena aufgenommen wurde.«

Kirke und Elektra wandten sich amüsiert Lena zu, sodass Daedalos sie sehen konnte.

Lena biss sich lächelnd auf die Unterlippe.

»Ja!«, bestätigte sie freudestrahlend. »Ich bin ganz offiziell dabei.«

Daedalos lachte. »Gute Entscheidung. Und wann geht es los?«

»Direkt nach dem Urlaub«, meinte Lena hellauf begeistert. »Ich durchlaufe das komplette Ausbildungsprogramm! Und ich freue mich schon so, endlich schießen zu lernen und Karate und Fallschirm springen und Tauchen und wie man Typen ohne Lady-Shaver kaltstellt.«

»Was bitte?«

»Ja, der rasiert auch klasse. Ich habe ihn endlich ausprobieren können.« Lena blickte zu ihren nackten Beinen und auf ihr Füße, deren Nägel sie sich gestern hübsch rot lackiert hatte.

»Ja, nun.« Daedalos räusperte sich, da seine Frau und die Kinder zu ihm zurückkehrten. »Ich muss dann mal wieder. Ach so, und bestellt Perseus einen Gruß. Wo ist der überhaupt?«

»Schwimmen«, antwortete Kirke. »Müsste aber jeden Moment zurückkommen.«

»Ich melde mich später bei ihm. Over and out.«

Der kleine Bildschirm schaltete sich ab, und Lena blickte rüber zum Meer, wo Perseus aus den Fluten stieg.

Wasser perlte über seine Brust und Bauchmuskeln, und seine

schwarze Badehose brachte seinen durchtrainierten Körper richtig zur Geltung. Er strich sich mit einer lässigen Bewegung das Wasser aus dem dunklen Haar, während er kühn zu einem Segelboot blickte und ihnen so sein markantes Profil präsentierte.

Lena seufzte, und ihr wurde der Mund trocken. Er sah so gut aus.

»Rrrrr.« Kirke neben ihr grinste breit. »Na, wie sieht es aus, Tiger? Gehst du es endlich an?«

»Du bist blöd.« Lena räusperte sich verlegen, konnte ihren Blick aber nicht von ihm abwenden.

Auch Elektra feixte still.

Andererseits …

Sie hatte mehrere Mordanschläge und eine Entführung überstanden. Sie hatte mit finsteren Typen gekämpft, war gestürzt und geschlagen worden. Und am Ende hatte sie einen Superverbrecher besiegt und den Kontinent gerettet. Was sollte sie jetzt noch schrecken?

Sie war jetzt keine einfache Assistentin mehr, sondern Geheimagentin.

Unter den erwartungsvollen Blicken ihrer Kolleginnen stand sie auf. Rasch nahm sie auch noch einmal einen Zug von ihrer Piña colada.

Es konnte losgehen.

Denn Lena Kaufmann – das lag hinter ihr.

Ihr Codename lautete jetzt Helena.

Und es wurde höchste Zeit für eine neue Mission.

Ende

*Ein aufwühlender Thriller in einer Zeit, in der alte Feindschaften wieder aufflammen*

Owen Matthews
BLACK SUN
Thriller
Aus dem Englischen
von Michael Krug
432 Seiten
ISBN 978-3-404-18337-1

Sowjetunion, 1961: Tief in den Wäldern Zentralrusslands verbirgt sich ein Ort, der auf keiner Karte zu finden ist – die geheime Stadt Arsamas-16. Hier arbeiten Wissenschaftler, Ingenieure und Techniker am Bau der stärksten Wasserstoffbombe der Welt. Doch zehn Tage vor der Testzündung wird der junge Physiker Fjodor Petrow tot aufgefunden – vergiftet mit Thallium, das er laut Bericht selbst eingenommen hat. In Moskau ist man skeptisch. Und so wird KGB-Agent Major Alexander Wassin entsandt, um den vermeintlichen Selbstmord zu untersuchen …

Lübbe

## In der amerikanischen Provinz lauert das abgrundtief Böse

David Baldacci
DER FEIND IM DUNKELN
Thriller
Aus dem amerikanischen
Englisch von
Rainer Schumacher
496 Seiten
ISBN 978-3-404-18067-7

Will Robie und Jessica Reel sind die zwei tödlichsten Auftragskiller der US-Regierung. Während ihrer gefährlichen Missionen in Übersee hält ihnen ein Mann zu Hause den Rücken frei: Blue Man, ihr Führungsoffizier bei der CIA. Als Blue Man in dem kleinen Kaff Grand in Colorado spurlos verschwindet, machen Robie und Reel sich sofort auf den Weg. Dort angekommen, heißt man sie jedoch nicht gerade freundlich willkommen. Denn im Hintergrund zieht ein gefährlicher Gegner die Strippen, ein Mann, der über Leichen geht, um sein kriminelles Imperium zu schützen. Was als Suche nach ihrem Boss beginnt, wird für Robie und Reel bald zum nackten Überlebenskampf ...

Lübbe